T・S・スピヴェット君 傑作集

HOBO
HOTLINE
308·535·1598

そこはどんな地図にも載っていない。
ほんとうの場所はけっして載らないものなのだ。
ハーマン・メルヴィル『白鯨』

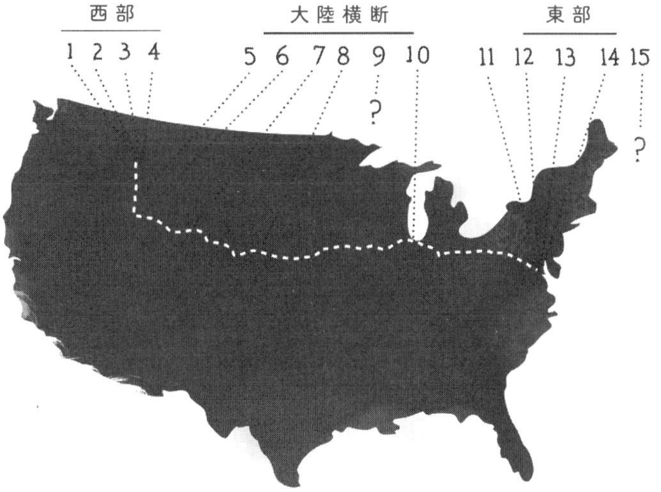

The Selected Works of

T.S. Spivet

T・S・スピヴェット君 傑作集

ライフ・ラーセン
佐々田雅子 訳

Reif Larsen

早川書房

THE SELECTED WORKS OF T. S. SPIVET
by
Reif Larsen

Translated by
Masako Sasada
First published 2010 in Japan by
Hayakawa Publishing, Inc.
This book is published in Japan by
arrangement with
Denise Shannon Literary Agency, Inc.
through The English Agency (Japan) Ltd.

ケイティへ

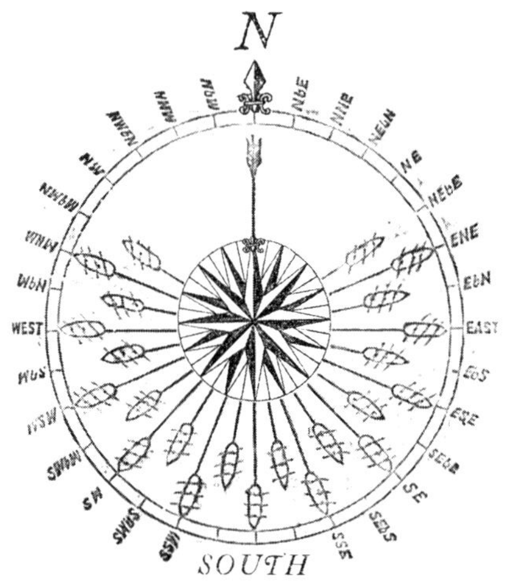
N
WEST
EAST
SOUTH

登場人物表

テカムセ・スパロー（T・S）・スピヴェット ----→ 十二歳の地図製作者
テカムセ・イライジャ・スピヴェット ----→ T・Sの父。牧場主
（ドクター・）クレア・リネカー・スピヴェット ----→ T・Sの母。昆虫学者
グレーシー ----→ T・Sの姉
レイトン ----→ T・Sの弟
ヴェリーウェル ----→ スピヴェット家の犬
テレンス（テリー）・ヨーン（博士） ----→ T・Sの師。モンタナ州立大学教授
ガンサー・H・ジブセン ----→ スミソニアン博物館のデザイン担当次長
ヴァレロ ----→ ウィネベーゴ（キャンピングカー）
エマ ----→ T・Sの高祖母。地質学者
エリザベス ----→ エマの母
オーウィン・エングルソープ ----→ 科学者
トゥークラウズ ----→ ネイティヴ・アメリカンの放浪者
ジョサイア・メリーモア ----→ 狂った説教師
リッキー ----→ トレーラーの運転手
ボリス ----→ スミソニアン博物館のトイレのサービス係

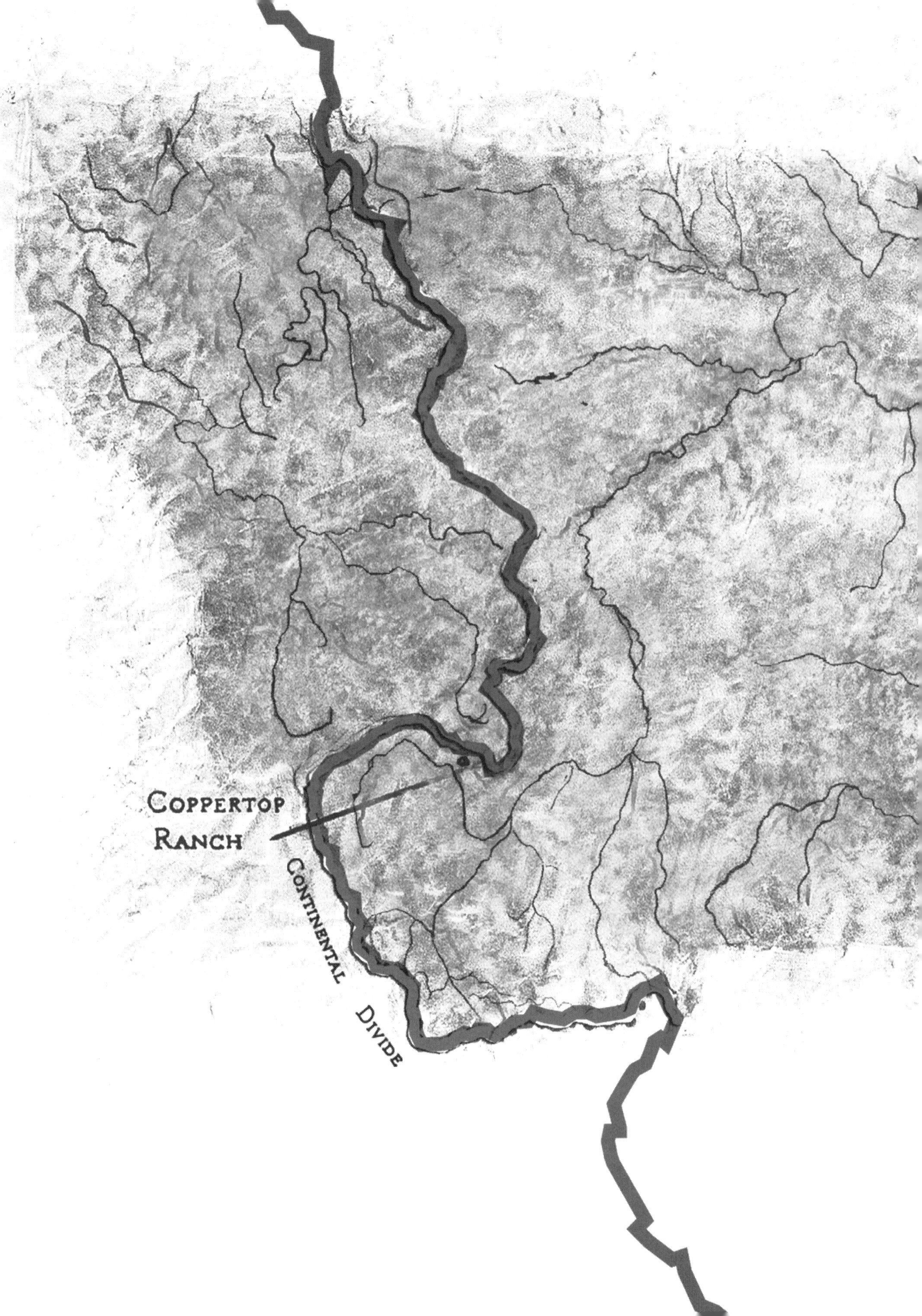
COPPERTOP
RANCH
CONTINENTAL
DIVIDE

第1部　西部

TSS

Montana as Rivers
8000
ft
6000
4000
2000
0
100
200
300
400
500 miles

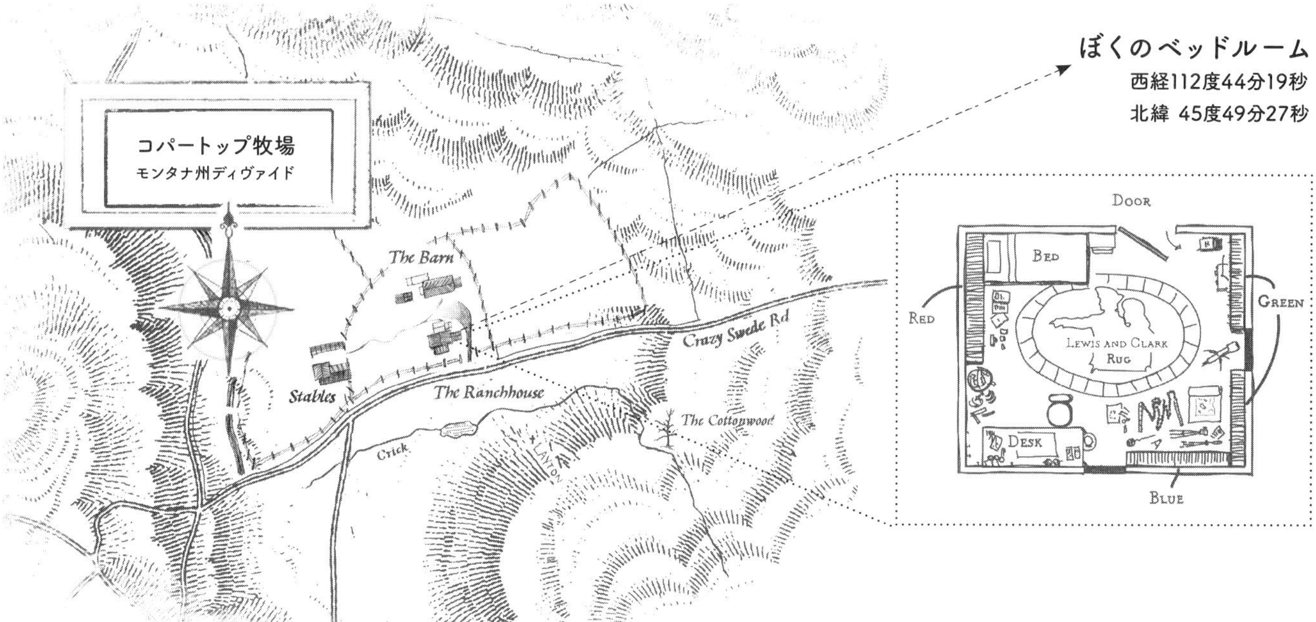

第1章

八月のある日の午後遅く、その電話がかかってきたとき、ぼくは姉のグレーシーといっしょに裏のポーチに座り、スイートコーンの皮をむいて、大きなブリキのバケツに放りこむ作業をしていた。バケツには、この春につけられた小さな歯形が、まだ点々と残っていた。それは、うちの牧場犬、ヴェリーウェルがすっかりふさぎこんで、金属をかじるようになったときにつけられたものだった。

もっとはっきり説明したほうがいいかもしれない。ぼくがグレーシーとスイートコーンの皮をむいていたというのは、実は、グレーシーはコーンの皮をむいていたけれど、ぼくは青い小型の螺旋綴じノートに、その図を描いていたということなのだ。グレーシーがどんなふうにコーンの皮をむいているかの正確な図を。

ぼくのノートは、全部、色分けされていた。ぼくの部屋の南側の壁沿いにきちんと並べられた〝ブルー〟ノートは、〝みんなが何かをしている図〟にあてられていた。一方、東側の壁の〝グリーン〟ノート

ぼくはいつも、自分の狭いベッドルームで、混沌の奇妙な重さと戦っていた。ベッドルームには、地図製作の毎日から生じる沈殿物があふれかえっていたのだ。測量器具、旧式の望遠鏡、六分儀、ガチョウの毛の撚り糸のロール、ウサギのワックスの瓶、コンパス、しぼんで悪臭がする探測風船、製図テーブルに置かれたスズメの骨格（ぼくが生まれた瞬間に、そのスズメがキッチンの窓にぶつかって死んだのだ。ビリングズの脚の不自由な鳥類学者が、ばらばらになった骨格を復元し、ぼくはスパロー、すなわちスズメというミドルネームを与えられた）。

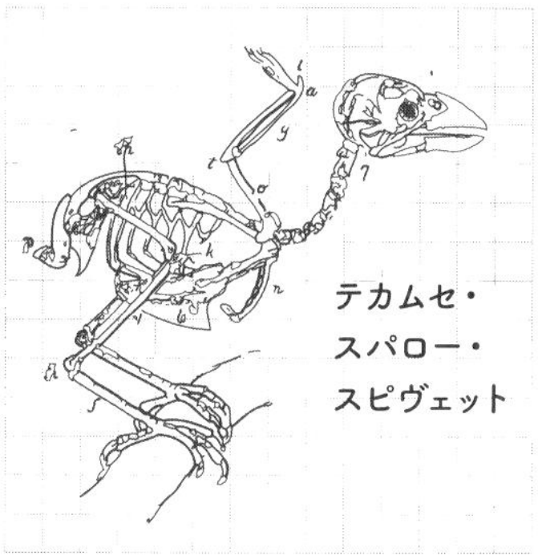

スズメの骨格
ノートG214から

は、動物、地質、地勢に関係した図をおさめていた。西側の壁の〝レッド〟ノートは、ぼくの母、クレア・リネカー・スピヴェット博士から手伝うようにいわれたときに備えて、昆虫の解剖を図解したものをおさめていた。

一度、部屋の北側の壁にも図を並べようとしたことがあったのだが、配列するのにすっかり夢中になって、そこに部屋の出入り口があるということを、一瞬、忘れてしまった。それで、ドクター・クレアが、ご飯ですよ、と知らせようと、ドアを開けたとき、本棚がぼくの頭の上に倒れかかってきた。

ぼくはルイスとクラーク（いずれも軍人。十九世紀初頭、探検隊を率いて太平洋岸に達した）の敷物の上に、ノートと棚に埋もれてうずくまった。「ぼく、死んだの？」そう聞いてみたけれど、たとえ、死んでいても、ドクター・クレアは何も教えてくれないということはわかっていた。「自分が描いたもので、部屋の隅（すみ）に閉じこめられないようにすることね」ドクター・クレアはドア越しにいった。

ぼくはドクター・クレアのいうとおりだと思った。

ぼくの部屋では、あらゆる器具がフックで吊るされていた。ぼくはその一つ一つの背後の壁に、器具そのものを投影したような輪郭を描いてラベルを貼っていた。そうしてあると、何かがなくなっているとか、それをどこに戻せばいいかが一目でわかった。

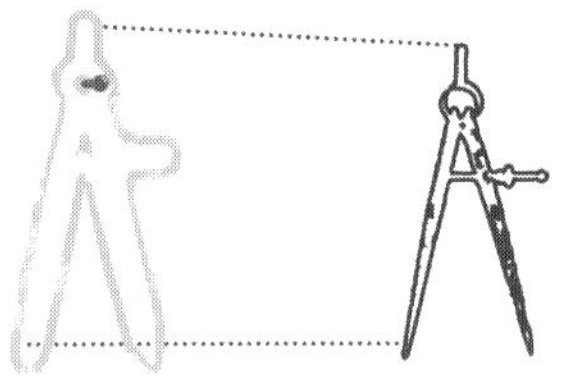

ただ、そういうシステムが働いていても、ものが落ちたり、壊れたりすることはあった。それがだんだん積み重なっていって、ぼくの配置の方法も、いつ駄目になるかわからなかった。ぼくはまだ十二歳だけれども、お決まりのゆっくりした日の出と日の入りの輝きに何度となく出合ううちに、図を何枚となく描いたり描きなおしたりするうちに、貴重な教訓を身につけていた。それは、あらゆるものがいつかは崩れ去るのであって、その不安定さをどうにかしようとしても時間の無駄だということだった。

ぼくの部屋も例外ではなかった。真夜中にベッドで目を覚ますのは珍しいことではなかったが、起きだしてみると、まるで夜行性の霊がぼくの夢を図にあらわそうとしたかのように、ベッドは地図作製の装置類で埋まっていた。

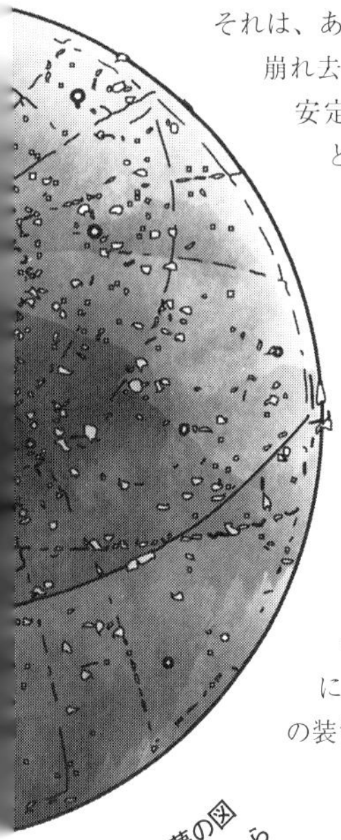

ぼくの夢の図
ノートG54から

うちのランチハウス（牧場主の家）は、モンタナ州ディヴァイドのすぐ北にあった。ディヴァイドというのは、ハイウェイを走っている最中、たまたまラジオのダイヤルを合わせたりしていようものなら見過ごしてしまいそうな小さな町で、パイオニア山地に囲まれた平たい谷間に横たわっていた。谷間には、ヤマヨモギのほかに、半焼けになったツーバイフォー材が点々と散らばっていたが、それは、人々が実際にそこで暮らしていたころの名残だった。北からは鉄道が入りこみ、西からはビッグホール川が流れこんでいた。そのどちらもが、もっと開けた土地を求めて、南へ南へと向かっていた。そのどちらもが、それぞれの道筋をとって谷間を進み、それぞれの通過のにおいを残していた。鉄道の線路は、問答無用とばかりに岩盤をえぐり、一直線に延びていた。鉄のレールはグリースのにおい、枕木は腐った甘草（かんぞう）のようなニスのにおいがした。それとは対照的に、ビッグホール川は土地と会話をしながら、谷間をくねくねと流れていた。途中、何本もの小川を寄せ集め、なるべく抵抗の少ない進路を選びながら。ビッグホール川は苔（こけ）と泥とセージと、ときにはハックルベリー（コケモモに似た低木）

のにおいがした——一年のうちにそんな時期があったのだが、もう、それも絶えて久しくなっていた。

　今では、列車はディヴァイドには停まらなくなっていた。ユニオンパシフィックの貨物列車だけが、お天気次第で二、三分の前後はあったけれど、午前六時四四分、午前一一時五三分、午後五時一五分の三回、谷間をゴトゴトと走り抜けていった。モンタナのいくつもの鉱山町がブームに沸いた時期は、はるかに遠くなっていた。列車が停まる理由も、もうなくなっていたのだ。

　ディヴァイドには、昔、酒場があった。

「ブルームーン・サルーンだね」ぼくは弟のレイトンといっしょに小川に浮かび、鼻をつんと上に向けながら、そういいあった。何だか紳士ばかりがその店へ集まっていたようないいかただったけれど、今、思うと、実は、その反対だったのかもしれない。ディヴァイドはつむじ曲がりの牧場主、思い込みの激しい漁師、それにユナボマー（モンタナ山中に隠棲していた爆弾魔）の予備軍の町で、室内でカードを楽しもうというような洒落者の町ではなかったからだ。

　ぼくもレイトンも、ブルームーンにはいったことがなかった。けれども、仰向けになって小川に浮かびながら、店の中に誰がいて何があったかということをもとに空想をめぐらした。レイトンが死んで間もなく、ブルームーンも焼け落ちた。しかし、そのときには、つまり、炎が上がっている最中でさえ、そこはもう空想の詰まった泡ではなくなっていた。燃えているただの建物でしかなかったし、今では谷間の焼け跡というに過ぎなかった。

　以前、鉄道のプラットホームだった場所に立ってみると、すぐ脇には、錆びた白い標識があり、目を細くして正しい角度で見れば、DIVIDEという文字が読みとれるだろう——その地点から、磁石や太陽や星、あるいは直感を用いて、真北を向き、それから、川岸の上方の藪を掻き分け、さらに、ベイマツに覆われた丘を登り、計四・七三マイル進むと、うちの小さな牧場、コパートップの正面ゲートにぶつかるはずだ。そこだけぽつんと盛り上がった標高五三四三フィートの高原に抱かれた牧場。そこは大陸分水界のすぐ南にあった。ちなみに、町の名前は分水界（ディヴァイド）からとられていた。

分水界、ああ、分水界。ぼくはそのとても重要な境界を背にして育ってきた。静かで揺るぎないその存在は、ぼくの背骨や脳髄に深くしみこんでいた。分水界というのは広い幅をもってのたくる境界で、政治や宗教や戦争ではなく、構造地質学や花崗岩や地球引力といった要素で引かれた線だった。合衆国大統領がこの境界を法律で定めるように署名したことはないのに、この線引きがアメリカのフロンティアの拡大と形成に計り知れないほどさまざまな影響を与えてきたという事実には目を見張るものがあった。ぎざぎざの嶺々は、国の川の流れを西と東、大西洋と太平洋にすっぱり切り分けていた——西側では、水は金のように貴重で、水の流れるところに人々が付き従った。うちの牧場の数マイル西に吹き飛ばされた雨粒は、何本かの小川に流れ落ちた。それらはどれも、太平洋に注ぐコロンビア川水系に属していた。ところが、うちを流れる小川、フィーリークリークは、はるばるルイジアナのバイユー（沼のようなよどみ）に流れこみ、砂と粘土のデルタを越えて、メキシコ湾に注ぐまで、さらに一千マイルを旅するという努めを授けられていた。

ぼくはレイトンといっしょに、分水界の頂点のボールドマンズギャップによく登った——レイトンは両手でしっかり握ったグラスの水をこぼさないよう気をつけ、ぼくは靴箱を利用してつくった原始的なピンホールカメラを壊さないよう気をつけながら。ぼくはレイトンが頂の両側に水を注ぐのを写真に撮るつもりだった。レイトンは前に走っては「おーい、ポートランド！」と叫び、後ろに走っては、クレオール（フランス系移民の子孫）訛りに似せて「おーい、ナアウリンズ（ニューオーリンズ）！」と叫んで、水を注いだ。ぼくはカメラの箱の側面のダイヤルを精いっぱい操作したけれど、結局、そのときのレイトンの勇姿をとらえた写真は一枚も撮れなかった。

そういう遠征のあとの夕食のテーブルで、レイトンがこういったことがあった。「ぼくたち、川からいろんなことを学ぶことができるよね、お父さん？」父はそのとき、何もいわなかったけれど、残っていたマッシュポテトの食べかたから、息子のそんな考えかたを認めているということが見てとれた。父はこの上なくレイトンを愛していた。

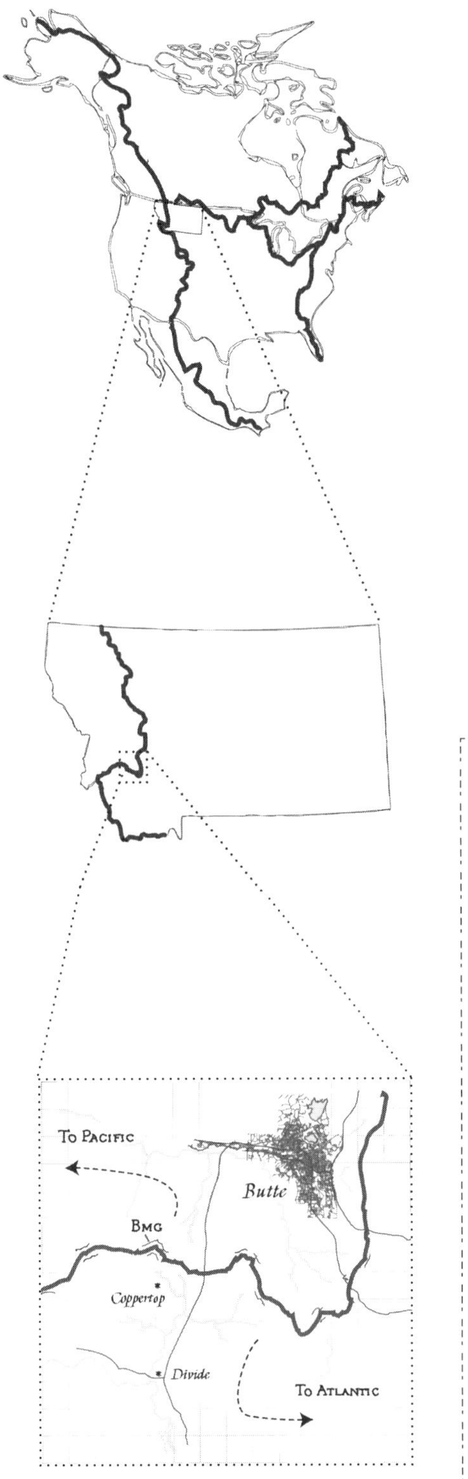

大陸分水界の拡大図
ノートB58から

ポーチで、グレーシーはコーンの皮をむき、ぼくは図を描いていた。シャッシャッというような音が、物憂げな組曲となって牧場の野原にまき散らされていた。八月はいまだにぼくたちのまわりにみなぎっていた——あまり例がないくらい、暑く、重苦しく。モンタナは夏の中で真っ赤にほてっていた。ぼくはつい先週、パイオニア山地のモミで覆われた柔らかな稜線から、夜明けの光がゆっくり、静かにこぼれだすのを見まもったことがあった。そのときは徹夜して、パラパラ漫画を描いていたのだ。それは、ナヴァホ族、ショショーニ族、シャイアン族が精神の働きをどう理解していたかを描いた三枚続きの絵の上に、中国の古王朝の人体図を置いたものだった。

夜明けの寒さの中で、ぼくは興奮が冷めやらないまま裸足で裏のポーチに出ていった。徹夜明けでも、その時刻のひそやかな魔法は見逃せなかった。背中にまわした小指をぎゅっと握っているうちに、太陽がついにパイオニア山地を越えて、容易にはうかがい知れないその顔を、こちらに向かって輝かせた。

ぼくは圧倒されて、ポーチの階段に腰を下ろした。すると、悪賢いポーチの木の板が、その機会をとらえて、ぼくを会話に引きずりこんだ。

〝今はおまえとおれだけだ、坊や——いっしょに静かな歌を歌おうじゃないか〟ポーチがいった。

ぼくは仕事をしなきゃならないんだ、とぼくはいった。

〝仕事って、どんな？〟

わかんない……牧場の仕事かな。

〝おまえは牧場の子じゃないだろう〟

牧場の子じゃない？

〝おまえはカウボーイの歌を口笛で吹いたり、ブリキ缶に唾(つば)を飛ばしたりしないからな〟

ぼくは唾を飛ばすのはうまくない。ぼくは図を描いてるんだ。

〝図だと？　図に描くようなものがあるのか？　それより、缶の中に唾を飛ばしてみろよ。馬に乗って丘をまわってみろよ。彼女を楽しませてみろよ〟

図に描くものはたくさんあるよ。ぼくには彼女を楽しませてる暇はないんだ。だいたい、それがどういうことなのかもわからないんだから。

〝おまえは牧場の子じゃないな。おまえはバカだ〟

ぼくはバカじゃないよ。いや、バカなのかな？

〝おまえは寂しいんだ〟

ぼくが？

〝あいつはどこにいる？〟

知らないよ。

〝知ってるさ〟

まあね。

〝だったら、座って、寂しいカウボーイの歌を口笛で吹いてみろ〟

ぼくは図を描き終えてはいない。図に描くものはまだまだたくさんある。

ぼくがはじめて描いた図は、この裏のポーチから見た光景だった。

こんにちは、神さま
T・S・スピヴェット　6歳

そのころ、ぼくは、ぐらぐらのハンバグ山を天まで登って、神さまと握手するにはどうすればいいか、この図が立派な教えになると思っていた。今、思うと、その下手さかげんは、ぼくがまだ幼くて、描く手がしっかりしていなかったからというだけでなく、図上の場所は、現実の場所とは違うということがわかっていなかったからだった。六歳の少年であれば、本物の世界に入るのと同じように、やすやすと図の世界にも入っていけたのだ。

ぼくとグレーシーがコーンの皮をむいていると、ドクター・クレアが裏のポーチへ出てきた。ドクター・クレアが歩くと、古いポーチがキーキーきしんだ。ぼくたちはそれを聞きつけて顔を上げた。ドクター・クレアは親指と人さし指で一本のピンをしっかり挟んでいた。そのピンの先には、金属のような明るい青緑色に輝く甲虫（こうちゅう）が留められていた。ぼくはそれをオレゴンのカウパス・タイガービートル（ハンミョウの一種）の珍しい亜種、シシンデラ・プルプレア・ラウタと見てとった。

ぼくの母は背の高い骨ばった人で、肌はおそろしく青白く、いっしょにビュート（モンタナ州南西部の都市）の通りを歩くと、じろじろ見られることがよくあった。花模様の日よけ帽をかぶった年配の女が連れに向かって、こういうのを聞いたこともある。「なんて、かぼそい手首！」それはそのとおりだった。自分の母親でなかったら、ぼくも、この人はどこかおかしいんじゃないか、と思っただろう。

ドクター・クレアは黒髪をひっつめ、骨と見間違える二本のスティックを使って束髪に結っていた。髪を解くのは夜だけで、それも、ドアを閉めたうえでのことだった。ぼくとグレーシーは、まだ小さかったころ、ドアの向こうで行なわれる髪の手入れの秘密のシーンを、かわるがわる鍵穴からのぞき見した。しかし、鍵穴は小さすぎて、とても全景はおさまらなかった。ドクター・クレアが、機織りでもしているように、何回となく前後に動かす肘が見えるだけだった。こちらが少し体をずらして、しかも、よほど運がよかったら、髪そのものの一部と、シュッシュッという低い音を立てて繰り返し往復する櫛が見えた。鍵穴、のぞき見、くしけずる音。そのころは、そういったものがとてもきわどく思われた。

レイトンは父に似て、美とか衛生とかに関係したものに興味がなく、そういうことで仲間に加わることはなかった。父にくっついて野原に出て、牛を駆りたてたり、ブロンコ（放牧されている野馬）を馴らしたりしていた。

ドクター・クレアはチリンチリン鳴るグリーンの装身具——ペリドット（濃緑色の橄欖石）のイヤリング、小さなサファイアのキラキラしたブレスレットといったもの——をあれこれ身につけていた。やたらに目を引く首飾りの鎖も、本人がインドへ野外調査旅行にいったときに見つけたグリーンの孔雀石でつくられていた。髪にスティックを挿し、穏やかなエメラルド色の装飾をつけたドクター・クレアは、春になって開花する寸前のカバノキに似ていると思ったこともある。

ドクター・クレアはしばらくそこに立って、黄色い取っ手つきの大きなブリキのバケツを両脚の間に置いたグレーシーと、ノートを手にしてヘッドセット式の拡大鏡をつけたぼくをじろじろ見ていた。ぼくたちもドクター・クレアを見つめ返した。

すると、ドクター・クレアがいった。「あなたに電話よ、T・S」

「電話？　T・Sに？」グレーシーがびっくりしたような口調でいった。

「そうよ、グレーシー。T・Sに電話」ドクター・クレアはとくにうれしそうな様子もなく、そう答えた。

「誰から？」ぼくは聞いてみた。

「わからないわ。聞きもしなかったから」ドクター・クレアは光の中でタイガービートルを振りまわしながら、そういった。ドクター・クレアは幼児におかゆを食べさせながら、元素周期表を教えるというタ

実をいうと、電話がかかってきたといわれて、グレーシーと同じように、ぼくもちょっと面食らった。なにしろ、ぼくには友だちが二人しかいなかったからだ。

⑴　**チャーリー**　チャーリーは亜麻色の髪をした下級生で、ぼくが遠征に出かけて地図をつくるのを熱心に手伝ってくれた。チャーリーはそういう機会に、自分の一家が住んでいるサウスビュートのトレーラーハウスを抜けだして山へいくことができたのだ。チャーリーのお母さんは日がな一日、芝生の椅子に座って、自分ののどでかい脚の上を通したホースで水をまいていた。チャーリーは半分ロッキーヤギといってもいいくらいだった。というのは、ぼくが谷間越しに見ている先で、四十五度以上の勾配に立ち、鮮やかなオレンジ色の測量ポールを支えているときでも、楽々とそうしているように見えたからだ。

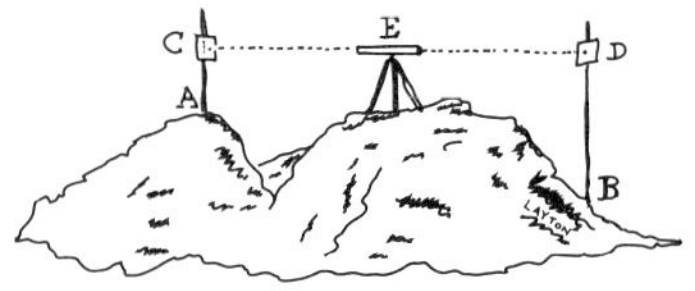

⑵　**テレンス・ヨーン博士**　ヨーン博士はボーズマンのモンタナ州立大学の昆虫学の教授で、ぼくのお師匠さんだった。もともとは、ドクター・クレアが南西モンタナ甲虫の会のピクニックで引き合わせてくれたのだ。ヨーン博士と会うまで、ピクニックは死ぬほど退屈だった。けれども、そのあと、ぼくたちはポテトサラダを山盛りにした皿を手に、経度について三時間もぶっとおしでしゃべりつづけた。ヨーン博士はぼくを励まして（もちろん、ぼくの母の背中の後ろからだったが）、作品を《サイエンス》誌や《スミソニアン》誌に送らせた。ある意味では、ヨーン博士をぼくの〝科学の父〟と呼んでもいいと思う。

ジムニー

転鏡儀ジムニー
《スミソニアン》にぼくの最初の作品が載ったあと、ヨーン博士がくれた転鏡儀。

イプの母親だった。けれども、世界的なテロリズムや子どもの誘拐がはびこる時代でも、我が子に電話してきた相手に、どなたですか、と尋ねるようなタイプではなかった。

ぼくの電話への関心は、今、図を描いている真っ最中という事実にまぎれてしまった。描きかけで放っておくと、魚の小骨が喉に刺さっているような感じがしてならなかったのだ。

〝グレーシーがスイートコーンの皮をむいている図　＃６〟で、ぼくはグレーシーがコーンの皮のてっぺんをつかんでいるところを描き、その横に小さな１という数字を入れていた。そのあと、グレーシーは三回、皮を下のほうへ引っぱった。バリッ、バリッ、バリッ。ぼくはその動きを三本の矢印で示していた。うち一本の矢は、ほかの二本より小さかった。なぜなら、最初のバリッでは、あまり大きくは進まなかったからだ——むく人間は、コーンの皮がなかなか離れようとしない力に打ち勝たなければならない。ぼくはコーンの皮が裂ける音が好きだ。その暴力的な音、すべすべした有機体の糸が続けざまにはじけていく音を聞くと、誰かが怒りに駆られてズボンを引き裂いているのを連想させられた。それも、高価な、もしかしたらイタリア製のズボンで、本人はあとで後悔することになると思われた。それはともかく、グレーシーはそうやってコーンの皮をむいた（シャックト・ザ・ハスクス）。ぼくはときどき、それを〝むいたの皮をコーンした（ハスクト・ザ・シャックス）〟といった——ちょっといたずらっぽく、そうつけ足すのは、ぼくがそんなふうに言葉をひん曲げると、なぜか、ドクター・クレアがうろたえるからだ。といっても、それを責めるわけにはいかなかった——ドクター・クレアはまず甲虫学者であって、大人になってからの生活の大半は、拡大鏡の下の小さな生物を観察し、それをもとに、その身体的、進化的な特徴にしたがって、科や上科、種や亜種に正確に分類することに費やされてきたからだ。ちなみに、うちには、近代的分類学の創始者、スウェーデンのカロルス・リンネウス（リンネで知られる）の写真があった。それは暖炉の上に掲げられ、やむことのない父の無言の抗議に向かいあっていた。だから、ぼくが〝バッタ（グラスホッパー）〟を〝草ポンポン（グラスポッパー）〟といったり、〝アスパラガス〟を〝元オウムちゃん（エクス・パロット・プス）〟といったりすると、ドクター・クレアがいらいらするのも、ある意味ではしかたがなかった。なにしろ、ドクター・クレアの仕事は、人間の目には見えないようなきわめて小さなものに細心の注意を払うことだったからだ。それで、下顎の先端に毛があるか、翅鞘の後部に小さな白い斑点があるかを見て、その甲虫がC・プルプレア・プルプレアであってC・プルプレア・ラウタではないと確かめたりするのだ。ただ、個人的には、ぼくの思いつきの言葉遊びにそれほど神経を尖らせる必要はないという気がしていた。そんなものは、健康な十二歳の少年なら誰もがやりそうな頭の体操だったからだ。それよりも、皮をむいているグレーシーをとらえている軽い狂気のようなものを心配したほうがいいと思った。なぜなら、それは、体は十六歳でも、中身は大人というグレーシーの基本的なキャラクターに反するものだったからだ。ぼくの目には、それは、やり場のない怒りの源を指しているように見えた。グレーシーは実際の年齢はぼくより四つしか上でなかったけれど、成熟とか、常識とか、社会的慣行の知識とか、建前の理解ということに関しては、ぼくの何年も先をいっているといってもよかった。コーンの皮をむいているとき、顔に浮かべた危なっかしい表情は、たぶん、怒りのためだったのだろう。つまり、苦行とでもいおうか、モンタナの牧場の山ほどある仕事をこなしている間も、自分の得意の技を磨くのに余念のない、理解されない女優。そういうグレーシーの自画像を知る手がかりが、その表情にあったのだ。おそらく――ぼくはこういう考えかたのほうが好きなのだが、グレーシーは見かけは何ということはなくても、ほんとうは危なっかしい人間なのだ。

ああ、グレーシー。ハイスクールの舞台で『ペンザンスの海賊』（コミックオペラ）の主役を演じたときのグレーシーは目もくらむほどだったわ、とドクター・クレアはいった。けれども、ぼくはそれを見にはいけなかった。《サイエンス》誌用に、オーストラリアの食糞コガネムシ、オントファグス・サギタリウスの雌が、交尾の間、触角をどう使うかを示す行動図を仕上げていたからだ。ぼくはその仕事をドクター・クレアに話してはいなかった。おなかが痛いといっておいて、そのあと、ヴェリーウェルにセージを食べさせ、ポーチじゅうにゲロを吐かせておいて、自分が吐いたように装った――ぼくがセージとネズミの骨とドッグフードを食べたように装ったのだ。海賊の女房を演

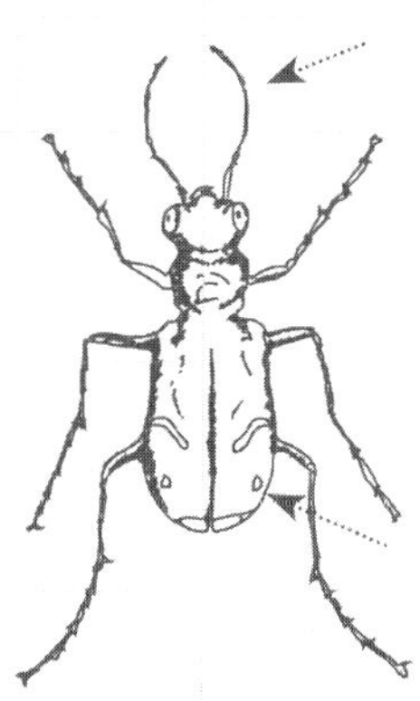

C・プルプレア・プルプレア

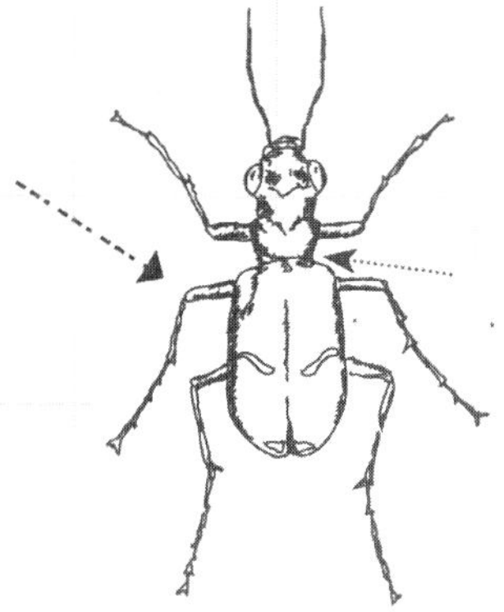

C・プルプレア・ラウタ

カウパス・タイガービートルの亜種
ノートR23から

ぼくはこの図をドクター・クレアに見せてはいなかった。見せるようにいわれたこともなかったし、また自分の専門分野に踏みこんだといって怒るのではないかと心配だったからだ。

それから、弟のレイトン・ハウズリング・スピヴェットがいた。レイトンは我が家の五世代のうちで、ただ一人、テカムセという名前のつかない男子だった。しかし、この二月に、納屋で起きた銃の事故で死んでしまった。聞いたこともないような事故だった。ぼくもその場にいて、銃の発射についての計測をしていた。何が間違っていたのかは、今でもわからない。

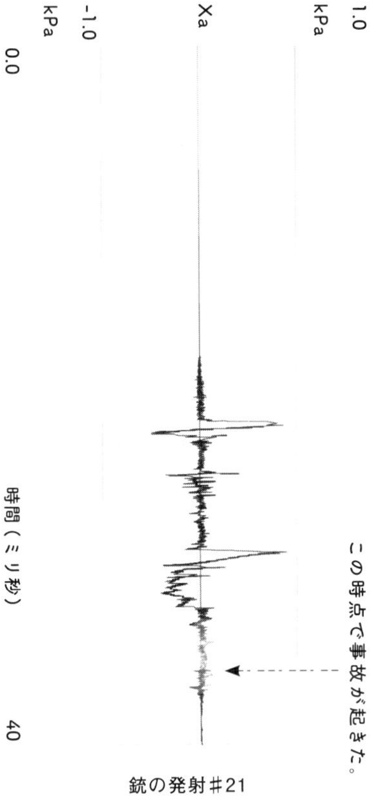

銃の発射＃21
ノートB345から

その後、ぼくは自分の図のどれからもレイトンの名前を消した。

じたグレーシーは、奇跡的にすばらしかったのだろう。グレーシーが奇跡的なのはそれだけではなかった。たぶん、うちの家族の中で、いちばんよくできた人間だった。つきつめて考えると、ドクター・クレアは妄信に凝り固まった甲虫学者だった。というのは、二十年もの間、ほんとうにいるのかどうか確信も持てない幻の甲虫――タイガーモンクといわれるシシンデラ・ノスフェラティ――を追いつづけてきたからだ。そして、父のテカムセ・イライジャ・スピヴェットは、ブロンコ相手の無口で憂鬱なカウボーイだった。部屋に入ってくると、「コオロギもだませんくせに」とか何とかいって、そのまま出ていくことがよくあった。百年ほど遅く生まれてきたような人間だった。

「むこうはきっと待ちくたびれてるわ、T・S。早く電話に出たほうがいいわよ」ドクター・クレアがそういっていた。ピンの先のC・プルプレア・ラウタに、何か興味深いことを発見したようだった。というのは、眉毛を何度も上げたり下げたりしたあと、急にまわれ右して、また家の中に姿を消したからだ。

「あたしは皮むきをやってしまうからね」グレーシーがいった。

「そんな無理するなよ」

「あたしはやるつもり」グレーシーはきっぱりいった。

「それじゃ」ぼくはいった。「グレーシーの今年のハロウィーンの衣装も、手伝ってやらなくてもいいね」

グレーシーはそういわれて黙りこみ、どこまで本気なのか計ろうとしていた。それから、またこういった。「あたしはやるつもり」そして、挑戦するようにコーンの実を掲げてみせた。

ぼくは慎重にヘッドセット式の拡大鏡を外し、ノートを閉じると、すぐに戻ってくる――コーンの皮むきの図を描く仕事はまだ終わっていない――と、グレーシーにわかるよう、その上にペンをはすかいに置いた。

ドクター・クレアの書斎の前を通り過ぎたとき、本人がどでかい分類学辞典の重さと格闘しているのが見えた。片手でその巨大な本を支えながら、もう一方の手で、ピンに刺したタイガービートルを空中にぴたりと突き立てていたのだ。もし、ドクター・クレアが亡くなったら、それがぼくの思いだす母のイメージになりそうだった。つまり、デリケートな標本を、重力システムとつりあわせている姿が。

　電話が待っているキッチンへいくには、それぞれに一長一短のあるルートがいくつもあった。廊下／食糧貯蔵室ルートは、最短ではあったけれども退屈だった。二階／一階ルートは、運動にはなったけれども、高度の変化でちょっとばかり頭がふらふらした。結局、もののはずみで、あまり使うことのないルートをとることに決めた。とくに、父が家の中をうろうろしているときには避けるルートを。ぼくは白木の松材のドアを用心深く開けると、〝奥の院（セットゥンルーム）〟のなめし革のような暗闇の中を進んだ。

〝セットゥンルーム〟は、家の中でただ一つ、父が専有する部屋だった。ここで休んではいかん、と口にこそ出さなかったが、断固として、そう主張していた。父は何やらぼそぼそいうだけで、それ以上のことはめったにしゃべらない人だった。ただ、グレーシーが夕食のときに、〝セットゥンルーム〟をもっとあたりまえの居間に、〝ふつう〟の人たちがリラックスして〝ふつう〟の会話をしようと思うような場所にしましょう、と延々と主張したときには、マッシュポテトを食べながら、だんだんと腹を立てて、そのうち、くぐもったバリン－チャリチャリというような音を立てた。ぼくたちがそちらに目をやると、父が手にしていたウイスキーグラスを握りつぶしたのだとわかった。レイトンはそれがとても気に入った。レイトンのその喜びようを、ぼくは今でもおぼえている。

「あそこは、この家の中で、おれが腰を落ちつけて、ブーツを脱ぎ捨てられる最後の場所だ」父はそういった。てのひらからゆっくりと流れだした血がポテトにしたたった。そして、その話はそれきりになった。

〝セットゥンルーム〟はいろいろなものの博物館だった。ぼくの曾祖父、テカムセ・レジナルド・スピヴェット（テカムセの系譜を参照）は死ぬ直前、ぼくの父に、六歳の誕生日のお祝いとしてアナコンダ（モンタナ州南西部の都市。銅精錬所がある）の銅の塊を贈った。曾祖父は世紀が変わるころ、鉱山から鉱石をこっそり持ちだしていたのだ。銅の景気で沸くビュートが、ミネアポリスとシアトルの間では最大の都

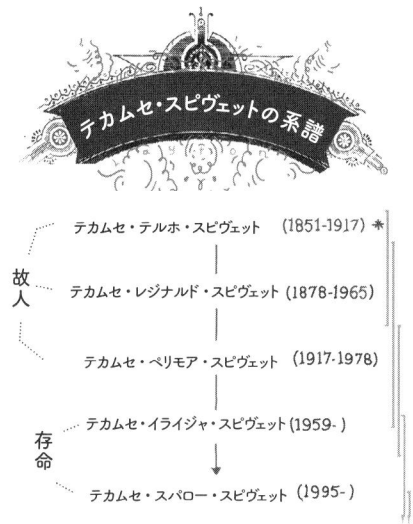

テカムセ・スピヴェットの系譜

故人
- テカムセ・テルホ・スピヴェット（1851-1917）＊
- テカムセ・レジナルド・スピヴェット（1878-1965）
- テカムセ・ペリモア・スピヴェット（1917-1978）

存命
- テカムセ・イライジャ・スピヴェット（1959-）
- テカムセ・スパロー・スピヴェット（1995-）

＊レジナルドの父（ぼくの高祖父、つまり、ひいひいおじいさん）は、テルホ・シエヴァとして、ヘルシンキ近郊で生まれた。フィンランド語のその名前は、訳すと〝ハンサムなどんぐり氏〟とでもいったところだ。だから、エリス島の移民事務所が名前を〝テルホ・スピヴェット〟と間違え、そのままペンを走らせて、新しい姓をつくってしまったときには、本人はかえってほっとしたのではないか。テルホはビュートの鉱山で働こうと西に向かう途中、オハイオのおんぼろサルーンに立ち寄った。ついつい長居をするうちに、半分ナヴァホ族だという酔っぱらいが、ショーニー族の偉大な戦士、テカムセについて、何かと尾ひれをつけた話をするのを聞くことになった。そして、テカムセがテムズの戦いで白人に最後の抵抗を試みるくだりにきたときには、意固地なはずのフィンランド人の高祖父が、声を立てずに泣きはじめたのだ。その戦いで、テカムセが胸に二発の弾丸を受けて倒れたあと、プロクター将軍の兵は彼の頭の皮を剝ぎ、誰とも見分けがつかないほど体を切り刻んでから、集団墓地に投げこんだ。テルホはサルーンを立ち去ったときには、新しい土地での新しい名前を身につけていた。少なくとも、話のうえではそういうことになっている——先祖にまつわる話などというのは、真偽のほどがよくわからないものだけれども。

市だったころの話だ。その銅の塊は、父にある種の魔法をかけた。そのために、広々と開けた土地から、がらくたを拾い集めてくるのが、父の習慣のようになった。

〝セットゥンルーム〟の北側の壁には、父が毎朝触れる大きな十字架があったが、その隣にはビリー・ザ・キッドが祀られていた。白熱電球一個だけの無骨な光を浴びたそこには、悪名高い平原の無法者の肖像と並べて、ガラガラヘビの皮、汚れた革ズボン、旧式のコルト45が飾られていた。父とレイトンが、こつこつとその祭壇をつくりあげたのだ。神さまと西部のならず者が同じ待遇を受けているのを、よその人が見たら、おかしいと思ったかもしれない。しかし、それがコパートップ牧場での、もののありようだった。父は、聖書のどんな一節にも劣らず愛する西部劇の中におさめられた、暗黙のカウボーイの掟に導かれていたのだ。

レイトンは、〝セットゥンルーム〟を、グリルドチーズがつくられて以来の最高の発明だと思っていた。日曜日に教会にいったあと、父とレイトンは午後じゅうずっと並んで座って、部屋の南東の隅に置かれたテレビで続けて放映される西部劇を飽きもしないで見ていた。テレビの後ろには、山ほどの、しかし、念入りに選ばれたVHSのコレクションがあった。『赤い河』『駅馬車』『捜索者』『昼下りの決斗』『荒野の決闘』『リバティ・バランスを射った男』『モンテ・ウォルシュ』『黄金』――ぼくは父やレイトンのような熱心な観客ではなかったが、そういう作品をお相伴で何度となく見せられるうちに、それらは映画の傑作というより、慣れ親しんだ夢というような気がしてきた。ぼくが学校から帰ってくると、父にとっての永遠の情熱ともいえるその奇妙なテレビから、くぐもった銃声や、汗にまみれて駆ける馬のひづめの音がすることがよくあった。父は日中は忙しすぎて、テレビを見るどころではなかった。けれども、自分が外に出ている間も、ここではテレビがついているとわかっていれば安心だったのではないかと思う。

とはいっても、そのテレビだけが〝セットゥンルーム〟に〝室感〟を与えていたわけではなかった。そこには、カウボーイの道具の古物が山とあった。投げ縄、はみ（くつわの馬の口にくわえさせる部分）、調馬

どの部屋にも、室感というものがある

ぼくはそれをグレーシーから教わった。二、三年前の短い期間だったが、グレーシーは読書好きの人たちが発散するオーラにのぼせあがったことがあったのだ。〝セットゥンルーム〟の〝室感〟は、西部へのノスタルジアたっぷりの感覚で、一歩、足を踏み入れれば、その波にさらわれるようだった。そういう感覚の一部がにおいだった。ウイスキーのしみがついた古い革のにおい、インディアンの毛布から漂う死んだ馬のにおい、写真から伝わる白かびのにおい――それらに隠れるようにわだかまっているのは、最近になってしみついた大草原の埃のようなにおいで、まるで、カウボーイの一団が駆け抜けたあとに来合わせたようだった。ひづめの響き、日焼けした前腕の筋肉――しかし、今はもうもうとした埃もゆっくりと大地に舞い戻って、人と馬が通った形跡もその中におさまり、あとに残っているのは、こだまだけだった。〝セットゥンルーム〟に入っていくと、何か大事なものをなくしたばかりという気がした。たとえば、乱世のあとに世界が再び静まったときのように。それは、どこか物悲しい感覚でもあり、父が野外での長い一日の仕事を終えて、〝セットゥンルーム〟に落ちついたときに見せる表情にふさわしいものだった。

用の端綱（はづな）、平原を一万マイル踏み鳴らしてすっかり擦り減ったブーツ、コーヒーマグ、さらには婦人用のストッキングまで。それは、オクラホマのおかしなカウボーイがはいていたもので、本人はそのおかげでちゃんと馬に乗れるのだといっていた。〝セットゥンルーム〟のあちこちに、名前も知れない馬に乗った名前も知れない男たちの、褪せかけた、あるいは、もう褪せてしまった写真があった。ソーピー・ウィリアムズ（政治家、ミシガン州知事）が荒馬のファイアフライに乗っている写真もあった。ソーピーはしなやかな体を信じられないほど大きくひねって、跳ね上がる馬の背にしがみついていた。その人と馬は相性ぴったりの夫婦のようにも見えた。

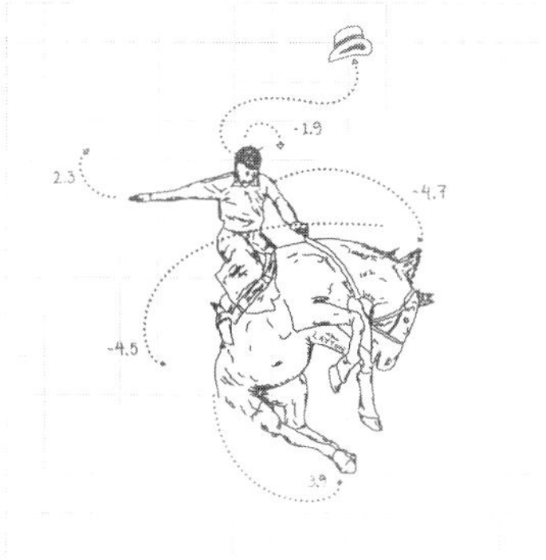

ソーピー・ウィリアムズの動きのベクトル
ノートB46から

　毎日、その後ろに日が沈んでいく西側の壁に、父は馬の毛で織ったインディアンの毛布をかけていた。その隣には、本家本元のテカムセと、その弟でショーニー族の預言者、テンスクワタワの肖像が掲げられていた。暖炉のマントルピースの上には、キリスト降誕の場の磁器製のセットと、それを見下ろすように、ひげもじゃのフィンランドの神、ヴァイナモイネンの大理石像が置かれていた。放浪の舞台となる西部が存在する以前の最初のカウボーイがヴァイナモイネンなのだ、と父は主張していた。異教徒の神をキリスト降誕のシーンとごちゃ混ぜにしても、父は何の矛盾も感じなかった。「キリストはカウボーイを愛しておられる」父はよく、そういっていた。

　もし、ぼくが誰かに聞かれていたら——父は絶対に聞かなかったけれども——T・E・スピヴェット氏の旧西部（オールドウェスト）の霊廟は、そもそも存在したことのない世界を記念したものだ、と答えていただろう。たしかに、十九世紀の終わりごろにもカウボーイはいた。けれども、ハリウッドが西部劇の〝西部〟をつくりはじめたころには、有刺鉄線を張りめぐらす実業家たちが、平原を囲いこみ、牧場地に切り分けていて、牛を追っての大移動の日々は遠い昔の話になっていた。革ズボン、ブーツ、日にさらされたステットソン帽の男たちが、イバラが散らばるテキサスの平原で牛を駆り集め、それを追いながら、敵対的なコマンチ族やダコタ族が住む広く平らな一帯を一千マイルも北上し、カンザスのごったがえす鉄道駅にたどり着いて、牛を東部に送りだすということは、もうなくなっていたのだ。父は、そういう大移動をするほんとうのカウボーイにそれほどひかれたわけではなかったけれども、牛追いの物憂いこだま、テレビの後ろに集められた映画一本一本の一コマに込められた物憂さにひかれたのだと思う。父が〝セットゥンルーム〟に落ちつき、ブーツをドアのあたりに放りだし、びっくりするような規則正しさでウイスキーを四十五秒ごとに口に持っていくよう仕向けているのは、この偽りの記憶――父個人の偽りの記憶ではなく、文化としての偽りの記憶――だったのだ。

びっくりするほどの規則正しさで
ウイスキーを飲む父　ノートB99から

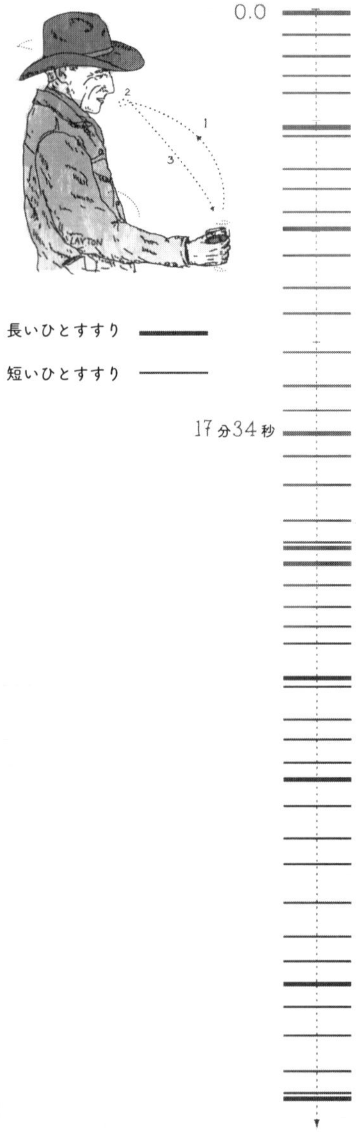

たぶん、ぼくが〝セットゥンルーム〟をめぐる解釈の矛盾をついて父を刺激したりしなかったのは、それが、やったと叫ぶほどのことではなかったからだけれども、それだけではなく、ぼく自身もオールドウェストに憧れを抱いているというやましさがあったからだ。ぼくは毎週土曜日になると、車に同乗してビュートの町へ出た折に、文書館を訪れた。そこで、ジューシーフルート（ガム）とヘッドセット式の拡大鏡を取りだしてうずくまり、ルイスやフリーモント（軍人、西部探検家）やウォーレン知事の古地図に取り組んだ。当時の西部はだだっぴろいだけで何もなかった。初期の測量工兵隊は炊事馬車の後ろで朝のブラックコーヒーを飲んでから、まだ名前もない山々を見わたした。その日の終わりには、そういう山々も、どんどんひろがっていく地図の知識庫に加えられた。彼らは、もっとも基本的な意味での征服者だった。というのは、十九世紀を通じて、広大な未知の大陸を少しずつ、すでに知られ、説明され、地図に描かれたものの組織の中へ――神話から経験科学の領域へ――組みこんでいったからだ。ぼくにとっては、その過程がオールドウェストだった。それは必然的な知識の増加であり、ミシシッピ川以西の地域を細分した方眼を、ほかの地域と並べて置ける図にしていく作業だった。

ぼく自身のオールドウェストの博物館は、二階の自分の部屋の中にあった。ルイスとクラークの古地図のコピーや、科学的な図表や、観察に基づくスケッチの中に。もし、暑い夏の日に、誰かがぼくのほうを見て、そういう仕事が間違っていたとわかっている場合でさえ、いまだにコピーしつづけるのはなぜなのか、と聞いてきても、何と答えたらいいのかわからないと思う。いえるのは、これだけだ。完全無欠な図などというものは、今までなかった。真実と美とが、長い間結びついていたことはなかったのだ。

「もしもし？」ぼくは電話に出た。

そういいながら、電話のコードを小指に巻きつけた。

「Ｔ・Ｓ・スピヴェットさんですか？」

相手の男の発音には、微妙に舌足らずなところがあって、〝ｔ〟と〝ｈ〟と〝ｆ〟をそっと混ぜあわせて〝ｓ〟にしたように聞こえた。パン屋がパン生地を親指で軽く押すような、まさにそんな具合に。ぼくは相手がそういうときの口の動きを想像しないようにした。ぼくは電話でしゃべるのが恐ろしく下手だった。というのは、相手がどんなふうにしているかを想像するのに夢中になって、自分が電話に出ているのを忘れてしまうことがよくあったからだ。

「はい」ぼくは用心深く答えた。相手の見知らぬ男がしゃべると、舌が歯を横切るように滑って、送話口にごくごく小さな唾のしずくを飛ばす、その場面のクローズアップを思い浮かべたりしないように努めながら。

「これはどうも、スピヴェットさん。わたし、Ｇ・Ｈ・ジブセンと申します。スミソニアンのイラストレーションおよびデザイン担当の次長をしています。こう申しては何ですが、あなたをつかまえるのは、そう簡単なことではなさそうですね。いや、電話が切れてしまったのかと思って——」

「すいません」ぼくはいった。「グレーシーが子どもみたいにすねるもんですから」

相手は沈黙した。その沈黙の背後に何かカチカチいうような音——前の扉が開いた古い置き時計のような音——が聞こえた。と思うと、相手がいった。「あの、お気を悪くなさらないでほしいんですが……お声からすると、ずいぶん、お若いようですが。そうなんでしょうか、Ｔ・Ｓ・スピヴェットさん？」

この相手の唇にかかると、うちの姓も、何か滑っこくて、しかも破裂しそうな性質を帯びてくるようだった。テーブルに乗った猫をシッシッと追いはらうときの音のような。むこうの受話器には唾がくっついてるはずだと思った。ほんとうにそうだったのだろう。相手はとき

我が家の電話コード小史

グレーシーは一時期、一晩じゅう、夢中になって電話でおしゃべりしていたことがあった。コードをぴんと張って、キッチンからダイニングルーム、階段、ぼくと共用のバスルームを通し、自分の部屋まで伸ばして。その前に、自分の部屋に電話を引いて、と父に頼んだのだけれども、拒否されて、ものすごく腹を立てた。だが、いくらかんしゃくを起こしても、父は取り合わなかった。「もし、そんなものの奪い合いになったら、うちが壊れちまう」そういって、部屋を出ていったが、それがどういう意味なのか、誰にもわからなかった。グレーシーはしかたなく、ダウンタウンのサムズ金物店にいって、五十フィートの電話コードを買ってきた。もし、ぴんと張る気になったら、千フィートは伸びそうなしろものを。そして、ほんとうにそうしたのだ。

グレーシーと、グレーシーの寂しさのせいで、あり得ない長さに引き伸ばされた電話コードは、今はぐるぐる巻きにされ、小さな緑色のフックにかけられていた。そのおびただしい輪と渦巻きを何とかしようとして、父がそこに取りつけたフックに。

「こんな投げ縄があったら、半マイル先のヘラジカの角に引っかけて倒せるな」父はフックを壁に釘づけしながら、しきりに首を振って、そういった。「女の子はいわなきゃならんことをキッチンじゃいえんのか。それにしても、あの子は何をいおうとしてたんだ？」

父は人と話をするのを、馬に蹄鉄を打つのと同じような仕事と見なしていた。それは楽しみでするものではなく、しなければならないからするものだった。

レイトンには、びっくりするようなことが一つあった。合衆国大統領全員を順番におぼえていたのだ。一人一人の誕生日、出生地、ペットの名前までも。そして、ぼくにはどういうものなのかわからなかったけれど、何かのシステムによって、全員をランク付けしていた。ジャクソン大統領は上位に、たぶん、リストの四、五番目にいたのではないかと思う。なぜなら、彼は〝タフ〟で、〝銃の名手〟だったからだ。ぼくは弟の百科事典的な傾向のあらわれを、ずっと意外に思ってきた。弟はほかのすべての面では、まったくもってカウボーイの原型で、ものを撃ったり、牛を追ったり、父といっしょにブリキ缶の中に唾を飛ばしたりしながら育ったからだ。

ぼくとレイトンはやはり血がつながっていると証明しようとするなら、レイトンに延々と質問しつづけ、大統領府に関する知識を披露させればよかった。

「おまえがいちばん気に入らない大統領って誰なんだ？」ぼくは一度聞いたことがある。

「ウィリアム・ヘンリー・ハリソンだよ」レイトンは答えた。「一七七三年二月九日、ヴァージニアのバークリー・プランテーション生まれ。ヤギと牛を飼ってた」

「なんで、いちばん気に入らないんだ？」

「だって、ハリソンはテカムセを殺したもん。だけど、テカムセはハリソンに呪いをかけたんだ。そしたら、ハリソンは大統領になって一ヵ月で死んじゃった」

「テカムセが呪いをかけたからじゃないさ」ぼくはいった。「ハリソンが死んだのは、テカムセを殺したせいじゃない」

「そうだよ」レイトンはいった。「人が死ぬのは、いつだって自分のせいだ」

どき、ハンカチで唾を拭っているに違いなかった。そのために、シャツのカラーのすぐ内側に、さりげなく忍ばせているハンカチで。

「ええ」ぼくはいった。今の大人同士の会話を続けようと一生懸命だった。「ずいぶん、お若いです」

「でも、あなたはあのＴ・Ｓ・スピヴェットさん、ご本人ですよね？　うちの〝ダーウィニズムとインテリジェントデザイン（何らかの知的存在が生命や宇宙のシステムを設計したという説）〟展にですね、カラビデ・ブラキヌスがどうやって腹部からものすごい分泌物を噴射するかのすばらしい図解を出品された？」

ボンバーディアビートル（ホソクビゴミムシ）のことだ。あのイラストを描くのには四ヵ月かかった。

「そうです」ぼくはいった。「ああ、あれ、前にいうつもりだったんですけど、腺のラベルに小さい間違いがあって――」

「いや、たいしたもんです！　でも、そのお声で、一瞬、とまどいましたよ」ジブセン氏は声を上げて笑ってから、我に返ったようだった。「スピヴェットさん――それはそれとして、あのボンバーディアのイラストにどれほど多くのコメントが寄せられたか、ご存じですか？　うちではあれを引き伸ばして――それも特大に！――展示の目玉にしたんです――バックライトを当てるだの何だのして。つまりですね、ご想像どおり、インテリジェントデザインの人たちというのは、なんだかんだと文句が多くて、〝還元不可能な複雑性〟なんですが――それが彼らの目下のお気に入りの言葉で、キャッスル（スミソニアン協会本部の建物の愛称）では忌まわしい言葉になっています――ところが、彼らが入ってきて、部屋の中央のあなたの腺のシリーズを見ると、おお、これは！　というわけですよ。複雑性も還元されてしまって」

ジブセン氏が興奮すればするほど、舌足らずな発音が、ますますくどく話の中に挟まれるようになった。ぼくはそればかりが気になってしかたがなかった。つまり、唾と舌とハンカチが。それで、一つ深呼吸して、相手に向かって何かを、〝唾〟という言葉以外の何かをいえないかと考えた。たとえば、大人がいう無駄話のようなものを。ということで、無駄話を始めた。「スミソニアンにお勤めなんですよね？」

「そう、そう！　そうなんですよ、スピヴェットさん。そのとおりです。事実、このわたしが実質的に運営していると多くの人にいわれるくらいで……まあ、うちは知識の拡大と普及についてはですね、昔から議会に権限を与えられ、百五十年以上前に、アンドルー・ジャクソン大統領の全面的な支援を受けたわけですが……しかし、想像もつかないでしょうね。今の運営がどうなっているかは」ジブセン氏は笑った。それにつれて椅子がきしんでいる音が聞こえた。まるで、椅子が彼の言葉に拍手しているようだった。

「はあ」ぼくはいった。会話の中でそのときはじめて、相手の舌足らずな発音から自分の関心を引き離し、今、誰と話しているかという現実に身を置くことができた。ぼくは、床がでこぼこで、なぜか箸が幅をきかせるようになった、うちのキッチンに立っていた。そして、自分が手にしている受話器が、銅線を通じて、カンザスから中西部、さらにはポトマックの谷間からスミソニアンキャッスルのジブセン氏の散らかったオフィスへとつながっているのを想像した。

スミソニアン！　我が国の屋根裏部屋。ぼくはスミソニアンキャッスルの青写真を調べ、詳細を写したりはしたが、頭の中でスミソニアン協会を現実化することは、まだできていなかった。ある場所の雰囲気を吸収するためには――グレーシーのいいかたを借りれば――全体の〝室感〟を読みとるためには、人はもろもろの直接の経験を必要とするのではないだろうか。いってみれば、その場にいて、入り口のにおいを嗅ぎ、玄関のむっとする空気を吸い、現実の位置関係を靴の先で探ってみない限り、データは収集できないのだ。スミソニアンというのは、そのすばらしい殿堂としての性格を、壁の建築様式からではなく、その壁の中におさめられたコレクションが発する強烈なオーラから感じとるという類（たぐい）の場所だった。

電話の向こうでは、ジブセン氏がまだしゃべりつづけていた。ぼくの関心は、その知的で、ちょっと舌足らずな東海岸特有ののろい話しぶりに舞い戻った。「そうなんです、ここにはたいへんな歴史があります」ジブセン氏はそういっていた。「ですが、あなたのような科学畑のかたや、わたしはですね、今まさに十字路に立っているんです。うちの入場者数が減っていまして。それも、うんと減っています――

ぼくがそれまでに見たスミソニアン協会の写真の中で、いちばん引きつけられたのは、よりによって《タイム》誌のものだった。ぼくはレイトンといっしょに、クリスマスツリーの下で腹這いになって、それをぱらぱらとめくっていた。午前六時一七分のことだった。そのときはわからなかったけれど、そんなふうにいっしょに腹這いになるクリスマスはそれが最後だった。

レイトンはふつう、雑誌を一ページ一秒の割合で見ていった。レイトンがそうやってざっと目を通しているとき、ぼくはある映像を見つけて、着実なテンポでページを繰っていたその手を押さえた。

「何すんだよ？」レイトンがいった。今にも殴りかかりそうな顔をしていた。レイトンは父の気性を受け継いでいた。父は何もいわないが、何でもこいという感じで、人を責めもしたし、励ましもした。

けれども、ぼくはその写真にうっとりして、返事もしなかった。写真の手前のほうでは、大きな標本キャビネットの引き出しが開けられていた。そこには、乾燥させた巨大なアフリカウシガエル――ピクシセファルス・アドスペルサス――が三匹、跳んでいる最中のように脚をひろげて、カメラに向けられていた。そして、奥のほう、どこまでも続いているような通路に向かってずらりと並んでいるのは、無数の古い金属製のキャビネットで、そのどれもが手前のものと同じ型で、中に無数の標本を収めていた。十九世紀の西部探検では、ショショーニ族の頭皮、アルマジロの足、ポンデローサマツの松かさ、コンドルの卵といったものが収集され、それが全部、東部へ、スミソニアンへ送られた――馬や駅馬車、のちには列車で。それらの標本の多くは、集めるときの混乱の中で分類もされなかったので、今はそこのどこか、どこまでも続くキャビネットの一つに埋もれているはずだった。その写真を見て、ぼくはたちまち恋い焦がれた。そういう保管庫に足を踏み入れたとき、どんな〝室感〟を受けるかに。

「ほんとにバカなんだから！」レイトンがそういって、そのページを強く引っぱったので、ページは写真の通路のすぐ下のあたりで裂けてしまった。

「ごめん、レイ」ぼくはページを持っていた手は離したけれども、イメージは離さなかった。

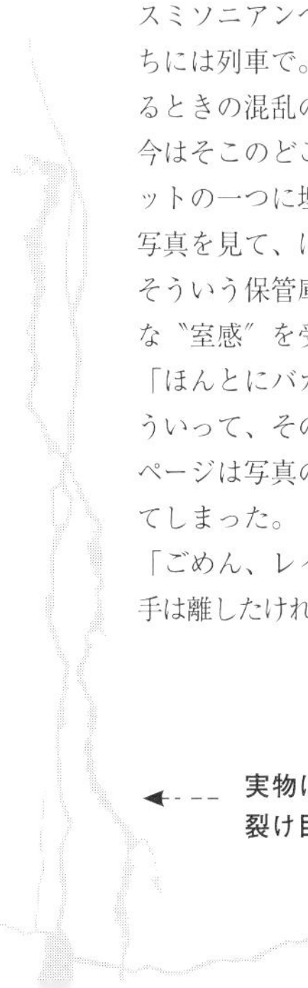

実物はもっと大きかったが、裂け目はこんなふうだった。

もちろん、これは内緒で申しあげているんですが。というのは、あなたはもう、我がほうの一員ですからね……それにしても、実に心配なことだといわざるを得ません。空前の事態、ガリレオ以降はなかったような事態です……少なくとも、ストークス（英国の発明家・技師）以降は……つまり、どうにも不可解なことなんですが、この国は進化論以降の百五十年をさかのぼろうとしているのです……ときには、ビーグル号（ダーウィンが乗船した測量船）は出航しなかったとでもいわんばかりでして」

それで、ぼくはあることを思いだした。「そういえば、『ボンバーディアビートルのボンビー』を送ってもらってないですね」ぼくはいった。「手紙には送るって書いてありましたけど」

「ああ！　ははは！　ユーモアのセンスもお持ちなんですね。いやいや、スピヴェットさん、あなたとは馬が合いそうですね」

ぼくが何もいわずにいると、ジブセン氏は先を続けた。「もちろん、お送りはできますよ！　いや、冗談だとばかり思ってたもんですから。あんな子どもの本を、ああいうイラストと並べて置かれるなんて――わたしは正面きっての議論には強い人間と思うんですが――しかし、あの本、子どもの本とは！　実に、実に、油断ならない！　それこそ、今まさに、うちが直面しているものなんです。相手は子どもの本を利用して、科学の教養を傷つけようとしてるんですよ！」

「ぼく、子どもの本が好きなんです」ぼくはいった。「グレーシーはもう、あんなもの読まないっていってるけど、まだ読んでるんです。自分のクロゼットに隠してあるのを見つけましたから」

「グレーシー？」ジブセン氏はいった。「グレーシー？　それは奥さまでしょうか？　いや、ご家族の皆さんにお会いしたいものです！」

ジブセン氏が自分の名前をどう発音するかをグレーシーが聞かなければいいが、とぼくは思った。ジブセン氏のおかしな、ほとんどバカみたいな舌足らずの発音――〝グレイスィフィー〟――だと、それが油断ならない熱帯病か何かのように聞こえるからだ。

「グレーシーといっしょに皮むきをしてたら、電話がかかって――」ぼくはそういいかけて、やめた。

「あの、スピヴェットさん。いや、あなたとお話できて、まことに光栄です」ジブセン氏は少し間をおいた。「ところで、モンタナにお住まいでしたね？」

「そうです」ぼくはいった。

「これはまた、驚くべき偶然の一致ですが、実は、わたしもヘレナ（モンタナ州の州都）の生まれでして、人生最初の二年はそちらで過ごしたんです。モンタナ州は、わたしの記憶の中では、常にある種の神話的な高みにありまして。もし、そちらにとどまって、いわゆる山国で育っていればどうだったのだろうと思うこともあります。ですが、うちの一家はボルティモアに移ったので……やんぬるかな、ですね」ジブセン氏は溜め息をついた。「それで、お住まいですが、もっと正確にいうとどちらなんですか？」

「コパートップ牧場です。ディヴァイドの真北、四・七三マイル、ビュートの南南西一四・九二マイルです」

「ああ、なるほど、いつかお訪ねしないとなりませんね。ですが、いいですか、スピヴェットさん。実は、びっくりするようなお知らせがあるんです」

「西経、一一二度四四分一九秒。北緯、四五度四九分二七秒。とにかく、ぼくのベッドルームはそこです――ほかの度数は記憶していないんで」

「信じられません、スピヴェットさん。その細部にまで光る目がですね、この一年、提供していただいたイラストや図解に反映されているのは明らかです。いや、ほんとにすばらしい」

「うちの住所はクレージースウイードクリークロード四八です」ぼくはそういったあと、突然、いわなければよかったと思った。というのは、相手が、送ってきた名刺の人ではなく、

ノースダコタの人さらいである可能性もなくはなかったからだ。それで、ひょっとしたら手がかりを消せるかもしれないと思って、こういった。「ええと、住所はたぶん、そうじゃなかったかと」

「けっこうです、けっこうです、スピヴェットさん。いいですか、今

からそのお知らせというのを申しあげます。あなたはですね、科学の振興に尽くされたということで、栄えあるベアード賞を受賞されたんです」

しばらく沈黙があったあと、ぼくが口を開いた。「スペンサー・F・ベアード、スミソニアンの第二代会長ですか？　あの人の賞を？」

「そうです、スピヴェットさん。あなたご自身がこの賞に応募されたわけではありませんから、これはあなたには初耳だと思います。ですが、テリー・ヨーンがあなたに代わって作品集を提出したんです。正直申しあげて、そうですね——あなたがうちのためにお描きになった小品を見ただけの時点では——しかし、あの作品集は、そう、あの中身を中心にした展覧会を今すぐにでも開きたいくらいですよ」

「テリー・ヨーン？」はじめ、ぼくはその名前がわからなかった。朝、起きたときに、自分のベッドルームがわからないということがときどきあるが、それとちょうど同じように。けれども、そのうち、その人物に関する白地図が埋まってきた。ぼくのお師匠さんで、ボグル（言葉遊びのゲーム）の相手でもあるヨーン博士のことだった。ヨーン博士は大きな黒縁眼鏡をかけ、白のハイソックスをはき、親指をしきりに振りたて、自分の体内のまったく別のメカニズムから発せられるような、しゃっくりに似た笑い声を響かせる人だった……あのヨーン博士が？　ヨーン博士はぼくの友だちであり、科学のガイドだったが、今、その彼が、ワシントンの賞に、ひそかにぼくを推薦してくれたらしいということがわかった。大人によってつくられた大人のための賞に。ぼくは突然、自分の部屋に隠れて、そのまま引きこもりたくなった。

「まあ、当然のことですが、あとでお礼をいっておかれるのがいいですね」ジブセン氏はしゃべりつづけていた。「それはそれとして、まず大事なことを。うちとしては、あなたにできるだけ早くワシントンに——うちでいうところのキャッスルにですね——飛んできていただきたいんです。そうすれば受賞のスピーチをしていただけるし、任期一年のポストをどうされるおつもりかを発表してもいただけます……要するに、お考えなり、方向なりを何か示していただきたいということなんですが。うちでは次の木曜日に百五十周年を記念する行事をし

スペンサー・F・ベアードは、ぼくのトップファイブに入る人物だった。彼は、あらゆる種類の植物相や動物相、考古学上の遺物、指ぬきから義肢までを巨大な収蔵庫に運びこむのを生涯の使命にした。その結果、死ぬまでに、スミソニアンのコレクションの数を六千から二百五十万にまでふくらませた。マサチューセッツ州のウッズホールで海を見ながら死んだときも、何で海も収集できなかったのだろうと思っていたのではないか。

ベアードはまた、絶滅した巨大なナマケモノにちなんで名づけられたメガテリウムクラブの父のような存在でもあった。メガテリウムクラブは、十九世紀中ごろの短い期間、存続していた会で、野心的な若い探検家や科学者のために設立された。会員たちはスミソニアンの建物に住みこみ、昼はベアードが目を光らせる中で訓練に励み、夜は博物館の陳列品の中で、アルコール入りのエッグノッグを飲んだり、バドミントンのラケットを振るったりして大騒ぎした。そういう暴れん坊たちの間でどんな会話が交わされたかといえば、きっと生命の本質や連続性といったことから機関車にまで及んだに違いない！　剝製の並ぶ大ホールの中で無尽蔵の運動エネルギーを蓄え、捕虫網とバドミントンのラケットで武装したメガテリウムたちが、ベアードによって荒野に放たれていれば、きっと西部に出ていって、幅広い知識の収集に貢献していただろう。

ドクター・クレアからメガテリウムクラブの話を聞いたあと、ぼくは三日間、黙りこくっていた。たぶん、飛び越えることを許さない時間のせいで、自分がそれに加われなかったのがねたましかったからだろう。

「モンタナでメガテリウムクラブを始められないかな？」ぼくはドクター・クレアの書斎の入り口に立ち、沈黙を破って聞いてみた。

ドクター・クレアはぼくを見つめ、眼鏡をずり下げると、不思議そうにいった。

「メガテリウムは絶滅したのよ」

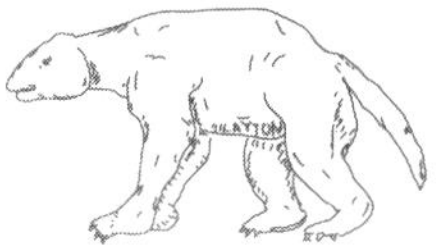

ぼくはおまえが好きだ

メガテリウム・アメリカヌム
ノートG78から

ます。それで、あなたが基調演説をなさってくだされればと思っているんです。あなたのお仕事はまさに最前線をいくものですから——視覚的に、そう……スミソニアンが最近、展示に力を入れている視覚に訴える科学的作品ですね。今日(こんにち)、科学は、ある巨大な障害にぶつかっていまして、われわれも火に火をもって戦わなければならなくなっています……大衆に、われわれの大衆に訴えるような、よりよい仕事をしなければならないのです」

「そうですか……」ぼくはいった。「ぼく、来週から学校が始まるんですけど」

「ああ、はいはい。それはそうですね。ヨーン先生からいただいたあなたの履歴書が完全ではなかったので、それで——そう！——ええと、ちょっととまどっているんですが、今現在、あなたがどういう立場にいらっしゃるのか、うかがってもよろしいでしょうか？　こちらは何かと忙しくしていまして、そちらの大学の学長さんにお電話して、このいいニュースをお伝えする機会がなかったんです。でも、ご安心ください。それは問題にはなっていませんから。押し詰まってきたこの段階になってもです……あなたはテリーといっしょにモンタナ州立大にいらっしゃるんですね？　実は、わたし、たまたまですが、ギャンブル学長をよく存じあげていまして」

　今、起きているのはとんでもないことだという認識が、突然、心にすとんと落ちてきた。舌足らずのジブセン氏と会話するうちに、伏せられた、あるいは、ねじまげられた情報に基づく誤解が、さらに誤解を呼んでいるのに気がついた。実は、一年前、ヨーン博士が、ぼくを大学の同僚の教授のように装って、最初のイラストをスミソニアンに送ったのだ。そのときの申告の嘘の部分は気分が悪かったけれども、自分がヨーン博士の同僚であったらいいというひそかな願望のほうが、それよりも強かった。そして、最初のイラスト——マルハナバチが別のマルハナバチをむさぼり食っているところ——が採用されて、ほんとうに公開されたのだった。ぼくはヨーン博士と、こっそり祝いあった。というのは、ぼくの母は、まだ、この件を何も知らなかったからだ。ヨーン博士はボーズマンから車を飛ばし、大陸分水界を二度横切り（一度はビュートに向かって西へ、二度目はディヴァイドに向かって南へ)、コパートップでぼくを拾うと、ビュートの歴史的なダウンタウンにあるオニールズへアイスクリームを食べにいった。

ぼくたちはバターピーカンのアイスクリームを手に、ベンチに座って、丘の黒いやぐらの足場を見上げた。やぐらは、古い立坑の入り口を示していた。

「人間が箱に乗って、三千フィート下りていって、そのまま八時間働いていたんだよ」ヨーン博士がいった。「八時間の間、世界は幅三フィートしかなくて、熱く、暗く、汗まみれだった。だいたい、町全体が八時間交代制になってたんだよ。鉱山で八時間働いて、酒場で八時間飲んで、ベッドで八時間眠る。ホテルは一回八時間だけしかベッドを貸さなかった。そうすれば、三回転させられるとわかっていたからね。想像がつくかい?」

「先生もその当時、ここに住んでたら、やっぱり坑夫になってたんですか?」ぼくは聞いてみた。

「あまり選択の余地はなかったんじゃないかな」ヨーン博士はいった。「当時は甲虫学者なんて、そう多くはいなかったからね」

そのあと、ぼくたちはパイプストーンパスへチョウの採集にいった。かなり長い間、二人とも黙りこくって、気まぐれな小型の鱗翅目(チョウやガを含む昆虫のグループ)をそっと追いかけた。それから、腹這いになって、丈の高い草の間をうかがっていたとき、ヨーン博士がいった。「いや、今回はあまりに早かったな」

「何がですか?」

「多くの人は、こんなふうに世に出るのを一生待つものなのに」

また沈黙があった。

「ドクター・クレアみたいに?」ぼくはようやく、そう聞いた。

「きみのお母さんは自分が何をしてるか知っているからね」ヨーン博士があわてていった。それから、少し間をおいて、山々をじっと眺めていた。「お母さんはすばらしい人だよ」

「ドクター・クレアが?」ぼくはいった。

ヨーン博士は答えなかった。

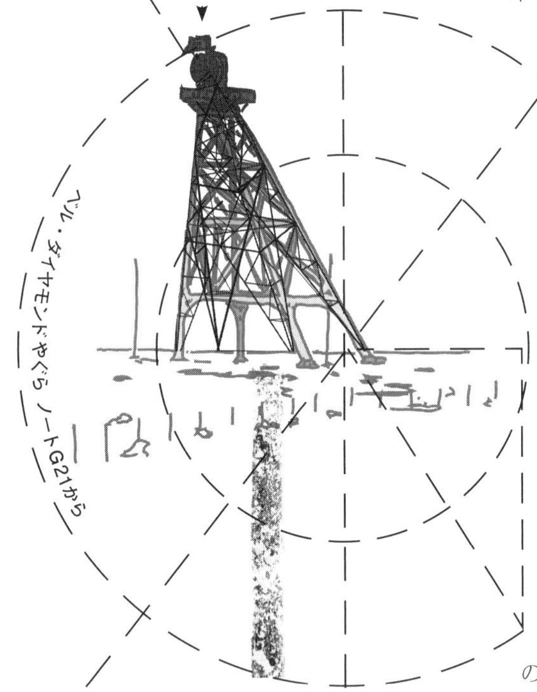

この骨組みだけの黒いやぐらの群れは、ビュートのダウンタウンの上方の丘に点々と散らばっていた。それは、町の地表の下に埋もれる、廃鉱となった銅山の墓石のように見えた。その下に立つと、鉄の格子を吹き抜ける風のうめきが聞こえた。ぼくはチャーリーと、大きな帆によじ登る海賊をまね、それらしい衣装を着て、やぐらを登る競争をした。

「ドクター・クレアは自分の甲虫を見つけられると思いますか？」

ヨーン博士がいきなり捕虫網を持って飛びだしたが、ジュニパーヘアストリーク、カロフリス・グリネウスに簡単にかわされてしまった。小さなそのチョウは、失敗を嘲笑うかのように、空へ向かってゆらゆらと舞い上がっていった。ヨーン博士は骨折り損に息を切らしながら、ラビットブラッシュ（キク科の植物）の中にしゃがみこんだ。ヨーン博士は運動が苦手だった。

「いいかい、T・S、わたしたちはずっと待てばいいんだ」ヨーン博士はまだ息づかいが荒かった。「スミソニアンは、この先まだまだ、手の届くところにあるだろう。きみはそれじゃ落ちつかないと思うかもしれないが、何も今すぐやらなくちゃならないということではないんだよ」

「でも、ぼくはああいうのを描くのが好きなんです」ぼくはいった。「ああいうのって、やっぱりいいですよ」

そのあとしばらく、二人とも黙っていた。なお草地を探しつづけたけれども、チョウはもういなくなっていた。

「いつか、お母さんにこのことをいわなくちゃならなくなるだろうね」車へ戻る途中、ヨーン博士がいった。「お母さんもとても誇らしく思うだろう」

「ぼくがいいます」ぼくはいった。「適当な時期がきたら」

しかし、その時期はくることがなかった。本人以外の誰の目にも明らかだったが、ドクター・クレアは、タイガーモンクビートルへの一途な執念と、それが二十年の捜索にもかかわらず見つからないという事実から、いくらでも見つかるはずの昇進の機会から遠ざけられ、永遠のリンボ（地獄と天国の間にある場所）の中にキャリアを留め置かれていた。もし、ドクター・クレアにその気があったら、世界の先頭をいく科学者の一人になれただろう、とぼくは確信していた。タイガーモンクと、それがドクター・クレアの心を締めつけていることを考えたら、ぼくは自分のキャリアが花開こうとしているなどとは、どうしてもいえなかった。すぐに開くとは思われなかったけれど、不思議なことに、しかも、どんどん勢いを増して、開こうとしているようではあったからだ。

まっとうな科学一家というのはどんなものなのか？

もし、T・E・スピヴェット氏ではなく、ヨーン博士がぼくの父親だったら、どれほど様子が違っていただろう、と思うことがときどきあった。ヨーン博士、ドクター・クレア、ぼくが食卓を囲んで、触覚の形態学とか、エンパイアステートビルから卵を割らずに降下させる方法といった科学的議論をすることもあったのではないか、と。としたら、それがまっとうな人生ということになるのだろうか？　何げなく飛び交う科学用語に囲まれていれば、ドクター・クレアも、また仕事をがんばろうという気になったのだろうか？　ぼくがなるべくヨーン博士といっしょに過ごすよう、ドクター・クレアが仕向けるのにぼくは気づいていた。まるで、自分には果たせない役割をヨーン博士が代行してくれるとでも思っているように。

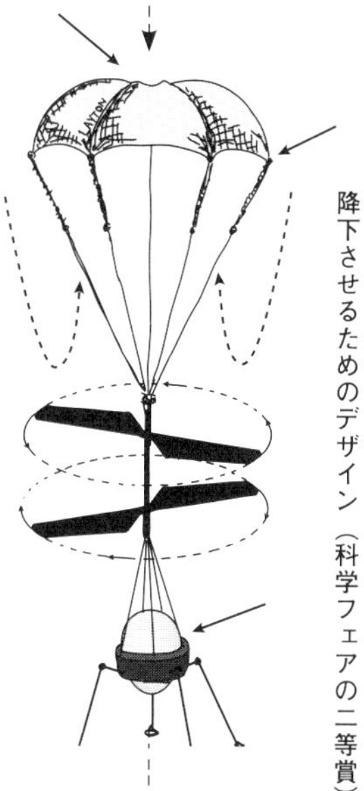

エンパイアステートビルから卵を降下させるためのデザイン（科学フェアの二等賞）

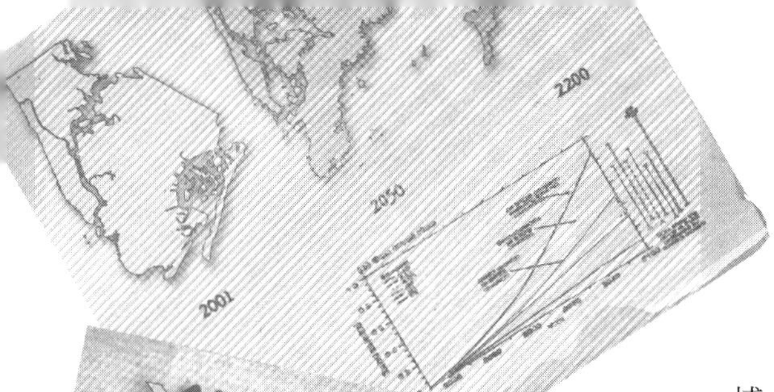

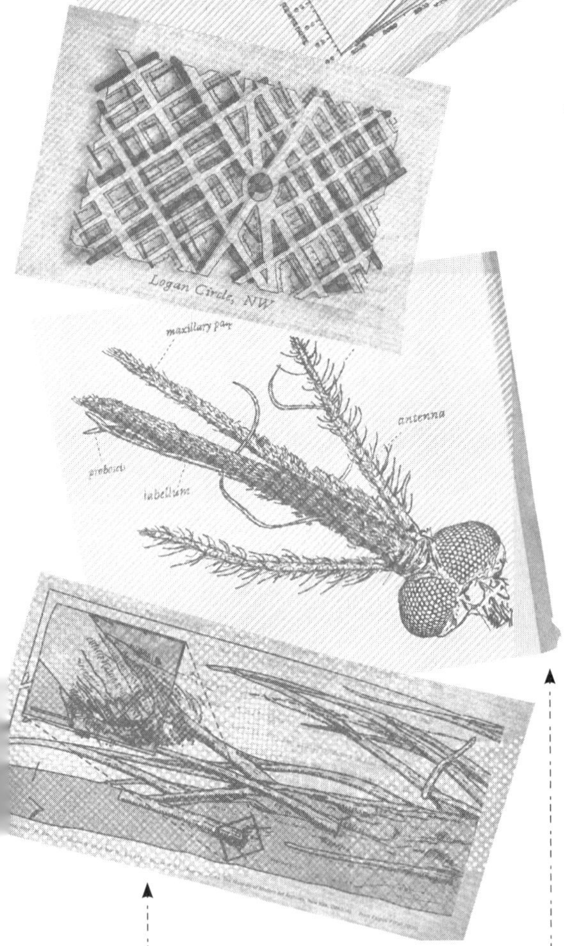

蚊の吻（ふん）と感覚子

そういうことで、スミソニアンとのやりとりはいつまでも秘密のままで、ごまかしばかりが先に立つことになった。

家では、両親は何も知らなかった。ワシントンでは、ぼくは博士の学位を持っていると思われていた。それでも、ぼくはヨーン博士を導管として、自分の作品をスミソニアンだけでなく、《サイエンス》《サイエンティフィックアメリカン》《ディスカヴァー》さらには《スポーツイラストレーティッドフォーキッズ》にまで定期的に送りだした。

ぼくの仕事は広範囲にわたっていた。まず、イラストがあった。勤勉なハキリアリの群れや、無数の、さまざまな色の鱗翅目の図解。カブトガニの循環系の相互関係を示す解剖図。アノフェレス・ガンビア——ガンビアハマダラカの触覚の羽毛状の感覚子を電子顕微鏡を通して見た図。

そして、もちろん、地図があった。一九五九年のワシントンDCの下水網。過去二世紀にわたるハイプレーンズ（グレートプレーンズの一部、ロッキー山脈寄りの高原地帯）のインディアン居住地区の縮小ぶりをコマ抜きであらわした裏ページ。三百年後の合衆国の海岸線を仮定した対照的な投影図三枚。地球温暖化と極地の氷冠の溶解から導きだされる理論上の結果が食い違っているのを描いたものだ。

それから、ぼくのお気に入りがあった。自分の——その個体は雌だったが——湯気の立つような分泌液を混ぜているボンバーディアビートルの七フィートもある図解。それを描き、調べ、ラベルをつけるのには四ヵ月かかった。おまけに、ひどい百日咳にかかって、一週間、学校を休む羽目になった。

その一方で、パイプストーンパスでは及び腰で捕虫網を振るっていたヨーン博士が、ぼくの進路についてはすっかり乗り気になって、本人に知らせもせず、同意も得ず、ベアード賞を狙って作品を送っていたのだ。それは、ぼくの目には、妙に子どもじみているように見えた。ヨーン博士はお師匠さんのはずだったのに、とぼくは思った。しかし、欺瞞（ぎまん）にまみれた大人の世界について、実のところ、ぼくに何がわかっていたのだろう？

ぼくは自分が十二歳だということをよく忘れた。日々の暮らしが忙しすぎて、年齢のことなど、そうこだわってはいられなかったのだ。けれども、今になって、大人の世界でつくりあげられた、とんでもない誤解に直面する羽目になった。ぼくは突然——なぜかはわからなかったが——手首の橈骨(とうこつ)動脈のまわりに集中する知覚の中で、自分の若さの重みを痛いほどに感じた。そして、遠い世界で話しているG・H・ジブセン氏も、はじめ、ぼくの子どもっぽい単調な声に疑念を抱いたかもしれないが、今はぼくを大人で自分の同輩と思っているらしいと気づいた。

ぼくは大きなT字路で立ち止まっていた。

〝左は平原〟さっき、来週から学校にいかなければならないといったのは、実は、セントラルビュート・ミドルスクールにいかなければならないということで、ミネソタ州立大の大学院生に教えにいくということではありません、とジブセン氏に釈明すれば、この件をすべて終わりにすることができた。混乱させたことをきちんと詫び、賞をくれることにお礼をいったうえで、賞は誰かほかの人に差しあげたほうがいいのでは、と提案してもよかった。車で出勤したり、選挙で投票したり、カクテルパーティーで所得税について冗談をいったりということができるような誰かに。そんなことをしたら、ヨーン博士を窮地に追いこむことになるかもしれなかったが、そもそもは、ヨーン博士がぼくを窮地に追いこんだのだ。それに、これはやればやったで立派なことといえそうだった——暗黙のカウボーイの掟に従っているぼくの父ならやりそうなことだった。

〝右は山〟ぼくは嘘をつくこともできた。嘘をついて、はるばるワシントンDCにまで出かけ、そこでも嘘をつきとおして、古い煙草の吸いさしやウィンデックス(窓ガラス洗浄液)のにおいがするホテルの部屋にこもり、現代のオズよろしく、閉ざされたドアの背後でイラストや地図や新聞発表用の資料を描くこともできた。それ相応の年齢の役者を雇って、ぼくを演じさせることだってできた。カウボーイ風、あるいは、カウボーイ風の科学者に見える役者、ワシントンの人たちが、隅に置けない男、モンタナの独立独行の男と認めそうな役者を。ぼくは自分自身をつくりなおし、新しいヘアスタイルを選ぶこともできた。

「もしもし、スピヴェットさん」ジブセン氏がいった。「まだ、いらっしゃいますか？」

「はい」ぼくはいった。「います」

「それでは、ご足労いただけると思ってよろしいでしょうか？　遅くとも、次の木曜日までにいらっしゃってくださるとありがたいんですが。記念行事で演説していただければ、それはもうたいへんなことです。みんな、熱心に耳を傾けると思いますよ」

　うちのキッチンは古かった。箸だの、電話コードだの、不燃性のプラスチック製品だのがごろごろしていたが、ぼくの質問に対する回答は見当たらなかった。ふと気がついてみると、レイトンならどうするだろうと考えていた。屋内でも拍車をつけ、骨董物のピストルを集めていたレイトンは、『E.T.』を見たあと、宇宙人のパジャマを着て自転車に乗り、屋根から飛びだしたことがあった。レイトンはずっとワシントンを見たがっていたが、それは、そこに大統領が住んでいるからだった。レイトンならいったに違いなかった。

　しかし、ぼくはレイトンではなかったし、レイトンのヒロイズムは真似ようがなかった。ぼくの居場所は、二階の自分の部屋の製図テーブルだった。今、そこでモンタナ全体の地図を少しずつ描いている最中だった。

「ジブセンさん」ぼくはいった。自分までが舌足らずになるところだった。「お誘い、ありがとうございます——ほんとにびっくりしてます。でも、お受けしたほうがいいとは思えないんです。ぼく、仕事がすごく忙しくて、その……とにかく、とてもありがとうございました。どうか、いい一日をお過ごしください」

　ぼくはジブセン氏が何かいう前に電話を切った。

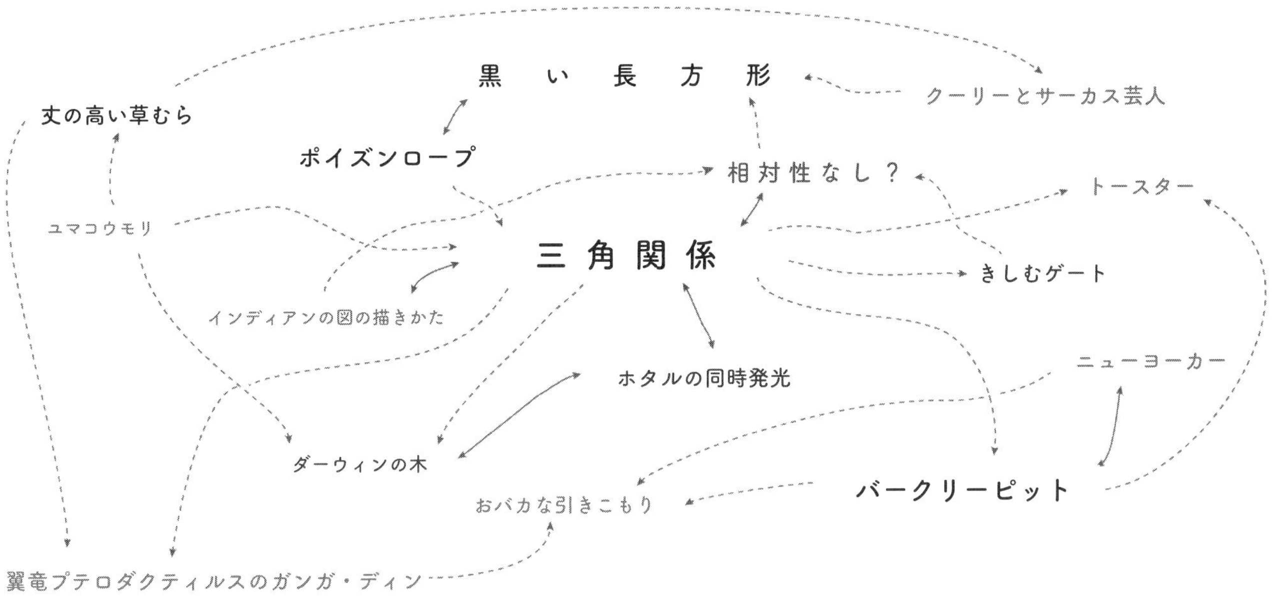

8月22日－23日の図
ノートG100から

第2章

受話器を受け台に戻すと、ワシントンからコパートップ牧場への接続が切れた。ぼくは、交換台がある中西部のぱっとしない小さなオフィスで、角縁眼鏡の女が、ソケットからコードを引き抜くのを想像した。そのとき、女のヘッドホンには、かすかな音――ポン――が響くはずだ。そのあと、女は同じ仕切りの中の同僚のほうに向きなおって、除光液についての会話を再開するのだろう。しょっちゅう中断しながら、それまでずっと続いてきた会話を。

ぼくは外に戻る途中、ドクター・クレアの書斎の前で立ち止まった。ドクター・クレアはデスクの上にどでかい分類学の本を五冊ひろげていた。左の人さし指でその革装の本の一冊の一行をしっかり押さえる一方で、右の人さし指で細かい項目のあちらこちらを指して比較参照していた。それが、ノミの一座にミニチュアのタンゴを踊らせているように見えた。

ドクター・クレアは入り口に立っているぼくに気づいた。「これは新しい亜種に違いないと思うんだけど」左右の指でそれぞれの個所を押さえたまま、ぼくを見上げて、そういった。「腹板にこれまで記述されていなかった溝があるのよ……まさかね。まさか……ずっと可能性はあったんだけど、まさかね」
「お父さん、どこにいるか知らない？」ぼくは尋ねた。
「まさか……」
「どこにいるか――」ぼくはもう一度、尋ねようとした。
「電話、誰からだったの？」
「スミソニアンだよ」ぼくはいった。
　ドクター・クレアは笑った。ドクター・クレアが笑う声を聞いたことはそんなになかったので、ぼくはちょっとばかり不意をつかれた。びっくりして、思わず、かかとをカチッと打ちあわせたかもしれない。
「ろくでもない連中」ドクター・クレアはいった。「もし、あなたが大きな組織に勤めることになったら、おぼえておくことね。そういうところの連中は――そもそもが――ろくでなしだって。官僚制っていうのは、どうしたって親切を無にするものなの」
「じゃ、膜翅類（ハチやアリを含む昆虫のグループ）はどうなの？」ぼくは聞いてみた。「膜翅類は官僚制じゃないの」
「ああ、でも、アリの群れはみんな雌でしょ。それはまた別よ。スミソニアンはおっさんのクラブだもの。それに、アリにはエゴがないから」
「ありがと、ドクター・クレア」ぼくはそういって、いきかけた。
「二人とも外の仕事はもう終わりでしょ？」ドクター・クレアが尋ねた。「わたしもお料理にかかろうとしてたところ」

　ぼくがポーチに戻ってみると、グレーシーはコーンの最後の一本に取りかかっているところだった。
「グレーシー！」ぼくは声をかけた。「ねえ！　虫食いは何本あった？」
「知らない」グレーシーは答えた。
「グレーシー！」ぼくはまたいった。「データをパアにしちゃうのかい！」
「あんたは六時間も電話に出てたじゃない。あたしはもううんざり

ドクター・クレアは嘘をついていた。
　お料理にとりかかろうとしていたのはグレーシーだった。ドクター・クレアはいつも料理しようというふりはしても、土壇場になって、書斎で何か大事なことがあるのを思いだし、グレーシーとぼくに台所仕事を押しつけるのだった。それはそれでよかった。ドクター・クレアはコックとしてはほんとうにお粗末だったからだ。ぼくが思いだせる限りでも、二十六台のトースターをパアにしていた。一年に二台余りのペースで、その中には、爆発して、キッチンの半分を焼いたものもあった。ドクター・クレアはパンをトースターに放りこむと、決まって、何か忘れていたことをするために部屋を出ていった。ぼくはこっそり自分のファイリングキャビネットにいって、時間図を持ってきた。それには、トースター一台一台にまつわる重要事件と、それが活動停止した日付および原因が書きこまれていた。

#21 "がっつき"――爆発4／5／04
全粒粉パンをトースト中

　ぼくはしばしば、ドクター・クレアの書斎の前に立ち、時間図を抗議のポスターか何かのように胸の前に掲げた。すると、煙が書斎にふわふわと流れてきて、ドクター・クレアが顔を上げ、煙のにおいを嗅ぎ、ぼくを見て、傷ついたコヨーテのように「キャッ、キャン！」と叫ぶのだった。
「炊事馬車のまかないみたいなあんな女がいて、この家がまだ立ってるのは奇跡っつーもんだ」父はよく、そういっていた。

よ」

「虫食いはどうしたの？」

「ヴェリーウェル用に、庭に放っておいた」

「あれ？」ぼくはいった。「へえ！　だったら、一つってことはないな。いくつさ？」

グレーシーは実から絹のような皮の最後の一枚をはぎとると、その実をブリキのバケツに放りこんだ。バケツの中では、輝くコーンの実が何本も、てんでんばらばらな方を向いて重なりあっていた。午後遅くの日ざしの中で輝いているみごとな黄色の粒が、早く押してほしいと願っている小さなボタンのように見えた。生のスイートコーンほど、一日をがらりと変えるものはなかった。その黄色、豊かな象徴性、溶けたバターの趣。それだけで一人の少年の生活を一変させられた。

自分がほんとうに機転のきく人間だったら、まず、皮を選り分けて数え、それから、実が全体で何本あったかを数え、そこからちょっとした推計をして、グレーシーがはじきだした虫食いの実の数を割りだせていたのに、とぼくは思った。はじめから、その日、むく予定だった本数を図に書きこんでおかなかった自分をののしった。けれども、正直いって、グレーシーが反抗的な態度をとるなどということは、まったく想定外の事態だったのだ。

今は役目を終えて、ポーチの階段に置かれている〝グレーシーがスイートコーンの皮をむいている図　＃６〟の上の右隅には、空白のスペースをとっておいた。虫食いの実を見つけたときに、それを書きこむためだった。ぼくが電話に出ようと立つ前には、まだ一本も見つかっていなかったけれど、ちゃんと備えはしてあったのだ。ふつうは、半分皮をむいた実の輪郭をできるだけ忠実に描いて、虫食いを見つけた時間を入れ、もし、わかれば、その虫がどういう種類のものか——アメリカタバコガであれ、ガイマイデオキスイであれ、ツマジロクサヨトウであれ——を記した。そして、その実にXをつけて、それは虫食いで食べられないということが一目瞭然になるようにした。その隣には、歴史的データをつけておいた。分数の形ではっきりと、つまり、この裏のポーチで行なわれた過去五回の皮むき大会でむいた実の総数を分母に、見つけた虫食いの実の数を分子にして。そのデータを見れ

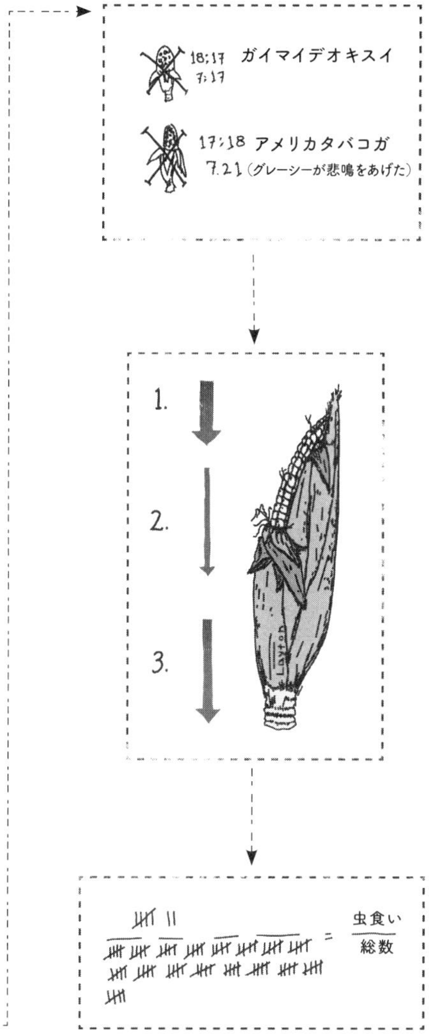

グレーシーがスイートコーンの
皮をむいている図＃６の詳細*
ノートB457から

＊今度の収穫はとてもすばらしかった、といってもよさそうだった。計八十五本の中で、虫食いは七本だけだったからだ。けれども、このデータも、グレーシーのバカな行動のせいで、もやもやした混乱の中に投げこまれてしまった。

ば、アマチュアの歴史家でも、ぼくたちがここで扱ったスイートコーンの質についての判断がつくはずだった。

データはすべて、ブルーノートのライブラリーから得たものだった。ブルーノートには、過去四年間、うちの牧場で行なわれたほとんどすべての活動をカバーする図がおさめられていた。たとえば、これがすべてというわけではなかったが、次のようなものがあった。用水を引く。柵を直す。牛を駆りたてたり、集めたりする。焼き印を押す。蹄鉄を打つ。干し草をつくる。ワクチンを接種したり、去勢したりする？　カイユース（小型の馬）を馴らす。ニワトリやブタやウサギをつぶす。エノキの実を摘む。ワラビの茂みを刈る。スイートコーンをもいで、皮をむく。草を刈る。掃除をする。馬具を磨く。投げ縄をぐるぐる巻く。古いシルヴァーキングのトラクターに油をさす。ヤギをコヨーテから守るため、柵に突っこんだ頭を引きだす。

ぼくは八歳のときから、そういった仕事のすべてを、事細かに図に描いてきた。八歳というのは、ぼくの認識や分別が、幼年期のつぼみから開花した年齢だった。図を描くのに求められる、ものの見かたが十分に備わってきたのだ。といって、精神も十分に発達したというわけではなかった。少なからぬ面で、自分はまだ子どもだと認めないわけにはいかなかった。たとえば、今でも、ときどき、おねしょをしていたし、おかゆにわけのわからない恐れを抱いていた。しかし、ぼくは、図を描くことで、子どもの勝手な思いこみの多くが拭われると固く信じていた。〝こちら〞と〝あちら〞の間の距離をはかることが、その間に何があるのかの謎を解いてくれるのだ。限られた経験上の証拠しか持たない子どもにとって、〝こちら〞と〝あちら〞の間にあるかもしれない未知のものに対しては、恐れが先に立った。ほかの子どもの多くと同じように、ぼくは〝あちら〞にいったことがなかった。ほんの少しばかり〝こちら〞にいるだけだった。

図を描くときの最優先のルールは、実際の現象を観察することができなければ、それを紙に描くことは許されないというものだ。しかし、ルイス氏、クラーク氏、さらにはジョージ・ワシントン氏（測量士の経験がある大統領で、嘘(ライ)はつかなかったけれど、方向(ライ)は描いたかもしれなかった）を含むぼくの多くの先輩たちは、まだまだ不確実な世界

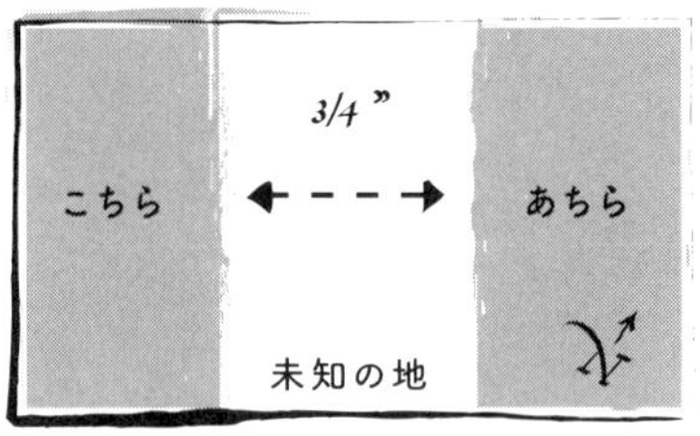

こちらとあちらの間の距離
ノートG1から

ぼくが小さいころにおねしょをした理由の一つはこういうことだったと思う。夜になると、ベッドの下では、怒った翼竜プテロダクティルス――ぼくは〝ガンガ・ディン〞と名づけ、白く燃えたつ小石のような目と、恐ろしい死のくちばしを持っていると想像していた――が、もし、ぼくがトイレにいこうとして、冷たい木の床に降り立ったら、そこをとらえて殺してやろうと待ちかまえているかもしれなかった。それで、我慢しているうちに、とうとうこらえきれなくなって、その結果、シーツが最初は湿って温かくなり、次に湿って冷たくなるのだった。ぼくは震えながら、でも、死にはしないで、そこに横たわったまま、自分のおしっこがガンガ・ディンの頭にしたたり落ち、食事をとりそこねた竜をますます怒らせる（そして、飢えさせる）のではないかと考えて、慰めにもならない慰めをかき集めようとした。けれども、ぼくはもう、ガンガ・ディンを信じてはいなかった。だから、今もって、ときどき、おねしょをする理由を説明することはできなかった。人生は小さな謎に満ちている。

に生まれてきたせいだろう、すぐそこの山の向こうの土地についてでも、好き勝手にでたらめな地理を想像し、このルールを平気で無視した。〝ずっと先で太平洋に注ぐ川、小丘の細長い列でしかないロッキー山脈〟――それは、自分たちの望みや恐れを地図上の空白のスペースに移植するのに、とても都合がよかった。〝ここは竜の住処（すみか）〟昔の地図師は、自分の筆が及ばない空白の深淵に、そう記した。

　では、ぼくの場合、そのままあらわすよりも、何かでっちあげたくなる衝動をやわらげるのに、どんな方法があったか？　それは単純だった。自分のデータからわかる範囲の外へ筆がさまよいでたときには、製図テーブルのタブソーダ（低カロリー清涼飲料）を一口飲めばよかった。中毒かもしれなかったが、それは謙虚になるための中毒だった。

「グレーシー」ぼくは、駆け引きに長（た）けた大人の口調を装って、穏やかにいった。「もし、よろしかったらですね、虫食いの実が何本あったか教えていただけないでしょうか。そうすれば、この地域の害虫処理に関する重要なデータに、それをつけたすことができて、いい仕事になるんですが」

　グレーシーはぼくをじっと見つめた。そのジーンズは、コーンの絹のような糸でまだらになっていた。

「いいわ」グレーシーはいった。「何本って……十本かな？」

「嘘だろう」ぼくはいった。「それは多すぎるよ」

「どうしてわかるの？」グレーシーがいった。「あんた、ここにいた？　いなかったじゃない。電話に出てたから。いったい、誰からだったの？」

「スミソニアンだよ」ぼくはいった。

「え、誰？」グレーシーは聞きなおした。

「ワシントンＤＣの博物館だよ」ぼくはいった。

「そこの人が何であんたに電話してきたの？」

「ぼくにきてほしいって。イラストを描いて、スピーチをしてほしいんだって」

「何ですって？」グレーシーがいった。

「いやー、その……」

グレーシーは複雑な人間だった。その頭のブラックボックスの中で何が起きているか、ぼくはわかったふりなどしなかったけれど、グレーシーが「何ですって？」といったとき、たぶん、大脳皮質の中では、こんな順序で考えが閃いていたのではないか。	ぼくはグレーシーほど複雑ではなかったけれど、いやー、その、といっている間に、すばやく、ほぼ同時に、神経が反応を起こしていた。	*t* (s)
1. ぼくがいったことのあまりのバカバカしさに、顔を見て笑ってやりたいという強い衝動。 2. ぼくがいったことは嘘ではなく、この変な弟が自分より先にモンタナを出ていくかもしれないという恐れ。	1. グレーシーがぼくをからかい、そのあと、ぼくをぶつかもしれなかったので、この話をするのは落ちつかなかった。 2. ぼくは図や表を用いずに、この状況をどう説明したらいいのかわからなかった。	00:00:00.0
3. ぼくがいったことが嘘ではないとしたら、この変な弟がワシントンに招かれたのだというかすかな誇り。 4. 自分もこの変な弟といっしょにワシントンにいくことはできないかと策をめぐらせるなかなかのずるさ。	3. ぼくはドクター・クレアにはこの旅のことをまだ知られたくなかった。 4. ぼくはいまだに、きょう、何本の虫食いコーンが見つかったのかを考えていたので、集中できなかった。	00:00:00.5
5. 象に生まれ変わりたいという、いつものはかない望み。 6. 演台からやっと頭が出るくらいのぼくが、ペンとクリップボードを手にした大人の聴衆にスピーチしているのを想像して、顔を見て笑ってやりたいという強い衝動。	5. ぼくたちは象にはなりそうもない。あるいは、もう、象になっているのかもしれない。 6. ジブセン！　あの舌足らず！　まさか！　スミソニアン！	00:00:01.0 00:00:01.3

「あんた、何の話をしてるのよ？」グレーシーがいった。

「だから、ぼくにワシントンにきてもらって、そういうことをしてほしいんだって」

「何であんたなの？　あんたはまだ十二じゃない！　それに、変なやつじゃない！」グレーシーはそういってから、一瞬、口をつぐんだ。「ちょっと待って……あんたって、ほんとにしょうがないやつね」

「違うって」ぼくはいった。「だから、それはできないって、むこうにいっておいたよ。ワシントンにいくのだって無理なのに」

グレーシーは、ひそかに進行する熱帯病にでもかかったのかというような目で、ぼくをじっと見つめた。頭を左にかしげ、口をほんのちょっと開けて。それは、信じられないというときにあらわれるチックで、グレーシーがドクター・クレアから受け継いだものだった。

「こんな世界、信じられない」グレーシーはいった。「あたし、神さまに嫌われてるみたい。神さまにこういわれてる。〝おい、グレーシー、おまえはよくそんないかれた家族といっしょに暮らしていられるな！　ああ、そんなだから、おまえたちはモンタナに住まなくてはならんのだ！　それなのに、おまえの弟、あのとんでもなく変なやつはワシントンDCにいくようだ――〟」

「いっただろ、ぼくはワシントンにはいかない――」

「〝――いいか、それはだな、みんな、変なやつが好きだからだ！　ワシントンの連中は、自分たちだけじゃ満足することができんのだ〟」

ぼくは一つ深呼吸した。「グレーシー、ちょっと話がそれたような気がするんだけど……ほんとに教えてくれないかな、虫食いが何本あったか……一本一本にどんな虫がついてたかはいわなくてもいいからさ」

しかし、ぼくはすでにグレーシーを〝おバカな引きこもり〟に追いやっていたようで、そのきざしが行動にあらわれていた。まず、グレーシーはブーブーうめいていた。前に見た自然番組で、雄のヒヒが自分の兄弟の腹にパンチをくれると、その兄弟が、今、グレーシーが漏らしているのと同じ声をあげていたけれども、それ以外では聞いたことがないようなものだった。そのヒヒの声を、番組のナレーターは、〝自分の血縁の優越をしぶしぶ認めるもの〟と解釈していた。それから、グレーシーは足音も荒く自分のベッドルームへ直行して、そのまま長い間、引きこもるのだった。食事のときにもあらわれず、いちばん長い場合には、一日半も出てこなかった。それは、ぼくが手製の嘘発見器――賢明にも、あとで分解してしまったが――で、グレーシーを危うく（偶然に）感電死させかけたときのことだった。ぼくはグレーシーをなだめすかし、ガールポップの巣窟から誘いだした。ぼくが米国地質調査所から毎月もらっている奨学金をつぎこんで手に入れた、全長ほぼ五百フィートのグミテープ（テープ状のグミをぐるぐる巻きにして円形の容器に入れた菓子）をわいろにして。

「ごめんね、グレーシー」ぼくはドア越しに声をかけた。「これ、ほぼ五百フィートのグミテープ」そういって、ビニール袋を四つ、床に置いた。

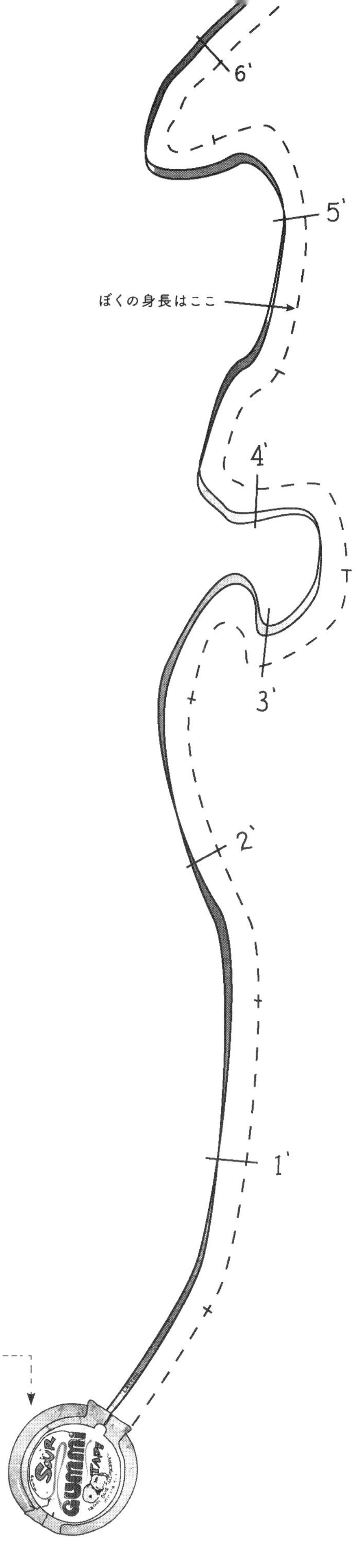

　まもなく、グレーシーが頭を突きだした。まだむくれていたけれど、明らかに疲れ、自業自得で腹ぺこになっていた。「いいわ」グレーシーはそういって、袋を中に引きずりこんだ。「T・S、これからはまじめになれる？」

　一日がこそこそと立ち去っていった。グレーシーはあいかわらず、ぼくに話しかけようとしなかった。ドクター・クレアは甲虫に関する問題の枝葉末節（しようまっせつ）にのめりこみ、父は例によって野外に姿を消したので、ぼくには話し相手がいなくなった。ぼくはしばらくの間、ジブセン氏からの電話などなかったようなふりをした。そう、それは八月の終わりの、ありふれた牧場の一日だった——もうじき、最後の干し草つくりが始まるはずだった。学校もまもなくだった。ハコヤナギのそばの崖の下にある水溜まりで泳ぎが楽しめるのも、あと二週間ほどだった。
　しかし、ジブセン氏の物柔らかで舌足らずな発音は、どこにでもついてきた。ぼくはその晩、東海岸の上流階級のカクテルパーティーの夢を見た。そこでは、ジブセン氏の舌足らずな発音が一座の中心になっていて、誰もが一言一言に耳を傾けていた。そのすべっこいイントネーションが、たとえば〝トランスヒューマニズム〟といった言葉に、彼ら独特の正統性を与えるとでもいうように。と思ううちに、ぼくは汗びっしょりで目を覚ました。
「トランスヒューマニズム？」ぼくは暗闇に向かって舌足らずに問いかけた。

　翌日、ぼくは気をまぎらわせるために、『白鯨』の図を描こうとした。
　小説というのは、図に描くには厄介なしろものだ。つくりものの風景が、現実の世界をそっくりそのまま図にするという重圧からの避難所を提供してくれることもないではなかった。けれども、そういう現実逃避は、常に、むなしさのようなもので中和された。ぼくには、フィクションの作品を通じて自分を欺いているのがわかっていた。おそらく、現実逃避の喜びを、欺瞞の自覚と釣りあわせることが、なぜ小説を読むかのいちばんのポイントなのだ。しかし、ぼくは、現実と創

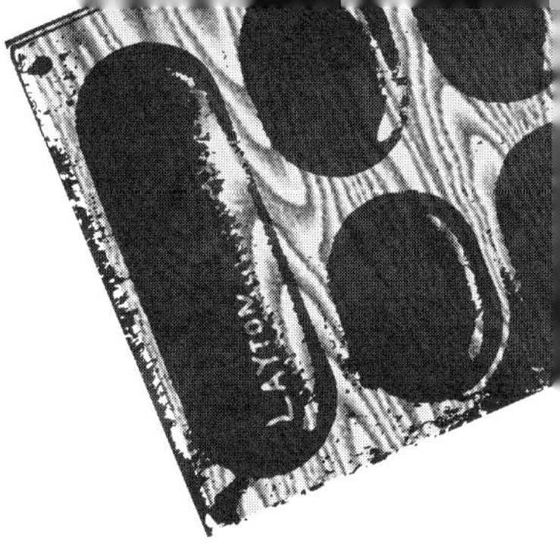

作を同時に、うまくぶらさげることがどうしてもできなかった。たぶん、同時に信じもするし、信じもしないという綱渡りをするためには、大人である必要があったのだろう。

結局、午後も遅くなってから、ぼくはメルヴィルの亡霊を頭から追いはらおうと、外に出て、父が丈の高い草むらを刈ってつくった曲がりくねる小道をたどった。夏も終わりになると、草むらはぼくの頭を越すほどの丈になっていた。それがざわざわ揺れると、午後の最後の光が、茎や小さな枝にやさしく陰影をつけながら、ブルーやサーモンピンクの色となってにじみだした。

草むらの内側には、別世界があった。その真ん中にドスンと座りこみ、倒れた茎に首をのせると、まわりには無数の草がそびえ立ち、青空にぶつかって折れ曲がっていた。牧場も、そこの人間も、遠い夢の中に消えていきそうだった。そんなふうに仰向けになれば、どこにでもいくことができた。いってみれば、貧乏人の念動装置だ。ぼくは目を閉じ、草の葉が立てる衣擦れのような音に耳を澄ました。そして、自分がグランドセントラル駅にいて、コネチカット行きの急行に乗ろうと急ぐ人のオーバーコートが他人をかすめる音を聞いていると想像した。

ぼくはレイトン、グレーシーと、その草むらで時間を忘れて遊ぶことがよくあった。ぼくたちは、〝ジャングルの生き残り——誰が食われるか？〟とか〝体が一インチに縮んでしまった——さあ、どうする？〟といったゲーム（なぜか、ぼくたちのゲームは質問のかたちをとることが多かった）を、何時間も夢中になってやった。そのあと、内々で〝飛び出しナイフ〟と呼ぶ状態になって家に戻った——抜け目もなければ容赦もない草むらに、目に見えないほどの切り傷をいくつも負わせられ、向こうずねが、むずむず、ちくちくする状態になって。

しかし、草むらの内側の世界は、つくりごとの国というだけではなかった。科学的観察と牧場経営の実務の間の、非公式な境界地だった。ぼくはドクター・クレアと、捕虫網と毒瓶を持って、その中を捜しまわり、ツチハンミョウやハナノミを採集しにかかった。網に入った虫は、激しくもがいたり、転げまわったりした。ぼくたちはその狂乱ぶりに思わず笑いだし、身もだえするかわいそうな甲虫を見逃してやっ

「お母さん、ぼくが草からエイズをうつされることある？」去年の夏、レイトンがそう聞いたことがあった。
「ないわ」ドクター・クレアがいった。「せいぜいロッキー山紅斑熱くらいね」二人はマンカラというボードゲームをしていた。ぼくはカウチに座って、地形図の線と取り組んでいた。
「ぼくが草にエイズをうつすことは？」レイトンが尋ねた。
「ないわ」ドクター・クレアが答えた。小さなコマが木のボードの穴の中にコトンコトンと落ちた。
「お母さん、エイズになったことある？」
ドクター・クレアは顔を上げた。「レイトン、エイズがどうしたっていうの？」
「さあ」レイトンはいった。「ぼく、それになりたくないんだけど。アンジェラ・アシュフォースがさ、それはこわいもんで、たぶん、あんたもかかってるよっていうんだ」
ドクター・クレアはレイトンをまじまじと見た。マンカラのコマを手にしたままだった。
「アンジェラ・アシュフォースがもう一度、そんなことをいったら、こういってやりなさい。ある肉体的、感情的、観念的基準——その多くは不適当で、不健康で、いつまでもなくならないんだけど——それに従って行動するようにという過度のプレッシャーが小さな女の子にまでかかる社会で、小さな女の子でいるっていうのもたいへんなことだけど、だからって、アンジェラがあなたみたいないい子に見当違いな自己嫌悪を押しつけていいってことにはならないって。あなたは本質的に何か問題を抱えてるかもしれないけど、それは、あなたがよくできた、いい子ではないってことにはならないし、まして、あなたがエイズだなんてことではけっしてないんだから」
「そんなの全部おぼえられそうもない」レイトンがいった。
「だったら、アンジェラにいってやりなさい。おまえの母さんはビュートの貧乏白人の酔っぱらいだって」
「わかった」レイトンはいった。
小さなコマがコトンコトンという音を立てた。

た。

父は牧場に丈の高い草むらや、威勢のいい藪が野放図にひろがっていくのを好まなかった。ぼくがもっと小さくて、レイトンのような見習いカウボーイになろうとがんばっていたころの話だが、父は新しい柵をつくるときに、まず、ぼくたち二人を草刈りに送りだした。それだけでなく、牧草地の整然とした世界が、荒れ地に侵略されていると感じただけでも、すぐ草刈りにかからせた。

「何だって――荒れ地がここらを分捕(ぶんど)るのをほっとくんだ？」父はそういって、腹立たしい藪をぶった切るよう、ぼくたちに小型のなたを手渡した。「もうじき、小便するにも潜望鏡がいるっつーことになる」

ということで、きれいに草を刈ってしまうと、ドクター・クレアはがっかりするようだった――何といっても、そこはドクター・クレアのお膝元の採集地だったからだ――しかし、父が柵をつくるという区域をぼくたちが刈りはらっても、たいていの場合、ドクター・クレアは何もいわなかった。自分の散らかった書斎へ、鞘翅(しょうし)目（甲虫類）の標本へ静かに戻っていくだけだった。ただ、両手を忙しく動かして、ピンで留めたり、保管したりといった作業をするとき、いつもより、ほんの少し熱中度が増すようだった。それは、たぶん、同僚の科学者であるぼくだけにしかわからなかった。

ぼくは丈の高い草むらで仰向けになって、この目でスミソニアンを見るとどんな感じがするのか、想像しようとした。ナショナルモール（スミソニアン博物館群がある地区）を歩いていくうちに、発見と発明の殿堂に出合う。ぼくはなぜ、そんな申し出を断ってしまったのか？こんなチャンスは一生に一度あるかないかなのに。

突然、草むらの中で何か物音がして、スミソニアンの夢を破られた。耳を澄ますうちに、体がこわばってきた。それはクーガーが迫ってくるような物音だった。ぼくはさっと跳ね起き、とりあえず攻撃の体勢をとって敵に備えた。その一方、左手でそっとポケットを探った。レザーマン（ペンチにナイフなどを組み合わせた多機能ツール）（地図製作者用）はバスルームに置いてきていた。もし、クーガーが腹をすかせて

ぼくがおぼえている限り、コパートップでは、父と母の間で、この押したり引いたりの力比べがずっと続いていた。ドクター・クレアは、十七年ゼミのさなぎがあらわれる期間、納屋の二階の干し草置き場にロープを張って立ち入り禁止にしたことがあった。父はかんかんになって、一週間、馬に乗ったままで食事をとった。

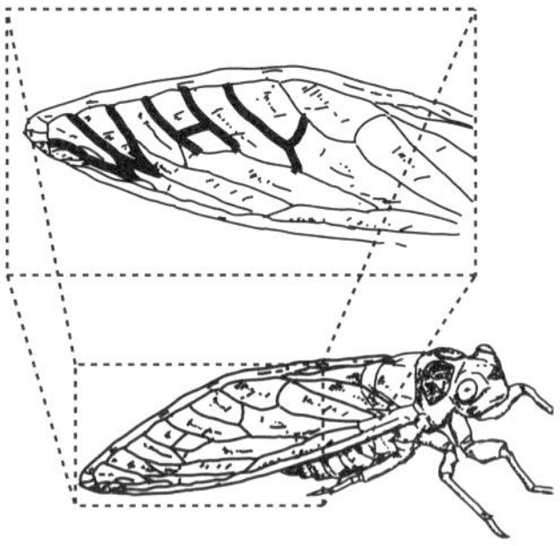

セミの羽の図解　　ノートR15から

同じように、父は、半分に切ったオレンジをばらまいた囲いの中にヤギを入れた（故意か偶然かが、いまだに議論になった）。そこでは、ドクター・クレアが日本から送ってもらったばかりのヒゲナガゾウムシを育てていた。哀れなゾウムシたち。太平洋を越える三千マイルの旅をしてきたというのに、〝鈍(どん)くさい〟モンタナのヤギの群れにむさぼり食われてしまった。

父がドクター・クレアにした言い訳というのがそれだった。「なにしろ、鈍くさいやつらだから」父はステットソン帽を抱えて、そういった。「そういうことだ。鈍くさいんだ」

コパートップでのぼくのお気に入りの観察の場所は、ちょうど真ん中にある大きな柵の柱のてっぺんだった。後ろには、丈の高い草むらとランチハウス（ドクター・クレアはずっと奥のほうで研究していた）があり、前には、牧草地と若い雌牛、そして、ちょっとばかり鈍くさい、よく動く口をもぐもぐさせている鈍くさいヤギがいた。そこに腰かけると、うちの牧場は、何よりもまず、偉大な妥協の産物だということが見えてきた。

いたら万事休すだ。

紗（しゃ）の幕になった草の茎を透かして見るうちに、だんだんとその動物に焦点が合ってきた。それはクーガーではなかった。ヴェリーウェルだった。

「ヴェリーウェル」ぼくは声をかけた。「まじめにやれよ」だが、すぐにそういったことを後悔した。

ヴェリーウェルは毛むくじゃらの騒々しい牧場犬だった。ぼくは彼の種の起源をたどろうと、犬の本を何冊も読んだが、ゴールデンレトリーバーとクーリー――オーストラリアの牧羊犬で、このあたりではたしかに珍しかった――の血をひいているという仮説に到達するのが精いっぱいだった。といって、エドヴァルド・ムンクの絵を洗車場で洗ったような、灰色と黒と茶の渦が散らばるワイルドな毛並みは、ほかに説明のしようもなかった。

強迫神経症に凝り固まったようなドクター・クレアも、おかしなことに、ヴェリーウェルの素性には無関心だった。

「犬は犬でしょ」ドクター・クレアはそういうだけだった。それは、三年前にヴェリーウェルをうちに連れてきた日に、父がいったこととまったく同じだった。父はワクチンの注射器を買いにビュートに出かけたとき、州間高速道路１５号線の休憩所で跳ねまわっている小さなヴェリーウェルを見かけたのだった。

「あんなところに置き去りにするなんて、どういう人？」グレーシーはそういって、犬の背中を撫でた。もう深い愛情を注いでいることがうかがえる撫でかただった。

「巡回サーカスの芸人だ」父がいった。

グレーシーは、川床に近いグリースウッドの茂みの中で、花輪とアコーディオンの音楽で彩られた凝ったセレモニーを行なって、犬に命名した。父を除く誰もが、いい名前だと思った。父は〝ヴェリーウェル〟というのは、働く牧場犬の名前ではない、とブツブツいった。〝チップ〟とか〝リップ〟とか〝テイター〟というような、短くて、びしっとした名前をつけるべきだというのだ。

「そんな名前だと、犬に間違ったメッセージを送ることになる」ヴェリーウェルがやってきた日の翌朝、父はおかゆをせかせか口に運びながら、そういった。「自分が時間に縛られてることを忘れちまう。休暇でここへきたみたいにな。ニューヨーカー」
〝ニューヨーカー〟というのは、父が何の脈絡もなく乱発するフレーズだった。自分が〝軟弱〟とか〝派手〟とか〝不適当〟と思うものについてしゃべるとき、それを包括的に告発するセンテンスの最後にくっつけて使うのだった。「この新しいシャツは三ヵ月で擦り切れちまった。値札を外す前にぼろぼろになるんじゃ、いったい、何のためにばりばりのドル札で払うっつーんだ？　ニューヨーカー」
「ニューヨーカーに何か恨みでもあるんですか？」ぼくはそう聞いてみたことがあった。「だいたい、ニューヨークにいったことあるんですか？」
「何が聞きたいんだ？」父はいった。「ニューヨークっつったら、ニューヨーカーみんながそこの出だ」
　ヴェリーウェルは牧場犬としては、せいぜい二流ということがわかったけれども、レイトンは初恋といってもいいほどに惚れこんだ。お互いに離れられない仲になった。あいつは肥やしほどの値打ちもない、と父は文句をいいつづけたが、レイトンはヴェリーウェルの勤労倫理など気にもならない様子だった。どちらも、お互いの間でしか理解できない言葉、つまり、軽く叩いたり、口笛を吹いたり、独特の抑揚で吠えたりというやりかたで話していた。夕食のときも、ヴェリーウェルはレイトンの一挙一動をじっと見ていて、レイトンが立っていこうとすると、木の床をカタカタ鳴らしながら、そのあとを追った。グレーシーはそういう血縁のような関係に焼きもちを焼いていたのではないかと思うが、ほんとうの愛情というのは、まわりがとやかくいうのを許さないこともあるのだ。

　レイトンが死んだとき、ヴェリーウェルは二ヵ月ほど、様子がおかしかった——裏のポーチを駆け上がったり駆け下りたり、地平線を探しつづけたり、午後じゅう、バケツをかじっていて、とうとう口から血を流したりという具合だった。ぼくは何といったらいいのか、何をしたらいいのかわからなくて、彼の苦悩を黙って見まもっていた。
　そのあと、初夏のある日、グレーシーがヴェリーウェルを遠くまでの散歩に連れていった。それはいつもの散歩とほとんど変わりなかった。ただ、グレーシーがタンポポの花輪をつくってやって、ハコヤナギの木のそばでしばらく立ち止まっていたのが違っていた。帰ってきたときには、どちらの顔にも新たな相互理解の色が浮かんでいた。ヴェリーウェルはバケツをかじるのをやめた。
　結局、ぼくたちは独自のやりかたでヴェリーウェルを使うようになった。たとえば、どうしようもない孤独を感じたときには、テーブルから立って、舌でチッという小さな音を立てるとか。レイトンがやっていたとおりでなくても、なるべくそれに近く——ヴェリーウェルにとって、それは牧草地へついてこいという意味だった。ヴェリーウェルもそういうやりかたで使われることをいやがってはいないようだった。彼なりに、主人を失ったことと折り合いをつけていたのかもしれない。それに、〝孤独な散歩〟で、ヴェリーウェルは自分の趣味に取り組む機会を与えられた。それは、ホタル、フォティヌス・ピラリスをパクリとやることだった。七月の終わりの幾晩かの間、ホタルが同時に発光することがあった。以下の神秘的なメトロノームのように。

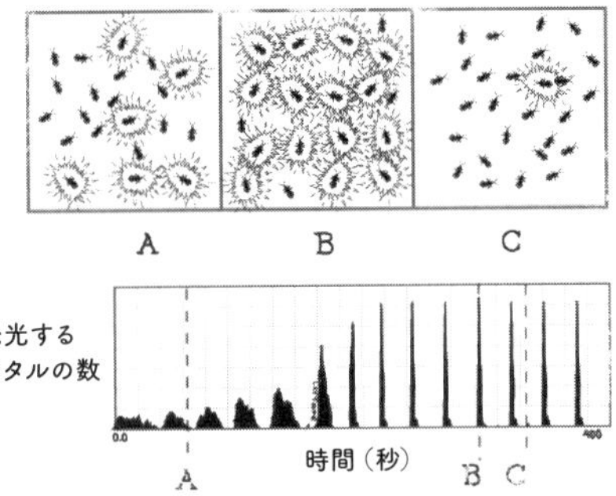

フォティヌス・ピラリスの
モンタナにおける同時発光
ノートR62から

「よし、ヴェリーウェル」ぼくはいった。「散歩にいこうか」
　しかし、ヴェリーウェルはネズミを捕る犬がフェイントをかけるような動きをして、二度吠えた。それは、散歩にはいきたくないけれど、遊びたいという意味だった。「人間じゃ、自分を捕まえられないよ」
「だめだよ、ヴェリーウェル」ぼくはいった。「ぼくは遊ぶ気分じゃない。散歩にいきたいんだ。解かなきゃならない問題がいくつかあるからね。たいへんな問題が」そうつけたして、自分の鼻を軽く叩いてみせた。

ぼくはゆっくり立ち上がった。ヴェリーウェルもゆっくり動いて、これからいこうとしているほうを向いた。けれども、これは作戦だと、どちらも承知のうえだった。ぼくはヴェリーウェルをだまそうとしていたが、彼にはそれがわかっていた。ヴェリーウェルは、ぼくの腕が伸びて、首輪をつかむのを待っていた。そして、その瞬間、一気に駆けだした——駆けだすきっかけをしっかりおぼえこんでいるに違いなかった——そして、ぼくを置き去りにした。ヴェリーウェルは追いかけられると、統合失調症のランニングバックのように、前後左右にむやみやたらと反転する癖があった。お尻を左に振ったかと思うと右に振り、また左に振るという具合で、その結果、相手の目をくらますというよりは、自分の体を混乱させているようだった。それで、今にも、自分のかかとにつまずいて、でんぐり返るのではないかというふうに見えた。ヴェリーウェルを追いかけるのは、一つには、そういう珍事の期待があるからだった。たぶん、ヴェリーウェルのおふざけも、延々と続く追いかけっこに誘いこもうという彼なりのやりくちだったのだろう。

ぼくたちは延々と追いかけっこをした。ヴェリーウェルの茶色と黄色のぶちがある小さなしっぽが、丈の高い草を縫うようにして、ぼくのすぐ前を勢いよく進んでいった。グレーハウンドレースで、犬の前を走る電気仕掛けのウサギのように跳ねながら。そのうち、ぼくたちは草の海から、開けた土地へ飛びだした。そして、柵の列に行き当たった。ぼくは全速力で走っていた。このまま飛びこんで、ヴェリーウェルのお尻にタックルしようかと考えたそのとき、遅ればせながら、はっと気づいた。ぼくたちと並行していた柵が、こちらの行く手に向かって鋭く直角に曲がろうとしているのに。ヴェリーウェルはずっと、それを計算していたに違いない。いちばん下の横木のそのまた下に、すばやくもぐりこんだ。一方、ぼくは必死にブレーキをかけたが、案の定、柵に激突して、そのはずみで横木を乗り越え、向こう側に背中から落っこちた。

気絶していたのかどうかはわからないが、はっと我に返ると、ヴェリーウェルがぼくの顔をなめ、父がぼくを見下ろして立っていた。たぶん、ぼくはまだ少しぼんやりしていたのではないか。けれども、父の顔をよぎったのはかすかな笑みだったと信じたかった。

「T・S、何だって、この犬を追っかけまわしてたんだ？」父がいった。

「よくわからないけど」ぼくはいった。「ヴェリーウェルが追いかけられたがったんで」

父は溜め息をついて、少し表情を変えた――唇が引き締まり、顎が上下に動いた。いつの間にか、ぼくはその変わった顔面の痙攣(けいれん)を、こう解釈するようになっていた。「どうして、おまえがおれの息子に生まれついたんだ？」

父のような人の顔を読むというのは、むずかしい仕事だった。ぼくは、そこにあらわれているものすべてを正確にとらえたうえで、父の顔を図に描こうとした（けれども失敗した）。眉毛は少しばかりもじゃもじゃしすぎていて、顔にそぐわない感じがしたが、そんなことは関係ないといわんばかりにはびこっていた。そのせいでか、たった今、赤ワイン色のインディアン（オートバイのブランド）を駆っての長い探索の旅から戻ってきたばかりという印象が拭えなかった。白いものが混じった口ひげは、きれいに刈りこまれてはいたけれども、どこかごつい感じがした。といって、しゃれ者とか無骨者という雰囲気を漂わせるほどには、きれいでも、ごつくもなかった――むしろ、その口ひげは、夕暮れに果てしない連山の稜線を見やるときに感じる驚異と安心感を思い起こさせた。顎の割れ目には、開いたペーパークリップほどの大きさと形の傷痕が刻まれていた。その白いV字型のしみは、当人の変わらぬタフさを示すものだったが、それだけでなく――鞍頭(くらがしら)をしっかりつかんではいても――柵をめぐらす作業中に骨折して弱くなった右手の小指と同じく、父が自分の傷つきやすさに気づいていることもうかがわせた。父の顔の全体的な構成を見ると、目から顎までを埋める細かい皺のネットワークから成り立っていた。無数の細い流れは、父の年齢というよりも、その勤労倫理や、人生を通じて開けたり閉めたりしつづけてきたゲートの存在に注意を引きつけた。父と直接向かいあえば、その瞬間に、そういったことすべてが伝わってきた。

誰でもテカムセ・イライジャ・スピヴェット氏と向かいあうと、思わずほうっと息をせずにはいられなかった。サンドペーパーのような顔に刻まれた皺、帽子の汗のしみから突きだしたごま塩の髪は、かなり特異なタイプの循環する生活のあかしだった。それは、季節の移り変わりに呼応した生活だった――春には焼き印を押し、夏にはブロンコを馴らし、秋には家畜を駆り集め、来る年も来る年も同じゲートを開けたり閉めたりする。

それがここでの成り行きだった。ひたすらゲートを開けたり閉めたりする単調さが疑われることはなかった。それでも、ぼくは探検してみたかった。次のゲートを押し開け、そのちょうつがいが、うちとは違ってどんなふうにきしむか比べてみたかった。

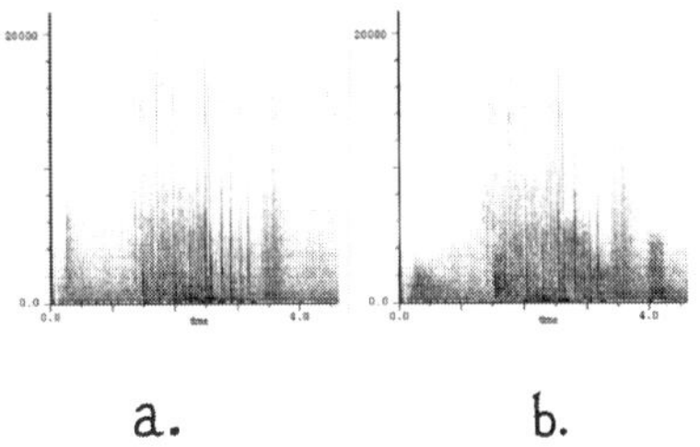

チギンズ家のゲートとうちのゲートのきしみ

父は同じゲートを開けたり閉めたりして暮らしを立てていた。風変わりな言動にもかかわらず――〝セットゥンルーム〟、奇妙で時代遅れな比喩、休暇中は家族全員がお互いに手紙を書きあおうという主張（父の手紙は二行を越えることは絶対になかったが）――そういったことすべてにもかかわらず、父はぼくが知っている誰よりも実際的な人間だった。

父はぼくが知っている誰よりも賢い人間でもあった。たぶん、父は今の仕事にかけては、南西モンタナ地方の第一人者だということが、ぼくにはわかった――ふつうの家族間の敬意とは別に、子どもが両親のことでときどき抱く、かすかではあるが確かな感覚で。それは、父の目、握手のしかた、ロープの持ちかたでわかった。父の手は、それをどう持つか、どう持つべきかを主張するのではなく、ただ語るだけだったけれども。

当然のことながら、ぼくは父の実生活での存在の本質が、製図テーブルでの複製では失われてしまうのではないかと恐れたのだ。

去年、ぼくは、利用者の声だけでなく、顔を登録しておくというATMや自販機の新しい技術に関する《サイエンスマガジン》の記事にイラストを描いた。記事を書いたポール・エクマン博士は、顔面動作コード化システムを考えだした。それは、あらゆる表情を、四十六の基本的な動作単位（アクション・ユニット）に分解するもので、その四十六の単位が、あらゆる人間の表情をつくるのに欠かせない基礎となっていた。エクマン博士のシステムを利用すれば、ぼくが〝この子は生まれたときに取り違えられたに違いないという悲しい思い〟と注をつけた父の表情をつくっているのはどういう筋肉の動きか、図に描くという試みも可能だった。専門的にいえば、それはAU－１、AU－１１、AU－１６——眉の内側を上げる、鼻唇溝を深める、下唇を下げる（ときどき、その表情はAU－１７の気味を帯びた。つまり、ペーパークリップ状の傷痕がある顎に、皺がより、波打ち、穴だらけになったように見えた。ただし、そうなるのは、ぼくが何かよほどおかしなことをしたときだけだった。たとえば、GPS受信機をニワトリの首につけたとか、ヤギのスティンキーの頭に微速度撮影用のカメラをくくりつけたとか。そのとき、ぼくはヤギが何を見ているかを知りたかったのだ）——の組み合わせだった。

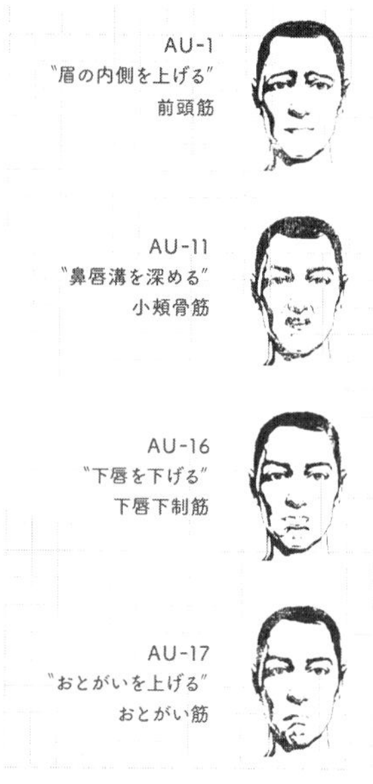

エクマン博士は動作単位の例のすべてに、この同じ顔を用いていた。この人は誰だろう、こんなにいろんな表情をして顔が疲れはしないだろうか、とぼくは思った。

「ちょっとばかり手を貸そうっつー気はあるか？　今、忙しいのか？」父が尋ねた。

この質問で、ぼくは同時に二つの感情を引き起こされた。

1. ぼくは手助けを求められていることに興奮した。というのは、二、三の決まりきった仕事を除くと、父は少し前まで、ぼくのことを、ヴェリーウェルと同じく、牧場の生き物と思ってはいなかったからだ。焼き印を押すときも、父がせっせと働いているのを窓越しにながめながら、ぼくもブーツをはいて加わりたいと思ったのをおぼえている。しかし、ぼくには越えられない線が暗黙のうちに引かれていたのだ（そんな線を引いたのは誰か？　父なのか？　ぼくなのか？）。
2. この質問で、ぼくは限りなく悲しくもなった。ここには、たった一人残った息子に、牧場の毎日の仕事を手伝ってくれないかと頼まなければならない牧場主がいた。それは思いもかけないことだった。牧場の子は父親の土地で生涯働くものとされていたからだ。だんだんとボスの仕事を引き継いでいって、ついには、家長と息子の間で責任が譲り渡される、胸の痛むような瞬間を迎えるのだ。選べるものなら、日没のころ、小さな丘の上で。

「忙しくないけど」ぼくはいった。「何をしろっていうんですか？」

「水を落とすんだ」父はいった。「南の水門だ。流れが、ブリキ屋根の上のクイナよりも乾いちまってる。永久に干上がる前に、水門から水をしぼりだすんだ」

「こんなにシーズンも終わりになってから？　よその牧場は水がいらないのかな？」

「うちはよそとは違う。トンプソンはみんなに売った。フィーリーのこたあ、誰も気にしない。水利の職員どもは谷間の土地の灌漑（かんがい）で大騒ぎしてる」父は肩をすくめ、唾を吐いた。「で、おまえ、やるのか？　暗くなる前に、水門をスコップで押し開けたいんだ」

太陽はパイオニア山地にしゃがみこんでいた。山々は紫色と茶色に染まり、斜めにさす光がマツとモミの斑紋を照らし、さらに、蜃気楼のようになってにじみだしていた。そのせいで、谷間が震えているように見えた。それはなかなかの壮観だった。ぼくたちは思わず見入った。
「手伝えると思います」ぼくはいった。本気でそうするつもりだった。

コパートップ牧場のきりがない仕事すべての中でも〝水を落とす〟のには――調和とか同時性というニュアンスがあって――ぼくは前からずっと心をひかれてきた。ぼくたちは厳しい風土の、しかも高地に住んでいたので――五月を過ぎても雨はあまり降らず、ほとんどの小川は、小石だらけの峡谷をちょろちょろしたたるだけになってしまった――水以上に貴重なものはあまりなかった。ダム、運河、灌漑用水網、送水路、貯水池――これらはまさに西部の神殿で、信じられないほど複雑な一連の法律に従って、水を配給していた。誰もその法律をほんとうに理解してはいなかったけれど、父を含む誰もが何か一言持っていた。
「あんな法律、リンチンチン（テレビ西部劇の主人公のシェパード）のクソだ」父はそういったことがある。「自分の土地で自分の水をどう使うか、おれに教えようっつーのか？　よし、クリークに下りてって、いっちょう、やってやろうじゃないか」
ぼくはそんなふうに腹を決めて何かいうことなどできなかった。たぶん、父のように昔から水を落としてはいなかったからだろう。あるいは、分水界のすぐ向こう、ビュートの町が給水ということに関してははなはだ悲劇的な状況にあるからだろう。ぼくもそのせいで夜遅くまでデスクに向かい、タブソーダをちびちび飲みながら、その解決案をあれこれ描いているくらいなのだから。
毎週土曜日、父があまり不機嫌でなければ、ぼくは町へいく車に乗せてもらった。その足で、ビュート文書館を訪ねた。文書館は、古い消防署を改装した建物の上階に押しこまれていて、そのスペースは、歴史の破片を詰めこんだ棚のでたらめな列を、どうにか収容できる程度でしかなかった。そこには、かびの生えた新聞のにおいと、とても変わった、かすかにつんとくるラベンダーの香水のにおいが漂っていた。それは、書架を管理しているおばあさん、タザータムさんがたっぷり振りかけているものだった。ぼくはそのにおいに条件反射を起こすようになっていた。ほかの女の人が同じ香水のにおいをさせていると、そこがどこであろうと、何かを発見するときのあの感覚がすぐによみがえってくるのだ。ガの翅膜のように、表面が粉だらけでもろい古紙に、指先を押し当てたときのあの感覚が。

出生や死亡の台帳だの、昔のビュートの新聞のかびくさいページだのをかたっぱしから出してくると、隔離された世界に入りこむことができた。そういう文書の中にも、愛とか希望とか絶望の跡が点々と散らばっていた。それよりも興味深いのは、粗い布張りの箱の後ろで、ときどき見つかる日記や日誌の類（たぐい）だった。タザータムさんはたまに機嫌のいいことがあったが、そういうとき、階下の収納室に立ち入るのを許してくれたのだ。黄ばんだ写真や何ということのない日記でも、時間をかけて丹念に調べていると、内密の瞬間があらわれてくることがときどきあった。特売のビラ、星占い図、ラブレター、それに、間違えて綴じこまれた、アメリカ中西部のワームホール（時空の一点と別の一点をつなぐトンネルのようなもの）についての小論といったものまで。

土曜日に、その狭い部屋の片隅に座り、ラベンダーの香水のつんとくるにおいを嗅ぎ、詮索（せんさく）好きな消防士の亡霊に肩を叩かれるのを感じているうちに、ぼくはビュートが直面している皮肉な事態に思い当たるようになった。鉱業会社が百年以上にわたって鉱山を掘りつづけてきたというのに、今、町を脅かしているのは、土砂崩れや広い範囲にわたる地盤の不安定ではなくて、むしろ水だった――砒素（ひそ）混じりの赤い水が、バークリーマイニングピット（採掘場）の巨大な負のスペースにゆっくりと流れこんだのだ。その深紅の湖は、毎年十二フィートずつ水位が上昇していた。二十五年後には地下水面を越えて、大通りにあふれだしそうだった。これは、大地がかつては自分の一部だったものを取り戻そうとする動き、あるいは、熱力学の法則に従って平衡へ向かう自然の意思表示と見ることもできた。実際、ビュートは過去一世紀半にわたり、自然にやさしい世界とはまるで逆方向の銅精錬業によって生き残り、イメージをつくりあげてきた。だから、今、因果

▶ その研究論文はペトル・トリアーノ氏によって書かれ、『アメリカ中西部におけるローレンツのワームホールの優位、1830－1970年』というタイトルだった。ぼくはその発見にすっかりうれしくなって、もう一度、間違いなく見られるように、そのマニラ紙のフォルダーと中身をトイレのキャビネットの上に隠しておいた。ところが、翌週、また文書館にきてみると、フォルダーは消えていた。

実験レポートのタイトルはこうだった。

実験2・5

五種類の謎の
液体の塩分!

同時に、バークリーピット
とそのおもな地下水源の
調査、ビュートとその水利
の間の関係についての比喩
の控えめな提示

がめぐって、環境面で当然の報いを受けているという意味で、現代の縮図のような町という人もいるかもしれない――地下にしみこんだ有毒な排水をたたえた幅一マイル、深さ九百フィートのくぼみというかたちをとった歴史的な行き過ぎの証拠のそばに横たわっているのだから。二年ほど前には、湖面に降り立った三百四十二羽のハクガンが、食道が焼けただれて死んだ。それは、まるでこういっているようだった。〝自分たちはあなたがたの苦しみを、前もって示すためにここにきたのだ〟と。グレーシーは古いハコヤナギの木の下に折り鶴と赤い着色料をそなえて、ささやかな追悼式をした。

この春、ぼくは七学年の科学の授業に出す実験レポートで、ビュートが今、分岐点に立っているという状況についてざっと述べたことがあった。レポートでは、五種類の謎の液体の塩分についてだけ述べるつもりだった。だから、今、思うと、大きな胸の傷に血があふれるように採掘場跡を砒素混じりの地下水が満たしたなどという比喩まで持ちだして延々と論じたのは、あまり適切なやりかたではなかったのかもしれない。ぼくは企業の社会的責任についての練れてもいなければ説得力もない考察でレポートを締めくくった。広範囲にわたる政府の介入を求める観念的な結論を急ぐあまり、〝予算〟や〝官僚的な怠慢〟といった大人の考えは無視したのだ。実験レポートの最後の部分は、実世界から遊離した感覚を持つ子どもが書いたのは明らかで、よくても合格点すれすれというのは認めざるを得なかった。それでも、ぼくは、そのような一貫した線が、自分のデータには、うってつけの枠組みになると考えていた。ぼくは文学的な人間ではなかったけれど、胸の傷の比喩はけっして大げさではなかったのではないか。それどころか、ぼくは毛細血管と地下の帯水層のパターンが驚くほど似ていることまで調べあげ、それを徹底的に追究したのだ。

七学年の科学の教師、ステンポック先生にはそれが気に食わなかった。

ステンポック先生はやりにくい人間だった。時代遅れの遠近両用眼鏡――それだけで、かなりダサいという名刺になりそうだった――のちょうつがいを保護しているスコッチテープ。それに、授業中もけばけばしい革ジャケットを脱がないという事実を見れば、一目でそうとわかっただろう。それは、こういおうとしている（けれども、失敗している）ようなファッションだった。〝いいか、子どもたち、わたしはきみたちがまだ知る準備もできていないようなことを、学校が終わったあとでするのだ〟

ぼくのバークリーピットについての実験レポートの余白に先生が書きこんだメモは、彼の二元論的な姿勢を説明する助けになるだろう。五つの謎の液体の図の横に、先生はこう書いた。

すばらしい、T・S。きみはコンセプトをほんとうに理解している。
みごとなイラストだ！

ところが、ぼくがバークリーピットについての長ったらしい議論（四十四ページのレポートのあとのほうの四十一ページ）へ、おぼつかなく移ったところで、先生はがらりと調子を変えていた。

これは実験レポートにはふさわしくない。まじめに取り組むように！
これは遊びではない。

とか

きみは何をしているんだ、スピヴェット？
きみはわたしをどういう人間だと思っているんだ?!
わたしをバカだと思っているのか？

とか

わたしはバカではない。わたしは
きみは高望みをしているんだ、スピヴェット。

► ぼくは〝ステンポック〟という新語をつくりだした。

ステンポック　（名詞）自らの肩書きの範囲内にとどまることにこだわり、風変わりなもの、信じられないものに対しては情熱のかけらも持ちあわせていない大人。

もし、誰もがステンポックだったらどうなる？　少なくとも、科学に関しては、ぼくたちは今も中世のままだろう。

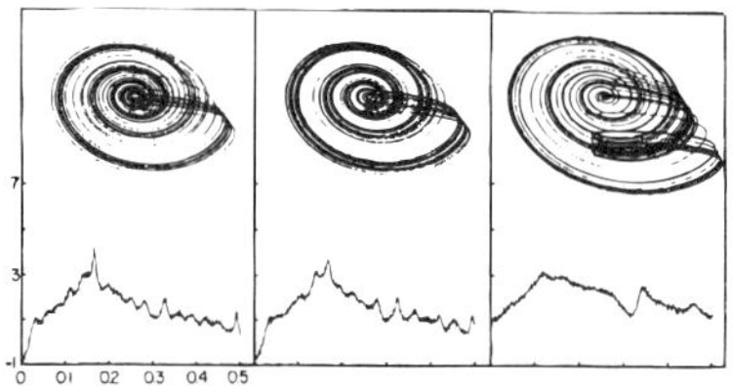

相対性もなし？

相対性もなし。ペニシリンもなし。チョコチップクッキーもなし。ビュートの鉱業もなし。そうなると、語源であるステンポック先生が、自分で科学の教師——子どもに驚きを配る立派な仕事とぼくがずっと思ってきた職業——になる道を選んだのは皮肉なことだ。

バークリーピットの水位の上昇

モンタナ州ビュート

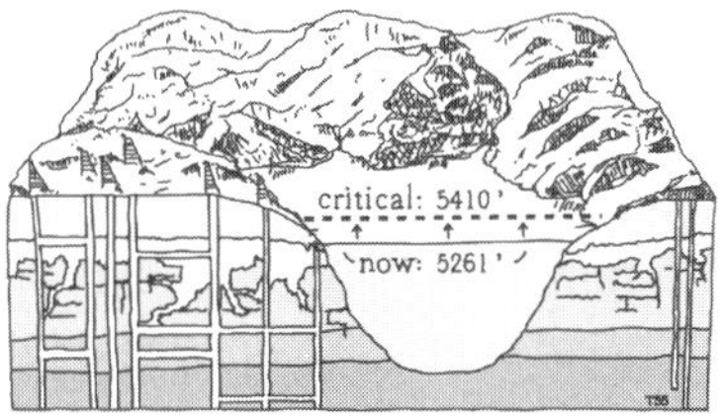

危険水位：5410フィート
現在：5261フィート

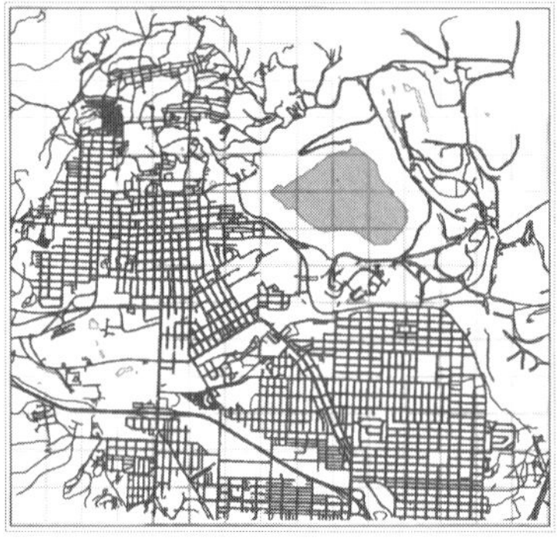

実験2・5〝五種類の謎の液体の塩分〞

ぼくはどうこういえる立場ではなかったけれども、ビュートの住民のご多分にもれず、ステンポック先生もピットについては多くを聞きたがらなかった。大通りのすぐ下で町を待ち受けている終末の運命を思い起こさせるというだけでたくさんだというように。ぼくにはその気持ちがわかった。ビュートは、アースデイ（地球の日）の前後になると、人類と大地とのもろい関係がさらに悪化しているかもしれないという警告を象徴しているとして、一年おきに全国で見出しをにぎわせていた。環境破壊のポスターになりそうな町に住むというのは心理的に疲れることだった。とくに、ここでは、ほかのいろいろな営みが現実にあったからだ。ビュートには、フットボールのゲームが行なわれる工業短期大学や、銃の展示会が催される市民会館があった。暖かい季節には青物市が立ち、人気のあるイーヴル・クニーヴル（ビュート出身のスタントライダー）の日やアイリッシュダンスのフェスティバルといった行事が開かれた。人々は、ほかのどことも同じように、コーヒーを飲んだり、クローシェ編みをしたり、愛したり、暮らしたりしていた。バークリーピットがこの町のすべてではなかったのだ。それでも、科学の教師なら、郷土防衛意識のようなものを超える見かたをして、ピットが科学の上では金鉱になる可能性があることをわかってもよさそうなものだった。予測の分析や、ケーススタディーや、豊かな比喩が、ざくざく掘りだされる可能性があるということを。

ステンポック先生は、ぼくがレポートのバークリーピットを紹介した部分で、自分を引き合いに出したのが、とくに気に食わなかった。その部分で、ぼくは劇的効果をあげるために、こんなふうに述べたのだ。もし、先生が実験レポートをぼくに返した瞬間に、二人とも凍りついてしまって、その姿勢のままで二十五年間じっと動かずにいたら、ゴロゴロというものすごい音がして、科学教室のドアが押し破られ、聖書に出てきそうな有毒な赤い水の渦が、たちまちのうちに、質量とか重力とか鶏卵とかのポスターをのみこんでしまうだろう。そして、レポートを引用すれば、〝水は接触した人間のやわらかい皮膚を焼けただらせ、ステンポック先生のヘアクリップのような口ひげをくしゃくしゃにしてしまうだろう〟と。

「きみは生意気だな」あとで、ぼくが話しにいったとき、ステンポック先生がいった。「いいか。授業にしっかりついてくるんだ。きみは科学には非常に強いし、よくできる。大学へいけるし、こんなところから出ていけるんだから」

教室にはほかに誰もいなかった。春のほんとうに暖かさが訪れたはじめての日で、窓は開け放されていた。外からは、ぶらんこがキーキーきしむ音や、赤いゴムボールをアスファルトにぶつけて跳ね返らせる柔らかな音に交じって、子どもの笑い声が聞こえていた。ぼくの中には、仲間に加わりたいという気持ちもあった。エントロピーだの必然性だのは忘れて、フォースクエア（ボールを順にはずませる遊び）の喜びの中で温まりたかった。

「でも、ピットのことはどうなんですか？」ぼくは尋ねてみた。

「わたしはピットのことなんか屁のつっぱりとも思わない」

その対立の瞬間は、実験レポートでも触れたストップモーション特有のエコーの中で、ぼくの記憶に凍りついた。屁のつっぱりというのは何のことか聞いてみたかったが、正直いって、ぼくはひどく怯（おび）えていた。頭から見下した調子でそんなことをいわれると、後ずさりして、まばたきを繰り返すしかなかった。人はどうしたら科学に身をささげられるのだろうか——ぼくの母が自然界にすべてをつぎこむ原動力になった生命の躍動、飽くことのない探求をもたらした訓練、そして、ぼくが有名な資本家に爆弾を郵送したりはせずに、丹念に図を描くことに憧れや好奇心のすべてを振り向けたきちょうめんさ——科学的な人間が、どうしたら〝屁のつっぱり〟などという言葉を使って、攻撃的で偏狭なスタンスをとれるのだろうか？　科学者の大多数はいまだに男だと知ってはいたけれど、ぼくはその瞬間、思わず疑った。ＸＹ染色体の構造は何か固有のものを備えているのだろうか、革ジャケットを着て、カウボーイハットを斜めにかぶった中年太りの大人の男が、ほんとうに、ドクター・クレアと同じような、偏見がなく、好奇心に富み、こだわりを持つ科学者だということがあるのだろうか、と。ステンポック的な性質の男というのは、むしろ、同じゲートを開け閉めしたり、鉱山で働いたり、鉄道の枕木を打ちつけたりする仕事に向いているように思われた。そういう反復する作業は、両手でできる単純な動きで世界の問題を処理したいという彼らの欲求を満たすからだ。

　ぼくは教室の中でステンポック先生と向かいあって立っていた。赤い水がどっと流れこんでくることはなかったが、ぼくはめったにない、あの覚醒の瞬間を経験した。子ども時代にぼくたちを結びつけていた強い絆（きずな）をかきむしり、ついには断ち切ってしまう覚醒の瞬間を。もうどうにもならないという感覚にもかかわらず、ぼくとステンポック先生は共存が可能なきわめて狭い隙間にいた。しかし、深部体温がわずかに低下したり、教室の空気の化学的組成がナノ単位で移行したり、体の組織内の水分の特性がかすかに変化したり、引き金にかけた指にほんの少しだけ力を加えたり——そういうものの何かが、ぼくたちの意識の調和を一瞬でかき消すかもしれなかった。太鼓をとどろかせるまでもなく、炎を燃え立たせるのに必要な力もかけないで。おそらく、ステンポック先生は、ほかに向けたそぶりとか口ぶりにもかかわらず、自分の内部のどこかで、今、ぼくたちが過ごしている時間の微妙さに気がついたのではないだろうか。それに、避けることのできない細胞の破損、崩壊、再生からの個人的なシェルターとして用いている革ジャケットの中の、はかない繭（まゆ）の微妙さに。

「ぼくたち、大丈夫ですか？」ぼくはステンポック先生に尋ねてみた。ほかにいうことを考えつかなかった。

　先生はまばたきした。ぶらんこがきしむ音が聞こえていた。

　束の間——それを記録する時間もないほどの一瞬だったが——ぼくはステンポック先生を抱き締め、革と遠近両用眼鏡の間の柔らかい肉を押してみたくなった。

　ぼくが崩壊の気配を意識したのは、教室でのその一瞬がはじめてではなかった。はじめて意識したのは、ぼくが感震計を作動させていて、レイトンに背を向けているうちに、バンという音——ぼくの記憶では、奇妙に静かな音だった——がして、それから、レイトンの体が実験台に、さらに、まだ冬の干し草で覆われた納屋の床にぶつかる音がしたときだった。

　ぼくはしきりにうめくドアのちょうつがいと格闘しながら、ピック

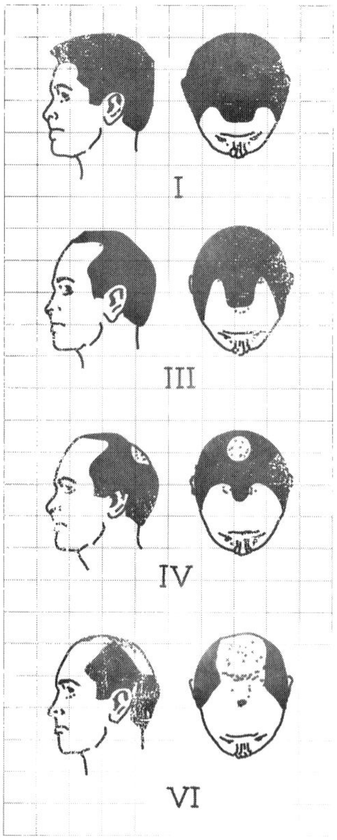

男性の典型的な禿げの各段階　ノートB27から

男がみんなだめなわけではない

たとえば、ヨーン博士。彼は男だったが、ドクター・クレアと同じく、好奇心もこだわりもあった。ぼくたちは、シロクマとイタチザメが戦ったらどちらが勝つか（昼日中、水深四フィートの浅瀬で）、三時間にわたって話したことがある。けれども、ヨーン博士は車で二時間かかるところに住んでいたし、ぼくは運転のしかたを知らなかった。それで、ぼくはカウボーイたちやステンポックたちを男性としての役割モデルとする状況に取り残されたのだ。

アップ（無蓋小型トラック）の助手席に乗りこんだ。やっとのことでドアがバタンと閉まると、運転台の中は急に静まりかえった。ぼくの膝の上では、指が震えていた。ピックアップの運転台は仕事一色という印象だった。ラジオがあるはずの暗い棚には、へその緒のようなワイヤが何本か、からみあっているだけだった。ダッシュボードにはねじまわしが二本のっていて、相談でもしているように頭を寄せあっていた。いたるところ、埃また埃だった。ここには特別なものは何もなかった。よけいだとか、ぜいたくだと思わせるようなものはなく、わずかに蹄鉄のミニチュアが目につくくらいだった。それは、ドクター・クレアが二十回目の結婚記念日に父に贈ったものだった。バックミラーから吊り下げられた銀の小物の輝きだけ。けれども、それで十分だった。

その日はそっと立ち去ろうとしていた。野原も薄闇に沈もうとしていた。ぼくは目を細くして、公有地の高いところ、一列になった木の刈り跡のすぐ上にたむろしている若い雌牛たちを見やった。もう一月半もしたら、ファーディーとメキシコ人たちがやってきて、冬に備え、また、山から牛たちを下ろすのだろう。

家畜の駆り集め。柔らかい土地を踏むひづめの単調な響き、角が有刺鉄線にぶつかるかすかな音、糞や雌牛の皮のにおいと、それに入り混じるメキシコ人の革製品の変わったにおい。メキシコ人たちは、朝、仕事に出かける前に、こぶしほどの大きさの黒い箱をまわして、その中身の軟膏のようなものを鞍の汚れよけに塗った。一日の仕事が終わると、家に立ち寄って、ポーチに立ったまま仲間うちで話しこんだ。とても自然に見える独特の優雅なしぐさで、クチナシに唾を吐きかけながら。彼らに対して、ドクター・クレアは、女らしいもてなしというそぶりはまるで見せなかったが、レモネードとショウガ入りクッキーを振る舞った。彼らはクッキーが気に入った。それが目当てで、ポーチにやってきて、おしゃべりして、唾を吐いたのではないかと思うくらいだ——彼らは大切なお守りでも扱うように、ざらざらの指でクッキーを用心深くつまみ、少しずつ少しずつかじっていた。

ふと気がついてみると、自分はこの秋には、ここを離れていて、メキシコ人たちがショウガ入りクッキーを食べるのを見ることはないのだろうか、と考えていた。木の葉が落ちるのと同じように、秋の始まりを告げるこの行事を見逃すのだろうか。たとえ、ぼく自身はずっと締めだされてきた行事であるにしても。

父が運転席のドアを開け、それを閉めるのに必要なだけの勢いをつけてバタンと閉めた。父はブーツを鮮やかな黄色の長靴にはきかえていた。そして、ぼく用のもう一足を振ってみせた。

「必要になるとは思えんが」父はいった。「クリークは母さんの財布よりからからだからな。だが、格好つけるためにはくとするか」父はぼくの膝の上の長靴を軽く叩いた。「お笑いぐさだな」

ぼくは笑った。というか、笑おうとした。予想していなくはなかったが、父の動きの底に困惑のようなものがあるのが見てとれた——父は自分の作業空間にぼくを入れるのが、何となく落ちつかなかったのだ。ぼくが何かあるまじきこと、あるいは、男の子にふさわしからぬことを口にしたときと同じように。

その古いフォードのピックアップは、青く塗られ、竜巻に巻きこまれたようにでこぼこになっていた（そういえば、ディロン（ディヴァイド南方の町）でも竜巻が発生したことがあった）。ピックアップはジョージーンという名前だった。グレーシーは牧場のありとあらゆるもワンブルの図では、時間が左から右へと流れていた。その空間的な処理は大ざっぱというだけでなく、四次元までもが加わっていて、少しばかりいらいらさせられたけれど、やはり、その流れに従おうと思った。ワンブルは複数の時点が同時に存在するのを可能にしていたからだ。

これはレイトンが図に描き足した。

教会とか、がらんとした家とか、ずっと半開きになったままの部屋のドアとか、レイトンの死後のいつもと違う状況の中で、ピックアップの荷台のこの未完の図は、ぼくの心から離れないものの一つになった。ぼくはいつか二人でそれを仕上げる午後があればいいと思った。あと五十回はあってもいい、と。レイトンが絵筆をとらなくてもよかった。荷台に座って、ぼくをながめているだけでも、いや、眠っていてもよかった。それで十分だった。

のに名前をつけていたが、その例に漏れず、ピックアップにも名前をつけたのだ。グレーシーがそれを発表したとき、父が黙ってうなずき、てのひらでちょっと強すぎるくらい、グレーシーの肩を叩いたのをおぼえている。父の言語では、それはこういう意味だった。おまえに賛成だ。

父がキーをまわすと、エンジンが一、二度、咳きこみ、乾いたポンという音のくしゃみをしてから、ようやく正気づいて、うなりを上げた。父はすかさずガソリンを送りこんだ。小さな汚れた窓を通して振り返ってみると、荷台の壁に、カスター（軍人。第七騎兵隊を率い、インディアンと戦って戦死）の最後の抵抗の図が描きかけのままになっているのが見えた。その図はシッティングブル（スー族の指導者。カスターらと戦う）の甥、ワンブルが描いたものの模写だった。ワンブルは戦いを生き生きと描いていたが、図は左から右へ見ていくようになっていた。

その未完成の模写は、ぼくとレイトンが、ある午後、ジョージーンを世界の大いなる戦いの歴史で覆い尽くそうと考えた末の産物だった。実のところ、それはほとんど、ぼくのアイディアだった。レイトンは牧場の仕事をちょっとサボりたかったのだと思う。というのは、レイトンは、アンドルー・ジャクソンとテディー・ルーズヴェルトが何かを撃っているところ（とくに歴史的関連はない）を描いてから、ぼくがカイユースと倒された兵士と血と、それらの真ん中にカスターを描くのをながめていたが、そのあと、父に怒鳴られるまで、ずっと眠っていたからだ。結局、ぼくたちがその図を仕上げることはなかった。

ジョージーンは柵の列に沿って、飛び跳ねながら進んでいった。ジョージーンのショックアブソーバーはとうの昔にきかなくなっていたし、運転台にはシートベルトもついてなかった。それで、ぼくは窓から放りだされないよう、両手でドアの取っ手にしがみついていた。父はわだちにはまるたびに、頭を天井にぶつけそうになったが、気づいてはいないようだった。とにかく、ぶつけそうにはなっても、実際にぶつけることはなかった。父はそんな調子でまかり通っていた。物質界のほうが、いつも遠慮して父に道をあけるようだった。

しばらくの間、ぼくたちはトラックの轟音と、窓を打つ風の音（窓は完全には閉まらなかった）を聞きながらドライブした。

　ようやく、父がぼくというよりは自分に向かって口を開いた。「先週はちょっとばかり流れがあった。山の固まった雪が、まだ解けだしてるんだ。クリークはおれをからかってるみたいだ。自分が取ったものを見せといて、そのあと、また持っていっちまうんだから」

　ぼくは口を開こうとしたが、また閉じた。クリークの水文学（水の発生、循環を研究する）については、ある程度、説明がついたけれども、それは父ももう知っていることだった。この春、レイトンが死んで、ほんの二ヵ月後、ぼくはうちの谷間の地下水面を二十枚余りの図に描いた――高度、水流の方向、百年を経た地下水の水位、土壌の構造、浸透の容量など。ぼくは四月はじめのある晩、そういう図を腕いっぱいに抱えて、〝セットゥンルーム〟に入っていった。ちょうど、春の大雨がやってきて、高山の流れが、解けだした雪で水かさを増しはじめたころだった。

　メキシコ人たちがやってくるのは三週間先だったので、父が灌漑システムを立ち上げ、動かすのに、猫の手も借りたいほどなのは、ぼくにもわかっていた。ぼくはブーツのひもを結んで、野原に出ていく準備をしているとき、頭でっかちな自分のことを考えると、そういう図が役に立つのではないかと思ったのだ。レイトンはいつも長靴をはき、スコップを手にして、溝の詰まりを取り除き、防水シートをひろげ、泥の中に沈んだ丸石を抜きだしていた。レイトンは年はいっていなかったし、体も小さかったけれど、青みがかった灰色のクォーターホース（短距離レース用の馬）、テディールーにまたがった姿は、なかなか堂に入ったものだった。そして、父とくつわを並べると、ぼくにも聞きとれるが話すことはできない言葉で、延々としゃべりつづけるのだった。

レイトン「いつ、降ろすの？」
父「土地が開けるのは……まあ、三週間かな。刈って、積んで、四分の一は売るか……あれがきたら判断しよう。おまえはどうしてもやりたいか？」
レイトン「冬ごろだね、お父さん。先週、牛を追ったとき……牛がひどく痩せちゃって……ファーディーがいってたけど——今年はみんな、めちゃくちゃだって」
父「ほかも変わらん。いっとくが、ファーディーはがさつなウェットバック（米国に不法入国するメキシコ人）だ」

ぼくも仲間に加わろうと、自分の馬、スパロー（ぼくにちなんで名づけられたが、実際、あまり馬らしくなく、スズメと共通する性格を多く持ちあわせていた）にまたがった。スパローは、映画に出てくる馬がそうするように、ほかの二頭と一列に並ぶかわりに、ブルブル身震いして、頭をすねにこすりつけようとした。
「二人で何を話してるの？」ぼくは聞いた。「冬が早くくるって？」

レイトン——沈黙——
父——沈黙——

レイトンが死んだあと、父はどうやって独りで水を落とすのだろう、と思うことがあった。ぼくが馬に乗って父に駆け寄り、取り返しのつかないものに取って代わるというわけにもいかなかった。それで、自分で調査して、一連の地下水面の図を描いて、四月のその晩、〝セットゥンルーム〟へ入っていったのだ。

父はウイスキーをすすりながら、テレビで放映している『モンテ・ウォルシュ』に見入っていた。座っているカウチには、誰かの場所を取っておこうというように、帽子が置いてあった。父は指をなめていた。

画面では、騎馬の男たちが牛をかきわけて走りまわっていた。ひづめが土をひっかき、埃がもうもうと立ち昇っていた。埃はふわふわ漂ったかと思うと、また、渦を巻いて舞い降りた。ぼくはしばらくの間、父といっしょに画面を見ていた。そのシーンのせめぎあいには、息詰まるような美しさがあった。へばった牛の間を動きまわるカウボーイたちの姿は、あまりよく見えなかった。けれども、彼らが土埃の海に消えたときでさえ、画面のどこかで、生まれついての仕事をしているということはわかった。父は、馬と土と人のパフォーマンスに合わせ、

► 父は周期的に指をなめる癖があった。何か特別な力とか機敏さを要する仕事に取りかかろうとでもするように。ただ、すぐあとに仕事が続くのではなく、習慣でなめているだけのこともあったが、果てしない仕事の山が待っているのは間違いなかった。父がウイスキー片手にテレビの前の気に入りの場所で手足を伸ばしていても、完全にリラックスすることはなかったのだ。

頭を上下に動かしていた。まるで、8ミリで自分の家族を撮ったホームムービーでも見ているように。

外は雨だった。雨粒が激しい波となってポーチを打っていた。ぼくにとって、それはいいしるしだった。雨が何をもたらすのか、ぼくの地下水面の図がなぜ役に立つのかを知らせるのに好都合だった。ぼくは何もいわずに、木の床に図をひろげはじめた。父のカウガールの文鎮二個を使って、図が丸まらないようにしながら。ぼくの上のほうの画面では、馬のいななきと、何をいっているかはわからないが、ひづめの響きに負けない叫び声がしていた。

いつの間にか、びしょぬれになったヴェリーウェルが部屋に入ってきた。父が画面から目を離さずに一喝した。「出ていけ！」ヴェリーウェルは体をブルッと震わせてぼくたちをびしょぬれにする機会もないまま、部屋を出ていった。

ぼくは図を並べ終わると、映画に静寂の瞬間が訪れるのを待った。
「ちょっと見てもらえますか？」ぼくはいった。

父は鼻を拭い、ウイスキーを置いた。長い溜め息をつくと、カウチからのろのろ立ち上がり、ゆっくりこちらにやってきた。ぼくは父が床に並べた図に目を通すのを見まもった。父はもっとよく見ようとして、一、二度、屈みこんだ。ふだん、ぼくの仕事をほとんど見向きもしない父が、今回は受けいれている気配があった。父が片足からもう一方の足へ重心を移し変え、手の甲で頬をこすりながら、図に見入ったときには、ぼくの首の血管がドキドキと脈打ちはじめた。
「どう思います？」ぼくはいった。「ぼくはフィーリーにそんなに頼らなくてもいいと思うんだけど。道路を横切って、クレージースウィードへ暗渠(あんきょ)を通したら――」
「絵空ごとだ」父がいった。

ぼくは急に思いだした。レイトンが死んだあと、自分の作品のすべてでそうしたように、図の一枚一枚の縁のレイトンの名前を消しておいたのを。〝セットゥンルーム〟の薄暗い照明のもとで、父がそれに気づいたのだろうか？　ぼくが何かカウボーイの掟を破ったのだろうか？　砂に引かれた暗黙の一線を踏み越えたのだろうか？
「え、なに？」ぼくはいった。指先が麻痺して無感覚になっていた。

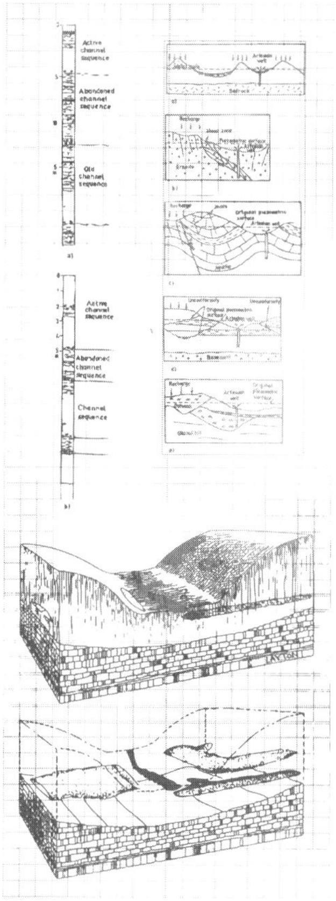

地下水面シリーズ
ノートG56から

「絵空ごとだ」父は繰り返した。「山を越えてスリーフォークスから水を引くにはどうすりゃいいか、絵に描くこたあ、できるだろう。かなり具体性があるみたいにな。だが、おれが見たところ、そんなもんは缶の中のしょんべんだ。甘っちょろい歌（ナンバー）とか、絵空ごとの類（たぐい）だ。もうちょっと目を開けてみりゃ、それがわかるだろう」

いつもだったら、ぼくはまっさきに反論していただろう。そう、たしかに、ページに数字（ナンバー）は打ってある。けれども、人間は新石器時代以来、洞窟の壁に、土に、羊皮紙に、木に、ランチプレートに、ナプキンに、ときには、自分の皮膚にまで絵や図を記してきたのだ。自分たちがどこにいたのか、どこにいこうとしているのか、どこにいくべきかをおぼえておけるように。そこには、どろどろした頭の中から、方向、位置、決定を選びとり、それを実世界で現実化するように仕向ける根深い衝動があった。神さまと握手するにはどうしたらいいかを描いた最初の図以来、ぼくは表現というのは実物とは違うということを学んできた。けれども、ある意味では、この不一致が表現を高めてきたものなのだ。地図と現実の土地の間の距離が、一息入れて、自分がどこに立っているかを割りだすことを可能にしてくれたのだ。

ぼくははじめてチャールズ・ダーウィンのノートを見たときのことをおぼえている。ぼくは、解明の瞬間、あるいは、ダーウィンを自然淘汰の発見へ導いた閃きを求めて、スケッチ、余白にかかれたメモ、余談までじっくり吟味した。しかし、そんな一瞬というのは見つかるはずもなかった。これが偉大な発見に至る道だというつもりはないけれど、その過程というのは、実のところ、長い試行錯誤、修正や方向転換の連続だったのだ。〝わかった！〟という宣言にしても、あとで訂正されたり、誤りを明らかにされたりしているのだ。

けれども、ダーウィンのノートで、ぼくの目をひきつけた一ページがあった。そこには、進化の木の最初のイラストが描かれていた。二つに分かれる線が数本あり、それがさらに外側に枝分かれしているが、それ以上は何もない。今、ぼくたちがよく知っているイメージの幼稚なかたちだ。しかし、ぼくを引き止めたのは、そのイメージではなかった。木の上にダーウィンが書いた短い文だった。

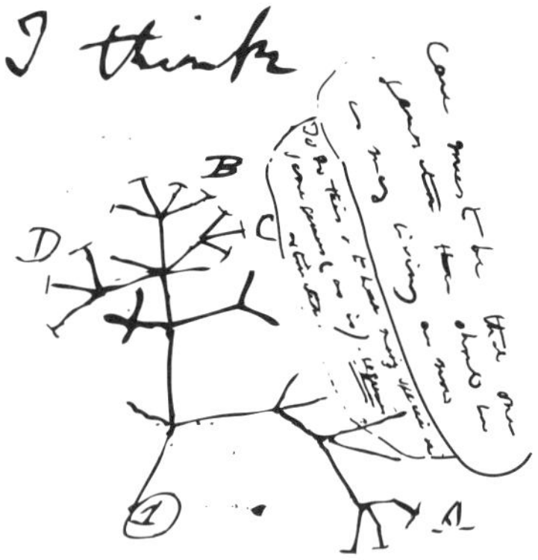

ぼくは〝セットゥンルーム〟に立っていた。雨が松材でつくられたランチハウスに降りそそぎ、水滴が裂け目や隅にしみこんで、木材を膨張させる一方、窓ガラスを伝い落ち、ポーチを通って、ぼくたちの足もとに寄り集まっている甲虫やネズミ、スズメの渇いた口に流れこんでいた――ぼくはちゃんと目を開けていると、どうやって父に伝えたらいいのかを考えた。図を描くというのは、偽物をつくることではなく、翻訳することであり、超越することである、と。しかし、具体的にどう答えるか、考えをまとめにかかる前に、父はもうカウチに戻って、スプリングをきしませていた。その手にはウイスキーがあり、注意はテレビのほうに向けられていた。

ぼくは泣きだした。ほんとうは泣くのはいやだった。とくに、父の前では。ぼくはそういう場合になぜかそうするのだが、背中にまわした小指をぎゅっと握った。そして、「わかりました」といって、部屋を出た。

「絵を忘れてるぞ！」ぼくが階段を途中まで上がったところで、父が怒鳴った。ぼくは戻って、図を一枚一枚拾い集めた。テレビでは、カウボーイたちが小さな丘に集まっていた。平地に散らばった牛は、ついさっきの押し合いへし合いなど、すっかり忘れてしまったように、のんびり草を食(は)んでいた。

そのうち、父がウイスキーのグラスの縁を親指でこすって、キュッというかすかな音を立てた。そんな音が出たのに驚いて、お互いに、一瞬、顔を見合わせた。そのあと、父は親指をなめ、ぼくは役に立たない図を腕いっぱいに抱えて〝セットゥンルーム〟を出た。

父がブレーキを強く踏んだ。土埃がタイヤの下から舞い上がり、あたりが白く濁った。ぼくはびっくりして、父を見上げた。

「鈍(どん)くさいヤギめ」父は窓の外を見やった。

ぼくも振り返ってみると、スティンキーがいた——すぐに柵に頭を突っこんで動けなくなる、コパートップでいちばん悪名高いヤギだった——案の定、スティンキーは柵にくっついていた。彼のもう一つの間違えようのない特徴は、その色だった。うちが飼っている約四百頭のヤギはみんな真っ黒だったが、一頭だけ、背中じゅうに白い毛の斑点が散らばっていた。

ピックアップが丘を上っていく音を聞くと、スティンキーはあわてふためいて、発作でも起こしたように体を震わせはじめた。

〝うちの面汚(つらよご)し〟父は彼をそう呼んでいた。ぼくは〝ブラックスティンキーパイ〟とか、ただ〝スティンキー〟と呼んでいたけれど、それは、彼が柵に捕まると、いつも大量の糞をするからだった（スティンキーはくさい、いやな、の意）。様子を見た限り、けさもその例外ではなさそうだった。

父は大きく溜め息をついて、クラッチを切った。そして、ドアの取っ手のほうへ手を伸ばした。ぼくは思わず、こういった。「ぼくがやります」

「そうか？」父はそういうと、シートに深くもたれかかった。「よし。どっちみち、あいつはつぶすことになるだろう。あいつはバッタよりバカだ。あのでかい頭を鉄線から引っぱりだすのは、もううんざりだ。あんなクソったれは、コヨーテの朝飯になればいい」

ぼくは運転台から降りた。気がつくと、こうつぶやいていた。「バッタよりバカだ」それを、お経でも読むように繰り返した。

ぼくが近づくと、スティンキーは急に静かになった。息をするたびに、胸郭が波打っているのが見えた。有刺鉄線のとげで皮膚が破れ、首のあたりがずたずたに切れていた――血が玉になって、鉄線からしたたり落ちていた。こんなひどい状態は、今まで見たことがなかった。スティンキーはどれくらい、ここにいたのだろうと思った。

「ひどいことになってる」ぼくはそういって、肩越しに振り返ってみた。

しかし、トラックは空だった。父は手足を伸ばすために姿を消すことがあった。誰も気づかないうちにいなくなって、どこかに向かったかと思うと、去ったときと同じようにひっそり戻ってくるのだった。

ぼくは用心深く前に進んだ。

「よしよし、スティンキー」ぼくはいった。「おまえを痛めつけようっていうんじゃないから。ただ、自由にしてやろうっていうんだ」

スティンキーは呼吸が荒くなっていた。前脚の一方を、今にも蹴り上げようとするように、地面から一インチほど浮かせていた。湿った鼻の穴を通じて短く早い息が漏れているのが聞こえ、あとからあとから出てくる唾が筋になって小さな黒い顎ひげを伝っているのが見えた。毛皮は血で濁り、首の傷は息をするたびに開いたり閉じたりしていた。

ぼくは首にさわってもいいか、許可を求めようと、スティンキーの目をのぞきこんだ。

「よしよし」ぼくはいった。「よしよし」スティンキーは不思議な目をしていた。瞳はほとんど完璧な長方形だった。ぼくの目と似た目をしていると思える一方で、まったくまばたきもせず見開いているのは非常に異なる点だった。揺れる黒い長方形の視野の中には、愛も死もまったく存在していないようだった。

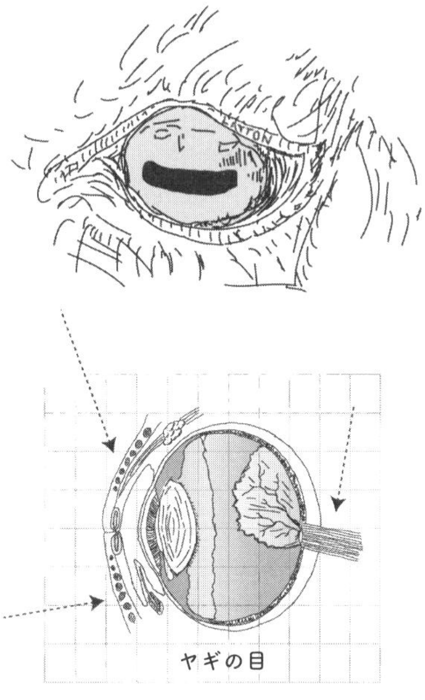

黒い長方形　ノートG57から

ぼくは両肘をついて、下のほうの有刺鉄線を引き下ろした。ふつうなら、あとはヤギのおでこを思いきり蹴飛ばせば、それで柵からひょいと抜けだすのでは、と思うだろう。けれども、ぼくはスティンキーを蹴るのがこわかった。スティンキーはもうずいぶん弱っていて、動かなくなっていた。それを蹴ったら、鉄線のとげが皮膚にからまって、首から口までを切り裂くかもしれなかった。そうなったら、スティンキーは死ぬと思われた。

「よしよし、よしよし」ぼくは声をかけた。

そのとき、スティンキーはぼくを見てはいないということに気がついた。左のほうでカラカラという音がした――マンカラのコマが木のボードで震えるような音が。ぼくはそちらを見やった。すぐそこに、ぼくの頭から一フィート半と離れていないところに、今までの人生で見たこともないほどでかいガラガラヘビがいた。野球のバット並みに太いそのヘビは、鎌首をもたげ、狙いすますように、それを左右に揺らしていた。風にそよいでいるなどという生やさしい感じではなかった。そのとき、あまりよくはわからなかったけれども、これだけはわかった。ガラガラヘビに顔を咬まれたら死ぬかもしれないが、今、こいつが狙っているのは、まさにぼくの顔なのだ、と。

ぼくたち三体の生き物はからみあって、一種の奇妙なサバイバルのダンスを踊ろうとしていた――なぜか、運命の照準が、ぼくたちをこういう三角関係でとらえたのだ。ぼくたちのそれぞれがどんなふうにこの瞬間を体験していたのだろう？　直感を分かちあっているという認識――恐怖や、捕食関係や、縄張り意識をめぐって割り当てられた役割のもとで――があったのか？　ぼくの中には、ガラガラヘビに手を差し伸べて、彼の見えない手と握手したいと思っている部分があった。ぼくはこういうつもりだった。「きみはどうしたらガラガラヘビでいられるかしか知らないだろうけど、きみはけっしてステンポックなんかじゃない。だから、きみの見えない手と握手したいんだ」

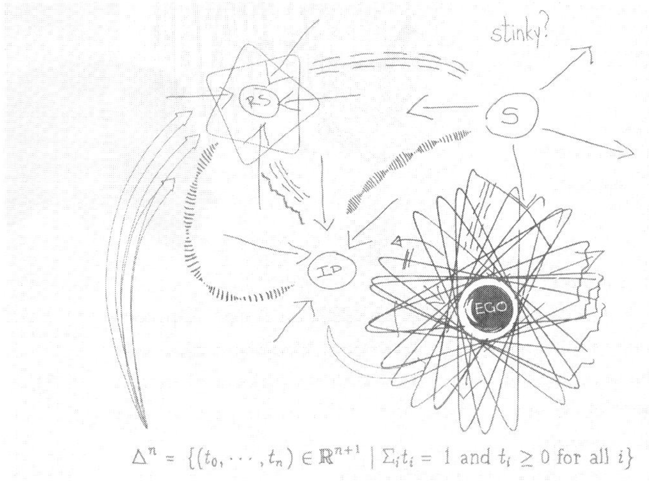

スティンキーとポイズンロープとの三角関係
ノートB77から

すると、ガラガラヘビはぼくのほうへ迫ってきた。その目は揺るぎない目的を持っているようだったが、それが何なのかはわからなかった。ぼくは自分の目を閉じて考えた。結局、こういう成り行きだったのか、と。牧場でヘビに顔を咬まれて死ぬのは、寒い納屋の中で骨董もののライフルで自分の頭を撃ってしまうのよりは似つかわしいという気がした。

そのとき、二発の銃声が聞こえた。

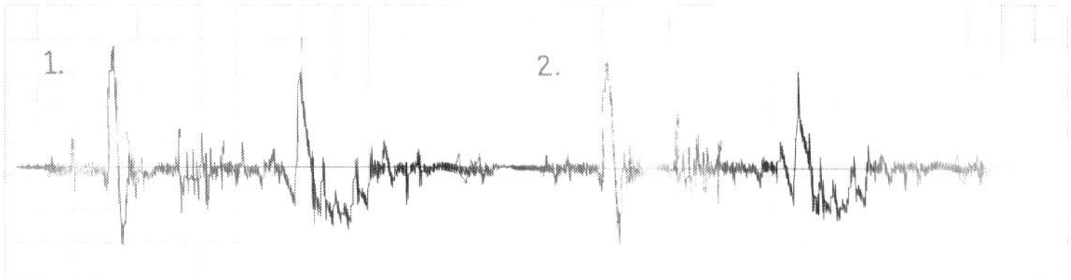

二発目でぼくは牧場の世界へ引き戻された。目を開けてみると、ガラガラヘビの頭が吹っ飛んで地面に転がり、太い首からは血が噴きだしていた。頭のない体は、咳をして何か大事なものを吐きだそうとするようにピクピク震えていた。そのあと、ヘビはとぐろを巻き、固く丸まったかと思うと、また体を伸ばして、それきり動かなくなった。

ぼくは心臓がドキドキ、ドキドキ、ドキドキと激しく打っているのを感じた。心臓がそのまま飛び跳ねて胸の反対側に移り、それに連れて器官がすべて並び換わり（内臓逆位（器官の位置が左右反対になる症状）！）、自分が科学的な意味での奇人になって、ロッキングチェアに座ったまま若死にするのではないかと、一瞬、疑った。

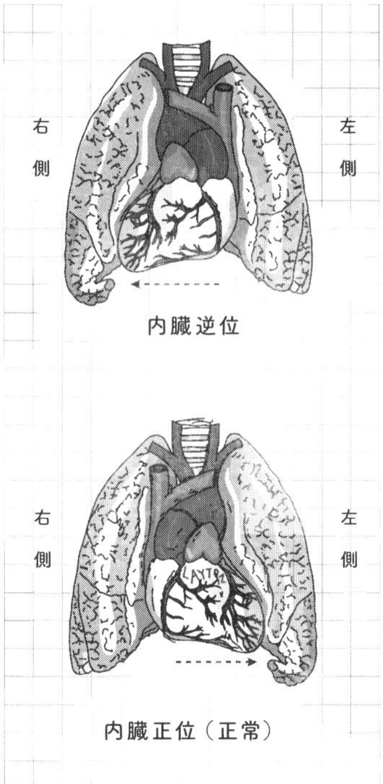

われわれの一人ではあっても、
われわれとは違う　ノートG77から

「その毒蛇（ポイズンローブ）とキスしようとしてたのか？」

ぼくは顔を上げた。ライフルを手にした父がこちらに歩いてきて、ぼくを引き起こした。

「うん？」父の声は落ちついていたが、目は白く潤んでいるようだった。

ぼくは話すことができなかった。口が母の財布よりからからになっていた。

「おまえ、バカか？」父はぼくの背中をドンとどやしつけた。それでぼくを追いたてようとしたのか、叱ろうとしたのか、それとも、抱き締める代わりにしようとしたのかはわからなかった。

「いや、ぼくは——」

「なんつーこったなんていってる間もなく、やられることだってある。次も、おれがその場にいて撃つとは限らん。おまえはついてたんだ」

「そうですね」ぼくはいった。

父はガラガラヘビの死体を爪先で蹴った。「ほう。でかいやつだ。このロープを家に持って帰るか。母さんに見せてやれ」

「放っておきましょう」ぼくはいった。

「そうか？」父はもう一度、ヘビを蹴ってから、スティンキーを見やった。スティンキーはまだ凍りついたままだった。

「ずっと見てたんだろ、うん、このクソったれ」父はそういうと、スティンキーの頭を思いきり蹴飛ばした。スティンキーは少なくとも十五フィートは後ろへ吹っ飛んで転がった。ぼくはたじろいだ。スティンキーはぼうっとして、しばらく、その場を動かなかった。ただ、舌だけが狂ったように唇をなめまわしていた。

ぼくはスティンキーを見まもった。引っくり返ったまま、もろもろのショックから死んでしまうのではないかと恐れる気持ちがあったのだろう。しかし、動物というのは、一部の人たち——父のような——が、鈍くさいと決めつけるような資質を持っている。ぼくにはそれがむしろ寛大さに近いもののように思われたけれども。ともかく、スティンキーはそこを動かず、しきりに唇をなめていた。ついさっきまでのできごとでの緊張は、もう体から失せてしまっているようだった。と思ううちに、スティンキーは跳ね起きて、振り返りもせずに丘を駆け上がって、狂気から去っていった。

「鈍くさいヤギめ」父はそういうと、ライフルの薬莢を地面にはじきだした〔カチャッ・チン、カチャッ・チン〕「さあ、いくぞ。おれらにゃ仕事があるのに——日が暮れちまう」

ぼくは父についてピックアップに乗りこんだ。父が古いエンジンをなだめすかしてかける間、ぼくは暖かく燃える感覚に浸されていた。まるで解凍したばかりのように、指先がくすぶっていた。父が爪先でヘビを蹴飛ばした様子、その瞬間はそれに完全に集中し、次の瞬間には完全に忘れ去るという流儀は、強く印象に残った。危機が去ると同時に、父の関心は用水路に水を引くことに舞い戻っていた。その割り切った行動様式はこういっているようだった。〝この人生には奇跡なんてないんだ〟

ぼくはここにはふさわしくなかった。それはもうずっと前からわかっていたように思う。けれども、父の言動を規定している限られた視

► この行動は、歌う西部劇スター、ジーン・オートリーの〝カウボーイの掟〟第四条に違反するように見えた。しかし、父はカウボーイの倫理と聖書の選択的な信者だった。つまり、自分の行動に都合がいいときだけ、それを参考にしたのだ。

カウボーイの掟

1. カウボーイは相手より先に撃ったり、自分より小さな者を殴ったり、不公平につけこんだりしない。
2. カウボーイは約束を破ったり、信頼を裏切ったりしない。
3. カウボーイは常に真実を語る。
4. カウボーイは小さな子ども、老人、動物に親切でやさしい。
5. カウボーイは人種的、宗教的に不寛容な考えを抱いたり、唱えたりしない。
6. カウボーイは困っている人に手を差し伸べる。
7. カウボーイは常によく働く。
8. カウボーイは考えも、言葉も、行ないも、個人的な習慣も清廉潔白である。
9. カウボーイは女性、父母、国の法律を尊敬する。
10. カウボーイは愛国者である。

野から見れば、それが正しいということはさらにはっきりした。ぼくは高原地帯の生き物ではなかったのだ。

ぼくはワシントンにいこうと思った。ぼくは地図製作者で、科学者だった。むこうで必要とされていた。ドクター・クレアも科学者だった——けれども、なぜか、ドクター・クレアは父に劣らず、ここに適応していた。二人ともここにふさわしかった。分水界の果てしない勾配を、二人でぐるぐるまわっていた。

ピックアップのてのひらの跡がついた窓を通して、ぼくは柔らかな色合いのパレットのような夕闇を見上げた。その灰色がかった底知れない空を、小さな黒い物体がいくつか、ひらひらと横切っていた——ユマコウモリ（M・ユマネンシス）が反響定位（超音波を発し、その反響で物体の存在を知る方法）のための狂乱のダンスを始めたのだ。ピックアップのまわりの空中には、コウモリの小さなレーダーのシグナルが無数に飛び交っていたに違いない。といって、耳をそばだてても、コウモリが密な格子のような軌跡をつくっているのが、わかるわけではなかった。

トラックは飛び跳ねながら進んだ。父の手はハンドルのてっぺんを押さえていた。弱い小指だけがやや上に向いていた。ぼくはコウモリが羽音を立てて空に突っこんでいくのをながめていた。なんと軽いものたち。彼らの世界は、反響と偏向の世界、表面や固体との絶えざる会話の世界だった。

それはぼくには耐えられない生活だった。彼らは〝こちら〟を知らなかった。〝あちら〟からの反響しか知らなかった。

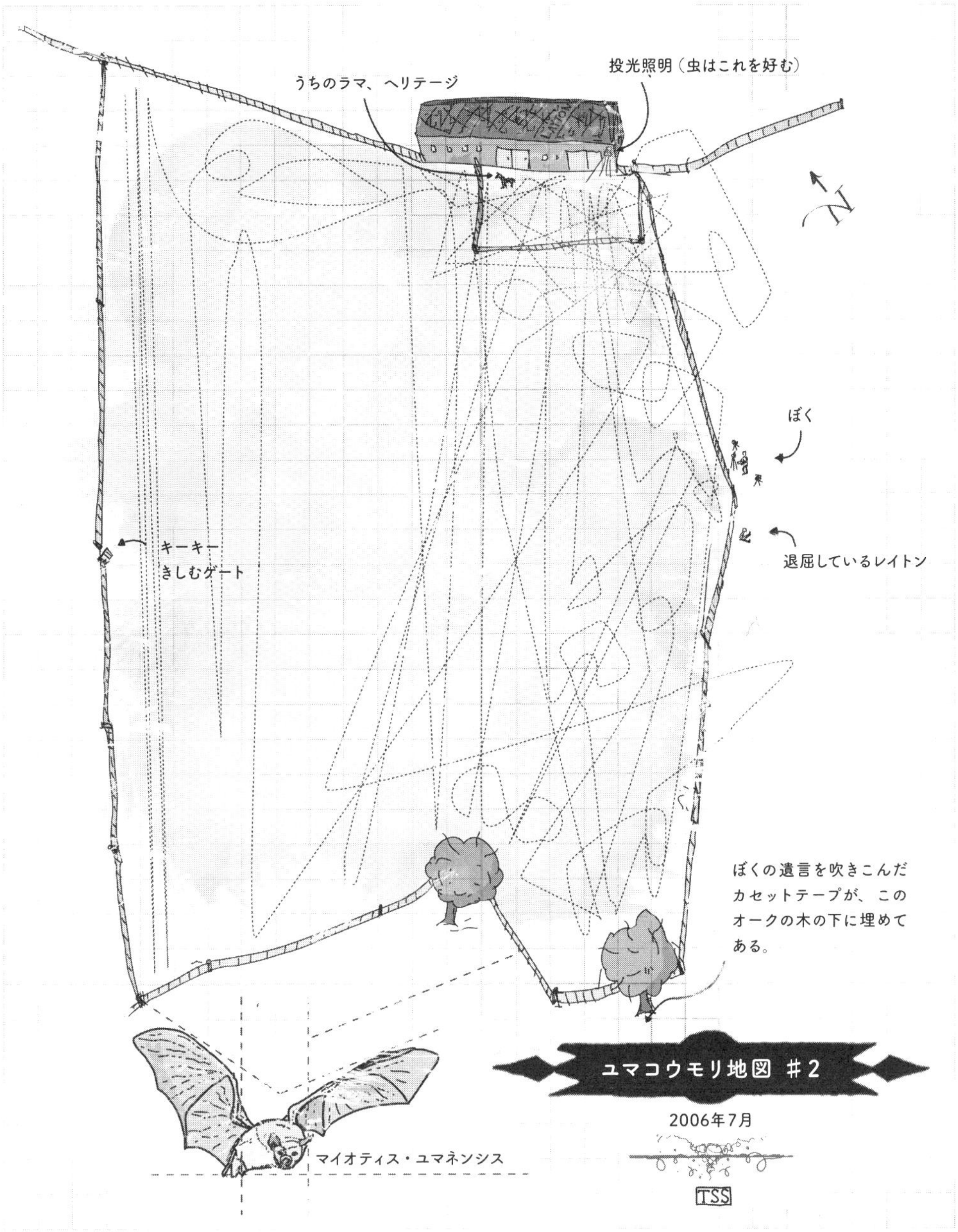

ぼくはアマチュアの翼手目学者であるヨーン博士のためにこの地図を描いた。描いたのは、そのためだけでなく、万一、ぼくが死んだ場合に備えてのことだった。自分の遺言がどこにあるかをヨーン博士に知ってもらいたかったのだ（この地図を描いたのは、彼が嘘をつくようになる前のことだった）。

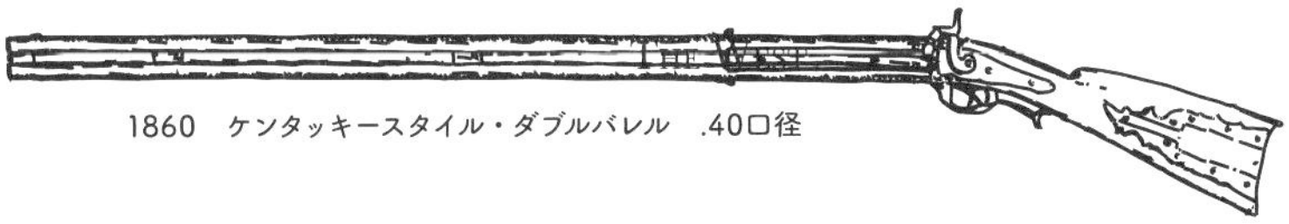

1860　ケンタッキースタイル・ダブルバレル　.40口径

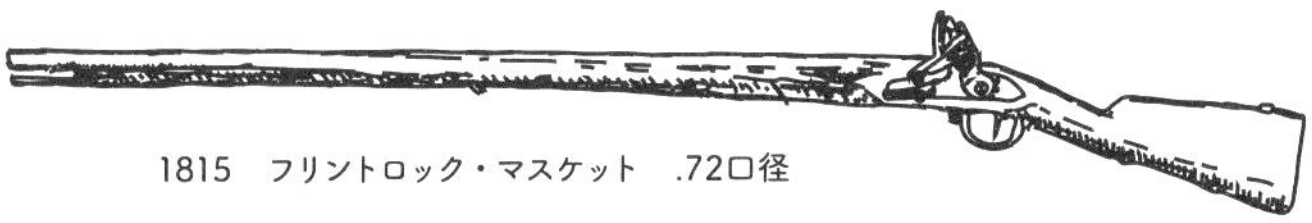

1815　フリントロック・マスケット　.72口径

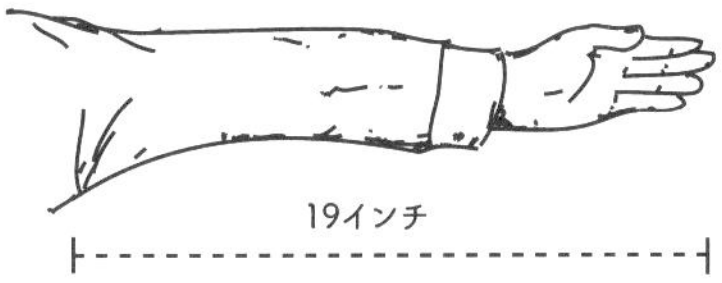

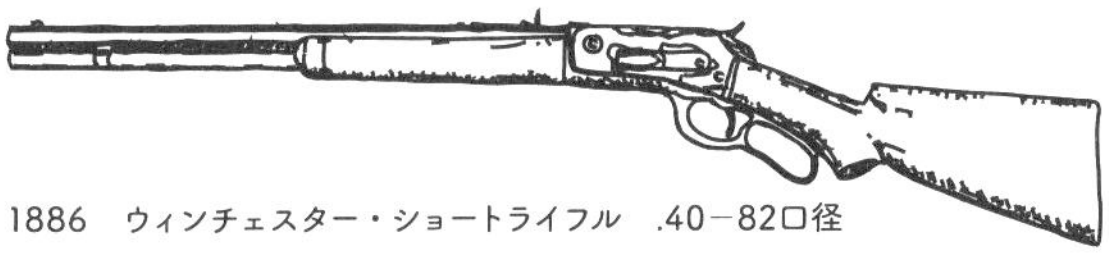

1886　ウィンチェスター・ショートライフル　.40－82口径

彼はこのウィンチェスターで自分を撃った。自分の顔に向けられるほど銃身が短いライフルはこれしかなかった。

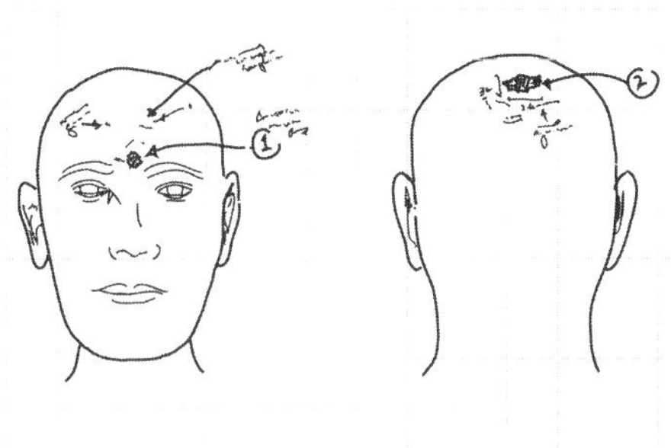

検視報告
ノートG45から

弁護士が牧場へやってきたとき、ぼくは彼のブリーフケースの上に検視官の報告書がのっているのを見た。そして、弁護士が父といっしょに納屋に入っている間に、この図を写しとった。検視官が描いた頭の型は、タフなロシアのスパイのようで、とても十歳の少年には見えなかった。けれども、レイトンはこんなふうに描かれるのを喜んだのではないかと思う。

第3章

用水路をさらう間、ぼくたちは一言もしゃべらなかった。そのうち、父は何かうめくと、手を休めて、仕事のはかどり具合を確かめた。それから、人さし指と中指でピストルのような形をつくり、窪地の向こうの用水路を指した。

「あっちだ」父はそういって、指のピストルを撃った。「あそこをさらえ」

「はい」ぼくは溜め息をついて、重い足取りで歩いていった。第三者が見たら、父は水文学的な直感をそういう身ぶりであらわしたのだと思ったかもしれないが、ぼくはもうどうでもよかった。華やかな照明を浴びたスミソニアンの西部アメリカの展示に、生(なま)の雰囲気を加えるために駆りだされた子役になったような気分だった。

二人の人物のすぐ左には、博物館の案内板が泥の中に突き立てられていた。

父親の牧場の用水路に水を引く少年
モンタナ州ディヴァイド（現代）

ぼくは泥やごみをさらった。泥がガボガボいう音、父が鋭く命令するしゃがれ声がサウンドトラックとなって流れていた。その声は、ぼくたちの目にアマの種子やマツの花粉を吹きつける夕刻の峡谷の突風でかき消されそうになってはいたけれども（博物館はこんなものまで持ちこむのだろうか？）。

ぼくはスコップを振るう手を途中で止めた。泥だらけの用水路にクリークの凍えるような水が流れだし、長靴のまわりを浸した。ぼくの両足が島のようになった。長靴のゴムの膜を通して、水の冷たさが感じられたけれども、今は何もかもが音を消されていた——ぼくは突然、爪先の柔らかな肉の間を、冷たい液体で刺激してほしくなった。

ぼくたちは黙りこくって、夕食が待つ我が家への帰途についた。ブーツに踏まれて磨り減ったピックアップの床に、長靴から泥の塊が滑り落ちた。父は何か変だと感じているのだろうか、とぼくはいぶかった。もっとも、父は相手が何で黙っているのかを問いただすようなタイプではなかった。父にとって、沈黙は内面の不安のあらわれなどではなく、心地よいものだったからだ。

家の前で車を停めると、父はぼくに降りるように身ぶりで促(うなが)した。

「母さんによろしくいっといてくれ。おれはやらなきゃならんことがある。晩飯を一人前、とっといてもらおう」

それはいつもとはちょっと違っていた。父の形式主義のあらわれで、夕食のテーブルには全員が顔をそろえなければならないことになっていたからだ。レイトンの死後、その統制は少し緩んだけれども、ぼくたち四人はほとんど毎晩、リンネウスの石版画の下に集まり、例によって、会話を弾ませることもなく食事をしていた。

父はぼくの不審顔に気づいたに違いなかった。というのは、たぶん、照れ隠しで、束の間、顔を緩ませ、にやりとしたからだ。ぼくは長靴のまま、ローファーは手に持って、運転台から飛び降りた。会話の締めくくりになるような別れ際の一言を何かいいたかった——この家に対する、父に対する敬意と反感を同時に伝える何か気のきいた一言を。といっても、当然のことながら、プレッシャーで、これという一言は思いつかず、「ごゆっくり」とだけいうのが精いっぱいだった。

そのいいぐさの何が間違っていると、はっきり指摘はできなかったと思うが、父の笑顔は消え去った。ボンネットの下からかすかなオイルのにおいが漂ってきた。ぼくがピックアップのドアを軽く前後に揺さぶると、ちょうつがいがとげとげしくきしんだ。ぼくたちはその場に釘づけになったように、じっと顔を見合わせた。父がドアを閉めろと指で合図した。ぼくはそれでもじっと見つめていた。
「閉めろ」父がようやくそういったので、ぼくはドアを閉めた。ドアはすすり泣くような音を立ててからカチッと閉まった。いや、完全に閉まってはいなかったかもしれない。ぼくがまだ窓越しに父のシルエットを見つめているうちに、エンジンがうなって、ピックアップは暗くなった道を走りだした。二つのテールライトが熱く燃え、さらに熱く燃えてから見えなくなった。

夕食はおいしくなかった。缶詰のエンドウ豆、レッドドッツの小型容器入りコショウを振りかけたスイートコーンのピューレ、それに、パイの形をしたミートローフらしきもの。ぼくたちはそれを〝まあまあの何か〟と呼んでいた。グレーシーはその構成部品をけっして明かそうとしなかったからだ。しかし、食事に文句をいう者はいなかった。おいしくはなかったけれども、ともかく、熱いうちに出てきたからだ。
ドクター・クレアはにこにこしながら、もぐもぐ噛んでいた。
「この女の子たちは何か特殊技能でもあるの？　絵を描くとか？」ドクター・クレアは半ば上の空で、フォークを宙に突きだし、絵筆を振るうようなジェスチャーをした。「それとも、空手？　それとも、何か実験の技術？　それとも、ただルックスを審査されてるだけなの？」
「違う。これはただのビューティーコンテストよ」グレーシーのおはこの溜め息が出た。「ミス・アメリカにはタレント部門があるの。でも、ミスＵＳＡのほうがずっといいな」
「グレーシー、ルックスだけじゃ、こういうところへ出るのが精いっぱいよ。あの子たち、きっと脳が腐ってるわ」
「脳のどこが腐ってるの？」ぼくは聞いてみた。
「ミス・モンタナはディロンの子よ」グレーシーがいった。「彼女、六フィート一インチあるの。うちのお父さんはどれくらいだった？」
「六フィート三と四分の一インチ」ぼくが教えてやった。
「わあ……」グレーシーの唇から小さなはじけるような音が続けて漏れた。頭の中で一インチずつ数えているようだった。
「だから、わたしはタレントというか、才能——科学的才能——が考

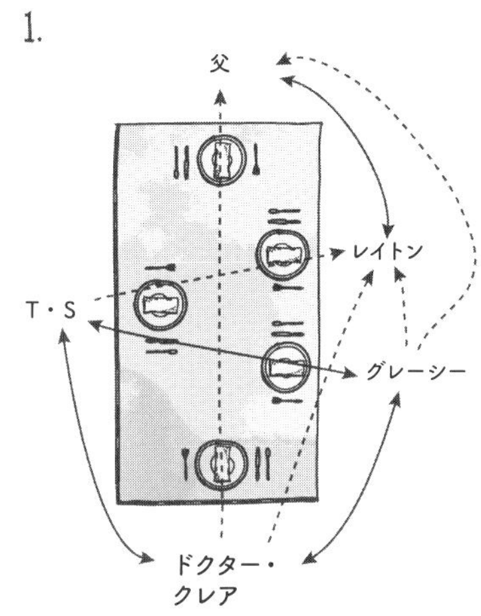

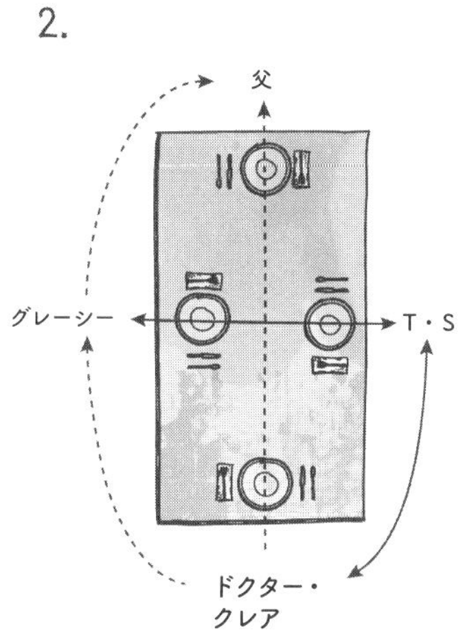

その前とその後のおしゃべりのパターン
ノートB56から

ドクター・クレアは質問するようなかたちで述べたけれども、ぼくたちみんな、それは事実だと知っていた。その楽器から絞りだされるでたらめな音を記録した図は一枚や二枚ではなかった。その場ででっちあげた曲。〝おバカな引きこもり〟や、ファーリー、バレット、ウィットとのドラマチックな別れの期間中、何時間も延々と繰り返されたハ音。

慮されてもいいと思っているだけよ」ドクター・クレアがそういっていた。

「でも……お母さん。それだったら科学博覧会じゃない？」グレーシーがドクター・クレアに向きなおった。その声には、おなじみの皮肉のとげがあった。「それに、そんなもの、誰も見やしないって。だって、退屈だもん。あたしの人生みたいに」口いっぱいの豆で、その文章に句読点が打たれた。

「いい、わたしはね、あなたはルックスだけの子じゃないと思っているの。技能を考慮に入れたコンテストがあってしかるべきなのよ——たとえば、あなたの演技の才能！　それに、あなたの声！　すばらしい美声じゃないの。それに、オーボエだって吹けるでしょ？」

グレーシーは一瞬、言葉に詰まった。クルミほどの大きさの空気の塊と思われるものを吸いこんだようだった。それから、皿に吐きだすように話しだした。「だから、そのためのコンテストがあるっていってるじゃない。ミス・アメリカにはタレント部門があるの。でも、これはミスUSA」グレーシーはそういいながら、フォークで皿の豆をゆっくり動かして、どこか不気味な楕円形の軌跡を描いた。

「わたしはね、主催者は女性が能力をフルに発揮できるよう後押しするべきだと思ってるだけよ」ドクター・クレアは例によって上の空の口調でいった（内心では〝わたしは甲虫の大顎のことを考えているの〟といっていた）。「女性が科学者になれるようにね」

グレーシーはドクター・クレアをまじまじと見た。それから、いったん口を開けて、また閉じた。そして、考えをまとめようとするように天井を見上げてから、小さい子どもにいって聞かせるような口調で話しはじめた。「あのね、お母さん。お母さんはあたしの話なんか聞いてられないでしょうけど、でも、聞いてほしいの。いい、あたしはミスUSAが好きなの。ビューティーコンテストがね。出てくる女の子たちはお利口じゃないよ。おバカできれいなだけ。でも、あたしはそれが好きなの。科学の実験室なんか関係ないの——ただのエンタテインメント。エンタ - テイン - メントなの」

その子ども向けの口調は、ドクター・クレアを麻痺させる効果があったようだ。ドクター・クレアは身じろぎもせずに聞き入っていた。

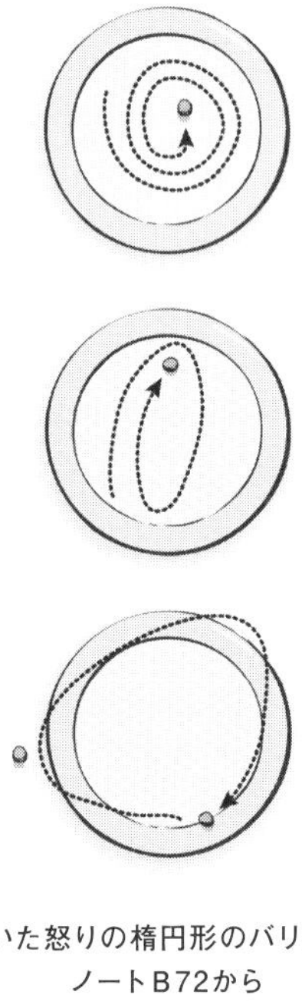

豆が描いた怒りの楕円形のバリエーション
ノートB72から

グレーシーは先を続けた。「たった一時間だけど、ほとんど忘れていられるのよ。あたしはこのモンタナのおかしな牧場で、目の見えない猫みたいに、ゆっくり死んでいくんだってことをね」

目の見えない猫うんぬんには、みんな、どきっとしたようだった。お互いに顔を見合わせ、グレーシー本人もとまどって、そっぽを向いた。その言いぐさは父への奇妙なオマージュではあったけれども、グレーシーの唇には似合わないお古のようにも聞こえた——生理がくるようになって以来、何度となく繰り返してきた基本的な問題をさらに強調するようなものだったからだ。つまり、自分が有名な女優になる可能性を、いかにこの一家がむしばんできたか、それどころか、よくある失意の田舎娘のままで終わるよう運命づけてきたかを。

グレーシーはそのあと、〝おバカな引きこもり〟の進化したかたちを、これみよがしに披露した。（1）ポケットからiPodを取りだして、イヤホンを押しこんだ——左耳に、次に右耳に。（2）グレープジュースを〝まあまあの何か〟の残りにぶっかけた。（3）皿や銀器をことさらにガチャガチャいわせて、その場から退場した。

正直にいうと、目の見えない猫発言と〝おバカな引きこもり〟的行動に至るまで、ぼくは二人のやりとりの詳細にまで本気で耳を傾けていたわけではなかった。というのは、それは二人がほとんど毎晩のように演じている食い違いの儀式だったからだ。

それがおもしろくないからというわけではなかった——もし、ぼくが母－娘の関係に興味を抱く心理学者だったら、この二人の関係は、家族内での女性の役割の交換という点で、ポンペイの発見に近いものがあっただろう。グレーシーとドクター・クレアの間には複雑な力学が働いていた。牧場にはほかに女性がいないということもあって、二人は自然に引かれあい、イヤリングとかスクラブとかヘアスプレーといった女の子らしい話題についておしゃべりした。苦労の割りに稼ぎの悪い牧場で、男たちの無精ひげが目立ってくる夕方、二人で会話することで、束の間、女だけが閉じこもる繭をつくっているようだった。それでも、ドクター・クレアはふつうの母親とは違っていた。自分の子が外殻や表皮を持ち、一つのライフサイクルでしおれてしまう生き物なら、もっと楽だったのではないかと思う。ドクター・クレアはそれなりに努力はしていたが、やはり、ある種の巨人で、とんでもない〝おたく〟だった。たぶん、グレーシーには、自分にも同じ運命が待ちかまえているかもしれないという根深い恐怖があったのではないか。だから、グレーシーの耳に〝お○○〟という言葉をささやくだけで、恐ろしいヒステリーを引き起こした。年に一回は、その中でも最悪のものが起きた。たとえば〝○四年のヒステリー〟といわれるようなものが。そういう歴史的経験を踏まえて、コパートップでは、〝お○○〟は四つある禁句のうちの一つになっていた。

「お父さんとの仕事はどうだった？」ドクター・クレアが尋ねた。グレーシーはキッチンを騒々しく歩きまわっていた。

ぼくは、また自分に注目がめぐってきたのに気がつかなくて、一瞬、間をおいてから答えた。「うまくいった。うまくいった、と思うけど。お父さんは水に腹を立ててるみたいだった。ぼくが見ても水位が低いみたいだったから。べつに計ったわけじゃないけど、低いように見えた」

「お父さんはどんなふうだった？」

「どうってことなかったと思うけど。何かふつうじゃないように見えるっていうの？」

「ほら、知ってのとおり、あんまりしゃべらない人だけど、何かあったんじゃないかと思えるのよ。何かはよくわからないけど……」

「たとえば、どんなこと？」
「あの人、何か新しい考えに出合うと、とても意固地になるのよね。変化を恐れてるの」
「新しい考えって？」
「あなたは彼と結婚したわけじゃないから」ドクター・クレアは妙なことをいうと、その話はもうおしまいというようにフォークを置いた。「わたしはあした、北のほうへいきますからね。カリスペルの近くへ」ドクター・クレアはいった。

「何で？」
「採集旅行で」
「タイガーモンクを見つけるつもり？」ぼくはそういってしまってから、はっと息をのんだ。

ドクター・クレアは一瞬、言葉に詰まった。「うーん……それもあるかな。そうね、たぶん。そうなんだわ」

ぼくたちはしばらくの間、黙ってテーブルに向かっていた。ぼくは自分の豆を食べ、ドクター・クレアも自分の豆を食べた。グレーシーはまだキッチンでどたばたしていた。

「あなたもついてくる？」ドクター・クレアがいった。
「どこへ？」
「カリスペルよ。あなたに手伝ってもらえれば大助かりだと思うんだけど」

これがほかの日であれば、ぼくはその申し出を喜んで受けていただろう。ドクター・クレアが旅行に誘ってくれることはめったになかった。たぶん、一日じゅう、肩越しにちらちらとぼくの姿を見るのはちょっと落ちつかないという感じがあるからだろう。しかし、たまにイラストレーターが必要ということがあり、そういうとき、ぼくはドクター・クレアの仕事ぶりを見られるチャンスに一も二もなく飛びついた。ドクター・クレアの執念深さ、強情さはあれこれいわれるかもしれないが、捕虫網を持たせたら、間違いなく名人だった。あれ以上の勘を持った人はいそうになかった。そのドクター・クレアが長年かけても見つけられないということは、やはり、タイガーモンクはほんとうに存在しないのではないかと、少し心配になるくらいだった。

なぜ、この二人が？

ぼくはいくつかの事実を知っていた——二人はワイオミングで開かれたスクエアダンスで出会った——けれども、そういうカップルが意気投合して結びつくのに、どんな内面の動きがあったのかはわからなかった。いったいどうして、二人は別れなかったのだろう？　それぞれ、まったく違う生地から切り取られた二つの生物だというのに。

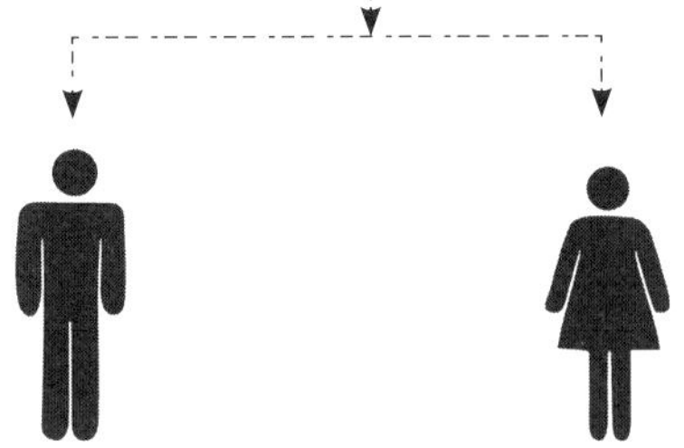

父は不言実行の人で、おカネとは無縁の不器用な人でもあった。馴らされていないカイユースに、腹帯のバックルをしっかり締めてまたがり、じっと地平線を見据えて、そこらの人間には目もくれなかった。

母は世界を部分部分でしか、それも小さな部分、限りなく小さな部分、おそらくは存在しない部分でしか見ない人だった。

そういう二人がどうしてひかれあったのか？　ぼくは父に聞いてみたかった。というのは、父はぼくが科学にのめりこんでいくのにひどく失望していると感じられたからだ。ぼくはこういいたかった。「でも、あなたの奥さんはどうなんですか？　ぼくたちのお母さんはどうなんですか？　彼女は科学者じゃないですか！　あなたは彼女と結婚したんじゃないですか！　だったら、そういうことすべてから逃げだすわけにはいかないんじゃないですか？　あなたがそういう人生を選んだんじゃないですか！」

二人の愛情の始まりとその後は、コパートップのその他のひそやかな問題とともにファイルに綴じこまれ、ごく小さな品々にその名残があらわれているに過ぎなかった。ピックアップの運転台の蹄鉄のミニチュアとか、ドクター・クレアが書斎の壁にピンで留めているたった一枚の父の写真、踏切の傍らに立っているまだ若い父の写真に。今は、二人の静かな接触の瞬間を、廊下でときどき見かけることがある。そこで、二人は何か秘密の種子でも交換しようというように、一瞬、手と手を触れ合わせた。

　ではあったが、今、ぼくはドクター・クレアの期待にこたえようという気はなかった。なぜ、いっしょに北へいけないかというと、ぼくはあす、ワシントンＤＣへ発（た）つつもりでいたからだ。ワシントンＤＣ！　ぼくはここで、この夕食のテーブルで、すべてをドクター・クレアに打ち明けてしまおうかと、一瞬、考えた。豆とミートパイがかもす雰囲気が、そうしても安心な討論の場をつくりだしていた。ぼくの家族、かけがえのない家族が象徴するものに囲まれて、ぼくは告白するつもりになっていた――もし、この人が信じられないというのなら、いったい誰を信じられるというのだ？

「話があるんだけど……実は、ぼく――」ぼくはゆっくり切りだした。小指を親指に、親指を小指に、交互に押しつけながら――ちっちゃな（イッツィビッツィ）クモ（スパイダー）（手遊び歌）のスタイルで――ぼくは神経質になったときに、どうしてもそうしたくなるのだ。

神経質なイッツィビッツィ
ノートB19から

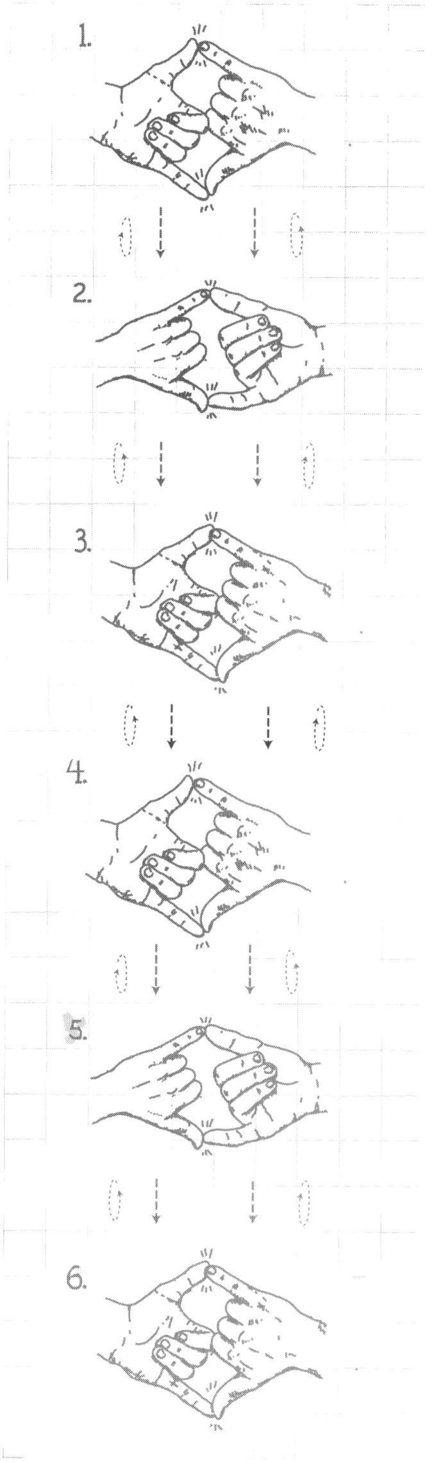

　ヴェリーウェルがぶらぶらと入ってきて、こぼれた豆を探しはじめた。

「なに？」ドクター・クレアがいった。

　ぼくは自分が言葉をのみこんでいたのに気がついた。お決まりのイッツィビッツィも、そこでやめた。

　ぼくは溜め息をついた。「いっしょにはいけないんだ」ぼくはいった。「忙しくて。あしたは谷へいくことになってるんだ」

「あら？」ドクター・クレアはいった。「チャーリーと？」

「いや」ぼくはいった。「だけど、向こうではがんばってね。北のほうで。見つかるといいね。タイガーモンクがだけど」

　その見つからない種の名前は、ぼくが口にすると、何か誓いの言葉のように聞こえた。ぼくは何とかその場を取りつくろおうとした。

「モンタナ州カリスペル……うわー！」ぼくは大声でいった。カリスペル観光事務所が低予算で制作したテクニカラーのコマーシャルの決めぜりふを唱えるように。そのせりふはあまりに場違いで、部屋の中へ少しばかりの酸素を吹きこんだだけだった。

「そう、それは残念ね」ドクター・クレアはいった。「あなたを連れていけたらよかったのに。あしたは早く出かけるから、たぶん、会えないでしょう」ドクター・クレアはテーブルをかたづけながら、そういった。「でも、いつか、あなたにわたしのノートを見せたいわ。わたしが手がけてきた新しい仕事には、あなたも啓発されるところがあるんじゃないかと思うから。彼女はあなたのことを思いださせてくれるの……」

「お母さん」ぼくはいった。

ドクター・クレアは手を止めると、皿を持ったまま、首をかしげて、ぼくを見つめた。テーブルの下では、ヴェリーウェルが豆をいくつか見つけて、低い音を立てながらのみこんでいた。遠くの部屋で水がポトポト漏れているような音だった。

もう十分(じゅうぶん)、あるいはそれ以上という時間が過ぎてから、ドクター・クレアはかたづけを再開したが、キッチンへ向かう途中、ぼくの後ろで立ち止まった。手には、ナイフをのせた皿を持っていた。

「お互いにいい旅をね」ドクター・クレアはそういって、部屋を出ていった。

皿を洗い、乾かしてから、ドクター・クレアは書斎に、グレーシーはガールポップの巣窟に引っこんだ。そのあと、気がついてみると、ぼくはダイニングルームに独り立って、困難な大人の任務と向き合っていた。

ぼくは一つ深呼吸してから、キッチンの電話のほうへ歩いていった。そして、受話器を取り上げ、〝0〟を強く押した。うちの電話は、ゼロのボタンが少々気むずかしかったからだ。線がカチッとつながって、ヒューという音がしたあと、女の人のやさしい声がした。「はい、どちらにおつなぎしましょうか？」

「スミソニアン博物館のガンサー・H・ジブセンさんに連絡したいんです。ミドルネームはわからないんですけど」

「では、このままお待ちください」

オペレーターがまた出てきた。「スミス何とおっしゃいますか？ どの町のかたでしょう？」

「ワシントンDCです」

オペレーターは声を上げて笑った。「あらあら、そういうことなら……」また、くすくす笑ってから、溜め息をついた。「わかりました。

このままお待ちください」

その〝このままお待ちください〟という口調は、とても感じがよかった。待っている間にお膳立てがしてもらえる、必要な情報を届けるために世界が一生懸命になっている、と確信させるようないいかただった。

少ししてから、オペレーターがまた出て、番号を読みあげた。「あなたがそこの誰に連絡したいのかわかりませんけど」彼女はいった。「代表番号にかければ、あとはむこうが手伝ってくれますよ」

「どうもありがとう」ぼくはその女の人にすばらしい温かみを感じた。この人に車でワシントンへ送ってもらえないだろうかと思った。「たいへんご親切に」

「いいえ、どういたしまして」オペレーターはいった。

ぼくは教えられた番号にかけ、とてもややこしい自動応答システムを苦労して進んでいった。二度ほど、一巡して振り出しに戻った末に、どうしたらジブセンの専用線に行き着けるかがやっとわかった。

呼び出し音が鳴る間に、ぼくはますますびくびくしてきた。どう謝ったらいいのだろう？　一時的な心の病気だったとでもいいわけしようか？　州を越えて旅するのがこわかったとか？　すでにいくつも特別会員の声がかかっていたとか？　と思ううちに、ジブセンの留守番電話につながった。当然、予想していなければならなかった。東海岸では午後一〇時前後になっていたからだ。

「ええと……もしもし。ジブセンさん。T・S・スピヴェットです。きょう、早い時間にお話ししたんですけど。モンタナのスピヴェットです。ええと、とにかく、前にもいったんですけど、ぼく、ベアード賞をいただくのは無理じゃないかと……でも、今、何とか……ええと……いろいろ考えなおしをして、今は、ありがたいお話を全面的にお受けできるようになりました。で、今夜、出発するつもりでいますから、きょう、おかけになったぼくの番号にまたかけても、もうつかまらないと思います。それで、つまり、その、気にしないでください。心配しないでください！　ぼく、そちらにいきますから、ジブセンさん。記念のディナーでスピーチする用意もして。ほかにも必要なことがあったら何でもします。それで……それで……あらためてお礼をい

スミソニアン自動応答システムのオプションのたどりかた

録音された声がいった。「よりよくお手伝いするために、応答のオプションを変更いたしました。どうぞ、よくお聞きください」それで、ぼくはよく聞こうとした。その女性の声がオプションを次々にあげていく間、選ぶかもしれないボタンに指を置きながら。オプションが増えるにつれ、キーパッドの上で複雑にねじれたハンドサインをつくることになったけれども、女性の声がオプション＃８にさしかかったときには、もうオプション＃２が何だったかを忘れてしまっていた。

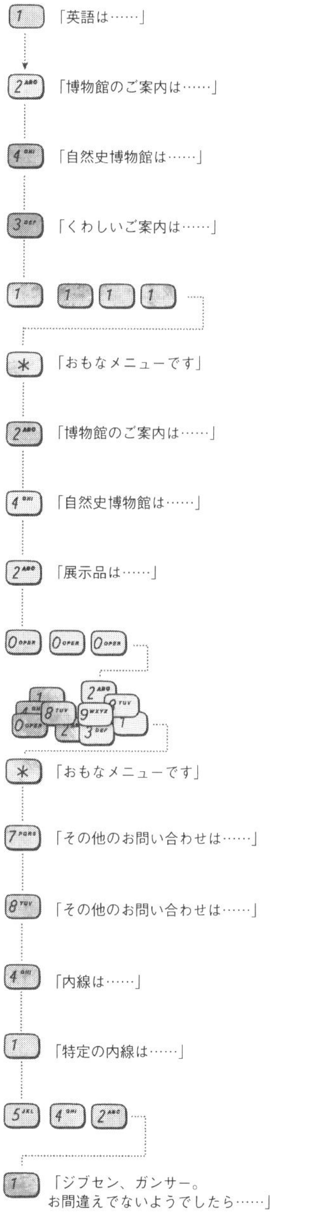

います。どうか、いい一日を」

ぼくは急いで電話を切った。ああ、ドキドキした。ぼくはすっかり消耗して、電話の隣のスツールに腰を下ろした。それから、二階の上がり口のドアを見つめながら、のろのろと憂鬱(ゆううつ)なイッツィビッツィを始めた。進んで次のハードルに挑もうという気分ではなかった。

というのは、父は弱みのない人だけれども、ぼくにはそれがいくつもあったからだ。中でもいちばん厄介なのは、ありふれた仕事の一つだった。大きなバックルのベルトを巻いた強い男たちなら、べつに何ということはない仕事、つまり、スーツケースに荷物を詰めることだ。ぼくは毎日、学校へいくためのパッキングをするのでさえ、少なくとも二十三分、よくて二十二分はかかった。パッキングというのは、日常的に地球を行き来している人には、あたりまえの儀式のように思われるかもしれない——けれども、パッキング、とくによその土地へ旅行するためのパッキングについて、よくよく考えてみれば、それには高度に発達した能力が求められるということがわかるだろう。なじみのない環境で暮らすのに必要になる道具を予測する能力が。

靴とか、話しぶりとか、歩きかたのように、スーツケースの荷物の詰めかたで、その人の多くがわかると思う。たとえば、ドクター・クレアは採集や解剖の道具を、一そろいの紫檀(したん)の箱に慎重におさめた。それから、その箱を空のスーツケースの真ん中に、妙に凝ったダイヤモンド形に置いた。箱の角に触れるときは、それが恐ろしくもろい骨を持った、呼吸する生き物であるかのように扱った。そして、その壊れやすい中心のまわりに、ごた混ぜの衣類や、変わったグリーンの装身具類をぽんぽん投げこんでいった。その直前に見せた美しい箱への細やかさとは打って変わって、そういう品の扱いはひどくそっけなかった。たまたま、そのパッキングの手法を見ていた人がいたら、この女性は少なくとも軽度の統合失調症ではないかと思ったに違いない。もし、その人がほんとうの医者だったら、ドクター・クレアの多重人格ぶりについて講釈していただろう。その医者が話を始めるにあたって、彼女のスーツケースをスライドにして映写すれば、うってつけの図解になったのではないか（ぼくは自分の描いた図を提供するつもりはなかったけれども）。

一方、父は旅行のための荷物らしい荷物も持たないで、身軽に出かけていった。ロデオで馬を売るため、ディロンにいくときも、古い革かばんをピックアップの助手席に放りこむだけだった。

その中身（父が見ていないときに、危険を秘めた使命を帯びて、カメラとトングで武装して精査した）は、これで全部。

1. シャツ。
2. 歯ブラシ。柄にアクセルグリースがべったりついているように見えた。
3. リストをのせた紙。そこには、十頭の馬の名前と、そのあとに一連の数字が記してあった（あとで、数字は一頭一頭の寸法に違いないと思った）。
4. 携帯用に丸めた寝具。
5. 革手袋。左の小指は裂けて、ピンク色の詰め物が露出していた。家の壁に穴があいて、中の断熱材が見えているという具合に。これは柵をめぐらすときの事故のせいだった。その後、小指は弱くなって、上のほうを向いてしまった。

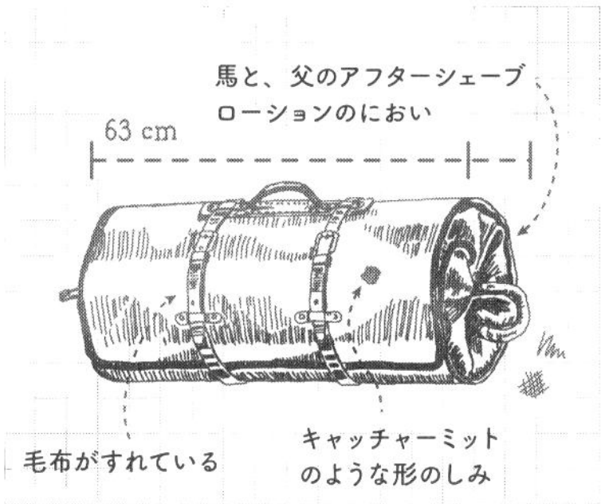

携帯用に丸めた寝具
ノートG33から

ぼくは、アメリカ西部のカウボーイのバックパックと、カンボジアの僧侶のそれを比べたらおもしろいのではないかと思うことがあった。似かよっているのは、表面だけのことなのか？　それとも、それぞれの世界へのアプローチのしかたに、より深い共通性があるということをあらわしているのか？　ぼくは父の存在の希薄さをロマンチックにとらえすぎているのだろうか？　父のぶっきらぼうさは、知恵ではなく恐怖の代役に過ぎないのだろうか？

父の出発前、ピックアップの窓越しにのぞくと、いかにも軽そうなかばんしかないのとは対照的に、ぼくが旅行のための荷づくりをするとなると、ややこしいお決まりの手順があった。そのおもな目的は、自分が心配のあまり過呼吸になったりしないようにすることにあった。

パッキングの五つのステップ

ステップ・ワン　視覚化

旅のシナリオを何度も頭の中で繰り返してみる。途中でめぐりあう恐れのあるあらゆる危険、図表化の装置を取りだせる場所で出合うかもしれないあらゆるチャンス、採集して標本にしたいと思うかもしれないあらゆるもの、とらえたいと思うかもしれないあらゆるイメージ、音、においを細かく想定する。

ステップ・ツー　在庫調べ

次に、必要になりそうな装置や道具を全部、製図テーブルの上に出して、それを重要度の順に並べる。

ステップ・スリー　組み立て＃１

限られたスペースでは持っていけそうにないものを選び、それは製図テーブルに置いたままにして、そのほかの必須アイテムを慎重に詰めていく。精密な器具は、輸送中に壊れないように、プチプチの梱包材でくるみ、ダクトテープで留める。

ステップ・フォー　大いなる疑念

スーツケースのジッパーを締める寸前、残していく吸虫管や六分儀や４Ｘ望遠鏡に、どうしても目がいく。そして、キツツキが木をうがつように、何度も繰り返し繰り返し、感震計が必要になりそうなシナリオを想定し、それから、旅行全体を、さらには、自分の全人生を再考してみる。

ステップ・ファイブ　組み立て＃２

そういうことで、また一から詰めなおしをする羽目になる。そのときには、学校にいく時間を過ぎているのがふつうだ。

　だから、今度の旅行のパッキングがどれほど困難か、想像がつくと思う。なにしろ、これまでにいったことのあるどこよりも、コパートップを遠く離れるのだから。コレクションのメッカ、〝都（ラ・キャピタル）〟（この二時間、ぼくが頭の中で繰り返し唱えてきたのは、そのアクセントが冒険の重みを軽くしてくれるからかもしれなかった）を目指す今度の旅。

　ぼくは階段の下まで爪先立ちで歩いていって、廊下の左右をうかがった。出発が迫ったことで高まった期待と、骨の中でくすぶっている自分だけの秘密のうねりが、そんな大げさな行動をとらせたのだろう。ぼくはコマンド隊員ばりに壁にはりつくようにして、きしむ階段を自分の部屋へ上がっていった。さらに念を入れて、そのあと、裏の階段を下り、もう一度、表の階段を上って、誰もあとを追ってはこないのを確認した。正確にいえば、ヴェリーウェル以外の誰もだったが、彼ならまず大丈夫だろうという確信があった。それでも、バカバカしいとは思いながら、カメラが取りつけられてはいないかと首輪を調べた。ヴェリーウェルは身体検査されたのを喜んで、ぼくの部屋にまでついてきた。

「だめだよ」入り口でヴェリーウェルにいった――手でストップの合

図をして。「プライバシーだ」

ヴェリーウェルはぼくを見上げ、唇をなめた。

「そうじゃない」ぼくはいった。「違うって——いいか——グレーシーのところへいって、いっしょに遊ぶんだ。グレーシーは寂しがってるから。ガールポップでも聞いてろよ」

部屋のドアの掛け金がカチッとかかった瞬間、ぼくの苦しみが始まった。パッキングという行為のために、ぼくは運動着に着替え、汗止めバンドと膝当てで完全武装した。これはプレジデンツフィットネスチャレンジ（政府推奨の健康改善プログラム）よりもむずかしかった。ぼくはそのプログラムでさえ、懸垂（けんすい）が一回もできなかったけれども。

ぼくは神経を静めるためにレコードプレーヤーでブラームスをかけた。

古いスピーカーでバリバリひび割れするオーケストラの楽（がく）の音（ね）を聞きながら、ぼくはラ・キャピタルへの入場を空想した。膝までの乗馬用ブーツをはき、巨大なトランクをよろけながら運ぶ四人の召し使いを従えて、スミソニアンの大理石の階段に到着する場面を。

「ゆっくりだ……ジャック！　タンボー！　オリオ！　カーティス！」ぼくは四人に声をかけた。「その中にはめったにない大事な器材が入ってるんだ」

すると、マリゴールドのネクタイを締めたジブセン氏が、大理石が傷んでいないかどうか確かめようというように、杖でコツコツ叩きながら、ゆっくりとあらわれた。

「これはこれは！　スピヴェットさん、こんにちは（ボンジュール）！　首都へようこそ（ビヤンヴニュ・オ・キャピタル）！」ジブセン氏はいった。今は舌足らずな発音もなじみになり、聞きやすかった。とくに、この夢想の中では……フランス語では。実際、この夢想の中では、スミソニアンを舞台にした牧歌劇全体が奇妙なフランス語交じりになっていた。いたるところを自転車が走り、公園のベンチの子どもがアコーディオンを弾いていた。

「旅でさぞお疲れ（トレ・ファティゲ）のことでしょう」ジブセン氏が先を続けていた。「それに、万全の備えをしてこられたようですね。これはたいへんな荷物だ（イリヤ・ボク・デュ・バガージュ）！　やれやれ（モン・デュー）！　信じられませんな？（セ・アンクロワイヤブル・ネスパ）」

ニュージーランドのペンパル、レーウィン・ターナーによるブラームスのハンガリー舞曲第10番のサウンドドローイング

「そうですね」ぼくはいった。「万全の備えをしたいと思っていたので。科学の名において、どういうことをさせられるか、わかったものではありませんからね」

しかし、そのとき、もう電話で隔(へだ)てられてはいない架空のフランス人、ジブセン氏が、架空のぼくをまじまじと見て、夢想は砕け散った。この劇の中でも年をとっておらず、いまだに十二歳のままのぼくを見たのだ。そして、夢想の中でも、ぼくは自分自身を見下ろしていたし、ベロアの旅行用スーツも４サイズは大きかった。肩幅は広すぎるし、袖口が手――子どもの手――を覆い隠していたので、ジブセン氏が差しだした手を握ることができなかった。もっとも、その手は驚きで引っこめられようとしていたけれども。「そうか(ウ - イー)」ジブセン氏はいった。「子ども(アン・アンファン)か！」アコーディオンの子どももぎょっとして、突然、弾くのをやめた。

そうか。ウ - イー。まだその問題があった。

ぼくは部屋の壁からすべての器具を外して、ルイスとクラークの敷物の上に置いた。

そして、目を閉じ、器具の山のまわりをゆっくりまわった。心の目に、スミソニアンの建物群と、モールと、ポトマック川と、秋が冬になり春になって、何度となく書物で読んだ、あのかぐわしいサクラの花が開くのが映しだされた。ラ・キャピタル。

それから約八時間後、朝の四時一〇分、ぼくは最後の在庫調べにかかった。それをタイプで打ったものを、スーツケースの内側にテープで留めた。

ぼくが持っていくのは

1　シナモン味のトライデントガム十六パック。
2　下着多数。
3　望遠鏡一台――ジュメル・オーロラ７０。
4　六分儀二台と八分儀一台。
5　グレーのニットのベスト三枚とその他の衣類。
6　磁石四個。

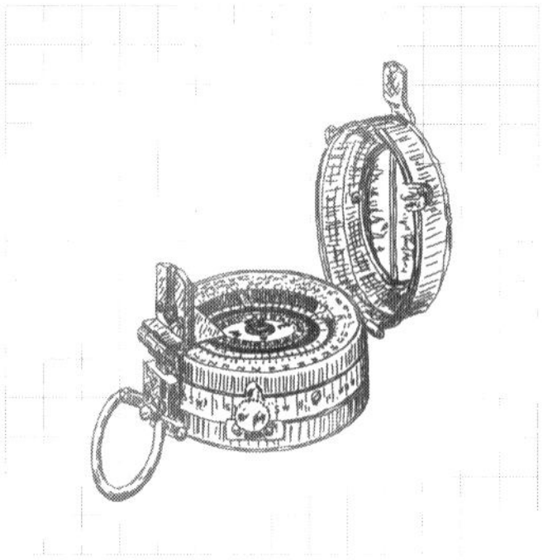

幸運をもたらす壊れた磁石　ノートG32から

二個は測量のため、一個は方角を知るため、もう一個は実用にはならなかったが、お守りのようなものだった――ヨーン博士がぼくの十二回目の誕生日にくれた品だった。ヨーン博士は事実、とてもすばらしい人だった。たぶん、何がベストかがわかっている人だった。もし、彼がベアード賞はいい考えだと思ったなら、それはいい考えに違いなかった。彼はぼくの父がけっしてそうは思わないようなところで、ぼくを誇りに思ってくれた。

7　製図用紙、ギロットのペンとペン先の完全なセット、ハーマンのラピッドグラフ（製図ペン）。

8　ヘッドセット式の拡大鏡——〝トマス〟（くだけた会話では〝トム〟）。

9　回光器二台と、十歳の誕生日に母がくれた経緯儀。それは、使いかたのコツを知っていれば、今でも立派に役立った。

10　GPS受信機——〝イーゴー〟。

► イーゴーはほかの古い機器とは折り合いがよくなかったが、一行の欠かせないメンバーだった。「人は過去に生きるべきではない」ビュート歴史学会の人からそういわれたことがある。歴史家にしては妙なことをいうと思ったのだけれども、たぶん、その人は酔っていたのだろう。

11　ブルーノートのうちの三冊。〝ニュートンの保存の法則と、二〇〇一—二〇〇四年の北西モンタナ地方における渡り鳥の横方向への移動〟、〝父とその干し草づくりの変わったパターン〟、〝レイトンの身ぶり、言葉のこっけいな誤用、抑揚〟。

12　さらのグリーンノート五冊。G101—G105。

13　ハンカチ一枚（バーンスタインベアーズ（絵本に出てくるクマのきょうだい）のハンカチ）。

14　キッチンから。グラノーラバー（シリアルをバーにしたもの）三本、チェリオス（シリアル）一袋、リンゴ二個、クッキー四枚、ニンジンのスティック八本。

15　肘にダクトテープを貼ったダークブルーのパーカ。

16　ライカM1と、クラシックなマキシマーの中判カメラ。

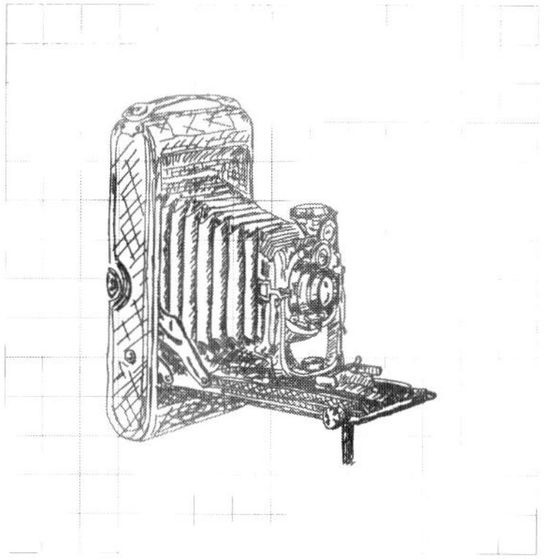

► マキシマー（ぼくはもう信頼していなかった）
ノートG39から

17　使い残しのダクトテープのロール。

18　マルチバンドのラジオ。

19　時計三個。

20　ビリングズの鳥類学者がくれたスズメの骨格。

► 鳥の骨格のもろさを考えて、持っていくべきかどうか、ずいぶん長い時間をかけて検討したけれども、このスズメを置いていくのは、ぼく自身を置いていくようなものだという結論に達した。ぼく以前のテカムセたちとぼくを区別するものといったら、ぼくのミドルネーム——スパロー——しかなかった。

21　ガチャガチャいう古い測量用チェーン。

22　合衆国の鉄道地図。

23　歯ブラシと練り歯磨き。それに、デンタルフロス。

24　縫いぐるみの動物——カメのタンジェンシャル。

25　四年前に納屋の前で撮った家族の写真。みんながてんでんばらばらの方向を見ている——カメラ以外のあちこちを。

► その写真をクリスマスカードに使うつもりだったが、結局、カードにして出すことはなかった。実はカードを送るほどの友だちがそう多くはいないということに、ぼくたちが気づいたからだろう。それに、撮ったのもクリスマスの時期ではなかったと思う。

　スーツケースはハーフサイズで、これらのアイテム全部をおさめるには小さすぎた。

　といっても、その中のどれかを割愛するということはできなかった。すでにこの短いリストが、〝器具たちの生き残り〟をかけた四回ものきびしい選考の末につくられたものだったからだ。ぼくはスーツケースの上にそっと（ためらいがちに）腰を下ろして、ジッパーを締めにかかった。中身が自分の体重で沈んでいくとき、なにやら不自然にきしむ音が何回か聞こえた。装置が壊れたり、レンズが割れたりしたのではないかと思われた。それでも、ぼくは動かなかった。かわりに励ましの言葉をかけながら、スーツケースの盛り上がった部分のまわりのジッパーをゆっくり動かしていった。

「きみならやれる」最後の一締めのときに、ぼくはそういった。「昔を思いだすんだ。まだ手ごたえをおぼえているだろ」

　ひどくふくらんではいたけれども、うまくジッパーが締まって、スーツケースがしっかり閉じると、ぼくは次の手順に注意を向けた。それは、ワシントンへどうやっていくかという小さな問題だった。

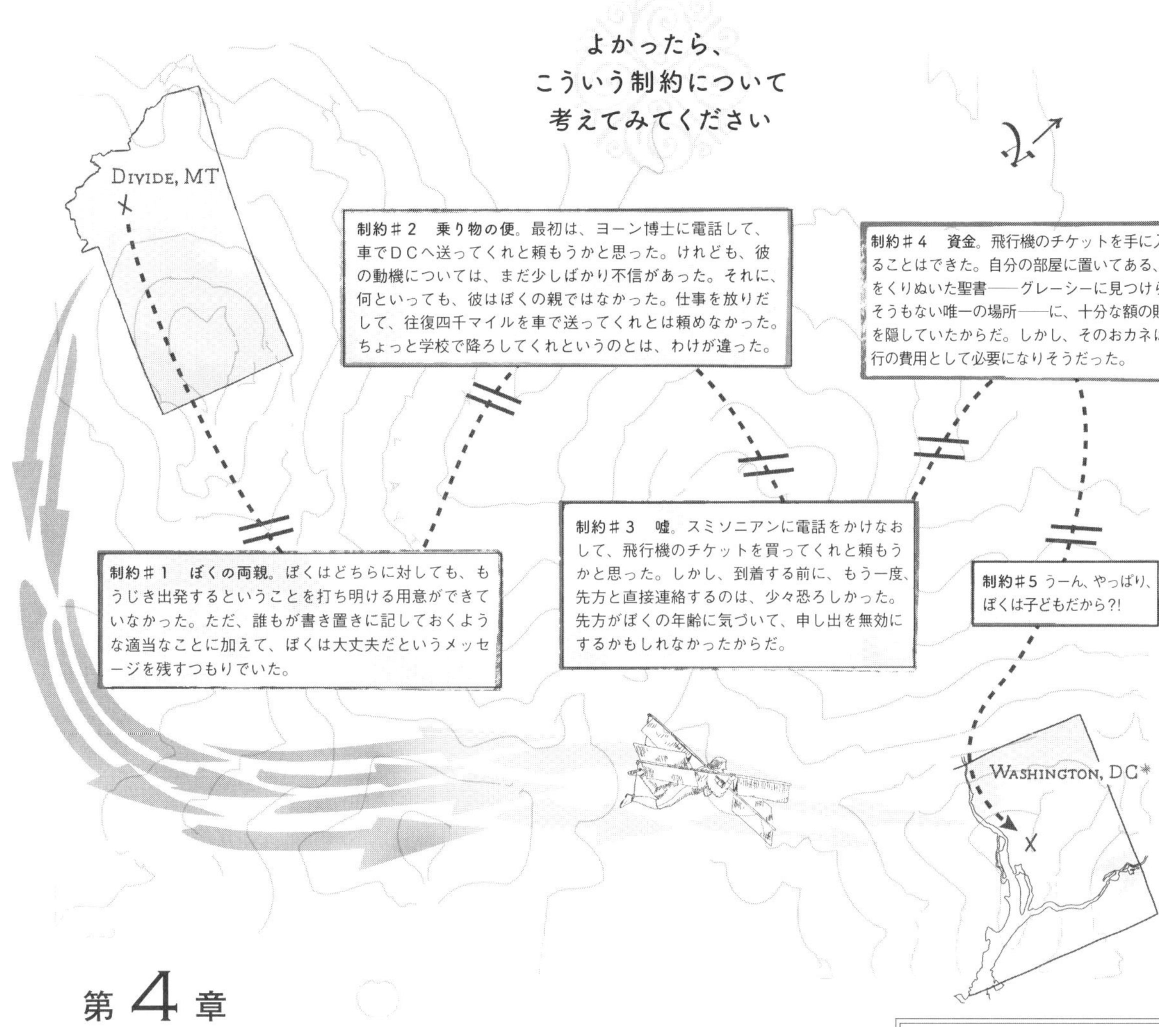

よかったら、
こういう制約について
考えてみてください
DIVIDE, MT
制約＃２　乗り物の便。最初は、ヨーン博士に電話して、車でＤＣへ送ってくれと頼もうかと思った。けれども、彼の動機については、まだ少しばかり不信があった。それに、何といっても、彼はぼくの親ではなかった。仕事を放りだして、往復四千マイルを車で送ってくれとは頼めなかった。ちょっと学校で降ろしてくれというのとは、わけが違った。
制約＃４　資金。飛行機のチケットを手に入れることはできた。自分の部屋に置いてある、中をくりぬいた聖書――グレーシーに見つけられそうもない唯一の場所――に、十分な額の貯金を隠していたからだ。しかし、そのおカネは旅行の費用として必要になりそうだった。
制約＃３　嘘。スミソニアンに電話をかけなおして、飛行機のチケットを買ってくれと頼もうかと思った。しかし、到着する前に、もう一度、先方と直接連絡するのは、少々恐ろしかった。先方がぼくの年齢に気づいて、申し出を無効にするかもしれなかったからだ。
制約＃１　ぼくの両親。ぼくはどちらに対しても、もうじき出発するということを打ち明ける用意ができていなかった。ただ、誰もが書き置きに記しておくような適当なことに加えて、ぼくは大丈夫だというメッセージを残すつもりでいた。
制約＃５ うーん、やっぱり、ぼくは子どもだから?!
WASHINGTON, DC*

＊勇敢な旅行者への短いメモ　この地図はナビゲーションの目的で描かれたものではない。この地図を現実の旅行で使おうとしたら、カナダで迷子になってしまうだろう。

第４章

深夜、ぼくはグラスに一杯の水を取ってきた。前歯の隙間から、ほんの少しずつ、すすりながら、グラスの水位がゆっくり下がっていくのを見まもった。次に、階下からレーズンを持ち帰り、それを二十回噛むまで持たせられるかどうか試してみた。そして、スーツケースをじっと見つめた。

ぼくは選択肢が一つしかないということを理解した。というか、おそらく、はじめからわかっていたことを確認したに過ぎなかったのだが――鉄道地図を荷物に入れたことで明らかなとおり――ただ、ぼくはそれを大脳皮質の意識にかかわる部分に呼びだしてはいなかったのだ。実際、多少の危険はあり、あまり安全は保障されないにしても、どのように山野を横切って旅するかの答えは明らかだった。ぼくはそれを考えたとき、今は何も置かれていない敷物の、ちょうどメリウェザー・ルイスの顔のあたりで、思わず飛び跳ねてしまった。間近に迫った旅が、突然、いっそうの現実味を帯びてきた。

「それにだ」ぼくは独り言をいった。「もし、冒険に乗りだすとしたら、ぼくらしい冒険でなくちゃ」

ワシントンDCに行き着くために、はじめてのほんとうの仕事に行き着くために、ぼくは貨物列車に乗るつもりだった。ホーボー（もとは、貨物列車にただ乗りして移動する渡り労働者をいう。動詞としては、放浪するの意）をするつもりだった。

見かたによっては、たとえば、父のような神話的な存在からすれば、ぼくはただのバカだったかもしれない。しかし、父の不毛な懐旧のスパイラルが、牛追いが出てくる映画の西部に向かったのに対し、ぼくはぼくで、〝騒々しい鉄道の町〟と一言ささやかれれば、血圧が一段階、跳ね上がるくらいだった。それだけで、逆らいがたいほど魅力的なモンタージュが、頭の中に閃くのだった。西部での新しい生活のために重い荷物を引きずって降り立った家族でごった返すプラットホーム、シューシューいう蒸気、機関車の胴体の火室のにおい、グリース、埃、口ひげをピンと立てた車掌、汽笛の一吹きのあとの静寂の物悲しい広がり、小さな駅舎の隣で黄ばんだ新聞で顔を覆って一日中寝ている小柄な男。新聞の見出しはこうあった。〝ユニオンパシフィック鉄道が土地を安売り！〟

わかった、わかった――たしかに、そんなセンチメンタリズムに浸っていると、時代に置いていかれるかもしれない。二十一世紀には、〝大陸横断鉄道〟という言葉で、部屋を埋めたニューヨークのダンディーたちが領土拡張主義の熱狂に走るなどということはあり得ない。しかし、一八六〇年代には、実際にそんなことがあったのだ――まあ、それはいいだろう。とにかく、そういった科学技術上の記憶喪失というのは、実に恥ずかしいことなのだ。もし、アメリカ人がかっこいいと思うものに対して、ぼくが何らかの影響力を持っているとしたら、この昔の大陸横断路線にもう一度、目を向けさせようとするだろう。蒸気機関車の不思議な溜め息や、一〇時四八分の到着のきっかり一分前に懐中時計に目をやる口ひげの車掌の職人気質といったもの

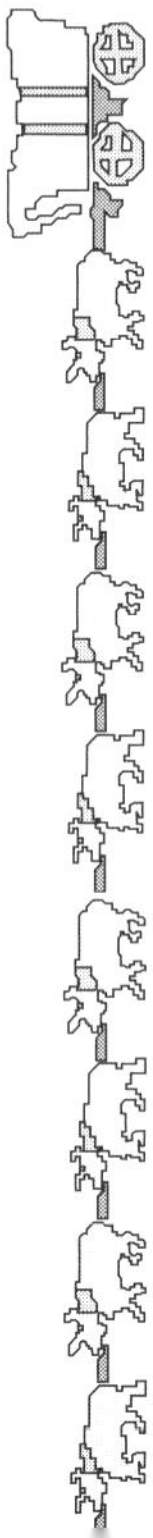

アメリカの空間と時間に関する概念の変化の大きさを、ぼくはレイトンといっしょにアップルⅡGS（ぼくたちは〝オールドスモーキー〟と呼んでいた）で〝オレゴン街道〟というゲームをやった経験からうかがい知っただけだったけれども。

おそらく、ぼくたちは二十年後もシステムをアップデートしたうえで、オールドスモーキーを牧場のコンピューターとして残していただろう。グレーシーはとっくの昔にオールドスモーキーを見捨てて、便座のように見えるピンクのラップトップを自分用に買っていた。しかし、ぼくとレイトンは、オールドスモーキーが少しばかり年を食いすぎていたり、ホットドッグの取りっこでついたケチャップのしみがついたままであるにしても、いっこうにかまわなかった。ぼくたちはオールドスモーキーが好きだった。そのオレゴン街道のゲームを何時間もやりつづけた。ぼくたちはキャラクターにひどい名前をつけた。ディックワッド、プープネック、リトルアスホールフェース。それで、彼らがコレラで死んだときも、気にしないというふりをすることができたのだ。

ある日、納屋での発砲実験のほんの一週間前だったと思うが、レイトンは、ゲームの起点、ミズーリ州インディペンデンスで有り金全部をはたいて雄牛を買うとしたら――食料、衣類、弾薬はあきらめて、くびきで数珠つなぎにした牛160頭の一隊を買うとしたら――幌馬車に速度制限がない限り、牛1頭につき時速6マイルの割合でペースを上げられるということを割りだした。そうすれば、時速約960マイルで旅をして、その結果、ゲームを半日で終えることができた。裸で、空腹で、丸腰のままでも、コレラにかかる前に、大陸をひとっ飛びできたのだ。はじめてそのやりかたでゲームに勝ったとき、ぼくたちは押し黙って画面を見つめた。頭の中の地図に、そういう抜け穴のある世界も加えなくてはと考えていたのだ。

そのあとで、レイトンがいった。「こんなゲーム、もうクソだね」

に。そもそも、時間の概念全体が、鉄道によって、がらりと変えられたのだ。あらゆる都市が二十四時間周期のリズムを寂しい汽笛の音に同調させたのだ。そして、以前は三ヵ月かかった国を横切る旅が、いきなり何日かに短縮されたのだ。

ぼくのノスタルジアも、父のそれと同じように的はずれだったのだろうか？　父のノスタルジアは神話の世界のもの、ぼくのそれは経験科学の世界のものだった。自分の鉄道への愛情は、ノスタルジアというよりも、むしろ、列車がかつても今も、陸上の旅行の技術的な頂点にあるという認識だ、とぼくは見ていた。乗用車、トラック、バス。それらは、ガタガタいう積み荷を引っぱる完璧な機関車に対して、できそこないのいとこのようなものだった。

そう、ヨーロッパを見よ！　日本を見よ！　彼らは列車を輸送体系の基軸として大切にしてきた。列車は数多くの人々を、効率的、かつ快適に運んでいた。東京（Tokyo）から京都（Kyoto）への旅行。その途中で、これ以上、完璧な都市名のつづり換えがあるかどうかを考えていてもよかった。日本中央部の地形学と生態学上の相違を調べていてもよかった。マンガ本を読んでいてもよかった。自分の旅を地図に描いて、その地図をマンガのキャラクターで飾っていてもよかった……ひょっとしたら、A地点からB地点へリラックスした状態で旅する途中で、未来の奥さんと出会うかもしれなかった。

だから、現代アメリカの貨物鉄道、つまり、かつて偉大だった産業の最後の名残を利用するというアイディアにたどり着いたとき、すべてがしっくりするように思われたのだ。それは、ぼくなりのメッカ巡礼だった。

► ぼくは最近、日本人がどのようにリニアモーターカーを完成させたかを述べた記事を読んだ。それは、強い反発力のある磁石を用いて、軌道から一ミリ浮上させる方式のものだった。摩擦を除くことで、列車は時速四百マイルのスピードにまで到達した。ぼくはトコガムチ社へお祝いの手紙を書いた。その中で、測量調査の用があれば、無料で地図製作のサービスを提供するともいっておいた。手紙を書いたのは、これこそ、まさに世界が必要としている発想だったからだ。現代の最先端の工学は、深い（そして、尊敬に値する）歴史の英知と結びついているのだ。「ぜひ、アメリカにきてください」ぼくはトコガムチ氏に訴えた。「ぼくたちはあなたの記憶に残るようなパレードをしますから」

午前五時〇五分、最後に部屋を見まわしたけれども、それは、とても大事な何かを残していくという感覚を焼きつけるだけだった。これ以上ぐずぐずしたら、スーツケースを切り裂いて、また振り出しから始めることになるのではないかと恐れ、ぼくはドアから忍び出て、階段を下りた。スーツケースが一段ごとに立てるカーサンカ、カーサンカという音を何とか殺そうとしながら。

家は静まりかえっていた。時計のカチカチいう音が聞こえるほどだった。

ぼくは階段の下で一休みして、スーツケースをその場に置いた。それから、階段をいっぺんに二段ずつ駆け上がると、いちばん奥のドアに向かって、廊下を忍び足で進んだ。ぼくは四月二十一日、レイトンの誕生日から百二十七日にわたって、そのドアを開けたことがなかった。誕生日には、グレーシーが先に立って、セージの花とまがいのプラスチックのビーズを飾って、ささやかな儀式をした。ビーズはグレーシーが一ドルストアで買ったものだった。それでも、ぼくは気持ちをあらわすその行為を評価した――家族のほかの誰がするよりも、グレーシーがするほうがずっとよかった。それ以来、ふだん、そのドアはすっかり閉ざされるか、ほとんど閉ざされていた。ほとんどというのは、隙間風がドアの掛け金をはずし、ほんの少し開けたままにすることがあったからだ（それはたしかに気味が悪かった）。

何でレイトンがそこで暮らしていたのか、ぼくにはわからない。夏は暑さでうだり、冬は寒さで凍え、床板からはネズミの糞の強烈なにおいが立ち昇るその屋根裏部屋は、およそ住むのには適していないように思われた。けれども、レイトンは気にしていないようだった。空いているスペースを使って、揺り木馬に投げ縄をかける練習に励んでいた。レイトンの生前、夕方になると、ロープがバシッとぶつかり、シュッと引き戻される音が、屋根裏部屋から絶え間なく聞こえてきた。

ぼくが階段の最後の一段を上ったとき、レイトンがずっとそうしていたように、赤い木馬が部屋の隅に置かれているのが見えた。隅（すみ）の物いわぬ馬と空（から）の銃架を除くと、部屋はがらんとしていた。そこは、まず保安官によって、それから母によって、さらに父によってかたづけられた。父は真夜中に部屋へ上がっていって、自分がレイトンへ贈ったもののすべてを持ち帰った――拍車、ステットソン帽、ベルト、弾丸。その中の一部は、やがて、ビリー・ザ・キッドを祀（まつ）った〝セットゥンルーム〟に安置されるようになった。一部は姿を消した。おそらく、コパートップのあちこちに散らばる物置小屋の一つにしまわれたのだろう。父はそういった身じたくのどれも二度と着用しようとはしなかった。

ぼくは部屋の真ん中に立って、木馬をながめた。ぼくにはテレパシーでこの馬を動かすような芸当はできなかった。たとえ、歩み寄って、手でそんな力を吹きこんでも、馬は動くまいと思われた。

「さよなら、レイトン」ぼくはいった。「まだここにいるのか、もうよそにいっちゃったのかわからないけど、ぼくはしばらくいなくなるから。ワシントンDCへいくんだ。何かおみやげを持って帰るよ。たぶん、大統領の首振り人形か、スノードームを」

答えはなかった。

「ここはちょっと殺風景すぎるみたいだからね」

木馬はじっとしたままだった。部屋は静まりかえっていた。それ自体がとても印象的なイラストのようだった。

レイトンの揺り木馬
ああ、彼がいなくなって、ぼくはほんとうに寂しい。

「あんなことして、ごめんね」ぼくはいった。

ぼくは屋根裏部屋のドアを閉めると、階下へ向かった。階段を途中まで下りたところで、ドクター・クレアの書斎で物音がした。小石がすれあうような音が。ぼくは片足を宙に浮かせたまま立ちすくんだ。ドアの下に、部屋の中の明かりがこぼれていた。

ぼくは耳を澄ませた。居間に置いてあるマホガニーのグランドマイスターの時計がカチカチいっていた。家のひさしがキーキーきしんでいた。ほかには何の音も聞こえなかった。これは、ぼくの仮説を裏づける証拠だった。つまり、真夜中を過ぎると、古い家では物音はもうふつうの因果の法則では律せられなくなるという仮説を。ひさしは自分の自由な意志できしみ、小石は小石同士ですれあうことがあるのだ。

ぼくは書斎のほうへ爪先立ちで歩いていった。ドアが少し開いていた。ドクター・クレアは北への採集旅行のパッキングのために未明から起きだしているのだろうか？　すれるような音はもう聞こえなかった。ぼくは一つ深呼吸して、鍵穴から中をのぞいてみた。

部屋には誰もいなかった。ぼくはドアを押し開けて、中に入ってみた。ああ、他人のスペースに、本人の知らぬ間に足を踏み入れるとは！　こめかみを流れる血がドキドキと脈打っていた。前にもここに入ったことはあったが、それはドクター・クレアがいるときに限られていた。これはどういおうと不法侵入に間違いなかった。

唯一の光はデスクランプから漏れていた。部屋のその他の部分は、薄暗い影に覆われていた。ぼくは何列にもなった昆虫学の百科事典、ノート、採集ケース、台紙にはった食糞コガネムシを見やった。将来、大人になったぼくも、これにそっくりの部屋を持つだろう。テーブルの真ん中には、旅行に備えてすでに中身を詰め終えた、一そろいの紫檀の箱が置いてあった。

その箱はロシアの昆虫学者、アーシュギフ・ロラトフ博士にもらったものだった。博士は二年ほど前、二週間、うちに滞在した。それがロシア流の思いこみとはいわないが、とにかく、科学を通じてドクター・クレアにすっかりのぼせあがったふうだった。博士は英語を話さなかったけれども、夕食の席では、ぼくたちみんなにもわかっているはずだというように母国語でしゃべりまくった。

そのうち、ある晩、父が家に入ってきた。ジーンズのベルトを通す輪に親指を引っかけていたが、それはコパートップに何かよからぬ事態が起きているということを意味するしぐさだった。そのあと、アーシュギフ・ロラトフ博士が顔を血だらけにして、足を引きずりながら裏口から入ってきた。とかしつけられた髪がばらけて、ハイタッチを待つ指のように突っ立っていた。博士はキッチンにいたぼくのそばを何もいわずに通り過ぎていった。その二週間を通じて、彼がそんなに静かにしていたのははじめてだった。母国語で一生懸命話しかけてきたのが嘘のようだった。ロラトフ博士は翌日、家を出ていった。父が結婚の誓いを新たにするのを見たことはほんの数回しかなかったが、それはそのうちの一回だった。

そのとき、また小石がすれあうような音がした。今度は、ドクター・クレアが生きた標本を入れているテラリウム（陸生の小動物を飼育するための容器）から聞こえてくると気づいた。そこでは、二匹の大きなタイガービートルが影の中でぐるぐるまわっていた。と思うと、二匹は相手に向かって突進した。外骨格がぶつかりあう音が、驚くほど大きく、はっきりと響いた。二匹がその儀式を数回繰り返すのを、ぼくはじっとながめていた。

「きみたち、何で戦ってるの？」ぼくは尋ねてみた。二匹はこちらを見上げた。「ごめん」ぼくは咳きこんだ。「いいから、そのまま続けて」ぼくは二匹がやりとりを続けるのにまかせた。

ぼくは書斎を歩きまわった。この部屋を見るのもこれが最後になるかもしれなかった。ぼくはドクター・クレアの赤ワイン色の装丁の何冊ものノートに指を走らせた。その一つのセクション全体がEOEと記されていた。EOEというのは、たぶん、タイガーモンクに関する記録の符号だろう。二十年にわたる記録。ドクター・クレアがそのノートの一冊を見せようといったことがあったけれども、あれはどういうつもりだったのかと考えた。それにしても、ドクター・クレアの新しい仕事というのは何なのだろう？

デスクランプの集中的な光線を浴びて浮かび上がっているのは、デスクの上に置かれた赤ワイン色のタイガーモンクEOEノートの一冊だった。それはまるで……

突然、書斎の外の階段がきしむ音がした。足音。ぼくの頭の中で警報が狂おしく鳴り響いた。なぜか——わけはわからなかったが——ぼくはデスクの上のノートをひっつかんで、部屋から逃げだした。ああ、これは犯罪だ！　おそらく、最悪の犯罪というのは、科学者のかけがえのないデータを盗むことだろう。きわめて重要なミッシングリンクがこのつづりの中に含まれているかもしれなかった——けれども、ぼくはドクター・クレアのものを何か持っていきたかった！　そう、ぼくは否定しない。子どもというのは、わがまま勝手な生き物だということを。

　しかし、結局のところ、足音と思ったものは足音ではなかった。いつもとは違うきしみに過ぎなかった。古いランチハウスがまたいたずらをしたのだ。やってくれた。*古いランチハウスが、またやってくれたのだ。*

　あと一つ、やることが残っていた。ぼくはキッチンに忍びこむと、クッキーの瓶の中に手紙を押しこんだ。グレーシーがクッキーを食べる昼食の時間までは見つからないと思われた。そのときには、ぼくはかなり先行してスタートを切っているはずだった。

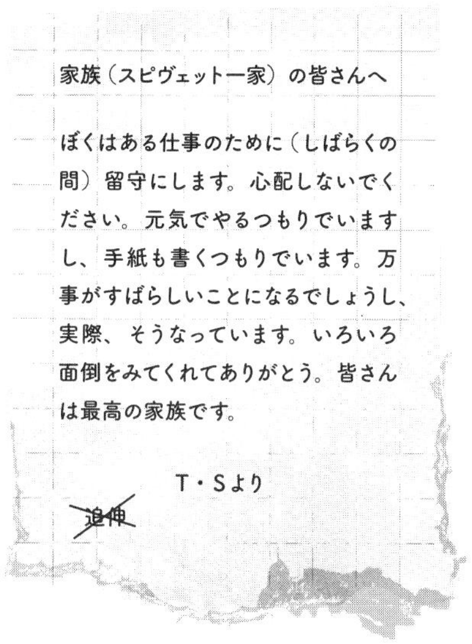

家族（スピヴェット一家）の皆さんへ

ぼくはある仕事のために（しばらくの間）留守にします。心配しないでください。元気でやるつもりでいますし、手紙も書くつもりでいます。万事がすばらしいことになるでしょうし、実際、そうなっています。いろいろ面倒をみてくれてありがとう。皆さんは最高の家族です。

T・Sより

~~追伸~~

手紙
ノートG54から

　たぶん、グレーシーはぼくと話したことを両親に伝え、両親はぼくの行き先を割りだすだろう。たぶん、両親の電話のほうがぼくより先にワシントンに着くだろう。そうなったら、スミソニアンの正面の階段でのシナリオは演じられることもないだろう。しかし、そうなったとしても、その時点でのそのほかのことと同じく、もう、ぼくがどうこうできるという問題ではなかった。それで、〝心配無用リスト〟にそれをつけたして、それ以上は考えまいとした。けれども、心配は勝手に伝わっていって、ある種の神経性の痙攣（けいれん）となってあらわれた。つまり、何かについて心配しないでいようとすると、そのたびに右足が痙攣するのだった。

　玄関に出ようと〝セットゥンルーム〟を通ったとき、テレビは音を消したまま、映画『牛泥棒』を流していた。画面では、縛りあげられて馬に乗せられた三人の男が、首にロープを巻かれて吊るされようとしているのを、自警団の連中が見まもっていた。ぼくは束の間、その儀式に釘づけになった。きつく締められたロープ、合図の銃声、馬への一鞭、画面では見えないが落下する体。現実ではないとわかってはいたけれども、それは関係なかった。

　暗い部屋にヴェリーウェルが足音とともに入ってきた。

「やあ、ヴェリーウェル」ぼくは画面から目を離さずに声をかけた。まだ、死体そのものは映らず、無言の三つの影だけが、地面を左右に揺れていた。

心配無用リスト

時間が足りなくなること。大人。クマの襲撃。
……の終わり。目が見えなくなるまで……。
歯肉炎。……がすべて焼けてしまうこと。
ドクター・クレアが発見に至らない……

〝やあ〟

「おまえと会えなくなるのは寂しいよ」

ヴェリーウェルもテレビに見入っていた。〝どこへいくの？〟

もし、それを教えたら、ヴェリーウェルはドクター・クレアにいうのではないか、と一瞬、疑ったが、そんなはずがあるわけないと思いなおした。ヴェリーウェルは人間の言葉を話す能力などない、ただの犬なのだから。

「スミソニアンへ」

〝おもしろそうだな〟

「うん」ぼくはいった。「だけど、不安にもなってるんだ」

〝それはそうだろ〟

「まあね」ぼくはいった。

〝帰ってくるの？〟

「うん」ぼくはいった。「たぶんね」

〝よかった〟ヴェリーウェルはいった。〝ここではきみが必要だから〟

「そうなの？」ぼくはヴェリーウェルのほうを振り向いて尋ねた。

ヴェリーウェルは答えなかった。ぼくたちはなおしばらく映画を見ていた。それから、ぼくはヴェリーウェルを抱き締め、彼はぼくの耳をなめた。ぼくのこめかみに触れたヴェリーウェルの鼻は、いつもより冷たかった。ぼくはスーツケースを取ってきて、盗んだドクター・クレアのノートを何とか中に滑りこませた。そして、玄関のドアを開けた。

外に出ると、夜明け前特有のすがすがしさが感じられた。生活を推進する力が、まだ完全にその一日を支配してはいなかった。空気も、会話や、想像の泡や、笑いや、流し目といったもので満たされる前だった。みんなが眠っていた。その考えや、望みや、隠された予定は、すべて夢の世界でもつれあっていた。そのせいで、この世界は澄んだ、さわやかなものになっていた。冷蔵庫に入れたミルクの瓶がそうであるように。そう、おそらく、父を除くみんなが眠っていた。父はまだ起きていないとしても、十分もしたら起きだしてくるだろう。そう思うと、ポーチの階段を急いで下りずにはいられなかった。

ゆっくり青く染まっていく空を背景に、パイオニア山地はどっしりした黒い影になっていた。大地が何もない大気の層に接するぎざぎざの地平線は、ぼくが何度となく調べて描いてきた境界線だった――このドアから歩きだすたびに出合う境界線ではあったが、けさのこの明るさでは、黒と青のぼんやりした境目、この世とあの世のぼんやりした境目が、まったくなじみのないものに見えた。まるで、山々が一夜のうちに自力で並び変わってしまったようだった。

ぼくは露の降りた草を踏みつけて進んだ。たちまちのうちに靴が湿った。スーツケースを半分引きずり、半分運んで道路に出た。けれども、この調子では線路までの全行程を歩きぬくのはとても無理だとわかった。一瞬、うちのファミリーカーを盗もうかと思った。ホルムアルデヒド、犬の毛、それにドクター・クレアがあちこちにしまっているストロベリー味のミントキャンディーのにおいがするフォード・トーラスのステーションワゴンを。しかし、そんなことをすれば、ぼくの失踪に不必要な注意を引きつけることになるだけだと気づいた。

しばらく考えたのち、裏のポーチにまわって、四つんばいになってみた。すると、そこにそれがあった。クモの巣だらけのレイトンのラジオフライヤーワゴン（子どもが乗って遊んだり荷物を載せて引いたりする四輪車）が。数ヵ所、ひどく傷んではいたけれど（レイトンが家の屋根からサーフィンの要領で飛び降りようとしたときにそうなった）、まだ、ちゃんと使える状態だった。

驚いたことに、スーツケースはワゴンのでこぼこした赤い縁の内側にぴったりおさまった――ワゴンの凹凸がスーツケースの輪郭とぴったり一致しているようだった。

線路へ通じる道路は平らではなかったが、すぐに左を向いて溝に転げ落ちようとするワゴンを引いていても間に合うだけの時間はあった。「どうして溝にはまりたがるんだ？」ぼくは聞いてみた。「当てにならないワゴンだな」

突然、背後から車のライトが照りつけてきた。振り返ったとたん、心臓が止まりそうになった。

それはピックアップだった。

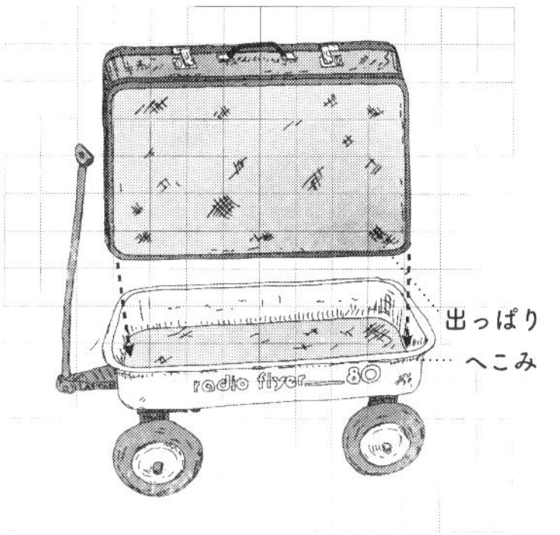

ラジオフライヤー、スーツケース、
へこみと出っぱりの一致
ノートG101から

この暗くて寒い朝に、レイトンの危険な遊びと、ぼくの荷物の総体の何か意味ありそうな偶然の一致を、ぼくは好ましく思った。それでまたレイトンがなつかしくなった。

この〝当てにならないワゴン〟という文句は、ぼくの頭を離れなくなった。苦労して道路を進みながら、これは陳腐なカウボーイの回想録や、陳腐なカントリーのアルバムや、陳腐な何かのタイトルになりそうだと考えていた。そういえば、ぼくの話もそういう陳腐ないいぐさであふれているのだろうか？　ぼくはそういうものに慣らされてしまっているように思われた。というのは、父が同じことを何度も繰り返していう人だからだ。ただ、父がいうと、それは陳腐には聞こえなかった。埃っぽい地面にしるされたひづめの跡や、レモネードのピッチャーの縁にひしゃくが当たる低い音のように、何となくふさわしいように思われた。

もうおしまいだ。なんと、うちの地所を離れる前に終わってしまったのだ。自分のうちの私道から出られもしないのに、どうして、はるばるワシントンDCへ行き着くことができるなどという思い違いをしていたのだろう？　しかも、早々と旅が終わったことで、大いにほっとしたところがあるのも否めなかった。これは――絶対に東部へ到達できないということは――まったくもって予定どおりだったのだとでもいうように。ぼくはあくまで西部の少年であって、この牧場の渦に巻きこまれていたのだ。

車はカーブを曲がってきた。ぼくは一瞬、森の中へ逃げこもうかと考えた。そこはまだ暗かったからだ――けれども、厄介なラジオフライヤーワゴンと格闘していたし、いずれにしろ、ライトが間近に迫っていて、もうその光にとらえられていた。それで、しかたなく道端に寄って、ピックアップが停まるのを待ち、乗っている人間がどうするつもりなのかを見ようとした。

ところが、車は停まらなかった。そのまま、そばを通り過ぎていった。それはくたびれたジョージーンに間違いなかった――エンジンの踊るようなドンドンドンという音からそうだとわかった――が、そのエンジン音はやむことがなかった。そして、ピックアップが通り過ぎていくとき、ヘッドライトの光のカーテンを通して、車内の様子が一瞬、視界に飛びこんできた。ぼくは、ハンドルを握っている父の顔の見慣れた輪郭をはっきり見てとった。帽子が右側に低く傾いているのも。追い越す瞬間、父はぼくを見向きもしなかったが、ぼくを目にしたのは間違いなかった。ぼくと、ワゴンと、地図製作の装備でふくらんだスーツケースという一行を見逃すはずがなかった。

過去十二時間でこれが二回目になったが、気がついてみると、ぼくはピックアップの赤いテールライトが暗闇に消えていくのを見送っていた。

体が震えていた。危うく見つかりそうになったということで噴きだしたアドレナリンのせいで、さらには、父の不可解な行動のせいで、ぼくは催眠術をかけられたように、しばらくその場に立ち尽くしていた。父はなぜ停まらなかったのか？　もう事情を知っていたのか？　ぼくをこのまま去らせたかったのか？　去らせたいということをぼく

に知らせたかったのか？　父のお気に入りの息子の死に責任があるぼくは、今、牧場から追放されなければならないということなのか。あるいは、父は目が見えないのか？　この何年かずっと、目が見えないのを、精通しているカウボーイの流儀で覆い隠そうとしてきたのか？　それがゲートを一つしか開けていない理由なのか？　つまり、位置がわかるゲートがそこだけだから？

いや、父は目が見えていた。

ぼくは地面に唾を吐いた。細い糸のような、あるかないかの唾を。メキシコ人は馬に乗って仕事をしているとき、いつも、そんな唾を吐きだしていた。のべつまくなしに口から水分を飛ばすという行為に、ぼくはいつもとまどわされた。そして、その小さなしずくには、吐きだした当人が語らなかった言葉のすべてが込められているという仮説に行き着いた。今、砂利道の裂け目に滑りこもうとしている自分の唾のしずくを見まもっているうちに、ぼくは再びはっと覚醒した。ぼくは進まなければならない。さっきのあきらめの瞬間、ぼくは捕らわれたと認めた瞬間、ぼくの旅は終わったと認めた瞬間、体から力が抜けていった。冒険の興奮はしずまった。そして今、突然、自由を取り戻し、前と変わらず見通しのいい道を前にして、もう一度気合を入れなおすしかなかった。猫のように鋭敏な意識を、現代の少年／ホーボーらしさを取り戻すしかなかった。

時計を見てみた。

午前五時二五分。

列車が谷間にさしかかるまで二十分ほどあった。二十分。ぼくは四九度線沿いに世界を歩くのに要する時間を示した図をいくつか描いたことがあった。それに関連して、自分がふつうに歩くときの歩幅と速度を計測してみた。ぼくの歩幅は、そのときの気分とか、行き先によって、二、三インチの出入りはあったが、ほぼ二・五フィートだった。そして、平均で一分につき九二～九八歩だったから、分速二四一フィートということになった。

ということで、二十分後には、ふつうなら、ほぼ四八二〇フィート進んでいるはずだった——一マイルに及ばなかった。私道の今の場所から、列車までは約一マイルあった。しかも、ぼくはろくでもないワ

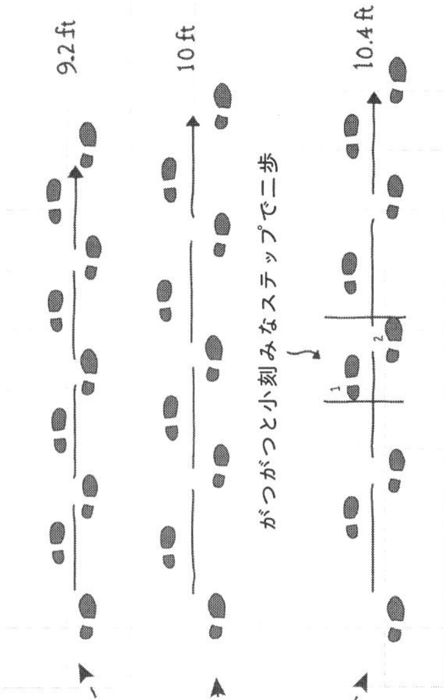

気分	歩幅	歩数／分	フィート／分
充足	2.3	92.3	212.3
順応	2.5	96.4	240
貪欲	2.6	98	254.8

T・Sの歩行チャート
ノートB22から

ゴンを引っぱっていた。天才でなくても、全力で突っ走らなければならないということがわかった。

最後の星が、空の出口でおぼろにきらめいていた。ぼくはハッハッと息を吐きながら私道を進んだ。ラジオフライヤーワゴンの前の縁が、絶えずかかとの後ろにぶつかってきた。ぼくは次の難問に、つまり、貨物列車をどうやって停めるかに注意を向けようとした。ホーボーのやりかたについてはそれほどよくは知らなかったけれども、動いている列車に飛び乗る人間はいないということは知っていた。列車がどんなにゆっくり走っていても、もし、滑って車輪の下へ落ちたら、もう考える暇もないからだ。ぼくはほんの子どものころ、義足（ペグレッグ）サムに心ひかれた。サムはホーボーあがりのミュージシャンで、アパラチアン・トラヴェリング・メディシンショーとかいう一座に加わっていた。そして、関節の長い指でハーモニカを操り、コラード（葉野菜）の油いためや、なくなった脚のことを織りこんだ奇妙なラブソングをつぶやくように歌った。その脚は列車に乗ろうとして失ったのだ。ぼくはペグレッグ・スピヴェットにはなりたくなかった。

機関車（アイアンホース）と駆けっこするのを避ける案が浮かんできたのは、丘を登りきって、クレージースウェードクリークロードが傾斜した線路と交わる地点に着いたちょうどそのときだった。ここには、人や車の往来をさえぎる赤と白の薄汚れたゲートはなかった――うちの道路はごくたまにしか使われないので、そんな設備は認められなかったのだ。しかし、かわりに列車用の信号灯が取りつけてあった。信号灯は、上下に連なる二つの強力なサーチライトから成っていた。それぞれの上部には小さなひさしがついていて、本体を雨や雪から守っていた。今、ライトは〝危険なし〟を示していた――上に白いライト、下に赤いライトがついていた。上のライトを白から赤に切り替える方法さえわかったら、信号は〝ダブルレッド〟に輝くはずだった。それは、このユニオンパシフィック鉄道では〝絶対停止〟を意味した。ぼくは支柱をてっぺんから根もとまで見わたしてみた。白、緑、赤というラベルを貼った大きなボタンつきのコンピューターボックスのようなものはないかと期待していたのだが、それらしいものは何もなかった。冷ややかな金属製の支柱と、呪われた上方の〝グレートホワイトランプ〟が、身じろぎもせず、気をつけの姿勢を取りつづけていた。

それをじっと見ているうちに、ランプがゆっくり、用心深く語りはじめた。〝わたしにかまわないでくれないか、T・S。わたしは白いライトで、ずっと白のままでいるつもりだ。この人生には変えられないものもあるんだ〟

それはそのとおりかもしれなかったが、ぼくには一つアイディアがあった——驚くほど単純で、ひょっとしたらバカげたアイディアが。幸いというべきか、ぼくは地図製作の過程で、もっとも単純でもっともバカげた解決策が最高の解決策ということもなくはないということに気づいていた。いずれにしても、ややこしい議論をしている暇はなかった。今、列車がやってくるまで、策を講じる時間は四分しか残っていなかった。それなのに、ぼくのアイディアでは、スーツケースを開けなければならなかった。そうするのは、せっかく最後までやりとげたのに、また犯罪現場に舞い戻るという感じがしないでもなかった。ぼくは頭の中でスーツケースを開け、個々のアイテムがどこにしまってあったかを正確に思いだした。隅の下着には、ヘッドセット式の拡大鏡トマス（〝トム〟）がくるんであった。ぼくに名前をくれたスズメの骨格をおさめた箱は、その上にあり、その右には……

ぼくはスーツケースを引っくり返した。中身がガタガタ音を立てた。スーツケースが再び安定しても、その音はやまなかった。それが、ひどい消化不良を起こした有史以前の動物のようで、なにやら恐ろしかった。ぼくは頭の中でもう一度パッキングの作業をしてみて、その動物の臓器の位置を確かめてから、レザーマン（地図製作者用）をベルトから抜きだした。そして、その中型の刃を使って、スーツケースの上の右隅に小さな切れ目を入れた。革は簡単に切れ、本物の皮膚でもこんなふうに裂けるのではないかという具合に、すぱっと開いた。今にも、ぼくの執刀による手術でスーツケースが血を流しはじめるのではないかと思われた。ぼくは小さな穴から二本の指を中に差し入れた。何秒も探らないうちに、目当てのものが見つかった。右から一 - 二 - 三 - 四 - 五と数えていって、引っぱりだしたのは、つい先週買ったばかりの真新しい赤のシャーピーペン（油性マーカー）だった。

ぼくはその赤ペンをナイフのようにくわえると、これがベストとい

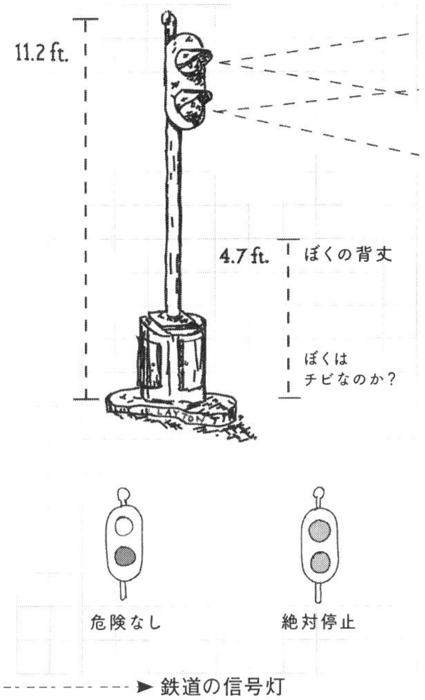

鉄道の信号灯
ノートG55から

う木登りの姿勢をとって、すばやく信号の支柱にしがみついた。金属は冷たく、たちまち指が凍えたが、ぼくは目下の任務に集中しつづけた。気がついてみると、支柱のてっぺんにいて、グレートホワイトランプの目のくらむような輝きをのぞきこんでいた。

ぼくは片手で支柱につかまりながら、歯でペンのキャップを抜いた。レイトンも感心しそうなオランウータン並みの芸当だった。はじめは、ペンのインクが、ランプの小さなくぼみのある曲面にのらなかった。けれども、荒っぽい空まわりを数回繰り返す緊張の瞬間のあと、スポンジ状のペンの先端がようやく表面をとらえて、インクが出はじめた。そして、どんどんあふれだした。二十秒後には、劇的な変化が起きて、ランプは次第に血塗られていった。

〝わたしに何をしてるんだ？〟グレートホワイトランプが断末魔の叫びをあげた。

ぼくは突然、深紅に染まった。日の出の途中で、太陽がこれ以上の損を避けるためにゲームから降りると決め、再び紅色のまどろみの中に沈んでいこうとしているのかと思われた。この新しい夜明けの輝きには、舞台照明の人工的なメランコリーのような不自然さがあった。

ぼくははっと息をのんだ。おそらく、そのために支柱から手が放れ、地面に落下した。ドスンと強く体を打った。

ネズの茂みに仰向けになり、打ち身にあえぎながら、ぼくは赤くなった信号を見て、思わず笑いだした。どぎつい原色を見てこんなに楽しくなったのは、今までにないことだった。ランプはむらのない明るい光を谷間に投げかけていた。

〝停まれ〟ランプが叫んだ。もう列車の引きとめ役になりきった声だった。〝ただちに停まるんだ！〟

それはうなずける行動だった。ぼくたちの間に何かいさかいがあったなどとは思えなかった――ランプが自分から進んで赤を選んだようだった。

仰向けになったままでいると、地面が低くガタガタと震動するのが感じられた。てのひらに、そして、首筋の腱にそれが伝わってきた。ぼくは反転して腹這いになると、茂みの中へもぐりこんで身を隠した。列車がやってきた。

一日に二、三回、谷間を通り過ぎるユニオンパシフィックの貨物列車の音に、ぼくはすっかりなじんでいたので、ふだんはその音を意識して聞くということはなかった。わざわざ耳を傾けているというのでなければ——鉛筆を削ったり、拡大鏡をのぞくのに集中していれば——かすかな震動が、通り過ぎていくというだけのことだった。そのほかの、たとえば、息づかい、コオロギの鳴き声、断続的に冷蔵庫のファンがまわる音といった、ほとんど意識することもない感覚と同じように。

しかし、心の準備をしてアイアンホースの到着を待ち受けている今、ガタガタという奇妙な響きは、ぼくの感覚皮質のシナプス（神経細胞の接合部）をしっかりとらえて放さなかった。

その物音がゆっくりとボリュームを増してくるにつれ、ぼくはそれを一つ一つのコンポーネントに分けていった。ガタガタという音は、深くて、ほとんど感知できないほどの地面の震動（1）が基になっていた。その上に——各パーツの合計というだけでは、そのすばらしいおいしさを説明できないサンドイッチのように——車輪がレールの継ぎ目に当たるクラッケティークラックという音（2）、ディーゼルエンジンのタービンの低いブラーブラという音（3）、噛みあった連結器の不規則なリッカーティンータンという音（4）がしていた。さらに、線路と列車が絶えず出合っては別れ、お互いの力に順応したり反応したりするにつれ、あちこちで、金属が金属とすれあう耳ざわりな音を、ちょうど二つのシンバルを高速でこすりあわせるような音（5）を生みだしていた。それは甲高いヒズルシムシズルシム－ヒズルティムスリズゥリムという響きになっていた。そういった音がすっかり合わさって、近づいてくる列車の音になっていたのだ。それは、おそらく、ぼくの世界の基本的な一ダースほどの音の一つだった。

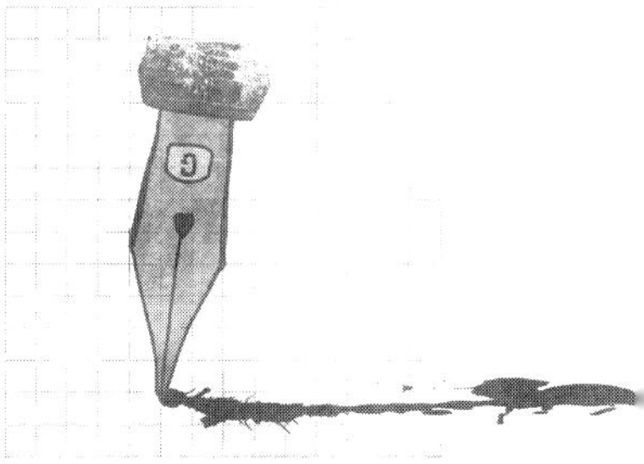

ペン先が引っかいているところ

ほかの基本的な音。雷鳴。ガスレンジの点火器のカチカチカチという音。玄関の階段の三段目から最後の段までの踏み板がきしんだあとで元に戻る音。笑い声（そう、ぼくの頭にあるのは、みんなの笑い声ではなく、グレーシーの笑い声だと思う。くすくす笑いが止まらなくなり、体が突っ張って、子どもに戻ったように見えるときの声だ）。牧草地を吹きわたる峡谷の風の音。とくに秋には、牧草の葉がふわふわの種の房をくすぐって柔らかい音を立てた。銃声。まっさらの紙をギロットのペン先が引っかく音。

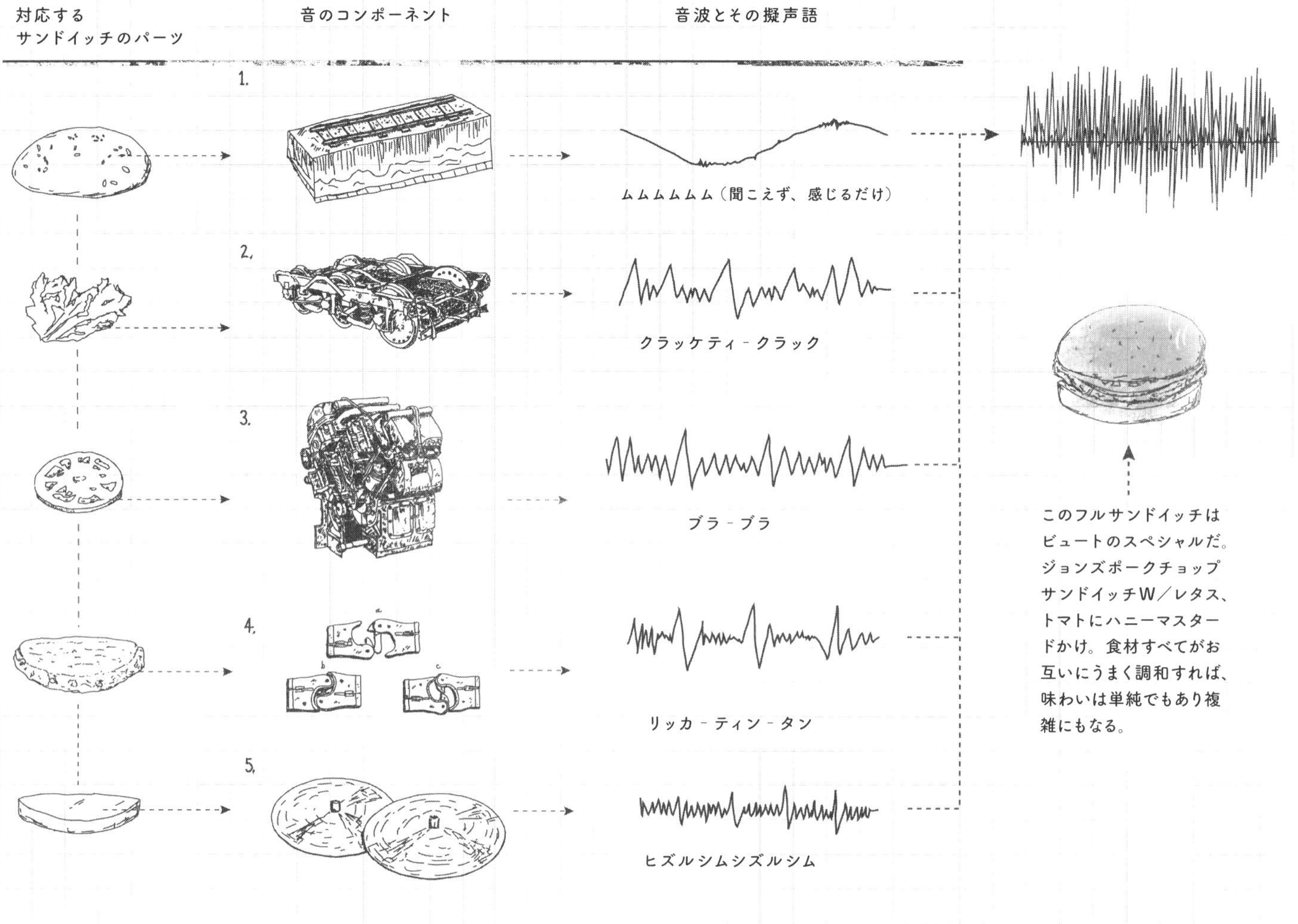

音のサンドイッチとしての貨物列車
ノートG101から

　そのあと、それが見えてきた。薄い霧の中から、機関車の白く熱い目があらわれ、こちらに向かってきたのだ。一つだけの前照灯は、霧と夜明けの名残を切り裂き、そして、目に入るものだけを見据える動物のように、谷間には脇目も振らずに突き進んできた。列車はカーブにさしかかった。と思ったとたん、からし色の機関車の後ろに、果てしない貨車の列があらわれた——奇妙な箱が連なったようなヘビ状の物体が盆地のほうへと伸びていて、ぼくほどの背丈だと肉眼で見える限りまで続いていた。
　ぼくは息を切らしながら、線路脇の小さな溝に飛び降りた。これは今までにしたことがない非合法な仕業なのだという自覚があった。

全身がぴりぴりしていた。自分が持っている道義心の程度は、何か悪さをしようというときにどう反応するかで、多くが知れるのではないだろうか。ぼくは溝に身をひそめ、アドレナリンがわきの下から指の先へドクドク流れるのを感じながら、自分自身と自分の反応を観察した。頭上十六フィートの位置に据えたカメラで、そのシーンを撮るような感覚で。

野外　鉄道線路——朝

速やかに接近してくる列車のロングショット。スーツケースを握り締める手の超クローズアップ。口の端からしたたる細い糸のようなよだれの超クローズアップ。ゆっくりズームアウトして、無鉄砲、無謀な無法者、T・S・スピヴェットの姿があらわれる。コントラバスとチェロが下降する三音を奏でて、その場に満ちた恐怖をあらわす。

しかし、実際には、よだれも垂れていなければ、恐怖に満ちてもいなかった。というのは、列車がどんどん迫ってきているのに気がついて、遠近のずれた異常な感覚が途切れたからだ。ぼくは、突然、列車が停まらないのではないかという恐ろしい考えに取りつかれた。想像していたようなキーキーというブレーキの音も、シューシューという蒸気の音も聞こえなかった。ゆっくりしたバッバッというエンジンの音と、二枚のシンバルをこすりあわせるような音、無蓋車やタンク車に積まれた丸太や合板、石炭、コーンがガサガサいう音がするだけだった。列車は今、二十ヤードもない距離にまで近づいていた。ぼくは何週間もかけて周到に計画してこなかったこと、列車の長さを確認してこなかったこと、列車が停まるのにどれくらいの時間がかかるのかを記録してこなかったことで、自分をののしった。列車には大きな推進力が働いていて急停止はできないだろうということに、今になって気がついた。おそらく、鉄道史上、一度も赤に変わったことがない信号灯が、赤二つの〝完全停止〟になっていても、同じことだっただろう。

機関車はネズの茂みのぼくの位置に達したかと思うと、まばたきもしないで通り過ぎていった。空気の壁が荒々しくぶち当たってきて、頬の緩んだ肉がブルブル震えた。ぼくの世界は、貨物列車の音と姿の中に崩れ落ちていった。それまでは個々の音の要素を取りだせそうなガタガタという低い響きだったものが、今は圧倒的なとどろきになっていた。小石や埃や何かの汚れが目に飛びこみ、車輪の鳴る音で鼓膜が破れそうになった。あらゆるものがすごい勢いで前進していた。ぼくは喉を締めつけられるのを感じた。この巨大な鋼鉄のビヒモス（カバに似た巨獣）と、いやなにおいの油をさしたパーツが、今すぐではないにしても、どうやって停まるというのだろう？　それは永遠に運動

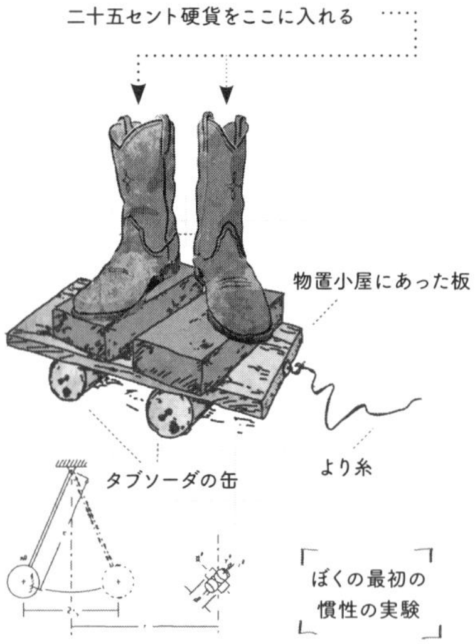

ぼくの最初の慣性の実験
ノートG7から

それは惨憺たる結果になった。「慣性は最初の見た目よりも複雑だ」ヨーン博士が前にそういった。ヨーン博士はとてもりこうな人だ。

を続ける運命にあるように見えた。

ぼくはニュートンの第一法則、すなわち、〝物体は外力が加わらなければ、その運動状態を維持する〟という慣性の法則を思いだした。

ぼくのシャーピーのトリックには、この生き物に作用するだけの力があるのだろうか？　真ん前をゴーゴーと爆走していくとてつもない重量の貨車の列と向きあってみれば、その答えは確実に〝ノー〟だった。

貨車があとからあとから通り過ぎていく間、ぼくは猛烈に回転する赤さび色の車輪に見とれながら、停まってくれと念じていた。有蓋車、無蓋車、ホッパ車、タンク車、長物車（木材などの輸送用の台枠と柵だけの貨車）。その列は果てしなく続いた。列車が巻き起こす風が吹きつけてきた。あたりの空気には、すす、エンジンのグリース、それに奇妙な――メープルシロップの――においが充満していた。

「いやー、やってはみたんだけど」ぼくはスーツケースとその中身に語りかけた。

まさにそのとき、バッバッというエンジン音が静まりはじめた。おそるおそる見まもるうちに、半マイルほどの長さがある列車の速度がだんだん落ちてきた。金属と金属がキーキーすれあう音が急に大きくなると同時に、ガタンガタンという音がやわらいできた。と思うと、メープルシロップのにおう列車は、ほんとうにゆっくりと、どこかぎくしゃくしながら停まった。金属の獣は、隠れたバルブから最後の吐息を二つ三つ漏らし、連結器をガタガタいわせると、荒い息づかいのおさまらないまま、ついに静止した。ぼくの目の前には、巨大な長物車があった。強力な列車をほんとうに停めたということが信じられなくて、ぼくは一瞬、凍りついた。たった一本の小さな赤いシャーピーが、こんなにも強力な、とてつもないものに合図を送って停めたのだ。列車はいらだちながら、じっとしていた。周囲の開けた谷間とともに横たわって待つ間、エアブレーキをかすかにシューシューいわせながら。

すぐにでも騒ぎが起こりそうだった。機関士は完全停止信号が出ているのに、前方からの接近警報はないのをいぶかって、運転指令所を呼ぶだろう。信号に施した〝白に赤ペン〟のトリックはすぐに見破られて、みんな、かんかんに怒り、ぼくのようないたずら者を求めてそこらじゅうを捜しまわるだろう。

　ぼくはネズの茂みにぺっと唾を吐き、二本の前歯の隙間から小さく口笛を吹いた。それはスタートの合図のピストルのようなものだった。それをきっかけに、ぼくは行動に移った。まず、スーツケースを赤いワゴンから引っぱりだした。ワゴンがスーツケースを放すまいとがんばったせいで、スーツケースに最後のへこみがついた。その二つは、プラットホームでなかなか別れられずにいる旧友同士のようだった。

「さよなら、レイトン！」ぼくはワゴンにそういうと、ネズの茂みからスーツケースを無理やり引っぱりだして、盛り上げられた線路のバラスへ上っていった。日にさらされて緑がかった青色になった小石が、ぼくのスニーカーの下で小さなガサガサという音を立てた。停止した列車がずいぶん静かなのに比べて、その足音はひどく大きく響いた。これでは間違いなくこちらの位置を知られてしまうと感じるほどだった。

　こうなったら、大胆な無法者でいようと腹を決めて、ぼくは有蓋車にもぐりこむという当初のアイディアを捨てた。目の前に長物車が停まったという事実と、一時的に、つまり、もっといい席が見つかるまでは、折りあわなければならないと考えた。実際、快適な居場所を求めて、一両一両調べている暇はとてもなかった。しかし、長物車に近づいてみると、車両の床面までは四フィートの高さがあり、自分の身長は四フィート八インチ強しかないという事実といきなり向きあうことになった。ぼくは考える間もなく、スーツケースをぐいと頭上へ差し上げた。ヘラクレスばりに筋肉と力を誇示するようなその行動が、持ち上げるその瞬間に、ぼくに活を入れたようだった。スーツケースは難なく車両の床にのっかった。

　ところが、いざ、自分の体を床に引っぱり上げようという段になると（プレジデンツフィットネスなんてクソくらえ！）、その怪力はどこかへいってしまったようだった。思わず、パニックに襲われたような声を漏らしてしまった。撃たれると悟った鹿が、その寸前に漏らすのではないかと思われる鳴き声のようなものを。

こんなふうな声。

〝こんなかぼそい地図屋ぐらい、何とかならないのか？〟ぼくはあえ

ぎながら、両方向に伸びる線路の枕木の上にしゃがみこんだ。前にも後ろにも巨大な車両が立ち上がっていた。ぼくの低い視点からは、前の車台が形づくるトンネルを通じて、ずっと先のほうまでが見えていた。

そのとき、車台の果てしないトンネルの上のどこかから、長く、鋭く、耳をつんざくような恐ろしい汽笛の音が聞こえてきた。そして、もう一度、汽笛が鳴った。長物車のエアブレーキが緩められ、シューという音を立てた。と思うと、ガタンという軽い揺れとともに頭上の連結器が締まり、車両がゆっくりと動きだした。

このままでは殺される。

ぼくは死にもの狂いで頭上の連結器に取りついた。けれども、それは取りつくには最悪というくらい具合の悪いものだった。パーツというパーツが動いていたし、しかも、指が押しつぶされる恐れのある位置をつかんでしまったからだ。連結器はグリースまみれで滑りやすかったが、指をかける出っ張りや継ぎ目はたくさんあった。しかし、その指がつぶされてしまっては、と気が気でなかった。漫画のようにぺちゃんこにされてしまうのではないだろうか。〝指は勘弁してよ！〟ぼくは下のほうから連結器に訴えた。〝すごく複雑で元どおりにはならないんだから〟

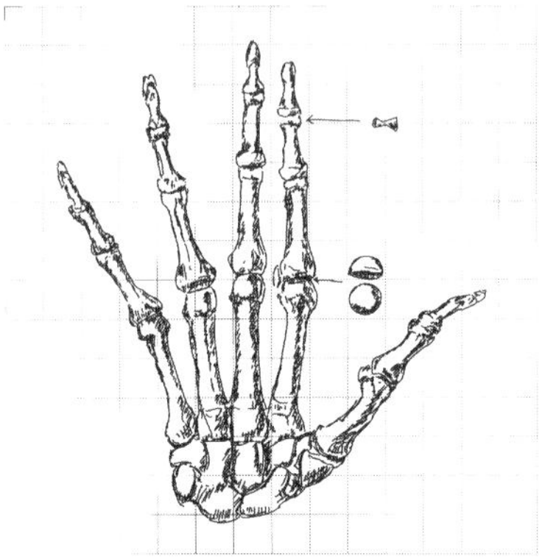

ドクター・クレアの中手骨
ノートG34から

（ぼくは父の手と痛めた小指を描きたかったのだが、それをスケッチするのに、どうやって父にアプローチしたらいいのかわからなかった）

列車がだんだんと勢いを増していく間、ぼくは連結器の下側にしがみついていた。はじめは枕木を蹴りながら後ろ向きにゆっくり走っていたが、そのうち、両足を持ち上げて、連結器に引っかけた。ちょうど、高い木の枝から枝へ渡っていく母猿の下腹に、子猿がしがみついているような格好になった。いうまでもなく、ぼくは命がけでつかまっていた。ちらりと下に目をやると、枕木はぼうっとかすんで、はっきりとは見えなくなっていた。両手は汗とグリースに覆われていた。ぼくは今にも振り落とされようとしていた。頭の中の小さな映写機が何度となく落下のシーンを映しだした。けれども、このまま落ちて手足をばらばらにされそうだと思う一方で、なおあきらめずに重力と戦いつづけていた。まずは片脚を、次にはもう一方の脚をじりじりと上げていった。列車がますますスピードを上げ、体の下では、木とレールと小石が混じりあってぼやけ、スープ状になっていく間、ぼくは一寸刻みにゆっくりとずり上がり、グリースまみれの連結器にぴったりへばりついた。そして、体を持ち上げた。息が切れた。汗がどっと噴きだした。と思うと、上になっていた――鞍にまたがるように、連結器にまたがっていたのだ。

大成功。それは、ぼくにとって生まれてはじめての勇敢な行動といってよかった。

ぼくは汚れにまみれながらも、貨車の床面に飛び移り、スーツケースの上に倒れこんだ。そこで一息入れた。グリースで真っ黒になった指は、アドレナリンの残響で、まだずきずきうずいていた。レイトンがこの場にいて、この感覚を分かちあってくれたら、と思わずにはいられなかった。レイトンならこういう冒険を喜んだに違いない。

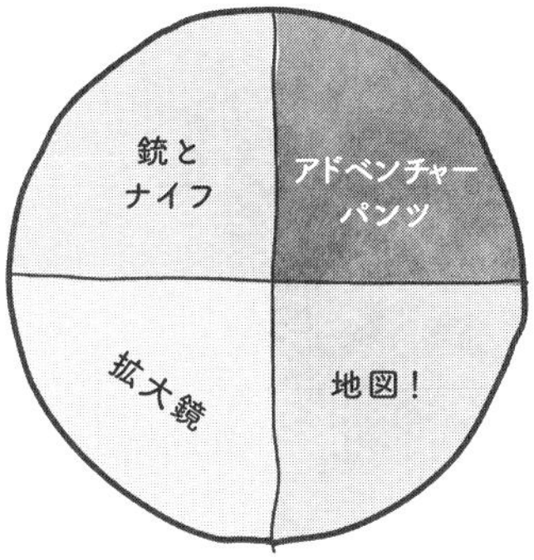

冒険の四要素

レイトンとT・S・スピヴェット、八歳と十歳による。今は、ぼくの遺言とともに、古いオークの木の下に埋められている。

スーツケースに頬を預けて、目を上げてみると、仰天するような光景が待っていた。ぼくは一瞬、ひどく混乱した。今は列車にのっているはずなのに、真新しいウィネベーゴ（キャンピングカー）と正面から向きあっていたからだ。はじめは〝輸送のさまざまなカテゴリー〟に思いが及ばず、一瞬、自分は間違って道路やフェリー、あるいは駐車場ビルにのってしまったのかと思った。そのあと、ようやく判断力が戻ってきた。この列車がウィネベーゴを輸送しているのだ！　しかも、見かけからすると、最先端のモデルを。貨物列車でこんなものを見るとは思いもよらなかった。なぜか、こんなすばらしいもの、最新の技術が生んだサラブレッドではなくて、もっとありふれた、泥くさい商品、たとえば、木材とか、石炭とか、コーンとか、シロップなどを予想していたのだ。正直いって、豪華な最新のＲＶ（レクリエーション用車両）に目を見張るなどというのは、およそありえない事態だった。

ぼくはゆっくりとその標本のまわりをまわってみた。〝カウボーイコンド〟。側面を横切る派手なブロンズ色のレタリングは、そう名乗っていた。レタリングの背後には、エアブラシで吹きつけた柔らかいアースカラーで、ほんのり明るい高原の牧場のかなたに沈んでいく夕日が描かれていた。牧場といっても、ぼくがついさっき逃げだしてきた牧場とは似ても似つかなかったが。そして、その前景には、後足立ちの馬に乗ったカウボーイがいて、片手を空のほうに突きだしていた。ひろげた指は、ためらいながらも征服を誇るしぐさのようだった。

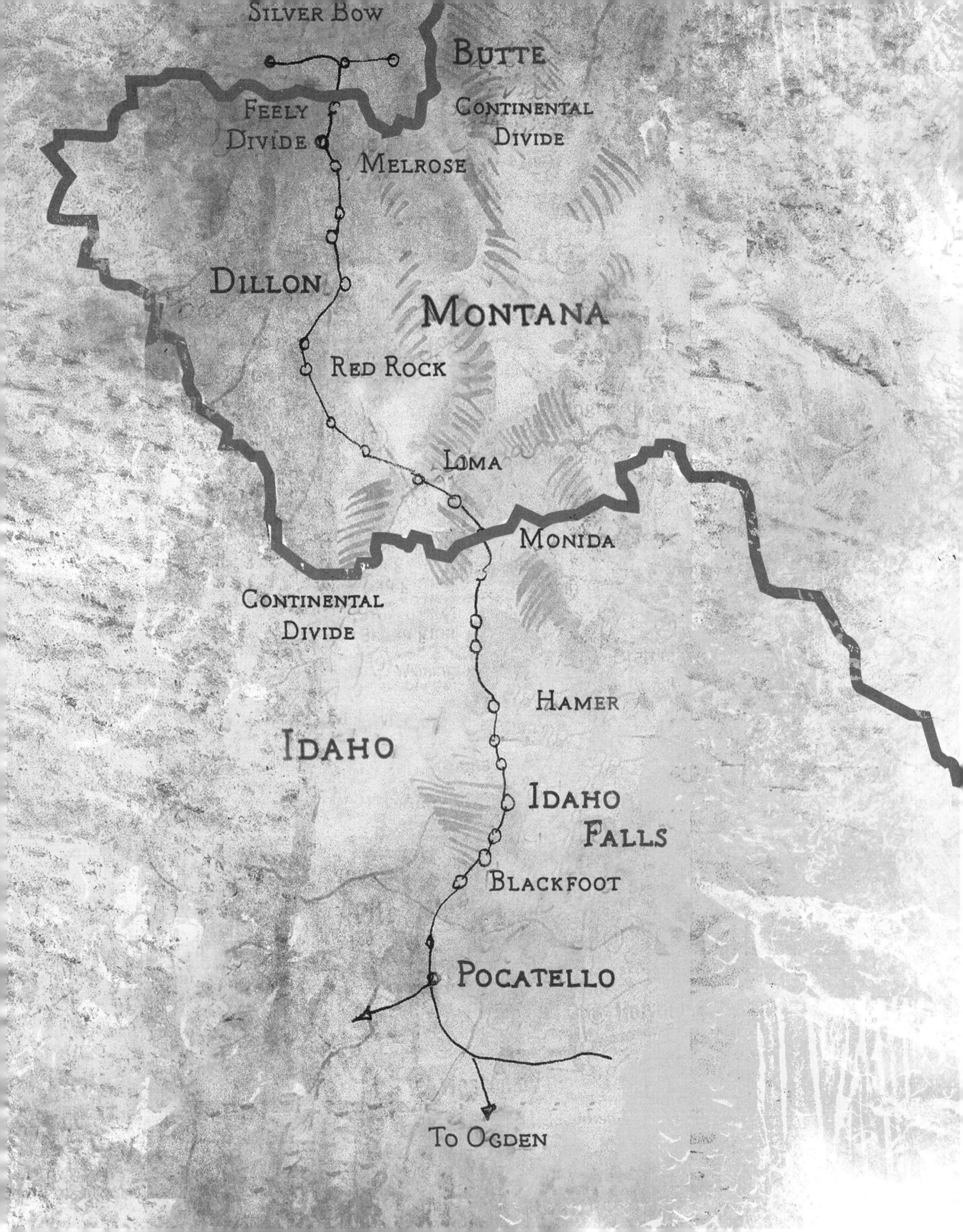
Silver Bow
Butte
Feely
Divide
Continental
Divide
Melrose
Dillon
Montana
Red Rock
Lima
Monida
Continental
Divide
Hamer
Idaho
Idaho
Falls
Blackfoot
Pocatello
To Ogden

第2部 大陸横断

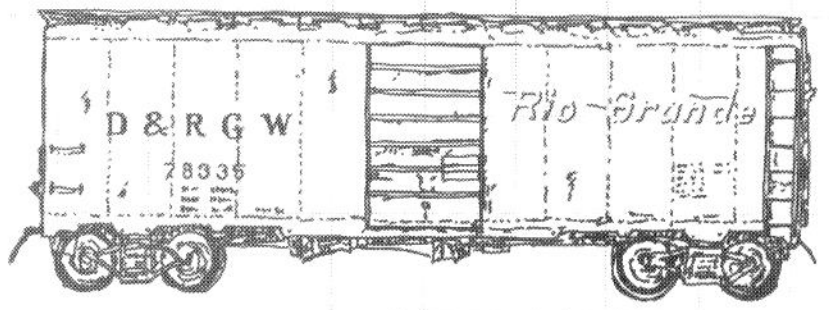

有蓋車

タンク車

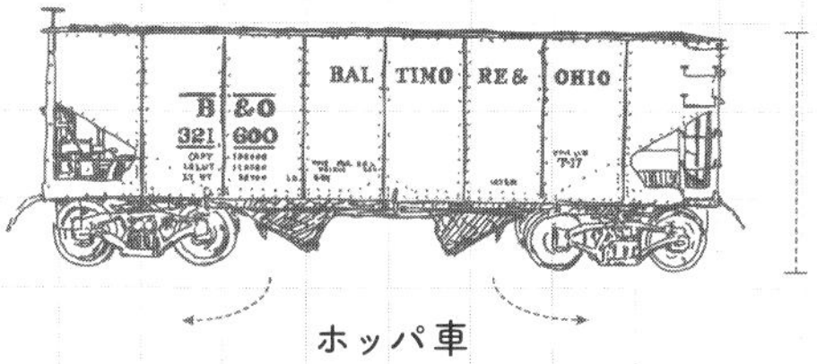

ホッパ車

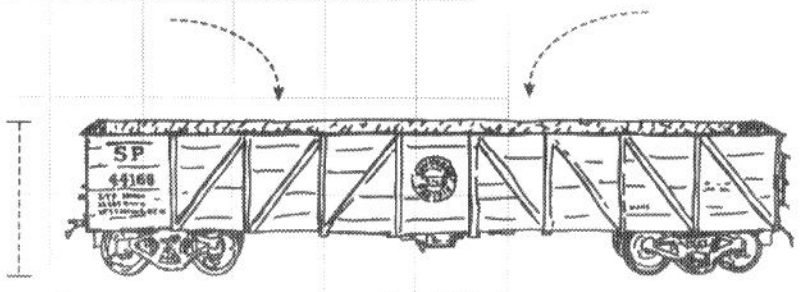

無蓋車

第5章

ホーボーに関するぼくの知識の大半は、二年生のとき、レードルという女の先生が読んでくれた『ハンキー・ザ・ホーボー』から得たものだった。それは、茶色い巻き毛のカリスマ的な男についての短い物語だった。ハンキーはカリフォルニアに住んでいたけれども、気がついてみると、すっかり落ちぶれていた。それで、彼はどうしたのか？　もちろん、貨物列車に飛び乗って、おもしろおかしく鉄道の冒険を続けたのだ。

何か言い習わしのようなものがラミネート加工されて壁に掲げられていたわけではなかったけれども（学校では、どんな自明の理でもそうしなければならない）、ぼくもクラスメートも、落ちぶれたらホーボー、という単純な方程式を頭の中でつくりあげた。

実際、ぼくたちはハンキーに強い印象を受けて、ホーボーをしてみるのをクラスの研究課題にすると決めたほどだった。振り返ってみると、レードル先生がそんな提案をよしとしたのはおかしな気もするが、先生はたぶん、子どもが興味を持つことを後押ししてやるのを何よりも優先すべしと教える学校を出ていたのだろう。たとえ、それがどう

落ちぶれてしまった？

鉄道に乗ろう！

ここでは面倒は何もない

ここを立ち去れ！

納屋で眠っても大丈夫

苦労話をすれば、
食べ物にありつける

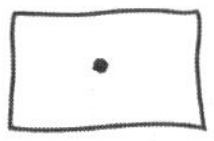

ここには非常に
危険なやつがいる

ホーボーサイン
ノートG88から

レイトンは〝非常に危険なやつ〟のサインを見るとすぐ、手首にそのサインのタトゥーを入れたいといいだした。父は返事もしなかった。それで、レイトンは皮膚にシャーピーでサインを描いてくれとぼくに頼んだ。ぼくは朝の儀式が楽しみになってきた。つまり、学校にいく前に、レイトンの手首に描いた長方形の中に点というサインが消えないようになぞるという儀式が。ところが、ある朝、レイトンがぼくの助けを借りるのをもうやめるといった。それに続く二、三日、ぼくは長方形がだんだんと薄れて、ついに消えてしまうのを見まもった。

やって法律を破るかの学習をさせることになるとしても。

ぼくたちのクラスが学んだところによると、大恐慌の時代、仕事を見つけるのがむずかしくなり、多くの人々が国を渡り歩くようになって、操車場にはホーボーがたむろした。ときには、マットレス一枚か二枚分しかない一台の有蓋車に、ホーボーの群れ全体が乗りこむこともあった。そこで、彼らは〝ホーボーパーティー〟を催し（ぼくたちのクラスの一グループが自分たちの課題としてホーボーパーティーを演じてみせた）、歌を歌ったり、卵を料理したり、飛ぶように過ぎていく田舎の光景に見とれたりした。ホーボーはその路線を行き交うほかの放浪者と通信するのに、しばしば停車場の壁や柵に〝ホーボーサイン〟を書き残した。それで、安全な避難所や危険な地点を示したのだ。ぼくたちは、操車場の労働者はふつう、ホーボーの味方だったということも学んだ。彼らは列車がいつ、どこへ向かって発つかという貴重な情報を漏らしてくれた。警戒しなければならなかったのは操車場の警備員で、ホーボーからは〝ブル〟と呼ばれていた。もとをただせば、残忍性をとがめられて解雇された警官というような連中で、その多くが、放浪者を狩りだしては、すぐには忘れられないほどのひどい目にあわせて楽しんでいた。連中は放浪者を殺すことさえあった（ぼくたちのクラスでいちばん行儀は悪いが、いちばん頭のいいサーモンが、その操車場のブルの役を演じてみせた。その中で、サーモンは、オリオという子を、レードル先生に止められるまで、たっぷり三十秒は殴りつづけた）。

『ハンキー・ザ・ホーボー』の中で、ハンキーはブルから逃げたり、列車から落ちたりという、はらはらする生活を送っていた。そして、ホーボーをしていたある日、線路脇に置いてあったスーツケースに蹴つまずいた。そのスーツケースを開けてみると、現金で一万ドルが詰まっていた。

「バーウィン！」サーモンが物語の本の後ろのほうから大声を上げた。どういう意味かはわからなかったが、ぼくたちはそれが気に入ってげらげら笑った。

レードル先生は先を読みつづけた。「けれども、ハンキーはスーツケースを持ち歩いたりしないで、ほんとうの持ち主に返しました。自分のものでないおカネを使うよりも、鉄道を渡り歩くその日暮らしに戻る道を選んだのです」
　ぼくたちは次の一行を待ったけれども、そこまでのようだった。レードル先生は用心深く本を閉じた。まるで、タランチュラの籠の蓋でも閉じるように。
「では、このお話にはどういう教訓があるでしょう？」レードル先生はぼくたちに尋ねた。
　ぼくたちはぽかんとして先生を見つめた。
「正直はいつもいちばんいいやりかたなのです」先生は、それが外国語であるかのように〝正直〟という言葉を強調して、ゆっくりといった。
　みんながうんうんとうなずいた。サーモンを除くみんなが。サーモンはこういったのだ。「だけど、ハンキーは貧乏なままだったんでしょ」
　レードル先生はサーモンをじっと見据えた。そして、本の表紙から、ついてもいない埃を払った。
「そうね、貧しいけれど正直という人はいるわね」先生はいった。
「おまけに、幸せという人はね」
　それは、いってはならないことだった。なぜなら、そうと声に出していわなくても、あるいは、そうと自覚してはいなくても、ぼくたちはその瞬間に先生への敬意を少しばかり失ったからだ。先生がそう深い考えもなしにしゃべっていたのは明らかだった。そして、それはとりたててびっくりするようなことでもなかった。ぼくたちがホーボーをするという課題に取り組むのを許したのと同じ先生なのだから。けれども、ぼくには疑問が残った。ぼくたちの敬意はどこにいってしまったのか？　子どもの敬意というのは、ただ蒸発してしまうだけなのか、それとも、熱力学の第一法則のように、敬意は発生も消滅もせず、ただ移動するだけなのか？　たぶん、ぼくたちはその日、敬意の対象をサーモンへ、額の上の毛が逆立った反逆児へと移し変えたのだ。サーモンは、おやつの時間にミルクとオレンジジュースを混ぜるだけでなく、物語の本を貫いている秩序に挑戦して、大人は子どもと変わらずバカにもなるということを、熱心な見物人であるぼくたちに暴露し

"コヨーテトイテ"

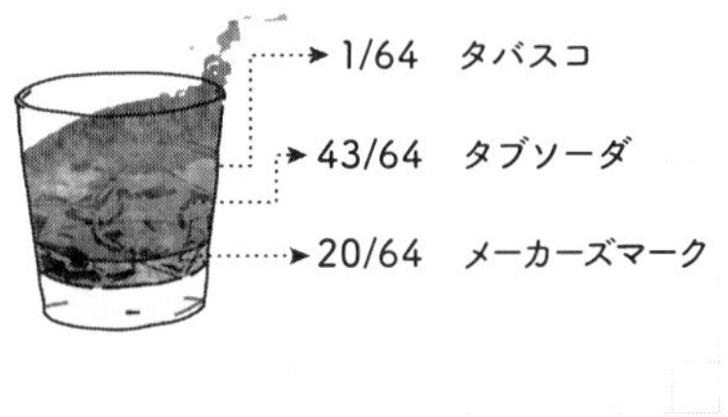

コヨーテトイテのつくりかた
ノートB55から

ドレッタはいつも最後に、こういいながら、もったいぶった様子でタバスコを加えた。「そしてね、これがまたいいのよ」それは、頭を離れない記憶となって、ぼくを脅かした。中身がどうというのではなく、絶対にそれが省略されないということで、なんだかこわくなったのだ。

た。ぼくたちはサーモンに敬意を抱いた。少なくとも、数年後、サーモンがメルローズ峡谷の端からライラを突き落として逮捕され、非行少年を収容するギャリソン XX牧場へ送られるまでは。

列車が再び驀進しはじめると——手もとに計器はなかったけれども、感覚からすると時速五〇ないし六〇マイルは出ていた——ぼくは飛び過ぎていく景色に目を奪われた。州間高速道路１５号線の回廊は、祖父の異母妹にあたるドレッタ・ヘースティングを訪ねてメルローズへいくときに何度となく通っていた。ドレッタは変わった人だった。第二次大戦以後のミサイルの不発弾を収集し、〝コヨーテトイテ〟と称するスペシャルドリンクに凝っていた。ぼくの推測では、それには、タブソーダ、メーカーズマーク（バーボン）、それにタバスコが少量入っていた。ぼくたちは訪ねていっても、けっして長居はしなかった。ほんのちょっと雑談をするだけで、父が決まって落ちつかなくなったからだ。それはぼくには好都合だった。というのは、ドレッタは両手でぼくの顔を撫でまわす癖があったが、そのてのひらにネズミの糞とモイスチャークリームのにおいがしみついていたからだ。ドレッタの家の向こう、１５号線のずっと先となると、父についてディロンのロデオに数回いったことがあったけれども、レイトンが死んでからはそれもなくなった。

紫の山々の何と美しいことか！　けれども、それはアメリカマツノキクイムシ（デンドロクトヌス・ポンデロセ）の蔓延によって、ヨレハマツが死にかけたり、死んだりしたための美しさでもあった。

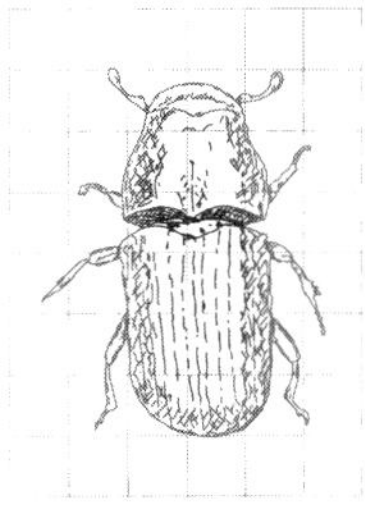

デンドロクトヌス・ポンデロセ
ノートR5から

列車が南へ進むうちに、すっかり夜が明けた。長物車に吹きつける風のせいで、セーターを重ね着していても寒かった。だから、直射日光の最初の一条が、トゥイーディー山とトリー山の間の鞍部から高原の牧草地へ這い降り、さらに平地をよぎって進みながら、大地を暖めていくのは、実にありがたいことだった。ぼくは日光がじりじりと谷間を横切っていくのをながめた。今は、影の中からあらわれた山々が手足を伸ばして、あくびをしているように見えた。その灰色の顔が、そのうち、ベイマツの深い緑色に変わった。朝の時間がたつにつれ、その色も和らいで、遠くの木々の見慣れた色に、まだら模様の薄紫になっていった。

風向きが変わって、ビッグホール川の泥のにおいがするようになった。シルト（砂と粘土の中間の沈積土）をかきまわしたようなにおいや、オタマジャクシや、曲がりくねる流れの拳で絶えずこすられている苔むした岩のにおいが。列車が汽笛を鳴らした。ぼくは自分が口笛を吹いたように感じた。ときおり、さっきと同じメープルシロップのにおいが、どこか前のほうから漂ってきた。それに、列車自体のにおいがずっとしていた。オイルやグリースや金属が、何かをまわしたりとか、引いたりとか、仕事をしているときに渦巻く蒸気のにおいが。それはにおいの奇妙な混合体だったが、しばらくすると、いつものとおり、その嗅覚の光景もだんだんと知覚のカンバスの中へ溶けこんで薄れ、もう何も感じなくなった。

突然、空腹がよみがえってきた。信号柱によじ登ったり、連結器にしがみついたりするのに費やした労力のつけが、今になってまわってきたのだ。アドレナリンが何度かあふれだしたのはもちろんのこと、ちっぽけな二頭筋もひどく緊張して硬くなっていた。

それでも、スーツケースを開けたら中身がいっぺんにはじけ飛んでしまうのではないかという恐れがあったので、前にレザーマン（地図製作者用）であけた小さな穴から手を突っこんだ。一、二分、探った末に、食糧の袋の位置を突きとめて、そろそろと引きだした。

ぼくは食べ物を全部並べてみた。ひどく気がめいった。あまりに少ししかなかったからだ。もし、ぼくがヒーローなら、カウボーイなら、目の前のわずかな量のグラノーラバーや果物で、三週間は食いつなぐことができただろう。けれども、ぼくはカウボーイではなかった。それどころか、代謝過剰の少年だった。空腹になると、脳の部位が一つずつ、ゆっくりと活動を停止していった。まず、しきたりへの順応性がなくなる。次に、掛け算の能力がなくなる。それから、完全な文章でしゃべる能力がなくなる、という具合に。グレーシーが夕食の鐘を鳴らしているとき、裏のポーチで、腹ぺこで妄想にふけりながら、体を前後にゆっくり揺すり、アメリカコガラの鳴き声のような音を漏らしているぼくの姿が見かけられたことがよくあったのではないか。

ぼくは絶え間なく間食することで、アルツハイマーのような崩壊状態に陥るまいとした。それで、持っているすべての服のすべてのポケットにチェリオスを隠し持っていたが、それがしばしば洗濯室で大騒

► キクイムシ全般にどう対処するかが地方政界で激しい論議を呼んでいたが、一般の人々が話題にするキクイムシは、一種類に限られていたようだった。ちなみに、ドクター・クレアはワイオミングのスクエアダンスで父と出会ったころ、〝モンタナにおけるキクイムシの蔓延防止〞についての論文を書いて、科学畑で立役者になろうとしていた。しかし、結婚すると、ドクター・クレアの内部で何か不可解な変化が生じた。タイガーモンクビートルのむなしい探索のために、社会の役に立とうという道を進むのをやめてしまったのだ。

毎年春になって、マツの林の新たな一帯が死の暗紅色に染まりはじめると、ぼくはよく夢想した。この疫病と戦って世界を変えるのに力を貸す母親がいてくれたら、と。人々がクレージースウィードロードに車を乗り入れ、うちのランチハウス目指して丘を上ってこないか、と。

「あそこがキクイムシの女史のお住まいだ」人々がそういうのだ。「女史がモンタナを救ってくださった」

ぼくは一度、勇気を奮い起こして、どうしてキクイムシ問題の研究をしなくなったのか、と本人に聞いてみたことがある。

ドクター・クレアはこう答えた。「キクイムシが問題だなんて誰がいってるの？ キクイムシは自分のためにがんばってるのよ」

「でも、森がなくなっちゃうよ！」ぼくはいった。

「マツの林はなくなるわね」ドクター・クレアは正確にいいなおした。「わたしはね、マツが嫌いなの。ポタポタしずくがしたたるし、ベトベト粘りつくし。だから、いい厄介ばらいだっていうの。死に絶える運命のものだってあるのよ」

ぎを引き起こした。ドクター・クレアはぼくが洗濯機に何かを入れる前に、〝チェリオスチェック〟をさせるようになった。

今、ぼくは乏しい食べ物を見つめながら、いかに長く持たせるかの問題と向かいあっていた。用心深い道をとって、今、ほんの少しだけ食べておくか？　空腹を満たすだけでなく、十まで数えたり、北の方角を指し示す能力を維持するためにも。それは賢い選択のように思われた。とくに、この貨物列車が終点――それがシカゴであるにしろ、アマリロであるにしろ、アルゼンチンであるにしろ――に到着するまで停まらないかもしれないという可能性を考えた場合には。

それとも……今、腹いっぱい食べておくということもできた。しかし、それは、そのうち、ホーボー相手の業者が車両の列を伝ってやってきて、ホットドッグやジュージューいうファヒータ（牛または鶏肉の細切りを焼いてマリネしたもの）をその場の放浪者みんなに売ってくれるかもしれないという空頼みがあってのことだった。

しばらく考えてから、ぼくはグラノーラバーを一本だけ――ミクストナッツ入りのクランベリーアプル――選びだし、その他の食糧をしぶしぶ（ああ、それにしても、ニンジンのスティックが光り輝き、なんとおいしそうに見えたことか！）小さな穴からスーツケースの中へ戻した。

ぼくはグラノーラをできるだけゆっくり嚙みしめて、一粒一粒を口の中に漂わせながら、カウボーイコンドのスペアタイヤ入れに背中をもたせかけ、この新しい生活にどうやって慣れるかを考えた。

「ぼくは流れ者（ドリフター）だ」ぼくは太く低いジョニー・キャッシュの声でそういってみた。どこかこっけいに聞こえた。

「ドリフト－ア。ドリッファー。ディフター」いろいろいってみたが、どれもぴんとこなかった。

山々が川沿いの平地からゆっくりと退いていった。谷が大きく切り開かれ、ジェファソンの広い馬蹄形の盆地になった。どの方向を見ても、土地がどんどん逃げ去って、最後には谷を取り巻くシリアルのボウル形の山々にぶつかった。ルビー山塊から南東山脈へかけてのひび割れた隆起、はるか遠くのブラックテール山地の寄せ集めたような峰々、そして、背後には堂々たるパイオニア山地。それが今、線路のカーブにさしかかって消えていこうとしていた。

左手の平原のかなたにぽつんと立っているのは、巨大なビーヴァーヘッドロックだった。ビーヴァーヘッドロックは、ルイスとクラークの探検隊を救ったことがあった。異常に寒い八月のある朝、サカガウィア（探検隊に協力したショショーニ族の少女）は、その岩を見て、一族の夏の野営地が近くにあると気づいたのだ。その時点で、探検隊は食糧が不足し、新しい馬も入手できずにいた。ボートは山地ではまったく役に立ちそうになかった。その山地は、ルイスとクラークの予想をはるかに上まわる広さがあった。当初の計画では、まっすぐ太平洋に出る北西水路を探るはずだったが、それが不可能だとわかると、一行は一日か二日で楽に横切ることができそうな尾根へと向きを変えていたのだ。ほとんどすべての大旅行がそうだったように、ルイスとクラークの探検隊も、運と抜け目なさを等しく必要とするいくつかの難所にぶつかった。もし、彼らがショショーニ族の援助なしに自力で分水嶺を乗り越えようとしていたら、どうなっていただろう？　もし、サカガウィアがこのランドマークを見落としていたら、小さな荒れた手でクラーク大尉の袖をつかんで指さしていなかったら……

列車がその景観の中を進むにつれ、ゆっくりと回転していく岩を、長物車の隙間からながめているうちに、ぼくは思わずほほえんだ。岩は何の変わりもなかった。多くのことが変わったにしても。たとえば、アイアンホースがやってきた。ショショーニ族は去っていった。今は、自動車、スノーコーン（氷菓）、飛行機、ＧＰＳ受信機、ロックンロール、マクドナルドのすべてが谷間に存在していた。けれども、岩は何の変わりもなく、以前と同じようにまばたき一つせず、どことなくビーヴァーに似たたたずまいを見せていた。

サカガウィアがクラーク大尉の袖を引っぱったときからずっと、この谷間を見わたしてきたビーヴァーヘッドロック。その地質的永続性にまつわる何かが、ぼくを探検隊と本質的に結びつけていた。ぼくたちは別々の方角に向かってはいたけれども、ともに、この不動の目印を見て旅していた。オレゴン街道ゲームで、定期的に幌馬車が通り過ぎていく画像の岩と同じように。ただ、ぼくたちに違いがあるとしたら、探検隊には望みのままの場所を旅する自由、大陸分水界を越えて

ビーヴァーヘッドロック
ノートG101から

その岩がそう名づけられたのは――もし、右手から目を凝らしてながめれば――ビーヴァーの頭に似て見えたからだ。写真で見る限り、ぼくの目には、漂白したクジラというほうが近いように思われた。けれども、そのランドマークを最初に名づけたショショーニ族は、クジラの存在を知らず、何か類推しようにも、その範囲が森林地帯の生き物に限られていたのだろう。

太平洋に出るコースを選ぶ自由があったということだろう。しかし、今、二本のレールに縛られているぼくには、ルートを選ぶ自由はなかった。定められたコースをたどるだけだった。その一方で、方向はもう決まっているのだと思いこむことで、安心しようとしていたのかもしれなかった——行く手のルートはまだ定められているわけではなく、ぼくは二百年前の探検隊と同じように、ほとんどが未知の世界に踏みこもうとしていた。

だんだん暖かくなってきた。盆地では風が強まり、乾燥した草原を勢いよく吹きわたり、列車のまわりで渦巻いて、隙間からもぐりこんできた。背中をもたせかけているウィネベーゴが、長物車の床に鎖でつなぎとめられているのに、前後に軽く揺れているのが感じられた。その揺れには心地よいものがあった。ぼくもそれに合わせて体を揺すった。ぼくたちは、つまり、ぼくとカウボーイコンドは、ともに旅をしていた——道連れだった。

「どう、元気？」ぼくは声をかけてみた。

「ああ」カウボーイコンドは返事をしてきた。「あんたといっしょでうれしいよ」

「そうか」ぼくはいった。「ぼくもきみといっしょでうれしいよ」

ぼくはライカＭ１を取りだすと、父の真似をして指をなめてから、レンズキャップを外した。まず、ビーヴァーヘッドロックの写真を何枚かパチパチと撮った。次に、前景に自分を置いた写真を二、三枚、セルフタイマーを使って撮った——写り具合にはむらがあった。それから、カウボーイコンド、ぼくの足、スーツケースのスナップショットを何枚か、グリースまみれの連結器の芸術的ショットを何枚か。十分のうちにフィルム二本を使いきった。ぼくはワシントンに着いたらすぐ、アメリカ横断の旅のスクラップブックをつくるつもりだった。よくないものがあれば、外してしまうかもしれなかった。ぼくはちょっとした取捨選択もしないで、写真を全部アルバムに貼りつけるのは嫌いだった。ドクター・クレアはおかまいなしの口だったが、ぼくにはそれがどうもぴんとこなかった。甲虫（こうちゅう）の解剖にはあれほどうるさいドクター・クレアが、家族の写真のアルバムはほとんど顧みることもなく、どこかよその子の写真がまぎれこんでいることも珍しくなかったのだ。

列車が１５号線の下をくぐるトンネルを抜けると、高速道路はぼくの側を並行して走るようになった。ピックアップが何台も駆け抜けていった。大型のトレーラートラックも。ぼくがもたれている車とそう変わらないＲＶも。そのうち、一台の銀色のミニバンが、列車に、さらにはぼくにぴたりと寄り添っているのに気がついた。そのバンも、ほかの車と同じように、列車よりやや速く走っているようだったが、だんだんスピードを合わせて、こちらと並んだのだ。まるで、見えない糸で結ばれているように。

前の座席では、禿げ頭の大男が運転していて、その隣に、赤紫色のフラワードレスに大きな円盤形のイヤリングの女が乗っていた。二人は夫婦のように見えた。それは、後ろの座席に女の子が三人並んでいたからというだけではなかった。二人の人間が、かなり長い時間、お互いに口をきくこともなく隣り合って座っていれば、だいたいそうと見当がつくものだ。後ろの座席の三人の女の子は、何かややこしい綾取りをしているようだった。そのうちの一人（いちばん年長に見えた）は、ひどく真剣な表情でクモの巣の真ん中に指を突っこみ、二つの×をつまもうと神経を集中していた。

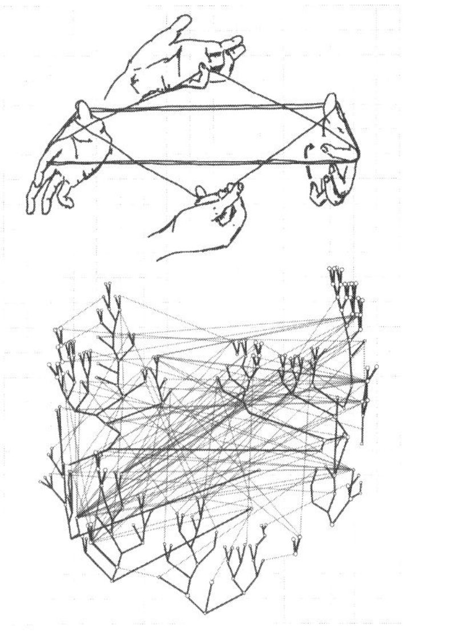

大吹雪の間、
ぼくはグレーシーと綾取りをして遊ぶ。
（この最初のかまえから、
ありとあらゆる形が組み立てられる）
ノートＢ61から

ミニバンの後ろの座席の家庭的なシーン、姉妹が仲よくしているシーンをながめるのはほんとうに楽しかった。テレビよりも楽しかった。それは、ほんの束の間のかかわりで終わるにしても、昔ながらの世界をのぞき見するようなものだった。あるいは、通りで会話している人のそばを通り過ぎ、その中の一行だけを聞きつけるようなものだった。たとえば「それで、うちの母親は、あの晩以来ずっと、サブマリンサンドイッチの具を用意しているんだ」というような耳に残る一行を。

騒動が始まったのはそのときだった。姉がお手上げになって、妹の一方を窓に押しつけたのがもとで、その妹は糸を放してしまうか、それと同じようなまずいことをしでかしたのだ。妹が泣きだすと、着色レンズの大きな眼鏡をかけた禿げ頭の父親が振り向いて、女の子たちを叱りつけた。母親も振り向いたが、何もいわなかった。ミニバンはスピードを落とし、ぼくにはその騒ぎが見えなくなった。

ミニバンが再び追いついてきたときには、車内は哀れな様子になっていた。ぼくは警戒心をうっちゃってスペアタイヤ入れの座席から立ち上がり、隙間から頭を突きだして、もっとよく見ようとした。女の子は三人とも、バンの片隅に縮こまっていた。綾取りをぶち壊してしまった妹は、窓からこちらのほうを見ていた。口をとがらせ、頬には涙を光らせて。

バンが追い越していくとき、ぼくは手を振った。その合図が妹の目に入ったに違いなかった。なぜなら、妹は顔を上げ、とまどったように目をきょろきょろさせたからだ。ぼくはもう一度、手を振った。妹の顔がぱっと輝いた。ぼくはスーパーヒーローになったような気分だった。妹は文字どおり、ぽかんと口を開けて、窓ガラスに顔を押しつけた。それから、後ろを振り向いて、車内のほかのみんなに大声で何かいった——もう少しでそれが聞こえるところだったけれども、その時点で、ミニバンはずっと前方にいってしまっていた。もう二度とその車を見ることはなかった。

そのあと、列車がうめき声をあげ、車輪の音も変わったと思うと、スピードが徐々に落ちはじめた。ディロンにさしかかったのだ。今、ぼくにできる最善のことは、なるべく早く姿を隠すことだと思われた。しかし、どこに隠れたらいいのか？　ドクター・クレアが前にこういっていたのを思いだした。「あまり凝りすぎないことね」——そのアドバイスを本人が心に留めていたかどうかはわからないけれども——それで、ぼくは、見た限り、いちばん目につく場所に向かった。自分の頭の上にあるウィネベーゴの運転席側のドアを開けようとしたのだ。

もちろん、ドアはロックされていた。そもそも、ロックもしないで放っておくような人間がいるだろうか？

そのとき、列車がシューッという音とともに急停止した。ぼくはよろめいて転んだ。長物車の上で自分が丸見えになっているということが、突然、意識に上ってきた。列車が動いていれば、その動きが隠れ蓑になったけれど、停まってしまうと、ぼくは丸裸だった。

隙間からのぞくと、前のほうには、操車場と古めかしい停車場の建物が見えた。人が出てきて列車に歩み寄り、機関士に話しかけた。何か大声でやりとりしているのが聞こえた。ぼくの中でパニックがひろがってきた。これはずっと恐れていた事態だった。もう、ここですっ

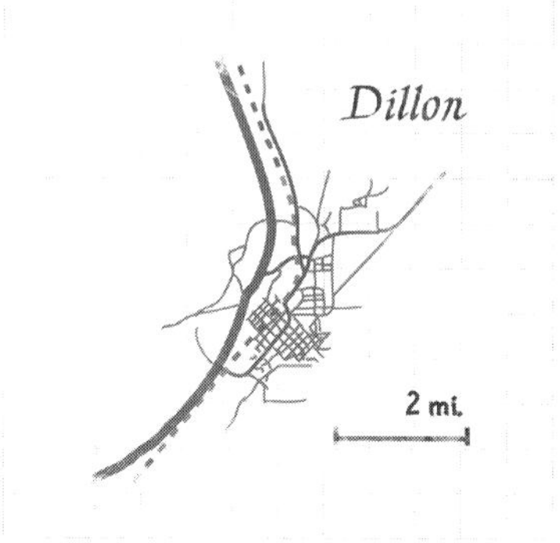

ディロン、郡庁所在地 ◀
ノートG54から

ディロンはどこども知れないような町だった——いちばんの売り物がビーヴァーヘッド郡の郡庁所在地であることというような。もっとも、自慢のつもりで〝郡庁所在地〟という言葉をたびたび口にしても、そんなものはたいして自慢にならないと思い知らされたはずだ。うちの父なら、当然、それとは別のことを力説していただろうけれども。父にとって、ディロンのロデオは、人間と動物の力比べのブロードウェイだったのだ。それで、ぼくは小さかったころ、その町をほかとは違う不思議な場所と思うようになっていた。ようやく地図が読めるようになって、ディロンをありのままに見るようになるまでは。

ぱり列車をあきらめて、何かほかの輸送手段を見つけたほうがいいのだろうか？

　あるいは、ひょっとして、ウィネベーゴのトランクにもぐりこむわけにはいかないだろうか？

「ウィネベーゴにはトランクはないぞ」ぼくは自分にいいきかせた。「そんなことを考えるのは子どもだけだ」

　ぼくはウィネベーゴのまわりを駆け足でまわって、何かないかと探してみた。サイドカーとか、カヌーとか、テントとか——警棒を持ち、片眼鏡をかけ、血のにおいを嗅ぎつける鼻を持った操車場のブルから一時的に身を隠すのに使えるレクリエーションの付属品はないかと。

　何もなかった。こういうものは特別なオプションを積んではいないのだろうか？

　列車の前のほうの人の声がさらに大きくなった。縁のほうからのぞいてみると、クリップボードを手にした二人の男が、列車に沿ってこちらに向かっていた。制服姿でない一人はバカでかい男で、相棒より一フィートほど背が高かった。サーカスの見世物ではないかというような風貌だった。

〝まいったな〟ぼくはひそかに思った。〝やつら、今度は巨人を雇ったんだ。よし、落ちつけ。ぎりぎりまで待て。そして、あいつのタマを蹴飛ばしてから逃げだすんだ。そのままガソリンスタンドへ逃げこめ。ドライブの途中で家族に置き去りにされたみたいなふりをして。クールエイド（清涼飲料の粉末）を手に入れて、髪を染めろ。シルクハットを買え。イタリア訛り（なま）で話せ。ごまかすことを学ぶんだ〟

　二人の男は三両先にいた。二人の話の断片やバラスを踏みしめる音が聞こえてきた。

「どうしたらいい？」ぼくはウィネベーゴに小声で聞いた。

「わたしをヴァレロと呼んでくれ」ウィネベーゴが小声で答えた。

「ヴァレロ？」

「そう、ヴァレロ」

「わかった、ヴァレロ。いったいどうしたらいいんだ？」ぼくは急き（せ）こんでいった。

「簡単だ」ヴァレロがいった。「うろたえるな。カウボーイはせっぱつまったときもうろたえないものだ」
「ぼくはカウボーイじゃないよ」ぼくは小声でいった。「カウボーイに見える？」
「まあな」ヴァレロがいった。「帽子はかぶってないが、カウボーイみたいに汚れてるし、目には飢えたような色が見えてる。その見かけをごまかすことはできない」
「ほんとに？」
　男たちは完全に声の届く距離に入っていた。隣の車両まできているに違いなかった。
　よし、カウボーイならどうする？　土壇場に追いこまれ、ぼくはウィネベーゴの助手席側のドアに死にもの狂いで取りついた。最初はやはりロックされているように思われたが、ラッチが外れる音がして、ドアがさっと開いた。ぼくは短い息をフッと吐きだした。誰がこれを開けたままにしておいたのだろう？
〝どなたか知りませんが、ありがとう、工場の人。グラシアス、そして、アディオス〟
　ぼくは重いスーツケースをできるだけ静かに持ち上げ、ウィネベーゴのぽっかり開いた口から引っぱりこむと、自分の後ろのドアをゆっくりゆっくり閉ざした。ドアが最後にカチッと閉まったとき、その音がやたらに大きく響いた。これが映画のシーンだったら、悪党が、ヒーローのひそんでいる場所へさっと目を走らせるところだ。このままだと間違いなくつかまってしまいそうだ。もう、まわりのぜいたくなウィネベーゴのインテリアをめでている暇などなかった。ぼくはカナリア色のカウチを通り過ぎ、後ろのバスルームへ走った。その隣は、鏡を取りつけたベッドルームで、キングサイズのベッドが備えられ、ベッドカバーにはテクニカラーのティートン山脈があしらわれていた。

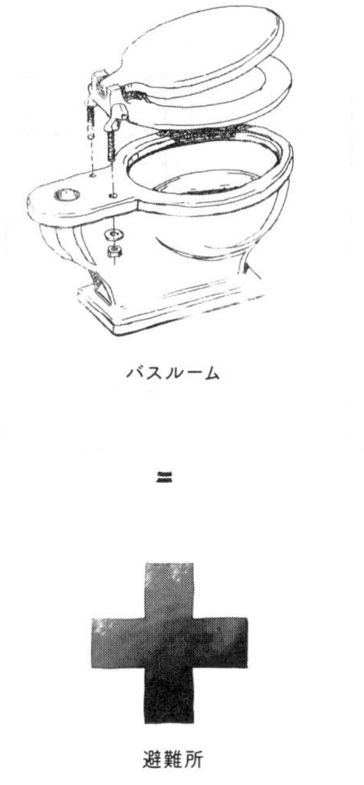

　ぼくは作法どおりにバスルームのドアを閉め、狭い空間の中で息を殺そうとした。荒い呼吸をしているときに、それはむずかしいことだった。壁越しに聞こえてくる声はくぐもっていたが、二人がますます近づいてきているのが感じられた。と思ううちに、二人は立ち止まった。どちらかが長物車の台上に飛び乗った。ぼくの額の真ん中を汗の玉が転がり落ち、鼻筋を伝い、鼻先に達した。しずくはそこで、様子

をうかがいながら飛んでいるテントウムシのように、ちょっと動きを止めた。左右の目を寄せたら、しずくが見えそうだった。アドレナリンが噴きだして、わけがわからなくなった状態で、ぼくは自分がこう信じているのに気がついた。もし、このしずくが床に落ちたら、バカでかいブルがポトンという音を聞きつけて、即座にぼくの位置を突きとめるだろう。

誰かがウィネベーゴのまわりをまわって、助手席の側に近づいてくるにつれ、車両の台がキーキーときしんだ。そのとき、ぼくはベッドルームのドアにのぞき穴のようなものがあるのに気がついた。寄り目になって息を殺したその時点で、ぼくはいつものような疑問の筋道をたどることができなくなっていた。なぜ、バスルームにのぞき穴がついているのかとか、そんなオプションをつけておくというのは、家庭内でどんな危ない場面が繰りひろげられると見込んでいるのかとか——それよりも、鼻先の汗の小さな光と、哺乳動物でいながら息をしないでいることのむずかしさに気を取られた。ぼくはこう思っただけだった。〝よし、のぞき穴があるのなら、ぼくを殺してやろうと思っている連中が、ほんとうにぼくを殺すのかどうか見てやろうじゃないか〟

ぼくはのぞき穴に目を押し当てた。汗のしずくが床に落ちた。息が止まりそうになったが、それは汗のせいではなかった。穴を通じて見たもののせいだった。バカでかい警備員——ほんとうにでかかった！丈だけでなく幅もあった。ブルは顔をウィネベーゴの側面の窓の着色ガラスに押しつけていた。中をのぞくために、両手を目の上にかざしながら。そのゴリラのような手とバカでかい頭の真ん前の床には、ぼくのはちきれそうなスーツケースが置いてあった。

ブルはなおしばらくガラスに張りついていた。途中、一方のてのひらでガラスを拭った。その手のなんとでかいこと！　ぼくは小さなスズメが彼の指に止まっているところを想像した。

巨人とスズメ
ノートG101から

ブルは片手でガラスを拭うと、またのぞきこんだ。ぼくは彼がスーツケースを目に留めるのを待った。表情を変えるのを待った。〝何だ、こりゃ？　おーい、こっちへきてくれ……〟

何でぐずぐずしているのだろう？　ナルコレプシー（眠気の発作を生

じる睡眠障害）なのか？　大女の妻に、ここにあるようなものを買ってやろうと考えて、寸法を目測しているのか？　スーツケースを見つけて、ぼくを殺しにくるのでなければ、さっさといってくれ！　とにかく、こんなふうに立ち往生はしないでくれ！　永遠とも思われる時間が過ぎたあと、ブルはようやく窓から巨体を引き離し、ぼくの視界から消えた。

「ヴァレロ」ぼくはささやいた。「いるの？」

「ここにいる」

「きわどいところだったね？」

「ああ。あんたが心配だった。しかし、あんたは抜け目のないテロリストだな」

「テロリスト？」ぼくはいった。けれども、テロリズムの定義についてウィネベーゴと議論する気にはなれなかった。相手がぼくを悪党と思うなら、それでけっこうだ。

ディロンに停まっている時間が長くなるにつれ、信号に悪さをした犯人が見つからない限り、列車は発車しないだろうという気がしてきた。しかし、案外そうではなくて、怪物めいた警備員が機関士とともに一両ずつ点検していくのに時間がかかっているだけなのかもしれなかった。このまま列車を降りて、町へ歩いていって、ミルクセーキを買って、タクシーを拾って、うちに帰るという魅力的な選択肢を急に思いついたちょうどそのとき、エアブレーキが緩む音が聞こえ、列車がガタンと前にのめった。

「聞いた、ヴァレロ？」ぼくはいった。「また動きだしてる！　ワシントンDCへ出発だ！」

ぼくはバスルームに留（とど）まって、３００と４つ数えた。３０４というのは、数えるのに都合がよくて安全な数のように思われた。

なぜ、304か？

実のところ、なぜ、この数字がぼくに合っているのか、よくわからない。なぜ、304で、300ちょうどでないのか？　ぼくたちはいつも頭の中でこんな個人的な基準をつくりだしている。中には、世間にひろまって揺るぎのない経験則になっているものもある。食べ物を地面に落としても、これ以内なら拾って食べても大丈夫という〝三秒ルール〟とか、先生がこれ以上、授業に遅れてきたら、教室から出て休み時間にしてもいいという〝十分ルール〟（これはバースタンクという女の先生の授業のときに一度だけあったけれども、びっくりしたことに、先生はアル中で、学年が始まって一ヵ月でクビになったという噂だった）など。

父は、もし、馬を最初の一、二週間で馴らすことができなければ、いつまでたっても馴らすことはできない、といっていた。母は、タイガーモンクビートルをいつまで探しつづけるか、心の奥で期限を決めているのだろうか、とぼくはいぶかっていた。二十九年？　人間の頭蓋骨の一本につき一年？　ぼくの先祖は西部にきてフィンランド語を捨ててしまったが、その言葉のアルファベットの一文字につき一年？　それとも、母は個人的な期限を決めていないのか？　もう探すことができなくなるまで探しつづけるのか？　探索をやめて、役に立つ科学の世界に復帰するよう促すようなことをぼくがいったり、したりできたらいいのだけれど。

ぼくはバスルームから、カウボーイコンドの豪華で優雅な雰囲気の中へと出ていった。はじめて、この新しい居場所をゆっくりあらためることができた。ダイニングルームの折りたたみ式のテーブルには、プラスチック製のバナナを入れたボウルが置いてあった。どのテレビにも、画面に大きな半透明のプラスチックのステッカーが貼ってあった。そこには、モニュメントヴァレー（アリゾナ、ユタ両州にまたがる奇観の地）のような景観を背景に、馬にまたがったカウボーイの漫画が描かれていた。頭の上の大きな吹き出しにはこう書いてあった。〝これがアメリカのウィネベーゴだ！〟

カウボーイコンドのインテリアのにおいには、新しい車のにおいと、かすかに甘いアルカリ性のチェリークリーナーのにおいが混じっていた。清掃の人がクリーナーを気前よく使いすぎたというふうだった。ぼくはポリエステルの敷物の上に立ち、まわりを見まわすうちに、何か不自然な感覚に襲われた。部屋には見慣れた心安いものがある一方で、まったくなじみのないものがでんと据えられていたのだ。今まで聞いたことはあっても会ったことはない奇妙な親戚がいて、そこのキッチュなドイリー（刺繡やレースの小さな敷物）を配したリビングルームに足を踏み入れたというような感覚だった。

「やあ、ヴァレロ、ここは家と変わりないね。すてきだな」ぼくはなるべく感じよくいった。相手の気分を害したくはなかった。

ヴァレロは返事をしなかった。

列車は前進していた。しばらくして、両側に山が迫ってきたかと思うと、切り立った崖の峡谷に入った。線路はビーヴァーヘッド川に沿った狭い隙間を上りはじめた。勾配がきつくなるにつれ、列車の速度は落ち、キーキーという摩擦音が大きくなった。ぼくは両側の山の頂（いただき）を見ようと、ウィネベーゴの窓から外をのぞいた。

列車はどんどん上りつづけた。一羽のアカオノスリ（タカの一種）が川の早瀬にさっと舞い降りた。獲物を追って、まるまる二秒は冷たい山の水の中に潜っていた。水面下ではどんな感じなのだろう、とぼくは考えた。大気の中で訓練を積んだ生き物が、今は液体に囲まれているのだ。ぎこちない訪問者といった感じなのだろうか？　ぼくが水中に潜って、池の底に光の斑点となってひそんでいる小魚を見つめたときのように。と思ううちに、ノスリはもう水面を引き裂いて空中に戻り、翼を激しく打ち振って、水滴を飛び散らせていた。くちばしには銀色の小魚を捕らえていた。完璧な脱出だった。ノスリはくるりと輪を描いた。それから、峡谷の崖に向かって飛んでいくのを、ぼくは目を凝らして追ったが、その姿はあっという間に見えなくなった。

なぜかはわからなかったけれど、ぼくは泣きだしてしまった。貨物列車で運ばれている無機質なウィネベーゴのカナリア色のカウチに座って、鼻汁をすすっていた。むせび泣くでもなく、女の子みたいに泣くでもなく、胸の奥底にわだかまっていた小さな悲しみのようなもの、湿って軟らかい器官の間に捕らわれていたものを、ゆっくり吐きだしていた。そこに座ったら、それが自然と外に出てきたのだ。開かずの間（ま）にこもっていた、むっとした空気を放出しているような感じだった。

頑固なビタールート山脈の水系パターン
ノートG12から

ぼくが見たどの山脈も、独自の雰囲気と表情を持っていた。

　やがて、外の勾配はゼロになった。景観が開けて、果てしなくうねりつづけるビタールート——つむじ曲がりの古い山脈——があらわれた。それは、葉巻をふかして、延々とポーカーを続けながら、くる病や戦時中の配給について眉唾ものの話を繰りひろげる意地悪なおじさんたちの集まりを思わせた。ビタールート山脈は頑固だったけれども、その頑固さは筋金入りだった。その山々が何頭ものクジラの背中のようになって、窓の外をゆっくりと流れるように過ぎていった。ショショーニ族がクジラを知っていたら、とぼくは本気で思った。彼らはあちらこちらにクジラにちなんだ名前をつけていただろう。ホエール・マウンテン＃1、スモールホエール・ヒル、ホエール鞍部（サドル）。

　列車は峠のてっぺんにさしかかっていた。自分が巨大なジェットコースターのいちばん高い位置にいて、これから始まる急な下り勾配を待ちかまえているような気がした。

　ぼくはウィネベーゴのドアから恐る恐る頭を突きだしてみた。再び列車のすさまじい轟音に迎えられた。中では音は消されていたが、外に出てみると、ギアがガチャガチャいう音や、列車を前進させている小さなパーツのすべてが動き、揺れる音と向かいあうことになった。絶え間ない金属のうめき、甲高い叫び、そして、〝どうしても（マスト・ウィ）？　どうしても（マスト・ウィ）？　どうしても（マスト・ウィ）？〟というすすり泣き。無数の小鳥が耐えがたい痛みに苦しんでいるようだった。

　額に突き当たってくる空気は冷たく薄かった。線路から上のほうへひろがっているベイマツの林の澄んだ、すがすがしいにおいを嗅ぐことができた。ここがハイカントリーだ。オープンカントリーだ。

　列車は峠のてっぺんで一息ついているという感じだった。頂上に達したことの意味が、ぼくにもわかってきた。

「ヴァレロ！」ぼくはいった。「これが分水嶺なんだ！　ぼくたち、分水嶺を越えているんだ」

このあたりの分水嶺は、コパートップ付近の穏やかでやさしげな斜面よりも、はるかにドラマチックだった。ここモニダ峠は、地質学的には、注目される活動を数多く見てきた場所だった。巨大なバソリス（大規模な深成岩体）の厚板が何百万年もの間に二つに割れ、大陸プレートが持ち上がり、潜りこみ、岩盤の下で煮えたぎる怒ったマグマの層がモンタナ西部の息をのむような地形をつくりあげたのだ。〝ありがとう、マグマ〟ぼくはそう思った。

ぼくは空気を大きく吸いこんだ。列車は標識を通り過ぎたが、危うくそれを見過ごすところだった。

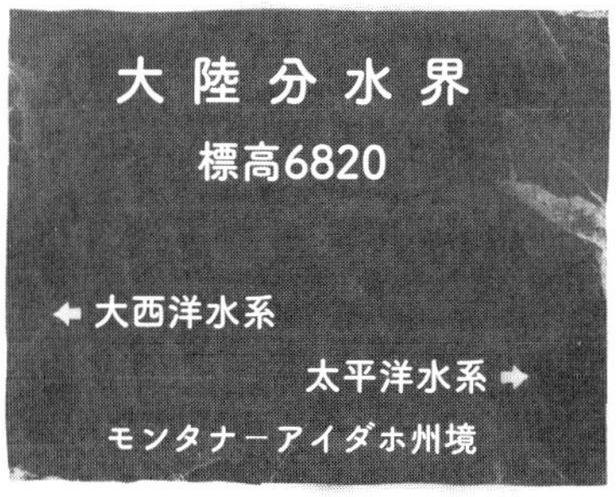

ぼくは思わずにっこりした。大陸分水界が西部と東部を分ける究極の境界であるならば、ぼくは今、公式に西部に入ったということだ。うちの牧場は、大陸分水界が西のほうへぐるりと輪を描き、大きな親指状のビッグホール盆地を大西洋水系に囲いこんでいるあたりのすぐ南にあった。ということは、コパートップはその象徴的な境界線のすぐ東に位置しているということだった。ということは……

〝お父さん、ぼくたち、東部人だよ！〟ぼくは大声でいいたかった。〝そのニューイングランドクラムチャウダーをまわしてよ！　聞こえたかい、レイトン？　おまえは東部のカウボーイだったんじゃないか！　うちの先祖はほんとうの西部にはたどり着かなかったんだ！〟

コパートップは東部の牧場？
ノートG101から

しかし、少なくとも、ここでは、バンクスマツが茂るこの峠のてっぺんでは、どちらを向いてもロッキー山脈がひろがっていて、二つの境界——一つは自然の、一つは政治の——が一つに合わさっていた。ぼくにとって、大陸分水界というのは、一貫して、議論の余地のない静かで重い境界だった。おそらく、それはただの〝西部〟から、真の〝極西部〟を区切ってきたのだ。だから、これは象徴的な意味で適切だと思われた。つまり、ぼくが東部にいく前に、極西部を通過しなければならないということは。

ぼくはアーサー・チャップマンの詩の一節を思いだした。

新たに世界がつくられているところ、
絶望した心の痛みにめげないところ
そこが西部の始まりなのだ

詩人には、たったこれだけの基準で十分なのかもしれないが、ぼくのような経験主義者にはどうなのだろう？　実際、希望に満ちた西部が始まり、独善が鼻につく東部が終わる魔法の線というのはどこにあったのだろう？

ぼくはスーツケースからカメラを出して、スクラップブック用に大陸分水界の標識のスナップを撮ろうとした。けれども、たいていの写真がそうであるように、こちらの準備が間に合わず、思い描いていたイメージは撮れなかった。ぼくはスクラップブックが事後に撮られた写真ばかりで占められてしまうのではないかと心配した。世のどれほど多くのスナップが実際には事後に撮られたものなのだろう？　撮影者はシャッターを押すべき瞬間をとらえられず、かわりに、それに続く笑いや反応、波紋のような破片をとらえてきたのだ。写真がすべてそういう残骸だったので、そして、今はレイトン本人でなく写真しか見られなかったので、ぼくの頭の中では、狙っていた瞬間の反響が、その瞬間そのものにだんだんと取って代わっていた。ぼくはレイトンが屋根の上でラジオフライヤーワゴンに乗って危なっかしくバランスをとっていたのは思いだせなかった。けれども、それに続く転落、曲がったワゴン、四つんばいになったレイトンはおぼえていた。レイトンはおでこを地面に押しつけて痛みを隠そうとしていた。ぼくが知っている限り、レイトンは一度も泣いたことがなかった。

直後の瞬間
靴箱製カメラ3から

空中のリスに飛びかかろうとしているレイトンの写真（撮るのが一秒遅かった）。

列車がポカテロに着いたときには、あたりはもう暗くなっていた——明るい照明を浴びた看板が〝ほほえみの町〟と告げていた。ポカテロでは悲しそうにしているのは習わしに背（そむ）くというのを、前にどこかで読んだことがあった。けれども、ぼくはとても悲しかった。一つには、食糧がますます重大な問題になってきたからだ。そもそも、持ってきたものが絶対的に少なかった。それと気づかないうちに、最後のニンジン一本ももう食べてしまっていた。さよなら、ニンジン。ぼくたち、ほとんど知りあわないままで終わってしまったね。

ぼく、というか、ぼくの胃が決断した。思いきってポカテロの町へ出ていって、チーズバーガーを買おう。それから、列車が停まっているうちに、できるだけ早く駆け戻ろう、と。その遠征の所要時間は、最大で十五分と思われた。最寄りのマクドナルドがどれほどの距離にあるかによるが、ぼくはごく間近と見込んだのだ。貨物操車場とゴールデンアーチ（マクドナルドのシンボル）は切っても切れない仲だった。用足しが簡単に終わると確信しているしるしとして、ふくらんだスーツケースと持ち物の多くはウィネベーゴの中に置いていくことにした。

ただし、五つのアイテムだけは身につけた。地図屋は完全な丸腰で外の世界に出るわけにはいかない。

ぼくはウィネベーゴのドアをそろそろと開けた。シールが剝がれて、ドアのゴムの裏張りがベリッという音を立てた。ぼくは動きを止め、耳を澄ませた。ハンマーが金属を打っているような不規則なドンドンという音が聞こえた。線路と並行している道路に再びブンブンという音が響き、車のヘッドライトが通り過ぎていった。ハンマーのような音がしばらく止んだ。すべてが静かになった。と思うと、ドンドンという音がまた始まった。もう耳慣れたせいで、今度は不安を感じなかった。

ぼくは用心しながら長物車の短いはしごを下りた。前にこのはしごに気づいていたら、バルカン諸国の体操選手並みに連結器を這い上がったりはしなかったのに！　はしごの桟（さん）は冷たく、つかもうとするとつるつる滑った。〝こんなにぽっちゃりした地図屋の手じゃ！〟ぼくの両手はヤナギ材のように白かったけれども、きょう一日で牧場での一年よりもよく働いていた。ぼくはもう、にやけたしゃれ男などではなかった。

ぼくが乗ってきた列車は、両側の側線の二本の列車に挟まれて停まっていた。ぼくが隠れていた車両の両側には、眠っている有蓋車の黒く大きなシルエットがぼんやり見えていた。ぼくは左に折れ、列車と列車の間を忍び足で歩いて、北へ向かった。その方角にマクドナルドがあると見当をつけたのだ。占い棒（水脈や鉱脈を探るのに使った二股の枝）はなかったが、ぼくぐらいの年の男の子なら、最寄りのファーストフードの店の位置を突きとめる第六感を授けられているのがふつうだった。

貨車三両分いくかいかないところで、背中に誰かの手が触れるのを感じた。ぼくは空中に三フィートは飛び上がった。はずみで、磁石とノートを取り落とした。〝なんて反射神経が鈍いんだ！〟ぼくは振り向いた。頭に突きつけられた銃と、革ひもを引っぱりながら、ぼくの膵臓（すいぞう）を食いちぎろうと舌なめずりしている獰猛な警察犬と対面するのを覚悟して。

薄明かりの中で、ぼくの前に立っていたのは小柄な男だった。身長はぼくより二、三インチ高いだけだった。男は野球帽をかぶって、食べかけのリンゴを手にしていた。ぶかぶかのカーゴパンツにはポケッ

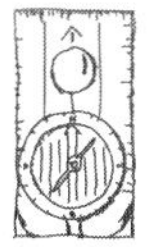

1. 磁石

2. ノート

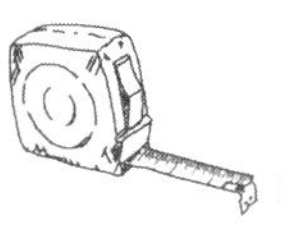

3. 巻き尺

4. 虫眼鏡

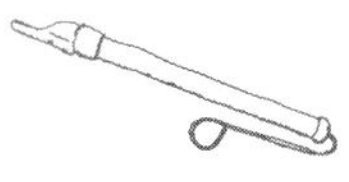

5. 鳥笛

ぼくがポカテロのマクドナルドに持っていったものの目録
ノートG101から

トがたくさんついていた。グレーシーが二、三年前の冬にはいていたようなパンツだった。背中にはリュックサックをしょっていたが、そこからはいろいろな棒が四方八方へ突きだしていた。
「ハウハウ」男はそう声をかけながら、まったくかまうふうもなくリンゴを一口かじった。「どこへいくんだ?」
「ぼく? えーと、うーと、ちょーと」ぼくはいった。まだ動悸がおさまっていなかった。自分でも何をいっているのかわからなかった。
　男はぼくのいうことを聞いていないようだった。「おれはちょうど降りてきたところなんだ。こいつはシャイアンへいく。そのあとオマハへな」男は、ぼくが降りてきた列車のほうへ親指を突きだした。「それから、こいつはオグデンとヴェガスな」そういって、ぼくたちの左側の列車を指した。そのあと、自分の質問にぼくが何も答えていないことに気づいた。「で、どこへいくんだって?」
　革ひもを引っぱりながら待ちかまえている警察犬の幻はもう消えていて、ぼくは初歩の英語が話せるようになっていた。「ぼくは……ワシン…… DCへ」もぐもぐとそういった。
「DC?」男は低く口笛を吹いて、またリンゴを一口かじった。それから、薄明かりの中で、ぼくを頭のてっぺんから爪先までじろじろ見た。「はじめてか?」
「そう」ぼくは頭を垂れた。
「おいおい、べつに恥ずかしいことじゃないって!」男はいった。「誰だって、はじめてってことはあるんだから。トゥークラウズだ」男は手を差しだした。
「トゥークラウズ?」
「おれはそう呼ばれてるんだ」
「ああ」ぼくはいった。「あなた、インディアン?」
　トゥークラウズは笑った。「映画の中でいうみたいないいかただな。おれはクリー(カナダ南部からモンタナ州に分布するインディアンの一種族)っていうか、少なくとも部分的にはクリーなんだ……おやじは白人、イタリア人な。ジェノヴァの出の」ジェノヴァを強調していった。
「ぼくはテカムセ」
「テカムセ?」トゥークラウズはぼくに疑いの目を向けた。

「そう」ぼくはいった。「それが家族に伝わる名前だから。男はみんな、テカムセっていうんです。ぼくはテカムセ・スパロー」

「スパロー？」

「そう」ぼくはいった。なぜか、話しているうちに、今の状況を恐れる気持ちは薄らいできた。それで、先を続けた。「ぼくの母がいってたんだけど、ぼくが生まれたその瞬間、飛んできたスズメがキッチンの窓にぶつかって、床の上で死んじゃったんです。どうしてぼくが生まれたその瞬間ってわかったのかは知らないけど。だって、母はぼくをキッチンで産んだわけじゃないみたいだから。たぶん、嘘をいったんじゃないかな。とにかく、ドクター・クレアはそのスズメの死骸をビリングズの友だちのところに送ったんです。その人は鳥の骨格を標本にする専門家で、ぼくの一歳の誕生日に、その骨格を贈り物としてくれたんです」その骨格は今、列車にあるんだけど、といいたいところだったがいわなかった。

「スズメのこと、くわしいのか？」

「ええと、あんまり」ぼくはいった。「スズメはとても攻撃的で、ほかの鳥を蹴って巣から追いはらうっていうことは知ってるけど。それから、スズメはどこにでもいるってことも。ときどき、自分がスパローなんて名前じゃなかったらよかったのにと思うこともあります」

「なんで？」

「ホイッパーウィル（ヨタカの一種）とか、キスカディー（タイランチョウという小鳥の一種）だって、ありえたのに」

「だけど、スズメで生まれたんだ」

「そう」

「ただのスズメじゃなくて、テカムセ・スパローだ」

「そう。略してＴ・Ｓって呼んでもらってもいいけど」

「マツの木とスズメの話は知ってるか、Ｔ・Ｓ？」

「知りません」ぼくは首を振った。

　トゥークラウズはリンゴを最後に一かじりすると、芯を列車の向こうへ優雅に放り投げた。彼がリンゴの芯を投げつづけるなら、一日中でも見ていられそうだった。トゥークラウズは両手をシャツで拭うと、ぼくの目をまっすぐにのぞきこんだ。「そうか、それはな、おれが子どものころに、ばあさんがしてくれた話だ」トゥークラウズはそこで間をおいて、今度は口を袖で拭った。「ついてきな」

ぼくはトゥークラウズについて一両の有蓋車のほうに向かった。操車場の明るい照明のすぐ下に。

「見つからないですか？」

トゥークラウズは首を振り、その有蓋車の扉のそばで両手をあげた。魔法を使って扉を開けようとしているのかと思った。というのは、トゥークラウズが指を妙な具合に組み合わせたからだ。ぼくは待った。

「見えるか？」トゥークラウズがいった。

「何が？」ぼくは聞き返した。

「影がさ」トゥークラウズはいった。

もちろん、影が映っていた。みごとなスズメの影が、有蓋車の錆びた壁をよぎって飛んでいた。

トゥークラウズが両手を離すとスズメは消え、壁は錆びているだけで何もない元の状態に戻った。

トゥークラウズは一瞬、目を閉じてから、また話しはじめた。その声は深く響きわたった。「昔……重い病気のスズメがいた。そのスズメは家族とともに南にいくことができなかった。それで、自分は隠れ家を見つけて冬を越すから春になったら再会しよう、といって家族を送りだした。スズメは息子の目を見つめていった。〝きっと、また会おう〟息子はその言葉を信じた」

スズメの影
ノートG101から

トゥークラウズは父スズメになりきって、息子スズメの目を見つめた。そして、先を続けた。

「スズメはオークの木のところにいって、冬の間、寒さをしのぐために枝か葉に隠してもらえないだろうかと尋ねた。だが、オークは断った。オークっていうのは小さな者には冷たくて厳しい木だ、とばあさんがよくいってたな。うちのばあさん……」トゥークラウズは話をやめ、一瞬、迷っているふうだった。そして、首を振った。

「すまん」トゥークラウズはいった。「で、そのあと、スズメはカエデの木のところにいって、同じことを頼んだ。カエデはオークよりは親切だったけれど、やっぱりスズメをかくまうのは断った。スズメは出会う木のすべてに、命取りになる寒さをしのぐ宿を貸してくれないかと聞いてみた。ブナ、ポプラ、ヤナギ、ニレ。みんな、答えはノーだった。信じられるか？」

「信じられるかって、何を？」ぼくは尋ねた。

「だめだ」トゥークラウズはいった。「質問したからって答えなくていい。それは話の一部なんだ」

「そうか」ぼくはいった。

「それで、初雪がきた」トゥークラウズはいった。「スズメは必死だった。最後に、マツの木のところに飛んでいった。〝冬の間の宿を貸してくれませんか？〟スズメは頼んでみた。〝だが、わたしはあんまり守ってあげられないよ〟マツはいった。〝針みたいな葉しかないから、風も寒さも通してしまうからね〟〝それでもいいんです〟スズメは震えながらいった。それで、マツもうんといった。やっとのことで！　それで、何がわかる？」

　ぼくは口に封をして、返事をしなかった。

「木に保護されて、スズメは長い冬を生き延びた。春がきて、丘には野生の花が咲き、スズメは家族と再会した。息子は大喜びした。父親とまた会うことができるとは思ってもいなかったんだな。神はこの話を聞かれると、木々に対してお怒りになった。〝おまえたち、難儀している小さなスズメをかくまってやらなかったのか〟神はおっしゃった。〝申し訳ありません〟木々はいった。〝おまえたち、このスズメのことを忘れるでないぞ〟神はおっしゃった。その後、神はすべての木が秋になると葉を失うようになさった……いや、ほとんどすべての木が、だな。というのは、かわいそうな小鳥に親切にしたマツの木は、冬の間もずっと、短い針のような葉をつけていられるようになったからだ」

　トゥークラウズは話を終えた。「この話、どう思う？」

「よくわかりません」ぼくはいった。

「だけど、いい話だろ？」

「うん。話しかたもとても上手だったし」ぼくはいった。

「実をいうと、この話に出てくるのがスズメだったか、ほかの鳥だったか、自信がないんだ。近ごろ、めっきり記憶力が落ちてな」

　ぼくたちはしばらくの間、黙っていた。ハンマーがガンガン鳴る音

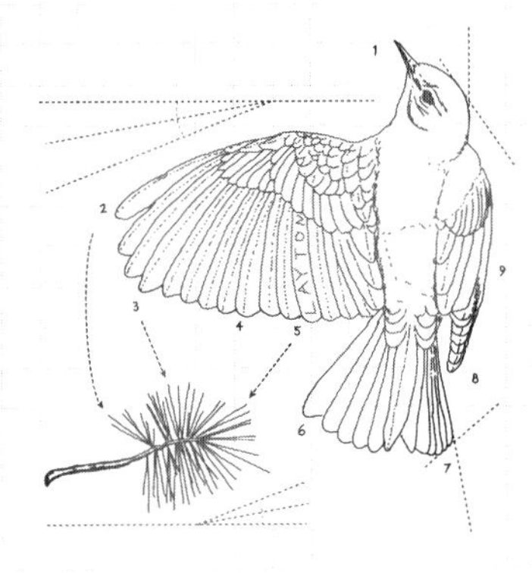

トゥークラウズの話の図
ノートG101から

その後、暇をみて、さっと計算してみたところ、マツの葉の保温性ではスズメを助けられないとわかった。いい話ではあったけれども、トゥークラウズのおばあさんは嘘をいったのだ。

と、列車がシューシュー溜め息を漏らす音の中で、鳥たちのことを考えながら。そのあと、ぼくは尋ねてみた。「もう、ずいぶん列車に乗ってるんですか？」
「家出してからずっとな。かれこれ……いや、ほんとにわからん。こういうところじゃ、一年一年っていうのはあんまり意味がないんだ。年よりも、むしろ季節に注意するようになる」
「これからどこへいくんですか？」ぼくは聞いてみた。
「うん、あのな――ヴェガスっていうのは、たしかにいい響きがある。おれはふつう、部族のカジノにしかいかないんだ。ていうのは、インディアンカードだったら、二、三回はただでやらしてくれるからな。因果はまわってくるもんだ」トゥークラウズは指で奇妙なしぐさをしながら、そういった。ぼくはわかる、わかると訳知り顔でうなずいた。
「だけど、おれな、しばらく、ヴェガスらしい遊びはやってないんだ。スロットマシーンをガチャガチャやるくらいで。コインをどんどん入れてる間は、ウェートレスがただのウイスキーを振る舞ってくれるけどな」
　ぼくはまたうなずいて、にっこりした。カジノ通いの日々を思いだすとでもいうように。
「この商売のいちばんいいとこは、途中でとんでもないものに出くわすってことだ。おれにしても、何だって見てきた。フロリダじゃ、ワニと格闘するショーをやってる一家と出会ったことがある。そんなとんでもないことを四世代だか続けてるんだと。イリノイじゃ、鳥の大群が生きた人間をむさぼり食うのを見た。いや、冗談でも何でもない。この国じゃ、ラジオでもいわないようなことが山ほど起きてるんだ。
　ああ、そうだ、それで思いだした。余分な電池、持ってないか？」トゥークラウズが聞いてきた。「ラジオがゆうべ、切れちまったんだ。おれ、きょうはもう死にそうだった。おれにはトークラジオ（電話やおしゃべりで構成されるラジオ番組）がなくちゃならないんだ……認めたくはないんだが、おれな、ラッシュ（カナダのロックバンド）にぞっこんなんだ」
「ごめんなさい」ぼくはいった。「磁石ならあげられるけど」
　トゥークラウズは笑った。「おれが磁石がいるような人間に見える

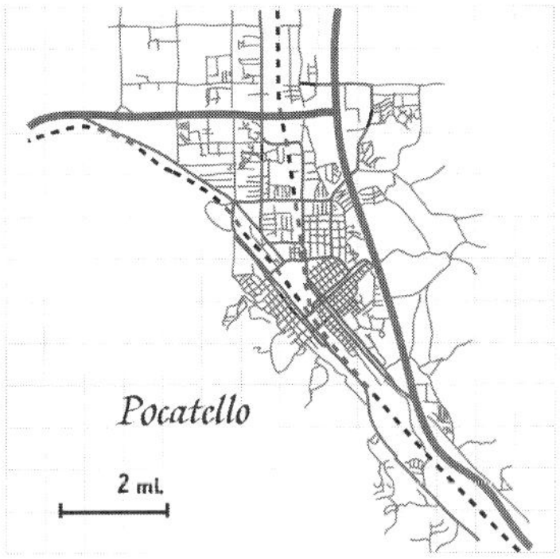

心配無用、子どもたち、
ポカテロにもマクドナルドはある
ノートG101から

か？」

「見えません」ぼくは認めた。「じゃ、鳥笛はどうですか？」

「見せてくれるか」

　ぼくは鳥笛を見せた。トゥークラウズはそれを両手でいじくりまわしていたが、外に向けた小指でスライドをすばやく動かして、ヒューッという音を立てた。トゥークラウズはにっこりした。

「これ、もらっていいか？」トゥークラウズがいった。

「どうぞ」

「じゃ、お返しに何をやろうか？」

「だったら、この近くでマクドナルドがどこにあるか、教えてくれませんか？」

「あっちの交差点のすぐ右にある」トゥークラウズはそういって、北を指さした。「保線の連中が休憩にいく店だ。おれはポーキーの連中をみんな知ってる——テッド、リオ、フェリー、イスター、アンガス。いいやつらだ。あんたやおれみたいに。ブルだってそんなにひどいやつじゃない。O・J・ラルークな。おれたちは　ジュース″って呼んでる。やつはそう呼ばれるのが好きなんだ。〝ジュース″って。やつはポルノも好きだ。そんなことで、おれたちはうまくつきあってるってわけだ」

「どうもありがとう」ぼくはその場を離れかけた。「そうだ、この列車、何時に出るかわかります？」

「ちょっと待てよ」トゥークラウズはいった。鼻歌を歌いながら、携帯電話を取りだして、どこかにかけた。すぐあとに、列車をちらりと見て、また数字を打ちこんだ。

「何してるんですか？」ぼくは聞いてみた。

　トゥークラウズは黙っているようにと指で合図した。待っているうちに、携帯がビーッと鳴った。トゥークラウズがいった。「２３時１２分発だと。ちょっと時間があるな」

「どうしてわかったの？」ぼくは尋ねた。

「ホーボーホットラインだ」

「ホーボーホットライン？」

「ああ、そうか、あんたは新米だったな。忘れてた。うん……昔とはちょっとばかり時代が変わってるからな。今じゃ、ホーボーにもテクノロジーがある。メインフレーム（企業の基幹業務に用いられる大型コンピューター）にアクセスできる男がネブラスカにいて―― UP（ユニオンパシフィック鉄道）に勤めてるって話だが――誰もほんとのところは知らない。全部、秘密なんだ。で、そいつが流れ者のためにちょっとしたサービスを立ち上げたんだ。ホットラインにダイヤルアップして、車の識別番号を打ちこむと」トゥークラウズは有蓋車の側面を指さした。「その車がいつ、どこへいくかを教えてくれるんだ。かなり便利だ」

「へえ」

「そうなんだ」トゥークラウズはいった。「ものごとは進化してる。人々はりこうになってる。インディアンもりこうにならなきゃ、生きていけない」

　トゥークラウズはポケットに手を突っこむと、ボールペンと紙切れを取りだした。その紙切れに何かを書いて、ぼくによこした。「これがホットラインだ。困ったことになったら、それを使え。だけど、もし、誰かに見つかったら、その紙切れは燃やしちまえ……もっといいのは、食っちまうことだ」

「ありがとう！」ぼくはいった。

「どうってことないさ。笛をありがとよ。おれたち流れ者はお互いに面倒みないとな」

　ぼくは今や、〝おれたち流れ者〟の一人になっていた。

「自分の進む道が見つかるといいな」トゥークラウズはいった。「厄介があるとしたらシカゴだろう。あのでっかい街な。物騒なことがあるかもしれん。いいか、青と黄色の CSX（鉄道会社）の貨物をつかまえるんだ。CSX は東へ向かってるから。それから、ホットラインを使え。もし、電話がなかったら、じかに聞いてみればいい。保線の連中はたいてい、いいやつらだ。とくに、ビールをおごってやったらな。あんた……おごったりするには若すぎるみたいだが。いくつなんだ？」

「十六です」ぼくはいった。後ろめたさのあらわれのちくちくする痛みが顎に走った。嘘をつくと、決まって臼歯がうずくのだ。

トゥークラウズは驚いたふうもなく、うなずいた。「おれがこの商売に入ったのが、だいたいそのくらいの年だった。ばあさんが死んで、おれは家を出たんだ。今でもまだ何となくガキみたいな気分が残ってる。ただ、それをなくすんじゃないぞ。それがおれのアドバイスだ。世間は何かとあんたをひどい目にあわせようとするだろう。だけど、これからの人生で、十六のときのかけらでも手放さずにいられたら、ちゃんとやっていける」

「わかりました」ぼくはいった。この男がしろということなら何でもするつもりになっていた。

「トゥークラウズだ」彼はそういって、指を二本立てた。

「さよなら、トゥークラウズ」

「さいなら、スパロー。あんたのマツの木が見つかるといいな」

線路沿いに歩いていると、鳥笛の音が緩やかに上がったり下がったりしながら暗闇の中へ遠ざかっていくのが聞こえた。

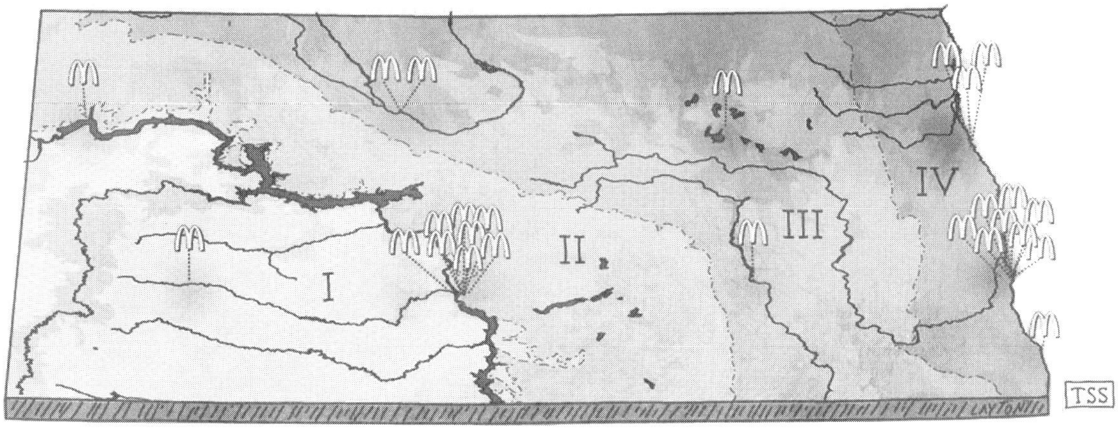

生物地理学的地域、地表水、マクドナルド二十六店の
位置を示したノースダコタの地図

〜 コーリス・ベネフィデオ氏へ 〜

生物地理学的地域

I　北西グレートプレーンズ
II　北西氷河平原
III　北部氷河平原
IV　アガシ湖平原

第6章

〝ありがたきかな、マクドナルド、その祝福されし三叉（みつまた）の光〟ドクター・クレアは、ぼくたちがフラッツのハリソンアヴェニューのミッキーD（マクドナルドのこと）で食べるのを許さなかった。けれども、なぜ、出入り禁止なのか、はっきりした理由はわからなかった。ぼくとレイトンが隣のマロンズ・パスティーショップ（パス・ティーと発音する）で食べるのには、何の文句もいわなかったのに。そこは青と白の格子縞の狭苦しい店で、隣よりももっと動脈硬化を起こしそうな食べ物を出していた。

ミッキーDのバンズに対する批判の基準について、ドクター・クレアを問い詰めたことがあったが、彼女はこういうだけだった。「なにしろ、たくさんあるから」それで意味が通じるとでもいうように。その論理はわかりにくかったけれども、ドクター・クレアはぼくの母親でもあった。母親の仕事の一つはルールをつくることであり、子どもの仕事の一つはそのルールに従うことだった。たとえ、そのルールがどんなに無意味なものであっても。

マロンズでパスティーを食べていても、ぼくは駐車場の向こうのプラスチックのアーチに見とれていた。金色というよりも黄色のそれに、激しく心をそそられたのだ。ぼくはマクプレイグラウンド（マクドナ

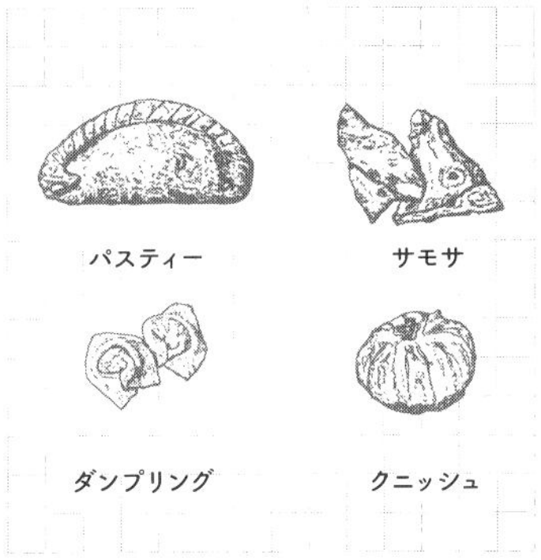

食べられる袋
ノートG43から

パスティーはコーンウォールの炭鉱労働者から伝えられた。ヘルシーなグレービーをかけたポテトと肉を、パン生地の袋できれいに包んだものだ。しっかりした袋の中にそういうものをみんな閉じこめて、炭鉱労働者が汚れた手でも持つことができる便利な食事にしたというわけだ。〝食べられる袋〟は、海を隔てたいくつかの文明の中で、それぞれにつくりだされた。それは、単純で応用がきくアイディアが自然に選択されるという、よい証拠だった。つまり、こういうことだ。食べ物を持ったままで食べたいという欲求は、どこの人々も変わりなかったのだ。

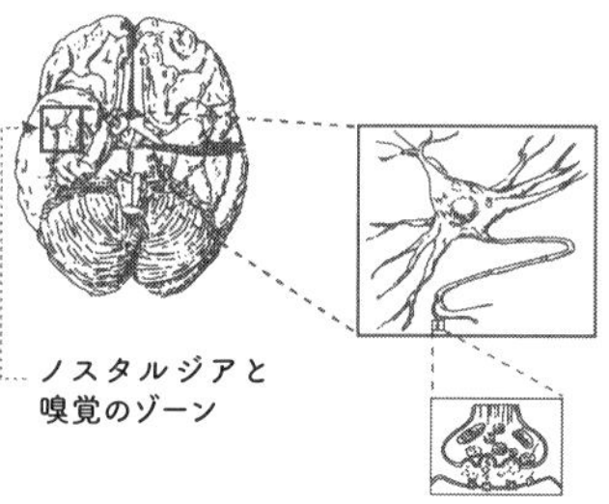

ルド店内の遊戯施設）の滑り台でころげまわる小さな子どもたちに、あるいは、ドライブスルーの左まわりの半円に次から次へと入ってくるピックアップやミニバンに見とれた。店は理屈ではない磁力を持っていた。その磁力はぼくだけでなく、国じゅうの十二歳のほとんどが感じるものだった。けれども、ぼくは仲間たちと違って、科学者の目で、その牽引ビームの構成要素を分析して明らかにしなければならなかった。まさにそのビームがぼくの筋肉を動かして、赤と黄色とオレンジの悦楽の中へ向かわせているそのときでさえも。ちなみに、前に読んだところによると、この三色は食欲を増進するということだった（調査では〝イエス〟という結果が出ていた）。

ぼくは広告の専門家でも何でもなかったけれど、マクドナルド周辺での自分自身の行動を観察した結果、その場所がいかにしてぼくの切望という障壁に浸透してくるかについて、当座の仮説を描いてみたことがあった。そこにはさまざまな感覚への訴求が三とおり働いていた。

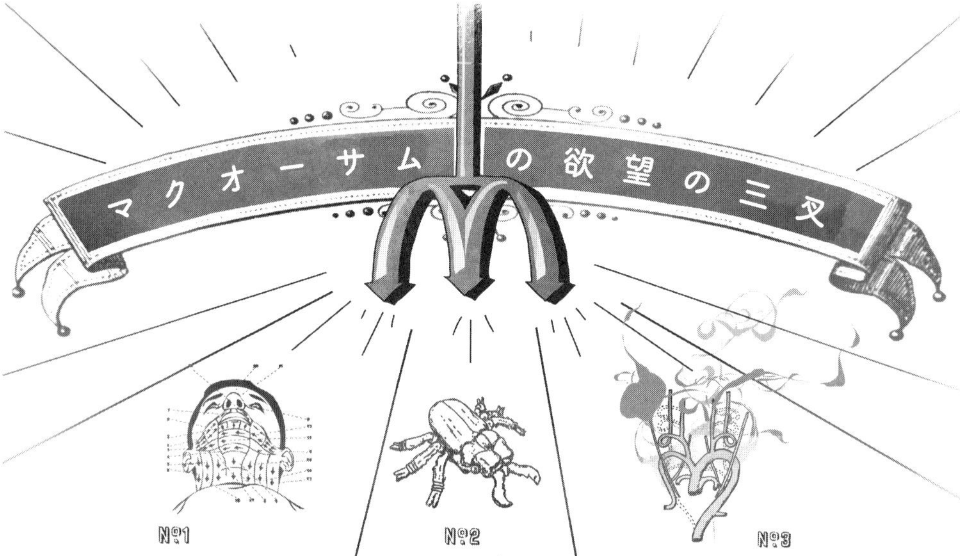

№1
におい

フライヤーのにおいは、おいしいフレンチフライをつくるのにとても役立っている。そのにおいはいつもしているわけではなかったが、子どもは折々このにおいに触れて、マクドナルドの店を見るたびに、嗅皮質にそれを感じるようになっている。そのにおい自体は、ニュージャージーターンパイク沿いのにおいと味の工場で、好ましさを最大限に引きだすよう考案され、人工的に合成されたものだ。同じにおいの分子はベーコンにも使われているに違いなかった。なぜなら、ベーコンもぼくに同じ反応を引き起こし、ぼくを空腹で目をぎょろつかせた少年に変身させる引き金になるからだ。

№2
ノスタルジア

プレイグラウンドと、お子さま向けのハッピーミールのおまけのおもちゃの存在。ぼくは自分が小さな滑り台で遊んだり、パーツが動かないちゃちな人形で喜ぶには年を取りすぎていると知っていた（ただ、前にもらった甲虫型のビートルボットは、今でも洗面所の戸棚に置いている）。とはいえ、そのどちらもが、すでに芽生えていたぼくのノスタルジア、それらのアイテムになじんでいた時期へのノスタルジアの感覚に訴えかけてきた。それこそが、そういったものが伝染性を持つ理由なのだ。それらは、思春期が始まる前の単純な時期へ、成人期の静かな重圧が角の向こうで待っているということもなかった時期へ、ぼくたちを呼び戻す旗じるしとなった。曲がりくねった滑り台や、ちゃちな人形は、時間に逆らう手立てだったのだ。

№3
アーチ

金のアーチは、単にブランドを認識させるにとどまらない基本的なシンボルだった。ショショーニ族の神話では、あらゆる生命は〝空の世界〟に源がある。それは、カメの背に乗る地母神の頭上の巨大なアーチとして描かれている。ぼくたちの心臓にも大動脈弓と呼ばれるアーチがあり（ハートのシンボルの起源）、それを通じて全身に血液が送りだされている。アーチズ国立公園でその例が見られるように、自然が岩石の層の浸食や特異な堆積によってアーチをつくることもある。ぼくは公園の岩石のバランスを実際に見たことはなかったけれど、《サイエンスマガジン》用に小さな図を描いたことがあった。ただ、《サイエンス》もやはり、ぼくがまだ十二歳で、ハッピ ミ ルのおまけのビ トルボットを大事にしていることは知らなかった。

自分が今、公式には家出人という身分だったせいか、ポカテロ操車場と隣りあうマクドナルドに入っていくと、〝マクオーサム（恐るべきマクドナルドのような意）の欲望の三叉〟がもろに働きかけてきた。ぼくたちはドクター・クレアの運転でフラッツのハリソンアヴェニューに出かけることがときどきあったが、次から次へとショッピングモールを通り過ぎていくうちに、悲しい、沈んだ気持ちにさせられた。けれども、そんなアメリカの荒野が利便の殿堂に変わってしまうことへのどこか後ろめたい気持ちも、例の三叉の魔法にあうと、たちまち消えてしまうのだった。

今、ビュートの南二百五十マイルの〝ほほえみの町〟で、ぼくはカウンターの上で輝く絵入りの華やかなメニューに近づいて、標的を見つけると、それを指さした。と思ったら、実は巻き尺でメニューを指していたのに気がついた。カウンターの女店員が振り向き、ぼくがさしたところを見て、それからぼくの顔を見なおした。「チーズバーガーのハッピーミールね？」

ぼくはうなずいた。〝ドクター・クレア、もう止められないよ〟

彼女は溜め息をつくと、自分の前の大きなグレーの箱を軽く叩いた。その箱の小さなグリーンの画面に文字があらわれた。〝平均お待たせ時間１７・５秒〟

ハッピーミールに必要なものをすべて集めると、彼女はいった。

「五ドル四十六セントね」

ぼくは自分の両手が磁石、ノート、巻き尺、虫眼鏡でふさがっているのに気がついた。それで、小銭入れから十ドル札を抜きだすために、急いで持ち替えなければならなかった。

「そんなもの持って、どこへいくの？」彼女がおつりを渡しながら、抑揚のない口調で聞いてきた。これが彼女の平均１７・５秒に食いこんでいるのだろうか、とぼくはいぶかった。

「東へ」ぼくは謎めいた答えをして、彼女から大きなハッピーミールの箱を受け取った。ぼくたちがやりとりしている最中、箱がカサカサという小さな音を立てた。ぼくはとても大人びた感じを味わった。

自動ドアを通って、夜の闇に戻る直前、ハッピーミールの中にどん

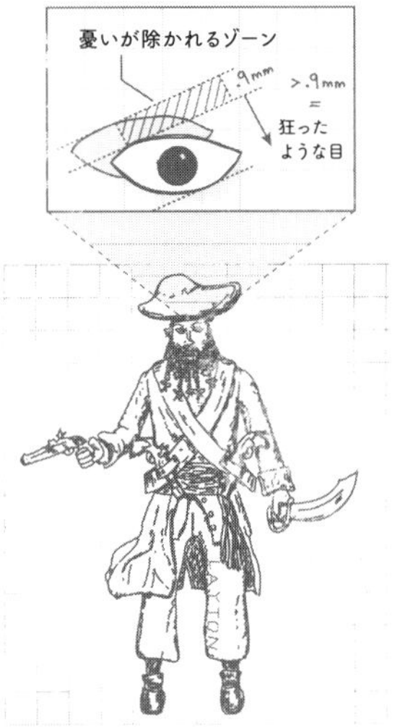

赤ひげ、悲しげな表情、中心からずれたひとみ
ノートG101から

なおもちゃが入っているのか、手早く確かめた。封をしたビニール袋の中には、パーツがまったく動かないちゃちな海賊の人形が入っていた。ぼくは海賊を袋から出し、親指で顔をなぞった。そのおもちゃのちゃちさには、どこかほっとするものがあった——とくに、こういう人形に色づけをする中国の機械が、海賊の目になるはずのふくらみからずれた位置にひとみを描いてしまっているあたりには。そのせいで、海賊がおよそ海賊らしくない悲しげな表情でうつむいているように見えた。

頭上のアーチから発せられる金色というよりは黄色の不変の光を浴びながら夜の闇に戻るとき、ぼくはレイトンが死ぬ直前の時期にモンタナ工科大で聞いた講演のことを思いだした。その講演を今まで思いだしたことがなかったのは、奇妙といえば奇妙だった。というのは、そのとき、自分が目にしたことはけっして忘れないだろうと確信して会場を離れたからだ。

ぼくはコーリス・ベネフィデオ氏という八十二歳のお年寄りがノースダコタの地図による研究について発表するのを聞こうと、父の車に乗せてもらってビュートに出かけた。講演はモンタナ工科大のモンタナ鉱山地質学事務局の後援だったけれども、ろくに広報もしていなかったに違いない。というのは、聴衆はぼくのほかに六人しかいなかったからだ。ぼくにしても、その講演のことは、前の晩にアマチュア無線のモールス符号で聞いたばかりだった。ベネフィデオ氏が話を通じて示したびっくりするような仕事の質の高さを考えれば、この参加者の寂しさはありえないことだった。ベネフィデオ氏は二十五年に及ぶ研究を締めくくろうとしていた。それは、ノースダコタの系統的な記録を、一連の地図によって行なおうというものだった。その土地の歴史や地質学、考古学、植物学、動物学にまで及ぶ包括的な理解をもたらす地図によって。過去五十年間、渡り鳥の飛来が微妙に東西に変動しているのを示す地図があった。州の南東平原での野草と岩盤の組成の関係を示した地図があった。十七ヵ所あるカナダへの越境地点の利用頻度と殺人発生率の関係を示した地図があった。そのすべてがペンとインクの繊細なタッチで仕上げられていた。そのために、ベネフィデオ氏は地図の一枚一枚をスライドにして示さなければならなかった。

モールス符号のメッセージ
ノートG84から

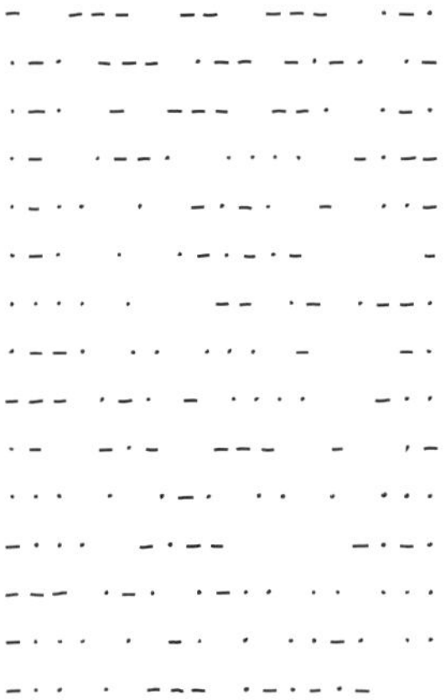

けれども、その拡大の威力のおかげで、まったくの別世界があらわれた。

　ベネフィデオ氏は、こういう地図が二千枚以上ある、と穏やかな声で話した。われわれは自分たちの土地、自分たちの州、自分たちの歴史を深く掘り下げて学ぶべきであり、理想をいえば、各州でシリーズを完成させたいのだが、自分は老い先が短いので、次の世代の地図製作者たちがこの仕事を引き継いでくれることを望む、とも。ベネフィデオ氏がそういったとき、ぼくは彼がまっすぐにこちらを見ているように思った。そして、室内が興奮でざわついているのを感じたのをおぼえている。

　ぼくはポカテロの暗い通りを歩きながら、その講演が終わったあと、数少ない聴衆の一人とベネフィデオ氏の間で交わされたやりとりを思いだした。

「どの地図をとってもすばらしいのはいうまでもないんですが」その男がいった。若くてやり手ぶったアウトドア派の地質学専攻の大学院生といった感じだった。「しかし、現在についてはどうなんですか？　なぜ、このフィールドでは前の世紀のことばかり掘り返すんですか？　マクドナルドや公衆無線LANや携帯電話のサービスエリアについてはどうなんですか？　グーグルのマッシュアップ（ITですでに提供されているサービスを組み合わせて、新しいサービスをつくりだすこと）は？　大衆に対するGIS（地理情報システム）の民主化は？　こういったトレンドを無視することが、かえって裏目に出てはいませんか？　それらを地図にしないことで？　かえって……そうなんじゃないですか？」

　ベネフィデオ氏はその男をじっと見た。怒っているというのでもなかったが、興味を持ったという様子もなかった。「わたしの地図についてフォローしてくださったのはありがたいことです」ベネフィデオ氏はいった。「グーグルのスマッシュ――？」

「マッシュアップです。今はですね、みんなが、たとえば、ティートン山脈の好みの登攀(とうはん)地点の地図をあっという間につくることができるんですよ。それから、仲間も入手できるようウェブに落とすんです」男が自分の登攀地点の地図を得意がっているのは明らかだった。彼は

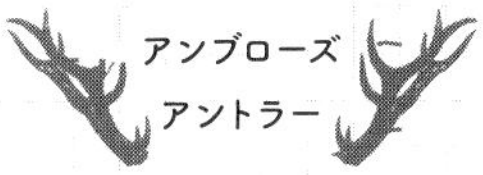

アンブローズ
アントラー

カーバリー	-
ダンシース	-
フォーチュナ	2
ハナ	-
ハンズボロ	-
メイダ	1
ネッチ	-
ヌーナン	1
ペンビナ	-
ポーラル	-
セントジョン	4 ?
サーレス	-
シアウッド	-
ウォルハラ	-
ウエストホープ	1

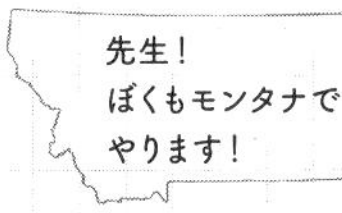

ベネフィデオ氏の講演の記録
ノートG84から

振り向いてにやりと笑うと、頭のてっぺんを撫でた。
「マッシュアップ」ベネフィデオ氏はその言葉がなじむかどうか試そうというように、口の中で転がしてみた。「どうぞ、そのマッシュアップをなさってください。それは……おもしろそうですな。ですが、わたしはテクノロジーを理解するには、年をとりすぎておりまして」
　地質学者らしい男は数少ない聴衆に笑いかけながら、また頭を撫でた。自分のテクノロジーのノウハウを得意がっているようだった。彼が腰を下ろそうとしたとき、ベネフィデオ氏がまた口を開いた。
「しかしながら、わたしは固く信じております。つまり、われわれの食材の起源――食材と土地との関係、食材と食材の関係――についてはなお理解すべきことが多い、と。われわれの食文化におけるマクドナルドの衝撃がいかなるものだったかを理解するその前にです。紙を一枚用意して、ノースダコタの輪郭を描き、州内のマクドナルドの店の位置を記入して、それをインターネットにのせることもできるでしょう。しかし、わたしにいわせれば、それは地図ということにはなりません――ページにしるしをつけたというに過ぎないでしょう。地図は単なるチャートではないのです。意味を明らかにして、系統立てるものなのです。こちらとあちらの間に橋を架けるものなのです。以前にはつながっていたかもしれない別々の考えかたの間に。それを間違いなくやるのは、非常に困難なことですが」
　マクオーサムの三叉に打ち勝つ術(すべ)を完全には学んでいなかったからかもしれないが、現代の進歩の産物を地図に取りこむという点で、ぼくはベネフィデオ氏のような問題を抱えてはいなかった。そう、ぼくなら十九世紀の毛皮商人の足跡をたどるにしても、大きなショッピングモールの方位と関係づけてたどっていただろう。
　一方、ベネフィデオ氏が強調した地図製作の古いテクニック、つまり、自分の両手、アナログの器具一そろい、鉛筆、ペン、コンパス、経緯儀を使うやりかた――ぼくはその話に興奮して指先が震えた。ベネフィデオ氏と同じく、ぼくはコンピューターやＧＰＳ受信機の助けを借りずに地図を描いていた。なぜかははっきりわからなかったけれども、そのほうが、よりクリエーターらしく感じられたのだ。コンピューターを使うと、オペレーターという感じにさせられた。

「きみは時代遅れだよ」以前、ヨーン博士にいわれたことがあった。ヨーン博士はさらにこういって笑った。「世界は前へ前へと進んでいる。きみはインターネット後に生まれたというのに、わたしが七〇年代に大学院で使っていたのと同じ製図の方法にこだわっているんだから」

相手にそのつもりはなかったとわかっていたけれど、そういわれて、ぼくは気分を害した。だから、ベネフィデオ氏の話を聞いたとき、ようやく、安堵の息を吐きだすことができたのだ。そこには、ぼくが出会った中でも、もっとも経験豊かで精密な技能の一式を持ちあわせた人物がいた。講演が終わったあと、部屋に聴衆がいなくなるのを待ってから、ぼくは彼のほうに進んでいった。ベネフィデオ氏は疲れて赤くなった目を部分的に覆う小さな丸眼鏡をかけていた。かすかに左へ湾曲した鼻の下には、小さな白い口ひげらしいものがあった。今は、講演用の机のそばで何枚かの地図をくるくる巻いていた。

「すいません」ぼくは声をかけた。「ベネフィデオさん」

「はい？」ベネフィデオ氏は顔を上げた。

そのとき、ぼくにはいいたいことが山ほどあった。あなたとぼくとは切っても切れない縁があるとか、たとえ、もう会うことはないにしても、あなたはぼくが会った中ではもっとも重要な人かもしれないとか、この講演のことは一生忘れないだろうとか。彼の眼鏡に関しても、何でそんなに小さな丸眼鏡を選んだのか聞いてみたかった。

かわりに、ぼくはこういった。「モンタナはぼくがやります」

「いいですね」ベネフィデオ氏はあっさりいった。「あそこは恐ろしく厄介な州です。経度が十二度にわたる中で、レベルⅣの生物地理学的地域が七つありますから。ただ、越境地点は十三だけですが。いずれにしろ、時間を十分にかけるようにすることです。わたしの場合、それが問題でした。ろうそくの芯よりも先に、ろうが切れてしまったのです」

記憶の回復力

講演の一週間後に、レイトンが死んだ。納屋での事故に続くさまざまなできごとの渦の中で、ぼくは講演のことはすっかり忘れてしまった。そういった重要な機会でさえ、人生のブラックホールのすぐそばであったときには消え失せてしまうことがあるらしい。にもかかわらず、記憶の構成要素が、ブラックホールの引力をしのいで、何ヵ月かあとに再びあらわれることもあるようだ。円形の枠になったベネフィデオのイメージが、今、ポカテロでビッグマックを食べているとき、記憶の濾過装置の突起にひっかかったように。

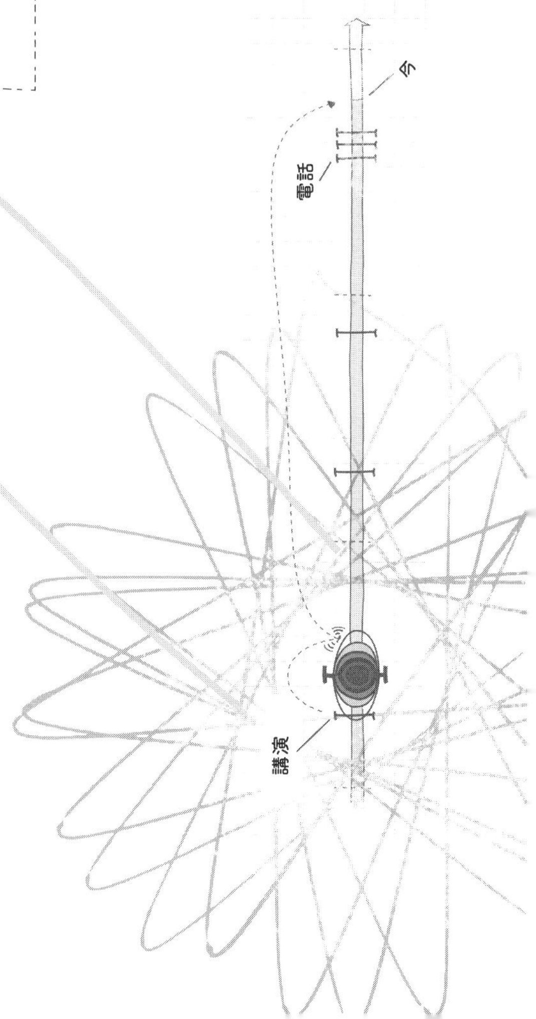

時計を見てみた。午前二時〇一分。チーズバーガーのハッピーミールは、もう遠い思い出でしかなかった。朝に備えてブレックファストサンドイッチを注文しておかなかったことが悔やまれた。

ぼくは食事のあと、操車場に戻って、トゥークラウズを探してみたが、彼も、ヴェガス行きの列車も去っていた。ぼくは用心しながら、もとの車両に乗りこみ、カウボーイコンドの避難所に潜りこんだ。明け方ちかくまで待っていると、列車が動きだし、ポカテロ操車場をあとにした。ホーボーホットラインで予告されていた発車時刻と実際の発車時刻が違っていたことで、ホットラインの信頼性が急に揺らいできた。ネブラスカの男というのは、どういう人間なのか？ 一群の数字をでっちあげているだけではないのか？ ぼくの列車は西へ、ボイシからポートランドへ向かうのではないか？

しばらくしてから、ぼくは、のろいけれども確実な列車の進行に身をゆだねることにした。列車がいくところにいくつもりだった。今となっては、もう変更はきかなかった。ポートランド、ルイジアナ、メキシコ、サスカトゥーン（カナダ中南部の都市）——いくところにいくしかない。避けがたい行く先を受けいれたことで、ぼくの体にはある種の落ち着きがもたらされた。大胆に縄張り（なわばり）を示すべく、眠い目をこすりながら、動きのとれない悲しい海賊人形をウィネベーゴの広いダッシュボードの上に置いた。

「ぼくを守ってくれよ、赤ひげ」ぼくはいった。

いつ、キングサイズのティートンのベッドに横たわったのかはおぼえていなかったけれども、しばらくしてから、はっと気がつくと、列車がガタンと急停止したはずみで、ベッドから飛びだしていた。

窓から外をのぞいてみた。小雨にきらめくオレンジ色の光が一面にひろがっていた。時計を見てみた。午前四時三四分。ここはグリーンリヴァーと思われた。ユニオンパシフィックのまた別の拠点だ。このオレンジ色の光がきらめく町で、人々は今、何をしているのだろう。ほとんどの人は眠っているにしても、線路に近いベッドルームでぱっちり目を覚まし、砂漠を横切る貨物列車に乗ったらどんなだろう、と考えている小さな男の子がいるかもしれない。ぼくの中には、その男の子と替わりたいと思っている部分があった。彼のベッドルームの暗い窓辺にぼくがいて、彼を未知への冒険に送りだし、ぼくはそのまま物思いにふけるのだ。

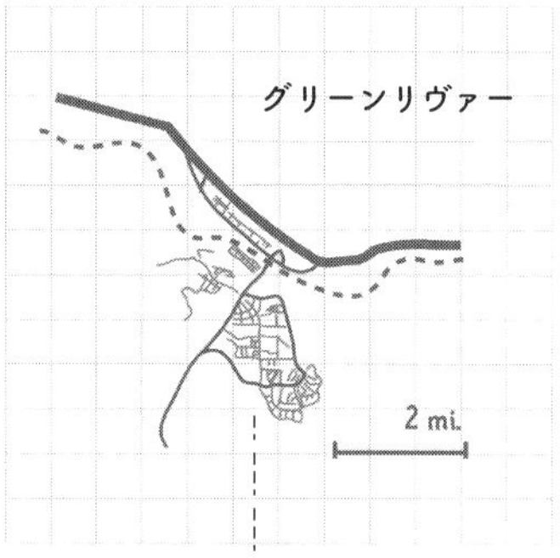

ここに物思いにふける男の子がいる？

列車が動きだした。ぼくは湿った光が砂漠の闇の中にのまれていくのを見まもった。

ぼくはもう眠れなかった。夜は知らぬ間にふけていた。短く、不規則なうたた寝はあるにしても、この貨物列車で八時間続けて眠るなどということはとてもできないと、すぐにわかった。あまりに頻繁に発車と停車が繰り返され、そのたびにガタガタと騒音がして、そのたびに前後に揺さぶられたからだ。機関士は目的地に到達できるように列車を操ってはいたが、隠れた乗客であるぼくが安眠できるように操ってはいなかった。ぼくは以前、イルカはどのようにして脳の半分ずつで眠るかを図に描いたことがあった。それは、水中でおぼれずに泳いだり呼吸したりするのを可能にする習慣だった。ぼくはイルカのやりかたを応用して、片目を開けたままで眠ろうとした。けれども、結果的には、目がひりひりして、脳の両側がずきずき痛むというだけのことで終わった。

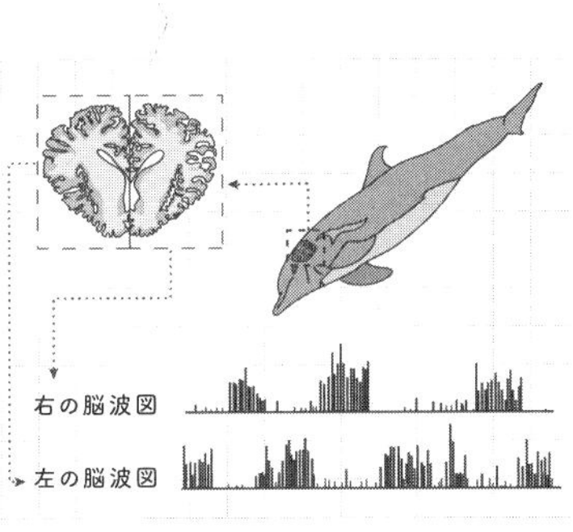

バンドウイルカの左右脳半球の除波睡眠
ノートG38から

片目を開けて眠る？　すばらしい。イルカはほんとうに人間よりりこうで、人間が自滅したあと、世界を受け継ごうと待ちかまえているのではないかという疑問を、ぼくはいまだに拭えなかった。

眠れないままの道中がなおしばらく続いたあと、ついに、ぼくはその時期がきたと判断した。思いきってスーツケースを開けてみなければならなかった。砂漠で、二度三度、外から不思議な閃光がさしてきたのを除くと、ウィネベーゴの中はほとんど真っ暗だった。ぼくは懐中電灯をつけると、光がスーツケースをまっすぐ照らすように置いた。まず、指をなめ、それから、スーツケースがはちきれて、持ち物がカウボーイコンドの四方八方に飛び散らないように気をつけながら、ゆっくりゆっくりとジッパーを開けていった。しかし、蓋を上げてみると、この二十四時間、激しく揺れどおしだったのに、すべてが無事で、かえってびっくりさせられた。経緯儀は問題なく使えた。ＧＰＳ受信機のイーゴーは、スイッチを入れると、小さなビーッという音を立てた。すべてが良好な状態にあるようだった。

そのあと、ドクター・クレアのノートが目に入ってきた。罪悪感の大波が押し寄せてきた。ぼくは何をしたのだろう？　これを盗んだことでドクター・クレアに身の破滅をもたらしたのかもしれなかった。ドクター・クレアは息子の行方不明に気づく前に、ノートの行方不明に気づいただろうか？

ぼくはノートを手に取り、懐中電灯の光で表紙をあらためてみた。タイガーモンクビートルの謎を解決するのに、ぼくなりのささやかな方法で協力できたら、多少なりとも罪を償えるかもしれなかった。

ぼくはノートを開いてみた。ドクター・クレアは、表紙の内側に、古い日記のようなものの切り抜きのコピーを貼りつけていた。

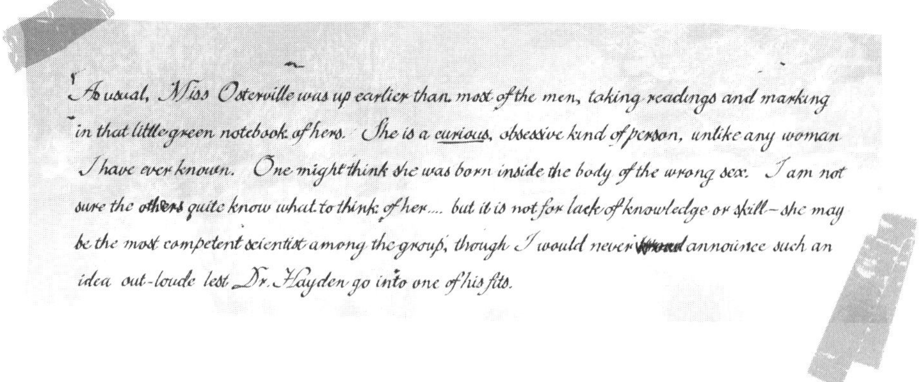
As usual, Miss Osterville was up earlier than most of the men, taking readings and marking in that little green notebook of hers. She is a curious, obsessive kind of person, unlike any woman I have ever known. One might think she was born inside the body of the wrong sex. I am not sure the others quite know what to think of her.... but it is not for lack of knowledge or skill—she may be the most competent scientist among the group, though I would never announce such an idea out-loude lest Dr. Hayden go into one of his fits.

例によって、オスターヴィル嬢はほとんどの男たちよりも早く起きだして、読みものをして、小さなグリーンのノートに何か書きこんでいた。好奇心も、こだわりも強いタイプの人間だ。わたしが知っているどの女とも似ていない。彼女は間違った性の体で生まれついたと思う人がいるかもしれない。彼女のことをどう考えたらいいのか、みんなはわかっているのだろうか……しかし、それは知識や技術を備えていないからではない――彼女はグループの中でもっとも有能な科学者かもしれないが、ヘイデン博士が卒倒するといけないので、わたしはそんなことを声高にいうつもりはない。

オスターヴィル嬢？　その名前には聞きおぼえがあった。そして、最初のページに挟みこまれた紙切れに、ドクター・クレアはこう書いていた。

ワイオミング測地を通じて、EOE の名前に言及した唯一の個所。測量隊の写真家、ウィリアム・ヘンリー・ジャクソンの一八七〇年の日誌から。ヘイデンは〝レディー〟や彼女の〝泥だらけの服〟のことには触れているが、詳しくは書いていない。まだデータがろくにそろっていなかった時代、自分なら世の中をどうやって渡っていただろうと思うことがよくある。これは科学の問題ではない。わたしにはエングルソープの本、数冊の日記、ヴァッサー女子大の文書があるが、ほかにたいしたものはない――なぜ、わたしはあれこれ考えずにはいられないのだろうか？　そうする権利でもあるのだろうか？　EOEは認めてくれるだろうか？

そこで、ぼくへとつながってきた。EOE。エマ・オスターヴィル！　いうまでもない。ぼくの高祖母にあたる人で、この国の草分けの女性地質学者だ。身の上についてはあまり知らなかったけれど、どういういきさつでか、テルホ・スピヴェットと結婚したということは知っていた。一八七〇年には、テルホはワイオミングのレッドデザート補給駅の信号手として働いていた。結婚後、二人はビュートに移った。テルホは鉱山で働き、エマはモンタナで子育てをするために仕事をやめたらしい。それがうちの一家の始まりのようだ。

ドクター・クレアは、折に触れてはエマ・オスターヴィルのことを話題にした。「スピヴェットの男と結婚したはじめての人よ」そういったことがあった。「今になってみると、偉業だわね」実際、ドクター・クレアがエマ・オスターヴィルのことを何度となく持ちだすので、ぼくはエマが父ではなくドクター・クレアの曾祖母だとすっかり勘違いさせられていた。

ただ、エマにかかわる話の中でも、ヘイデンの測地の仕事から、ほんの二、三ヵ月後にライフワークを断念したという個所には、ずっと引っかかりを感じていた。測量隊の職を去らなければならなくなるような変事が、レッドデザートで起きたのだ。女性が〝有能な〟科学者であるなどという概念を受けいれない歴史的風潮の中で、やっと手に入れた職なのに。エマはフェミニズムのパイオニアになる道を、全国ではじめての女性の地質学教授になる道を、専門分野に築かれた頑強な性差別の壁を打ち破る道を歩んでいた。それなのに、その夢をあきらめて、ろくに英語もしゃべれない無学なフィンランド人移民と結婚したのだ。しかし、なぜ？　なぜ、エマはすべてをなげうったのか――毎朝早く、小さなグリーンのノートに正確なメモを書きこんでいた勤勉ぶりも、自分より名の知れた男たちに恥ずかしい思いをさせた実績も、あるいは、嫉妬も、影響力も、地図にするべき区域も。なぜ、すべてをなげうち、モンタナのビュート市へ移って、坑夫の妻になっ

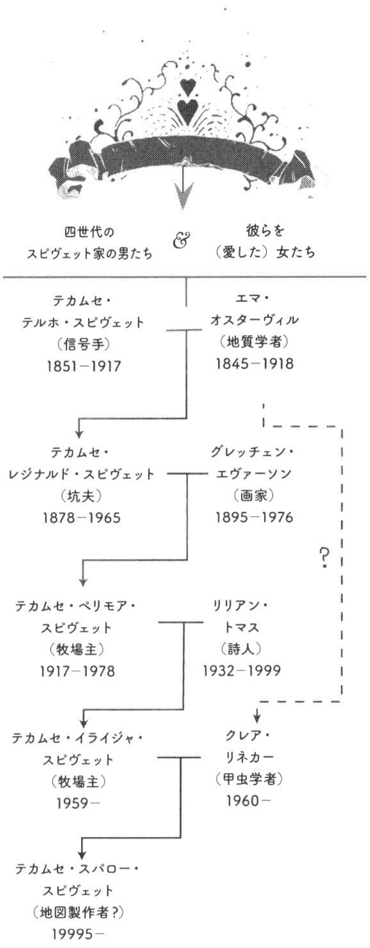

彼女たちはいずれも女性科学者であり、何か関係があるに違いない。

なぜ、ぼくたちは頭の中でこういった筋の通らない関係をつくりあげるのだろう？　「エマ・オスターヴィルはドクター・クレアのひいおばあさんだ」などとは誰もいったことがないのに、たびたび結びつけて考えているうちに、ぼくも何となくそう思うようになっていた。子どもというのは、そういう不合理なつながりを受けいれやすいのではないだろうか。未知のものがたくさんあると、こまごました点を詮索するよりも、それで世界の連関図をつくることのほうに関心を抱くのだ。

たのか？

ぼくは最初のページを開けてみた。ドクター・クレアはこう書いていた。

はじまり？→１８４５

そして、こう続けていた。

エマは成人後の一時期、ロッキーの高地を踏査し、測量し、そこで結婚して、ついには死ぬことになったが、そこで生まれたわけではなかった。生まれたのは、マサチューセッツ州ウッズホールのグレートハーバーの真ん中につながれた小型の白いハウスボート（住居用の屋形船）の上だった。グレートハーバーは、細い腕のようなペンザンス岬によってバザーズ湾の波浪から守られた静かな水面だ。切り立った岬には、引退した船長たちが居を構えていた。彼女の父、グレゴー・オスターヴィルは漁師だった――百年以上前、まだタラが押し寄せてきていたころから、一人乗りの古い小舟でその水域を巡っていた代々漁師の家の出だった。

エマの母、エリザベス・テイマーはたくましい女だった。漁師と結婚して、潮風がリネンにアーモンド色のしみを残しても、愚痴一つこぼさなかった。夜、家の壁にひたひたと打ち寄せる波の音を聞きながら、ともにベッドに横たわっているとき、夫の爪の下から魚の皮のにおいがしても、それは変わらなかった。

陣痛は突然にやってきた。七月のある曇った日のことだった。エリザベスがハウスボートのささくれだった甲板を掃除しているとき、不意に、体の中に伸びてきた一本の手に、柔らかい器官をわしづかみにされたような感覚に襲われた。それも、強く。さらに強く。危うく、ほうきを水中に取り落とすところだったが、彼女は木の柄を離さず、それを戸口にそっと置いた。ハウスボートはいつものように、かすかに揺れていた。

上陸している暇はなかった。グレゴーはちょうど桟橋から戻ってきたところだった。両手に石鹸をつけて海水で洗うと、自分の娘を取り

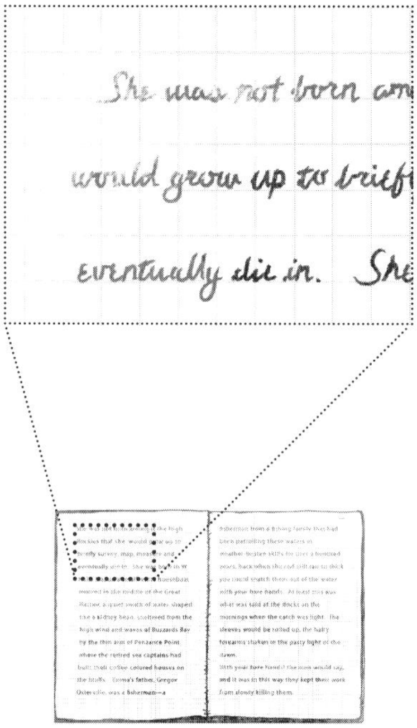

ドクター・クレアの書斎から盗んだ
EOEノート

ドクター・クレアのノートを読みはじめると、筆跡というのは実に個性的なものだということを思い知らされた。ぼくはドクター・クレアを本人の筆跡と切り離して考えたことはなかった。8の半分のように見えるEは、ずっとドクター・クレアの一部だった。しかし、ドクター・クレアの書斎から遠く離れ、こうして列車に乗っている今、彼女の筆跡は天性のものではなく、本人の人生の産物ということがわかった。あの手首のすばやい動きも、小さな影響がいくつとなく重なって磨かれてきたのだろう。学校の先生、子どものころの詩の授業、失敗した科学の冒険、ひょっとしたらラブレター（ぼくの母親がラブレターを書いたことがあったのだろうか?）。ぼくの母親の筆跡について、専門家は何というだろう？ ぼくの筆跡について、専門家は何というだろう？

上げる仕事にかかった。四十五分後、彼は魚をさばくナイフを箱から取りだしてへその緒を切った。胎盤は磁器の鉢に受けた。今は毛布に包まれて、弱々しく泣いている小さな赤ん坊をエリザベスに渡すと、グレゴーは外に出て、鉢の中身を海に捨てた。それは深紅のクラゲのように水面に浮かんでいたが、やがて、深みへ沈んでいった。

この生々しい出産の描写を読んで、ぼくは気づかされた。エマがエリザベスから出てきたように、ぼくもドクター・クレアから出てきたのだ。なんだか変だった。そんなふうにいうと、とても奇妙に聞こえた。ドクター・クレアはたまたま、ぼくと同じ家に住んでいる年上の女性というだけではなく、ぼくの創造者だったのだ。

その夜が更けてから、エリザベスは——海を愛していたのではなく、夫を愛していたのであり、水に浮かんだ寂しい部屋で毎晩食べる魚が好きなのではなく、夫の手がすばやく確かな動きで白身のタラのはらわたを抜いていくのを見るのが好きだった——マッチを擦ったような月の光のもとで、自分の赤ん坊、エマをじっと見つめた。そして、小さな指を小魚のように動かしているこのピンク色のこね土のような生き物が、こんなところで育つことにならないようにとひそかに願った。このままだと、この子はハウスボートのゆったりした揺れを自然とおぼえることになるだろう。だから、静止した陸上にはいつまでたっても慣れることはないだろう。この子は岬に近い滑りやすい潮溜まりを遊び場にすることになるだろう。ヤドカリの貝殻を吹く音。湿った砂浜に引きあげられ、引っくり返された小舟の陰で結ばれる友情、ささやかれる秘密。腐った魚や、ただれた海草の消えることのないにおい。獲った魚を割く男たちがしゃがれ声でこぼしつづける不平や不満。湿ったウールをピシャピシャ叩く音。まばたき一つしないで旋回するカモメ。長く、単調な冬。より長く、より単調な夏。

その晩、涙がこぼれそうな、ひっそりした出産後の一時(ひととき)、母親に訪れる漠然としたメランコリーを感じたのか、エリザベスは今、二人で浮かんでいる一部屋だけの住まいからエマを逃がしてやりたいと思った。木の船べりをヒタヒタと打つ波の音が聞こえていた。今は二人だけだった。グレゴーはもう起きだして漁に出ていた。

エリザベスの願いはかなえられた。最初の冬——一八四六年の冬——は、つらい冬だった。誰の記憶にあるよりもつらい冬だった。厳しい寒さで、イールポンドへ通じる水路が凍結し、漁船は氷塊に挟まれて、一艘(そう)また一艘と張り裂けていった。それから、嵐がきた。二月の末に、百年に一度という嵐が襲ってきたのだ。二日二晩の間、視界はゼロだった。お茶の時間のすぐあとに、教会の尖塔が暴風でなぎ倒された。そんな荒れ模様ではお茶にくる人もいなかったけれども。二晩目には、ハウスボートはすべて——一艘を除いて——沖へ吹き流された。

幸いなことに、その晩、エマとエリザベスは、町にあるエリザベスの姉のタムセンの家にいた。二人はその冬の大半をそこで過ごしていたのだ。水に浮かぶ一部屋だけの住まいが、小さくかよわい子どもの居場所にふさわしくないのは明らかだった。赤ん坊のエマは骨がないのではないかと思われるほど頼りなかった——エリザベスが抱くと、肘（ひじ）とおなかの間に溶けこんでしまいそうだった。それで、エリザベスはエマがまだそこにいるのか、空中に蒸発してしまったのではないかと、定期的に確かめてみなければならなかった。

〝ここは子どもがいる場所じゃないわ〟嵐の一週間前、ベッドに横たわったときに、エリザベスはグレゴーにそうささやいた。二人の上方では、古びた天井の継ぎ目が風にたわんでいた。二人のベッドの足のほうに置かれたベビーベッドでは、エマが静かにミルクを飲んでいた。エリザベスは夫をそっと押してみたが、夫はもう寝入っていた。夫は家にいるとき、眠っているか、出かける用意をしているかのどちらかだった。

〝女がいる場所でもないわ〟エリザベスはそういいかけたが、声には出さなかった。エリザベスは強情な女だった。それも並たいていではないほどに。姉と自分が違う道を選んだことにも誇りを持っていた。タムセンは町に住み、銀行家と結婚していた。柔らかな銀行家の手をした物柔らかな銀行家と。

タムセンと違い、エリザベスはずっと冒険への強い憧れを抱いてきた。数年前、郵便局で、広大なオレゴン準州や、ウィラメット渓谷と呼ばれる土地のすばらしさを概説したガイドブックを見つけたことがあった。〝大いなる旅は勇敢な開拓者に大いなる報酬をもたらす〟ガイドブックにはそう書かれ、山々のかなたで待っている魅惑的なフロンティアの景色のパステル画が添えてあった。それ以来、エリザベスはしばしば、自分をウィラメット渓谷に足を踏み入れた開拓者の女として思い描くことがあった——小川のほとりに小屋を建て、夫の留守中にベイマツの木を切り倒し、庭に迷いこんできたクマを、ごついウィンチェスターで撃つような。

エリザベスは山々を越える大いなる旅には出ることなく、自分が育ったニューベッドフォードの南わずか四十マイルのニューイングランドの地にとどまってはいたが、ある意味で、自分はすでに一種のフロンティアで暮らしていると感じていた。ハウスボートの壁を通り抜けてきた風に肌をこすられると——コルセット、二枚重ねのドレス、セーター、ショールという厚着にもかかわらず——伝説のウィラメット渓谷に入植したかのように、はるか遠く離れた地にいるような気がした。ここでは、西部のインディアンのかわりに、波のうねりがあった。どちらも、時に敵意を見せながら、いつもそこにいて、いつも動いていた。そして、金塊のかわりに、男たちが獲ってきて桟橋の木箱に投げこむ魚があった。桟橋では、山積みになったタラが口をパクパクさせていた。

しかし、エリザベスはグレゴーを愛していた。ニューベッドフォード時代にエニスストリートで彼を見かけた瞬間から愛していた——だから、その朝、グレートハーバーのほうをながめたとき、エリザベスが抱いた感情をどう説明したらいいのだろう？　雪はまだ降りつづけていたが、エリザベスは眠っている赤ん坊をあとに残して出かけると、ずんずん進んでいった。そんな悪天候には向いていないブーツのひもを膝まで結び、姉から借りた赤いざらざらのウールのスカーフを、両手に五重に巻きつけて。

エリザベスは港を見わたした。海は泡立っていたが、すさまじいというほどではなかった。雪片は物憂げに舞い落ちていて、夜の間の破壊的な力はもううかがえなかった。しかし、グレートハーバー独特の風景をつくりだしていた十あまりのあの浮かぶ箱、それが一つを除いて、すべて消え失せていた。しかも、残った一つは自分の一家のものではなかった。

その瞬間、エリザベスの喉に真空が生じた。かつて海に浮かんでいた十あまりの家とともに、肺もこの世から消え失せてしまったようだった。自分の指が、重ねたウールのスカーフを必死で探っているのが感じられた。まるで、その小さなざらついた空間で、自分の家が、肺が、呼吸が、夫が見つかるかもしれないというように。

ぼくはそこで読むのをやめ、ノートの残りをパラパラとめくってみた。すべて、エマ・オスターヴィルについての記述で占められていた！　タイガービートルのスケッチ一枚も、野外研究データの図表一つも、採集旅行の日程表も、個々の生物の分類もなかった。科学に関したものは一つもなく、ただ、この話ばかりだった。

ぼくは間違ったノートを選んでしまったのか？　これは別巻のようなものなのか？　うちの祖先について考えてみることで、気分転換をしようとしたものなのか？　だが、そのとき、ぼくは、たぶん四十冊かそこらあった赤ワイン色のノート全体に、〝EOE〟というラベルが貼ってあったのを思いだした。あのすべてがエマにささげられたものだったのか？　ドクター・クレアが長年かけてやってきた仕事というのはこれだったのか？　タイガーモンクを探し求めてきたわけではなかったのか？　ぼくの母は科学者ではなく作家だったのか？

ぼくは先を読んだ。

その後、思いだせなかったことを思いだせるほどの年齢になったエマは、こうだったに違いないという父の最後のときを、何度となく脳裏で再現してみた。父はあわてることもなく窓から窓をまわり、掛け金を点検し、吹きつける風で前後左右に揺れる石油ランプに気を配っていた。だが、夜中のある時点で、物音が一変したに違いなかった。たけり狂う北東の強風は、とうとう求めるものを手に入れた。絶え間なく着実に引っぱりつづけるうちに、ついに最後の板を引きはずして、家を係留設備から切り離したのだ。ピンの先ほどの小さな光が、翻弄される木の葉のように、グレートハーバーの泡立つ水面を横切り、ジュニパー岬を過ぎ、グレートレッジを過ぎて、その先の海峡へと流れていった。

もちろん、エマは見てもいないことを思いだしたわけではなかった。しかし、のちに、エリザベスはエマにそのできごとやグレゴーのこと、彼の手のことをすべて話して聞かせた。その手がタラをどう持って銀色の腹を開いたか、左の親指の曲がった指先を魚のえらにどう突っこんだかを。親指は、子どものころの馬の事故のせいで萎縮していたのだ。エリザベスはエマに、彼は海からあがるあらゆるもののコレクターだったとも話した。カシパンウニやサメの歯、海草や錆びた釣り針、マスケット銃までも。彼がいうには、アメリカ独立戦争で敗走する途中、イギリス人が落としていった銃だった。ハウスボートの中には、そういうコレクションがぎっしり詰まっていた。それで、風が強く吹いて、小さな家が上下左右に揺れると、マントルピースの上では虹色の貝殻がカタカタという小さな音を立てた。自分たちが陳列されていることに拍手を送っているように。

春の間、何艘ものハウスボートの破片が浜に打ち上げられた。ベッドの頭板、引き出し、入れ歯。しかし、一家のハウスボートのものはあまり見つからなかった。それだけがほかよりも遠くへ流されてしまったかのように。遺体も見つかった。ジョン・モルピーはファルマスで、エヴァン・レッドグレーヴはヴィニヤードの沖で。エリザベスは待ちつづけた。グレゴーが生き延びているのではないかという一縷の望みにすがって。泳ぎが達者な彼のことだから、どこか遠くの入り江に避難所を見つけて、今はそこで休んでいるのではないか。そのうち、また泳ぎだして、狭い水路から浜へ戻ってくるのではないか。そうなったら、自分は彼を迎え、恨み言をいったあと、お茶をいれ、てのひらの内側に隠された例の親指を握るだろう、と思いながら。

その後のある朝、エリザベスが姉の家のドアを開けてみると、誰かが置いていったのだろう、戸口の階段に、水を吸ってぐしゃぐしゃになった『ガリバー旅行記』があった。それはグレゴーのものだった。グレゴーは当時の漁師には珍しく字が読め、二冊だけにしろ本を持っていた。欽定訳聖書と、スウィフトの外洋冒険物語を。その本を、深海からあがった生き物の死体か何かのように、エリザベスは親指と人さし指でつまみあげた。ページは変色し、ふくれあがっていた。本は前半だけが残っていて、あとはなくなっていた。エリザベスは泣いた。それは十分な証拠だった。

エマは十歳のとき、ボストンコモン（ボストン中心部の公園）を歩きながら聞いたことがあった。「お父さんはどっちが好きだったの？ 聖書と『ガリバー旅行記』では？」

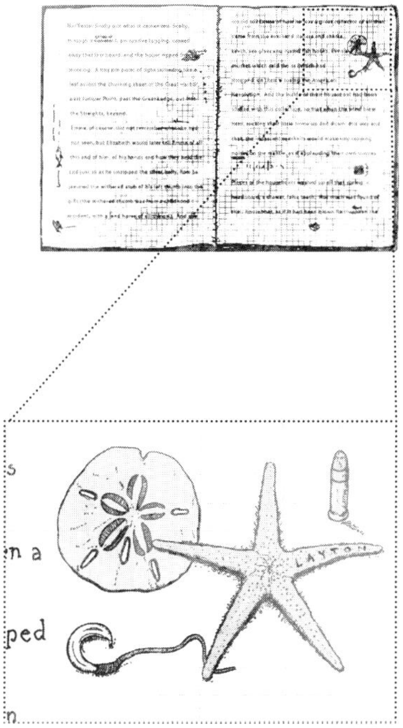

▶ “彼は海からあがるあらゆるもののコレクターだった”

ぼくは自分が何をしているかわからなかったが、気がついてみると、ノートの余白に小さなイラストを描いていた。わかっている、わかっている——危ないに決まっている。これは他人の持ち物なのだ。けれども、ぼくは描かずにはいられなかった。

▶ 父とその小指、グレゴーとその親指——いかつい男たちにはみんな、アキレス腱のようなものがあるのだろうか？ スーパーヒーローのように、彼らも隠された弱点をかばうことによって、強靭さを保ちつづけられるのだろうか……

ぼくにもアキレス腱があるのだろうか？ そう——自分がそんなにタフでないのはわかっている。たぶん、ぼくの場合、全身がアキレス腱で、だからこそ、父はぼくをあんな疑いの目で見るのだろう（AU－2、AU－17、AU－22）。

エマ自身、読書の喜びをおぼえたばかりのころで、父のベッドの上のほうに置かれた二冊だけの本のイメージを好ましく思っていた。目を閉じてしばらくすると、棚と、本と、次の風をじっと待っている小さな貝殻が浮かんでくるのだった。
「それはむずかしい問題ね」エリザベスがいった。「あなた、わたしを困らせようっていうの?」
「どうして、むずかしい問題なの?」エマは尋ねた。二人はともに小道を歩いていたが、エマは踊るように飛び跳ねていた。そして、前のほうに駆けだしたと思うと、振り向いて母親の顔を見ては質問を繰りだした。
「そうね、正直いうとね」エリザベスはいった。「お父さんが聖書を開いているのは一度も見たことがなかったわ。たぶん、クリスマスのときには……でも、『ガリバー旅行記』なら百回は読んだんじゃないかしら。とても変わった本だけど、お父さんは出てくる名前が好きだったの。お父さんはよく、ごはんのときに声に出して読んでいたけど、その名前に笑わせられたわ。グラブ - ダブ - ドリッブとかフーイナムとか――」
「フーイナムって?」
「人間よりもりこうな馬たちよ」
「へえ、今夜、その本、読めないかな?」
「そうね、読めるんじゃないかしら。ちゃんとした本があるかどうかはわからないけど――」
「ねえ、それ、ほんとなの?」
「ほんとって何が?」季節は春で、ラッパズイセンが咲き乱れ、スズカケノキや、根囲いの新しいわらのにおいがあたりに満ちていた。
「そういうところがどこかにあるの? ガリバーはほんとにそういうところへいって、フーイナムを見たの?」
エリザベスははっきり答えず、あいまいにうなずいた。肯定も否定もしたくないというように。どっちつかずのしぐさで、あることとないことの間の狭い存在の空間へ自分が漂っていくのを見送ろうとでもいうように。
どこかで、キツツキが短く叩き切るようなコツコツという音をさせていたが、そのあと、静けさが戻った。二人は黙ったまま池を二周してから公園を出て、パークストリートのマリガンズ・ファインブックスへ『ガリバー旅行記』の新しい本を買いにいった。本屋にはトマトシチューと白かびのにおいが漂っていた。エマは本を買い終わるまで、左右の親指を使って鼻に栓をしていた。

そこで、ぼくは気づいた。余白に母がこう書きこんでいるのに。

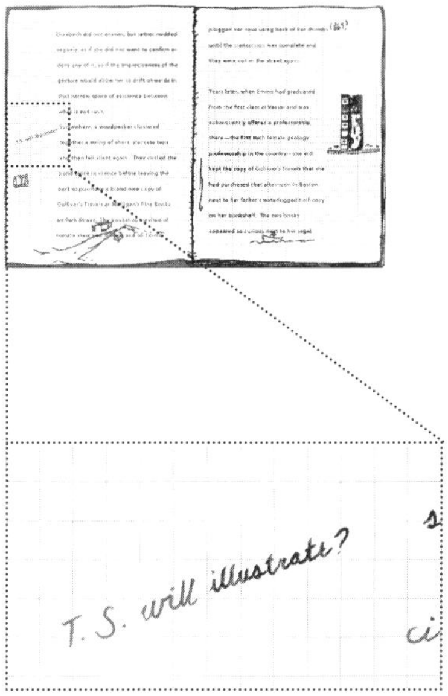

T・Sは挿絵を描いてくれるだろうか?

ドクター・クレアはぼくに挿絵を描かせたかったのか？　目に涙があふれてきた。二人で共同してやりたいという母の望みに、ぼくは気づいていなければならなかったのだ。共同作業！　それは科学そのものの課題ではないにしても、やらなければならないことだった。ぼくはノートと懐中電灯とギロットのペンを手に、カウチに横になった。読み進むうちに、目の前で母が変わっていくようだった。母のもっとも奥深い瞬間を見ているようだった。ぼくは今、鍵穴からのぞいていた。

ぼくは読みつづけた。

後年、エマはヴァッサー女子大を優等で卒業して、そのあと、教授——全国ではじめての女性の地質学教授——に就任する資格を得たが、そのときもなお、あの日の午後、ボストンで買い求めた『ガリバー旅行記』を手放してはいなかった。それは、水でふやけた父親の半分だけの本と並べて本棚におさめてあった。その二冊の本が、立派な分類学の本や地図帳、地質学の教科書と並んでいるのは、かなり違和感があった。疑い深い同僚の科学者が一人ならず、二冊のほんとうの持ち主について冗談をいうほどだった。そうしてからかわれると、頑健だが短命に終わった船乗りのことを思いださせられた。エマの水域を通り抜け、あとにスウィフトの小説と悲しみに暮れた心を残していった船乗りを。

エマはガリバーの本二冊のほんとうの意味については答えなかったが、心の中でひそかにその二冊を神秘的な象徴に仕立てていた。その二冊を持っていることは感傷に過ぎず、自分の経験主義的、フンボルト（ドイツの地理学者）的な資質とは相容れないものとわかってはいた。しかし、測地を仕事とする進路につきたいという漠然とした志向（間違った性に生まれついたかのような）は、もとをたどれば、父が夜になると、ガリバーとその旅行について書かれた本を読みふけっていたことにあるのかもしれなかった。

多くの男が、ことあるごとにエマに尋ねた——ポキプシー（ニューヨーク州の都市。ヴァッサー女子大の所在地）での夕食の席で、学位論文を書きあげたエール大学の図書館で、教授職の有資格者であると告げられ、敵意ある沈黙に迎えられた一八六九年の自然科学アカデミーの総会で——どうして、科学を職業とする羽目になったのか、と。みんな、決まってこういういいまわしをした。〝科学をやる羽目に〟。まるで、それが本人の意思に反して襲いかかった事故とか病気のように。たしかに、エマは標準的なルートを通って、測量、製図の専門家としての今の地位に到達したわけではなかった。そのルートというのは三十マイル下流のウェストポイント（陸軍士官学校の所在地）のことで、トップクラスの卒業生の中には、遠征に出て、西部の広野に名前をつけていった者も少なくなかった。

エマはケンブリッジ（ボストン近郊の都市。ハーヴァード大学の所在地）の炉辺で、はじめて魅惑的な西部のイメージについて聞かされたときのことをおぼえていた。自分のルーツや父親が不在のまま過ごした幼少時代、軽い鬱状態に陥ったエマは、静かで引きこもりがちな子どもになった。本にのめりこみ、スープをすする間にぶつぶつつぶやくような子どもに。

エマとエリザベスはパウダーハウススクエアに引っ越した。そこで、エリザベスは遠いいとこのジョゼフィンとともに花屋で働いた。エマは奨学金をもらって、教会が営む女学校に通いはじめた。入学試験の間、偏頭痛に苦しみながらも合格したのだ。偏頭痛には死ぬまで悩まされることになった。エマは学校ではよくできた。ただ、お手本どおりに学ぶ能力は際立っていたが、とくにどの科目に熱心というわけではなく、また、つきあいも年下のモリーという生徒に限られていた——モリーも変わっているという評判で、よくエマをスズカケノキのそばに連れだし、髪にかんざしをさしながら、妙な言葉で歌を歌って聞かせた。

やがて、ある週末、タムセンが夫婦でボストンへやってきて、ハー

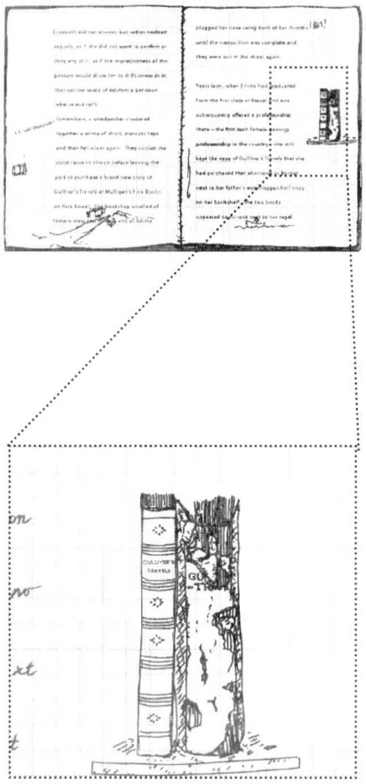

〝その二冊の本が、立派な分類学の本や……と並んでいるのは、かなり違和感があった。疑い深い同僚の科学者が一人ならず、二冊のほんとうの持ち主について冗談をいうほどだった〟

ああ、これはとてもいい、とぼくは思った。本を二冊手に入れ、ヴェリーウェルをその一冊のほうにけしかけて、海につかっているのと同じような傷みかたをさせようかとちらりと考えたくらいだ。しかし、自分が今、向かっているのは家やヴェリーウェルの方角ではないと気がついた。自分の部屋の本棚の独特の配列が、そして、もとは納屋で使われていた古い板がノートの重みでうめいていたのが、急になつかしくなってきた。本の並べかたは、その人独特のものだ。部屋の指紋のようなものともいえよう。

ヴァード大学の近くで開かれるディナーパーティーにエリザベスを招待した。ジョゼフィンの都合が悪く、エマを預かってもらえなかったので、行儀よくしているようにと何度も注意したうえで、エリザベスはエマをパーティーに連れていった。エマははじめ、そういう催しをじかに見る期待にわくわくしていたが、すぐに退屈して、〝最初の感謝祭〟というカラーのステンシル（刷りこみ型）を持って、ダイニングルームのテーブルの下に潜りこんだ。着ていた格子縞のドレスが何か恐ろしくむずがゆくなってきた。何とはなしに、エマは色を刷りこむ作業の手を休めて、座の中心になっている男の声に耳を傾けた。

おそらく、それは話し手の声にバーラップ（平織りの麻布）のような心地よい感触があったからだろう。彼はイエローストーン峡谷の神秘について、間欠泉や沸き立つ川、山間の巨大な湖、虹色の大地について、硫黄やマツやミズゴケやヘラジカの糞のにおいについて述べていた。たとえば、家族とはしばらく顔を合わせていない、風変わりだが、ちょっと有名な伯父さんのことを話すときのような、あこがれと誇張が混じった語り口で。しかも、その話には聞き慣れない科学用語がちりばめられていた。そういう言葉が、異国の小鳥のように宙を舞っていた。テーブルクロスのレースの縁を通してでは、話し手の全身を見ることはできなかった。葉巻と、話しながら揺すっているブランデーグラスが見えるだけだったが、ある意味では、話し手が誰とわからないほうがいいように思われた。その神秘の土地は、以前、人間よりもりこうな話のできる馬、フーイナムがそうであったように、エマの想像力に訴えかけてきたからだ。エマは黄色い石（イエローストーン）を見てみたかった。それを頬にこすりつけ、硫黄のにおいを自分で嗅いでみたかった。しかし、そこは、ケンブリッジの客間のテーブルの下の今の居場所からは、わきの下を締めつけてくる格子縞のドレスに閉じこめられている場所からは、信じられないほど遠く離れているようだった。フーイナムならそこへ連れていってくれるかもしれなかったが。

何かがカチッといった。ばねがはじけたり、ギアが入ったりするように。長い間、眠っていたエマの内部の仕掛けが、ひどくゆっくりではあったけれども、今、ようやく動きだしたのだ。

図1　レイトンの本から

図2　ぼくの本から

► そう！　ピルグリムファーザーズとの最初の感謝祭の塗り絵帳！　レイトンとぼくは、数年前に大おばさんのドレッタ・ヘースティングからその本をもらった。ところが、二人ともその本をちゃんと使いこなせなかった。レイトンは輪郭の中に色を塗りこめることができなかったし、ぼくは絵に色をつけるかわりに、寸法と漸近線を書きこんだのだ。エマもテーブルの下で漸近線を書いていたのだろうか？　いや、そんなことを彼女に求めるのは無理というものだ。ぼくたちはまったく違う生き物なのだから。

それから四ヵ月後、四月のある荒れ模様の日、エマは震えながら花屋の外に立っていた。母親がまだ暖かい炉のそばへ花を移すのを待っていたのだ。ジョゼフィンの許可なしに店に入るのは禁じられていたのだが、湿った靴下を通じて這い上がってくる寒気はあまりに厳しく、思わず、中に足を踏み入れて、母親が何でそんなに手間どっているのか尋ねてみようとした。まさにそのとき、マントを羽織り、ステッキを持ったとても背の高い男が、エマのほうにゆっくり近づいてきた。エマは目をぱちくりして、靴の中で爪先をよじった。

男はエマと目の高さが同じになるように、前屈みになった。

「こんにちは（ヘル・オオ）」男は一音節ずつ、ゆっくり発音するイギリス訛りで話しかけてきた。「わたしはオルルル - ウィン・エングルソープ。きみと会えてうれしいよ」

「こんにちは」エマはいった。「わたしはエマ・オスターヴィル」

「いかにも」エングルソープ氏はいった。「いかにも、いかにも」また、そういうと、花屋を見上げ、それから空を、さらに自分の後方の空を見上げた。そのまま後ろへ引っくり返るのではないかと心配になるほど、のけぞって。と思うと、頭を元の位置に引き戻して、内緒めいたささやき声でいった。「この天気はシベリアの四月としか比べようがないね」

エマはくすくす笑った。相手の声、顔つき、そのすべてがはじめてのような気がしなかったからだ。

「シベリアっていうのは」エングルソープ氏は先を続けた。「子ども向きの場所ではないね。きみがそこの生まれのチュクチ族（シベリア北東部の先住民族）なら、もちろん、話は別だけど」

はじめてのような気がしないというのは、見おぼえがあるからだ。と思ったとたん、今、目の前にしゃがんでいる人物が、テーブルクロスのレースの幕の向こうで揺れていたブランデーグラスの記憶と結びついた。今、片膝をついてうずくまっている物好きな人物は、エマをとりこにしたあの魅力的な声の持ち主だったのだ。その顔は長く、角ばっていた。鼻は、顔や顎のラインから外に向かっているというよりも垂直に突きだしていた。その顎のラインは、尖った先端で頂点に達していた。濃い色の口ひげはこわい毛で、しかも、もじゃもじゃだっ

余白の別の書きこみ

a certain illicit joy – no burden of proof.

ある種のいかがわしい喜び
――立証責任なし

ふだん、ぼくは誰にも負けないくらい、証拠というものが好きだ。けれども、母がこんな走り書きをしているのを見ると、その危うさに思わずぞくぞくした……

〝そうだよ、お母さん〟ぼくは思った。〝証拠っていわれてる醜い小鬼なんか心配しなくていいよ。証拠のせいで、お母さんの人生は宙ぶらりんになって、もう二十年もあいまいな泥沼の中でころげまわっているんじゃないか〟

「証拠なんてくたばってしまえ！」ぼくは叫んだ。そのあとで、そういってしまったことが悔やまれた。ぼくの叫びはウィネベーゴのがらんとした室内を漂っていた。

「ごめん」ぼくはヴァレロにいった。ヴァレロは答えなかった。ヴァレロも証拠を信じていなかったに違いない。

た。それが上唇の範囲を越えて上へ、外へ伸びようとしていたが、当人は無関心のようだった。ギャバジンのオーバーに傷や汚れはなかったが、仕立て屋が一桁間違えたのではないかというように寸詰まりだった。ただ、そういう無頓着な雰囲気は、両手を包む高級な黒の革手袋と、磨きこまれた白さが目立つ象牙のステッキで相殺されていた。当人は話している間、そのステッキで泥に優雅な半円の模様を描いていた。しかし、エマにとって、何よりも際立って見えたのは、ブルーというよりは、ほとんどグレーの彼の目だった。その目が一点の曇りもなく、好奇心に満ちあふれていたからだ。彼がいきなり、のけぞるように空を見上げた振る舞いも、とくべつ変わったものではなかったのだ。この人は注意を怠ることなく、四方に目配りし、まわりで起きたことの詳細を頭の中で記録しているのだ、とエマは気づいた。丸石を敷いた通りのくぼみにできた水溜まりの形。人が道を横切るときの、軽く足を引きずるような動き。ガタガタ通り過ぎていった粉屋の荷馬車からこぼれ落ちた穀粒をついばんでいる四羽のハト。西部をすっかり踏破して、石や小枝の一つ一つ、川の屈曲の一つ一つ、草原や山の崖の一つ一つまで見分けられるのは、こういう人なのだ。

　そのとき、エリザベスが花屋から出てきたが、エングルソープ氏の姿を見て驚いたようだった。エリザベスは一瞬、立ちすくんでから、頬を赤らめた。その顔を笑みがよぎった。エマは母親がそんな奇妙な一連の行動をとるのを、それまで見たことがなかった。

「こんにちは」エリザベスがいった。「この子はわたしの娘です。エマといいます」

「ほう！」エングルソープ氏は四歩、後ずさりし、それから、また前に進んで、さっきまでと同じように、エマの隣にしゃがみこんだ。

「こんにちは（ヘル・オオオ）」そして、より大げさなイギリス訛りでいった。「わたしはオルル - ウィン・エングルソープ。お目にかかれて幸いです」

　エングルソープ氏はエマにウインクした。エマはくすくす笑った。

　エリザベスはそれをどう考えたらいいのかわからないようだった。いったん店の中へ戻ろうかというしぐさを見せたが、途中でやめた。

「エングルソープさんはカリフォルニアから戻られたばかりなのよ」エマに向かって、どこかあてつけがましくいった。

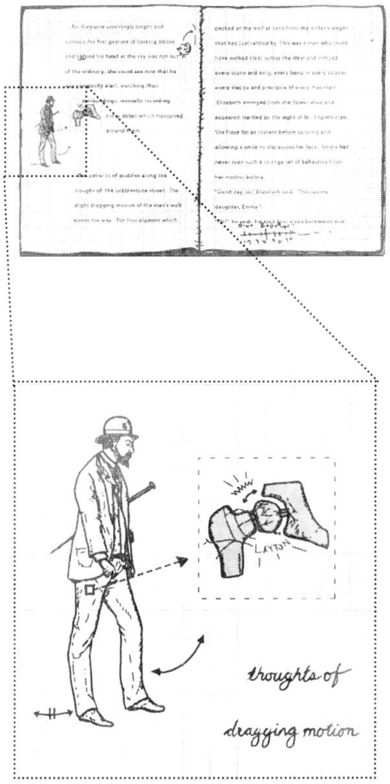

▶ “人が道を横切るときの、
軽く足を引きずるような動き”

　ぼくもそういうことに気がつくほうだった。とくに、足を引きずる動き、舌足らずな発音、眠たそうな目などに。

　だから、ぼくは悪いやつということになるのだろうか？　神が与えられた体の異常を持つ人を見下してはならない、と父はいった。しかし、異常に気がついても、ことさら、それに気がついていないふりをするほうが“人を見下す”ことになるのではないか？　チギンズ老人が足を引きずるのをじろじろ見て、そのあと、見てはいなかったというように目をつぶったりするほうが悪いのではないか？　やはり、罪がないとはいえないだろう。

「カリフォルニア！」エングルソープ氏はいった。「想像できるかい？　そうしたら、今度は、うれしいことに、きみのお母さんとお目にかかれた」エングルソープ氏は立ち上がり、はじめてエリザベスと面と向かいあった。通りの光景が一変して、再び色づき、焦点がぴたりと合った。エマが見まもるうちに、二人のそれぞれの軌道がゆっくりゆっくりと近づいていった。二人の間の引力は目には見えなかったが、サマーヴィル（ボストン郊外の都市）の冷えこんだ舗石の通り――粉屋がこぼした穀物の最後の一粒をハトがついばんでいた――にいるものすべてが、その存在にはっきり気づいていた。

結局、わかってみれば、彼はイギリス人でもなければ、その日してみせたような大げさな発音をする人間でもなかった。名前はオーウィン・エングルソープで、エマの母親とは最近、知り合いになったばかりだった。二人がどのように出会ったかは定かでなかった――おそらくは、あの晩、はるかな峡谷の話に彩られた部屋で、あるいは、もっと前に花屋で、あるいは、名前の知れない友だちを通じて――はっきりといえる人間はいなかった。エマはのちに、その秘密にひどくいらだたされることになった。

エリザベスはといえば、そういう男の親切さに魅了され、圧倒されていた。エングルソープ氏は世界をまわっていた――カリフォルニアへ、パリへ、東アフリカへ、シベリアのツンドラへ、パプアニューギニアへ足を伸ばしていた。パプアニューギニアなどというのは、エマには、土地の名前というよりも、すばらしいディナーのお皿の名前のように聞こえた。エングルソープ氏がエマの前に立つと、そのまわりには遠い異郷のにおいが漂った。赤い砂漠の砂、赤道直下のジャングルの露、寒帯の森の松やにのにおいが。

「何のお仕事をなさってるの？」花屋の外ではじめて会ったとき、エマは聞いてみた。母親とエングルソープ氏が話をしている間は、ずっと黙っていたあとで。

「エマ！」エリザベスが叱ったが、エングルソープ氏は手袋をした手を振って押しとどめた。

「お嬢さんは好奇心をお持ちのようだ」エングルソープ氏はいった。「しかも、答えを聞く資格もお持ちだ。しかし、遺憾ながら、わかりやすい答えはないのです。いいかい、オスターヴィルのお嬢さん、わたしは、まさにその質問の答えを出すために、人生のかなりの部分を費やしてきたんだよ。ある日は、質問に答えて、自分は山師だというかもしれないね。それも、つきのない山師だと。また、ある日は、博物館の館長、収集家、地図師、あるいは」――そこで、エマに向かってウインクした――「海賊だというかもしれないね」

エマは店の中へ、安全なユリの花の中へと逃げこんだ。右手で左の親指をぎゅっと握りながら。エマは恋に陥っていた。

「彼は地図師だって、ヴァレロ！」ぼくはいった。
ヴァレロは答えなかった。
「それに、海賊だって！」今度は赤ひげにいった。
返事はなかった。
友だちがしゃべらなくても気にはならなかった。ぼくは川の源流を見つけたのだから。

雨がちの三週間が過ぎ、五月になってはじめて晴れた日、エマはエリザベスとともにエングルソープ氏の住まいを訪ねた。二人は美しく、広々としたハーヴァードヤード（ハーヴァード大学のキャンパス）に近いケンブリッジのクインシーストリートの住所に着いた。

はじめ、二人は自分の目が信じられなかった。十四も窓がある白亜の大邸宅の前に立っていたからだ。エマは家の正面だけで窓がいくつあるか数えてみた。

「十四！」エマはいった。「このおうちの中にふつうのおうちが入るわ。そのおうちの中に小さなおうちが入って、それから――」

「ここはそうじゃないわ」エリザベスがいった。門の横に小さな黄色い看板がかけられていたのだ。〝アガシ女学院〟

「お母さん」エマが尋ねた。「あの人、先生なの？」

「そうじゃないと思うけど」エリザベスはそういって、エングルソープ氏がくれた紙片を取りだした。小さな活字体で書かれた指示には、さらに続きがあるのに気づいた。〝小道をたどって裏の離れのほうへまわる〟

二人は大きな正門をそろそろと押し開けたが、門はきしむこともなかった。なぜか、二人とも、近所の疑念をかきたてるようなキーキーという甲高い音が出るものと思いこんでいた。それがそうではないとなると、この未知の世界へ踏みこむのにはいっそうの用心が必要という気持ちが強まった。砂利を敷いた小道は、最近、熊手でかきならされ、きちんと縁取られていた。砂利が一つ、根囲いのわらの中に飛んでいた。エマは駆け寄って、その石灰岩のかけらを拾い上げると、それを小道に戻した。

大きな館(やかた)の玄関のドアが出し抜けに開いた。二人はぎょっとした。エマよりも年下の少女があらわれた。少女は階段をいっぺんに二段ずつ駆け下りてから、小道に立っている二人に気がついた。少女は二人を見ると、鼻に皺を寄せていった。「だめよ。アガシ先生が許可しないわ」そのあと、少女は掛け金をはずして門を開けると、通りへ姿を消した。

エマは泣きだした。もう帰ろうといったが、エリザベスがそれをなだめた。そして、今の少女は二人を誰かほかの人間と間違えたのに違いないし、はるばるここまでやってきたのだから、エングルソープさんを探してみるくらいはしてもいいのではないか、と説き伏せた。

その根気は報われた。二人が館の角をまわってみると、突然、咲き乱れる花々に取り囲まれた——クチナシ、紫がかったシャクナゲ、ライラック、フクシア、それらの柔らかな柑橘のような芳香が波となってエマとエリザベスに押し寄せてきた。その中を進む二人の足が、砂利をかき鳴らして伴奏しているようだった。館の裏手にまわると、広々とした庭園の全景があらわれた。四方はハナミズキの列で守られ、真ん中の池のまわりには、黄色いラン、ユリ、ツツジの植え込みが点々と散らばっていた。庭園の片隅には、鉄製のベンチが置かれ、まわりを四本のサクラの木が囲んでいた。二人はそのうち、シダレヤナギの巨木に出合った。小道がその根もとに寄り添うように伸びていたので、頭を下げてそこを通り過ぎなければならなかった。

「これ、本みたい！」エマがいった。「あの人がこのお庭をつくったのかしら？」

「そうだと思うわ」エリザベスはいった。「お店にきたとき、花のラテン語の名前を全部知っていたから」

「じゃ、あの人、ラテン系？」エマが尋ねた。

エリザベスはエマのほうに向きなおり、手首をつかんだ。「エマ、もうこれ以上、質問しないでちょうだい。今は質問してる場合じゃないの。あなたにこの機会を台なしにしてほしくないわ」

エマは手首をぐいと引いて、エリザベスの手を振りはらった。そして、上唇をすぼめて、それを噛んだ。たちまち涙がこぼれ落ちて、拭う暇もなかった。

エリザベスはそれ以上、何もいわなかった。二人で砂利をざくざく踏みしめながら小道を進んでいく間、エマはしきりに鼻をすすっていた。

やがて、二人は離れの脇のドアの前に着いた。一本のひもに吊るした小石が、ドアの真ん中の真鍮のプレートをよぎるように漂っていた。プレートの小石が当たるあたりには、小さな三日月の形が刻まれていた。エリザベスは小石とプレートを見やってから、ドアを手でノックした。

しばらくは何の物音もしなかったが、やがて、重い足音がして、エングルソープ氏がドアを開けた。遠くから駆けつけたとでもいうように、汗をかいていた。戸口を背に立った彼は、エマの記憶にあるよりも、さらに背が高かった。エングルソープ氏は自分の唇に人さし指を押し当てながら、二人をしげしげと見た。

「これは、これは！　オスターヴィルの奥さんとお嬢さん」エングルソープ氏はそういって、エマにほほえみかけた。「ようこそ、ようこそ。いや、これはうれしいな」

エングルソープ氏の笑みで、母と娘はまたお互いに身を寄せあった。エングルソープ氏が二人の散歩用のコートを受け取ろうと手を伸ばすうちに、二人の間の隙間はなくなった。エングルソープ氏はあいかわらずエネルギーを発散しつづけていた。自分のやりたいことすべてを成し遂げるには、どうしても時間が足りないという人間に特有のエネルギーを。

二人はエングルソープ氏のあとについて中に入った。彼は入り口の通路で立ち止まり、二人のコートを、何かの下顎骨に見える二本の止め釘にかけた。エリザベスはぎょっとして後ずさりしかけたが、エングルソープ氏が振り向いた。

「次回からはですね、オスターヴィルさん」彼はいった。「必ず——」

「どうぞ」エリザベスは急いで、やや急ぎすぎるくらい急いで、こういった。「エリザベスと呼んでください」

「エリザベス、わかりました」エングルソープ氏はその名前を口にしてみた。「それで、次回からはですね、エリザベス、必ずあの石を使って、着いたということを知らせてくださるよう、お願いします。わたしはときどき、仕事に夢中になって、あたりまえのノックだと答えないことがあるらしいんですよ。それで、アガシ博士が今の装置を取りつけたんです。わたしを——実験から呼びだそうとして、たびたびいらだつことがあったので」

「ごめんなさい」エリザベスはいった。「あの、あの……呼び出しはちょっとこわかったんです。正直いいますと」

ドクター・クレアは
余白に小さないたずら書きをしていた。

それは重なりあういくつかの円で、何の意味もなさそうだった。けれども、ドクター・クレアがどこか遠くに心を舞わせながら、ページの余白にぼんやりとペンを走らせた跡を見ていると、静かな美しさが感じられた。いたずら書きは豊かな土壌だった。それは知的な力仕事の目に見える証拠だった。けれども、いつもそうであるとは限らなかった。リッキー・レパードはいたずら書きはするが、知的な力仕事をする人間ではなかった。

エングルソープ氏は笑った。「いや、いや、そんな。ああいう発明は、われわれの邪魔をするのではなく、力を貸してくれるものですから。われわれは自分のつくったものを恐れる必要はないのです——疑いはしても、恐れるまでもないでしょう」

「では、次はあれを使ってみます」

「それはどうも」エングルソープ氏はいった。「お二人を寒い中で何時間も立たせておきたくはないですからね」

エマはうなずいた。エングルソープ氏のいうことすべてにうなずいていた。

三人はお茶の席についた。エングルソープ氏はお茶をいれるのに、凝った五段階の手順をたどった。その手順には、ほかのあれやこれやとともに、注ぐときにティーポットをどんどん高く持ち上げていくというものがあった。最後には、熱い液体が空中を三フィートか四フィート落下して、カップやソーサーやテーブルすべてにはねかかった。

エマはうっとりと見とれていたが、そのうち、母親のほうを振り向いた。エリザベスは身じろぎもせずに座っていた。

エングルソープ氏は自分の所作の奇妙さにやっと気づいたとでもいうように、こういった。「これがお茶にはいいんです。冷やして、空気を通す。わたしはヨセミテの滝を思いだしますが。これはパプアニューギニアで学びました。地元の部族がココアをいれるときのやりかたなんです。あれは効能のある飲みものですね」

お茶をすすり、おしゃべりしている間、エマが見ていると、母親は本館の持ち主のことを思いきって聞いてみようという気になったようだった。そして、実際にその話を切りだしたが、とくに誰かに向けて聞いたわけではないとでもいうように、お茶に向かってささやきかけた。

エングルソープ氏はそれを聞きつけたに違いなかった。にっこりして、スプーンをなめた。それから、離れの張り出し窓から外を見やった。

「この地所は古い友人のものです。わたしと同じように、ものをいろいろ収集している友人の。おそらく、彼はわたしより少しばかり知的で、はるかに体系的ですが、われわれは多くのことで見解が一致しています。二、三、一致しないこともありますが。もちろん、チャールズ・ダーウィンの自然淘汰説はご存じですね？」

エリザベスは目をぱちくりした。

エングルソープ氏は驚いたようだったが、出し抜けに笑いだした。

「いや、もちろん、ご存じのはずはない。これは、わたしとしたことが……なにしろ、剥製のフィンチ（スズメ目の小鳥。ダーウィンの進化論のきっかけとなった）の群れにずっとかまけていたもので。メガテリウムの連中が標準にはならないということを思いださなければなりませんね。いや——ダーウィンの考えかたがもう完全に主流になったかどうか、わたしには何ともいえません——ワシントンではいろいろと書かれていますが、教会は人々の心や精神を今もしっかりつかんでいますから——しかし、ダーウィンはいずれ主流になると、わたしは確信しています。そのダーウィンの重要性について、アガシ博士とは絶望的な見解の相違をきたしているわけです。何といっても、アガシ博士は非常に信心深い人ですから。信心深すぎるくらいに。そういう聖書への偏愛が、新しい考えかたを受けいれる目を曇らせているのです。いや、わたしにはショックですね、ほんとうに——わたしが無神論者だからというのではなく、そう、科学というのは新しい考えかたからなる学問ですから！　古い生物の起源についての新しい考えかたですね。それに、どうして、あれほどすばらしい人物が——だって、わたしが知っていることはすべて彼のおかげをこうむっているのですから——どうして、われわれの時代の最大の啓示を拒否するほど、かたくなでいられるのか？　その考えかたが、彼の神学の教義の一部に疑問をさしはさんでいるというだけで。つまり、彼は科学者なのか、それとも――」

エングルソープ氏ははっと言葉をのみこんで、あたりを見まわした。

「いや、申し訳ない」エングルソープ氏はいった。「わたしはこの種のことになると、ひどく興奮してしまうのです。でも、あなたがたには恐ろしく退屈なだけでしょう」

「そんなことありません」エリザベスが礼儀正しくいった。「どうぞ、先を続けてください」

「ええ、そんなことないわ！」今度はエマが勢いこんでいった。テーブルの下で、エリザベスがエマの腿をぴしゃりと叩いた。

エングルソープ氏はにっこりして、お茶をすすった。エマは彼をじっと見まもっていた。軽い鉤鼻のせいか、エングルソープ氏は心持ち面長に見えた。女のような長いまつ毛に縁取られた目には、あけっぴろげな親切さと深い知識が宿っていた。その目は穏やかだったが、何か夢を見ているような感じがあった。今、部屋にあるものすべてを分解し、中身を点検して、もう一度組み立てる前に、頭の中で、自分にしかわからない冗談を思いついているというふうだった。

エングルソープ氏は親指と人さし指を唇に押し当て、それから、窓辺に置いたほっそりした白いランを指さした。その花は、光の中でくっきりしたシルエットとなって浮かびあがっていた。一枚のカップのような花弁から、六本のかぼそい渦巻き状のひげが伸びていた。

「そのマダガスカル産のアングレクム・ゲルミニャヌムをよく見てください。時を経るうちに花弁が発達して長い巻きひげになったのがわかるでしょう。神はこんなふうには創造されなかったのに。なぜ、と思われるかもしれません。そう、この真ん中の巻きひげは、ほかとは違っています。それは花の蜜を蓄える管になっているのです。飛んでくるガは、その管の中に鼻を突っこまなければなりません。そのあと、飛び立って、別の花に授粉するのです」

「そんなに長い鼻のガがいるの？」エマが尋ねた。もう自分を抑えきれなくなっていた。

エングルソープ氏は片方の眉を吊り上げた。と思うと、立ち上がって、部屋を出ていった。まもなく、開いたままの大きな本を携えて戻ってきた。そこには、長い渦巻き状の口吻を持つスズメガの挿絵があ

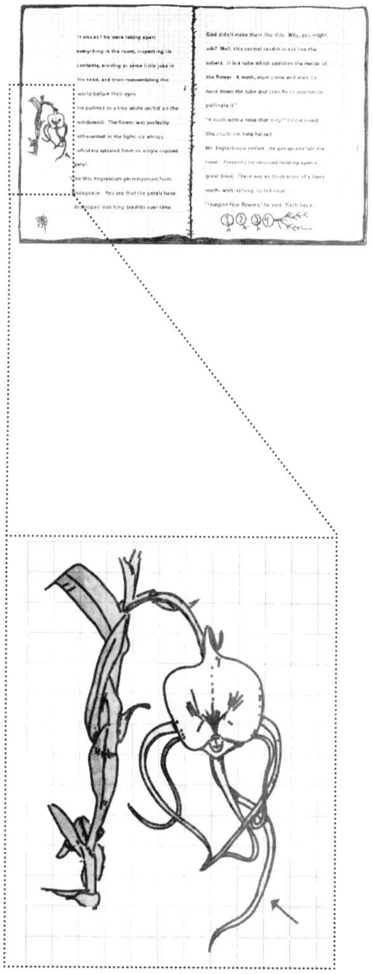

“そう、この真ん中の巻きひげは、ほかとは違っています”

ヨーン博士はこれと同じ花のことを教えてくれた。実際、ボーズマンの自宅のベッドルームには、スズメガのスケッチが置いてあった。

った。
「花が四つあると想像してごらん」エングルソープ氏はいった。「そのどれもが長さの違う花弁をいくつか持っている。そこへ蜜を吸おうといういやらしい侵略者がやってくるんだ。彼はそれぞれの花を一刺ししてみる。ほかの三つの花については、彼はおいしい蜜が詰まった長い管を間違いなく選ぶだろう。しかし、美しい花としか見えない一つは突然変異体で、花弁はどれもが長い管のように見える。彼は間違えて、花弁の一つを刺すけれども、花に害はない。では、そういう花のうちのどれが子孫を残すと思う？」
エマは窓辺の花を指さした。
エングルソープ氏はうなずいた。「そのとおり。もっともうまく変異したそのランだ。突然変異に関して驚くべきは、それがまったくの偶然だということだろうね。そういう適応の陰で、何かの知能が働いているということはないんだ。けれども、何千年、何百万年にもわたる自然淘汰、その淘汰のプロセスが、変異の背後にグランドデザインがあるかのように見せている……だって、その花はほんとうにきれいだろう？」
三人の誰もが、日光の中にじっと立っているランを見やった。
「そういうものでしたら、花屋で売ることもできますね」エリザベスがいった。「ほんとにきれい」
「しかし、神経過敏です。〝美は移ろいやすい〟のです。ことわざでそういいませんでしたか？」
「変異って何なの？」エマが尋ねた。大人二人がエマのほうを振り返った。エマはまた腿を叩かれると覚悟したが、それはなかった。
エングルソープ氏はほほえんだ。そして、指を伸ばして、ランの花弁に触れた。「それはいい質問だね」そういった。「しかし……」
「しかし、何なの？」エマがいった。
「しかし……答えるには午後じゅうかかってしまうかもしれない。時間はありますか？」
「時間ですか？」エリザベスは当惑した様子で問い返した。この瞬間の先にも午後がなお存在するとは考えてもいなかったというように。
時間はあった。三人はその日の残りを庭園を散歩して過ごした。エングルソープ氏は花々の中でも、関係のある種と、その進化上の違いを指摘して説明した。それらがどこから生じたのか、何がそれらに異なる発達をさせたのか。ときどき、自分にいらだった様子で、離れにいっては、マダガスカルや、ガラパゴスや、カナダの準州の地図を持って戻ってきた。あるいは、剥製のフィンチのコレクションをおさめたガラスケースを。エングルソープ氏はそういったものを家の中に戻す手間はかけなかった。それで、午後が深まるにつれ、小道には、地図帳や、収集ケースや、解剖について記された革装の本や、探検家の日記といったものが散らばっていくことになった。エングルソープ氏はダーウィンの『種の起源』を二部、持ちだしてくると、サクラの木の下の鉄製のベンチに並べて置いた。一部は表紙がグリーン、もう一部は赤ワイン色だった。どちらもベンチの上でくつろいでいるように見えた。

そのうち、エングルソープ氏が本館の窓辺に立っている人影に向かって手を振った。しかし、エマがもっとよく見ようと、まぶしく光るガラスの向こうをのぞいたときには、窓辺にはもう誰もいなかった。

エングルソープ氏はエマとエリザベスにそれぞれ虫眼鏡を手渡して、持ち歩かせていた。

「よく見てください」エングルソープ氏はそういいつづけた。「肉眼だけでは、多くを見ることはできません。われわれにはこの種の仕事に十分な道具が備わっていないのです。進化というものは、われわれが科学者になることを予知してはいなかったんですね！」

午後も遅くなるころには、エリザベスもすっかり興奮しているようだった。その間ずっと、エマはこの上ない発見の楽しさにとらわれる合間に、ちらちらと母親を見やっていた。スカートをたくし上げて藪を観察したり、エングルソープ氏が貿易風や種子の話をするのに耳を傾けたりしながらも。いつもなら、エマは母親の反応を楽に読むことができた。小指がぴくぴく動くさまや、首筋の色合いなどを。けれども、その午後を通じて、母親は妙に用心深かった。それで、魔法めいた小さな庭園にさす光が薄れるころには、エマも心配になってきた。母親はもうこの人と会うつもりも、彼の不思議な道具を見るつもりもないのだろうか、と。

しかし、持ちだした品々をかたづけているとき（ダーウィンの本はエマが左右の手に一冊ずつ持った）、エリザベスがエングルソープ氏の腕に触れた。エマは見て見ぬふりをしながら、本を置き、ガの標本箱を小さな桜材のキャビネットに戻すのを手伝った。

「どうもありがとうございました」エリザベスはいった。「こんなこと、思いもかけなかったし……楽しかったです。わたしたち、多くのことを学びました……あなたから」

「いや、ほとんどは役に立つようなことじゃありませんから。でも、わたしは時々疑問に思うんですよ。この庭の塀の向こうで、役に立つことばかりが追究されているのを」

エリザベスは何といっていいかわからないようだった。黙って立ち尽くしていたが、やがてこういった。「あの、わたし、これまでと同じように花屋のことを考えたりはしないと思います。あのランをぜひ手がけてみたいんです。たとえ、あれが神経——」

「神経過敏。気むずかしいんです。あれはニューイングランドよりもマダガスカルのほうを好むのです。わたしもそうですが」エングルソープ氏は笑った。

「わたしたち……いつか、またこういう機会が持てるといいですね」エリザベスがいった。

エマはガの標本箱を扱っているうちに、指がほてってくるのを感じた。箱をキャビネットに戻す作業で、その小さな生き物は小刻みに揺れた。そして、一つまた一つと姿を消していった。「きっと戻ってくるからね」エマはガを暗闇に送りこむ前に、そう語りかけた。

エマは毎日でもこの庭園に戻ってきたかった。人生ではじめて、直接は知らない漁師の父以外の男と母親が結婚する可能性を考えてみた。それどころか、気がついてみると、その新たな結びつきを、熱烈に、全存在をあげて望んでいた。エマは二人に今すぐ結婚してほしかった——窓は汚れ、カビが生えた半地下のフラットから、変わったノッカー（来訪の合図のために鳴らす金具）と、もっと変わった中身がある離れへ引っ越したかった。そうなれば、コレクター一家が誕生することになりそうだった。

余白に別のメモ

Call Terry

テリーに電話

テリー？　なぜ、この名前に聞きおぼえがあるような気がしたのだろう？

——テレンス・ヨーン——

そういえば、ジブセン氏は電話で同じ呼び名を使っていた。大人がファーストネームで呼びあっていると、暗号を用いて自分たちの世界のことを話しているのではないかという気にさせられた。ぼくにはわからない大人の仕事が行なわれている世界のことを。

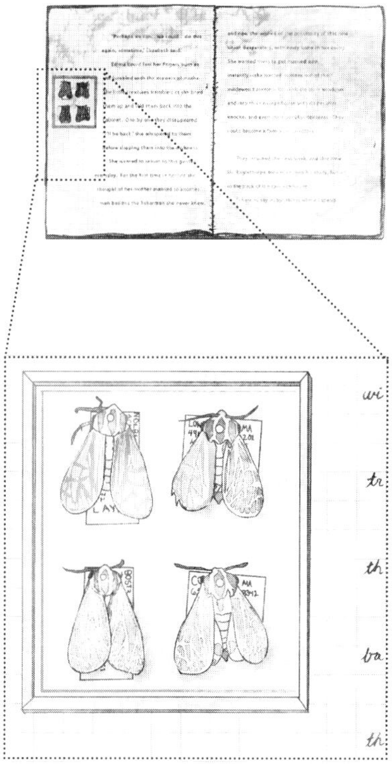

"箱をキャビネットに戻す作業で、その小さな生き物は小刻みに揺れた"

ぼくはガの標本箱のことを知っていた。ドクター・クレアが同じものを持っていたからだ。彼女が頼れる証拠がいかに少なかったかを記述していたのを考えると、この話のどれほどが真実で、どれほどが自身の人生から盗用したことなのだろう？　経験主義者として、ぼくは正しいと確かめられることだけに執着する傾向があったけれども、読みすすむうちに、そういうこだわりはだんだん薄れていった。

母と娘は翌週、戻ってきた。今回、エングルソープ氏は離れの奥に埋もれた書斎に二人を招き入れた。

「いいたくはないのですが、わたしはほとんどの時間をここで過ごしているのです」エングルソープ氏はコンパスを神経質にもてあそび、その金属の両端を何度も繰り返し、くっつけたり離したりしていた。前週はそんな様子は見せなかった。エマはそばにいって、こういってあげたかった。「そんなに神経質にならないで。わたしたち、あなたが好きだから。とても好きなのよ」

そのかわり、エマはほほえみかけ、ウインクした。エングルソープ氏はそのメッセージの暗号を解こうとでもするように、とまどった顔をしていたが、すぐにウインクを返してきた。そして、ちらりと舌を出してみせたが、エリザベスが振り向いたときには、何ごともなかったような顔に戻っていた。

部屋には物があふれかえっていた。鳥、化石、岩石、昆虫、歯、切り取った毛の標本箱。片隅には、山と積み重ねられた金の額縁入りの絵。別の隅には、人魚の形の錨に端をつながれ、ぐるぐる巻きにされた長いロープ。二方の壁は、床から天井までの高さがある本棚で埋め尽くされていた。本は古く、ぼろぼろになりかけていた。その一部はもう明らかに朽ちていて、見るからにもろく、本の背に触れたら、中の文字が崩れて埃になってしまいそうだった。

エマは部屋の中を飛びまわり、装飾用のナイフを手に取ったり、古い木の箱の中をふんふん嗅いでみたりした。

「こういうものみんな、どこで手に入れたの？」エマは聞いてみた。

「これ、失礼なこと、いうんじゃないの」エリザベスがたしなめた。

エングルソープ氏は笑った。「われわれは不思議なくらい馬が合いそうだね、エマ。わたしはこういうものを旅の合間に手に入れたんだ。ほら、わたしにはそういう――〝心理的〟な問題という人がいるかもしれないが、物を通じて土地を知りたい、無数の小さな関連のパーツを通じて文化なり住人なりを理解したいというところがあるからね。アガシ博士はわたしのことを――愛情をこめて、といってもいいと思うのだが――〝歩く博物館〟と呼んでいるんだ。きみがここで目にしているものは、そのほんの一部に過ぎないのだよ。博士は親切にも、自分の新しい博物館の収納室を二つ、わたしのコレクション用に寄贈してくれた。いつか、みんな、移し変えにかかるかもしれないが、さあ、どうだろう？　そのときには、もっと収集しているだろうね。だが、世界の中身をすべて収集するなんていうことは可能だろうか？　もし、全世界がコレクションにおさまれば、それはもうコレクションではないのではないか？　そう考えると夜も眠れなくなる」

「わたし、全部、見てみたい！」エマは叫んで、空中に小さくジャンプした。

　エングルソープ氏とエリザベスは、片手にクジラの歯、もう一方の手に槍を持って、部屋の中央に立っているエマをまじまじと見た。

「われわれは小さな科学者を抱えこんだようですね」エングルソープ氏がエリザベスにささやいた。エリザベスはインフルエンザにでもかかったような顔をしていた。

「たぶん」エングルソープ氏はエマにいった。「たぶん、わたしはアガシ博士と調べてみることになるだろう。本館の中にある彼の奥さんの学校に、きみを入れられるかどうか……」

「え、ほんとに？」エマがいった。「そうしてくださるの？」

　エマの頭の中の奇妙な仕掛けが、ようやく動きだしていた。いったんギアが入ると、もう止めようがない、とんでもないはずみがついていた。

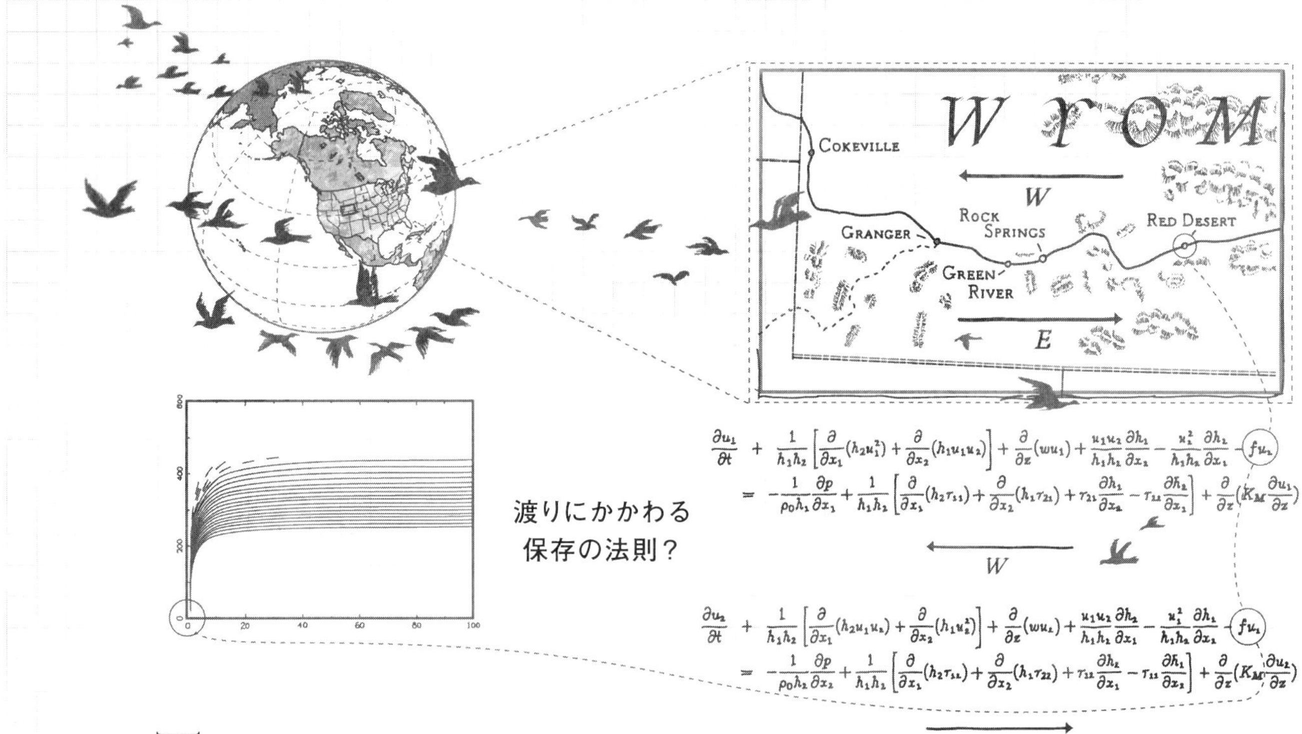

第7章

ぼくはノートから目を上げた。列車は停まっていた。日光の最初の一条が、遠くの砂丘のかなたからさしてきた。まる一日、列車に乗っていたということだった。

ぼくはカウチから立ち上がると、体操のようなことをした。それから、スーツケースの底のほうにもぐっていたニンジンが新たに見つかったので、恥ずかしいと思う間もなく食べてしまった。次に、発声のウォームアップをした。それでも、出発してからずっとひそんでいた鈍い憂鬱（ゆううつ）な感覚を振り払うことはできなかった。それは絶え間ない空虚感のようなもので、綿菓子を食べるときの感覚に似ていた。はじめは、それにつながるノスタルジア、甘美なピンクの糸から発せられるそれらしい気配を感じる。けれども、いったん、それをなめるなり、かじるなり、綿菓子を食べるという行為にとりかかると、ほとんど何ということはない——結局、砂糖でできたかつらを食べるだけのことで終わるのだ。

なかなか去らない憂鬱は、(a)過去二十四時間、貨物列車で旅を続けてきた、(b)チーズバーガーを別にすれば、ちゃんとしたものを食べ

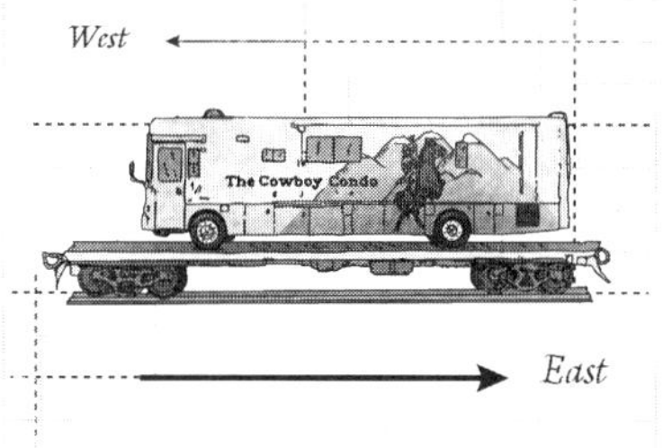

西を向いて、東へ進む
ノートG101から

ていない、という事実によるものだったのだろう。

あるいは、ウィネベーゴは西、つまり、列車が進んでいるのとは反対の方向を向いているという事実があり、そのために、すでに広大な地域を走り抜けてきたのに、自分は逆方向へ進んでいるという感覚を拭うことができず、コンディションを微妙に狂わされていたのかもしれない。

長時間、逆方向へドライブするなどということは絶対にするべきではない。だいたい、進歩にかかわる文化的言語はすべて、前へと進むことと結びついている。〝どんどん進め！〟とか、〝全速前進！〟とか、〝前へ、上へ！〟のように。同様に、〝反対〟や〝逆〟はネガティブな意味を帯びている。〝彼はやむなく前とは反対の行動をとった〟とか、〝それは完全な運命の逆転だった〟とか、〝ジョニー・ジョンソンはどうしようもないほど遅れてる〟のように。

以前、支線道路で釣り竿を持ったジョニー・ジョンソンを追い越したとき、父がぼくとレイトンに向かって声高にそういった。ジョニーは谷間のほうに小さなぼろ家を持っていた。田舎の生活が人を害するとしたら、その最悪の例がジョニーだとぼくは思っている。ジョニーは人種差別主義者で、無学で、もう放っておけないほどひどい歯をしていた。支線道路で追い越したそのとき、宇宙の意思で、ぼくが彼の息子になっていた可能性はどれくらいあったのだろう、とふと思った。もし、コウノトリが半マイル早く、ぼくを落として、どうしようもなく遅れたジョンソン家の手に委ねていたら？ もし、そうなっていたら……

その後、まったく突然に、ジョニー・ジョンソンは妻と妹を連れて、レイトンの葬式にあらわれた。それは、単なる近所づきあいともいえたけれど、きてくれたのはとてもありがたいことだった。当然のことながら、それからジョニーを見るたびに、勝手な決めつけを後ろめたく感じた。あとで振り返ってみると、これもそんなに驚くようなことではなかったのかもしれない。ぼくはまだ短い人生のうちでも、すでに学んでいた。誰かが最初に思っていた人物像とは違っているとわかることは珍しくない、と。

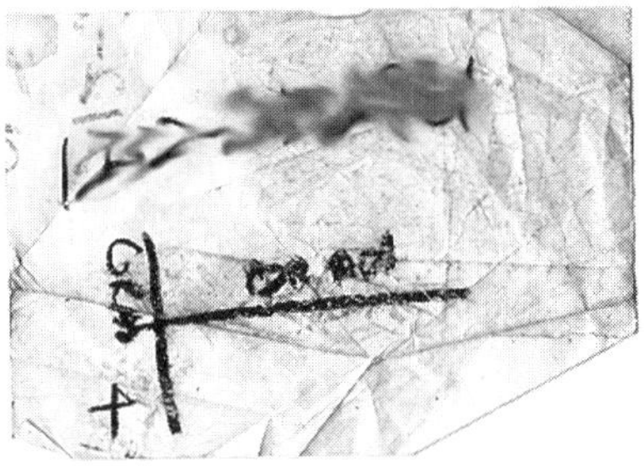

ビッグホール教会への地図
ジョニー・ジョンソン筆
妹に描いてやったものらしく、レイトンの葬式のあと、彼女が座っていた信徒席で見つかった
靴箱４から

ぼくの体は逆方向へ進むことにすっかり慣れてしまっていたので、列車が停まるたびに、視野全体がぼくのほうにすっと進んでくるように感じた。はじめてそれに気づいたのは、たびたびの停車中のあるとき、カウボーイコンドのバスルームに隠れていた間だった。鉄道会社がぼくの正確な位置を突きとめ、ぼくを殺そうとブルを差し向けてくるのは時間の問題だという確信はだんだん強いものになっていた。それで、そうやって狭いバスルームのトイレに腰かけているうちに、突然、目の前の壁とぶつかりそうな感覚に圧倒されたのだ。実際には静止しているのに、バスルームの鏡に映った自分の像が自分のほうに向かってくるというのは、その像が光学とか通常の屈折の法則から自由になろうとしているようで、ひどく気分の悪いものだった。後ろ向きのベクトルが着実に及ぼしてくる影響で、ぼくの自信はだんだんと揺らいできた。

では、ぼくはこの気まぐれに変化する運動量の泥沼のどこで安らぎを見出せばよかったのか？

ぼくがサー・アイザック・ニュートンの研究ノートを荷物に詰めてきたのには、ちゃんと理由があったのだ。ぼくはスーツケースの中を探って、そのノートをぎゅっとつかんだ。人が苦悩の折に、子ども時代にかわいがっていたテディーベアをまた抱き締めるように。

ぼくは、うちの牧場の上空のカナダガンの飛行経路を図に描いた折に、ニュートンの『自然哲学の数学的諸原理』をはじめて読んだ。飛行という行動で働く力学的な保存の法則について、もっと理解したかったからだ。その後、鳥の渡りにかかわる保存の法則について考えはじめたとき、より哲学的な（おそらくは不適当な）アプローチで、再びニュートンの著書に取り組んだ。たとえば、〝南に向かうものは、いずれ北に戻るだろう〟とか、その逆について。ぼくは自分のノートを『カナダガンの渡りにおける保存の理論』という論文に発展させることを考えた。けれども、たとえば『コカコーラの塩分』というような七学年の科学のレポートに、それを割りこませるのは（まったくといっていいほど無関係なかたちであっても）どうしても無理があった。

ぼくはニュートンに関するノートを開いてみた。最初のページには、ニュートンの運動の三法則が書かれていた。

第一法則　静止または一様な直線運動をしている物体は、外から力を受けない限り、静止または一様な直線運動を続ける。

第二法則　物体の運動量の変化は、加えられる力の大きさに比例し、力と同じ方向に起こる。

第三法則　あらゆる力は対になって起こり、その二つの力は大きさが等しく、方向は反対である。

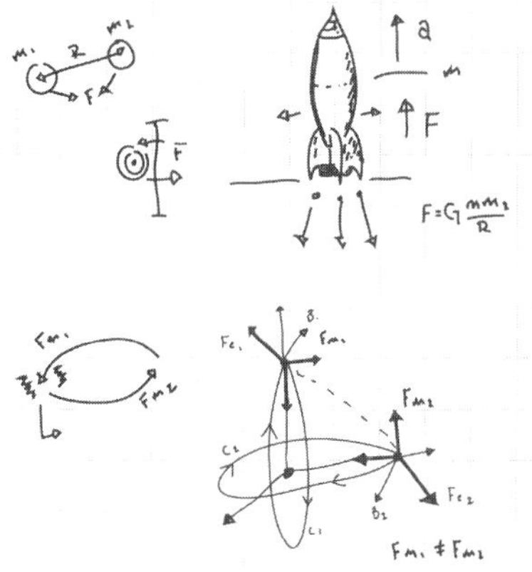

そうだ！　ここに、ぼくの旅の運動量を解明するのに役立つ法則があったのだ。ニュートンによれば、ウィネベーゴが列車に求めるのと同じ力を、列車もウィネベーゴに求めていた。しかし、列車のほうがはるかに質量が大きいので（運動量もはるかに大きいので）、また、一つには摩擦のすばらしい特性もあって、乗っていかないかという列車の求めをウィネベーゴは受けいれたのだ。同じように、ぼくはウィネベーゴがぼくに及ぼす力と拮抗しようとしていたけれど、ぼくの細い体格、重量、スニーカーの踏ん張りといったもののせいで、ウィネベーゴの方向性に屈服させられてもいたのだ。

父はあいさつ代わりに、ぼくをてのひらでちょっと強すぎるくらい叩くことがあったが、ぼくは叩かれると一フィートほど後ずさりした。ぼくたちの質量の違いが（父は常に一九〇ポンドを保っていたのに、ぼくは最高で七三ポンドしかなかった）、ぼくの方向へのより大きな運動量の変化となってあらわれたからだ。そういう接触で、ぼくもそれほどではないにしても、父に運動量の変化を及ぼしてはいた。同じように、スクールバスがリスをはねたときも、リスとバスとはお互いに等しい力を及ぼしあっていたのだが、双方の質量に雲泥の差があったので、リスは衝突後にとてつもない加速度を得たのだ。

ニュートンの保存の法則は、お互いに働きあう力にも拡大適用された。どんな衝突や運動にも、逆方向の等しい力が必要だった。

しかし、この保存の原理は、人々の動きにも適用されるのだろうか？　時空を超えた世代の移り変わりにも？

ぼくは気がついてみると、高祖父のテカムセ・テルホと、フィンランドの寒冷なモレーン（氷河が運んだ岩や砂からなる堆積物）の斜面からはるか西への長い移住の旅のことを考えていた。ビュートの鉱山に至るそのルートは、けっして直線的なものではなかった。彼は最初にオハイオのホイッスリングクリケットというサルーンに立ち寄り、そこで新しい名前を（たぶん、新しい経歴も）選んだ。その後、乗りあわせた列車がワイオミングの砂漠の真ん中の小さな補給駅で故障したことから、そこで二年間、ユニオンパシフィックの信号手としてとどまることになったのだ。

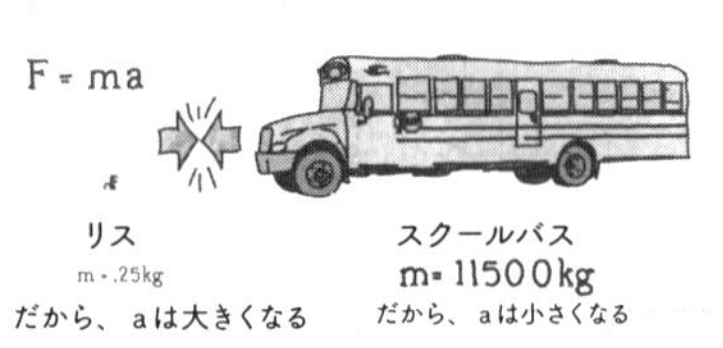

反対向きの等しい力
ノートG29から

たとえ、地面の上で何度もジャンプしても、地面をほんのかすかに叩いているに過ぎない。足を押し返されているだけで、小さなジャンプはほとんど何の影響も及ぼさない。スズメバチの足が窓ガラスに及ぼす浸食効果と同じようなものだ。

今、ぼくが乗った列車が走っている線路は、かつてテルホが汗にまみれ、機関車の大きなタンクに水を注いでいた地点から幅にして二十フィートと離れていなかった。自分は何という国にきたのだ、と彼は思ったに違いない。砂漠は果てしなく、熱気は耐えがたかった。しかし、彼はくるべきところにきたのかもしれなかった。一八七〇年のあるとき、赤い砂が波打つ辺境の只中、蒸気バルブの吠え声と何軒かの建物の上空を旋回するヒメコンドルのしゃがれた鳴き声の合間に、測地の一行の二十人の男に囲まれて彼女がやってきたのだから。遠征隊は幌馬車で着いたのかもしれないし、列車で着いたのかもしれない。しかし、二人がそこにどう入ってきたにしても、出ていったときはいっしょだった。テルホとエマはいったん出会うと、もう別れられないと感じた。フィンランドからきた男と、ニューイングランドからきた女——二人はそれまでの生活を捨てて、ニューウェストに根を下ろしたのだ。

ぼくの脳裏でベルが鳴り響いた。そういえば、この歴史をどこかで図に描いていた。ぼくはスーツケースに近づき、〝父とその干し草づくりの変わったパターン〟という表題のノートを見つけだした。興奮が高まるのを感じながら、裏までぱらぱらとめくってみると、たしかにあった。父が四十八歳の誕生日を迎えるにあたって、ぼくが系譜を描いたテーブルマットが。

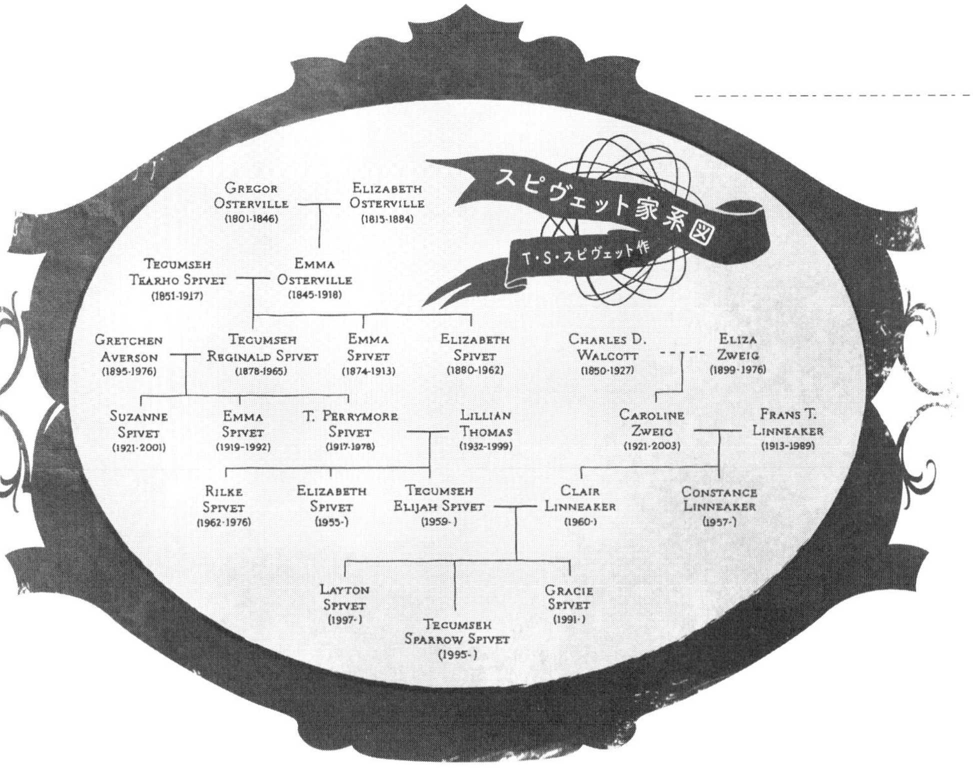

強迫観念のように何でも図にするぼくの性向を父は嫌っていたけれども、父が評価する伝統や襲名（それに食事）に触れることで、それが和らげられるのではないかとぼくは思っていた。しかし、その贈り物をじろりと見たあと、父は人さし指をあげてみせただけだった。それは、感謝と却下を同時にあらわすしぐさだった——ピックアップでよそ者の車を追い越すときにするのと同じしぐさだった。半年の間、そのテーブルマットはカメの文鎮や、二年前に亡くなったうちの小児科の先生の電話番号といっしょに、引き出しの中で眠っていた。その後、無意識のシナプスの働きで思いだしたのだろう、ぼくはそれを救いだして、このノートにとじこんでおいたようだ。

自分の存在という一本のかぼそい茎から数多くのルーツへと系譜をさかのぼるということでは、家系図（ファミリートゥリー）は最良のメタファーではなかったかもしれない。木は上へ上へと伸びていく。けれども、ぼくが今、ウィネベーゴを最終的な収束点へ向かって逆向きに走らせているように、木も逆向きに伸びていくことがあるからだ。スピヴェット家とオスターヴィル家の分岐と結合も、川の支流や分流のように描けばよかったのかもしれない。しかし、そういうイメージは、それに対応する問題を引き起こした。川の曲がりは、偶然だけで——風や、浸食や、砂の岸辺の気まぐれな隆起で——もたらされたのだろうか？　あるい

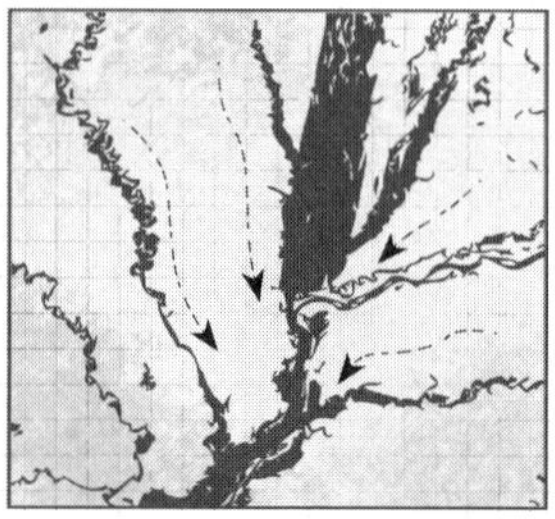

一族の流れと一族の木
ノートG88bから

ブラックグリースウッド
サルコバトゥス・ヴェルミクラトゥス

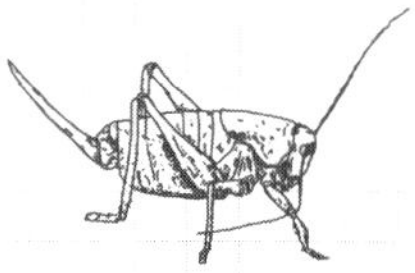

モルモンクリケット
アナブルス・シンプレクス

〜 レッドデザートの生物 〜

は、川底の下の岩盤が求める定められた到達点があったのだろうか？

ぼくが知る限り、スピヴェット家でフィンランドどころかミシシッピ川以東に戻ろうとした人間はいなかった。エリス島、オハイオの辺境のサルーン、そして西部。ぼくはこの西への移動に自然と逆行しているのだろうか？　移動の運動量の不均衡をゼロに戻そうとしているのだろうか？　それとも、ウィネベーゴを上流へ漕いでいるだけなのか？

テルホとエマは完成したばかりの大陸横断鉄道に乗った――ぼくとまったく同じルートをとった――ただし、方向は逆だったが。この線路脇に一日一コマだけ写る低速度撮影カメラが据えられていたとしたら、そして、フィルムをはるか前まで巻き戻し、柵を棒ではたくときのようなカタカタという音を立ててまわる映写機で、その間の歳月を映しだすとしたら、まず、列車の窓に大きな耳をしたテルホの顔が見え、それから間もなく、数ヵ月後にはエマのがっしりした顎が見えるだろう。二人とも西を向いているはずだ。そして、百三十七年、四世代を経て、こだまが返ってくるように、ぼくがあらわれるだろう。ぼくは二人と同じように西を向いてはいるが、東へ進んでいる。進むにつれ、時間を解きほぐしながら。

ぼくはだんだんと近づいていた。今はレッドデザートにいて、昔、テルホが働いていた補給駅に近づいていた。動物相と植物相の観察からだけでなく、六分儀と経緯儀を使ってみた結果から、そうとわかったのだ。しかし、ぼくは科学的な観察だけでなく、霊的な判断を通じて、この場所の位置を割りだすことができたと思いたかった。というのは、この場所が、一家の歴史の中でのきわめて重要な遭遇の背景になっていたからだ。

レッドデザート補給駅は、北のウインドリヴァー山脈、南のシエラマドレ山脈の間に横たわる広大な盆地の真ん中にある鉄道の前哨基地に過ぎなかった。地質学者はここをグレートディヴァイド盆地と名づけた。水がどの海にも流れだすことのない閉鎖的な分水界として、北米では特異な地位を占めているからだ。ここに降る雨水は（といっても、たいした量ではなかったが）、蒸発するか、地中にしみこむか、角(つの)のあるカエルになめられてしまうかだった。

ぼくは列車の上の居場所から、目を細くして、果てしなくひろがる赤い大地をながめた。いくつものぼろぼろの丘が寄り集まり、混ざりあった末に、のろのろと立ち上がり、遠くの山脈になって、それが一目では見わたせない盆地の縁を形づくっていた。ぼくはこう思わずにはいられなかった。百五十年前に、はるばるここまでやってきた不屈の旅人たちは、ある意味で、この盆地の閉鎖的な水系に影響されたのではないか、と。テルホとエマはその渦の引力から逃れられなかったのだ。その景観が持つゆったりした静かな内向きの衝動を、ぼくも感じとることができた。それは、範囲内にあるものすべてに、逃れられない力を及ぼしていた。そのために、水のしずくであれ、フィンランド人の先祖であれ、いったん、このくぼみにはまりこんだら、出られなくなってしまったのだ。おそらく、ユニオンパシフィック鉄道の経営陣は、路線を延ばそうとしたとき、このブラックホールの性質に気づいたのではないか。だから、レッドデザートの真ん中に補給駅をつくったのだ。異国の藪や乾燥した土壌のひび割れの中で、くる日もくる日も線路を敷きつづける多数のアイルランド人やメキシコ人労働者のための文明の前哨基地として。

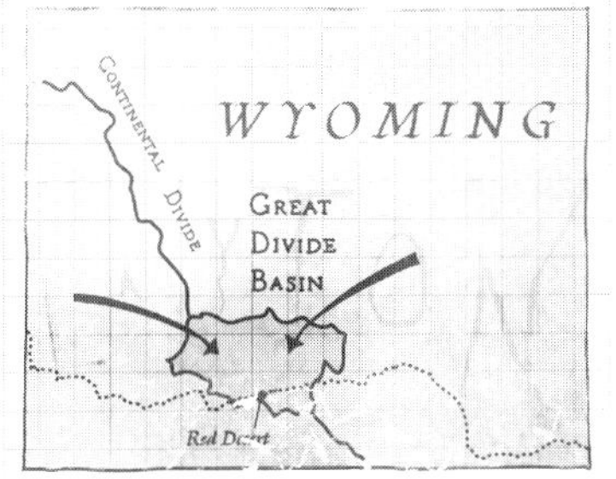

渦のようなグレートディヴァイド盆地
ノートG101から

ぼくはウィネベーゴのドアを開けた。長物車の柵を両手でしっかりつかみ、砂漠を横切る線路を突っ走る貨物列車の側面から、用心深く頭を突きだした。とたんに、今まで経験したことがないほど激しい、突き刺すような突風にさらされた。

リビングルームの豪華な栗色のソファーに座っている間は忘れているだろうけれど、ここで、ある自然現象を思いだしてほしい。それは風だ。

それは、今、ぼくが経験しているように、自分が直面するまでは、あまり考えることがないものの一つだ。自分の世界がそれにすっかり巻きこまれるようなことがなければ、脳裏に思い描くことはまずできない。ところが、いったん巻きこまれてしまうと、それ以外の世界を思いだすことはもうできなくなる。それは食中毒に似ていた。あるいは、大吹雪とか、あるいは……

（ぼくはほかのことは何も考えられなかった）

ぼくは頭を外へ外へと少しずつ突きだしていった。もつれたグリースウッドの間に、昔の町を示す雑然とした建物群が一目でも見えないかと思ったのだ。べつに多くを期待していたわけではなかった。実際、ぼくの高祖父がここにいたという事実の唯一の形跡である廃駅の建物が一つでも見られたらよかったのだ。

列車は孤立した丘と丘の隙間を通り過ぎていた。ぼくはその隙間を覆う土を見た。それは赤かった！　濃い血の色をした岩石粒が、丘の斜面をこぼれ落ちていた。これがしるしに違いなかった。一世紀半前に、鉄道の路線の測量をしていた誰かが、こういう丘を見て、ハンカチで額の汗を拭いながら、相棒にいったに違いなかった。〝ここはレッドデザートと命名しなきゃならんな。おまえも認めるだろう。それがふさわしいってもんだぞ、ジャコモ〟

前方にガタガタ揺れる有蓋車の列が見えた。さらにその先では、力強い黒と黄色の塗装のユニオンパシフィックのディーゼル機関車が、後続を砂漠の中へと牽引していた。熱気の中で機関車の分厚い胴体がちらちら光っていた。風に容赦なく顔を打たれたせいで、ぼくはヒストリーチャンネルで見た（チャーリーの家で）ドキュメンタリーの映像を思い起こした。それは、第二次大戦の北アフリカ戦線での鬼才エルヴィン・ロンメル率いるドイツ軍の戦いぶりを記録したものだった。全編がサハラ砂漠のとてつもないシムーム（砂を含んだ熱風）の中で展開し、猛烈な砂嵐から身を守る兵士の姿が描かれていた。

突然、ぼくはすさまじいシムームの中でガザラの守りについている狙撃兵になった。敵の激しい銃火にさらされ、四方八方から榴散弾（りゅうさんだん）が降りそそいでいた。ナチスがいたるところにいるのは間違いなかったが、果てしない砂漠のどこにもその姿は見えなかった――細かな砂の

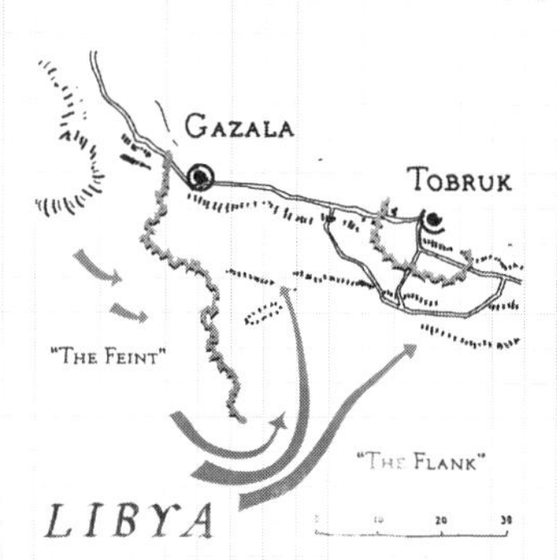

ガザラの戦いでのロンメルの迂回攻撃作戦
ノートG47から

粒が頬を刺し、目に潜りこもうとした。

〝どこにいるんだ、ロンメル？　おまえも、この風もくたばれ！〟世界がぼんやりかすんだ。涙が頬を伝い落ちた。ぼくはワイオミング／リビア北部の妙にまぶしい錆色の荒地を、目を細くしてにらんだ。

〝砂漠のキツネ（ロンメルのあだ名）はどこだ？〔そして、あの町はどこだ？〕〟

ぼくはもう我慢できなかった。想像上の十秒間の戦争でも、謎めいた砂漠の町の捜索でも敗北したことを認めて、風の中から頭を引っこめ、ウィネベーゴの側面にもたれかかると、ハーハーと荒い息をしながら目をこすった。場面を転換させるのに、風が果たす役割には驚くべきものがあった。外で自然の猛威にさらされているとき、そこはロンメルや榴散弾に占められていた。しかし、ここでウィネベーゴの不思議な繭に守られていると、世界は静かで映画のようだった。

ぼくは地図を見なおし、六分儀と磁石を読みなおしてから、砂漠に目を凝らした。駅は近いはずだった。

しかし、風景に見入れば見入るほど、岩石を染めている赤のさまざまに異なる色合いに驚かされるばかりだった。さまざまな赤は地形に美しい縞模様をつけ、それがケーキを積み重ねたように見えていた。木挽き台のような小高い丘は、赤ワイン色とシナモン色に彩られていた。線路を縫うように走る干上がった川の岸は、ピンクがかったからし色の石灰岩だったが、その色がだんだん褪せてサーモンピンクになり、泥だらけの川底では輝くような赤紫色に変わっていた。

ぼくは唇を噛み、再び外気の中に頭を突きだして、セージと明るい緑の雑草の藪を見わたした――〝もう通り過ぎてしまったのか？　もうなくなってしまったのか？〟

そのあと、それが見つかった。白地に黒い文字の駅名標が、地面から突きだしているだけだったけれども――それには、博物館のラベルのように〝レッドデザート〟と記してあった。駅舎もプラットホームもなく、その駅名標と未舗装の道路があるだけだった。道路は線路を横切って、はるか遠くの水のない峡谷の底の農家に続いていた。丘のすぐ向こうに州間高速道路と、古い出口が見えた。出口の傍らには、今は廃れたガソリンスタンドがあり、〝レッドデザートサービス〟と

看板が看板でなくなったのは、いつのことだろう？

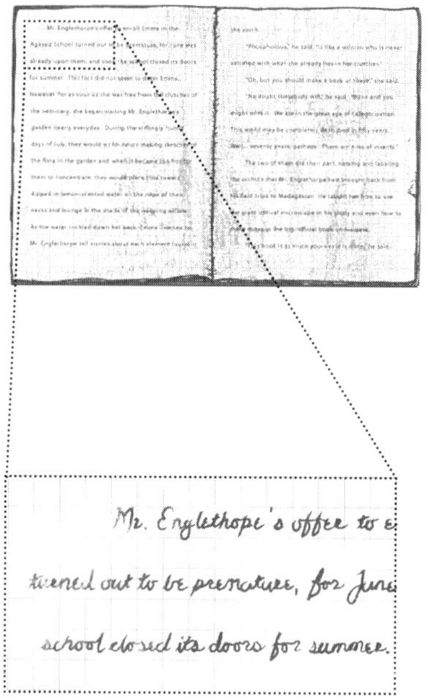

これは、ぼくが母のノートを読んでいる間に貨物列車がたどったルートだ。ぼくはときどき、ページから目を上げ、列車がどこまで進んだかをメモした。〝人はいつでも、自分がどこにいるかを知っているべきである〟というのが、ぼくの座右の銘だった。

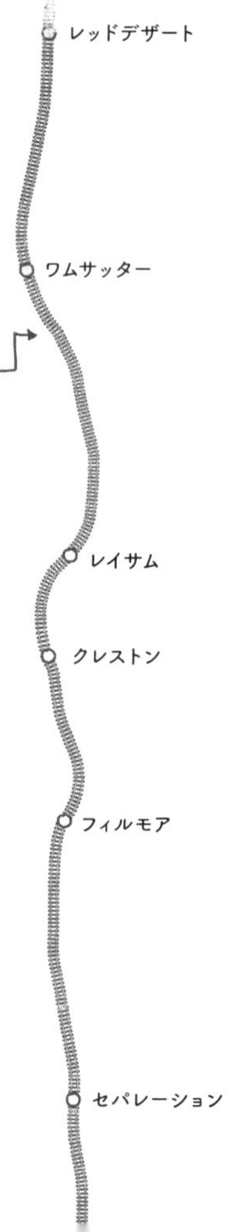

ワムサッターを出てすぐの荒野で、一頭の黒い馬が、通過するぼくたちの列車をじっと見ていた。

記されたぼろぼろの看板が立っていた。そのガソリンスタンドは、ぼくの高祖父が去ったずっとあとに、あらわれて消えたものだった。再びここで公共的なサービス業を営もうとした人がいたのだが、じり貧になっていく環境に屈するだけの結果に終わったのだ。

ここはテルホがしばらくとどまろうと決めた場所だった。どんな状況のもとで、テルホはエマと会ったのだろう？　セージに囲まれたこの場所で、二人で何を話したのだろう？　ぼくは母の物語に戻らなければならなかった。たぶん、母はその秘密を解き明かしているだろう。

ぼくは小さなテーブルに向かって座り、そこを自分のワークステーションにした。列車がワイオミングを横切ってネブラスカに入る間、ぼくはエマの世界に入りこんだ。そして、すっかりその気になって、母の書いた本文の横に絵を描いていった。いつか、ぼくたちがいっしょに本をつくる日がくるかもしれない。

エマをアガシ女学院に入学させようというエングルソープ氏の申し出は、勇み足とわかった。というのは、すでに六月を迎えていて、学校はまもなく、夏休みで扉を閉ざすことになっていたからだ。しかし、その事実もエマを思いとどまらせはしなかった。エマはほとんど毎日のように、今の女学校がひけるとすぐにエングルソープ氏の庭園を訪れるようになった。七月の息苦しいほど蒸した日も、二人で何時間も庭園の植物のスケッチを続けた。あまりに暑くて集中するのがむずかしくなると、レモンの香りがする水に浸した冷たいタオルをうなじにあて、シダレヤナギの木陰に入って休んだ。エマは水を背中にしたたらせながら、エングルソープ氏が地中で見つかった元素について語るのに耳を澄ました。

「リンという元素は」エングルソープ氏はいった。「自分がすでに手にしているものだけでは絶対に満足しない女に似ているね」

「へえ、でも、そういうこと、本に書いたらいいのに」エマはいった。

「きっと誰かが書くだろう」エングルソープ氏はいった。「まばたきしていると見逃してしまうよ。われわれは分類という問題ではきわめて重要な時代に生きているんだ。この世界も五十年後には完全に説明がついているだろう。いや……七十年かな。なにしろ、昆虫だけでもたくさんいるからね。とくに甲虫は」

エングルソープ氏がマダガスカルへの調査旅行で持ち帰ったランに命名し、分類する作業で、二人はそれぞれに自分の役割を果たした。エングルソープ氏は、書斎の大型光学顕微鏡の使いかたばかりでなく、デスクの公式記録簿への新種の記入のしかたまでをエマに教えた。

「この記録簿はわたしのものでもあり、きみのものでもあるんだ」エングルソープ氏はいった。「われわれは自分の発見を出し惜しみしてはいけないからね」

エリザベスは娘が出かけていくのをほとんど止めることはなかった。エマは夕食時を過ぎてから半地下のフラットへ帰ってくるようになり、そのときの足取りも以前とは目に見えて変わってきた。帰ってくると、葉脈の網目模様の話や、ある種のユリの雄蕊の先端の葯はボストンコモンで漕ぐカヌーがけばだったような形に見えるという話などをしゃべりまくった。

「すると、エングルソープさんとごいっしょするのが楽しいのね？」ある晩、エリザベスがエマの髪を編みながら尋ねた。二人はフランネルのパジャマ姿でベッドに腰かけていた。外では、ニューイングランドの湿気の中でコオロギが鳴いていた。

「そう……ええ！……そうよ！」エマはその質問の中にある種の疑問が含まれているのを感じた。「お母さんはあの人が好き？　すばらしい人よ」

「あなたはあそこに長居しすぎるわ」

「でも、いろんなことを勉強しているだけよ。ほら、ダーウィンが自然淘汰説を唱えて、多くの人がそれに賛成してるとか。あそこにやってくるグレーさんっていうとてもすてきな人みたいに。でも、ダーウィンは間違ってると思っている人も、まだたくさんいて……お母さん、わたしのこと、怒ってるわけじゃないでしょ？」

「怒ってなんかないわ、もちろんよ」エリザベスはいった。「わたしが何より望んでいるのは、あなたが幸せでいることだもの」

「お母さんは幸せ？」エマが聞いた。

「それ、どういう意味？」

「それはお父さんが……お父さんが海にのまれてから……」声がだん

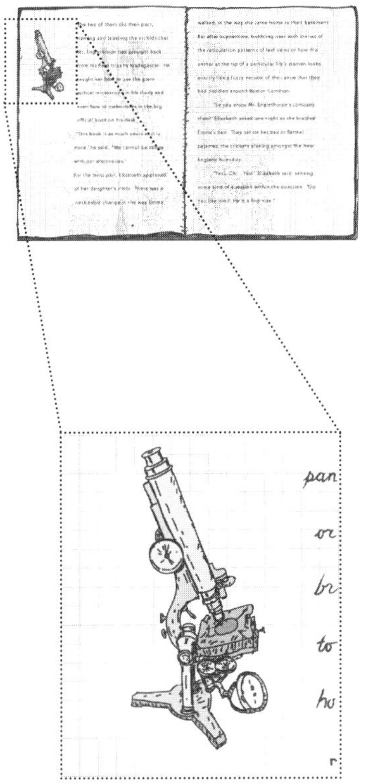

〝エングルソープ氏は、書斎の大型光学顕微鏡の使いかた……をエマに教えた〟

はじめてボーズマンで週末をいっしょに過ごしたとき、ヨーン博士は大学の電子顕微鏡の使いかたを実演してみせてくれた。あれはなんとすばらしい日だったことか！　チリダニに焦点を合わせたときには、二人でハイタッチして歓声を上げた。

父がチリダニのことでハイタッチするなんて想像できるだろうか？　だいたい、父が何かでハイタッチするなんて想像できるだろうか？　いや、それはない。父だったら肩にパンチをくれるだろう。以前、レイトンがずいぶん遠くにいるコヨーテをウィンチェスターで仕留めたときには、父は大喜びして、自分のステットソン帽をとり、それをレイトンの頭にポンとかぶせて、こういった。「やったな――カ－ヨーテのやつがくたばったぞ」自然発生的に、父から息子へ帽子が渡るのは、見ていて気持ちのいい光景だった。ぼくのほうへはけっして渡ることがないにしても。

だん小さくなって、ついには消えてしまった。エマは一線を踏み越えてしまったのではないかと恐れながら、顔を上げた。

「わたしは満足してるわ」沈黙を破って、エリザベスがいった。二人は突然、頭上の本棚に置いてある二冊のガリバーに気づいた。「わたしたちって、ほんとに運がいいのよ。もっと期待してもいいんだわ。お互いにね」

「何を期待するの？」エマがほほえみながら尋ねた。

「そうね、一つには、わたしたちとエングルソープさんの友情ね」エリザベスはいった。「それから、あなたが美しいお嬢さんに成長するのを期待してもいいわね。りこうで美しいお嬢さんに。あなたはボストンの人気者になるの！」

「お母さんったら！」

二人はくすくす笑った。エリザベスは娘の鼻を指でなぞって、最後に鼻先をつまんだ。エマの鼻は父親の鼻そのままだった。その鼻は、父親の場合、鍛えられた海の男にしてはやさしすぎるように見えたが、エマの場合、それとは反対の印象を与えた——心持ち先細りの鼻梁、ゆるやかにひろがる鼻孔、それらは強い決断力をほのめかしていた。今は表面下に潜んでいるけれども、浮上の機会をうかがっている決断力を。

エリザベスは我が娘を見まもった。時間が記憶の縫い目をだんだんとほころばせていた。ウッズホールのハウスボートで一塊（ひとくれ）のこね土のようだったころから、エマはどれほど遠くへきたのだろう？　最初の年、エマの小さな体はこの世から遠のこうとしていた。自分はこの世に属してはいないのだからというように、あまりに早く生まれてしまったからというように。それはそうだったのかもしれない。しかし、今、そのイメージは、エリザベスの膝を枕にして横たわっている鋭い目をした少女に取って代わられつつあった。少女は戯（たわむ）れて腕を持ち上げ、指を空中にひろげて、それをクラゲの触手のようにうねらせていた。エリザベスは頭上でうごめく指を、目を細くしてながめた。

〝わたしは今、ここ〞指がいっていた。〝とうとう着いたの〞

その夏はゆっくりと曲がりくねりながら終わりに近づいた。夏が日（ひ）

一日と衰えていくにつれ、エマは自分の内部にパニックがひろがっていくのを感じた。

　八月末のある日の午後、二人で鉄製のベンチに座っているとき、エマは勇気を奮い起こして尋ねてみた。

「エングルソープさん、もう一度、アガシ先生に聞いてくれる？……わたしを学校に入れてもらえるかどうか」この魔法の庭園を去るという先行きは、ほとんど耐えがたいものだった。静まりかえった冷たい石の廊下を、首筋に触れてくる尼さんの指の合図に従って進んだりする今の学校生活に戻るなどという先行きは。

「もちろんだよ！」エマの目に涙があふれかけているのに気づいて、エングルソープ氏はあわてていった。「心配ないよ、オスターヴィルのお嬢さん。きみは、午前中は、本館でほかの女の子たちといっしょに勉強するんだ。博識の学者たちのよりすぐりのグループ、かのルイス・アガシ博士自身も含まれているが、そういう先生がたに教えてもらうんだ。午後は、そうだな……わたしの隠れ家にきて、その日習ったことをわたしに教えてくれればいい」

　エマはにっこりした。それで話は決まりだった。エマは思わず飛び上がって、エングルソープ氏に抱きついた。「うわあ！　ありがとうございます、先生」

「先生？」エングルソープ氏は舌でポンという乾いた音を立て、エマの長い茶色の髪を撫でた。その瞬間、エマにはこれまでにあったこと——そのすべて——がよかったと思えた。まもなく自分がそこにいることになる世界よりも申し分のない世界など想像もつかなかったからだ。

　しかし、実際に話が決まったわけではなかった。ジョゼフィンが結核にかかって、エマはいきなり花屋に欠かせない人手になった。それで、庭園に戻ることができたのは、一週間半が過ぎてからだった。それは永遠とも思える間だった。エマはようやく母親に頼みこんで、午後を休みにしてもらい、クインシーストリートへ抜けだした。エングルソープ氏の離れへ着いてみると、ドアがすでに開いていた。

「こんにちは」声をかけてみたが、返事はなかった。

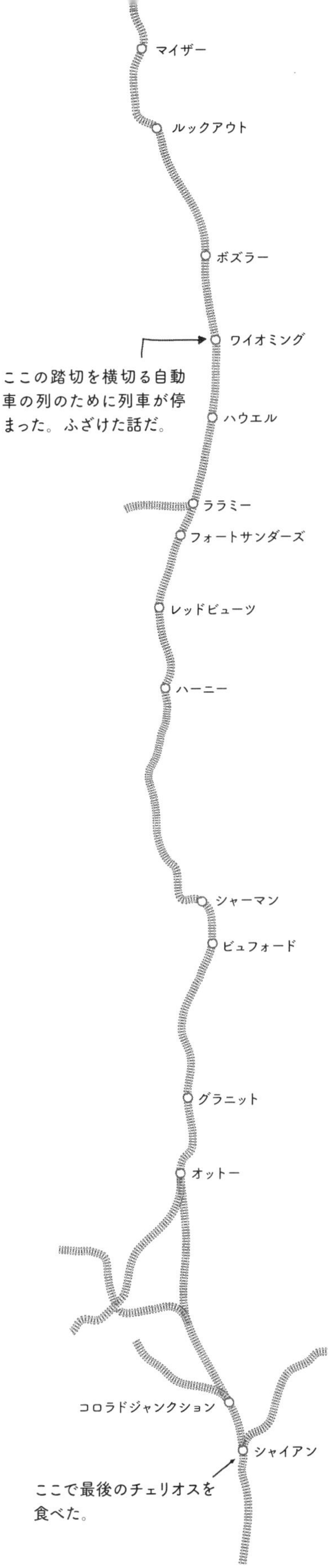

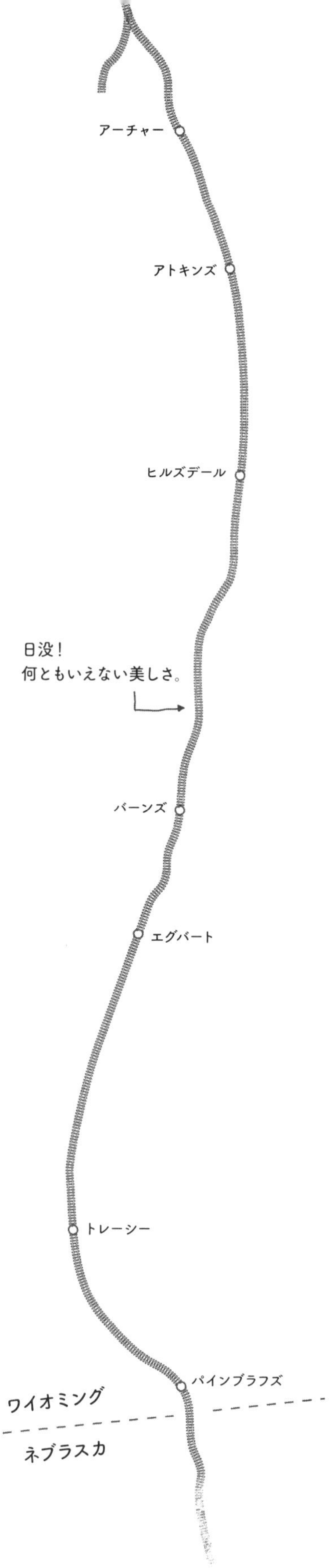

エマはためらいながら、中へ入っていった。エングルソープ氏は書斎のデスクに向かって座り、取りつかれたように何かを書きつづっていた。青ざめて震えているようだった。そんな様子の彼は見たことがなかった。エマは一瞬、彼もジョゼフィンと同じように結核にかかったのではないかと思った。ひょっとしたら、世界中の誰もが、突然、恐ろしい病気に取りつかれてしまったのではないか、とも。口の中がからからに乾いてきた。

エマは書斎の真ん中に立って、じっと待った。エングルソープ氏はいったん手を休めてから、書きものに戻るようなしぐさをしたが、結局、羽ペンを置いた。

「彼はどうかしてる。どうしてそんなことが……」エングルソープ氏はエマを目にした。「わたしは努力したんだが」

「それ、何の話？」エマは尋ねた。「気分でも悪いの？」

「ああ、きみか」エングルソープ氏は首を振った。「彼は学校が満員だというんだ。わたしは信じないが。彼のいうことは一言も信じない。わたしはこの件を……口論の真っ最中に持ちだしたんだ……あれはわたしの過ちだった。すまない……ほんとにすまない」

「何の話？」エマはいった。エングルソープ氏の両腕から力が抜けた。

「もちろん、よかったら、午後にはきてもらってかまわない——」

しかし、エマはその続きを聞いてはいなかった。正面の階段で内緒話をしている少女の一団のそばを通り過ぎ、庭園へ駆けだしていった。少女たちはそれを見て、はじめ、びっくりしていたが、すぐに笑いはじめた。もうたくさんだった。エマはハーヴァードヤードのひっそりした小道を抜け、スクエアのざわめきの中に飛びだし、市電や行商人をかわしながら走りつづけた。涙がとめどなく流れた。涙は顎を伝って、喉のくぼみに集まり、ドレスのピンクの縁にしみこんでいった。

あの庭園にはもう二度といかない、とエマは誓った。

その翌週から、エマはまたサマーヴィル女学校で学びはじめた。学校は記憶していたよりもずっとひどかった。好奇心と真の科学的発見（エングルソープ氏はエマが発見したランの新種に名前をつけさせてくれた。アエラトベス・オスターヴィラ！）に満ちた夏は、年配の尼さんたちのだらだらした授業に取って代わられた。尼さんたちは自分が何をだらだらしゃべっているのか、あまりわかっていないようだった。

九月の間、エマはスローモーションのように世界を漂っていた。促(うなが)されれば手を上げ、ほかの少女たちが整列すれば自分も並び、一日三回、礼拝堂で賛美歌を歌うふりをした(実際のところは、〝スイカ(ウォーターメロン)〟という言葉を何度も繰り返してささやいていただけだったが)。食もだんだん細くなった。エリザベスは心配になってきた。なぜエングルソープ氏のところにもういこうとしないのか、エマに聞いてみた。

「あの人はすまないっていってるわ」エリザベスはいった。「あなたと放課後に会いたいっていってくださったのよ。あの人に失礼をしちゃいけません、いい。あの人はわたしたちに何の借りもないのに、とても親切にしてくださってるんだから」

「お母さん、あの人と会ってたの?」エマがびっくりしたように尋ねた。

「あの人はいい人よ」エリザベスはいった。「それに、あなたのことをほんとうに気にかけてくださってるのよ。あなたはあの人にそれ以上の何を望むっていうの?」

「望んでなんかないわ……わたしは……わたしは」エマはいった。しかし、抵抗もしぼんでいった。

翌夕、エングルソープ氏が二人を訪ねてきた。

「エマ」エングルソープ氏はいった。「アガシの学校の件はすまなかったね。でも、かえってよかったんじゃないかな。そう、そのかわりに約束するから。小さな科学者を訓練するのに、わたしは彼にやれる以上のことをしてみせるとね。わたしたちにはそのほうがいいんだ。もう、あのわからず屋はきみにいやな思いをさせることはできない。さっそく、あしたの午後、うちにこないか?」

「いけないの」エマはうつむいてテーブルを見つめた。「あしたの午後は課外活動があるから」

「課外活動?」

エマはうなずいた。サマーヴィル女学校の午後の課外活動は、聖書の学習、調理、それに〝体育〟からなっていた。体育といっても、バ

► かわいそうなエマ。それにしても、その女学校はほんとうにひどかったのだろうか? ぼく自身の宗教との関係は、しぶしぶ軌道をまわっている衛星のようなものだった。父はぼくたちを聖書の勉強に通わせたかったようだが、グレーシーが猛烈に抗議したので(〇四年のヒステリー)、折れるしかなかった。スピヴェット家は定期的に教会に通ってはいた。けれども、父の奇妙な癖、つまり、ぼくたちに教訓を与えようとするとき、十字架に触れて、聖書をたたく癖を別にすれば、我が家のキリスト教とのかかわりあいは、日曜の朝、ビッグホール教会でグリア師の説教を聞く以上にはひろがることがなかった。

といって、ぼくは教会が嫌いというのではなかった。サマーヴィル女学校の尼さんたちと違って、グリア師はこの上なくいい人だった。レイトンの葬式でも、彼の死をとてもやさしく、慰めるように話してくれたので、ぼくはその説教の間、顔が上げられなかったし、気がついてみるとグレーシーと手を握りあっていた。グリア師は、そのあとのレセプションでも、トランプのクレージーエイツのゲームでぼくを勝たせてくれた。そして、喪主側が見送りの列を解いたあとも、母を隅のほうに連れていって、何か語りかけた。母は真っ赤な顔をして泣きながら戻ってきた。母は心を許してリラックスしたような様子でグリア師の肩にもたれかかっていたが、母が父にそんなことをするのは見たことがなかった。

父は父で、家の中では、いってみれば三位一体の第四の枢軸としてグリア師を利用していた。父は宗教的実践にはむら気やえり好みがあったけれども、道徳的な調整システムを必要とするときはいつも、グリア師とイエス・キリストを交互に持ちだした。ある日「レイトン、イエスはクッキーを盗むか?」といったかと思うと、次の日は「レイトン、牧師さんは長靴をキッチンに放りだしておくか? そんなこたあ、絶対にない。火曜日までに磨いとかないと、鞭で引っぱたかれるぞ」という具合だった。

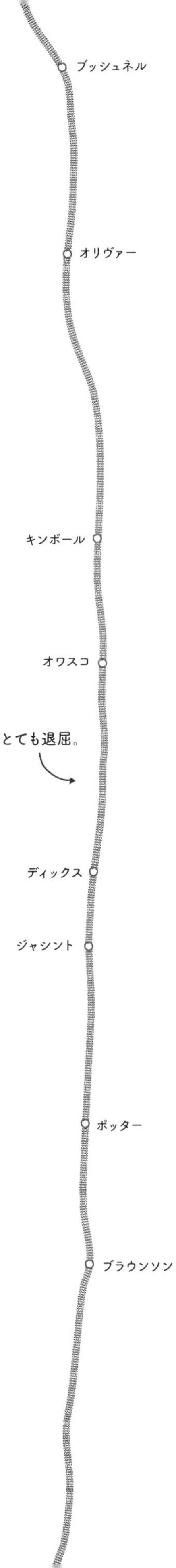

ドミントンのラケットを手にした少女たちが、シスター・ヘングルのとがめるような視線のもと、おしゃべりしたり、くすくす笑ったりしながら運動場をぶらぶらするだけのことだったが。
「決められたルールには、必ず抜け道があるものだ。ほんとだよ」エングルソープ氏がいった。「わたしなんて、ルールをねじ曲げるのが習慣になっているくらいだ」
　翌夕、エングルソープ氏は、エマが骨減少症、あるいは〝骨粗末症〟と呼ばれる聞き慣れない病気にかかっているという診断書を携えて、母子の住まいに戻ってきた。その病気は、お祈りも含め、体を動かすことは何であれ避けなければならないというものだった。「これは恐ろしく危険なんだ」エングルソープ氏は医者のような重々しい声でいった。顔にも深刻な表情を浮かべていたが、そのうち、こらえきれなくなって噴きだした。
　学校側が外部の医者の診断を重んじるかどうか、エマは不安だった。しかし、マラード校長はエマを自室に呼び入れると、芳（かんば）しからぬ病状に心から見舞いの言葉をかけてくれた。そして、帰ってよろしいと送りだした——結局、エマはその足で秘密の庭園に直行した。
「〝骨粗末症〟だって？」エングルソープ氏はドアを開けて、そこにエマが立っているのを見ると、そういった。「やれやれ、学校の先生がたはろくに調べもしないようだね」
「あの……」エマは口ごもった。このところ、夜になると、同じ夢のバリエーションを見つづけていた。クインシーストリートの門を通り抜けると、女学院の生徒の一団に取り囲まれるのだ。生徒たちはエマの名前を繰り返していた。〝エマ、エマ・オスターヴィル。誰もあんな子ほしくない。みんな気分が悪くなる〟
「何だい？」
「もしかして……ここにこられる裏口はない？」
　エングルソープ氏はとまどった様子で、まじまじとエマを見つめた。と思うと、合点がいったという表情を浮かべた。「ああ、もちろんさ。賢人は皆、同じことを考えるというわけだ。わたしは裏の柵に隠し戸をこしらえておいた。わたしが……ここの主人とあまりうまくいかないときに備えてね」

そうして、二人の研究活動は再開された。ほとんど毎日、午後になると、エマはちょうつがいで動くようになっている柵の板を押し開けて、ひっそりとした庭園に入りこんだ。エングルソープ氏はエマに磁石や捕虫網、標本瓶の使いかたを教えた。二人はニューイングランドの休閑地の周辺でさまざまな甲虫を見つけては、エマの自然科学の授業用に立派な標本にした。その標本を、科学の先生のシスター・マクガスライトは称賛し、クラスメートはいぶかしげにじろじろながめた。〝骨粗末症〟で、小枝だの毛虫だのを好むエマは、男の子の話でくすくす笑うような女の子ではないということが、すぐに知れわたった。

エングルソープ氏はエマにリンネの分類法を教え、ラテン語の授業は注意して聞くようにいった。それがすべての学名の由来になっていたからだ。二人は協力して、フィンチのいくつかの科についてくわしく調べた。それがエングルソープ氏の専門のように思われたが、エマはまもなく、彼にはとくに専攻しているものはないと気づいた——医学から地質学、天文学に至るまで、あらゆる学問に手を出していた。そういうルネサンス的教養人のもとでの修行が、エマの科学観を形づくった。科学とは、その中から専門分野を選ぶ学問のコレクションというだけではなく、人の意識の隅々（すみずみ）にまで浸透する全体論的な世界観でもあるという見かたを。エングルソープ氏は、洗面所にいても実験室にいても、片時も失せることのない科学的好奇心の持ち主だった。より高い力から、存在の重要な結び目をほどくよう指示されているとでもいうように見えた。実際、エングルソープ氏がその結び目をほどくのに寄せる熱意は、マラード校長が女生徒たちにこう呼びかける宗教的な熱意と違いはないように思われた。「若い男性から、あなたがたが善良なキリスト教徒の女性——健全な心と、健全な体を持った女性——であり、結婚しようと手を差し伸べたい相手であると思われるようにおなりなさい」と。

エマの生活の根底には、宗教への疑問符がまつわりついていた——聖書の教えばかりでなく、尼さん一人一人の迷信（「明かりをつけたままお風呂に入ってはだめ」シスター・ルシールはそう主張した）で規制される日中の課外活動、それはエングルソープ氏の実地調査日誌

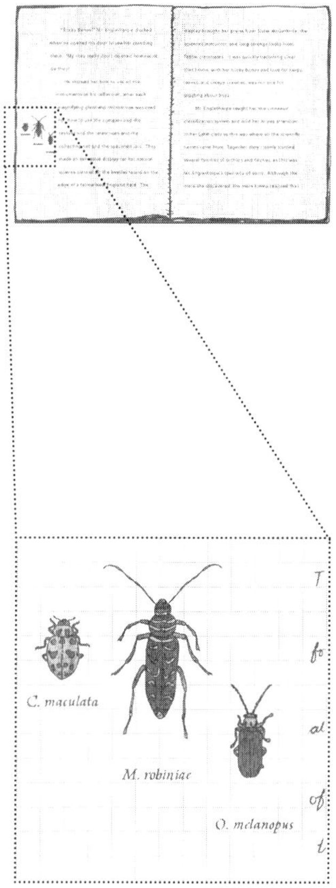

▶〝その標本を、化学の先生のシスター・マクガスライトは称賛し、クラスメートはいぶかしげにじろじろながめた〟

ああ、そういう目つきはぼくもよく知っていた。みんなが尻馬に乗るのだ。誰か一人がそうすると（ふつうはエリック）、それが、じろじろ見てもいいという合図のようになった。そのあげくに、誰がいちばんうまくおならをする真似ができるかとか、女の子をバカにすることができるかというコンテストになっていくのだ。多くの点で、ぼくたちは動物とそれほど違ってはいないということだ。

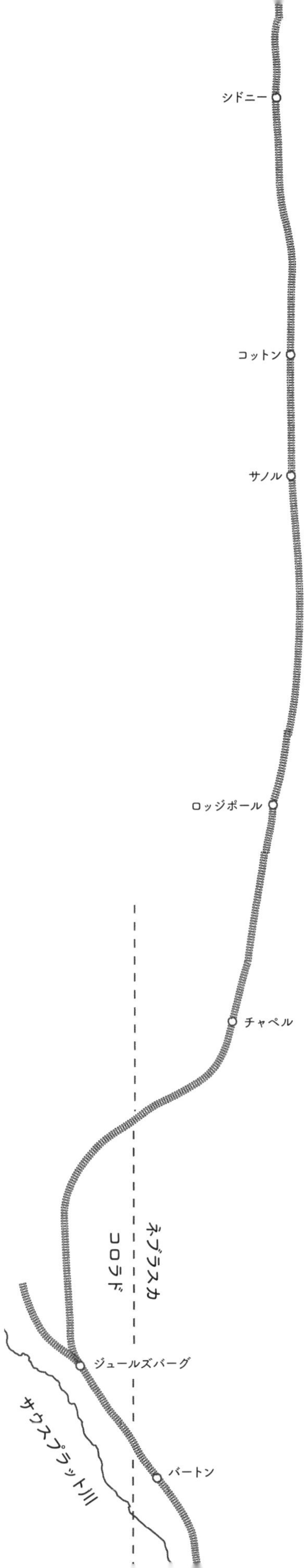

にびっしり書きこまれた観察の正確さとは対極にあると感じることが少なくなかった。エマからすると、花糸（雄しべの柄の部分）を指して、その特質を述べたりするのは、主の仰々しいお告げからはかけ離れたことのように思われた。「地に群生するものはみな忌むべきもの」レビ記１１章４１節で、主はモーセにそうおっしゃった。「わたしは、あなたがたの神となるために、あなたがたをエジプトの地から導き出した主であるから。あなたがたは聖なる者となりなさい。わたしが聖であるから」主はどうして、群生するものはみな忌むべきものなどと主張できたのだろう？　何が証拠だったのだろう？　どこに実地調査日誌があったのだろう？

　この大きな隔たりにもかかわらず、信仰というものは一般の生活の中になお存在しつづけ、それがエングルソープ氏の心を乱しているのは明らかだった。彼が我慢ならないという様子で本館から出てくるのを、エマはたびたび目にした。そういうとき、彼はぐるぐると歩きまわったり、人形つかいのように、しきりに手足を動かしたりした末に、離れに戻ってきてエマと合流した。しばらくの間、どちらも口をきかなかったが、そのうち、彼はフラストレーションを抑えきれなくなって、自然淘汰説を受けいれないアガシの頑迷固陋ぶりについてののしりはじめた。〝純粋科学〟と、あいまいながら、神の導きの手という概念に基づいたアガシの〝自然哲学〟というブランドの間の対立について。

「理論の上では、どちらの分野も――宗教も科学も――自然と対立するものではない」エングルソープ氏はそういって、爪先で砂利を掘った。「それが普及に成功している理由だ。つまり、新しい解釈、新しい着想を受けいれる余地を持っているからだ。とにかく、観念の世界で宗教が果たしている役割を、わたしはそう見ているんだ。もちろん、わたしがこんなことをいっていると知ったら、異端者というレッテルを貼って、暴徒を呼び集めて縛り首にしようという連中もいるだろう。しかし、わたしの疑問はだね、一つのテキストがあるなら、どうして、それを改訂しつづけないかということだ。テキストというのは、本質的に進化するものなのだ」

「でも、最初から正しかったらどうなの？」エマは尋ねた。「シスター・ルシールは、聖書は神の言葉からきているから正しいんだっていってるわ。神がモーセに直接お話しになったんだからって。それで、神が造物主なら、どうして神が間違ってるの？」
「正しいなんてものはないんだ。ただ、それに近いものがあるだけだ」エングルソープ氏はいった。「そのシスター・ルシールは、ある意味では善意の人だと思うけど——」
「そんなことないわ」エマはいった。
「まあ、少なくとも、自分の言葉は真実だと信じている人だね」エングルソープ氏はいった。「しかし、わたしにしてみればだ、テキストに最高の敬意をあらわしたいなら、テキストに立ち返り、その内容を調べなおして、こう聞いてみることだ。〝これはいまだに有効なのか？〟と。読んでも忘れてしまう本——それは、わたしからしたら落第ということだ。しかし、何度も繰り返し読むというのは……それは進化のプロセスを信じているということなんだよ」
「だったら、先生はなぜ書かないの？　今までの仕事を全部まとめて、本を書いてみたら？」エマは憤激を抑えきれないという口調で問い詰めた。
「おそらく」エングルソープ氏は考えながらいった。「自分の仕事のどれを選んで、そういう本にしたらいいのか、自分でもわからないんだろうね。あるいは、誰も読んでくれないだろうと恐れているだけなのかもしれないが……誰かが読みなおして、改訂する値打ちがあると思ってくれるところまでは、とてもいかないんじゃないかとね。どういうテキストが将来の世界像を形づくっていくのか、どういうテキストが知られることなく埋もれていくのか、どうしてそんなことがわかる？　だめだ！　わたしはとてもそんな危険を冒すことはできない」
　エマはそのとき、エングルソープ氏の宗教論にはっきり賛意を表明したわけではなかった。いまだに教会への親近感が根強く残っていて、教義の実践の中には容易に棄てきれないものがあったからだ。明示された規則の多くに逆らってはいても、学校の堅苦しさに無意識の慣れのようなものも感じていた。けれども、いつの間にか、エマの非公式の教師というだけでなく親友としての地位を固めていたエングルソープ氏の影響力が、及んでいないはずがなかった。彼の方法、遺伝や構造や分類の問題へのアプローチに触れるうちに、徐々に、しかし、確実に、エマは受け継ぐ定めになっていた役割のほうへ背中を押されていった。エマは経験主義者、探検家、科学者、そして懐疑論者になっていった。

再び、余白にメモ。

Call Terry

テリーに電話

ヨーン博士へのたびたびの電話は何だったのだろう？　ぼくがおぼえている限り、二人が電話で話しているのを聞いたことはまずなかった。母は余白の覚え書きを実行するのを忘れていたに違いない。あるいは、ヨーン博士の家に直通している秘密の赤電話をどこかに隠していたのかもしれない。

　実際、エマは手の届くもの何でも収集するという貪欲さばかりか、分類と観察に信じられないほどの才能を有していることがすぐに明らかになった。自分で標本のスケッチブックを持つようになると、まもなく、細部への注意力ではエングルソープ氏と肩を並べるほどになった。また、彼とともに顕微鏡や拡大鏡をのぞいて、より精密な観察をする間も、たいへんな忍耐力を発揮した。

　母は研究に使える歴史的資料が不足していると、ひどくいらだったが、そのわけが今になってわかった。ぼくもエマの少女時代のスケッチブックがどうしても見たかった！　それをぼく自身のノートと比べて、同じものをスケッチしていないか見てみたかった。

　そのスケッチブックはどうなってしまったのだろう？　世界の歴史の断片は、みんなどうなってしまったのだろう？　その一部は博物館の引き出しの中におさまっていた。それはそれでいい。けれども、古い葉書、写真を刷りこんだ皿、ナプキンに描かれた地図、小さな錠がかかる個人の日誌といったものはどうなったのだろう？　住宅火災で燃えてしまったのか？　ガレージセールで75セントで売られてしまったのか？

　それとも、ほかのあらゆるものと同じように、ぼろぼろに崩れてしまったのか？　ページの中におさめられた小さな秘密の物語も次から次へと消えてしまって、もう二度と戻ってはこないのか？

　一方、エリザベスもそれなりに、エングルソープ氏について、より多くを知るようになった。花屋が閉まったあと、庭園を訪れ、エングルソープ氏とエマが作業しているのを見まもる回数が、ますます増えていった。薄れゆく光の中、エマがノートにスケッチしている間、エングルソープ氏が鉄製のベンチに座っている自分のほうに恥ずかしそうに近づいてくるのにエリザベスは気がついた。二人は束の間、語りあい、笑いあった。その声が、暮れかかった庭園のシダや、もつれあった落葉樹の間に軽やかに響いた。小さな池にはさざなみが立った。

　エングルソープ氏はエリザベスのそばでは別人だった。「先生らしくないわ」エマは小声でスケッチブックに語りかけた。「お母さんのそばにいると、妙に神経質になっちゃって」〝わたしのそばにいるときよりも〟エマはそういいたかった。

　光が消えて、エマがスケッチを続けられなくなると、エングルソープ氏は進み具合を見に舞い戻ってきた。彼がそんなふうに役割を変えるのを見るのは複雑なものがあった。エマは母親と彼とが幸せになってくれたらと思ってはいたけれども、彼の思いを我がものにしたいと強く感じるようになっていたからだ。母親も含め、ほかの誰とも、それを分かちあいたくはなかった。

〝先生はわたしといると気楽にしているけど、お母さんといるとどうしていいのかわからないんだから〟

　こういう午後を続けようとするなら、母親はお飾りのままでいなければならないということをエマは知っていた。たとえ、エングルソープ氏の博学をうかがわせる滑らかな口ぶりが影をひそめ、両手がぎこちなく垂れて、解剖用のピンセットのようになるとしても。

「ありがとう……またきてくれてありがとう」エマはエングルソープ氏が母親にそういっているのを聞いた。「これは……」その言葉は尻切れとんぼで終わった。彼の声にみなぎる緊張がエマに苦痛を与えた。それは、そこに感じられる不安や、見当違いな言葉のせいではなく、話しぶりにひそむ湧き立つような感情のせいだった。なぜ、それが自分の母親に向けられているのだろう？　母親はいったいどんなことをして、エングルソープさんのような人から不可思議な強い反応を引きだしているのだろう？

　その秋、エマが庭園に独り座って、オークの落ち葉をスケッチしているとき、誰かが砂利を敷いた小道をやってくる足音が聞こえた。顔を上げると、パラソルを持った母親の姿が見えた。いつからパラソルを持つようになったのだろう？　エングルソープさんが贈り物として買ってくれたのだろうか？　エマは自分の顔が怒りで紅潮するのを感じた。しかし、間合いが詰まってくると、何かが違っていると気づいた——その女は母親と似ていたが、もっと若く、もっと頬が豊かで、もっと顎が小さかった。

　エマは座ったまま、女が近づいてくるのを見まもった。

「こんにちは」女がいった。

「こんにちは」エマもいった。

「あなたがオーウィンのお弟子さん？」

「え？」

「オーウィンはここで自分の生徒を教えてるってアガシ博士がいってたわ。あなた、お名前は？」

「エマです」エマはいった。「エマ・オスターヴィルです」

「そう、オスターヴィルさん、あなたがなぜ、うちの学校に通わないのか、わからないんだけど、オーウィンのやりかたはわたしには理解できないことがよくあるから」

　二人は庭園に目をやったまま立っていた。エマは相手を見ないようにした。

「もし、オーウィンが手に負えなくなったら、わたしのところにいら

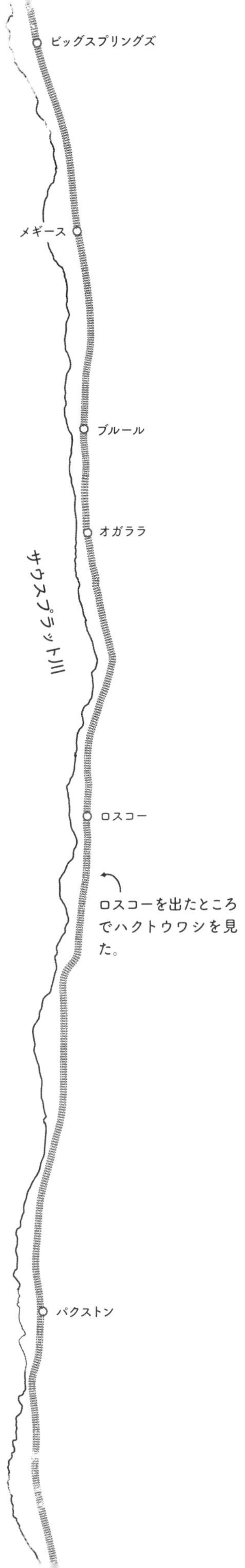

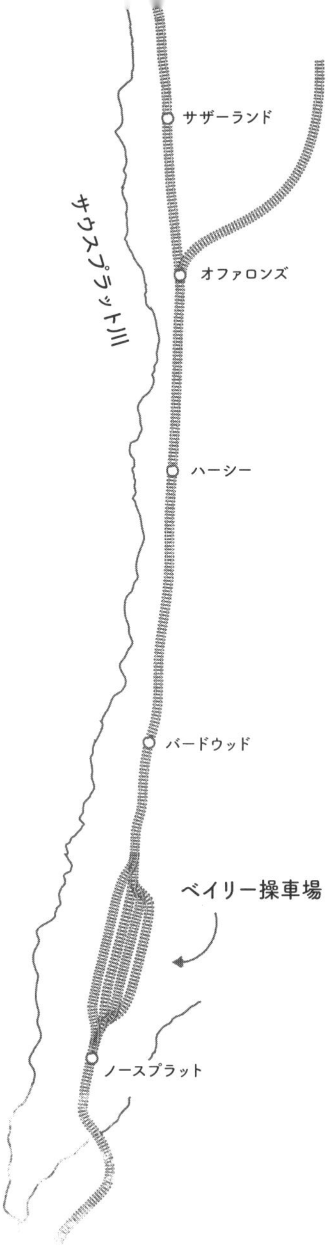

っしゃい。そういう段取りをしましょう。あなた、今はどこで勉強してるの？」
「え？」
「学校よ。どこの学校で勉強してるの？」
「あ、サマーヴィル女学校です。パウダーハウスの近くの」
「で、あなた、そこをどう思ってるの？」
「悪くないと思いますけど」相手からそんなふうに詮索されると、エマは急に自分の小さな学校を擁護しようという気になった。
「ふーん」女は唇をすぼめた。「まあ、うちの庭からの収穫を楽しんでちょうだい。それじゃね」
　女が小道を戻りはじめたとき、エングルソープ氏が離れからあらわれた。二人は立ち止まって、二言三言、言葉を交わした。しかし、女はパラソルをくるくるまわしたかと思うと、また道をたどりはじめた。
　エングルソープ氏がそばにくるのを待って、エマは聞いてみた。
「あの人、誰なの？」
「ああ、アガシ夫人と会ったのかい？　リジーは学校を運営してるんだ」エングルソープ氏はそう答えたが、ほとんど上の空といった様子だった。
「あの人、わたしが入れるかもしれないって……」エマはそういいかけたが、その考えをまとめることはできなかった。
「わたしは彼女にそれほど好かれてるとは思えない。彼女はわたしがアガシの頭痛のもとになってると考えてるんだ。それはたしかにそのとおりだが」
「わたしもあの人、あまり好きじゃない」エマはいった。
　エングルソープ氏は笑った。「ああ、きみは素直だから、どちらかに味方しなければと思ってるんじゃないのかい？　わたしもきみを怒らせないようにしないとね」

　十月半ばの二度の週末、エングルソープ氏は立て続けにエマとエリザベスをコンコードの丘へ紅葉見物に連れだした。
「葉の内部でアントシアニン（花に赤や青の色を与える色素）が作用しているのを見てごらん！」赤ワイン色、栗色、淡い黄色の葉の海を通り過ぎる馬車の中で、エングルソープ氏がいった。「これは奇跡じゃないかな？」

エリザベスが秋の果樹園を歩きまわって、リンゴを籠に何杯ももぐ間、エングルソープ氏とエマは岩石の層を調べ、土壌のサンプルを計り分けた。

「秋というのは、季節のサイクルがわれわれに及ぼす影響がもっとも顕著にあらわれる時期だ」エングルソープ氏はいった。「それは、たとえば、地軸が太陽とは逆の方向に傾くのが感じられるような……そして、木々はその変化に気づいて、次々に化学プロセスを起こしはじめる。それは非常に驚くべきもので、近代科学でも、より基本的な触媒の一部はいまだに解明できずにいるほどだ。わたしが一年でいちばん好きな日は、秋分の日だ。そのとき、すべてが完全な変わり目の中にある。ボールを空中に投げ上げたときのように」――馬車の中で、エングルソープ氏は目には見えないボールを投げ上げた。全員の目がそれを追って、上を向いた――「そして、上昇していって、まさに頂点で静止する。考えてみると、自然のボールは、われわれの意識がぴくぴくするよりも、ずっとゆっくり動いているから、われわれはこうして一日中祝っていられるというわけだ！」

「でも、秋はいろんなものが死ぬときよ。ああいう葉っぱだって死んでるわ」エマはそういい、馬車の車輪に踏まれてざわざわする琥珀色の落ち葉の薄い膜を指さした。

「ああ、しかし、死は美しいものでもある！　死は収穫でもあるんだ！　伝染病の蔓延がなかったら、われわれは食べていけなかった。進化というのは、生命に依存しているのと同じように死にも依存しているんだよ」

母は余白にまたいたずら書きをしていた。

（わたしは彼が好きではない）

ぼくは思わずそこで手を止めた。これはどういう意味なのだろう？　母は父が好きではなかったのか？　ずっとそうだったのか？　目がじーんと熱くなってきた。ノートを部屋の向こうへ放り投げたくなった。〝彼が好きでなかったのなら、なぜ、いっしょになったの？〟ぼくは叫びたかった。〝好きでもない男と子どもをつくったりしちゃいけなかったんだ〟

ぼくは一つ深呼吸した。いや、二人はお互いに愛しあっているのだ――そうに決まってるだろう？　とくに口に出すことはない独特の流儀で、二人はお互いに愛しあっているのだ。たとえ、本人たちはそうと気づいてはいなくても。

そうじゃない？

エリザベスはコンコードへ遠出するときにはピック（小型のつつく道具）や虫眼鏡を持っていったが、収集という行為を娘ほど楽しむことはできなかった。

「こんなこと、ほんとに何かの役に立つんですか？」エリザベスは一度、昼食時に聞いてみた。三人は、コンコードのスズカケノキの下に赤と白の格子縞の毛布を敷いて座り、エングルソープ氏手製のレモネードを飲んでいた。

「役に立つって、何がですか？」
「こういうものみんな」エリザベスはノートや、ピクニック用のバスケットのまわりに散らばっている測定用の器具類を指した。
「お母さん！」エマがいった。今度はエマが無作法な質問をたしなめる番だった。「役に立つに決まってるじゃない！」そういってから、収集仲間に追認を求めた。「でしょ？」
　エングルソープ氏は一瞬、唖然としたようだったが、出し抜けに笑いだした。と思うと、横向きに倒れて、レモネードをズボンにぶちまけた。それがまた、笑いに輪をかけた。
　エマとエリザベスはわけがわからず、顔を見あわせた。
　エングルソープ氏の発作のような笑いがおさまるまでには、かなりの時間がかかった。蝶ネクタイをまっすぐにしたり、フロックコートの皺を伸ばすたびに、また、くすくす笑いだし、それが大笑いになっていくという繰り返しだった。まもなく、エマとエリザベスも——あれほど抑制のきいた人物が、こんなにも締まりがなくなってしまうのかという事態を目にして——笑いだした。今、この場所では、誰もが笑うことしかできないとでもいうように。
　長々と続き、ひろがった夢のようなもの——口にはされることのない親密さ、遠慮のない共通の笑いを通じてしか得られないような親密さが三人の間を流れ、それが集積した歓喜の光を浴びて、ひろがったもの——がようやく終わって、三人が静かになると、スズカケノキや野の馬たちを吹きわたる風の音が聞こえるようになった。馬は硬い草を噛みとりながら、ときどき、ひづめで土を踏み鳴らしてハエを追いはらっていた。やがて、エングルソープ氏が静かにいった。「そう、役に立つのかどうか、わたしにははっきりいえない」
　それはエマにはショックだった。「でも、役に立つに決まってるじゃない。それ、どういうこと？」言葉とともに、涙がこみあげてきた。
　エングルソープ氏はそれを見て、エマのほうに向きなおった。「うん、そう、そうだね。もちろん、価値があるし、重要だということだ。しかし、〝役に立つ〟といういいかたについては疑問があるといってるんだよ。わたしはそういういいかたに、人生を通じて悩まされてきたからね。旅は何の役に立つ？　わたしにはよくわからないが、とにかく、旅はクソおもしろい。いや、よからぬ言葉づかいで失礼、わたしの生徒さん」

エマは泣き笑いした。エマが顔を拭うと、エングルソープ氏は東アフリカやパプアニューギニアへの旅行談をおもしろおかしく語りはじめ、母娘はそれに聞き入った。

「ニューギニアの熱帯雨林では毒ヘビに咬まれた。わたしが死ななかった理由はただ一つ、そいつに咬まれたのが新月のときだったからだ。その時期は毒液の分泌のサイクルが下がっているんだ。そういう説は、地元の村人への面接調査で確認された。村人の話では、毒ヘビに咬まれた傷は、村が精霊踊りで守られているときには〝軽い〟ということだった。そして、その踊りは、月の満ち欠けに合わせて行なわれることがわかったんだ」

数頭の馬が、三人の毛布のそばをゆっくり通り過ぎていった。エマは集めてきた岩石を積み重ねながら、話に耳を傾けていた。

「先生が毒で死ななくてよかった」エマはいった。

エングルソープ氏はほほえんで、どこか遠くのほうに目をやった。

「わたしもそう思います」毛布の隅で両手を組み合わせていたエリザベスも、やっと聞こえるほどの小声でそういった。

「どうも」エングルソープ氏は二人のほうに向きなおった。「どうも、どうも」

そうとしかいいようがないようにも思われた。夏の終わりのスズメバチがぐるぐる円を描いて飛ぶように、その三つの〝どうも〟が、毛布の上に座った三人のまわりの軌道をまわっていた。原子を構成する要素はそれから四十年がたたないと発見されないが、今、格子縞の毛布の上の三人は、自分たちが三つの基本的な構成要素になっていると彼らなりに感じていた。彼らはその三者の関係をどうあらわしたらいいのか、また、どう説明したらいいのかわからなかった。しかし、彼ら、一つの原子核のまわりをまわる三つの別々の電子は、自分たちがまもなく真の家族になるということを悟っていた。

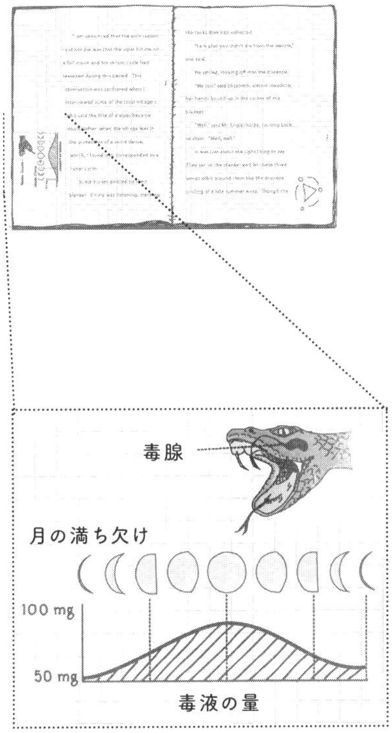

〝わたしが死ななかった理由はただ一つ、
そいつに咬まれたのが
新月のときだったからだ〟

エングルソープ氏が毒ヘビに咬まれても死ななかったのを、ぼくも喜んだ。もし、彼が死んでいたら、先祖から子孫へという複雑なドミノ倒しがうまくいかず、ぼくの父は生まれていなかっただろうし、ぼくも生まれていなかっただろうし、レイトンも生まれていなかっただろうし、死んでもいなかっただろう。そして、ぼくは図を描いてスミソニアンに送っていなかっただろうし、ジブセン氏は電話をかけてこなかっただろうし、ぼくはこのノートを盗んだり、この列車に乗ったり、たった今、彼が毒ヘビに咬まれたことを読んだりしてはいなかっただろう。ああ、ありえたことと、ありえなかったことをいろいろ考えると頭が痛くなってくる。

〜 退屈帳 〜

ぼくはグレーシーと広範囲にわたって協力し、彼女の退屈を五種類に分類して表にした。

⑴ 先行型の退屈。　近い将来に大きく立ちはだかっているもののせいで、何かに集中することができず、その結果、退屈する。

⑵ 落胆型の退屈　何かのためにはこれしかないと期待していたできごとや活動が、そうでもないとわかって、当人は（安全な）退屈の状態へ逃げこむ。

⑶ 攻撃型の退屈　この例では、退屈は、ある状態というよりも行為であって、当人は行動でそのメッセージを伝える。グレーシーの場合は、しばしば大きな音を立てて溜め息をついたり、カウチにへたりこんだり、お決まりの宣言をするというかたちをとる。「ほんとにもう、あたし、退屈なんだから」

⑷ 儀式型の退屈　グレーシーのような慢性の退屈病患者には、苦悩や孤独のときに、退屈という感情そのものが、とても心地よい慣れ親しんだ感情にもなり得る。

⑸ 単調型の退屈　何かの行為でもなく、期待との落差の結果でもない退屈がある。人はただ退屈するということがあるのだ。各種の退屈が、誤って、この都合のいいカテゴリーに分類される。けれども、グレーシーの退屈は、よく調べてみると、大部分がほかの四つの項目のどれかに分類されるということがわかった。

第8章

誤解しないでほしい。ぼくは母の物語に挿絵を描く計画には心をひかれたけれども、時間を忘れて読みふけったというほどではなかった。ぼくはけっして本の虫ではない。眠気で、目の前のページの母の筆跡がかすんでいる時間もけっこう長かったし――そう、黙って窓の外をながめている間に、よだれを垂らしていることもあった。また、気がついてみると、十五分ほど、同じ文章を何度も繰り返し読んでいたということもあった。どこかで針が飛んだままほったらかしにされているレコードのように。そして、ときどき……ちょっとばかり退屈になることもあった。それは、ぼくにはなじみのない感覚だった。この世には図に描くものが多すぎて、退屈の荒野に迷いこんではいられなかったからだ。ところが、グレーシーに関してはそうとはいえなかった。五つのタイプの退屈を味わうということで、グレーシーは退屈の専門家といってもよさそうだった。

けれども、自分が今、単調型の退屈の深刻なケースに陥（おちい）ってみると、その新たに発見した感覚のひだや皺を調べてみたりすることで、それを少しばかり楽しめるようになってきた。〝耳たぶのすぐ後ろの鈍い沈むような感じは何なのだろう？″そして、なぜ、ぼくは急に統合失調気味になったのだろう？　ぼくの脳の一部はこう問いつづけていた。「われわれはすでに存在しているのか？」とか「では、今はどうなのか？」脳のもっとも理性的な部分が、その問いに対する答えをはっきり知っているとでもいうように。

ぼくは風景を止めようとした。小型の風景マシーンをまわしているミニチュアの人間たちに、ぼくの視界に景色を次から次へと映しだすのをやめさせようとした。ところが、悲しいことに、風景は過ぎ去っていくのをやめなかった。ますますサディスティックに決意を固めつつあるとでもいうように。

実際、まる一日半も鉄路の旅を続けると、ゆっくりした不規則な振動が、皮膚から骨のまわりの腱の組織へもぐりこんできた。そのせいか、列車がたまに分岐点や待避線でガクンと停まるときも、思いがけない静止の中で、なお全身が震えつづけた。自分の無数の筋繊維が、車両の絶え間ない揺れとリズムに調子を合わせながら、レールの継ぎ目のガタンゴトンというシンフォニーをいかに静かに聞いてきたか、そのことにあらためて驚かされた。しばらくすると、内部の適応システムが、この不規則で不快な動きをとどめておこうと決めるようだった。そして、内部の目盛りをゼロに戻そうとする複雑な揺れや震えのダンスを生みだした結果、筋肉がそれに反応したのだ。外の世界が再び静止したのに、自分の両手がざわざわ、ぴくぴくとうごめく中で、このワークステーションに座っているのは奇妙な感じだった。耳の中の小さな液体の迷路が、超過勤務をしてバランスをとりつづけているのに違いなかった。

ぼくは自分の内耳迷路が筋肉とやりあっているのを聞くことができた。

「また止まった！」迷路がいった。「こちらの命令があるまで動きつづけるんだ」迷路はまだ十二歳なのに、この点に関しては経験豊かなプロだった。

「ぴくぴくするのをやめるのか？」左手が尋ねた。

「ぶるぶるするのも？」右手が尋ねた。

「そうじゃない、そのまま。そのままっていっただろ。待って……」

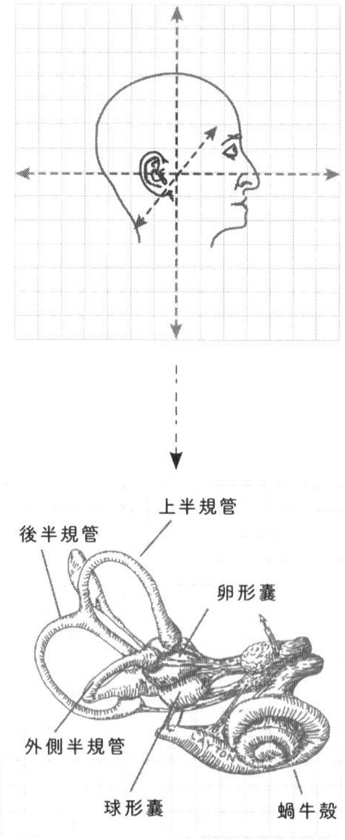

十二歳の内耳迷路
ノートG101から

カウボーイが馬から降りたときにどんな感じがするか、跳ねまわる馬の脚のリズムに慣れたあとでは、地面の固さがどんなに奇妙に感じられるかが、ぼくにもようやくわかった。ひび割れた唇と、乾いてぱさついた手をしたカウボーイと自分を結びつけることができた。というのは、列車が停止しているとき、気がついてみると、すっかりなじんだ揺れを再び経験するのを待ち望むと同時に恐れていたからだ――旅の震動が恋しくなるけれども、その欲求が自分の内部につくりだすものを恐れもするというわけだ。

「このゲームは飽きたよ」右手がいった。「自分はもう——」

「また動きだした！」迷路がいった。「よし、右三百四と五分の二度。振って、倍振って、後ろ、左、十四と五分の一度。倍振って、倍振って、震えて。よし、よし、これでいこう」

等々——複雑な一連の命令は、列車の動きの反対をいくものだった。ぼくの両手はそれに従うのにうんざりしていた。内耳迷路は、列車がこれから通り過ぎる線路や土地のあらましを予言しようとしているようだった。

それはすべて、内部の平衡器官がその場でつくったことなのか、それとも、ぼくが直感的に信じていたように、頭の中には見えない地図が埋めこまれていたのだろうか？　ぼくたちの誰もが、生まれつき何でも知っていたのだろうか？　小さな丘の勾配も？　川の湾曲部や切り立った岸も、早瀬の深浅（しんせん）や、ガラスのように静かな水面も？　一人一人の虹彩の放射状の模様も、年長者のこめかみの小皺の樹齢も、親指の指紋の渦巻きも、柵も、芝生も、植木鉢も、網の目状の砂利道も、碁盤目状の街路も、出口ランプや高速幹線道路も、星や惑星や超新星やかなたの銀河系も、ぼくたちはもう知っていたのだろうか？——知識にアクセスする意識的な方法を持っていないという点を除けば、そういったものすべての正確な位置を知っていたのだろうか？　おそらく、ぼくは今、線路の軽快なリズムや、土地の上り下りに対する内耳迷路の反射的な作用を通じて、一度もいったことのない場所に関する意識下の知識を垣間（かいま）見ているのだろう。

「おまえ、狂ってるぞ」ぼくはいった。「これは、おまえの体が今の動きでおかしくなって、ほかにどうしたらいいかわからなくなってるというだけのことじゃないか」そして、ノートを読むのを再開しようとしたけれども、気がついてみると、それよりも、頭の中の隠された地図を明らかなものにしたい、あらかじめシナプスに埋めこまれた宇宙の地図帳を誰もが見られるようにしたい、という思いにとらわれていた。そうすることで、ハンバグ山を登って神さまと握手するにはどうしたらいいかを描いて以来、自分はずっと図を描く人生を過ごしてきたのだという意識をさらに強くすることになりそうだったからだ。

ぼくは窓から、いくつもの丘やその間の景色、さらに遠くのいくつもの峡谷をながめた。それらは、一つの大きな谷間から次の谷間までの間で、合流を繰り返していた。もし、ほんとうに頭の中に埋めこまれた世界地図があるならば、どうしたら、それにアクセスできるだろう？　ぼくは〝マジックアイ〞の本を立体視するときのように、両目でことさらぼんやり見るようにしてみた。大地のよじれを、ぼくの潜在意識の皮質のよじれと同調させようとしたのだ。それから、頭のそばでＧＰＳのイーゴーを起動させた。イーゴーはたいした時間もかけず、簡単に自分の位置を割りだした。北緯４１度５３分５０秒、西経１０６度１６分５９秒。けれども、ぼくが目を細くして、それとなく努めてみても、それと同じ正確な情報はとても呼びだせなかった。

〝くたばれ、イーゴー、それに、上空をまわってるおまえの衛星もだ！〞

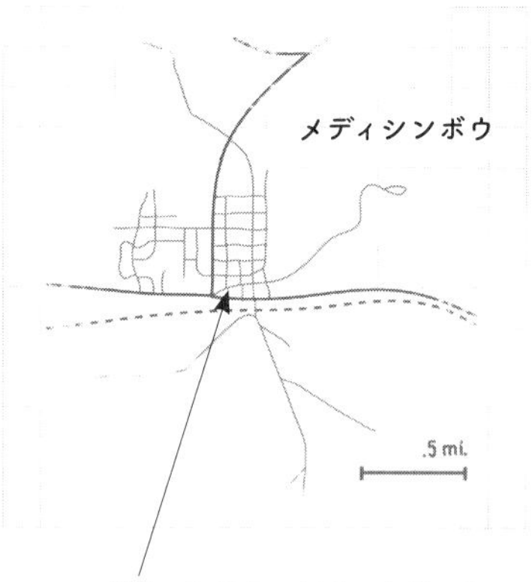

グリーンのキャデラックは
ちょうどここに停まっていた。

列車はメディシンボウの小さな町を通り過ぎた。ほんの何本かの通り、駐車しているグリーンのキャデラック、がらんとした床屋、なぜかすべてがなじみがあるように見えた。それは、自分が意識下の地図にアクセスしているからなのか、あまりに長い間、この列車に乗っていたせいで、錯乱して幻覚を起こしたホーボーになってしまったからなのか、よくわからなかった。

ララミー郊外のどこかで、列車は踏切で停まり、自動車の列が線路を横切るのを待った。

「冗談だろ？」ぼくはヴァレロにいった。「ふざけた話だ」

少しはアイアンホースに敬意を示せ、といいたかった。あらゆる自動車、人力車、あるいは線路を横切ろうとする尼さんのために、いちいち停まらなければならないとしたら、どうやってワシントンへたどり着くというのだ？　スージー伯母さんがまだ生きていたころ、父が伯母さんについてよくいっていたとおりだった。「おれら、松葉杖ついたカタツムリよりのろのろ動いてたからな」

シャイアンでは、新しい機関車と乗務員待ちで、六時間ほど停車した。ぼくはいつもの隠れ場所のバスルームにはいかずに、頭に毛布をかぶり、床に座って、窓から外をのぞいていた。もし、誰かが通りかかったら、コマンド隊員ばりにテーブルの下に転がりこむつもりだった。

ぼくは操車場の何本もの線路にかかる跨線橋を通る一般車やトラックを見まもっていた。ぶかぶかの革のベストを着たカップルが、線路脇の柵に沿って歩いていた。どちらも口もきかずに黙々と足を運んでいた。ふだんの生活で、向かいあって話をするとき、彼らはいったい何を話題にするのだろう？　こんな人たちがシャイアンに住んで仕事をしているというのが、ぼくには驚きだった。これまでずっと、こんな人たちがこんなところで暮らしてきたのだ！　ぼくが四年生のときでさえ、この町はもうここに存在していたのだ！　この同時性の意識というコンセプトを理解するのは、ぼくにはとてもむずかしかった。たとえば、ぼくがテーブルの上の最後のチェリオスに手を伸ばそうとしている今、まさにこの瞬間、ほかのどこかで、さらに七人の少年が同じ動作でチェリオスを、それも、ぼくのとまったく同じ種類のチェリオス、ハニーナッツチェリオスを取ろうと手を伸ばしていると考えたりするのは。

ハニーナッツチェリオスの同時性
ノートG101から

ちょうど同じ瞬間にハニーナッツチェリオスをつまんでいる北米の十二歳の少年八人の位置。

ぼくが何に混乱させられるといえば、この種の目には見えない同時性にだった。それは無数のカメラや、巨大なクローズドサーキットの監視システムの力を借りなければ、とらえられないものであり、過去の歴史へとはひろげられないものだった。時間はあらゆる均衡状態をぶち壊してきた。だいたい、過ぎ去った瞬間などというものを語りあうことができただろうか？　たとえば、ハニーナッツチェリオスが一九七九年に紹介されて以来、十二歳の少年がその一粒を親指と人さし指でつまんだ瞬間は七五三三六二回あったとか？　おそらく、そういう瞬間があることはあったのだろうが、いつもいつもというわけではなかった。それらはもう存在していないのだ。だから、それらを集めるというのは、ちょっと間違っているように思われた。歴史というのは、ぼくたちがそうありたいと懇願したものに過ぎなかったのだ。けっしてそうあったということではなく、今、そうあるものなのだ。シャイアンが、まさにこの瞬間、そうあるように。混乱を招くのは、ぼくの列車の出発後も、シャイアンがそうありつづけるということだ。革ベストのカップルは、一瞬一瞬を生きて、人生を生き抜くのだろう。世界は二人の意識のヘッドライトで照らされていた。ぼくはもう二度とこの二人と会うことはなさそうだった。ぼくたちはどちらも同時に

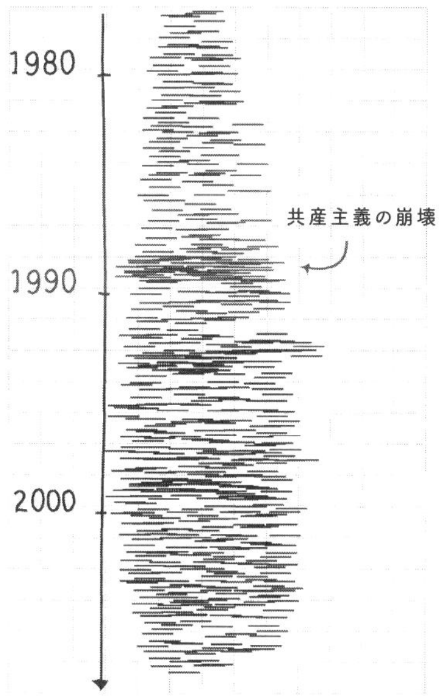

歴史の相続。753362回、
ハニーナッツをつまんだ
ノートG101から

意識を持ってはいたけれども、この先は、二度と交差することのない平行する線路を走りつづけることだろう。

午後遅く、列車はネブラスカ西部の丘陵を進んでいた。ぼくはネブラスカははじめてだった。ネブラスカはうまくやっていた。ネブラスカは中西部といちゃついていた。移動とワームホールの地、〝こちら〟と〝あちら〟の間の広大で平坦な分水界――究極の未知の地。夕闇が深まる中、ぼくは遠くのハイウェイを何台かのトレーラートラックが走っていくのをながめた。しばらくの間、夕闇と原野が空と溶けあわさった、果てしなく平らな地平線が見えていた。この暗がりの時間、大地が空だけを写す時間、百五十年前に反対の方向へ旅していたテルホとエマにも、まったく同じ光景が見えていたのだろうか？　二人は窓から外をのぞき、この土地は将来どうなると考えただろうか？　この同じレールを走る列車に誰が乗ると考えただろうか？　まさにそのとき、起こりうる未来がすべて、その場所で根づいたのだろうか？　ぼくの存在へと続く二人の意外な結びつきは、ほかの無数の可能性と並んでいたのだろうか？　ぼくたちみんなが、舞台の袖で待っていたのだろうか？　どんなパフォーマンスが行なわれるのか見てみよう、自分の出番はあるのか見てみようと待っていたのだろうか？　ああ、そういう出番待ちの間に意識があったなら！　結局は登場しないままで終わる人物を見まわしていたら驚かされていただろうに！

夜は知らぬ間にふけていった。揺られて眠れない数時間が過ぎた午前三時ごろ、ぼくは人類の歴史上でも最大級の発見をした。落ちつかないままキャビンを歩きまわっているうち、前に見過ごしていた戸棚を開けてみたのだ。中には何があったか？

なんと、ボグル（アルファベットが書かれたキューブを並べて単語をつくるゲーム）のセットだ。

おお、これはありがたい！　それにしても、誰がこんなお楽しみを置いていってくれたのだろう？　このゲームにそれほどの情熱を持てなかったウィネベーゴのセールスマンが、同僚に笑われるのを避けるために隠しておいたのか？　それとも、このボグルのセットは、言葉遊びの達人の居間にみんなで集まったときの楽しみを再現しようという場面で取りだされたのか？

ぼくはビュート市立図書館から量子力学の本を借りだしたことがあった（そう、すぐに借りられる三冊を借りだした）。けれども、なぜか、その三冊ははじめ、ベッドの脇に、そのあと、ベッドの下に置いただけで、読まずじまいだった。結局、ぼくはそのうちの一冊をなくし、罰金の支払いを免れるため、司書のグラヴェルさん（骨肉の争いがからんだ文学が大好きだった）に、姉がおかしくなって、ぼくの部屋に硫酸をぶちまけたという作り話をしなければならなかった。

ぼくが思うに、量子力学固有の不安定性は――理論に関する実験に観測者を加えるやいなや、あらゆる均衡が崩壊するという点で――ぼくの理解の範囲を超えていた。たぶん、それはぼく自身が観測者だったからだろう――観測者は写真におさまっていればよかった。

〝重ね合わせ〟や〝非局所性〟は、ぼくには理解できなかったけれども、ヒュー・エヴェレットの〝多世界解釈〟は、ぼくでも歯が立つ考えかただった。

多くのパラレルワールドがあるのかもしれない
ノートG101から

ぼくは懐中電灯の光のもとで、上等なチョコレートケーキの箱を開けるときのように、そろそろとボグルの箱を開けてみた。ところが、蓋を取ってみると、思わぬ悲劇と直面することになった。キューブのうち四個がなくなっていたのだ。きょうのところは、本来のボグルのゲームはできないということだった。ぼくはそれでもあきらめずに、残っていた十二個のキューブをワークステーションに振りだした。キューブは、めんどりがくちばしでテーブルをつつくようなカタカタという音を立てた。ぼくはその一個一個を並べ変え、ゆっくりと単語をつづっていった。

"the middle" を完全につづるだけの文字がそろっていたのは驚きだった。たぶん、ぼくは自分で思っていた以上に、つきがあったのだろう。けれども、どんなにうまいキューブの組み合わせを考えついたとしても（そういう可能性はどれくらいのものだったのだろう？）、"the Middle West（中西部）" はつづれないということに気づいた。それには十三個のキューブが要るからだ。どうしても一個足りなかった。結局、すべてがご破算になった。どういうわけか、この問題が解けないということで、ぼくは悲しくなった。ふだんの生活の中ではボグルなどというのはおよそ深刻になる筋合いのものではないと考えておけばよかったのだろうけれど、それが妙に悲しくなったのだ。

そのとき突然、とても単純な解決案を思いついた。眠たがっていた指先にまで興奮が走り、ぼくはBのキューブを手にすると、あれこれ引っくり返してみた。ネブラスカのどこかで過ごしている今晩がぼくの幸運の夜になれば、というはかない望みを託して。

ところが、そうなったのだ。

ああ！　人生というのはこういった些細な勝利の積み重ねなのだ。利用できる素材がたくさんあるなら、まったく新しい言葉をつくってみればいいではないか。

ガヴァナー・ケンブル・ウォーレン（工兵出身の北軍の将軍）やフリーモントやルイスやコーリス・ベネフィデオ氏が自分の偉大な作品をながめたであろうように、ぼくも自分の作品をながめてみた。そのからみあった三つの言葉のまわりで、光が増し、脈打っているようだった。

そのあと、窓から外を見ると、しばらくの間たどりつづけてきた三本の線路が倍増して六本になり、列車が前方の明るい光にどんどん近づいているのに気づいた。むきだしの投光照明が、夜の闇を切り裂いていた。列車は何かの作戦司令室へまっすぐに向かっているように見えた。もし、ワームホールの入り口がこんなふうだとしたら、自分もそこに入ってみたくなるのだろうか、とぼくはいぶかった。

ぼくは急いで懐中電灯を消した。バスルームへ駆け戻ったほうがいいと直感したが、その衝動を抑え（危険が叫ばれるたびにバスルームへ駆けこんで一生を過ごすことはできない）、一つ深呼吸してから、窓の外をのぞいてみた。

線路のあちこちで、いくつもの信号機が赤、白、また赤と瞬いていた。ぼくの列車は、線路にじっと停まっている石炭列車を追い越し、また別の列車を追い越した。六本の線路と並んで、さらに何本もの線路があらわれた。ぼくたちは今、どこにいるのだろう？　世界中の列車の巣箱のようなところか？

ぼくはまた懐中電灯をつけると、片手でレンズの半分を覆い、半月形の光が漏れるようにしてから、鉄道地図を念入りに調べた。オガララ、サザーランド、ノースプラット……地図の真ん中に、大きな肉太の文字で〝ベイリー操車場〟と記されていた。そうか！　ベイリー操車場は世界最大の操車場だった。

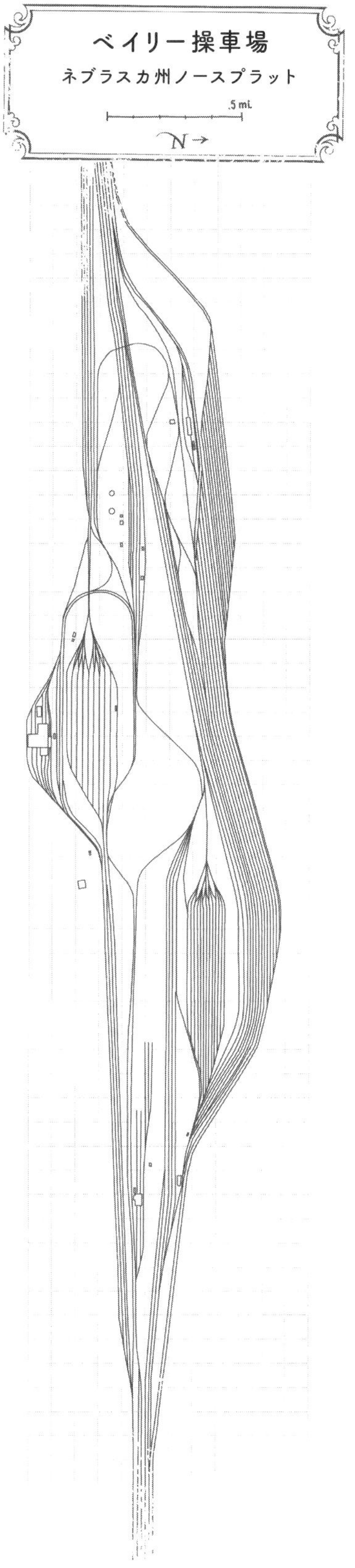

ながめているうちに、まわりに次から次へと車両があらわれた。ぼくの列車はハンプ（操車場につくられた人工の丘）のそばを通り過ぎた。そこでは、小さな丘の上の指令所が重力の影響を利用して、一連の貨車を仕分けしていた。なんとすばらしい！　ここには、このテクノロジーの時代にあって、ただでいくらでも得られる基本的な力の原理を、貨物を仕分けるためにどう利用するかの見本があった。電気料金なし。化石燃料なし。ハンプの効率は、ぼくの中の技術革新反対論者の側面と、毎週の小づかいで何とかやっていくのに慣れた十二歳という側面の両方に訴えてきた。

列車は操車場を通り過ぎた。ぼくはいつ停まるのかと思っていた。ここで一日、場合によっては二日待機するのではないか、と。まわりでは、何百両もの車両が待機していた。一両また一両と追い越していく瞬間、それらのエアブレーキがシューッという大きな音を立てた。遅れに不満を漏らすように。

〝ああ、おれたち、いかなきゃならないのに、いかなきゃならないのに。何で引き留めるのか、教えてくれよ〟そのうちの一両が、追い越していくぼくたちにいった。そのシューシューという音が消えたと思うと、また次の車両がシューシューと文句を垂れはじめた。

ボグルで単語をつくるのと、バスルームに逃げこもうという衝動を抑えこむのに成功した今、ぼくはちょっとやそっとでは負けないぞという気持ちになっていた（少年が小さな勝利を積み重ねたあとでよく感じるように）。ぼくは身を隠す手間も省き、カウボーイコンドの運転台を平気でいったりきたりした。ぼくが操車場を所有していて、毎晩午前三時の儀式として、自分のウィネベーゴから全体を検分しているとでもいうふうに。運転台の右手では、巨大な洞窟のような建物から闇の中へ溶接の火花が飛んでいくのが見えた。建物の内部では、白と青の明かりが、天井と、ぎっしり詰めこまれたユニオンパシフィックの黄色い機関車五十両ほどの影をくっきり浮かび上がらせていた。

「よくやってるね、諸君」ぼくは深みのある、いかにもえらそうな声でいった。「機関車をみんな、最高の状態にしておいてくれたまえ。わたしの隊列きっての働き者たちだからね。機関車がなけりゃ、鉄道のネットワークは成り立たない。機関車がなけりゃ、アメリカは成り立たない」

それで言葉が途切れた。もっとせりふを続けようとしたが、うまくいかなかったのだ。ぼくは少々とまどいながら、沈黙が続くままにした。その沈黙は、レールがカタカタいう音と、ぼくたちが追い越していく車両が規則正しくシューシューいう音でいっそう際立った。

「グレーシー」ぼくは問いかけた。「今、ぼくといっしょにここにいたら、何をする？」

「グレーシーって誰だ？」ヴァレロが尋ねてきた。

「やあ、ヴァレロ！」ぼくはいった。「今までずっと、どこにいたの？　ぼくはもう二日ぐらいここにいたんだ！　ちょっとでも話をしてたら、時間がつぶせたのに！」

返事はなかった。カタ、カタ。シュー、シュー、シュー。

「ごめん」ぼくはいった。「ごめん。わかったよ。いつ声をかけるかは、きみの勝手だ。とにかく、戻ってきてくれてうれしいよ」

「それで、グレーシーって誰なんだ？」

「グレーシーはぼくの姉さんだよ。たった一人の女きょうだいだ。そう、今ではたった一人のきょうだいだ」ぼくはグレーシー、レイトン、自分の三人を思い浮かべながら、言葉を切った。そのあと、グレーシーと自分だけを思い浮かべた。「ぼくたち、全然違うんだ。グレーシーは地図だの、学校だの、そういうものが好きじゃない。女優になりたがっていて、ＬＡとかそういうところにいきたがってる」

► レイトンは小さな勝利を片ときも疑うことなく生涯を送った。といっても、細かいことを好んだとか楽しんだというわけではなく、いつもほんとうにいい仕事をしようとしていただけなのだ。レイトンは仕事を終えたあと、あるいは、仕事の最中、やったとばかりに、拳を頭の上から膝まで振り下ろして、また振り上げることがよくあった。弧を描くようなその手の動きは、ちょっとばかりオーバーだった。ではあったけれども、レイトンは何をするにもちょっとばかりオーバーだったのだ——目いっぱいというほどではなかったが、概してそうだった。

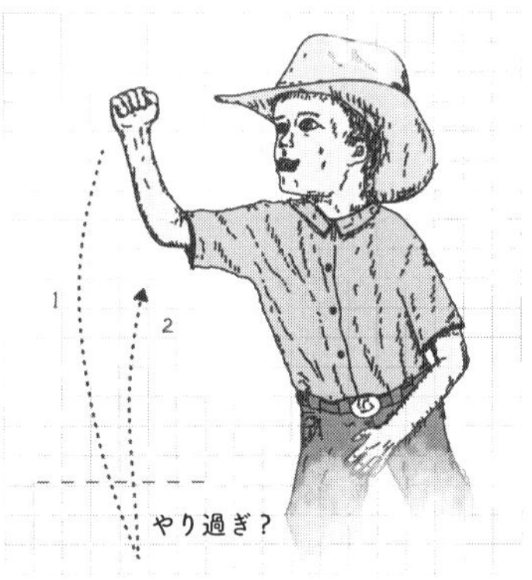

レイトンの大きなガッツポーズ
ノートB41から

レイトンは父と性向がよく似ていたが、何かに浮かれるというのが、数少ない違いの一つだった。父は一瞬たりとも浮かれるということがなかった。文句をいい、思い悩み、ばたばたすることはあっても、けっして浮かれたりはしなかった。けれども、レイトンはのりがよかった。レイトンがどこからそういう遺伝子を受け継いだのか、ぼくにはわからない。スピヴェット家の人間の多くは、研究したり、家畜を囲いこんだり、不平を垂れ流したり、図を描いたりするのに忙しくて、のりを楽しむことはなかった。

「何で、あんたといっしょにこなかったんだ？」

「そう」ぼくはいった。「ぼくが誘わなかったから」

「何で誘わなかったんだ？」

「それは……これはぼくの旅だから！　スミソニアンがぼくを招待してくれたんだ。グレーシーじゃなくて。グレーシーには演技とか自分のものがあるんだ……それに、博物館なんて好きじゃないと思うよ。二時間もしたら退屈して、〝おバカな引きこもり〟に入ってしまって、ぼくはキャンディーを探しにいかなくちゃならなかっただろう……要するに、グレーシーがこの列車に乗ってたら、モンタナを出る前に、もう退屈してただろうってこと。たぶん、ディロンで最初に停まったときに飛び降りてたんじゃないかな……ああ、気を悪くしないで、ヴァレロ」

「そんなことはない。だけど、あんたはそれでも彼女が好きなのか？」

「え、なに？　ああ、もちろん」ぼくはいった。「グレーシーを愛してないなんて、誰がいった？　グレーシーはグレーシーだから。なんたって、すてきだよ」ぼくは一拍おいてから、声を震わせて歌うようにいった。「グレーシー！」

「そうか」ヴァレロがいった。

「もし、ここで長いこと停まるんだったら、二十の扉（クイズ番組）やらない？」ぼくは聞いてみた。けれども、質問を終わらないうちに、ヴァレロが消えてしまったのに気がついた。

　それに、ぼくたちは停まらなかった。全線が集まり、列車がほどかれ、仕分けされ、そしてまた送りだされるこの操車場で、ぼくたちは合図の一つも送ることさえしなかった。ぼくたちの列車は仕分けされなかった。たぶん、すべての中心であるここで、ぼくたちはそのときの責任者から直通急行便のような地位を与えられていたのだろう。まるで、急ぎの積み荷がウィネベーゴのヴァレロの中にしゃがみこんでいるのを承知しているから、とでもいうように。ぼくたちはユニオンパシフィックの一大仕分けセンターをまっすぐ突っ切って、反対側に出た。ベイリーはぼくたちにさわりもしなかった。

「すまんね、ベイリー。青信号を出してくれて」ぼくはカウボーイコ

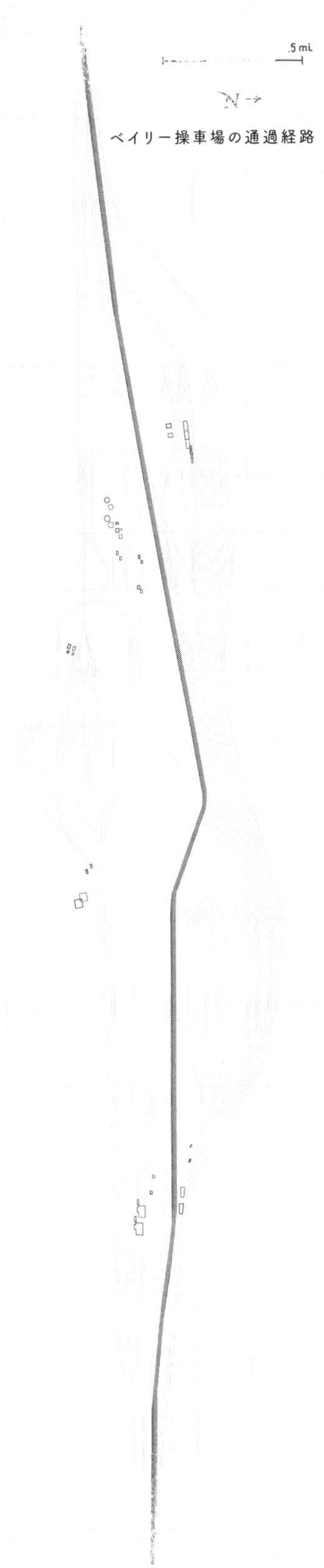

ベイリー操車場の通過経路

ンドの運転席から信号灯を親指でさしながら、えらそうにいった。
「わたしが木曜日の夜、ＤＣの米国科学アカデミーでスピーチしなきゃならんのは、当然、知っているだろうね」

ぼくはそういう言葉を口にしてから、それがどういうことなのかに気がついた。木曜日？　それは三日後じゃないか。ぼくはその間に国の半分を横切って、スミソニアンにたどり着き、自己紹介して、木曜日の夜までにはスピーチを仕上げていなければならなかった。なじみのあるパニックの感覚がこみあげてきた。ぼくは深呼吸して、自分を落ちつかせた。〝列車は列車であって列車である〟「ぼくはこの線で可能な限りにしか早くはいけない。この列車が着くときに着くのだ」きっぱりとそういった。

しかし、知らない人のためにいえば、いったん、心配の種が胸に巣くうと、自分に落ちつくようにいうのは、たいへんむずかしいことなのだ。ぼくはカウボーイコンドの中に居座って、さりげなく振る舞おうとした。それで、口笛を吹きながら、カウボーイや甲虫やタブソーダの缶の姿かたちをノートにスケッチにかかった。しかし、線路が鼓動を打つようにささやきかけてくる声が耳につくばかりだった。〝木曜日、木曜日、木曜日、木曜日〟ぼくは間に合いそうもなかった。

しばらくして、列車がネブラスカの大草原に戻ってから、ぼくはボグルのキューブを見直してみた。進行中のカタカタという揺れで、意味の枠組みが緩んでいた。魔法の扉の鍵は分解しかかっていた。それは今はこんなふうだった。

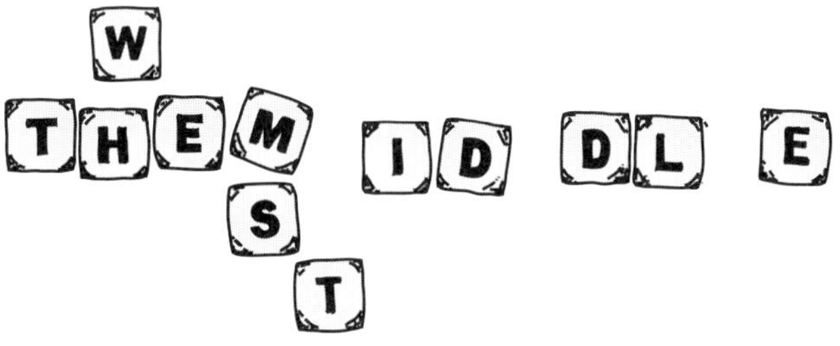

テーブルに頭をもたせかけると、まぶたがだんだん重くなってきた。ぼくは輪を描くようにキューブをぐるぐると押しまわし、その磨かれた表面が木のテーブルをこする音に耳を傾けた。表面の鮮やかな青の

大文字はしっかりと刷りこまれていて、自らの存在を不動のものにしていた。まるで、キューブの各面のほかの五つの文字のことなど与り知らぬとでもいうふうだった。キューブを引っくり返すたびに、新しい文字があらわれて世界を包みこみ、その前の文字を消してしまった。たとえば、こんなふうに向けると、世界は、〝W〟と、〝W〟に関係するあらゆることで占められた。また、こんなふうに向けると、世界は〝B〟一色になって、〝W〟はもう遠い記憶になってしまった。

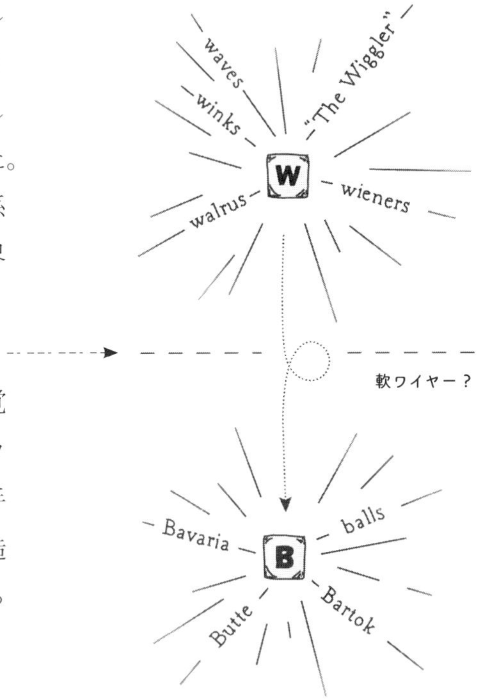

ぼくはティートンのベッドで四十五分ほど眠った。いったん目が覚めると、もう眠れなくなった。テレビの画面に転写された漫画のカウボーイが、暗闇の中を這いまわっているように見えた。懐中電灯を手探りして、ぱっとつけた。光線がウィネベーゴの偽りの安楽——模造の木材、リノリウムの天井、ポリエステルの毛布——をよぎって踊った。

「ヴァレロ？」ぼくは声をかけてみた。

返事はなかった。

「ヴァレロ？　何か物語を知らない？」

列車のカタカタという響きが聞こえるだけだった。

父はぼくがいなくなったのを心配しているだろうか？　それとも、ぼくに出ていってほしかったのだろうか？

ぼくは母のノートを手に取って、それを顔に近づけた。母の書斎のホルムアルデヒドとレモンのようなにおいがかすかにした。突然、母の顔が見たくなった。母の耳たぶと、輝くグリーンのイヤリングに触れてみたくなった。母の手を握り、このノートを持ちだしたこと、許しを得ずに家を出たことを謝りたかった。レイトンを助けられなかったこと、いい兄貴、牧場の働き手、科学者の助手ではなかったことを謝りたかった。いい息子ではなかったことを謝りたかった。次からは、何でももっとがんばってやるから、ほんとうに。

ぼくは目を上げた。懐中電灯の光線で、ノートの表装に涙が落ちてできた洋ナシ型のしみが二つあるのが見えた。

「ああ、お母さん」ぼくはノートを開いた。

軌道をまわる電子はついに原子核を発見したのだ。

ぼくはひどく疲れていたし、話にすっかりのめりこんでいたせいもあって、すぐにはそうと認めにくかったけれども、自分の正確な位置がだんだんわからなくなってきていた。あとで、それを悔やむことになった。

四月の寒い朝に花屋の前で出会ってから二年後、エリザベス・オスターヴィルとオーウィン・エングルソープは、コンコードの野外でささやかな式を挙げて結婚した。式では、『種の起源』と欽定訳聖書の抜粋が読みあげられた。エマがいまだに正式には会ったことのないアガシ博士は参列しなかった──結婚式が教会の中で行なわれなかったことに対する抗議だ、とエングルソープ氏はいった。

「博物学者らしからぬおかしな抗議だな」エングルソープ氏はくすくす笑ったが、彼がアガシの欠席に深く動揺しているのをエマは見てとった。

結婚後まもなく、エングルソープ氏は例の離れから正式に引っ越した。ちょうどいい潮時だった。彼とアガシは、もう口もきかなくなっていたからだ。

イタリア人の一団が呼ばれ、莫大な蔵書と標本を離れから運びだし、ふだんは干し草を運ぶのに用いられている大型の馬車に積みこんだ。エングルソープ氏はそのまわりをあわただしく飛びまわりながら、意味もなく口ひげを引っぱったり、作業の男たちに気をつけて運んでくれと懇願したりしていた。ところが、たびたび彼らの手から何かを引ったくっては、今まで忘れていたその何かにすっかりのぼせあがった。

「そうだ！　これがどこへいったのかと思っていたんだ」エングルソープ氏は大きな木の幹の断面をかかげながら、とくに誰にともなくそういった。「これはだ、中世の異常に高温だった時期を、実に興味深くのぞかせてくれるものだ……」

引っ越しの間、エマは庭園の真ん中の鉄製のベンチに腰を下ろし、男たちが家の中を空にしていくのを見まもっていた。ここは分別ある大人の雰囲気を見せて、通らなければならない道のような変遷を受けいれようとは思っていたが、まもなく、この世界、自分の世界が分解していく光景に我慢できなくなって泣きはじめた。エングルソープ氏がそばにやってきて、うろうろした末に、エマの肩にぎこちなく手を置いた。それから、何をいおうかしようかと迷っていたが、結局、自分のコレクションの移動に目を光らせるべく戻っていった。

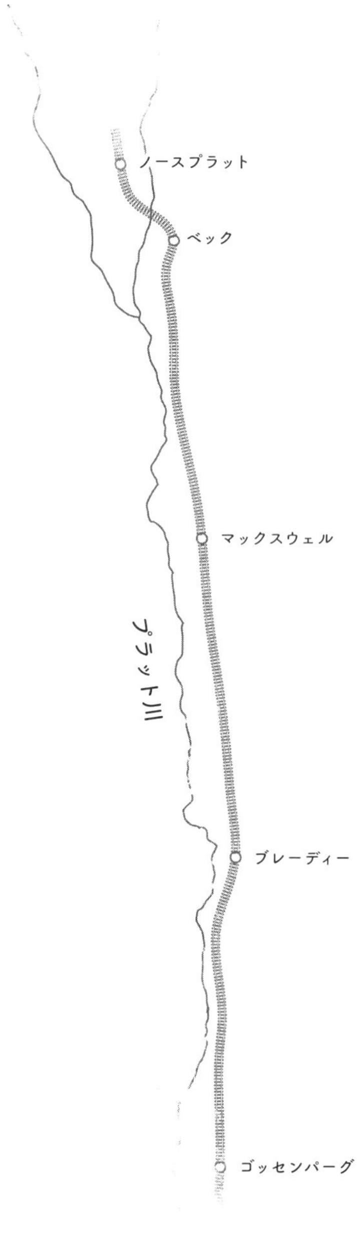

エマはポケットに手を突っこみ、リンカーンへ自然観察にいったときに見つけた、尖った立方体石英の塊を探り当てた。別れのしるしに、それを庭園に埋めようと決めていたのだ。しかし、イタリア人の一団がひっきりなしにいったりきたりして、盛んに身ぶりを交えながら、うるさい自国の言葉でやりとりするので、およそそれらしい雰囲気にはならなかった。しかし、その日はエマにとって庭園での最後の日であり、それをひっそり胸におさめておくということはできなかった。

エマは小道を伝って家の反対側の静かな場所にまわろうと思い立った。そこには、生け垣に囲まれた砂利敷きの小さな空き地があった。そこで、自分の石英をほかの小石の中に紛れこませるつもりだった。

ところが、家の裏へまわってみると、その空き地には、すでに一人の男が立っていた。

「あら」エマは驚いて声を上げた。

男が振り向いた。ほとんど同時に、エマはそれがアガシ博士だと悟った。本で彼の写真を見てきたし、エングルソープ氏の書斎には彼の写真を刷りこんだ皿が数枚あったからだ。エマはエングルソープ氏の話から、アガシ博士のことを、狂おしい目をした、ある種の怪物と思っていた。全世界に自分の優越を認めさせようとしている怪物と。しかし、その瞬間がエマにとって覚醒の瞬間となった。自分が思い描いていたアガシ博士の像は、二人の男の危険をはらんだ関係で脚色されたものだった、その像は自分と同じもろい肉体に包まれた現実の彼とは違うということが、今、わかったのだ。アガシ博士の目は疲れていて、やさしかった——魅力的でさえあった。まるで、崩れつづける家を建てなおすのに人生の大半を費やしてきた人の目のようだった。その目を見たエマが、そばに寄って抱き締めてあげたいと思うほどだった。

「こんにちは、オスターヴィルさん」アガシ博士がいった。

エマはびっくりした。「わたしのこと、ご存じなんですか？」

「もちろん」アガシ博士はいった。「わたしはここにはあまり出てこないかもしれないが、目が見えないわけじゃないからね」

「あなたがここにいらっしゃるということは知りませんでした……つまり、きょう、ですけど」エマはそういってから、何もいわなければよかったと思った。

アガシ博士はほほえんだ。「ここはわたしの住まいだからね」

エマはどうしていいかわからず、意味もなくポケットの中で石英を転がした。アガシ博士は背中で両手を組みあわせ、エマから顔を背けた。その足もとで、砂利がざわざわと動いた。「わたしはね、ときどき、ここにきて両親を思いだすんだよ。両親はスイスの山の中の小さな墓地に埋葬されている。けれども、なぜか、この場所にも近しいように思えるんだ。わたしたちがこんなふうに時間や空間を折りたたんでしまえるのは不思議なことだね。それも、わたしたちのすばらしい資質の一つだろうけれど」

エマはしばらくその続きを待ったあとで、自分から質問した。「あの、先生はエングルソープさんがお嫌いなんですか？」

アガシ博士は笑った。エマが怒りの色を見ることになるかもしれないと思っていたからか、その目の温かさは意外なほどだった。「いいかい、今の時点では、わたしは何かを嫌ったりするには年をとりすぎている。神はわたしにペンを授けられ、世界には生物を授けられた。生物というのは非常に複雑で美しく、そのすべてを記述しようとすれば千年はかかるだろう。個人の意見の相違などにこだわったりするのは、時間の無駄じゃないかな」

「あの、先生」エマはいった。「彼は先生がほんとうに好きなんだと思います。いろんなことをいったり、したりしてますけど」

「ありがとう」アガシ博士はいった。「あなたの今の言葉は、この老人には意味があるということを認めよう。わたしが彼のためにしたことを考えればね」

「先生はダーウィンさんがお嫌いなんですか？」

「おやおや」アガシ博士は笑った。「わたしにそういう質問をするように、誰かに教えられたのかね？」それから、まじめな顔になって、こういった。「チャールズに対するわたしの個人的な感情などは問題ではないのだよ。才能ある人間は、自分の流儀を貫くようになる。それだけのことだよ。彼らの知力は頑固さによってしか担保されないのだ。しかしながら、神の手をまったく排除してしまうような説は誰も唱えられない、とわたしは思うのだが。神の指紋はあまりに偉大だからね」アガシ博士はそこで間をとった。「ところで、あなたに一つ質問してもよろしいかな？」
「はい、どうぞ」エマはいった。
「あなたはオーウィンがいっていたように利口そうだね。そのあなたが、どうして、わたしの妻の学校にきたくなかったのかな？　わたしたちとしては科学に興味のある頭のいいお嬢さんがきてくれたら、とてもありがたかったのだが」
「そんな、わたし、いきたかったんです！」エマは混乱した。「わたしなんかだめだっておっしゃったから——」
「いいかい、わたしはそんなことは一言もいっていないよ。事実、あなたを入学させるよう、オーウィンに頼みこんだくらいだ。ところが、彼は絶対にうんといわなかった。あなたがそういってるからといってね。あなたは彼といっしょに仕事をしたがっていて、ほかの誰ともしたくないと」
　エマはこの新しい情報を何とか理解しようとしたが、驚きで口もきけないまま、その場に棒立ちになっていた。アガシ博士はじれてきたようだった。
「それでは、お会いして楽しかったけれども、オスターヴィルさん、申し訳ないが、わたしは執筆の苦行に戻らなくてはならないのでね。残された日々をその務めにささげることになってしまったのだよ」
　エマは突然、相手に去られたくないという気持ちに駆られて問いかけた。「あの、何を書いていらっしゃるんですか？」
「この国の全般的な自然史だよ」アガシ博士はいった。「というのは、今まで誰もこの分野にしかるべき挑戦をしてこなかったからね。ほんとうにその土地の人間になるためには、そこの自然の内容を漏れなく観察しなければならない。わたしはそれを親友のフンボルト氏から学んだのだが。それにしても、いったいどうして、三、四巻でなく十巻ものものを書くなどと同意してしまったのだろうね？」
「十巻分の材料があるからじゃないんですか？」
「ああ、材料だったら、とてもそんなものじゃないね。十巻というのは、意欲的な始まりに過ぎないといってもいいくらいだよ」
「わたしもいつか十巻の本を書いてみたいです」

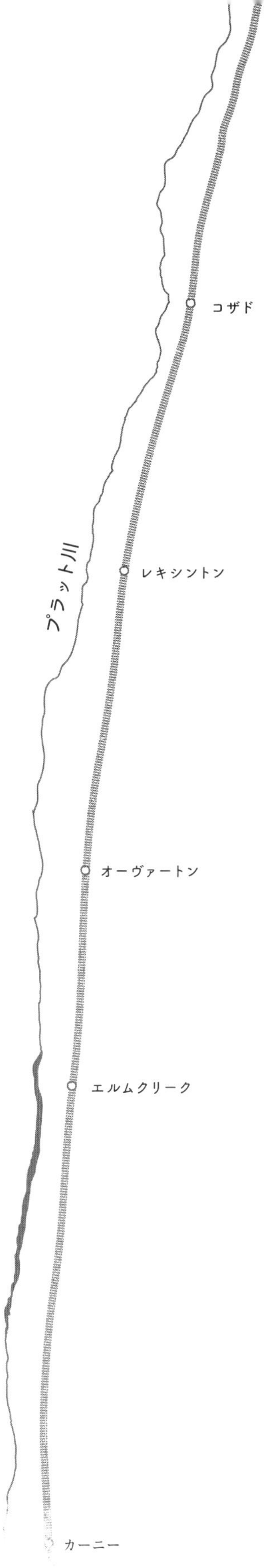

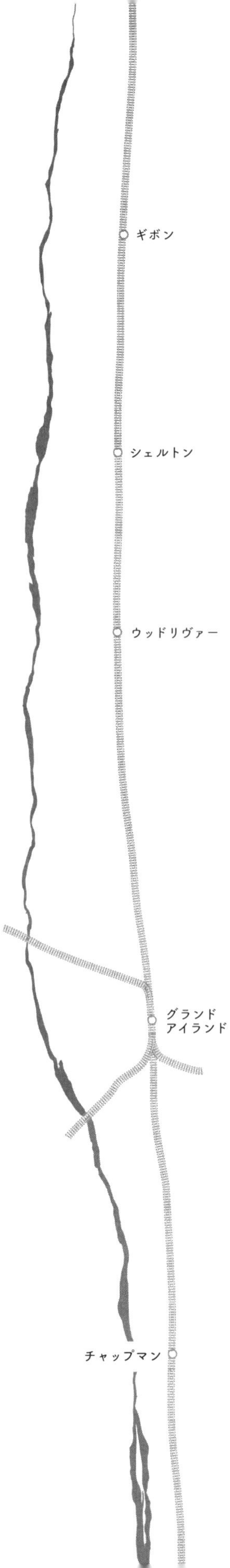

アガシ博士はほほえんだ。しかし、そのあと、顔をこわばらせた。そして、エマをまっすぐに見つめた。「妻がわたしに教えてくれたんだが、そういうこと――わたしが夢にも思わなかったようなこと――が、女性でも可能になるというんだ。それも、おそらくは近い将来に。わたしはね、この分野も変わりつつあるというのを認めるのにやぶさかではないけれども、それをよい方向とは思わないのだよ。わたしたちはしばしば〝進歩〟と称する油断ならない生き物を追いかけてきたが、その途中で道徳性が失われてきたように思われるからね。いわせてもらえば、あなたがほんとうにこの仕事に取り組もうとするなら、現場で長い時間を過ごす覚悟をしなければならないね。それが、十巻の本を書く前に、まず求められることだ。無から分類学の本を書くなどということはできないからね。それに、正直いって、わたしは女性の繊細な体がそういう厳しい環境向きにつくられているとは、どうしても思えないのだよ」

エマは怒りがこみ上げてくるのを感じた。そこで、大きく胸をふくらませて、気を落ちつかせた。

「失礼ですが」エマはいった。「先生は間違っていらっしゃいます。先生はダーウィンさんについても間違っていらっしゃいます。先生は進化を恐れていらっしゃるんです。そう、ものごとは進化するんです」エマはポケットから石英のかけらを取りだした。そして、氷河期を発見した学者の足もとへ、それをやや乱暴に落とした。落胆したエマはくるりと向きを変えて駆けだした。

新たに形成されたエングルソープの原子は、コンコードの田舎屋敷に移転した。そこはオルコット家の新居、オーチャードハウスのすぐ先だった。エリザベスはルイーザ・メイ（『若草物語』の著者）と徐々に友情を深めていった。ルイーザ・メイは気まぐれではあったけれども、エリザベスにもエマにも親切だった。旅行に出ていないときは、スズカケノキの下で自分の新しい本を二人に読んで聞かせた。

エングルソープの家はあまり大きくない印象だった。といっても、エングルソープ氏の莫大なコレクションがなかったら、むしろ広々しているといえただろう。アガシ博士は博物館の収納室から収蔵品を引きあげるよう要請した。それで、コレクション全体がたくさんの箱に詰められたまま、家や薪小屋のまわりに何ヵ月も放置されていたのだ。存在もしていない秩序を崩壊させるのではないかという恐れから、誰もがそれをよそへ移すのを恐れているようだった。

エングルソープ氏は家の中の物の整理をする代わりに、前から書きたかった本、『種の起源』の新世界姉妹編の執筆に取りかかった。それは、草やスズメや海辺の鳥のアメリカ固有種と外来種双方のレンズを通じて、進化論を考察するものだった。

エングルソープ氏とエマは彼の新しい書斎に座り、引っ越しで傷んだイエスズメの剝製の修復にあたっていた。「わたしはダーウィン氏の〝アメリカの考える人〟への言葉を敷衍（ふえん）するつもりだ。海を越えて考えをひろめるというのはやさしい仕事ではない。ダーウィン氏にはいい翻訳者が必要なのだ。彼のメッセージをこの国が完全に理解するようなかたちで訳せる翻訳者が。この本は大成功をおさめるだろうよ。われわれはもっともっと広い家を買えるだろう。目に見える限り、どこまでもひろがっている庭がある家を。きみには想像がつくかい？」

「お父さんは多くの人に記憶されるわ！」エマは繊細な生き物に翼をくくりつける作業を注意深く進めながら、そういった。

「わたしは記憶されないよ。しかし、理論は記憶される。自然の真理の追求、これこそが最重要だ。きみやわたしより、はるかにね」

「はい、これ」エマは小鳥をデスクの上に置いた。

「こいつはたいしたがんばり屋じゃないか？　二年ほど前に旧世界からやってきたばかりなのに、もうこの国を我が家にしているんだから」エングルソープ氏は小鳥の頭を軽く叩いた。「そのうち、止まり木全体を支配するようになるだろう」

実際、エングルソープ氏には追い風が吹いているようだった。彼は何かただならぬもの、不思議なものをつくりだそうとしているように見えた。エマにも重要なアイディアが家のまわりに漂っていると感じられるような日々がたしかにあった。

ほかの人々もそれを感じていた。エングルソープ氏はルイーザ・オルコットを通じて、やはり丘の麓（ふもと）に住んでいたラルフ・ウォルド・エマーソンに紹介された。この高名な（そして、偏屈な）超越主義者は、あらゆる種類の鳥や獣に取り囲まれた細身の男に好感を抱くようになった。二人はしばしば、ウォールデン池をめぐる長い散歩に出かけた。そのときにはもう老人になっていたエマーソンは、子どもを好まないようだった。エマにとっては非常に残念だったが、そういう遠出に招かれることはめったになかった。

　不順なほどの暖かさに見舞われた三月のはじめ、新しい大統領が就任した。それに合わせるように、コンコードの庭では、暖かさに惑わされたキクが、はじめてのつぼみをつけた。しかし、一週間後には、また雪が降り、つぼみはすべて凍え死んで、エリザベスをおののかせた。

「なんてひどいこと！」エリザベスはいった。「ひどい、ひどい、ひどい」

　一ヵ月後、四月の雨の朝、一家に牛乳を届けに来た男が、ニュースも届けてくれた。サムター要塞が南部連邦に砲撃されたというのだ。南北戦争の始まりだった。

　一家の周辺の男たちは次々に入隊して、農場を去っていった。あたりの村々には、三世代前の独立戦争の記憶がいまだにこだましていたというのに。静かな書斎にいても、丘の向こうに新たに建てられた兵舎から、地元の民兵が軍靴を踏み鳴らす音が聞こえてきた。はじめ、エングルソープ氏も新聞をむさぼるように読んでいた。しかし、戦争が長引いて夏から秋へもつれこむと、大草原の草の研究へと立ち戻った。

「これでわれわれの仕事はますます重要になる。もし、この国が自分で自分を破壊しているのなら、われわれは自分たちが何を破壊しているのか知っておいたほうがいい」

「お父さんも戦争にいくの？」エマは聞いてみた。

「人はそうなる定めのことしかできないんだ」エングルソープ氏はいった。「今、わたしは軍靴の音を聞き、人間の残忍さに驚いたけれども、また書斎に戻るよう定められているんだ。それでは足りずに、バイユーの出の若者に木っ端微塵（こっぱみじん）に吹き飛ばされたらいいというのかい？　自分が何のために戦っているかもよくわからないような若者に？　わたしはむしろ、その若者に、おまえはサルの直系の子孫だと教えてやりたいね」
「でも、わたしたち、サルじゃないわ、お父さん」エマはいった。
「それはそのとおりだ」エングルソープ氏はいった。「しかし、われわれはそうではないということを証明するために全力を尽くさなければならないんだよ」
「わたし、お父さんにこんなことで死んでほしくない」エマはそういってエングルソープ氏の手を取った。

季節が移り変わっても、戦争は終わらなかった。エリザベスがいかないようにと懇願したにもかかわらず、ルイーザ・メイ・オルコットはコンコードを去って、ワシントンの戦傷者を収容する病院に赴いた。エリザベスは慰めとなる友もいなくなり、庭仕事に戻った。キクの惨害を早く忘れようと、今度は野菜を育てにかかり、週末になると、採れたものを町の市場で売った。
そういう成り行きのすべてが不思議に思われた。エリザベスは海を去って、新しい土地へやってきた。心を鷲づかみにするような果てしない風景がひろがる西部ではなく、なだらかな斜面、淡い色の表土、短い成長の季節を持つニューイングランドの農園へ。どちらかといえば、それは妥協だった。再婚して、自分の内部の何かがこわばってしまったようだった。今までになく幸せではあったが、自分がそうする定めのことをせずに終わったという思いを振りはらうことができなかった。カンバーランドギャップ（アパラチア山脈越えの山道）を抜けてフロンティアへ到達することはなかった。幌馬車の車輪が踏むわだちや土地の傾斜を感じることはなかった。エリザベスは今の生活に、今の土地に定住したのだ。それは申し分のない生活だった。新しい夫は風変わりでわがままだったかもしれないが、いい人だった。夜には、剥製を相手にするようにではなく、男が妻を相手にするようにエリザベスを抱くこともおぼえようとした。それでも、新たに子どもを授かることはなかったが。
執筆に明け暮れた一年が過ぎても、エングルソープ氏が本の完成に

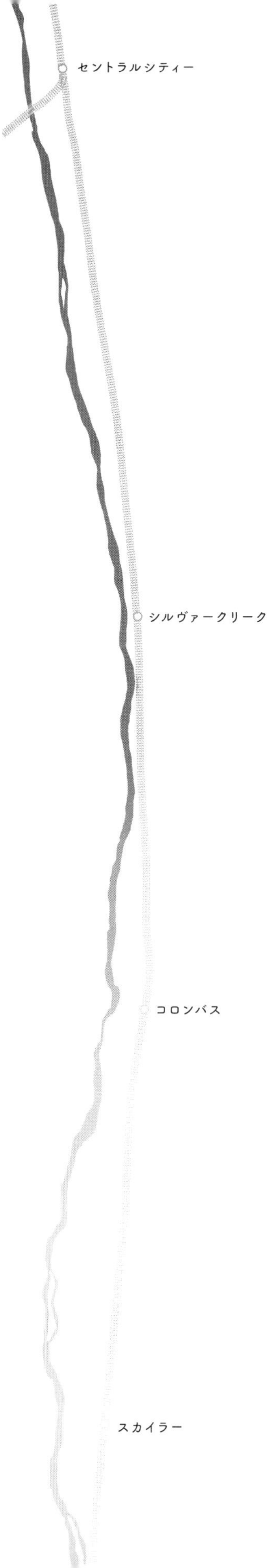

一歩でも近づいたという様子はなかった。エマーソンは米国科学アカデミーの何人かの友人に手紙を書いて、エングルソープ氏が北米における自然淘汰の証拠についての講演を行なうよう手配した。

　世間の人々の関心は、各種の雑誌に印刷されたぞっとするような挿絵、ヴァージニアの凍った野原に累々と横たわる兵士の屍（しかばね）の挿絵に集まっていたが、そういう風潮にもかかわらず、アカデミーはいつものように会合し、務めを果たすべく最善を尽くした。そこで生命の起源から今日（こんにち）に至る長い系譜をたどる論議を交わすのは、ある種の慰めにはなりそうだった。類人猿のような祖先への関心を喚起することで、この戦争をけっして特異な事態ではないと考えられるかもしれない、眼鏡をかけたアカデミー会員のほとんどすべてがひそかに恐れている近代文明の終焉が訪れるのを防げるかもしれないということで。

　エングルソープ氏は出発を一週間後に控えたある日、エマに同行しないかと声をかけた。

「わたしも？」エマは問い返した。

「きみはこの本にはわたしと同じくらい深くかかわっているからね」

　エマはそういわれて、原因ともなり結果ともなる能力は、新しい父親にだけ授けられているのではないと気がついた。エマはこれまでずっと、彼のことを歴史がたどる道に変化をもたらす人物と見なしてきた。実は、その能力はエマにも備わっていたのだ。エマも時間の進路を変える力を持っていた。エマの両手は重要なものをつくりだし、人々が注目するような言葉を書くことができた。

　二人はボストンからフィラデルフィアまで一等車のコンパートメントに乗っていった。午後になると、乗務員の一人がエマにお菓子を、別の一人が温かいタオルをくれた。蒸気機関車の煙が、偏頭痛を起こす引き金になるのではないかと心配してくれているように。エングルソープ氏は申し分のない旅姿だった。口ひげはワックスで固めてきれいに整え、ステッキの柄を押さえた両手は揺るぎなかった。

　旅の途中のある時点で、エマは新しい父親の目を見つめて、こういった。「お父さん、アガシさんにいったでしょ。わたしがあの学校にいきたがらないって」

　エングルソープ氏は顔を凍りつかせた。と思うと、指で口ひげを梳（す）

きはじめた。それから、エマをちらりと見て、そのあと、窓の外に視線をやった。

「あそこにいかなくて残念に思ってるのかい？」ようやく、そう尋ねた。

「わたしに嘘をついてたのね。どうして、いかせたくなかったの？」

「だからといって、わたしを責められるか？　アガシは自分が無知だということがわかっていないんだ！　冗談じゃない。きみはわれわれの主義主張にとってなくてはならない存在なんだ。あんな独りよがりのせいできみを失うわけにはいかない！」

「わたしたちの主義主張？」エマは体が熱くなった。思わず、エングルソープ氏をポンと叩きたくなったが、その気持ちをどう表現したらいいのかわからなかった。

「そう」エングルソープ氏はいった。「われわれの主義主張だ。わたしははじめて会ったときから、きみを自分の娘のように愛してきたし、そういうふうに接してきた。しかし、そういう愛情は、きみのすばらしい才能に対する客観的な評価とはまた別のものだ。きみはたまたまわたしの娘になり、弟子になったが、同時に、この国の科学の未来でもあるんだ」

エマの目が燃え立った。エマはどうしたらいいのかわからなかった。列車から飛び降りるか？　彼に抱きつくか？　そのかわり、舌を突きだした。エングルソープ氏は一瞬、ぎょっとして、エマを見つめたが、そのあと、げらげら笑いだした。

「まあ、みんなと顔合わせしてからの話だが」そういうと、ステッキでエマの膝を軽くつついた。「アカデミーの連中はどう考えたらいいのかわからないと思うよ。わたしがどう考えたらいいのかわからなかったように。いずれにしろ、これがきみの未来を左右するだろう」

その週末はエマの人生の中でもっとも忘れがたい週末になった。エマは想像できる限りのさまざまな分野の大勢の科学者と会った。エマがこんなふうに自己紹介すると、まわりを囲んだ男たちは大いにおもしろがった。「はじめまして、エマ・オスターヴィル・エングルソープです。わたし、科学者になりたいんです」

「ほう、どういう種類の科学者になりたいんですか、お嬢さん？」丸々太った男が、エマの帽子のふわふわのリボンに笑いかけながら、けしかけるように聞いた。そのリボンはエリザベスが旅行用にと贈ってくれたものだった。

「地質学者です。かなり自信があります。わたし、中新世や中生代にいちばん興味があるんです。とくに火山の堆積物に。でも、植物学も好きで、環インド洋のラン科のことも書いていますけど。六分儀を使って地形を測るのは、今まで見たことがないほどうまいって、父にいわれます」

男は毒気を抜かれた様子で後ずさりした。「それでは、お嬢さん、あなたが将来、この分野で活躍するのを見届けさせてもらいますよ！」そういうと、首を振りながら、その場を去っていった。

一八六五年、ロバート・E・リーがアポマトックスで降伏した。それから一週間もたたないうちに、リンカーンが死んだ。どちらのできごとも、家の中ではまったく無視された。エングルソープ氏は書斎に引きこもっていたが、何をしているのかは定かでなかった。というのは、狂気に至る道筋というのはわかりにくいものだったからだ。大きな木枠六、七個がこじ開けられ、標本トレーが室内にばらまかれた。エングルソープ氏はエマにもあたるようになった。今までに見たことがない態度だった。部屋から出ていけと、はじめてエマを怒鳴りつけもした。エマは泣いて自分の部屋に駆けこむと、一日中、出てこなかった。そのうち、エマはだんだんと自分で研究計画を立てるようになった。自宅の地所の地質図をつくったり、少し耳の不自由な隣人、ハロルド・オールディングとハイキングに出かけたりした。ハロルドは戦争で負傷し、バードウォッチングを愛好するようになっていた。

あるとき、エマがハイキングから帰ってきてみると、エリザベスがポーチに迎えに出ていた。

「お父さん、具合が悪いの」エリザベスはいった。

何の病気なのかは、誰にもわからなかった。エングルソープ氏は自分で診断を下したが、それはデング熱から眠り病まで、毎日のようにくるくる変わった。エマーソンはほとんど連日、見舞いにきては、東部海岸沿いに住む医者たちに友の病状を書き送った。やがて、シルクハットに往診かばんの医者たちがやってくるようになった。彼らはエングルソープ氏の寝室へ通じる階段を勢いよく上っていったが、頭をひねりながら下りてきた。「見当はつくのですが」ニューヨークからきた医者はいった。「しかし、こんないろいろな症状の集まりは今まで見たことがありません。この薬を置いていきますから、一日二錠のんでください」

エングルソープ氏の傍(かたわ)らに薬の瓶がたまりはじめた。それこそたいへんな数の療法が提示されたが、一つとして効果のありそうなものはなかった。しばらくすると、エングルソープ氏はどれもやめてしまった。それでも、元気があるときは、階下へ下りてきて、居間の前に置かれた寝椅子に腰を落ちつけた。そして、熱心にメモを書きつづっていたかと思うと、長時間の眠りに落ちるというふうだった。顔はいつも赤くほてり、目はくぼんでいた。体重が減るにつれ、顔立ちも変わって、別人のようになってきた。けれども、その目にはあふれるような好奇心の片鱗(へんりん)が今も残っていた。エリザベスは彼にリスの肉入りのスープとビートのジュースを飲ませた。エマはフィンチについてのノートをまとめるのを手伝おうとしたが、彼は手を振って退けた。

「エマ」ある日、エングルソープ氏がようやくいった。「きみをヴァッサーへやる時期がきたようだ」

「ヴァッサーへ？」

「ニューヨーク州に新しく設立された大学だよ。古い友だちのマシュー・ヴァッサーがようやく、一生の望みを実現したんだ。それがなおのこと注目されているのは、完全に女性のための大学だからなんだ！」

エマの心臓は早鐘を打った。自分の人生は次にどこへ導かれるのか、自分の身の程を超えて、エングルソープ氏の助手という地位を超えて、科学者になるという自分の予言を実現できるのか、たびたび考えてきた。ところが、最近では、エングルソープ氏の病気がもとの狂気で、師弟の関係さえ、はかない望みの綱になろうとしていた。

しかし、ヴァッサー進学の計画で、二人の協力関係は新たなものになった。エマとエングルソープ氏は、エマの広範囲にわたるメモや図を添えた入学願書を苦労してまとめた。エマの仕事を一つに集めたみごとな書類一式を目にすると、わくわくさせられるものがあった。しかし、その努力はするまでもなかったとわかった。エングルソープ氏がヴァッサー氏へ手紙一本書くだけで事足りたのだ。彼は数ヵ月前に送った願書がどうなったか、手紙で問い合わせた。ヴァッサー氏はまもなく返事をよこして、こう明言した。自分の友人の〝聡明で有能な〟娘とともに、高等教育での男女同権を切りひらく道へ踏みだすのは、考えられる限りの望ましいことである、と。エマ・オスターヴィル・エングルソープはヴァッサー女子大の一年生になることが決まった。

しかし、夢はいつまでも続かなかった。八月末のある日の午後、エングルソープ氏は妻と娘へ胸の詰まる内容の手紙を渡したあと、もう逃れる術（すべ）のない熱病で起き上がれなくなった。二人はその晩、ずっと付き添って、自分たちと結びついた二人目の男が、ゆっくりとこの世から去っていくのを見まもった。エマーソンが、そして、ルイーザ・メイがやってきた。二人ともエリザベスに言葉をかけ、それからエングルソープ氏に最後の別れを告げた。

エマはベッドに横たわる父親を見つめていた。あれほど精力的だった人の身に何が起きようとしているのか想像もつかなかった。花崗岩の岩棚から霧にかすんだ森まで、この地上をすいすいと動きまわって、そびえ立つカエデや揺れるカバノキを調査し、常に目を見開いて、驚き、尋ね、世界がどのようにして現状に至ったのか、可能な説明を考えてきた人だったのに。

そういう不思議はどこにいってしまったのか？　その後、エマはこう自問しつづけることになった。それはただ蒸発してしまったのか、割れた窓から木々の中へ浮遊し、さらには野を横切って、露のしずくのように草に宿ったのか、と。

彼は朝には他界していた。

第9章

それはネブラスカのどこかで起きた。

あるいは、アイオワだったのかもしれない。ぼくにはよくわからなかった。ああ、そのとき、ちゃんと起きていて、そのできごとを記録していたら（マイル標を読みとるだけでもしていたら）！　ひょっとしたら、ぼくはたちまち有名になっていたかもしれない。けれども、運よくというか、ぼくはこの列車の旅の最中にはめったになかった熟睡に陥っていて、リンカーン記念館のリフレクティングプール（人工の池）を歩いて渡りながら、タブソーダを飲んでいるという夢に浸っていた――プールは何マイルも続いていて、両側には人々が連なり、ぼくに声援を送っていた。

しかし、目を覚ましたとき、すぐに何かがおかしいと感じた。そう感じたのは、テーブルに頬(ほお)をのせ、自分のよだれでびしょ濡れになっていたからだろうと思われるかもしれない――だが、そのせいではなかった。

ともかくも、ぼくははっと目を覚ました。そして、ヴァレロにこのだらしなさでぼくという人間を判断されるのではないかと恐れて、とまどいながら、よだれを拭きとった。
「ごめん」ぼくはいった。
　ヴァレロは返事をしなかった。
　何か落ちつかない、うずくような感覚にとらわれたのはそのときだった。あたりは静かだった。あまりにも静かだった。
　ぼくはボグルの文字に目をやった。それを並べ変えたとき、ぼくは半分おかしくなっていたに違いない。

　その文字が奇妙に二次元に見えたのだ。実際、奥行きの感覚がなくなってしまったかのように、カウボーイコンドのキャビン全体が平べったく見えた。現実の距離がどうあれ、手を伸ばせば、目に見えているものすべてにさわれるような感じがした。
　ぼくは酔っているのか？　これまで酒を飲んだことがなかったので、よくわからなかった。トゥークラウズに一服盛られたのだろうか？　でも、そうだとしても、ずっと前のことだし……
　ぼくは何か時間がわかるようなものがないかと思って、ウィネベーゴの窓から外を見た。列車は走りつづけていた——もう見慣れた柔らかに揺れる世界で、それだけは確認できた——けれども、窓の外には何も見えなかった。何の風景も。といっても、ただ暗かったからというだけではない。それは問題ではなかった。暗さというのは、まったく相対的なものだ。真っ暗闇の中でさえ、そこに何か別のものが存在するというのは察知できる。これはそれとは違っていた。そこには何もなかった。ぼくの思考に反響してくるものがなかったのだ。ぼくたちはよく、世界が「うん、わたしはまだここにいる。そちらはそちらでおかまいなくやってくれ」といっているメッセージを受け取ってきたが、その暗黙の確認のようなものがもう伝わってこなかったのだ。

ぼくはゆっくりと座席から立ち上がって、ドアのほうへ歩いていった。自分のスニーカーがウィネベーゴのリノリウムの床をこする音が聞こえた。そうやってとぼとぼ歩いている間、ドアに気密シール——それを開けたら、『２００１年宇宙の旅』で乗組員が HAL（人間に反乱を起こすコンピューター）にやられたように、酸素のない冥界へ吸いだされてしまいそうだった——が施（ほどこ）してある可能性を考えてもみなかったといったら、嘘になるだろう。

ぼくは列車の向こうの空間にじっと見入った。何もなかった。まったく何もなかった。けれども、何かがぼくに危険を冒すよう強要した。ぼくが死ぬとしたら、大気圏外へ飛んでいこうとしているウィネベーゴのドアを開けるという以上にいい方法はなさそうだった。たぶん、ぼくの体は宇宙のごみの一かけらとして完全に保たれ、一千年の先、知的なサルの一種に発見されて、原始的な人類の標本にされるだろう。そして、その時点以後のほかの人類はすべて、ぼくと比較されることになるだろう。

ドアの取っ手は簡単に動いた。まあ、待て……

何も起こらなかった。ドアは、ゴムがシールから剝（は）がれるときのような音を立てた。空気がどっと流れだすこともなく、ぼくのミトコンドリアが破裂する感覚もなかった。出入り口から吸いだされることもなかった。 HAL——ぼくは彼に話しかけ、彼の声の不気味な静けさに浸ってみてもいいと思ったけれども——は存在しなかった。

実際、外の空気はひんやりと乾いていた。中西部の初秋の夜ならこうだろうと思われるとおりの気温であり湿度だった。しかし、中央もなければ、西もなく、東もなかった。何もなかった。

ぼくは天空に目を凝らした。よくよく見ると、暗闇は青みがかった色合いを帯びていた。誰かがテレビのカラー調節のつまみをいじったのかというように。すべてが青みがかっているというだけでなく、もう地面が見えなくなっていた！　列車が宙に浮かんでいるようだった。

おそらく、いちばん心をかき乱されたのは、もう線路のカタカタ鳴る音が聞こえないということだった。列車は線路の不規則なひずみ、枕木やバラスの沈下や偏りに従うかのように、あいかわらず身震いしていた。それなのに、ブンブンという接触の音、金属と金属がこすれる甲高い音、ぼくが愛しも憎みもするようになった絶え間ない地獄の騒音がいっさいしなくなっていたのだ。

「おーい」ぼくは叫んだ。こだまは返ってこなかった。平板な青みがかった暗闇があるだけだった。そういう音の受け取り通知がなくては、大声で叫ぶという衝動も意味がないように思われた。

ぼくはウィネベーゴの中に駆け戻り、イーゴーをひっつかんだ。こういう問題の最終的な解決に、テクノロジーが役立つということがよくあったからだ。再び外に出ると、イーゴーを頭上に差し上げ、ぼくたちの正確な位置を割りだしてくれるのを待った。そんなふうに高くかかげているうちに、腕がだるくなってきたので、イーゴーをぼくの傍らの長物車の床の上に置いて見まもった。けれども、イーゴーはしきりに探っているばかりで何の役にも立たなかった。

「おまえはバカだな、イーゴー」ぼくはイーゴーを深淵の中に投げ捨てた。正直いって、イーゴーが消えていくのを見るのは、奇妙な満足感があったからだ。

ぼくは死んだのか？　そういうことなのか？　列車が衝突したのだろうか？

その可能性に直面したとたん、ぼくは深い後悔の念にとらわれた。ぼくはモンタナの地図を仕上げられないだろう。ベネフィデオ氏をがっかりさせるだろう。短い時間ではあったが、彼は講堂でぼくと顔合わせして、大いに期待をふくらませたのではないか。自分のライフワークを受け継ごうという人間があらわれて、安堵の息をつき、ノースダコタに戻る十四時間の旅は、テープの曲に耳を傾けるまでもなく、あっという間に過ぎたのではないか。ところが、わずか半年後に、未来の弟子が死んだと聞いたら、彼はどうするだろう？　列車事故を伝える新聞を置いたとき、どんなあきらめの色が目をよぎるだろう？
大陸を詳細な地図に描くという彼の大仕事は、孤独な夢の王国へ、凝った趣味へ、終わりのない始まりへと舞い戻ってしまうのではないか。

それでも、ぼくは否定できなかった。後悔や罪悪感、舌の焼けつくような感覚とともに、身震いするほどの解放感が訪れたことを。というのは、死ぬことの不快な部分を、はじめから除外していたからだ。おそらく、ぼくの体は今、木っ端微塵になっているのだろう。両親やグレーシーはぼくの末路を知って苦悩するだろうが、ぼくはレイトンと再会を果たせることになりそうだった。そのうち、列車が停まって、冥界の真ん中に浮かぶ古風な停車場からレイトンが乗りこんでくるだろう。真上からの柔らかな照明が、スーツケースを手にプラットホームにたたずむレイトンの姿を浮かび上がらせる。その隣では、親切な顎(あご)ひげの駅長が、ひろげた指の間からストップウォッチを垂らしている。

「皆さん、お早くご乗車願います！」列車がためらうようにゆっくり停止すると、駅長が呼びかける。

「おーい、レイトン！」ぼくが叫ぶと、レイトンはスーツケースを持ったまま、激しく手を振る。スーツケースが揺れ戻ったはずみで、レイトンの顔にぶつかる。駅長が笑って合図し、列車がぼくたちの足もとでシューッと音を立てる中で、レイトンが乗りこんでくる。

「ぼくが何をしてたか、信じられるかい！」レイトンは叫んで、スーツケースを投げだし、ぱっと開ける。「ほら、ぼくが集めたものだよ！」

　あれからまったく時間がたっていないようだ。ぼくたちはボグルの二番勝負を始めるかもしれない。ぼくはレイトンの死後、ずっと考えていたことのあれこれを話す機会を得る。いっしょにいる時間がどんなに短いかがわかっていたら、遠慮しないで話していただろうことのあれこれを。そのうち、レイトンはボグルに飽きて、不満そうな声を漏らし、ピストルの音の口真似をする。それから、ぼくたちはカウボーイコンドをカスター最後の抵抗の図で飾ったり、〝体が一インチに縮んでしまった——さあ、どうする？〟の遊びをするかもしれない。

　考えてみれば、この新しい世界でなら、ぼくたちは何だってできるはずだ。形而上学的な領域に踏みこんだ二人のカウボーイとして、ウィネベーゴを列車から降ろして運転し、死者の風景の中をいっしょに探検することもできるはずだ。ビリー・ザ・キッドを、あるいは、ウィリアム・ヘンリー・ハリソン大統領を捜しにいくこともできるはずだ。あるいは、テカムセを！　ほんとうにハリソン大統領に呪いをかけたのか、テカムセに聞くこともできるはずだ。実際、呪いが存在したかどうか、はっきりわかるかもしれない。テカムセとハリソン大統領を引きあわせて、こういえるかもしれない。「いいですか、ゲームのルールがはっきりしている以上、呪いなんてなしですよ！　みんな、友だちになって、ボグルの二番勝負をしましょう。お二人は、よかったら、いっしょにウイスキーをやってください……え、何ですか？それはだめです……ぼくもレイトンも死んでるかもしれないけど、未成年なので酒を飲むわけにはいきません……え？　ほんのちょっと？　ああ、いいですね……これで何の害があるんでしょうね？」ああ、そんなふうになったらすばらしいのに。

長物車の端に腰かけ、しばらく、かかとを前後に揺すっているうちに、ぼくは死んだと仮定するのは簡単なことなのだと気づいた。ぼくは死んではいなかった。たぶん、ネブラスカ／アイオワのパラレルワールドに入りこんでいたのだろう。けれども、ぼくはまだ生きていた（しかも、元気だった）。足を揺らしながら、虚空をのぞきこんでいた。

「ヴァレロ？」ぼくはいった。「いるの？」

「ああ」ヴァレロが答えた。

「どこにいるの？」ぼくは尋ねた。

「わからんな」ヴァレロがいった。「いつものように進んでいたと思ったら、次の瞬間にはここにいた」

「すると、トンネルがあったわけじゃないんだ？　線路が切り替わったわけでもないんだ？　魔法の牛を追い越したわけでもないんだ？」

「残念ながら」ヴァレロがいった。

「ぼくたち、現実の世界に戻ると思う？」

「そう思う」ヴァレロがいった。「ここは終点のようには見えないし、まして待合室のようには見えない」

「たぶん……たぶん、ぼくたち、時間内に戻ってきたんだ」ぼくはいった。

「たぶんな」ヴァレロがいった。

ぼくはそこに腰かけたまま待った。百まで数えたが、そのあと、数がわからなくなって、ただ座っていた。脳の回転の速度が緩んできた。列車は消え失せた。古い中西部、あるいは、どこにしても、今いるところがぼくを包みこんだ。ぼくは座っていた。しばらくして、用意ができてから、ゆっくり立ち上がって、カウボーイコンドの中に入った。そして、物語を読み終えるべく、母のノートを手に取った。

エマはもうヴァッサーにいきたいとは思わなかった。彼がついていてくれない今となっては、いくべき理由が見つからなかった。エマがしてきたことはすべて彼のためだった。彼がいなければ、はじめからしてきたはずのことに立ち帰るしかなさそうだった。つまり、ボストンのあちらこちらの客間で、これはというキリスト教徒の夫を探すことに。

その晩の食事のとき、エマは母親に、自分はいっしょに家にとどまるつもりだと告げた。そして、家計の重荷にならないよう、できるだけ早く結婚する、と。「もっと早くそうするべきだったんだわ。でも、わたし、彼に魔法をかけられていたから」

エリザベスがスプーンを叩きつけるように置いた。スプーンの柄とくぼみがカタカタと大きな音を立てて木のテーブルを打った。

「エマ」エリザベスはいった。「わたしはあなたに多くを求めたことはなかったわ。頼りになるけどやさしい母親でいようと力の限りがんばってきたのよ。ウッズホールでお父さんが死んでからは、独りであなたを育ててきたけど、それはけっして楽な仕事じゃなかった。あなたがとてもいい子だったにしてもね。あなたはわたしの人生の喜びよ——わたしたちが何年ぶりかでまた二人だけになった今、あなたをよそにやるのは、耐えられないことだわ。そういうことを考えるだけで、夜も眠れないほどよ。それ以上に恐ろしいことはないくらい。ただ、一つを除いてはね。それはあなたが出ていかないことよ。あなたが自分の服や図やノートやペンを週末までに荷づくりしない、汽車にも乗らないなんていったら、絶対に許しませんからね。あなたはこの機会を逃しちゃだめ。可能性のあることに対して自分を閉ざすというのは、自分の一部を殺すことなのよ。その部分はもう育ってくることはないわ。あなたは結婚して、いい子を何人も産むことだってできるかもしれないけど、自分の一部が死んだら、朝、目を覚ますたびに寒々しいものを感じるでしょうよ。あなたは世界を開いていく先端に立つのよ——大学では、どんなにすばらしく輝かしいことが待っているかわからないわ。それは、これまで試されたことのない世界、夢にも見られなかった世界なのよ」エリザベスは顔を紅潮させていた。今までの人生でこれほど多くを語ったことはなかった。「彼に敬意を表して、出ていきなさい」

エマは出ていった。しかし、それは彼のためではなく、エリザベスのためだった。これまでずっと物いわぬ航海士であった母親、怒鳴って命令するかわりに、誰も気づかないうちに舵をそっと切ってくれた母親のためだった。

エリザベスはこの物語から消えていった。それは、生殖の務めを果たしたあと、葉っぱの下にもぐりこみ、触覚のある頭を脚の間に折りこんで、やがて訪れる死を待つ雄のスズメバチを思わせた。エングルソープ氏は、そういう雄バチのことを、ある種の感慨をこめて話していた。まるで、彼らが物語のヒーローであるかのように。

「たいしたもんだ」エングルソープ氏はいった。「いや、たいしたもんだ」

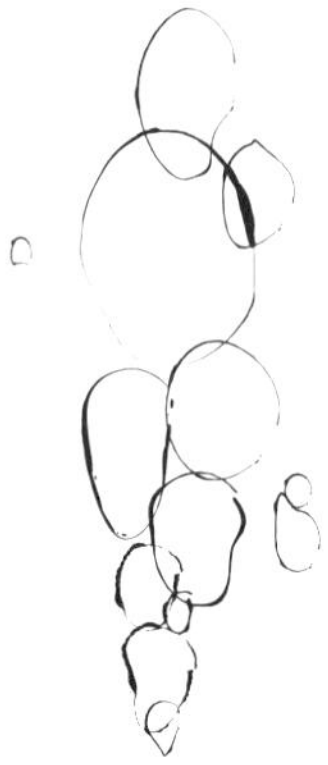

エリザベスは自分が退場することには、淡々としているようだった。再々婚はしなかったが、コンコードの田舎家で手に入る限りのものを得た——すばらしく味のいいトマトを育てたり、詩のようなものを二、三編、書いてみたりもした。エリザベスがおずおずそれを見せると、ルイーザ・メイは〝感情をよく表現している〟といってくれた。しかし、肺が弱っていたせいで、旅行には出られず、西部を訪れることも、ビュートで生まれた三人の孫の顔を見ることもできなかった。エリザベスは一八八四年に平穏ではあったが孤独のうちに死んだ。そして、スズカケノキの下、オーウィン・エングルソープの隣に埋葬された。

エマはヴァッサーでサンボーン・テニーという影響力のある指導者にめぐりあった。テニーは自然科学と地質学の教授だった。しかし、大学でほんとうに頼りになったのは、天文学の教授のマリア・ミッチェルだった。エマは天文学を専門に選んだわけではなかったが、ミッチェル教授と深夜まで宇宙について勉強したり、銀河系の構造について議論することがよくあった。

ある晩、エマはエングルソープ氏のことを残らず話した。「その人に会ってみたかったわ」ミッチェル教授はいった。「彼はあなたが自分のすばらしい才能に向きあうようにさせてくれたのね。異論を唱える声はあったでしょうけれど。わたしは人生を通じて、そういう声と戦ってきたんだけど、あなたもそうなることは間違いないわね」ミッチェル教授は望遠鏡をエマにのぞかせた。「双子座よ」

望遠鏡の冷たいレンズを通して、エマは星が形づくる二本の平行線を見ることができた。それにしても、この双子は何と様子が違っているのだろう！　古代ギリシャの天文学者は何でそんな名前をつけたのだろう？　空をながめているうちに双子を見つけたのだろうか、それとも、双子を求めて空をながめていたのだろうか？

エマはキャッツキル山脈の堆積砂岩層についての論文を書き、三年を終えたところで卒業の資格を得た。クラスではトップで、四年目にはその論文を敷衍して学位論文に仕上げた。それはエングルソープ氏の死後四年目の九月に発表された。翌週、テニー教授はエマ・オスターヴィル・エングルソープ博士を研究室に呼んだ。教授はまずブランデーを勧めたが、エマは遠慮した。そのあと、教授はエマに大学の地質学教授の地位につくよう勧めた。エマは驚くとともに喜んだ。

「わたし、それだけの資格があるんでしょうか？」エマは尋ねた。

「きみ、きみはここに足を踏み入れたときから、ずっと資格があった。当時でさえ、きみのやりかたは、ここの教授たちの多くよりも広がりのあるものだったからね。きみがポキプシーにくる前についていた先生がたが、きみにいい教育をしたのは間違いない——そういう先生がたもここで仕事ができたらいいんだが、とにかく、きみを受けいれるのは、ただ幸せという以上のものがある」

エマは翌年、一八六九年に米国科学アカデミーへ凱旋（がいせん）を果たし、自分の論文を紹介し、〝女性とより高度な学問〟と題する講演を行なった。それは週末ずっと、アディロンダック山脈にこもって、ミッチェル教授と共同で執筆したものだった。アカデミーの会員の中には、セ年前に目にした生き生きした顔の少女と、今、目の前に立っている自信に満ちた若い女性を重ねあわせた者が何人かいた。そういう連中は、かつて、少女の高望みを笑ったが、今、自分たちの同僚となった女性の堂々たる業績に表情をこわばらせていた。エマを見る目は、敵対的ではないにしても、冷淡だった。エマはそれに気づいたが、意に介さないふりをした。マリア・ミッチェルがそういう反応への備えをさせていたのだ。

エマは講演の最後をこう結んだ。

「……ですから、科学者の性別を問うのではなく、その方法が有効かどうか、当人が近代科学の厳格な基準をしっかり守っているかどうか、人類の目標に対する集団としての知識を向上させているかどうかを問うてください。この目標というのは、ほかの何よりも重要です。性別よりも、人種よりも、信条よりも。わたしは、何か道徳的に高い立場に立って、科学界における男女平等を求めたりしているのではないのです。ただ、そういう平等がなければ、この目標も達成されないだろうということを訴えるために、この場に立っているのです。知るべきことは、まだまだ山ほどあります。いまだに記述されていない種(しゅ)も、克服すべき病気も、探検すべき世界も山ほどあります。女性科学者を顧(かえり)みないというのは、それだけの知力を無にするということです。わたしの先生は、この分類が進む時代にあっては、七十年もすれば、自然界の全容がわかるだろうとおっしゃいました。しかし、今、その全容は先生の推測の十倍もありそうだということが明らかになっています。そうです、わたしたちは、科学者一人一人の貢献を、性別を問わずに必要としているのです。そういう探求にあたる科学者として、わたしたちが細部への注意力を求められるのは当然のことですが、しかし、何よりも求められるのは偏見のなさです。そうです、わたしたちは偏見にとらわれている限り、何者でもないのです。皆さんがわたしをお仲間に入れてくださったことに感謝し、心の底からお礼申しあげます」

エマは演壇で軽くお辞儀をして反応を待った。拍手はまばらで、それもずんぐりした男が湿った手を打ちあわせる音が主だった。その男は、講演の前に廊下で知りあったエマに好意を抱いていた。エマはアカデミー総裁であり、スミソニアン協会の初代会長でもあるジョゼフ・ヘンリーと握手した。ヘンリーは明らかにエマを嫌っていた。いかにも意地悪そうな笑みを向けるので、エマは満場が見まもる中、その場で肘鉄を食わせてやろうかという誘惑に駆られたが、結局、何もいわず、静かに演壇を去った。

ここで、原文が途切れていた。その空白で、ぼくは突然、これはあくまで母が書いていることであって、必ずしもあったことではないと思い起こした。実際、このうちのどれが現実にあったことなのだろう？ ドクター・クレアは、冒頭のメモで、データの限られた範囲を気にしていたが、今、その理由がわかった……ドクター・クレアがどうしてエマの胸の内を知ったのだろう？　ぼくがドクター・クレアとして知っている厳密で、頑固なほどに経験主義的な女性が、ぼくたちの先祖が抱いた感情について、そういう勝手な推測——いや、捏造——にふけるというのは信じられなかった。そういう物語の検証可能性の危うさにはいらいらさせられたけれども、やはり、続けてページをめくらずにはいられなかった。ぼくは半信半疑の状態から抜けだせなかった。たぶん、ぼくも大人になろうとしているということなのだろう。

居心地の悪いレセプションも、エマの決意を強固にさせただけだった。エマは簡単には引き下がらなかった——ひっそりと陰の中に逃げこんで、太った老人や彼らの葉巻に場所を譲るような真似はしなかった。翌日のレセプションには、地味なグレーのドレスをまとい、髪には黒いリボンを一つだけつけて出かけたが、高名な地質学者のファーディナンド・ヴァンデヴィア・ヘイデンも週末にアカデミーを訪れる、と誰かから聞かされた。間近に控えたワイオミング遠征の支援を訴えにくるということだった。エマは唇をすぼめてうなずき、作法どおりにお茶をすすりながら、話題がノヴァスコシア（カナダ東部の半島および州）の化石のことへと移っていくのに耳を傾けた。しかし、頭の中には一つのアイディアが植えつけられていた——その日も翌日も取りついて離れないアイディアが。エマは絶対的な確信が持てるまで、それを誰にも漏らさなかった。アカデミーでの最終日、エマは思いきってヘイデン博士に面会を申しこんだ。

意外なことに、ヘイデンはそれを受けいれた。

二人はアカデミーの庭園に面した優雅な応接間で会った。部屋には、ニュートンとアガシの巨大な肖像画が鎮座していた。油絵のアガシは、実際よりもはるかに威圧的に見えた。今、歴史に手招きされて、エマは喉が詰まるような思いがしていた。それでも、遠征隊に自分の居場所はないだろうかと単刀直入に聞いてみた。

「どういう立場で？」ヘイデンは尋ねた。その顔には、からかうような気配はなかった。

「地質学者としてです。それに、わたしはお役に立てるだけの測量技師でもあり、地形学者でもあります。公表した論文はまだ一本しかありませんが、自分のコレクションからいろんなサンプルをお見せすることはできます。そのコレクションも良質なものとわかっていただけると思っています。わたし、自分の方法と正確さには誇りを持っています」

エマの知らないことだったが、ヘイデンには、すでに招集した一行に加えて測量技師を雇うだけの資金がなかった。ヘイデンはしばらくの間、葉巻の端をくわえながら、庭園を見やっていた。その頭の中を何が駆けめぐっていたのか、エマにはわからなかったが、ヘイデンはようやく向きなおると、最終的に受け入れに同意した。その前に、そういう旅行に伴う危険について警告したが、エマは手を振ってそれを一蹴した。また、ヘイデンは報酬を支払えないという遺憾ではあるが避けがたい状況についても説明したが、エマは考えた末に了承した。人は自分の戦いを選ばなければならないということだった。

ということで、エマ・オスターヴィル・エングルソープ教授というピースのかわりに思いがけないピースがパズルにはめこまれて、その当人は一八七〇年七月二十二日、ワシントンDCから汽車に乗りこむという成り行きになった——トランクは地質調査の機器でふくらんでいたが、そこにはエングルソープ氏から受け継いだものと、ヴァッサーのコレクションから〝借りた〟ものが混じっていた——完成したばかりのユニオンパシフィック鉄道で西へ向かい、ファーディナンド・ヴァンデヴィア・ヘイデンと第二次ワイオミング準州地質調査隊に加わるために。そんな時代に、そんな女性が、そんな試みに加わるというのは、よほど変わったことだったのだろうか？　そう、それはおよそあり得ない話だった。遠征隊の一部のメンバー、そのような特別で重要な使命を帯びた派遣団の名簿に載せられて安堵し感謝しているメンバーが、未開の地へ足を踏み入れるこの冒険に、専門家とはいえ、女性が同行すると知ったとき、仰天したのは間違いなかった。

一行は二週間にわたる難儀な鉄道の旅の末に——ネブラスカで機関車が二度故障し、エマは道中ずっと、偏頭痛に悩まされた——荒野の町、シャイアンに到着した。ようやく、西部の広々とした野外の空気に触れて、エマはほっとした。

一行はシャイアンに一泊した。町には、牛追いの稼ぎをばらまこうと勢いこむ好色なカウボーイや、一生に一度という取引を持ちかけたり、それに賭けたりするうさんくさい連中がひしめいていた。ヘイデンを含む遠征隊の男の半数は、ホテルを出て、有名なシャイアンの売春宿に移っていった。エマは自分の思いとフィールドノートとともに取り残された。だから、町で一晩を過ごしただけで、再び前進が始まったのをうれしく思った。白亜紀の石灰岩の間に立ち、伝説のウインドリヴァー山脈のぽっかり口をあいた圏谷（氷河の浸食で生じた半円形のくぼ地）を訪れ、故郷の風景を小さく見せるであろう大規模な褶曲（しゅうきょく）や湾曲をこの目で見たいというのは、かねてからの念願だった。

しかし、ことはそう簡単には運ばなかった。一行は遠征隊の集結地、フォートラッセルで十日間、野営した。二晩目、一人の男が酔った勢いで、エマの髪をつかみ、自分のものを押しつけてきた。エマが股間を蹴飛ばすと、男は糸の切れた操り人形のように、へなへなとくずおれ、土埃の中でそのまま失神した。翌朝、二人はコーヒーポットのそばで顔を合わせたが、男は何もいわなかった。

〝ヘイデンの遠征隊　1870〞という付箋をつけてノートに貼ってあった写真

ぼくは一人一人の顔を調べたけれども、エマは見つからなかった。たぶん、野原から離れて、グリーンのノートにメモをとっていたのだろう。ぼくは突然、写真の男たちが憎らしくなった。全員の股間を蹴飛ばしてやりたくなった。

一行はようやく西へ進みだした。エマは早々とコーヒーを飲んで、男たちが起きだしてくる前に野原に出ていくようになった。そのうち、エマと男たちの間には、お互いに相手を避けるという暗黙の取り決めがつくりだされた。

ヘイデンは最悪だった。いうことが最悪というのではなかった——何もいわないことが最悪だったのだ。ヘイデンはエマの存在をほとんど認めなかった。一日の終わりに、エマはヘイデンのテントの外のテーブルに、地質に関するメモを置いておいた。朝には、そのメモはなくなっていたが、ヘイデンは感謝の一言も口にせず、エマの提言のどれにもエマ本人を起用することはなかった。エマはヘイデンのそばにいくたびに、顎の筋肉がこわばるのを感じた。男たちは洗練された科学者のはずだった。フンボルトやルソーやダーウィンについて楽しく議論することができる人々、高潔な人々、知見の人々のはずだった。ところが、彼らはそれどころではなく、シャイアンの好色なカウボーイよりもいやらしいとさえ思わせる無神経なところがあった。少なくとも、カウボーイは相手の目をまっすぐに見ると思われた。

二ヵ月半をかけて、一行はワイオミングの端から端までを踏破した。シャイアンからフォートブリジャー、ユニオンパシフィックの大陸横断新線のグリーンリヴァー駅まで、そのあと、鉄道に沿って引き返した。遠征隊の写真家、ウィリアム・ヘンリー・ジャクソンは、高地砂漠を横切るユニオンパシフィックの列車の写真を数多く撮った。ジャクソンはそれを忠実なロバのハイドロにくくりつけた鞍(くら)袋にしまいこんだ。ジャクソン氏は遠征中、エマのただ一人の味方だった。エマを見て見ぬふりをすることもなく、エマの足もとに唾を吐くこともなく、エマが通りかかると何やらぶつぶついうこともなかった。夜になると、エマのたった一つの楽しみは、ほかの連中の詮索の目から離れたところで、ジャクソン氏と静かな会話を交わすことだった。二人はその日の発見を振り返ったり、周囲の荘厳なながめをいつまでもたたえたりした。エマはこの景観の中に自分の居場所を見つけられたらと思った。

十月十八日の午後遅く、一行はテーブルロックの奇観から鉄道に沿って進み、鮮紅色の孤立した丘が点在する谷間を縫って、レッドデザートの寂しい補給駅に着いた。一行はヘイデンが現場監督と交渉するのを待った。監督はあまり英語が話せなかったが、とりあえず二、三日は野営して過ごせそうな安全な場所を教えてくれた。そこは南側をいくつかの丘に抱かれていた。しかし、鉄道を越えた北側は、目の届く限りどこまでも、緩やかに波打つレッドデザートがひろがっていた。

日の入り、エマはジャクソン氏がカメラを据えつけるのを見まもっていた。そばでは、ハイドロがひづめでひんやりした土をかいていた。キャンプからは男たちが歌いはじめる声が聞こえてきた。おそらく、野卑(やひ)な現場監督からウイスキーを手に入れたのだろう——この連中の歌というのは、いつも、わだかまった感情のはけ口だった。彼らは崖っぷちに危なっかしげに腰を下ろして必要な測量値を集めているときも、死すべき定めから自らを守ろうと躍起になっていた。エマは二度と彼らの顔を見たくはなかった。しきりに目盛りを調節しているジャクソン氏をあとに残して、駅舎のほうにぶらぶらと歩いていった。給水塔が線路の向こうへ長く薄い影を投げかけていた。

エマがはじめて彼を見たとき、彼は眠っていた。エマは戸口に立ち、彼が椅子に座ったまま、口を開き、いびきをかいているのを見まもった。まるで獣のようだった。エマが立ち去ろうとしたそのとき、彼ははっと目を覚まし、ドアのそばにいるエマを見た。その目が大きくひろがった。彼は手の甲で口を拭ったが、見るからに粗野な男にしては驚くほど優雅なしぐさだった。

「何か？」彼は椅子から立ち上がりながら問いかけたが、その言葉にはきつい訛りがあった。彼は幻影を追いやろうとでもいうように、目をぎゅっと閉じると、また開いた。それでも、女は目の前から消えなかった。

エマは溜め息をついた。頭の中でブンブンまわっていたものが、くたびれて、ゆっくりと動きを止めた。

「わたし、喉が渇いてるんです」エマはいった。「お水、ありませんか？」

筆はそこで止まっていた。ぼくはノートの残りをぱらぱらと繰ってみた。最後の二十ページは真っ白だった。

ぼくはパニックに陥った。

冗談でしょ？

ドクター・クレアはどうして書くのをやめたのだろう？　ここからが肝心要（かんじんかなめ）の点なのに！　ドクター・クレアは、なぜ二人がいっしょになったのかを解き明かそうとしていた。それが、どうして今になってやめてしまったのか？　ぼくは興味津々（しんしん）のディテールを期待していた——そう、白状すると、たぶん、興味津々の性的なディテールを期待していた（ぼくは学校にある『ゴッドファーザー』の二十八ページを読んでいた）。

〝わたし、喉が渇いてるんです〟〝お水、ありませんか？〟西部では、そのとっさのせりふがありさえすればよかったのだ。それでいっぺんにはじけたのだ――エマはもう全国ではじめての女性地質学者ではなく、フィンランド人の妻だった。ということは、何だ？　遠征中、同僚の科学者の絶え間ないハラスメントにあって、エマは簡単に自分の夢をあきらめ、より楽な道をとったということか？　科学を捨てて、テルホの純情な抱擁という避難所を選んだということか？

二人が恋に落ちたのは、単にそれぞれの逆境が重なったためではないということは、ぼくにもわかった。しかし、なぜ、うちの家系では再三再四、経験主義者の女が、自分の専門分野とまったく関係のない男と恋に落ちるのだろう？　理論や、実地調査のデータや、画家のスケッチではなく、重いハンマーの柄を頼りにする職業の男と？　共通の困難を抱えた同士では、同じ極性を持つ磁石のように、実際には反発しあうのではないか？　人々を終生結びあわせる、切っても切れないほんとうの恋というのは、ある種の知的なずれを必要とするのだろうか？　執拗な合理化の要求を押しのけて、心の中のざらざら、でこぼこしたスペースに入りこむために？　それにしても、二人の科学者がこの種の自然発生的で祈りにも似た恋をするなどということがあるのだろうか？

ぼくは冥界を通り抜け、カウボーイコンドの中を漂いながら、母はエマとテルホが実際に恋に落ちた運命的なシーンを書いて終わりにしたのだろうかと考えた。たぶん、そういうことだったのだろう。たぶん、母は自分が今の夫を選んだ理由を述べることができないのと同様に、エマとテルホがお互いを選んだ理由をあげることもできないと気づいたのだろう。しかし、ひょっとすると、続くシーンは、タイガーモンクの実地調査ノートのように偽装された別のEOEノートに隠されているのかもしれない。ねえ、お母さん、あなたは自分の人生をどうしようというんですか？

もうこれきりというつもりでノートを閉じようとしたとき、最後のページに目がいった。いちばん上には、ひっかいたようなインクの跡があった。ドクター・クレアがペンを走らせようとしたような跡が。そして、ページのいちばん下のほうに、彼女はたった一語だけ書きつけていた。

そのページにその名前を見て、まったく無防備だったぼくは不意打ちを食らった。ドクター・クレアはレイトンをどう思っていたのだろう？　ブーツにライフル、宇宙人のパジャマというぼくのレイトンのイメージは、エマやヘイデンや十九世紀の科学者の遠征隊の世界とはあまりにもかけ離れていて、誰かほかの人間がこのノートを盗んで、レイトンという名前を書きこんだようにさえ思われた。ぼくは目を凝らして見た。それはやはり、母の筆跡だった。

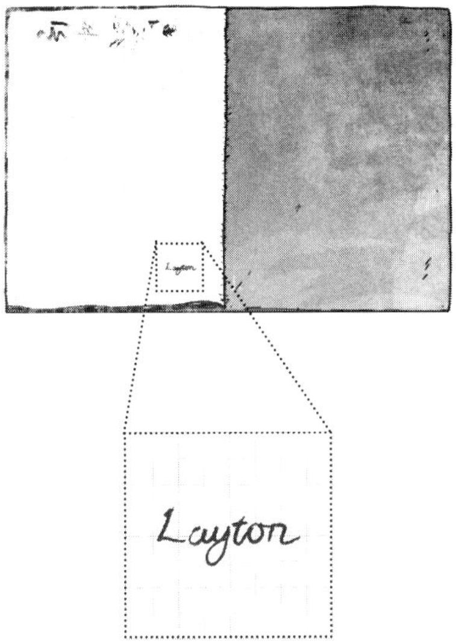

EOE日誌の最後のページ

ドクター・クレアはレイトンのことがわかっていたのだ。レイトンのことがわかっていたどころか、そもそも、レイトンを産んだのだ。ぼくには理解できなかったけれども、二人の間にはユニークな生物学上の絆があった。だから、ドクター・クレアの喪失感はよほど深かったに違いない――それでも、コパートップの誰もと同じように、レイトンの葬式のあと、ドクター・クレアが彼の名前を口にすることはほとんどなかった。

しかし、ドクター・クレアは彼の名前を書き留めていた。

ぼくは“Layton”という六つの文字の群れをじっと見つめた。そのうち、うちの家族がレイトンの死を、いや、存在さえも否定するのは、レイトン本人とは何の関係もないことだと気づいた。それは、ぼくたちがレイトン抜きでとりでを築こうとしていたということなのだ。それは、あくまでぼくたちが選択したことだった。必ずしも、そうしなければならないということではなかった。そんなむなしいあがきをとやかくいってもしかたがない。レイトンは肉体として存在していた。レイトンが裏の階段を二段飛ばしで駆け下りたり、ヴェリーウェルをまっすぐ池に追いこんで、いっしょに沈む前に、一瞬、このまま水面を駆け抜けるのではないかと思わせたりした記憶――そういう記憶は本物だけれども、ぼくたちが共通の経験から今になってつくりあげたことは本物ではなかった。ぼくの中には、この瞬間までに起きたことのすべてを受けいれようとはしない部分があった。また、過去だけを受けいれて、現在を所有する権利を主張しようとはしない部分もあった。

レイトンはそんな目的論的な縛りに捕らわれようとはしなかっただ

ろう。レイトンならこういっただろう。「その柵にのっけた缶を撃ち落とそうよ」

　ぼくはこう尋ねるだろう。「だけど、おまえは何だって納屋で自分を撃ったんだ？　あれは事故だったのかい？　ぼくがおまえにそうさせたのかい？　あれはぼくのせいなのかい？」

　ぼくは六つの文字をじっと見つめた。ぼくの質問への答えはありそうもなかった。

Layton

第 10 章

ウィネベーゴの中で目を覚ますと、全身がうっすらと汗に覆われていた。ベッドルームの中の空気は、熱く、むっとしていて、長い間、誰も足を踏み入れなかった屋根裏部屋にいるようだった。そのまま、牧歌的なティートン山脈のベッドカバーを膝の間にからませて、キングサイズのベッドに横になっているうち、ウィネベーゴのインテリアの何かが明らかに違っていると感じずにはいられなかった。

ぼくは鼻の下に親指をあてて、小さな汗のしずくを受けた。しずくが親指の腹にこぼれたとき、自分の周囲の何が変わったと正確には指摘できなかったが、あらゆるものが活性化していると気づいた。世界が戻ってきたのだ！　熱気、ベネチアンブラインドを通して流れこんでくる豊かな光、外から伝わってきて頬の筋肉をかすかに震わせるドンドンという遠く低い響き。一拍ごとにカウボーイコンド全体が揺れ、小さなボウルの中ではプラスチックのバナナが震えていた。ああ、こんなにうれしいことはない！　熱力学が戻ってきたのだ！　因果関係が帰ってきたのだ！　ようこそ、ほんとうにようこそ！

窓際に立って、親指と人さし指でブラインドを押し開けてみると、思わず、感嘆のうめきを漏らしてしまった。

立体交差の高架道路のパノラマがひろがっていたのだ。

いや、立体交差の高架道路の映像なら前に見たことがあった——誰かが高架から別の高架へバスをジャンプさせる映画を見たことがあった——けれども、ぼくのような牧場育ちの少年には、宙に浮かぶ何本もの車道が合流する光景は、圧倒的といってもよかった。ぼくの精神が麻痺してしまった一因は、中西部のワームホール、あるいは、そのように量子が揺らいでいる状態で、完全な感覚の喪失にはまりこんで過ごした数日間にあった。そういう経験のあとで、触れることのできる何らかの現実に触れて、シナプスの鞭打ちのような事態が起きたのだろう——しかし、こんなふうな現実に触れるとは！　ここにはヘビのようにくねる文明の地形があった。三層に及ぶ六つの立体交差の迷路が。その複雑さは美しくも楽しく、しかも、みごとに構築されていて、実用にも十分に耐えた。絶え間ない車の流れが上になり下になりしていたが、運転している人間は、コンクリートと理論物理学が合わさって、彼らを要所で支えていることに気づいてもいないようだった。

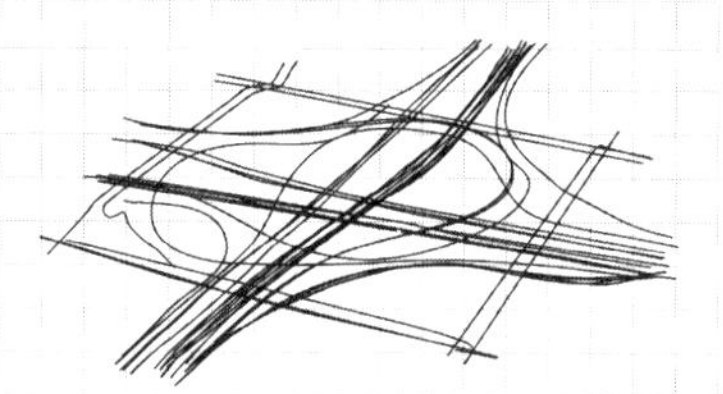

車の流れ（30秒）

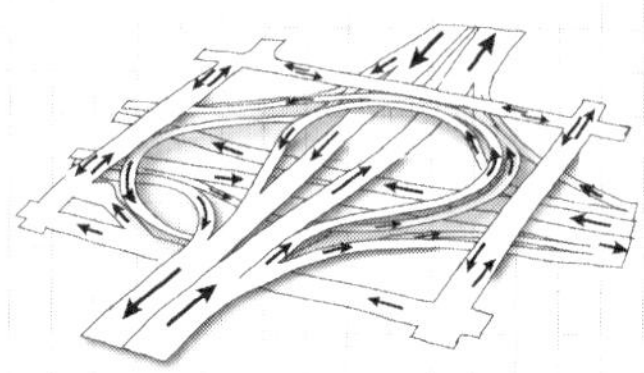

進行方向

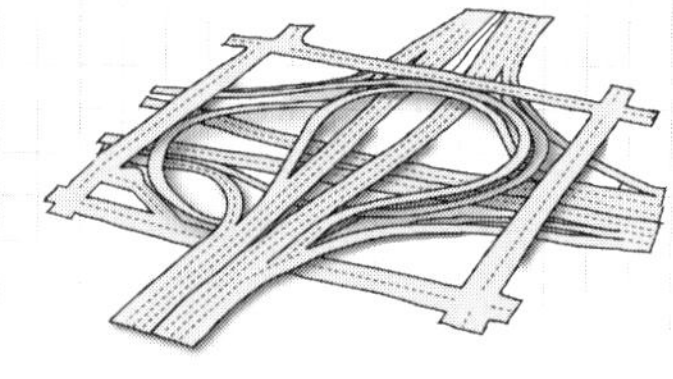

コンクリートの奇跡
ノートG101から

立体交差の向こう、目に見える限りの範囲には、高層建築、非常階段、給水塔、そして、遠方へ延びていく広い通りが並んでいた——その遠方にも、高層建築、非常階段、給水塔がひしめいているようだった。とてつもない視野の奥行き、重なりあう輪郭や素材の複雑さ、そういったものすべてのせいで、ぼくは過呼吸症候群の初期段階に陥った。歴史のある時点で、そういう高層建築一つ一つの金属製の手すり、軒じゃばらや煉瓦やドアマット——そういったものすべてが、誰かの二本の手でそこに据えられたのだ。ぼくの目の前の風景は、思いもよらない人間の創造の行為の結果だった。コパートップ牧場を抱く山並みは、こういう建物の群れよりも高さではまさっていたけれども、ぼくはそういう山並みの創造を、浸食やプレート理論から当然予期される副産物と見てきた。しかし、こういう建物には、そんな予定調和的な印象はなかった。至るところに——碁盤目状の通り、電話線、窓の形、集合煙突、注意深く設置されたテレビのアンテナ——至るところに、心地よい直角の論理を伴った集団的な妄想の証拠があった。

四方八方で、高層建築が地平線に続く視界をさえぎっていた。そういう建物が、ぼくの視線をさえぎるように、戦略的に配置された巨大な書き割りのように感じられた。その結果、世界のほかの部分はどんなふうだったか忘れてしまいそうだった。

〝これが存在するすべてだ〞建物がぼくに呼びかけてきた。〝重要なのは、まさにここなのだ。おまえがどこからきたかは問題でない。そんなことはどうでもいい〞ぼくはうなずいた。そう――こういう都会では、モンタナなどまったく問題になりそうもなかった。

前景では、大型の黒いSUV（スポーツ用多目的車）が、線路と隣りあう路上でアイドリングしていた。それがドンドンという低い音の源だと気づいた。その音は聞いたことのない奇妙な音楽を生みだしていた――グレーシーのガールポップが過熱して男っぽくなったバージョンという感じで、SUV全体が硬いプディングでできているかのように、ブルブル震えていた。車の窓も黒く、誰が運転しているのかは見えなかった。ドライバーは自分がどこへ向かっているかどうやって見るのだろうといぶかっているうちに、信号が変わって、SUVは急発進した。驚いたことに、車が走りだすと、その大きなシルバーのリムが逆回転しているのに、ぼくは気づいた。

►車輪は逆回転しているのに、
前へ進んでいる黒い窓の車
ノートG101から

理屈に合わないこれらのベクトルの和に、ぼくの頭はスピンした。熱力学の法則は、こういう都会では保留されているのかと一瞬疑った。すべてがパアになるのだろうか？ 都会の住人は、ダッシュボードの〝アンチ－ニュートン〞ボタンを押せば、車輪が回転する方向を選ぶことができるのだろうか？ すべての車が自動操縦されているので、自分がどこへ向かっているのかを見る必要もないのだろうか？

列車はやたらとごたごたした印象の風景を縫って、ゆっくり進んだ。ぼくはウィネベーゴのドアを半分開けて、むっとするキャビンに風を入れた。太陽が顔に照りつけてきた――かなり朝早い時刻だとわかったが、すでに熱気が蓄えられていた。これまで感じたことのないどんよりした粘りつくような熱気だった。コンクリートの小片も、ゴムで被覆したケーブルも、シシカバブのかけらでさえもが、倦んだ都会の酸素の分子をつかまえて、空中に蒸発してしまったようだった。

建設工事のガタガタいう騒音が近くから湧きあがってきた。排気ガスと発酵したごみのにおいがふわふわと漂ってきて鼻孔に入り、また出ていった。あらゆるものが一時的で、はかなかった。数秒と続くものはなかった。この風景を通り抜けていく人々は、それがわかっているようだった。早足ではあったけれども、何かを期するというふうもなく、体の両側で楽に手を振りながら歩いていた。とにかく、大事なのは自分の行く先だというように。どの瞬間をとっても、ぼくが今までの人生で出会ったよりも多くの人が目に入ってきた。至るところに人がいた。歩道を歩いたり、車でのろのろ走ったり、腕を振りまわしたり、縄跳びをしたり、雑誌や新聞、チューブソックス（かかとのない靴下）を売ったりという具合に。また、通りがかりの別の黒いSUV（今回は車輪が逆回転していなかった）からドンドンという低い音が伝わってきたが、これもすぐに走り去った。一台目の独特の反響のそのまた反響だけが残った。低い音を響かせる二台のSUVは、ぼくの頭の中で溶けあわさって一台の車になった。時空連続体にまたがり順回転も逆回転もする車輪を持った一台に。いやはや、この都会は人を混乱に陥れる。

どこかで犬が吠えはじめた——五回、短い吠え声が聞こえたと思うと、そのあと、アラビア語のような男の叫び声が続いた。小さな自転車に乗った黒人の少年三人が、ものすごい勢いで角を曲がってきた。みんな、縁石を飛び越えたが、最後の一人が危うく転倒しそうになった。それでも体勢を立てなおして仲間に合流すると、三人そろってゲラゲラ笑いあった。自転車はひどく小さく、乗り手は膝を肘にぶつけないようにするため、脚を極端なV字型に開かなければならなかった。

ところで、正確な意味を知らないままに、ある言葉をずっと使いつづけてきたと気づくことがある。ぼくはこれまでほんとうの都会にきたことがなかったのだと思い知らされた。百年前は、ビュートもほんとうの都会だったのかもしれない。日刊紙をドサッと置く音、商取引で鳴らすベルの音、込みあった歩道でウールとウールがひっきりなしに擦れる音でざわざわしていたのではないか——けれども、それは昔の話だった。ここはほんとうの都会だった。ここは——《トリビューン》の大きな青い広告板によれば——ここは〝シカゴランド〟だった。

ぼくはながめているうちに、多様性と一過性という都会の魔力にとらわれているのを感じた。ディテールの積み重ねによって、こういった都会の風景を処理することはまず不可能だ。観察、測定、視覚的合成といった自分のふだんの能力のすべてが、次々と封じられていった。ふくれあがってくるパニックと戦いながら、ぼくはパターンの認識という慣れた分野に撤退しようとした。けれども、選択するための観察をどれほどしても、あまりに多くのパターンがあるか、まったくないかのどちらかだった。

西部では、ガンが南北に渡る経過を何日もの間、じっくりと集中して観察することができた。ところが、ここでは、三人の自転車乗りがはいていた、妙に長いカットのデニムの短パン一つでさえ、くらくらするほどたくさんの疑問を引き起こすのだった。この手の短パンとふつうのパンツとはどれくらいの差があるのか、そもそも、パンツというのは、公式にはどれくらいの長さのものなのか？　こういう長めの短パンが文化的に受けいれられるまでには、どれくらいの年月を要したのか？　三人の少年の長さのバリエーションは何を示しているのか？　リーダー格の少年はいつもいちばん長い短パンをはくのか？

ぼくは無数の図が宙に舞い上がっていくのを目にした。それは、下方で身をよじっている都会のぼんやりしたこだまのようだった。各ブロックの人口に対する車の比率。この都会を縦断して北上するときの樹木の種のバリエーション。近隣の見知らぬ人同士の間で交わされる言葉の平均的な数。ぼくは呼吸が苦しくなってきた。そんな図を残らず描くのはとても無理だった。ぼんやりした幽霊は、都会で生みだされると同時に、宙に蒸発していった。そんな図のすべてが無駄になり、日の目を見ることはなかった。

ぼくはほかに何をしていいのかわからないままに、ライカＭ１を取りだすと、指をなめて、レンズキャップをはずした。そして、貨物列車が出合うものを片っ端から撮っていった。大きなサングラスをかけたブルースギタリストを描いた壁画。非常階段にプエルトリコの旗が十本はためいているアパート。ネコを革ひもでつないで歩かせている髪のない女。それから、給水塔の写真をシリーズで撮った。円錐形の屋根のさまざまなスタイルをとらえようとしたのだ。

そんなふうに露出しているものの確かな構成に触れて、少しは落ちついたけれども、五分ほどのうちにフィルムを使い切ってしまった。たぶん、給水塔にこだわったりするべきではなかったのだろう。べつに、いやおうなく写真を撮らなければならないというわけではなかった――自分がおもしろいと思うものの中で、もっと選択しなければならなかったのだ。

「いいか、脳みそ」ぼくはいった。「フィルターをかけるんだ」

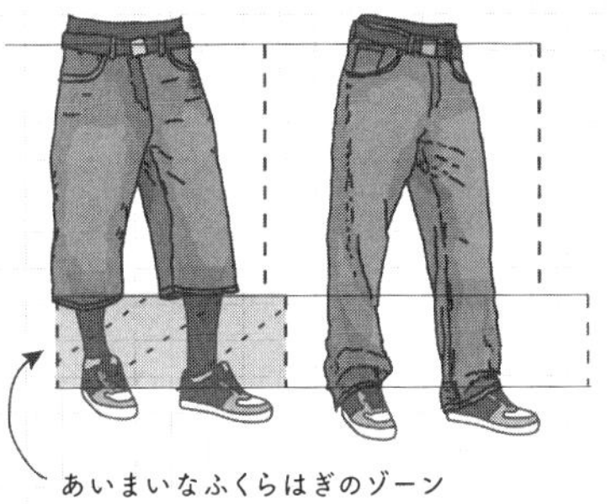

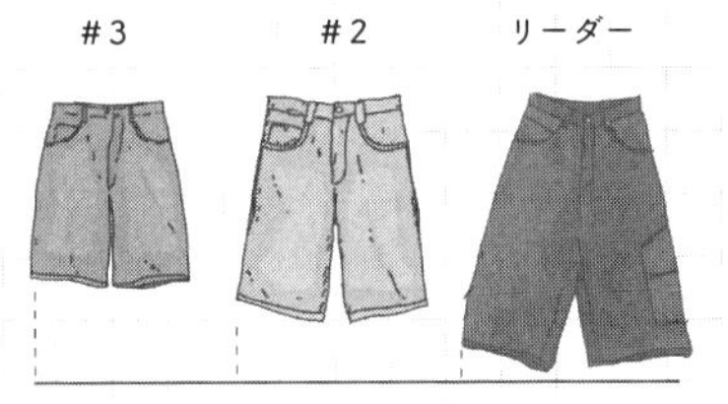

いつ、短パンがふつうのパンツになったのか？
（ほかにも現代のジレンマは多数ある）
ノートＧ101から

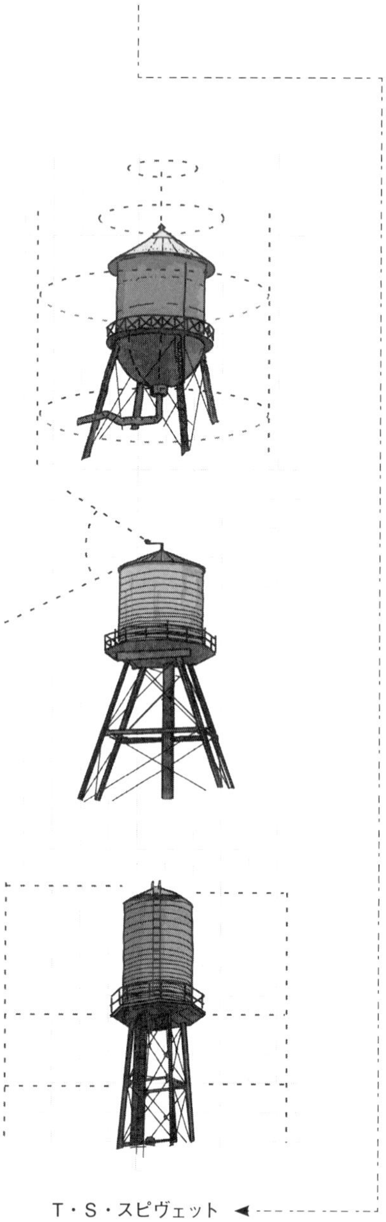

T・S・スピヴェット
『給水塔＃1、＃7、＃12』
2007（ペンとインク）
スミソニアン博物館で展示
2007年12月

そこで、ぼくはノートを開いた。そして、考えられる無数の図の中から、一つを選びだした。それに『付随するものの図、もしくは〝通過の中の孤独〟』という題をつけた。

ぼくは、通りを独りで歩いたり、車を運転して通っていく人が何人いるか、ペアで通っていく人は何組か、三人、四人、五人、それ以上のグループでは何組かを七分以上にわたって記録した。一人一人、あるいは一組一組書きつけていくたびに、一瞬だけ、彼らの世界がぼくに向かってひろがった。彼らが道を急いでいて、その足はすでに目的の場所のカーペットの感触や、吹き抜けの広さを予測しているのが感じられた。そのあと、彼らはグラフの碁盤目の中に消え、ただの一つの点になっていった。

それでも、だんだんと大きな物語が立ちあらわれてきた。観察した九十三人のうち、五十一人は一人で歩いたり運転したりしていた。そのうちの六四パーセントはイヤホーンで何かを聞いたり、携帯電話でしゃべったりしていた。おそらく、単独行動しているという事実から気をそらすために。

ちょっと考えた末に、ぼくは５１という数字を消して５２と書き換え、小さなピンクの消しゴムの屑を親指でページから払い落とした。ぼくも今、その中の一人になったのだ。

列車は、町の中でも人が多くいる区域から、巨大なセメント工場が集まった区域へと進んでいった。通りに人気（ひとけ）はなかった。ホームレスの人たちが、段ボールで小さな住まいをつくっていた。青い靴下をはいた足が、そういう小さな段ボールのテントからちらりとのぞいていた。中には、雑草で囲まれた空き地に小さな屋敷を構えている人もいた——防水布のテントのまわりにショッピングカート六台をめぐらし、居住部分は一ダースほどのプラスチックのフラミンゴで飾り立てて。そのフラミンゴはコンクリートに取り囲まれて悲しそうではあったが、用心は怠っていないようだった。今は、フロリダへ帰って引退生活に入る前の時間を過ごしているように見えた。引退したら、この悲惨な工業地帯をねぐらにしていたころへの愚痴をこぼしながら過ごすのだろう。しかし、フロリダの安全なヤシの木の下では、そのうち退屈す

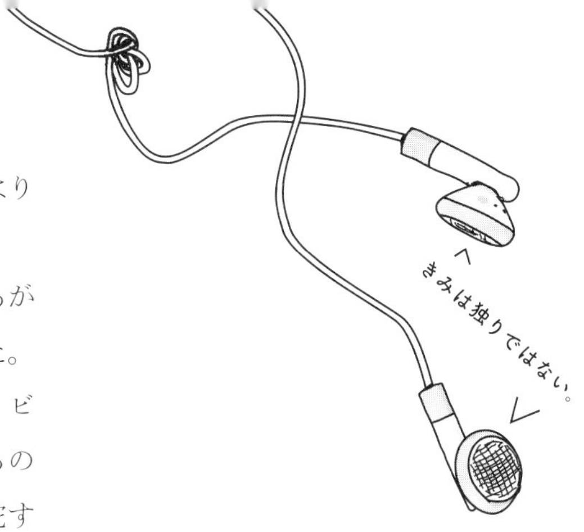

るのではないだろうか。以前の汚らしい空き地での暮らしのめりはりと危うさにひそかにあこがれるようになるのではないだろうか。

あたりを見まわせば見まわすほど、地面にたくさんのごみがころがっているのに気づいた。それは想像によってさまざまな形になった。瓶、ポテトチップの袋、タイヤ、車輪のないショッピングカート、ビニール袋、空っぽのスリムジム（牛肉のスナック）の包装紙。それらの品々はどれも、おそらくは中国の工場で製造され、ロシア人が操舵する貨物船で合衆国に送られ、シカゴ市民が使って捨てたものだ。今、それらは風景をよぎるように横たわり、そよ風に震えていた（タイヤを除いて。タイヤは震えてはいなかった）。もし、ごみだけで、ある都市の地図を描くとしたらどうだろう？　どんな場所がいちばん密度が高くなるのだろう？

そのあと、列車が停まったと思うと、シューシュー音を立てながら、そのまま動かなくなった。停車！　ぼくはそれがどんなものか忘れていた。ぼくの体は、列車の旅の影響を打ち消そうとする義務を久しぶりに果たそうとして、ブルブル震えた。その旅もようやく終わったという実感がますます強まってきた。ぼくはシカゴランドに着いたのだ。大いなる出発点、〝知られざる地（ラ・テラ・インコグニタ）〟の首都に。そして、今、カウボーイコンドでの時間が終わったのだ。ヴァレロは信頼できる馬だった。ロッキー山脈を越え、グレートディヴァイド盆地やレッドデザートを抜け、グレートプレーンズと、神経が集まる中枢のようなベイリー操車場を横切り、ワームホールに入って出た末に、ぼくは今、目的地も間近の〝風の町（ウィンディー・シティー）（シカゴの俗称）〟にいた。このあと、ぼくがなすべきことは、トゥークラウズのアドバイスに従って、鮮やかな青と黄色のCSXの貨物列車を探すことだけだった。ぼくを東へ、国の首都へ、大統領へ、ダイアグラムや名声や富の世界へ連れていってくれる列車を（そして、もう一つ、何か食糧を探さなければならなかった。というのは、最後のグラノーラバーを食べた満足感が、食べ物なしで生き延びる問題に直面するのではないかという鈍いパニックに、ゆっくりと取って代わられつつあったからだ）。

「さよなら、ヴァレロ」ぼくはそういって、返事を待った。

シカゴにおける
ごみの集中度

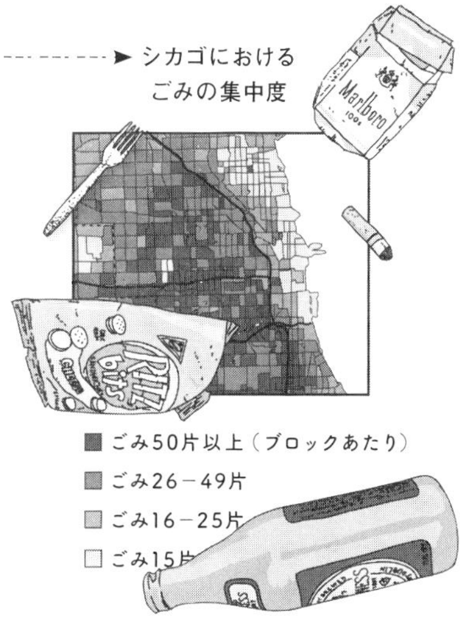

「さよなら」今度はもっと大きな声で、もう一度いった。「きみがどうやってワームホールだか何だかから出してくれたのか知らないけど、そのことには感謝してるよ。誰がきみを買うのか知らないけど、ちゃんとした方向感覚のある、いい人だといいね。だって、その人はすばらしいカウボーイコンドを手に入れることになるんだから」

やはり、返事はなかった。

「ヴァレロ？」ぼくはいった。「おーい、友だち？」

大都会では、ウィネベーゴはしゃべらなかった。どうやら、しゃべるのは、一面が開けた西部にいるときだけのようだった。今はまわりが様変わりしていた。

ぼくは身ぎれいにしておこうと思い立った。ぼくの旅程の上で、入浴というのはちょっと厄介な仕事だった。それでも、ウィネベーゴのタンクには少量の水が蓄えてあるようだった。狭いバスルームで、ポタポタ落ちるしずくでシャワーを浴びることくらいはできそうだった。洗面台の隣には、また別の漫画のカウボーイのステッカーが貼ってあった。カウボーイはこういっていた。〝ここで本物のシャワーを浴びよう！〟そして、シャワーの噴水口から流れだすよだれのような冷たい水の下で、ぼくが大急ぎで体をこするのを見て嘲笑った。けれども、人生でお湯のシャワーを一滴も浴びたことがないという父に似て、ぼくもタフだった。氷のような水滴を受けながら、景気づけの歌を歌ったり、震えを止めようと足指をしっかり握ったりしていた。

ところが、体を洗い、新しい衣類一式に着替えたのに 、むしろだらしなくなったような気がした――ホーボーのハンキーのようにというのではないにしても、およそ、おしゃれな都会の住人ではなかった。ぼくはグレーのニットのベストを一枚出して着こんだ。ぼくは今、シカゴ市民の間に溶けこむために最善を尽くさなければならなかった。赤ひげを連れていくこともちらりと考えたが、結局、ダッシュボードの上にそのまま残した。もし、ヴァレロの意識が戻るようなことがあったら、友だちが必要かもしれないと思ったのだ。

危険はないと確認してから、スーツケースをウィネベーゴから引きずりだし、そろそろと地面に降ろした。まわりには何百両という貨車が停まっていた。ぼくは青と黄色の機関車を探した。線路のかなり先

小さなカウボーイ

きみはどこへいってしまったの、
ぼくの小さなカウボーイ？
ママはキッチンにいて
牛を追わなきゃならないんだけど

きみはどこへいってしまったの、
ぼくの小さなカウボーイ？
草は背が伸びて
冬が近づいているんだけど

きみはどこへいってしまったの、
ぼくの小さなカウボーイ？
コヨーテが遠吠えを始めたのに
ここにいるのは寂しいよ

きみはどこへいってしまったの、
ぼくの小さなカウボーイ？
ぼくは死んでしまって
もう二度と戻らないよ

_T.Y.

これがそらでおぼえている唯一の歌

のほうに、そういう機関車が何両かいるようだった。

スーツケースを引きずっていこうとしたけれども、遅々として進まなかった。それにうんざりする一方で、状況を偵察する間、スーツケースをここに隠しておかなければならないのでは、と思った。としたら、長い時間をかけて集めてきたこの必要不可欠なアイテムのコレクションをどんなふうにして置いていくのか？　今すぐにでも過呼吸症候群が始まりそうな雲行きだった。ぼくはパニックの襲撃をかわそうと、手早くバックパックを引っぱりだし、ぎりぎりの必需品だけをそれに詰めた。三十四ドルと二十四セント、双眼鏡、自分のノート、家族の写真、幸運の磁石、それに、なぜかスズメの骨格。

これはヤバい！　経緯儀とカメのタンジェンシャルを置いていくなんて！　それについては、あまりよく考えていられなかった。とにかく、ぼくは自分が思いつく装置すべてが必要なわけではないということを学ばなければならなかった。シカゴで旧式の経緯儀を持ち歩くなどというのは、それでひどい目にあうことはないにしても、およそ実際的ではなかった。自分が迷ってしまって、スーツケースを二度と見つけられなくなったらどうなるかなどということは、あまり真剣に考えまいとした。世間では大人がいろいろと困難な選択をしていた。今は、ぼくが大人のように考えはじめる時期だった。

ぼくはニットのベストに親指を引っかけ、できるだけさりげなく線路を歩きはじめた。この操車場の人間のような顔をして、有蓋車と信号のスイッチを縫って毎日散歩をしているとでもいうように、そして、家や、牧場や、柵や、鈍くさいヤギから一千マイルの遠くにきているなどとはおくびにも出さないように。

そこに停まっていたのは、まぎれもないCSXの機関車たちだった。人が眠っている大きな生き物に出くわすように、ぼくは彼らと出くわした。彼らは大きく、美しく、優雅だった。ぼくがすっかりなじみになったユニオンパシフィックの機関車たちよりもスマートでモダンだった。洗練されたCSX組と比べると、UP組はレッドネック（南部の無学な白人労働者）の群れのように見えた。CSXの機関車たちは線路に居座り、シューシュー音を立てながら待機していた。まるで、こういっているようだった。「われわれに引っぱられたいって？　これまでわれわれの凄腕で引っぱられたことなんかないくせに。きみにそんな旅をする価値があるのかな？　われわれは東部人だ。もし、できるものなら、前照灯にモノクルをかけて、ルソーのことなど話したいね。ルソーを読んだことは？　彼はわれわれの好みなんだよ」

ぼくはそういう機関車たちとも、彼らのお高くとまった考えかたとも調子を合わせることができそうだった。ぼくは牧場の子かもしれないが、彼らの中のトップとでも、啓蒙運動のさまざまな遺産についてうんぬんすることができそうだった――少なくとも、そのふりをすることなら。しかし、ほんとうの問題はこうだった。このしゃれものの機関車たちの行く先をどうやって知るか？　思いきって、操車場で働いている人に聞くべきなのか？　それには、ポルノ本やビールといったおみやげを持っていく必要があるのか？　ぼくの〝孤独の図〟と鉄道の時刻表を交換することができるだろうか？　レイトンならさっさとそういう整備士の誰かに近づいていって、話しかけていただろう。そして、ほんの数分、カウボーイ流のおもしろい話をして聞かせるだけで、相手はDCまでの全区間、列車を運転させてくれたのではないか。

そのとき、ぼくは思いだした。ホーボーホットラインのことを。これなら、ごつい鉄道労働者と話をしなくてすむので、そう恐ろしくはなかった。ただし、携帯電話を見つける必要があった。となると、通りがかりの人に、携帯を使わせてくれませんか、と頼んでみなければならなかった。小さな鼻をして、サテンのスカーフを巻き、小型犬を連れた、感じのよさそうな人、クラシック音楽と公共放送を好むような人に。

ぼくはバックパックをかきまわして、ノートG１０１を見つけた。その表紙の内側に、ホーボーホットラインの番号が貼りつけてあった。ぼくはテクノロジーを役に立つ力として利用するつもりだった。あとは、モンタナからきた少年を助けてくれる、サテンのスカーフを巻いた親切なシカゴランドの住人を見つけさえすればよかった。

ぼくはまず、ＣＳＸの列車三本のそれぞれに連結されている有蓋車から、列車番号を書きとめにかかった。

次に、小型犬を連れた人を探そうとした。しかし、産業の荒野の中に埋もれた貨物操車場では、これはそう簡単なことではなかった。小型犬を連れた人が、こんなところを歩くはずはなかった。事実、スリムジムの包装紙を地面に投げ捨てて立ち去ったであろう人を除いたら、こんなところを歩く人などいそうもなかった。

ぼくは操車場のゲートの近くに突っ立っていた。ＣＳＸの列車の一本を選んで乗りこみ、それが吉と出るように祈るか、あるいは、勇気を奮い起こして、入れ墨の鉄道労働者ににじり寄るか、思案を続けながら。そのとき、着色ガラスの窓の黒い車が、ぼくのすぐ横に停まったかと思うと、がっしりした男が降りてきた。ぼくはすぐに悟った。

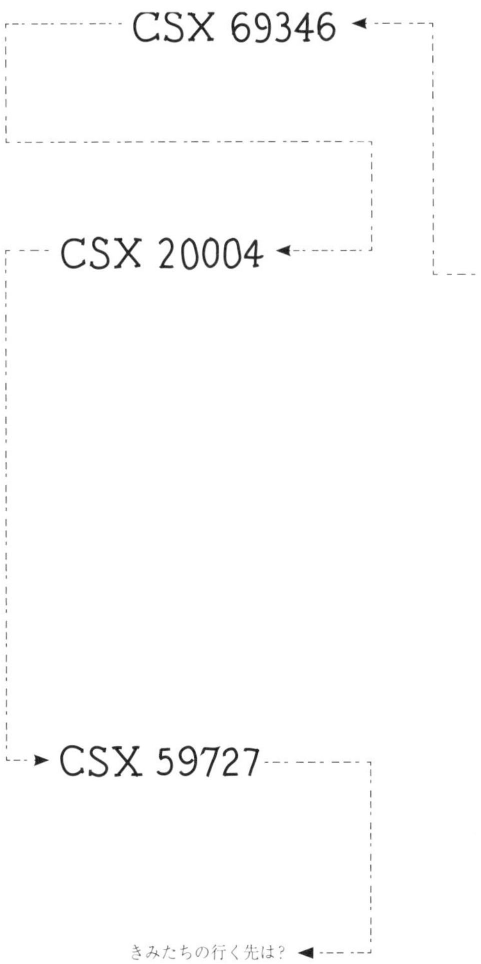

この男は鉄道のブルだ、と。男はぼくの敵だった。
「何やってんだ、スティッチ？　何か悪さでもしてんのか？」
「いいえ」ぼくはいった。〝スティッチ〟というのは何だろうと思ったけれども、二フィートほどの棍棒を腰から吊るした二重顎の男に、それを聞くのははばかられた。
「おまえ、不法侵入してんだぞ。そのバッグには何を入れてんだ？　スプレー缶か？　落書きでもしようってのか？　おまえが貨車の一両にでもさわったのがわかったら、パクってやるからな、わかってんのか？　おまえ、悪さをするには厄日を選んじまったな、わかってんのか？　よし、いっしょにこい。報告書を書こう、スティッチ。厄日だ、厄日だ、くそったれ」男は独り言でもいうように、最後の言葉をぶつぶつつぶやいた。
　ぼくはパニックに陥った。ほかにどうしたらいいのかわからず、こういった。「ぼく、シカゴランドが好きなんです」
「何だと？」男はびっくりしたようだった。
「まあ、せわしいといえばせわしいんだけど、それがとてもいい感じになったりして。つまり、慣れることが必要なんですね。つまり、ぼくはまだ慣れてないんだけど……牧場だと静かすぎて――グレーシーとグレーシーの音楽だけですから。といっても、そんなに低音じゃないけど。でも、ここはすばらしいですね、ほんとに。そう、それで、ぼくが使わせてもらえるような電話はありませんか？」ぼくは頭がおかしくなったようだった。英語のしゃべりかたを忘れてしまっていた。もう何をいっているのか、自分でもわけがわからなかった。
「おまえ、どこからきたんだ？」男はぼくをじっと見据え、左手を棍棒の上のほうに這わせながら尋ねた。
　ぼくは正直に答えかけたけれども、その途中から嘘をついた。「モン……テネグロ」
「よし、このチビめ、偉大なイリノイ州へようこそだ。今に、もっとよく、わけがわかるようになるぞ。おまえの記録をとって、罪状を親に知らせてやるからな。不法侵入、鉄道の財産損壊、その他、おまえがやったこと何でもだ。おまえ、どこからきたか、ご丁寧に紹介してくれたからな、モンターニーーグロさんよ！」

「モンテーネーグロ」ぼくはいった。

「おまえ、小生意気だな、うん、スティッチ？」男はいった。「車に乗れ」

ぼくはまたしても二つの選択肢に直面した。

(1) この汗にまみれた二重顎の当局者に命じられるままに事務所へ赴いて、角度を調整するとキーキーきしむまぶしい照明のもとで、厳しく尋問される。ぼくはいやおうなく口を割らされ、モンテネグロではなくモンタナからきたことがばれて、両親に通報され、一巻の終わりとなる。

(2) 逃げだす（あとはどうなるか、かなり自明のことと思われる）。

ぼくはいった。「わかりました。その前にちょっと靴のひもを締めさせてください」

男はぶっきらぼうにうなずくと、車の向こう側にまわり、ぼくを乗せようとドアを開けた。

その瞬間、ぼくは駆けだした。知られている中ではいちばん古いトリックだ。自分の足が線路のバラスを蹴散らす音が聞こえた。ぼくは操車場の右のほうへ出て、道路を進み、それから、左折、右折、左折し、さらに左折して、歩道橋の階段を上った——その機能的な美しさをめでることもなく、まっすぐに駆け抜けた。自分がどこへ向かっているのか見当もつかなかった——バックパックの中の狂った幸運の磁石に従ったほうがましだったのかもしれない。ぼくは左、左、右と折れ、二台の大型のごみ容器——一台は引っくり返り、一台はまっすぐ立っていた——でふさがれた草地を抜け、柵を越えた。そして、肺が爆発する寸前に、ようやく、黄色がかった乳白色の濁(にご)り水をたたえた工業用水路の岸に出た。水路の両側では、ぼくの首ほどの太さがあるロープで大きな索留めにつながれたタグボートが、すまして休んでいた。

ぼくがどう逃げたか（ロゴ・バージョン）

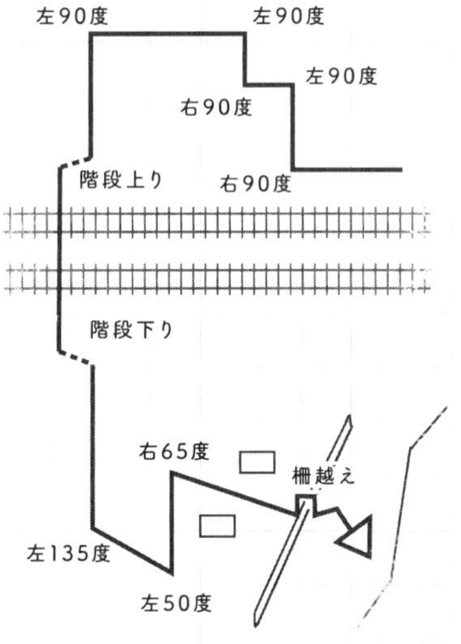

カメのようなT・S
ノートG101から

ぼくは激しくあえぎながら、水路沿いのでこぼこの煉瓦敷きにしゃがみこんだ。外は暖かかった。ガソリンのにおいや腐った藻のにおいが、水面からふわふわと漂ってきた。昔、ここは小さな流れか自然の排水路だったに違いない——しかし、今は？　コルセットで締めつけられたメランコリー、この場所にあらわれた人間の傲慢さに、ぼくはあのときの感じを思いだした。ビュートのバークリーピットの展望用トンネルを出て、大地にあいた巨大な穴の縁へゆっくり上昇してくるピカピカのナスのような色の水に出合ったときの感じを。そんな光景に接すれば、はじめは打ちのめされてまばたきするばかりだ。まぶたをいったん閉じて、また開ければ消えてしまう夢ではないかというように。そのあと、どうしようもない孤独感がゆっくりとあふれてくるのだった。あの穴や、この水路が主張するもの、そういった水面——想像上の水ではなく、人を覆い、包み、おぼれさせるほんものの水の面——の現実は、ぼくたちが自らの文明の選択と向かいあい、それを自らのものとして受けいれることを強いるものだった。

ぼくは自分がどこにいるのかも、何をしようとしているのかもわからなかった。自分が何を求めているのかわからないままに、バックパックから磁石を引っぱりだした。たぶん、奇跡を求めていたのだろう。けれども、磁石は狂ったままで、あいかわらず東南東を指していた。

ぼくは泣きだした。泣くのをとがめる父もいなかったので、磁石のあまりの意固地さにおおっぴらに泣いた。その磁石が、一つの方角へのこだわりの中に何か秘密を隠しているとは、もう思えなかった。今、それはただの壊れた道具でしかなく、ぼくはその故障の中に意味を求めようとする迷った計測者でしかなかった。これまでずっと抱いてきた決定力の感覚がなくなっていた。すべてがうまくいくという感覚、より高度なナビゲーションの力がぼくを見まもっていて、製図テーブルでぼくの手を導いてくれるという感覚が。金（かな）くさい後味を残して、守られているという感覚が消えてしまったのだ。あるのは、ぼく自身と、果てしない都会の不ぞろいな孤独だけだった。

ぼくは水路のそばに座って、スズメの骨格をじっと見つめた。スズメは旅を無事に乗り切ったとはとてもいえなかった。胸郭は壊れ、頭はそっぽを向き、片方の脚がなくなっていた。骨はいかにももろそうで、薄っぺらに見えた。どこまでが空気で、どこからがカルシウムなのか、はっきりしないというふうに。
「スズメくん、もし、きみが壊れてしまったんなら」ぼくはいった。「ぼくはまだ生きつづけていいんだろうか？　この名前のままでいていいんだろうか？　ぼくたちの関係って、正確にはどういうものなんだろう？　きみがぼくの守護天使なら、ぼくとの間にどういう契約があるんだろう？　きみはぼくをシカゴランドから飛び立たせることができるのかな？」
「おまえはジーズーァスを捨てたのか？」そのとき、声が聞こえた。
　ぼくは顔を上げた。トレンチコートを着た大男がこちらを見下ろしていた。その突然の出現に、ぼくはひどく面食らった。男がどの方向からきたのか見てもいなかったし、自分は完全に独りだと思っていたからだ。だから、こちらを見下ろしている男に気づき、いきなりジーザスを持ちだされたときには、この男は今までこっそり何かをしていて、それを途中でやめてやってきたのかと思った。
　その男でまず目についたのは顎ひげだった。それは、ビュートのM＆Mバーから昼間に出てくる男たちによく見かける、滝のように流れ落ちる長いひげとは違っていた。ただただ大きくふわふわとひろがっているばかりだった。そのひげのせいで、顔全体が長いというよりも幅広に見えた。巨大な親指と人さし指で頭をそっと押しつぶされたようだった。そして、その獰猛ともいえる毛の真ん中にある目は、一方がとろんとしていた——ひどくとろんとしていて、ぼくを見下ろしているときでさえ、水路のかなたを見ているようだった。ぼくは自分が何か大事なものを見逃してるのではないかと思って、そのとろんとした目が見ている方向にちらりと視線を走らせたと白状しておこう。
「おまえは主の御言葉を捨てたのか？」男の声が高くなった。男は長い爪をした指でスズメの骨格をさした。「これは悪魔が姿をあらわしたものか？　レビ記には、われらはハヤブサを嫌うとある。われらは嫌うのだ！　むくろに触れる者は、けがれるであろう。そして、悪魔の手先となるであろう」
　男は汚らしかったが、ひどく汚らしいというほどではなかった。その点、ぼくとちょっと似ていたかもしれない。頭の両側の髪の毛は、頭頂部の禿げを隠すように丁寧にとかしつけてあったけれども、髪そ

顎ひげ

とろんとした目

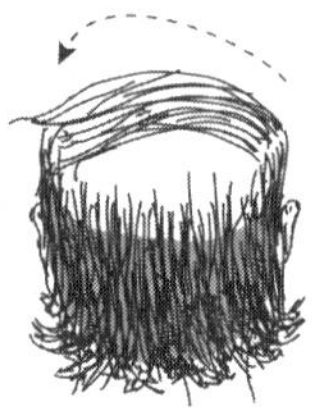
バーコードヘア

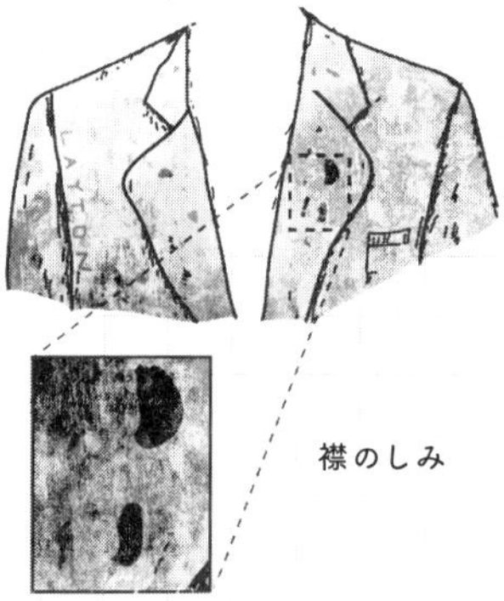
襟のしみ

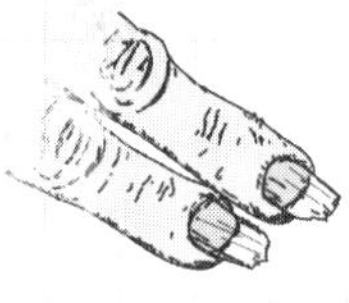
指の爪

恐怖というのは
数多くの感覚的なディテールの総和である
ノートG101から

のものが不潔で脂じみていて、耳のまわりで変な具合にカールしていた。トレンチコートの下には、白いタキシードの古着らしいものを着ているのが見えた。その襟（えり）にはケチャップのようなもののしみがついていた。片手には聖書——少なくとも、聖書のジャンルに属する何か——が握られていた。指の爪はすべて長く、気味が悪かった。男の特異な姿かたちの中でも、これがいちばん不安だった。ドクター・クレアがぼくに教えてくれたことが一つあるとしたら、それは、爪はきちんと切っておかなければならないということだった。

「これはハヤブサじゃありません」ぼくは弁解がましくいった。「スズメなんです」

「彼は嘘をつくとき、生来の言葉で話す。なぜなら、彼は嘘つきであり、あらゆる嘘の父であるからだ」

「あの、ひょっとして、電話ボックスがどこにあるか、ご存じじゃありませんか？」ぼくは聞いてみた。とろんとした目、長い爪をして、ケチャップのしみをつけた男を、小型犬を連れたクラシック音楽愛好家に変身させられないかと思いながら。

　ぼくは不意にグリア師のことを思いだした——親切で思いやりのあるグリア師も、この男のように宗教的な話をした。しかし、聞く人が足の筋肉までリラックスし、もうすっかり安らいで賛美歌の歌声に浸っていられるような話しかただった。グリア師ならこの男に何というだろう？

「おまえは神から逃れることはできん。神は常に一方の目で見まもっておられるからだ」男はいった。「神はおまえがサタンのほうを向いているのをご存じだ。おまえはきょう、神の手をいただき、きょう、神をたたえなければならん。そうすれば、全能の神はおまえを救ってくださるであろう」

「それはいいですね」ぼくはいった。「ありがたいことなんですが、ぼくは電話を見つけなくちゃならないんです。急ぎの電話があるんで」

「誘惑と嘘だ」男はうなった。

「え、何ですか？」ぼくはいった。

　男はいきなり、ぼくの手からスズメをひったくると、それを煉瓦に投げつけた。骨格は砕け散った。「悪魔のむくろを滅ぼすのだ」男は叫んだ。「魂を清めるのだ！　神に救いを求めるのだ！」小さな骨たちは、長い間、仲間から離れるのを待ち望んでいたとでもいうように、ひどくあっさりとばらばらになった。そして、水路を吹きわたる生ぬるい酸性の風に震えていたが、それは煉瓦の上にばらまかれた足指の爪のようにも見えた。

ぼくは不信を凝縮した息を吐きだした。骨が！　ぼくが生まれて以来、無事に保たれてきたのに。ぼくは自分の体がつぶれ、自分の骨が砕け散るのを待った。

しかし、何も起こらなかった。

「それはぼくの誕生祝いだったんだ、このバカ！」ぼくは叫んだ。ベンチから跳ね起きて、男に体当たりした。服の下の男の体がいかに痩せているかが感じられた。

それはけっして利口な行動ではなかった。男は一瞬、ぼくの激発に驚いたように見えたが、ぼくの襟をつかむと、ほんとうに片手でひょいとぼくの体を地面から吊り上げた。ぼくは男のほうに引き寄せられながら、男のいいほうの目がぱちくりしているのを見た。もう一方の目は、焦点が定まらないまま、遠くのほうへ漂いつづけていた。

「悪魔がおまえの心の中に入りこんだのだ」男はぼくの顔に向かって叱りつけるようにいった。腐ったキャベツのような息のにおいがした。

「違う、違う、違う」ぼくは泣き声でいった。「ぶつかったのはごめんなさい。ここには悪魔なんていません。いるのはぼくだけです。T・Sです。地図を描いてます」

「もし、われらが罪を犯していないと言い張るなら、神は嘘つきであり、神の御言葉はわれらの人生に存在しないということになるであろう」

「お願いです！」ぼくは叫んだ。「ぼくはただ家に帰りたいだけなんですけど」

「おまえは悪魔とともにいたが、恐れることはない。なぜなら、ここにいるのは神の御子の尊師、神の選民の古（いにしえ）の預言者、主の中の主、ジョサイア・メリーモアであるからだ。わたしはおまえを嘘つきの手から救いだすであろう」

「ぼくを救う？」

ジョサイア・メリーモアはまた身震いしはじめた。いいほうの目が悪いほうの目と同調して、でんぐり返った。聖書が手から離れて、砕けたスズメの骨格のすぐそばの煉瓦の上に落ちた。それなのに、ぼくの襟をつかんだもう一方の手の握力は緩まなかった。ぼくは何もできなかった。老けた見かけにもかかわらず、この男は超人的な力を持っているようだった。そのあと、メリーモアはトレンチコートのポケットから恐ろしく大きな包丁を取りだした。長さは十一インチほど、汚れていて、刃には食べ物のかけらや錆が連なってこびりついていた。

「全能の神よ」ジョサイア・メリーモアはいった。「この少年の心に巣くう悪魔を追いだしたまえ。彼の胸を開いて、彼をこの世の罪から解放したまえ。禁じられたむくろの愛玩から、あらゆる邪悪な考えから、暗黒の天使とのよしみから解放したまえ——彼を信者として受けいれたまえ。何となれば、この重荷を取り除いてやれば、彼も祝福されるからです」

ジョサイア・メリーモアは包丁をぼくの胸に当てると、ゆっくり規則正しく押したり引いたりして、ニットのベストを切り開きにかかった。そうする間、自分の舌を噛んでいた。そういえば、レイトンも輪を二つつくって靴ひもを結ぶときに舌を噛んでいた。

そうすると、結局はこうなる運命だったのか。どんな力も、それと等しい反対方向の力（カウンターフォース）を要求する。二月のあの日以来、ぼくはずっと深い疑念を抱いてきた。ものごとを釣りあわせるために、レイトンの死にぼくが果たした役割が、めぐりめぐって、ぼく自身の速やかな死を要求するのではないかという疑念を。そして、これがぼくのカウンターフォースだったのだ。今、シカゴの水路の岸で、狂った説教師がぼくの胸を切り開こうとしていた。想像していたとおりではなかったけれども、神（にしろ何にしろ）が不思議な力を及ぼしてきたのだ。ぼくは目を閉じ、それに耐えようとした。

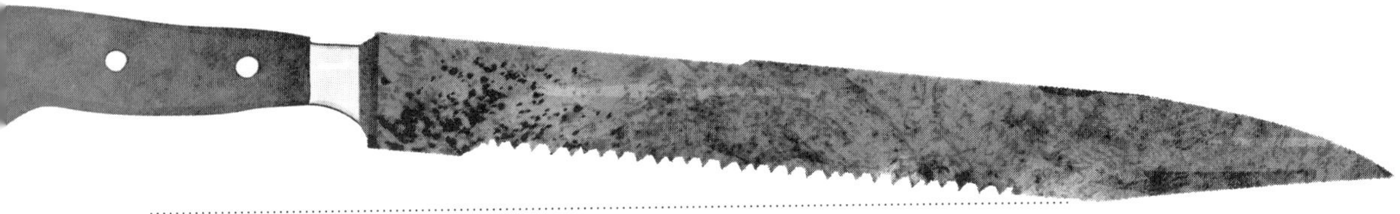

〝これはおまえのためだよ、レイトン〟ぼくは自分にいった。〝ぼくがしたことみんな、悪かったと思ってる〟ベストとシャツが切り開かれたあたりの胸に、ひんやりした空気を感じた。胸骨の内部に集まって、腹の表面へ駆け下る血のべっとりした感触も。ぼくは死のうとしていた。たぶん、今は死んでいるのだろう。

しかし、ぼくたちは自衛本能のある生き物だ。痛みはぼくたちにひどく奇妙な反応を引き起こす。ぼくはつらい死刑に耐えて、天国の弟といっしょになろうとしたけれども……これはほんとうに痛かった！

ほんの二、三秒たったところで、反撃せずにはいられなくなった。たぶん、それは本能的な反射運動に過ぎなかったのだろう。あるいは、ぼく、T・S・スピヴェットには、この運命を受けいれる用意がなかった——人生の務めをまだ果たしていなかったからだろう。ぼくは人々に当てにされていた。まず、ワシントンでスピーチをしなければならなかった。それに、ベネフィデオ氏に約束したモンタナの地図のシリーズを完成させてもいなかった！

ぼくだって、この舞台に立った役者だった——自分の意志で動き、話し、反応することができた。逃れられないカウンターフォースにも、今は待ってもらうしかなさそうだった。

宙吊りにされたまま、ぼくはポケットを探ってレザーマン（地図製作者用）を引っぱりだし、ナイフを起こすと、ジョサイア・メリーモアを刺した。どこを目がけてというわけでもなかったが、ナイフは左腕の下のあたりの胸に当たった。ぼくはガラガラヘビを刺すときの要領で刺した。あるいは、父がコヨーテを撃つときの要領で——自信を持って、ためらいなく。

ジョサイア・メリーモアは大声で吠えて、よろよろと後ずさりした。包丁は煉瓦の上に落ちてカタカタ音を立てた。ぼくは胸に手を当ててみた。指にべっとり血がついた。口の中はからからだった。顔を上げてみると、メリーモアが自分の痛みの源はどこなのかと探しながら、そこらをよろけているのが見えた。
「なぜだ、悪魔？　おまえを重荷から解放してやろうとしているのに、なぜ、わたしを襲う？　神よ、あなたはこのジョサイアにどのようなお慈悲をたれたもうたのですか？　神の御言葉を伝えているわたしに、どのようなお慈悲を？」
　その直後、ジョサイア・メリーモアは頑丈な金属製の索留めにつまずき、石で固めた岸辺を越えて水路の中へあおむけに落ちていった。落ちていくとき、コンバットブーツをはいているのが見えた。ブーツにはひもがついていなかった。ぼくは岸辺に駆け寄り、ばたついているメリーモアを見まもった。
「泳げないんだ！」ジョサイア・メリーモアはいった。「全能の主よ！　主よ、救いたまえ！」白濁した水に血が流れだして、メリーモアのまわりにピンクのよどみができた。メリーモアは水面下に沈んだと思うと浮かび上がり、また沈んだ。そのあと、あたりはすっかり静まりかえった。
　ぼくは自分の胸を見下ろした。かなり出血していた。ニットのベストは血で黒ずみかけていた。だんだんとめまいがしてきた。
「だめだ」ぼくはいった。「カウボーイはめまいなんかしない。イエスはめまいなんかしなかった」
　しかし、ぼくはめまいがした。カウボーイでもないし、イエスでもないようだった。ぼくは片膝をついた。へそのまわりに血が溜まって、パンツのウェストバンドにしみこみはじめていた。努力したにもかかわらず、結局、カウンターフォースが働いたようだった。進んでというわけではなかったにしても、ぼくとメリーモアは決闘という昔ながらの儀式を演じたのだ。その儀式は、歴史上、吹きさらしの通りで、雪に覆われた野原で何度となく行なわれてきた——プーシキン、ハミルトン（米国の政治家。初代財務長官）、クレイ（米国の政治家）、そして、今、ぼくたち。その時代を超えたダンスの間に、ぼくたちは相手に致命傷を負わせ、名誉ある死の握手を交わしたのだ。
　ふと顔を上げると、それがこちらへやってくるのが見えた。まだ遠くにいるうちは、埃の渦か、開いたり閉じたりする無数の手の集まりのようだった。それがこちらに向かって、ブンブン音を立てて空中を

横切り、水面すれすれを滑ってきた。ぼくはこわいとは思わなかった。それが迫ってくると、鳥だということがわかった。何百羽、いや、何千羽が密集していて、一羽一羽がそれぞれの翼で羽ばたくのは無理ではないかと思われるほどだった。事実、無数の翼と胴体とくちばしが一心同体となっていた。先行する翼の先端が空けた一瞬の隙間を次の翼の先端が埋めるという具合で、全体が無数の滑らかな歯車の歯のように動いていた。集団が水路にさしかかると、筋肉の激しく動く音、羽と羽がひしめきあう音が聞こえてきた。目は同時に四方八方をにらんでいて、すべてを見るとともに、何も見ていなかった。認識の網が外へひろがっていて、空間のあらゆる対象をとらえようとしていた。口からは、無数のラジオ局のような音が発せられていた。ときどき、全体が震えて、急に左、または右に揺れることがあったが、一、二秒後にはもとのコースに戻った。そのスズメの大群は、ジョサイア・メリーモアが姿を消した場所の上空で停まった。水面が割れたと思うと、数羽が白濁した水の中へ突っこんでいくのが見えた。そのあと、鳥たちはぼくの頭上に群がった。それから、スズメの骨格の断片がまだころがっているあたりに急降下して、地面をまだらに覆った。それがぐるぐる渦を巻くのを透かして、一羽が骨の一片を食べているのが見えた。その鳥の喉が後ろへぐいと動いて震えた。何か小さな道具をのみこんでいるようだった。

ぼくは鳥たちが静かに呼び交わす声のホワイトノイズ（絶え間がなく目立たない音）に洗われていた――その声は波打つように、密になったり、まばらになったりしていた。過去から今までに語られてきたあらゆる会話を再生しているようでもあった。耳を傾けると、父の声が聞こえてきた。砂漠にこだまするエマとテルホのあやしいフィンランド語が聞こえてきた。プーシキンと、イタリアの子守歌と、亡くなった息子を悼んで泣く若いアラブ人の声が聞こえてきた。

そのあと、鳥たちはぼくを残して水路沿いに下っていった。甲高い鳴き声もだんだんと薄れていった。ぼくの頭はガンガン鳴りはじめた。視界が揺れてきた。無数の小さな黒い斑点が空に蒸発していった。ぼくはよろよろとそれを追いかけた。

「ぼくはどこへいくんだ？」ぼくは叫んだ。「ぼくはどこへ――」

けれども、鳥たちはもう消えていた。あとには、水路の沈黙と、かなたの都会の遠いざわめきしかなかった。ぼくは体を揺らしながらその場に立っていた。独りきりで。

ほかにすることもなく、ぼくは鳥たちが消えていった方角へ足を踏みだした。それからずいぶん長い時間がたったように思われたが、気がつくと石段の下にきていた。また視界が揺れてきた。喉がからからに渇いていた。両手で金属の手すりをつかんで、体を引っぱり上げるように石段を上った。一段上がるごとに、動悸がますます激しくなった。頭はもう何も考えられなくなった。石段のてっぺんにたどりつくと、両膝をついて、溝の中にゲロを吐いた。

唇を拭いながら、目を上げてみた。ぼくはトラックがぎっしり並んだ駐車場のような場所にいた。ひどく苦労して立ち上がると、大型のトレーラートラックにもたれかかっている男のほうに、よろめきながら近づいていった。男はせかせかと煙草を吸っていた。

男はぼくを見ると、たじろいだ様子で、咳きこんで煙を吐きだし、拳骨で片目をこすった。「おい、にいちゃん、どうしたんだ？」

「怪我させられたんです」

「あんたさ、病院にいかなくちゃなんねえよ。今すぐにでも」

「大丈夫です、大丈夫です」ぼくは尻込みした。「ただ、お願いがあるんですが」

大丈夫どころでないのはわかっていたけれども、今、病院へいったら、旅をやめることになるともわかっていた。ここまでくればいいということなら、人を一人殺しかねないような真似はしていなかった。ぼくは何が何でも絶対にスミソニアンにたどりつくつもりだった。

「ああ、いいけど」男はそういって、煙草をもう一度吸った。

「ぼくをワシントンDCまで乗せてってくれませんか？」

「あんたさ、冗談じゃなくて――ほんとに医者に診てもらわなきゃなんねえって」

「ぼくはとにかくワシントンにいきたいんです、お願いです」

「うーん……」男は煙草を見下ろし、また目をこすった。ぼくは男の両腕にびっしり入れ墨が彫られているのに気がついた。「あんた、タフなにいちゃんだな。おれはさ、ヴァージニアビーチへいくんだけど、あんたには助っ人が必要みたいだし、リッキーは絶対に戦争から逃げたりはしねえからな。おれが何いってるかわかるか？　弱ってるブラザーがいたら、リッキーは乗せてってやるってことさ。いかなきゃならねえとこ、どこへでも」

「ありがとう、リッキー」ぼくはいった。

「なに、礼には及ばねえって」リッキーは最後に深々と一吸いすると、煙草をトラックの巨大な車輪に用心深く押し当てて揉み消した。そのあと、ポケットから小さな缶を出して、吸殻をその中に落とした。リッキーは環境に気をつかっているに違いなかった。そんなふうに煙草を処理する人間は、今まで見たことがなかった。

「よう、ランボー」リッキーはいった。「それでもさ、バンドエイドか何かいらねえか？」

「ぼくは大丈夫」ぼくは泣きだしそうになるのをこらえようと息を止めた。

「よし」リッキーはいった。「じゃあ、送ってこうか。このパープルピープルイーターに乗ってくれ」

　ぼくは運転台に跳び上がろうとしたけれども、舗装の上に引っくり返って、激しくあえいだ。

「あんた、ひどく打ったな」リッキーは〝リパブリック讃歌〟らしい曲を鼻歌で歌いながら、ぼくをやさしく助け起こし、運転台のフロントシートにかけさせてくれた。「外は戦争でも、もう安全だぜ、にいちゃん」そういうと、ドアを閉めた。

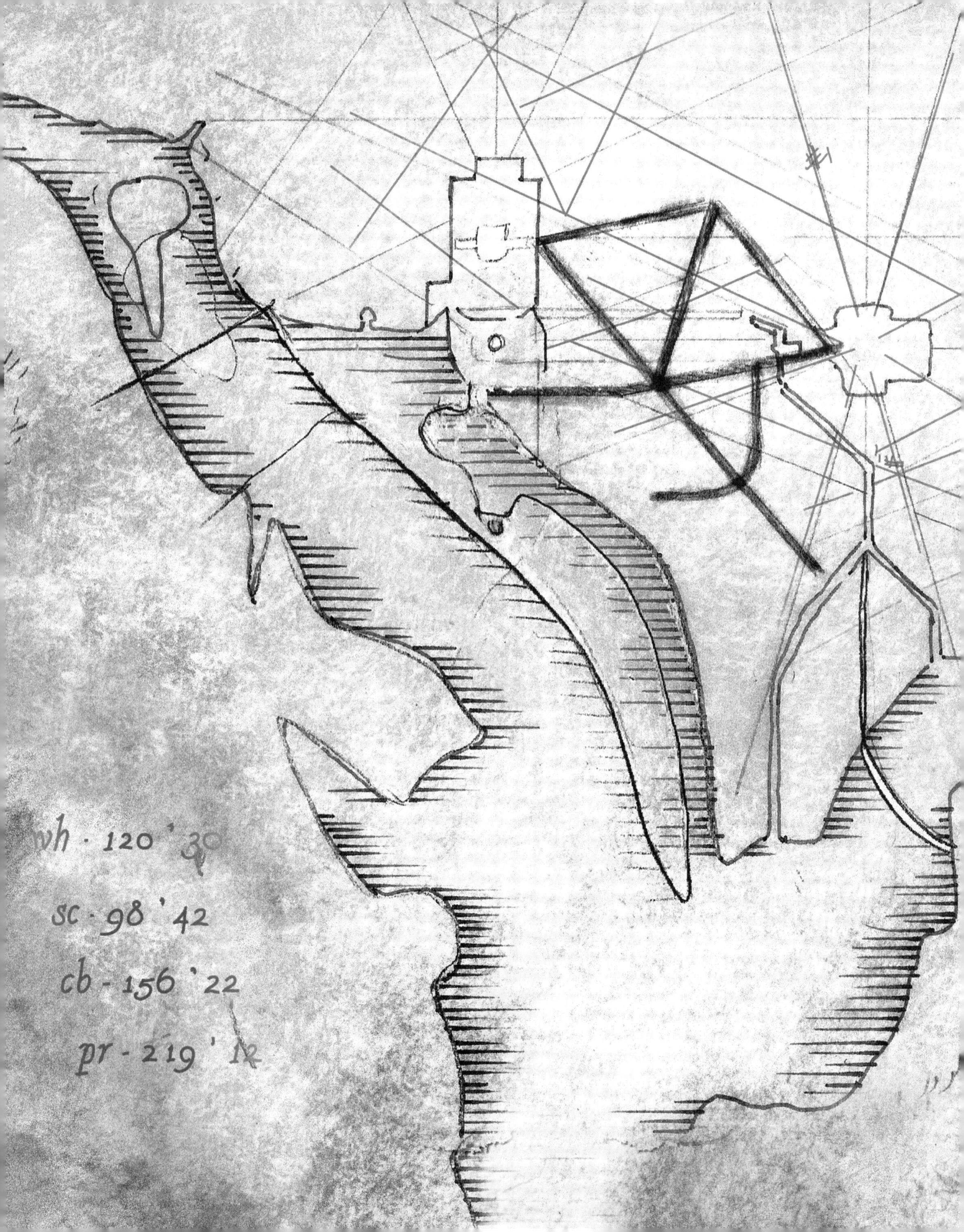
wh · 120 ' 30
sc · 98 ' 42
cb - 156 ' 22
pr - 219 ' 12

第3部　東部

MC

38. 53. N

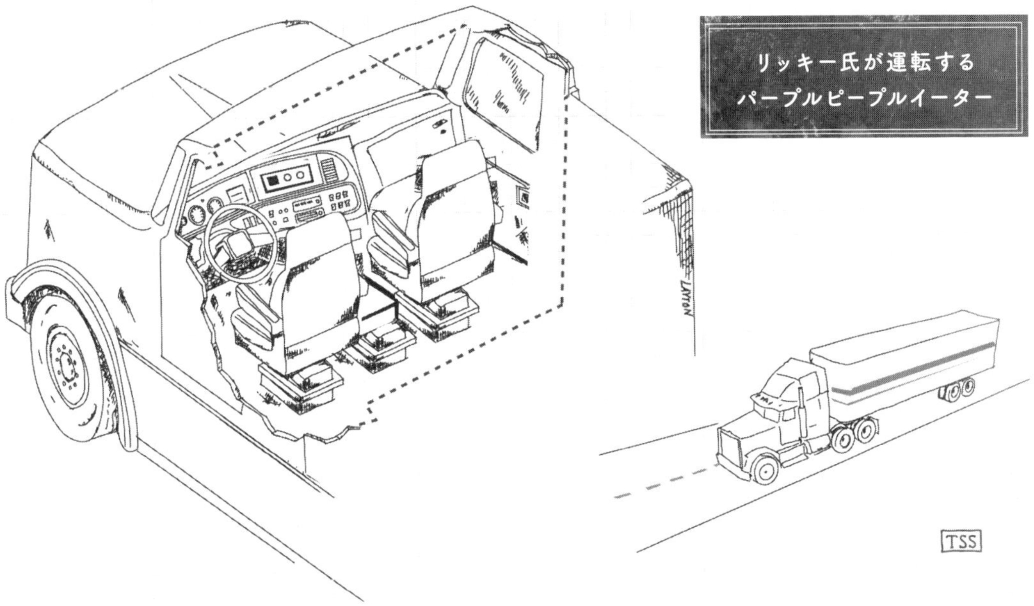

リッキー氏が運転する
パープルピープルイーター
TSS

このイラストは、PPEのグラブコンパートメントに描き残した。

第11章

「おれが見る限りじゃ」リッキーがしゃべっていた。「これはよ、ほんとにガチでいうんだけどな、にいちゃん――誰が友だちかがわかったら、そのほかのやつらはクソったれだ。つまり――世間はだだっぴろくて、おまけに毎日どんどんひろがる一方だろ。人種の混血もどんどん進んで、誰を信じたらいいかわかんなくなっちまう。つまり、東洋人がこっちにやってきて、アラブ人だのメキシコ人だのがいて、ほかにもどんな国のやつがいるのかわかったもんじゃねえ。で、おれはよ、〝こんなくだらねえことのために戦ったのか？〟みたいな感じで、ここに座ってるんだ。これがアメリカ流なのかって。冗談じゃないぜ」リッキーは原始家族フリントストーン（アニメ）の魔法瓶に唾を吐いた。「おい、にいちゃん――大丈夫か？」

ぼくはことんことんと頭をシートに打ちつけていた。今は夜になっていた。道中ほとんど眠っていたけれども、ときどき、胸の耐えがたいほどのうずきで意識が戻ることがあった。ほとんど全身が痛んでいた。しかも、熱っぽかった。

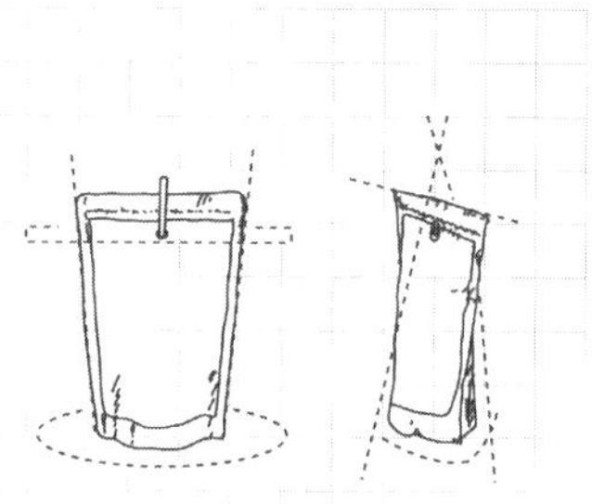

ジュースのパウチ

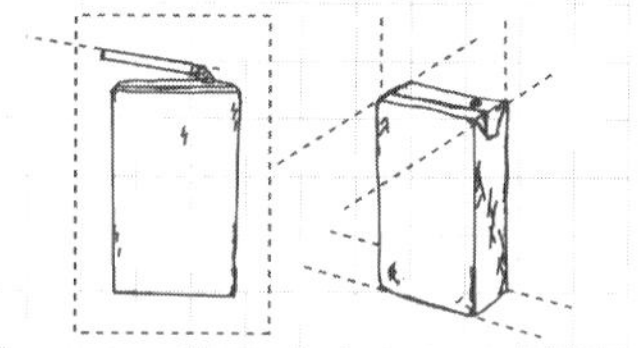

ジュースのボックス

パウチvs.ボックス
ノートG63から

どちらのデザインがいいか、ぼくは熟考を重ねてきた。それぞれに独自のメリットがあった。ボックスはしっかり立たせておけたが、パウチは簡単にポケットにおさめられた。

「ジャーキーでも食うか？」リッキーが包みを差しだした。
「ありがとう」ぼくは失礼にならないようジャーキーを受け取った。食べ物を差しだされたら、たとえ、その食べ物が大嫌いであっても絶対に断るな、と父がいっていた。
「カプリサン（ジュース）は？」
「ありがとう」ぼくは銀色のジュースのパウチを受け取った。「ぼくたち、今、どこにいるんですか？」
「美しきオハイオだ」リッキーはいった。「おれはここの生まれだって知ってるか？　だけどよ、ここが自分ちだなんて気はしねえな。ていうのは、おれのおやじがほんと、やなやつだったからさ。バットでおれの鼻をへし折ったんだ。そんな目にあわされたら、まっすぐ新兵訓練所へいくっきゃねえ」リッキーはダッシュボードを叩いた。「今じゃ、このPPEが自分ちだよな」
　ぼくは父にバットでぶん殴られるところを想像しようとしたが、できなかった。
「だけど、いいか、T・S」リッキーがいっていた。「おれがメキシコ人について思いついた説ってのを聞かせてやるよ。てのは、おれはよ、この商売で、毎日毎日、連中を見てるからな。連中もそう悪くはねえんだ。ただし――」
　その話が延々と続いた。ぼくは半分閉じた目を通して、ダッシュボードの光や、追い越していく車の鬼火のような赤いテールライトを見ていた。ぼくは自分を遠い宇宙ステーションへ運ぶ宇宙船のコックピットにいると想像した。ステーションに着いたら、L字型懐中電灯に似た未来の治療器具を使って、ものの二秒で、傷をなおしてもらえるだろう。
　再び目を覚ましたとき、行く手の地平線が夜明けの序曲を聞いて和らいでいた。二時間が過ぎていたけれども、ぼくが眠っていたことなどおかまいなしに、リッキーはまだしゃべりつづけていた。「おれはよ、ここじゃ、探偵やろうなんてつもりはねえんだ、にいちゃん。おれはただの現実主義者だ。もし、連中の誰かを仲間に入れるとしたら、誰を信用したらいいか、それをどうやって知るかが問題なんだ。おれが何いってるかわかるか？　ペドロ（スペイン語を話す人）は自分のほ

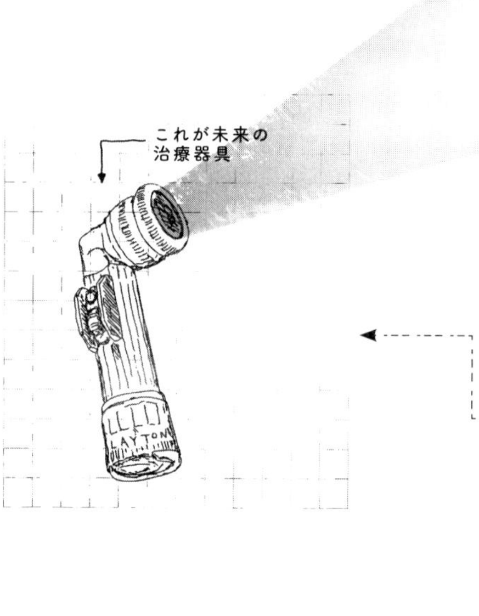

しいものを手に入れるためなら何かうまいこというだろうよ。だけど、そのあとでころっと変わって裏切るんだ」リッキーはまた新しい煙草を抜きだし、それをフロントガラスに向かって振りたてていた。

リッキーはぼくのほうに向きなおった。「具合はどうだ、にいちゃん？」

ぼくは親指を立ててみせた。その単純なしぐさでも、胸が引きつって痛んだ。

「あのな、T・S。おれもずっとたいへんな目にあってきたけど、正直いって、あんたはおっそろしくタフな野郎だ」リッキーはいった。「ガチな話、軍もあんたを入隊させられたら、ついてるってもんだな」

ぼくは痛みをこらえてほほえんだ。リッキーがぼくの父に歩み寄って、がっちり握手し、父に向かって、あんたの息子は〝おっそろしくタフな野郎〟だといっている場面を想像した。父は礼儀正しくほほえみ返すかもしれないが、その言葉を信じることはありそうもなかった。

ぼくとしては、それをすんなり認めるわけにはいかない。リッキーがいっていることの大半は非常に人種差別的で、非常によろしくないとかなり強く思ったけれども、それでも、ぼくはどちらかというとリッキーが好きだった。リッキーはおっかない入れ墨をしている割には、驚くほど気をつかう人間だった。ぼくに気分はどうかと尋ねつづけ、その間ずっと、ビーフジャーキー、カプリサン、それに鎮痛剤のアドヴィルを切れ目なく差しだしてくれた。フリントストーンの魔法瓶に唾を吐くとき、あるいは、自分で勝手にバカ笑いするときに途切れはしたが、リッキーがしゃがれ声でのべつまくなしにする無駄話には、どこか人をなごませるものがあった。ただし、ぼくはその話に耳を傾けることもなく、運転台のセーフルームのような雰囲気に頼るばかりだった。それはよくないことだったのだろうか？　話はろくでもないけれど、話の周辺の雰囲気は悪くないというのは、どういうことなのか？　たぶん、ぼくはリッキーに黙ってくれといって、すぐさま運転台から降りるべきだったのだろう。けれども、ぼくはひどく疲れていたし、中はとても暖かかった……

リッキーに肩をつつかれたとき、ぼくはまた眠りに落ちていた。

「終点だ、にいちゃん」

頭をもたげて外を見ると、大きなコンクリートのビルが建ち並んでいた。

「ここがDC？」ぼくは尋ねた。

「この偉大な国の首都だ。国の遺産だ」

「ナショナルモールはどこですか？」

「そっちへ二ブロックいったとこだ。連邦の役人がPPEをあまりそばに寄らせねえようにしてるんでな」リッキーはいった。「待った——ちょっと待った」シートの後ろへ姿を消したと思うと、迷彩のハンカチを持って戻ってきた。

「戦闘中、これを持ってたんだ。これでその血を何とかしな」リッキーはぼくの胸の前で円を描いて拭くようなしぐさをした。「民間人の前で面倒を起こすわけにはいかねえからな。おれが何いってるかわかるか？」

ぼくは胸もとを見下ろした。ニットのベストには、乾いた血の茶色

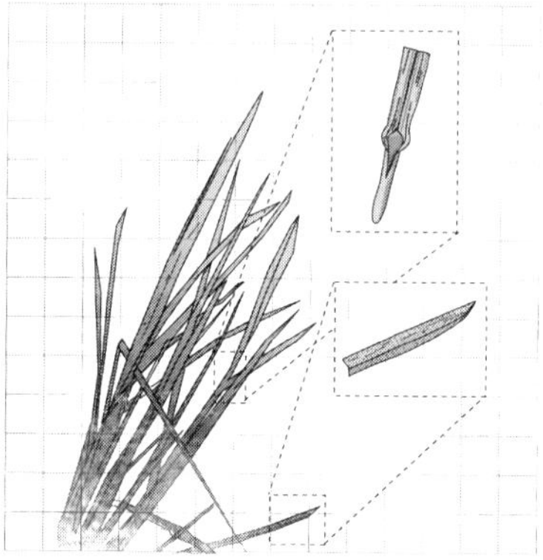

ケンタッキーブルーグラスの葉身は、新しい土地のフィーリングを伝えてくれる
ノートG101から

新しい土地に足を踏み入れて、その新しい土地のフィーリングをつかむとき、未知なるものの微妙で不安定な感覚をもたらしているのは何なのか、正確に指摘するのはむずかしいかもしれない。今のこのフィーリングは、大きな記念碑や博物館や聖堂からというよりも、ぼくをよそ者と感じさせるこまごましたものの総体から発していた。ケンタッキーブルーグラスのややざらついた感じの色合い。故郷のバンクスマツのいかにもきちんとしたたたずまいに比べると、だらしなくキノコ状にひろがっている何千本ものアメリカニレ。やや濃いめに着色された道路標識のグリーン。小さなカートの中であぶられるナッツの甘く切ないにおい。

いしみがついていた。胸郭を覆う皮膚は熱を帯び、ふくれているようだった。

「ありがとう、リッキー」ぼくはいった。ほかにどういっていいかわからなかった。戦場では、二人の兵士はどんなふうに別れるのだろう？

「あなたがマツの木を見つけられるといいんだけど」ぼくはそういってから、ずいぶん変なことをいってしまったとたじろいだ。リッキーに笑われる前に、バックパックをつかみ、ドアを開け、痛みでよろけながら昇降段を降りて歩道に立った。

リッキーがトラックから頭を突きだした。「じゃあな、にいちゃん。しっかり目を開けて、頭を上げるんだ。マングースはいつだってコブラに気づくもんだ」そういうと、クラクションを一発鳴らし、ギアを入れて走り去った。

小雨が降っていた。ぼくは迷彩のハンカチで胸を軽くはたいて血を拭おうとした。しかし、傷に触れるたびに激痛が走って、このまま失神するのではないかと思った。それで、ハンカチの端を襟にはさみこみ、よだれかけのようにして、全体が傷の前に垂れ下がるようにした。たぶん、バカみたいに見えただろうけれど、今はそんなことはまったく気にならなかった。とにかく、早く着きたい一心だった。

果てしなく続くように見える官庁の窓のないビル群を、ぼくは足を引きずりながら進んでいった。道を間違えたのかと思った矢先、角を曲がると、いきなり、みごとに刈りこまれた巨大な長方形の芝生と向かいあった。ナショナルモールだ。

ここの芝はモンタナとは違っていた。遠くからだと、ありふれた緑の芝生という印象だったが、その場に屈みこんで、葉身と小舌（イネ科植物の葉身の基部の舌状の膜）の形を調べてみると、父がこだわって、うちの窪地に植えていた芒（のぎ）のないカモジグサとは違うのがわかった。これはきれいなケンタッキーブルーグラスだった。

二千マイルの旅の果て、ついにぼくはたどりついたのだ。

そして、そこにそれはあった。モールの中へ突きだし、小塔の左右非対称な配置にもかかわらず、なぜか構造的には完璧なバランスを保ちつつひろがった赤ワイン色の城（キャッスル）は、ぼくが頭の中の青写真で描いていたのに劣らず入り組んでいて、しかも堂々としていた。思っていたとおり、スミソニアン協会はこの目で見てみなければ始まらなかった。その場所のフィーリングを理解するには、赤煉瓦の間近で自分の分子が震えるのを感じる必要があった。ぼくは熱いもので満たされていた。歴史の主張への感謝の念で。屋根裏部屋、採集ケース、ホルムアルデヒドへの感謝の念で。そして、新世界の〝知識の増進と普及〟を助成するために、全財産を青年期のアメリカ合衆国に寄贈したイギリス人、ジェイムズ・スミソン氏への感謝の念で。

► スミソニアンキャッスル
なんという非対称！　なんという美しさ！
ノートG101から

ぼくは雨の中に立ち尽くし、八角形の塔を見上げていた。塔のポールの先端からはアメリカ国旗がぐにゃりと垂れ下がっていた。ぼくは塔の八面の壁の内部で起きたことすべてに思いをめぐらせた。評価の、愛の、命名の、対立と発見の瞬間を想像してみた。

中国人の男がのろのろとこちらに近づいてきた。砂利敷きの通り道を、傘が何本も入った籠をぎこちなく引きずりながら。

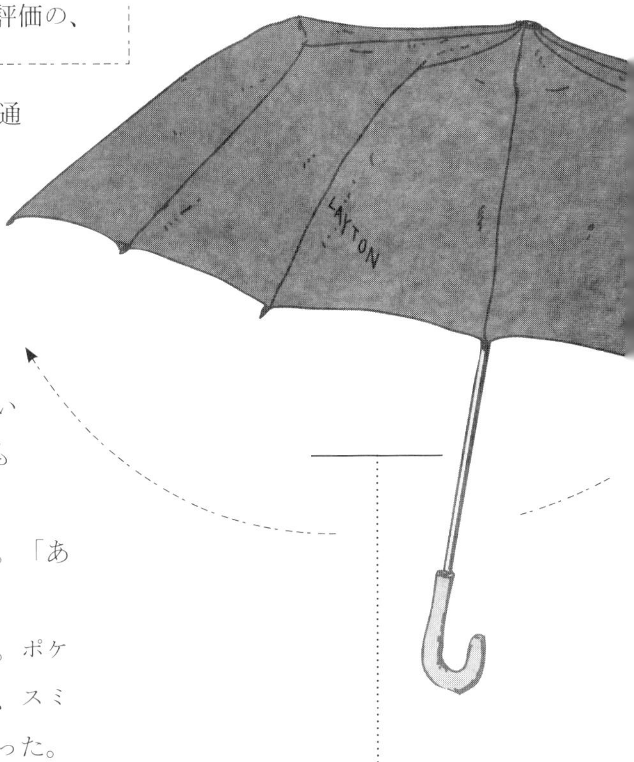

「傘は？」男はいった。「きょうはずっと雨」

男はバカでかい傘を差しだした。ぼくくらいの背丈では、それはあまりに大きすぎた。

「ほかにはないの？」ぼくは聞いてみた。「これはすごく大きいし、ぼくは子どもだから。子どもがほしがるようなサイズのものはないの？」

男は首を振った。「子ども。きょうはずっと雨」男はいった。「ありがと」

それは先取りしたありがとうだったが、ぼくは代金を払った。ポケットにはもう二ドル七十八セントしか残っていなかった。もし、スミソニアンで入場料をとられるとしたら、払えないかもしれなかった。けれども、たぶん、物々交換が成り立つのではないか。ぼくの壊れた磁石と交換で、知識の殿堂に入れてもらうのだ。ぼくも相手も応じないわけにはいかないだろう。

ぼくは一つ深呼吸してから、バカでかい傘を持って、キャッスルの正面玄関へ歩きだした。観光客が砂利敷きの広い通り道をのろのろと進んでいた。トラの縫いぐるみを持ってはしゃいでいた子どもが、ぼ

ぼくはこの高さ

くのほうを指さして、自分の家族に何かいった。ぼくは自分の風体をあらためてみた。全体に薄汚れ、裂けたニットのベストを着て、迷彩のハンカチで血を隠し、やたらと大きな傘を持っていた。それは、頭の中で描いていた入場の光景とはいいかねた。つまり、召し使いや、ゾウの行進や、ひろげた古地図を伴い、みんなが思わずモノクルをかけなおし、歓迎のしるしにステッキを打ち鳴らすという光景とは。たぶん、今のままでもかまわないのだろうけれども。

ぼくはベストの具合をできる限りなおして、胸の真ん中の血がこびりついた傷を隠そうとした。

「傷は浅い」ぼくは自分の精神力と体力に活を入れようとして、そういった。「ぼくは大切な手紙をペーパーナイフで開けようとして、滑っただけなんです。よくあることですよ。ほら、ぼくには大切な手紙がたくさんきますからね」

キャッスルのロビーはとても印象的だった。広々した部屋の中は、すべてが静まりかえっていて、聞こえるのは、高さ六十フィートの天井にこだまするキュッキュッという足音だけだった。トラの縫いぐるみを持ってはしゃいでいた子どもでさえ、声をひそめて科学や歴史についてのそれらしい話をしていた。部屋の中央には案内デスクがあって、入場者のためのパンフレットを数多く置いていた。部屋のその他の部分は、古い写真や地図、スミソニアンの歴史年表で埋められていた。ナショナルモールのジオラマもあって、ボタンを押すと、興味のある場所の明かりがつくようになっていた。例の子どももボタンを見つけると、建物の一つ一つを点灯させていった。さらに、いくつものボタンに指をかけて、いっぺんに押さえようとした。すべてを同時に点灯させようというわけだ。ぼくもその楽しいボタン押しに加わりたいという気持ちがないでもなかった。

ぼくは案内デスクに歩み寄った。そこでは、年のいった女の人が同僚と話をしていたが、ぼくのほうを振り向いて、まじまじと見た。ぼくはバカでかい傘をたたんでいなかったことに気づいた。

「すいません、ついてないな」ぼくは傘をたたもうと苦闘したけれども、傘はそのたびにぱっと開くばかりだった。そのあおりで、迷彩のハンカチが床に落ちた。サイレント映画でお決まりのお笑いを演じているようだったが、隣にいた人がぼくの手からそっと傘を取り、閉じる位置にカチッと固定してから返してくれた。

「ありがとうございます」ぼくはお礼をいい、リッキーのハンカチを拾い上げてポケットにしまうと、案内デスクの女の人のほうに向きなおった。相手はぼくの胸もとをまじまじと見ていた。

「あなた、大丈夫？」彼女は尋ねた。「怪我してるの？」

「大丈夫です」ぼくはいった。彼女は襟に〝ローレル〟と記した名札と、〝ご案内承ります〟と記した大きな赤いバッジをつけていた。

　ぼくは頭が真っ白なまま、反射的にこういった。「ローレル、案内をお願いしたいんですが」

「あなた、手当てをお願いしたほうがいいみたいだけど。誰か呼んであげましょうか？」

「いえ、それはいいんです」ぼくはいった。部屋が少し揺れているように感じられた。みんなが科学についてひそひそ話していた。ぼくは何とか自制を保とうとがんばった。「どうもありがとう。あの、ぼく、G・H・ジブセンさんと話したいんですが」

　ローレルは居住まいを正した。「どなたですって？」

「ジブセンさんです」ぼくはいった。「スミソニアンのイラストレーションとデザインの責任者です」

「あなた、ご両親はどこにいらっしゃるの？」ローレルはそう聞いてきた。

「家にいます」ぼくはいった。

　ローレルはぼくを見つめた。それから、自分より若い同僚（名札＝アイラ）のほうを見やった。アイラも案内係の特大のバッジをつけていたが、襟につけるかわりに、首ひもで吊るしていた。それだと、より簡単にはずすことができそうで、場合によっては案内をしないですませることがあるのかもしれなかった。アイラは肩をすくめた。

　ローレルはぼくのほうに振り向いた。「あなた、ほんとに大丈夫なの？　自分で自分をひどく傷つけたみたいに見えるけど」

　ぼくはうなずいた。自分で自分を傷つけたとローレルがいいつのるほど、ぼくもそうではないかという気になってきた。胸がまたドキド

彼女は案内してくれるだろう。
彼女は役に立つ女性だ。

彼女は案内してくれないだろう。
彼女は役に立たない女性だ。

首ひもでぼくたちは
うまく世渡りすることができる
ノートG101から

キしはじめた。

「ジブセンさんに電話して、ぼくがここにいると知らせてもらえませんか？　ぼく、あしたの晩、講演することになってるはずなんですけど」

ローレルの世界に激震が走ったようだった。ローレルは音の出ない口笛を吹くと、職業的な口調でいった。「ちょっとお待ちになってください」それから、カウンターの向こうに置いた何かの紙をさっと見て、受話器を取った。「お名前は何とおっしゃいます？」受話器を顎の下に挟みこんで、そう聞いてきた。

「T・S・スピヴェットです」

ローレルは少し待ったあと、ぼくから顔を背け、電話に向かって声をひそめてしゃべりはじめた。ぼくはブラックフットインディアンに関する展示のパンフレットを手に取った。

まもなくローレルはこちらを振り向いたが、数学の難問を解こうとでもしているように、眉根をぎゅっと寄せていた。「あなたがT・S・スピヴェットさん？　でなくて、お父さんがT・S・スピヴェットさん？」

「ぼくがT・S・スピヴェットです。父はT・E・スピヴェットです」

ローレルはまた電話に向かった。「さあ、よくわかりませんけど」ややあってから、大きな声でそういうと、電話を切った。

「よくわかりませんけど」ローレルはもう一度いった。ぼくに向かってではなく、とくに誰に向かってというわけでもなさそうだった。「とにかく、ジブセンがこちらにまいりますので。ジブセンならわかるでしょう。そちらでお待ちください。何かいりますか？　お水とか？」

「ええ、お願いします」ぼくはいった。

ローレルは水を入れた小さな紙コップを持って戻ってきた。また、ぼくの胸を見つめているのがわかった。ローレルは案内デスクに戻ると、小声でアイラに何かいった。アイラはあわてて首ひもの具合をなおした。そのとき、日本人の一団が案内デスクにぞろぞろと詰めかけてきて、ローレルとアイラはその背後に隠れてしまった。

ぼくはベンチを見つけて腰を下ろすと、バカでかい傘を傍らに置き、ブラックフット族のパンフレットに目を通した。いつもはブラックフットのことなら何でも興味があるのだけれど、今はパンフレットの文字を追うのにもひどく苦労し、気がついてみると、ほかのことを考えているというありさまだった。

「わたしがジブセンですが」天空から声が聞こえてきた。ジブセン(Jibsen)の〝s〟がネコのように丸まって、ぼくの脳のなじみのシナプスを刺激した。急に家のキッチンのにおいがなつかしくなってきた。長い電話コード、箸、クッキーの瓶を急いで開けようとするときに蓋が立てるプシュッという音。

「何かご用ですか？」ジブセン氏がいった。

ぼくは顔を上げた。G・H・ジブセン氏は電話での話を通じて想像していたのとは似ても似つかない人だった。背は高くなく、スリーピースのスーツにヴァンダイクひげ（先を細くとがらせた顎ひげ）、ステッキといった優雅な風情でもなかった。それどころか、ずんぐりして禿げていた。縁の太いデザイナー眼鏡をかけていて、自分ではクールなオーラを発散しているつもりだったのだろうけれど、かえっておたくっぽく見えていた。着ているのは黒いタートルネックに黒いジャケット。ぼくは彼のことを古い時代にこだわりのある人と勝手に想像していたが、そういう気配を感じさせるのは、左耳の変わった輪の形のイヤリングだけだった。まるで、たった今、海賊の舞踏会から抜けだしてきたばかりで、イヤリング以外のコスチューム一式はすべて置いてきたというふうだった。

「何かご用ですか？」ジブセン氏が重ねて聞いてきた。

ひどく案じていた収束の瞬間が現実に訪れると、その現実の瞬間の重さをしのぐ重さでのしかかっていたものがあったのだと悟ることになる。ぼくは虫歯の穴の充填（じゅうてん）や最終テストの前、幾晩も眠れないままに寝返りを打って過ごしたことがあった。けれども、結局は、ジェンクス医師のドリルのくぐもったうなりがだんだん低くなっていくのを聞いたり、エドワーズ先生の退屈しきった表情をうかがいながらブルーノートの余白に西部開拓の図を描いたりするだけのことで終わった。

なぜ、ぼくはあんなことであれほどじたばたしたのだろう？　ぼく

1. ジブセン氏

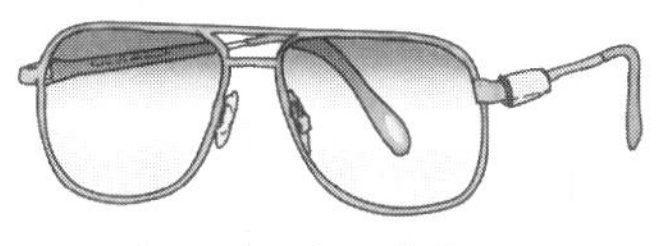

2. ステンポック先生

ファッションはむずかしい
ノートG101から

ジブセン氏の眼鏡は、こだわりと無頓着をそれぞれ均等に伝える二重のジェスチャーだった（図1）。一方、ぼくは、ステンポック先生と同様、一度に二、三分以上、これほどのレベルの自意識を持ちつづけることはできなかった。ぼくの場合、自分の見かけについて綿密な計算をしようとしたら、とてつもない集中力を必要とした。それは、図を描いたり、たまたまそのときしていること（それもふつうは図を描くこと）から、いやおうなく知力を吸い取るからだ。

グレーシーがおやさしいことに、クリスマスにグリーンのカーゴパンツを贈ってくれたことがあった。そのパンツからは布製のストラップが十四本もぶら下がっていた。グレーシーにいわせると、それが最新のスタイルだった。ただぶら下がっているだけのストラップが、なぜ、そんなにたくさんあるのかと聞くと、グレーシーは目をぎょろつかせて、こういった。「うーん、あんまり心理学的になんないでよ。でも、たぶん、こんなことじゃないかな。わあ、こんなにたくさんのストラップ。ていうのは、あたしがふだんやるのはスカイダイビングとか、ほんとに厳しいことなんだけど、今はぶらぶらしてるだけだから、ストラップもみんなほどいてる……でも、それって、カッコいいじゃない？」

ぼくは一日、そのパンツをはいていたけれど、ストラップをほどいたままでやれることにばかり気がいってしまうので、最後にはそれを全部留めてしまった。そんなふうにして夕食の席につくと、グレーシーに〝精神病の患者〟みたいに見えると怒鳴りつけられた。ぼくは自分の身のほどをあらためて確認した。一方、そのパンツはクロゼットにしまいこまれて、二度と日の目を見なかった。グレーシーはそれ以来、ぼくを全面的には信用しなくなった。

はたびたび自問したけれども、次のテストの時期がめぐってくると、また、午前三時まで眠れずにじたばたするのだった。

東へ向かう終わりのない旅で、再三、ワームホールの煉獄の魔手に捕らえられ、自分自身の審判の日の筋書きを示されながら、ぼくはこの場にのぞんだら何をいおうかと考えてきた。糖分解にさりげなく言及したり、メートル法について論争したりすることなど、自分の専門的知識を伝える方法はいくつでもあった。しかし、加速する認知発達、発育阻止、タイムトラベル、活性化効果のある朝食用シリアル、そういったもののどれについても懇切な説明をすることはなかった。

ぼくは単刀直入にいった。「こんにちは。ぼくがT・S・スピヴェットです。何とか間に合いました」そして、世界が追いついてくるのを待った。

ジブセン氏は首をかしげ、デスクの後ろのローレルを振り返り、それからまた、ぼくのほうに向きなおった。そして、親指と人さし指でイヤリングをつまむと、神経質にその輪をひねりはじめた。「これはきっと……」そこで言葉を切って、ぼくの胸もとに視線を落とした。「怪我をしてるんですか?」ジブセン氏は問いかけた。

ぼくはうなずいた。今にも涙がこぼれそうだった。

ジブセン氏はぼくを頭のてっぺんから爪先までじろじろ見た。今まで、これほどあけっぴろげに詮索されたと感じたことはなかった。父はけっして直視しないで詮索した。

「あなたがこの前の金曜日、電話でお話ししたかたですか?」

ぼくはうなずいた。

「T・S・スピヴェットさん?」ジブセン氏は新しいコートを試着しようとでもいうような口調でいった。そして、両手を顔に当て、左右のてのひらで鼻を挟んでもみしだいたかと思うと、大きな音を立てて鼻孔から息を吐きだした。それから、両手を再び下ろした。

「あなたがボンバーディアを描いた?」ジブセン氏はひどくゆっくりいった。

「そうです」

「あなたがマルハナバチの社会の概略図を描いた? 下水網の三枚続きの図も? 航空機の時系列図も? ええと……カブトガニの血液の

概略図も？　いちばん曲がりくねった川のオーバーレイ（地図に重ねる透明なシート。関連情報を記してある）も？　みんな、あなたが描いたんですか？」

うなずくまでもなかった。

「なんと」ジブセン氏はそういうと、しきりにイヤリングをいじりながら歩み去った。ぼくは彼がジオラマのところにいって、点灯ボタンを手当たり次第に押しまくるのではないかと思った。が、彼はすぐに戻ってきた。

「なんと」ジブセン氏はまたそういった。「あなた、おいくつですか？」

「十三です」ぼくはいったんそういってから、いいなおした。「いえ、十二です、実は」

「十二？！　すると、それは（that's）……」ジブセン氏は舌足らずな〝ｓ〟で言葉を切って、頭を振った。

「ジブセンさん、失礼な真似をするつもりはないんですけど、ぼく、あまり気分が良くないんです。どなたかに診てもらえたら、そのあとであしたの晩のことを相談できるんじゃないかと思うんですけど」

「え！　冗談でしょう？　そんなこと……あ、いや！」ジブセン氏は自制した。「もちろん、手当てを受けられるようにしましょう」

ジブセン氏はデスクのローレルに滑るように近づいて、ややあってから戻ってきた。そして、ぼくをまじまじと見た。

「すぐに人がきます」ジブセン氏はそういいながら、奇妙な目つきでぼくを見つづけていた。

「すいません」ぼくはいった。「すぐによくなると思います。そうなったら、お話ができるかと……」そこで突然、ずきずきする痛みに襲われた。それは胸骨の内から起きて、ヘッドバンドのように額に巻きついた。今までに感じたことのない痛みだった。レイトンが間違ってダーツの矢をぼくの頭に投げつけたことがあったし、橇（そり）で木にぶつかって、先頭に乗っていたレイトンは無傷ですんだのに、ぼくは腕を折ったことがあったが、そういうときよりも激しい痛みだった。もうジブセン氏や上品なエチケットの世界にはかまっていられず、ぼくは低いうめき声を漏らした。

ジブセン氏はそれに気づかなかったようだった。「T・S！」彼はいった。「十二歳！　あんな描きかた、どこで習ったんですか？」

そう聞かれても答えようがなかった。かわりに、ぼくは失神した。

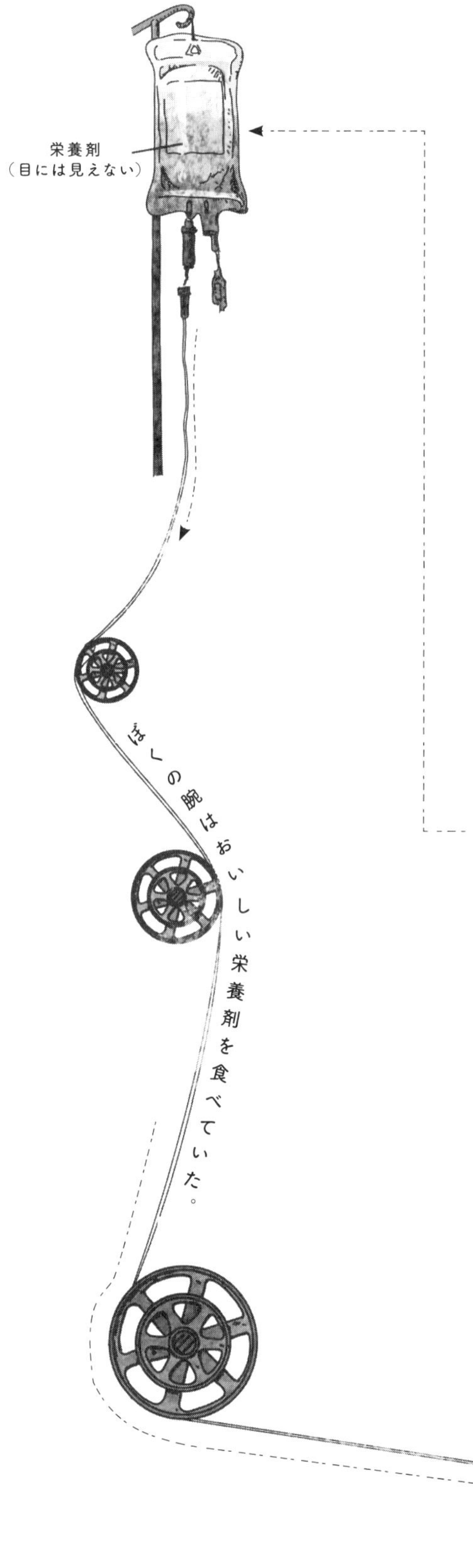

栄養剤
（目には見えない）
ぼくの腕はおいしい栄養剤を食べていた。

気がついてみると、EMT（救急救命士）の人がぼくを診ていた。酸素マスクをつけられていて、そのプラスチックのにおいがしていた。ストレッチャーで救急車に運ばれたが、車はキャッスルの玄関にまっすぐ乗りつけていた。アイドリングしている救急車に目をやると、回転灯がまだぐるぐるまわっていて、後ろのドアは大きく開け放されていた。首都の車の流れをぼくなりにささやかに中断させたことを、ちょっと誇らしく感じた。

前よりも強く雨が降っていた。ジブセン氏が例の大きな傘をストレッチャーに横たわっているぼくに差しかけてくれた。とてもありがたいことだった。ジブセン氏はぼくに付き添って救急車に乗りこみ、ぼくの手をぎゅっと握った。「心配ないですからね、T・S」彼はそういった。「スミソニアンの嘱託の先生に優先でお願いしていますから。ややこしい手続きも行列待ちもしなくてすむでしょう。うちに任せてください」

首都の通りを走り抜けるうちに、腕に点滴の針を刺された。ぼくは点滴のバッグが揺れるのをながめていた。バッグは澄んでいたけれども、そこにはさまざまなおいしい栄養剤が溶けていて、ぼくは腕の穴からそれを食べているのだった。それはかなりクールなことだった。

ワシントンホスピタルセンターでは、スミソニアンの嘱託医のファーナルド先生が診てくれた。先生は二人の助手に傷口を縫わせた。ぼくがシカゴで何があったかを話すと、みんな、舌を鳴らし、頭を振った。ぼくは自分がジョサイア・メリーモアを刺し、彼が水路に転落して、たぶん死んだというくだりを省略したのだ。地図には載せないほうがいいものもあった。

医者たちが仕事をしている間、ジブセン氏は廊下をいったりきたりしながら、携帯電話で話していた。ぼくは意識もうろうとしている中でも確信した。彼はドクター・クレアと、ぼくのことや、ぼくがポケットにチェリオスを入れておく癖のことで、非難がましい長話をしているのだ、と。まもなく、ぼくをモンタナに連れ帰るために、ドクター・クレアが病院にあらわれるだろう。ぼくはこういうこともあろうかと覚悟はしていた。そう——ともかくも、ここまでは何とかこぎつけたが、十二歳にとっては、この先がかなり遠かった。

重大な内臓損傷はないと確認するための一連のテストが終わったあと（〝重大な内臓損傷〟というのは医者のいいかただった）、破傷風の注射をされ、二種類の抗生物質を投与された。結局、真夜中近くになって、ジブセン氏に伴われて病院を去った。そのまま空港へ送っていかれるのかと思った。

「キャリッジハウスで降ろしますから」ジブセン氏はそういって、ぼくの脚をぽんぽんと叩いた。「もう大丈夫ですよ」

「ありがとうございます」そうはいったけれども、それがどういう意味なのかはまるでわからなかった。

ぼくは頭を枕にのせると同時に、今までになかったほどの深い眠りに落ちた。ここしばらくの間では、ほんとうにゆっくり休んだのはその晩がはじめてだった。

翌朝、目が覚めたときには、胸がまだ痛かった。ひょっとしたら、モンタナの自分の部屋に戻っていて、これまでになく手の込んだ夢から覚めるのではないかと期待しながら、まばたきしてみた。けれども、三方の壁はノートで覆われてはいなかったし、なじみのある地図製作の器具類の輪郭も見当たらなかった。かわりに、まったくなじみのない部屋にいた。家具はすべてがオーク材で、とてもきれいで、見栄えがした。室内のあちこちに、いくつもの椅子が置いてあった。壁には何枚かの絵がかけられていたが、そのうちの一枚は、川辺の戦いを描いたドラマチックな大作だった。戦闘の真っ只中にジョージ・ワシントンが立っていたと思うのだが、実をいうと、そのときは、それがワシントンかどうかも含めて、絵を注意して見るどころではなかった。

ベッドで上体を起こそうとしたとたん、胸がこわばるような痛みを感じた。まるでラバに胸を蹴られたようだった。それは父がよく口にするいいかただったが、父は実際にラバに胸を蹴られたことがあったのだ。ぼくは今の今になって、はじめて、そのアナロジーが実に的を

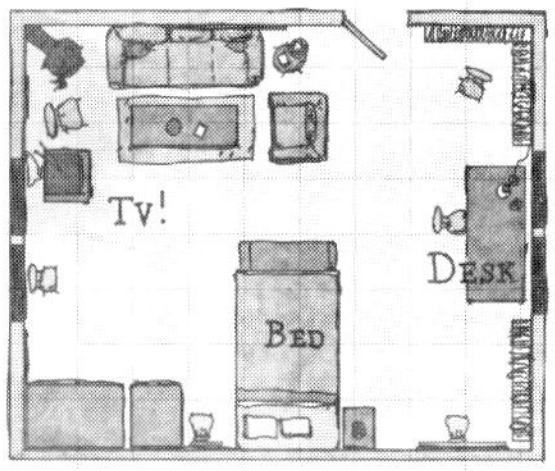

キャリッジハウス

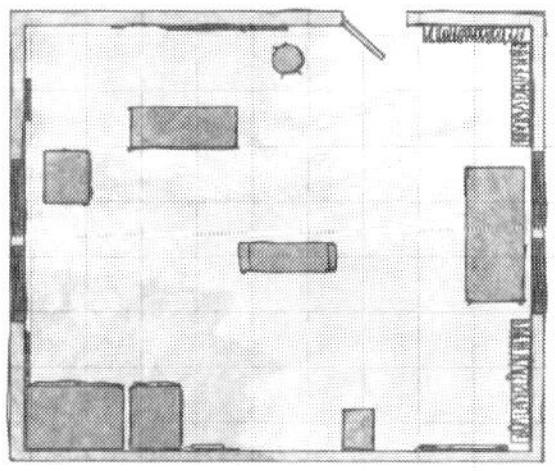
室内のオーク材の家具

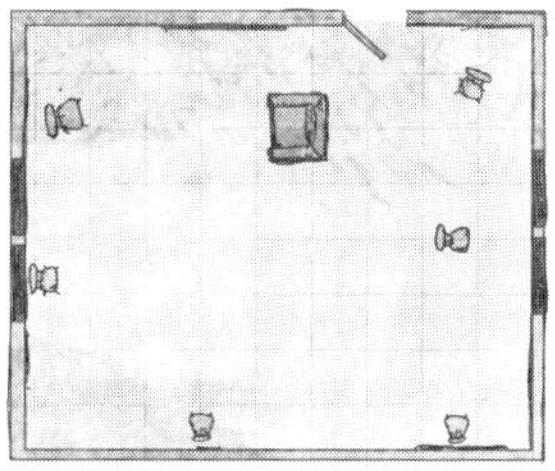
室内のすべての椅子

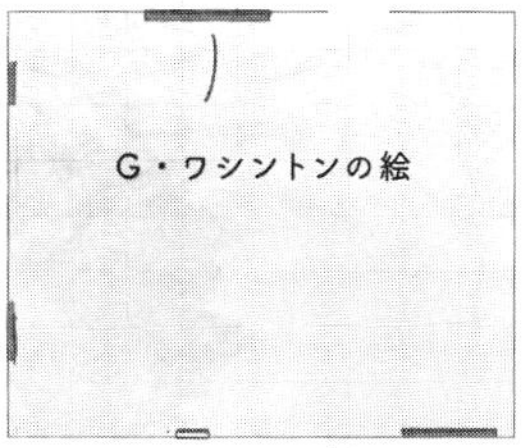

すべての絵

キャリッジハウスの見取り図
ノートG101から

射ているということを理解した。

「クソったれのラバめ」ぼくはののしったが、そういってみることでタフになったような気がした。「しっかり蹴られましたよ、お父さん」

ベッドから起きだすのはどんなにつらいだろうと思い悩んだ末に、ようやく上掛けをはねのけ、ほんとうに起きてみた。甲冑の胸当てをつけ、それを皮膚に釘づけされているような感じがした。上体を直立させ、両腕をぎこちなく脇に下ろして、くるみ割り人形のようにぎくしゃくと室内を歩きまわった。そうするうちに、持ち前の好奇心がいくらか戻ってきて、オーク材の家具の寸法を調べはじめたところで、ドアをノックする音が聞こえた。

ジブセン氏が入ってきた。きのうのあわてた様子はもうなかった。優雅な旧世界風の舌足らずな発音が戻っていた。

「ああ、T・S、起きてたんですか！　いや、ゆうべはですね、みんなで心配してたんですよ。何から話していいのかわからないくらいです。お気の毒でしたね——シカゴがあんなにひどくなっているのをご存じなかったとは——モンタナのエリュシオン（善人が死後に住む楽土）の野からこられたかたには、さぞやショックだったことでしょう」

「ぼくは大丈夫です」そうはいったけれども、突然、こうぶちまけたくなる衝動に駆られた。〝ぼくは人を殺したんです。相手はシカゴの水路で死にました。名前は——〟

「いいですか」ジブセン氏がいった。「きのうのわたしの振る舞いについてはお詫びしたいと思います——いや、あなたの年のことなど思ってもみなかったのです。まったくもって。実はですね、ゆうべ、あなたのお友だちのテリーと話したんですが、彼がすべて説明してくれました。わたしもはじめ、この話はみんなでたらめなんじゃないかと思ったんですよ。しかし、今はですね、これはきわめて特異な状況なのだと認識しております。そしてですね、当然のことながら、賞はあなたの作品の質の高さに対して贈られたわけですから」そこで言葉を切って、ちらりとぼくを見た。「あれはあなたの作品ですよね？」

「はい」ぼくはそういって、溜め息をついた。「そうです」

「いや、けっこうです！」ジブセン氏はまた活気づいた。「それでですね、これまで、わたしたちには暗黙の協定のようなものがあったのですが……通常、ベアード賞は……その、〝大人〟に贈るという──ですが、あの作品はみんな、完璧な出来というしかないとわたしは思っております。ただ、わたしにはもう一つ疑問がありまして、それはですね……ご両親のことです。お恥ずかしいことなんですが、わたし、あわててしまって、ヨーン先生にご両親にも連絡してくださいとお願いするのを忘れてしまいました──なぜ、あなたがこちらへこられるのにご両親が付き添われなかったのか、うかがってもよろしいですか？」

　頭はまだもうろうとしていたけれども、ぼくが次に口走ったことを医者や薬のせいにするわけにはいかなかった。

「両親は……死にました」ぼくはいった。「ぼくはヨーン先生といっしょにいるんです」

何だって?!　ぼくは頭がおかしくなったのか?!

「それはまた」ジブセン氏はいった。「いや、うかがって申し訳ありませんでした」

「それと、グレーシーですね」ぼくはいった。「つまり、グレーシーとぼくがヨーン先生といっしょにいるということです」

そう、それで確認された。ぼくは頭がおかしくなったのだ。しかし、これがほんとうのことであればと願う気持ちは、前からずっとぼくのどこかにあった。そして、今、実際に口に出したことで、ほとんどほんとうのことになったのだ。

「すると、これはますますたいしたことじゃありませんか？」ジブセン氏はいった。「たしか、ヨーン先生はそのことには触れなかったと思いますが、彼は……慎み深い人なんでしょうね」

「そうなんです」ぼくはいった。「とても立派な養い親です」

　ジブセン氏は落ち着きをなくしたように見えた。「ええと、あなたはまだ養生しなければなりませんね。このまま休んでいていただきましょう。このキャリッジハウスはですね、ベアードの特別研究員の宿舎にあてられています。ですから、あなたのご自由に使えます。部屋の備品が十分でないのと、少々おぞましい装飾は」──ジブセン氏はワシントンか誰かの絵のほうに顎をしゃくった──「遺憾ですが。しかし、必要にはすべて応じられると思いますよ」

「ありがとうございます」ぼくはいった。「とてもすてきですね」

「何か頼みたいということがあれば、遠慮なくわたしにいってください。より快適に過ごしていただけるのに何ができるか、あたってみますから」

「ええと」ぼくは自分のバックパックはないかとあたりを見まわした。ありがたいことに、それはベッドの脇の椅子に置いてあった。「ぼく、シカゴで自分の道具をほとんどなくしてしまったんです。博物館には何か製図の道具がありますか？」

「お入り用の道具は何でも調達できると思いますよ。リストをくだされば、きょうの午後にはそろうでしょう」

「きょうの午後？」

ジブセン氏は短い笑いを漏らした。「もちろんです！　いいですか、あなたは今やアメリカのイラストレーターなんですから」

「ぼくが？」

「これは入場者数や予算には反映されないかもしれませんが、わたしたちは事実を見失ってはならないのです。つまり、わたしたちはですね、この国の科学の豊かな伝統を代表する百五十年の歴史を持った協会であるという事実を。ではありますが」ジブセン氏はいった。「わたしたちは豊かな過去を称えると同時にですね、常に未来に望みをつながなければなりません。だからこそ、わたしはゆうべのあなたのかなりドラマチックな登場に、非常に興奮させられたというわけなのです。あんなこと、誰が考えたでしょう？」

「すいません」ぼくは急にひどい疲れを感じた。「ぼくにはそんなつもりは――」

「いえいえ、それどころか、この厄介もですね、長い目で見れば、協会にとってはありがたいことになるかもしれません。わたしはあなたの年齢を何人かの同僚に話したんですが、みんな、興奮しましたよ。つまりですね、あなたは切り札になるかもしれないんです。わたしたちが世間の耳目を集めて、スミシーを再び活気づかせる切り札にです」

「スミシー？」

「そうです。ほら、誰でも子どもが好きというか、そういっていますね。あなたはまったくの子どもというわけじゃないんですが――つまり、わたしはですね、あなたの作品を科学者の作品と見ていますが……それはちょうど……」ジブセン氏はまた言葉に詰まったようで、

“ちょうど(just)”の“s”で舌が滞った。そして、また指でイヤリングに触れた。

ぼくは書斎に座っているドクター・クレアを思った。ほぼ百五十年前にエマが米国科学アカデミーで行なったスピーチのことを書いているドクター・クレアを。部屋で自分の仕事に没頭している母の姿は、もう一つの世界を呼び起こした。演台に向かって立つエマの背骨の曲がり具合。その背中を貫きそうなジョゼフ・ヘンリーの燃え立つ目。前列で話を聞く男たちの敵意に満ちた表情。その話は、エマがアディロンダックの山小屋にこもってマリア・ミッチェルと練りあげたものだった。二人の頭上では、星々が夜空をめぐっていた。

「……ですから、科学者の性別を問うのではなく、その方法が有効かどうか、当人が近代科学の厳格な基準をしっかり守っているかどうか、人類の目標に対する集団としての知識を向上させているかどうかを問うてください。この目標というのは、ほかの何よりも重要です。性別よりも、人種よりも、信条よりも……」

ぼくは一つ深呼吸をした。
「で、今夜、ぼくは何をいえばいいんですか？」
「今夜ですか？」ジブセン氏は笑った。「当然のことですが、あなたは何もいう必要ありません。すべて、お膳立てしてありますから……こんなことになる前から……」
「ぼく、話したいんですけど」
「話したいと？　あなたが……？　しかしですね、やれる自信がありますか？」
「はい」ぼくはいった。「で、何をいえばいいんですか？」
「何をいう？　そうですね、わたしたちが……わたしたちが何かこしらえましょう。もちろん、あなたが自分で書きたいとおっしゃるなら、話は別ですが」

白手袋をした給仕のスタッフがボールルームをまわりながら差しだすトレーには、すばらしい取り合わせの料理があれもこれもと盛られ

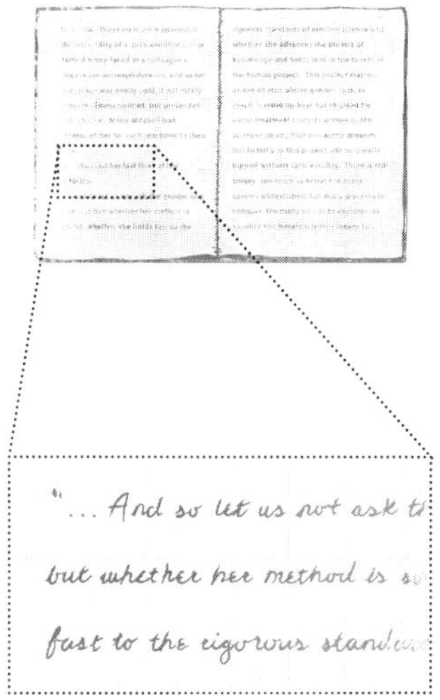

しかし、結局のところ、これはマリア・ミッチェルの言葉でも、エマ・オスターヴィルの言葉でもなかった。

ああ、お母さん。あなたはなぜ、こんなことを考えついたのですか？　何をしようとしたのですか？　自分の仕事をなげうってでも、もう一人のスピヴェットの足跡を、せっかくの熱い志も西部の乾いてひび割れたハチの巣状の丘の中に消えてしまったその人の足跡を調べようとしたのですか？　ぼくもまた、同じ轍を踏むよう運命づけられているのだろうか？　自分のことは棚上げして他人のことを調べようというのは、うちの血筋のせいなのだろうか？

〝グレーシーの冬季限定メニュー〞のレシピ
コパートップのレシピ帳から

1. ホットドッグをスライスする。
2. サヤインゲン一カップをゆで過ぎるくらいにゆでる。
3. しなしなのサヤインゲンとホットドッグのスライスを、ケチャップとマヨネーズを敷きつめた上に慎重にのせる。
4. クラフトシングルズのチーズ二切れを軽くチンする（25秒）。
5. ホットドッグのスライスとサヤインゲンの上にチーズをのせる。
6. 冷めないうちに出す。

ていた。それはぼくが見たこともないようなものばかりだった。ぼくはいつまでも消えない怪我の痛みに悩まされながら、人を美食や過食にいざなう豪華なディスプレーに心を奪われた。それはコパートップのふだんの食事――〝まあまあの何か〞や〝グレーシーの冬季限定メニュー〞――を軽く上まわっていた。

たとえばこんな具合だ。ぼくの前で白手袋のウェーターが立ち止まって、丁重な口調でいう。「こんばんは。グリルドアスパラガスにツナのタルタルをのせてバルサミコ酢のソースをかけたものなどいかがでしょう？」

それで、ぼくはいう。「お願いします」白手袋についても何か一言いいたくなるが、その誘惑に抵抗する。ウェーターはぼくのてのひらに小さなナプキンを置くと、ミニチュアのようなトングを使って、その上にすばらしい取り合わせの料理を次々にのせていく。

「ありがとう」ぼくはいう。

すると、ウェーターがいう。「どういたしまして」

それで、ぼくは「ありがとう」と繰り返す。ほんとうにありがたく思っているからだ。

すると、ウェーターは会釈して立ち去っていく。

ぼくは出会うものみんな味わってみたかったけれども、ひどい疲れを感じて、腰を下ろさずにはいられなくなった。レセプションに出る直前、ジブセン氏が表示のない瓶から出した鎮痛剤を何錠かくれた。「がんばってください」ぼくがそれをグラス一杯の水で飲み下すと、ジブセン氏がとてもやさしい口調でいった。

一瞬、ぼくはその錠剤がほんとうは自白薬で、ジブセン氏はすぐにありとあらゆる質問を浴びせかけてくるのではないかと疑った。しかし、ジブセン氏はほほえむだけで、こういった。「魔法の薬ですよ、それは。あなたはたちまちしゃっきりします。今夜はあなたにとって大事な夜です。大事な夜に差し障（さわ）りがあってはいけませんからね」

ジブセン氏は、手際よく、ぼくがしゃれたタキシードを借りられるように手配もしてくれた。午後二時ごろ、洋服屋がきて、慎重にぼくの寸法を取った。その洋服屋はいい人で、ぼくの腕に触れながら、アイダホに住んでいる自分のいとこの話をした。ぼくは自分の寸法のコピーをくれないかと頼んでみた。洋服屋はいいですよといって、紙きれにぼくの体の小さな略図とともに寸法全部を書きだしてくれた。人からこれほどありがたいことをしてもらった経験はそうはなかった。自分のサイズの見取り図をその場で描いてもらうなどということは。

ディナーの会場に着くと、ジブセン氏はぼくを正面のテーブルにつかせて、こういった。「とりあえずは顔合わせとあいさつを、T・S。スピーチは三十分かそこらしてからでないと始まらないでしょう。いや、心配いりません。あなたがしなければならないことはそんなにないですから。まいったなと思うようなことがあったら、わたしの肩を二度叩いてください。こんなふうに」ジブセン氏はぼくの肩を二度叩いた。

「わかりました」ぼくはいった。

ぼくの席には、お皿のまわりに信じられないほどの数のナイフ、フォーク類が注意深く並べられていた。それを見て、自分のベッドルームの製図用の器具のレイアウトを思いだした。ぼくは突然、喪失の感情に伴う激しい痛みに見舞われた。それは今の状況に待ったをかけるものだった。ぼくは自分のノートのにおいを嗅ぎ、自分の道具の輪郭を指でなぞってみたかった。

セットされていたのは次のとおりだ。ナイフ三本、フォーク三本、グラス四個（どれもが少しずつ違う形をしていた）、スプーン一本、お皿二枚、ナプキン一枚、それに何とかいうもの一本。お皿の後ろに、赤褐色の筆記体の文字で〝T・S・スピヴェット〟と記した座席札。

ボールルームは音が反響するほど広く、五十ほどのテーブルが配置され、それぞれの席にナイフ三本、フォーク三本、グラス四個、スプーン一本、何とかいうもの一本がセットされていた。計千二百本ほどのフォークがある勘定だった。それから、四百本ほどの何とかいうもの。やはり何に使うのかはわからなかったが。ぼくはぶざまな事態になるのを避けるため、自分用の何とかいうものをさりげなくテーブルからすくい取って、ポケットに入れた。最初からそれがなかったら、間違って使うこともないというわけだ。

ぼくはしばらくの間、独りで座っていた。不安になったときに、よくそんなことをするのだけれど、人々が部屋の中をどう動いているか、

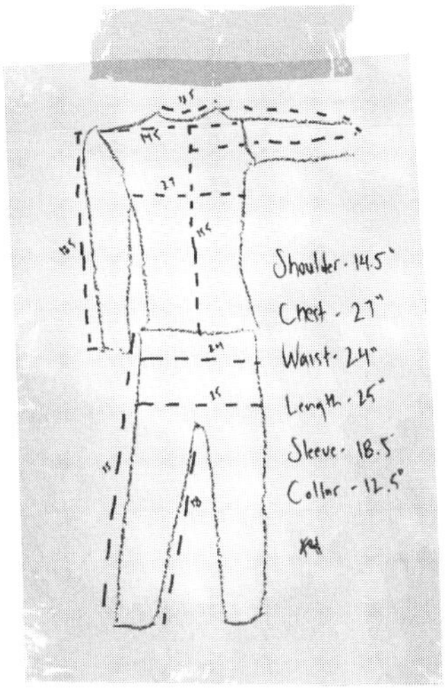

► その場で描いたぼくのサイズの見取り図
ノートG101に貼付

その場で描いた見取り図はぼくが好きなものの一つだった。それらはみんな即興であり、発見であって、そのときどきの直接的な必要から生まれたものだった。ぼくは自分の体の小さな見取り図をポケットにおさめた。額縁に入れて、一生とっておくつもりだった。

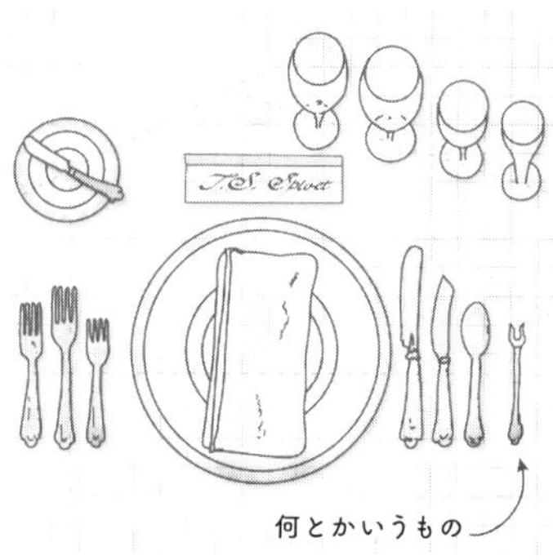

食器の配置、あるいは、
"ぼくは今や、この世界の一員なのだ"の図
ノートG101から

その座席札は、ぼくのたった十二年の人生では見たことがないような驚くべきものだった。飾り縁のついた小さなカードに、誰かがわざわざ機械を使って、筆記体でぼくの名前を打ちだしていたのだ(ぼくの名前! T・S・スピヴェット! たまたまT・S・スピヴェットという名前の有名なダンサーとか鍛冶屋といった別人ではなくて!)。そして、このパーティーの主催者は、カードをグラスやカトラリーのすぐそばに置いていた。ぼくがそこに座って、グラスやカトラリーを使うことは織り込み済みというわけだった。ぼくは今や、この世界の一員なのだ。

その図をメモ用紙に描いていた。誰もぼくに注目してはいないようだった。両親がベビーシッターをつけてやれなかった不運な子どもとでも思われたのかもしれない。

ボールルームの正面には、大きな演壇があって、そこに演台が据えられていた。壁には、ぼくの描いた図やイラストの一部がかけられていた。そういうところに掲げられると、とても見栄えがするというのは認めざるを得なかった——ベッドルームの床に置いてあるのよりも、額縁におさめられ、照明を当てられているほうが、はるかによかった。大人たちが三々五々、場内を歩きまわりながら、おしゃべりしたり、図の前で立ち止まってほほえんだりしていた。突然、ぼくはそちらにいって、図の一つ一つについて説明したいという思いに駆られた。けれども、大人たちがこわくもあった。とくに、彼らがそんなふうに群れて談笑したりしているときには。みんな、ひどく無造作に、ほとんどいいかげんに飲み物のグラスを持っていた。まるで、誰もが一滴ずつこぼしてやろうとでも思っているようだった。

ジブセン氏がやってきて、ぼくのタキシードの上着に名札をピンで留めた。「これを忘れてました! 信じられませんね。みんな、あなたのことをどこかの子どもとしか思っていないようなんですよ」そういったあと、部屋の向こうの誰かに目をやると、ポンと手を打ちあわせて、人ごみの中に消えていった。

何とかいうものをポケットから引っぱりだして調べたら機能がわかるかもしれないと考えていると、年のいったブロンドの女の人が近づいてきて、こういった。「わたし、一番乗りできみにお祝いをいいたいと思ってたんだけど。きみみたいな子がいるっていうのは、ほんとに幸運。ほんとに幸運だわ」

「え、何ですか?」ぼくはいった。子を産んだばかりのヤギのおなかのような妙にがさがさの顔をした人だった。

「わたし、ブレンダ・ビアロング」彼女はいった。「マッカーサー財団に勤めてるの。うちではきみに目をつけてたのよ……ここ二年以上……」彼女は笑った。というか、顔は笑っていたけれども、目は笑っていなかった。

ぼくは何といっていいのかわからなかったので、にっこりした。け

れども、彼女はもう人ごみの中に溶けこんでいて、また別の人がそばにやってきていた。

「いい仕事だね」その老人がいった。腐りかけた木の枝のにおいがする人だった。握手をしたとき、腕全体が本人の意思に反して震えているのが伝わってきた。タキシードを着ている点が大違いだったけれども、ビュートの酔っぱらいの一人、ジムとちょっと似ていた。

「ほんとに、ほんとにいい作品だ。あんなふうな描きかたをモンタナでどうやって学んだんだね？　水の中の何かかね？　それとも、描く以外にすることがなかったのかね？」

「水ですか？」ぼくは聞き返した。

「何だって？」老人はそういうなり、指をさっと耳もとに持っていった。そして、その指で補聴器をいじくりまわした。

「水がどうしたんですか？」ぼくは大きな声で聞いた。

「水？」老人は困惑したようだった。

「それがどうしたんですか？」ぼくは尋ねた。

　老人はぼくにほほえみかけた。その視線はたがはずれたように、ぼくのナイフやフォークの図のほうにさまよっていった。「うん、そうだね」老人は上の空でいった。何かの戦争の記憶でも呼び起こしているようだった。

　ぼくはその続きを待った。

「ふん」老人はそういって立ち去った。

　そのあと、人々が引きも切らずにやってきて、お祝いをいった。みんなが笑顔で述べる意見がにじんで混じりあってきて、ぼくはどの時点で何をいったらいいのか、まったくわからなかった。ジブセン氏もそれを感じとったようだった。というのは、ようやく、ぼくのそばに張りついて、それらしい口調で一人一人の質問に答えはじめたからだ。

「ええ、彼がずいぶん若いと聞いたときにはですね、当然、二の足を踏みましたよ。しかし、わたしたちはやってみようと考えたわけです。何といっても、彼は実にチャーミングじゃないですか？　それはですね、実に潜在能力豊かだということでして」

「正確には知らないんですよ、それ自体は。しかしですね、わたしたちにはアイディアがありまして……それで、冒険してみようと思ったわけです」
「いや、わたしたちみんな興奮しました。無限の可能性ですね。教育庁ですか？　では、お名刺をいただければ、月曜日にはチャットができますね」
「はい、はい、それが前々からのわたしたちの見かたでして……わたしはですね、オフィスにおりまして、これから牧場の彼に電話しようというとき、自分に言い聞かせたんです。〝彼が十二歳であるにしても、これはやってみようじゃないか！〟で、その冒険がうまくいったのは明らかで……」
　耳を傾けていると、これまでのことの次第がだんだんと変わっていって、まったくの別ものになりかけていた。ぼくは心地の悪さを感じはじめた。ぼくの話がいつの間にか、彼の話になっていた。誰かがとても聞き苦しい音のボリュームを少しずつ上げていった結果、とうとう開口障害（痙攣などで口が開かなくなること）が起きてしまったような感じだった。白手袋のスタッフまでもが不吉な雰囲気を帯びはじめた。女のスタッフが、ぼくのグラスに水をつぎ足そうと近づいてきたが、手を振って断った。毒を盛ろうとしているのではないかと心配になったのだ。
　そのうち、ジブセン氏が身を乗りだして、ささやきかけてきた。
「みんな、あなたに夢中ですよ……」
　ぼくは気分が悪くなった。ジブセン氏の肩を二度叩いたけれども、彼はぼくの腕をなでただけで、じっと耳を澄ましている眼帯の女の人との話を続けた。「ええ、そうです、そうです、もちろんです——外部のイベント、仕事ですね。彼はここに少なくとも六ヵ月はいますが、すべて交渉次第です」
　ぼくは立ち上がって、ぎくしゃくした足取りで部屋の奥のほうへ向かった。みんながぼくを見ているのがわかった。ぼくが小さな会話の輪のそばを通ると、彼らはしゃべるのをやめた。そして、見ていないふりをしながら、実際にはじっとぼくを見つめていた。ぼくは笑みを絶やさないように努めた。ぼくが通り過ぎてしまうと、グループは正気づいたようになって、また活発におしゃべりを始めた。もし、そういうことが自分の身に起きたら、それが何とも不思議な体外離脱の体験につながるということがわかるだろう。

「トイレはどちらですか？」ぼくはスタッフの一人に聞いた。彼女は感じがよさそうな人だったけれども、白手袋を隠すように両手を背中で組み、壁にくっつくように立っていた。

彼女は観音開きのドアを指さした。「廊下を右にいらしてください」

「ありがとう」ぼくはいった。「何でそんなふうに立ってるんですか？　手袋を隠してるんですか？」

彼女はいぶかるようにぼくを見つめると、両手を背中から前にまわした。「そうじゃないんですけど……」そういうと、手を元の位置に戻した。「こうして立っていることになってるんです。でないと、ボスにクビにされてしまいますから」

「へえ」ぼくはいった。「でも、ぼく、その手袋好きなんだけど。隠さないほうがいいんじゃないかな」それから、広いボールルームを出た。

廊下では、二人の男が大声で笑いあっていた。久しぶりに会った古い友だち同士というふうに見えた。一人がもう一人の股間を指さすと、もう一人は相手の肩にパンチをくれた。二人はまた甲高く笑ったあと、一息つこうとして頭を壁に持たせかけた。二人は愉快な時間を過ごしていた。幸い、ぼくが通り過ぎても目もくれなかった。

トイレにいってみてわかったのだけれども、そこにはサービス係がいた。トイレのサービス係などというのはモンタナにはそう多くはいないので、実際にお目にかかるのははじめてだった。ただ、テレビでなら見たことがあった。そのドラマでは、スパイがサービス係に化けていて、毒入りの口臭予防ミントを標的に渡して暗殺していた。

ここのトイレのサービス係は大学生ぐらいの年ごろで、少々退屈しているようだった。ぼくを毒殺しようとするようなスパイには見えなかった。襟には、赤い〝M〟の字の小さなバッジを留めていた。ぼくがバスルームに入ってくるのを見て、ぱっと目を輝かせた。

「あっちはどんな具合？」ぐるになった仲間のような口ぶりで聞いてきた。

「かなりひどいですね」ぼくはいった。「大人って、ときどきおかし

▶ **バスルーム＝安全**

あのことが起きたあと、ぼくはレイトンの頭から冬の干し草の中へ血が流れだすのに見入っていたが、はっと我に返ると、父をつかまえようと下の草地へ駆け下った。レイトンが銃でひどい怪我をしたというと、父は納屋の方角に駆けだした。それまで父が走るのは見たことがなかった。走る姿はとても優美とはいえなかった。ぼくは草地に突っ立っていた。どこへいったらいいのかわからなかったのだ。その場にしゃがんで、草を引き抜いたりした末に、ようやく、走って母屋に向かい、バスルームの中に身をひそめた。そして、自分が壁に貼りつけた白黒の汽船の葉書を見つめながら、聞き慣れたジョ・ジーンのうなりがするのを待った。それで、父がレイトンを病院へ連れていくのがわかるはずだった。けれども、エンジンが始動する気配はなかった。しばらくしてから、ポーチで足音がしたと思うと、父がキッチンから電話している声が聞こえてきた。ぼくは目をつぶって想像した。葉書の汽船が海ばかりでなく、陸も、高地も横切って、うちの牧場に着き、ぼくたちみんなを乗せて日本へ連れていくのを。ぼくたちは一人ずつ、急なタラップから大きな船の広いデッキへ、苦労してかばんを引っぱり上げることになるだろう。

そのうち、タイヤが土をバリバリいわせる音がしたので、すりガラス越しに目を凝らすと、パトカーの輪郭がぼんやり見えた。父が二人の警官と話していた。そのあと、救急車がくねくね曲がる私道を進んできた。それでも、ぼくは汽船とともにバスルームにこもっていた。救急車が回転灯を消して走り去ったあとまでも。ぼくは警官が事情を聞きにくるだろうと思っていたが、こないままで終わった。ただ、少ししてから、グレーシーが泣きながら入ってきて、ぼくといっしょに座りこみ、ぼくを抱き締めた。ぼくたちは長い間、床にうずくまっていた。その間、何もいわなかったけれども、ぼくが誰かをあれほど近しく感じたことはなかった。

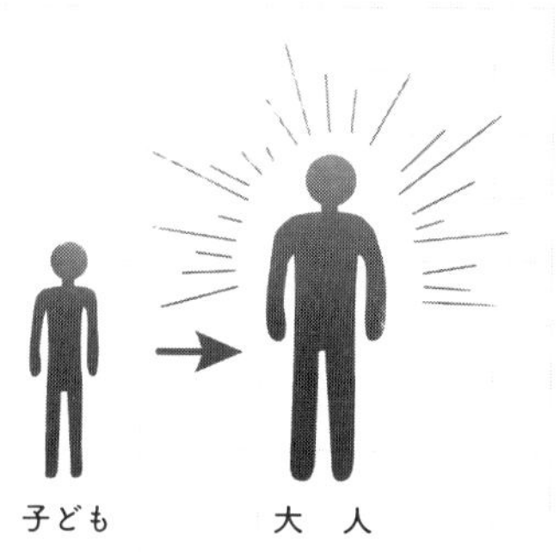

子どもはいつ大人になるのか？

何といっても、自分が偏見のない第三者ではないので、ぼくはまだその図を描くことができなかった。けれども、それはぼくがたびたび悩まされてきた疑問だった。ビュートには、このトイレのサービス係より年上に見えても、大人とは見なせない若者が大勢いた。たとえば、ハンカーズ・セントジョンのように。彼は絶対に大人ではなかった。たとえ、年は、ええと――三十五？――になっているはずだったにしても。では、年齢そのものではないとしたら、何が基準なのか？　ぼくにはよくわからなかったけれども、大人を見れば、それとわかった。振る舞いを見れば、大人かどうかがわかるはずだ。

もし、次のようならば、その人は大人ということだ。

1. わけもなく居眠りする。
2. クリスマスでわくわくしない。
3. 記憶をなくすのを非常に心配する。
4. 一生懸命、仕事をする。
5. 首から読書用眼鏡を吊るしているのに、ときどき、そうしていることを忘れる。
6. 「きみがまだこれくらいだったころをおぼえているよ」というような文句を口にして、頭を振り、AU-1、AU-24、AU-41の顔面動作をする。それを、ざっと翻訳すると、〝わたしはもう若くないのがとても悲しくて、あいかわらず憂鬱そうな顔をしているのだ〟ということになる。
7. 所得税を払い、〝そのカネでいったい何をしているんだ〟と一席ぶって怒ってみせるのを楽しむ。
8. 毎晩、独りでテレビの前に座って一杯やるのを楽しむ。
9. 子どもや子どもの動機を疑わしく思う。
10. 何に対しても興奮することがない。

くなるから」そういいきってみることで、ぼくはあえて彼を〝大人の範疇(はんちゅう)〟から除外した。除外して、彼を非成人の仲間に引き入れようとしたのだ。法律上の成人かどうかは別にして、本人もそれを望んでいるのではないかという感触があった。

「そうね」彼はそういって、大人に忠誠を誓ってはいないのではないかというぼくの疑念を裏づけた。「だけど、どうしてこんなところに引っぱりだされたわけ？　きみさ、よくわかってないんじゃないの？　あいつら、きみから生命力吸いとって生き延びてるっていうのに。まじめな人間が早死にするっていうのも不思議はないよ」

一瞬、クールなところを見せるために嘘をつこうかと考えた。ぼくはゆくゆくはこの相手のようにクールになりたいと思っていたのだ。けれども、嘘をつくのはやめた。

「ええと」ぼくはいった。「実をいうと、ぼく、今夜の主賓の一人なんです。スミソニアンのベアード賞をもらったんで」自分が話すのを聞いているうち、急に自分にうんざりした。そして、ベアード賞だの、下水網やワームホールや気候変動についての薀蓄(うんちく)だのを聞かされても、この相手は何の興味も感じないだろうと思った。彼はトイレのサービス係がよくするような雑談をしただけなのだ。

ところが、彼はぱっと目を輝かせた。「まいったな」彼はいった。「スペンサー・ベアード。恐れを知らないリーダーの」彼は奇妙な敬礼のようなしぐさをした。三本の指を、はじめは自分の頭のほうにあげ、それから天井のほうにあげた。「それはおめでとう。で、きみさ、何をやってるの？」

ぼくはすっかり面食らって、何といったらいいのか、すぐにはわからなかった。けれども、彼がお義理で質問したというのではなく、じっと答えを待っているのを見て、こういった。「ええと、ぼくは図を描いてるみたいな」

「図って？　どんな図？」

「ほんとに、いろんな……人が木を伐採する図……伐採する図とか……」どういうわけか、人が木を伐採しているところしか思いつかなかった。

「木を伐採する図？」彼は眉を吊り上げた。

「いや、いや、そうじゃなくて……つまり、ノースダコタのマクドナルドの所在地の図も描いてるし、小川や排水路のパターンのひずみとか、都市の送電網の図とか、甲虫の触覚の図とか……」

「まいったな」彼はいった。表情ががらりと変わって、妙に秘密めいたものになった。と思うと、ドアのほうにいって、廊下の一方、そして、もう一方をのぞいた。たぶん、彼はスパイなのだ。たぶん、ぼくを殺して、メリーモアが手がけた任務を完遂しようとしているのだ。メリーモアも浮浪者のような狂った説教師を装って、秘密活動しているスパイだったのだ。そして、ぼくが彼らの一人を殺したために、このスパイ組織は怒りに震え、トイレでラバーカップを使ってぼくを窒息させ、任務を果たそうとしているのだ。

　サービス係はドアの掛け金をかけると、その場に立ち尽くしているぼくのほうに戻ってきた。たしかに、ぼくはおびえていたと認めざるを得ない。ポケットを探ってみたけれども、レザーマン（地図製作者用）はシカゴの冷たく寂しい水路の犯罪現場に放りだしてきたのを思いだした。

「さてと」彼はささやくような声でいった。「きみさ、メガテリウムクラブって聞いたことある？」

「あ……あのメガテリウム？」ぼくはブルブル震えていた。

　彼はうなずくと、鏡の下の棚を指さした。そこには、小さなハンドタオルやオーデコロン、もしかしたら毒入りのミントなどが並べられていた。そして、ミントのボウルの隣に、先史時代のナマケモノと思われるミニチュアの生き物が置いてあった。これがメガテリウムか、と思った。

「中国製」彼はいった。「でも、化石のデータにしたがって、びっくりするほど正確にできてる」

「そうか」ぼくは息を吐きだした。「ぼく、ずっとメガテリウムクラブに入りたいと思ってたんですけど。生まれてくるのが百五十年ほど遅すぎたと気がつくまでは」

「遅すぎたってことはないよ」彼はそういうと、さらに低い声でささやいた。「われわれは今でも集まってるんだ」

「クラブがまだあるんですか？」

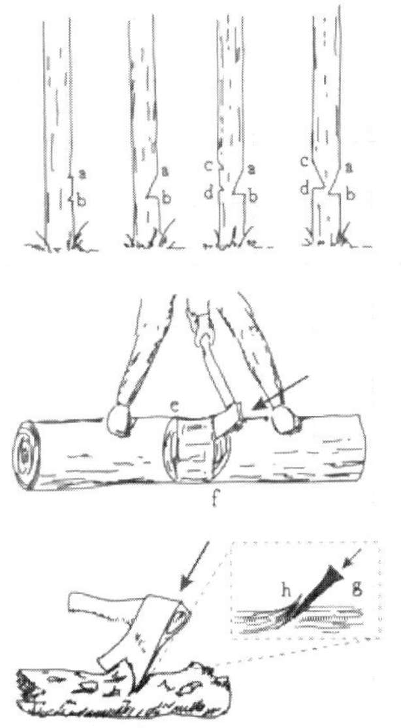

木の伐採のしかた
ノートB43から

ぼくは父が一日半かけて丘の麓のマツの木を巧みに切り倒すのを見てから、木の伐採のしかたを図に描いた。父は実にみごとに木を伐採してみせた。

中国製

メガテリウムの小さな像

　彼はうなずいた。
「じゃ、会員なんですか？」
　彼はにっこりした。
「でも、どうしてその話が聞こえてこなかったんだろう？」
「まいったな」彼はいった。「この町には、きみの耳には届かないことがたくさんあるからね。きみにしろ、ほかの誰にしろ、それを聞いたら、消えてなくなってしまうようなことが」
「たとえば、どんな？」
「ついておいでよ」彼はメガテリウムの小さな像をポケットに入れ、小さなしゃれたカードをカウンターに置いた。

5分以内に戻ります……チップはご自由に。
カルマはどこにでもついてまわります。
トイレの中であっても
M

「ぼくがここにいるより、カードみたいなもののほうが効果的なこともあるんだ」彼はいった。「みんな、何かをあげようと考えるのは好きだけど、実際にあげるという行為は好きじゃないからね」
　ぼくたちはいっしょにトイレを出て、廊下を歩いていった。笑いあっていた二人の男は席に戻ったようだった。
　ぼくはいった。「ぼく、もうすぐスピーチをしなくちゃならないんですけど」
「そんなに時間はかからないよ。見せたいものがあるんだ」
「わかりました」ぼくはいった。
　ぼくたちは廊下を端まで進み、地下へ続く階段を下った。
「名前、何ていうんですか？」ぼくは尋ねてみた。
「ボリス」彼は答えた。
「よろしく」ぼくはいった。
「よろしく、T・S」ボリスが応じた。
「どうして、ぼくの名前がわかったんですか？」ぼくはいぶかしく思って聞いた。
　ボリスはぼくの名札を指さした。
「ああ」ぼくは笑った。「そうだ。名札だ。いつもは――」
「それ、何の略？」
「テカムセ・スパロー」
「いいね」ボリスはいった。
　地下室ではいくつかのボイラーを通り過ぎ、清掃用具のクロゼットの前に出た。再び、殺人と埋められた死体の幻が脳裏にぱっと浮かんだ。

ボリスはぼくを見て、にやりとした。けれども、それは〝今からおまえを殺してやるからな〟という笑みではなかった。それよりも、ぐるになった仲間に向けるような笑みだった。それは、レイトンが最新の空中曲芸や手製の爆発装置を披露する直前、ぼくに向けた笑みに似ていた。

ボリスは両手を二度打ちあわせた。昔、グレーシーの誕生日のパーティーで、シルクハットのマジシャンがやっていたように。そのあと、ボリスはクロゼットのドアを開けた。生きたワニとか、その類の何かに出くわすことになるのではないかと思いながら、ぼくはおずおずと中をのぞきこんだ。意外にもクロゼットの中は整理整頓されていた。何本かのモップがあり、何個かのバケツがあった。

「何なんですか？」ぼくは尋ねた。

「ほら」ボリスはクロゼットの奥を指さした。ぼくはそちらをのぞいてみた。暗がりの中に、四フィートほどの鉄の扉があるのがわかった。大きなハンドルがついていて、扉全体が旧式の大きなオーブンのように見えた。ぼくたちはモップの柄を押しのけ、扉の前でひざまずいた。ボリスがてのひらに唾を吐きかけ、ハンドルに体重をかけた。それにねじりモーメントを与えようとしているのがわかった。ボリスがかすかにうなる声が聞こえたかと思うと、ハンドルが低いうめきをあげて、左まわりにまわりはじめた。

ボリスが鉄の扉をさっと開けると、暗闇の中へ急勾配で下っていく小さなトンネルがあらわれた。ずいぶん狭苦しいトンネルで、大人が楽に進むのは無理と思われたが、ぼくなら問題なさそうだった。ぼくは前屈みになった。トンネルから流れてくる冷たい空気は驚くほど乾いていて、予想したほど、かび臭くはなかった。ぼくは目を閉じ、においの構成部品を区分けしようとした。錆びた鉄の刺すようなにおい、古い土の柔らかでひんやりしたにおい、おそらく石油ランプを燃やしたあとのにおい。それほど集中してにおいを嗅いでいると、わずかな湿気、かすかなオタマジャクシのにおいまでが感じられた。そういうにおいがいっしょになって、トンネル全体のにおいを形成していた。

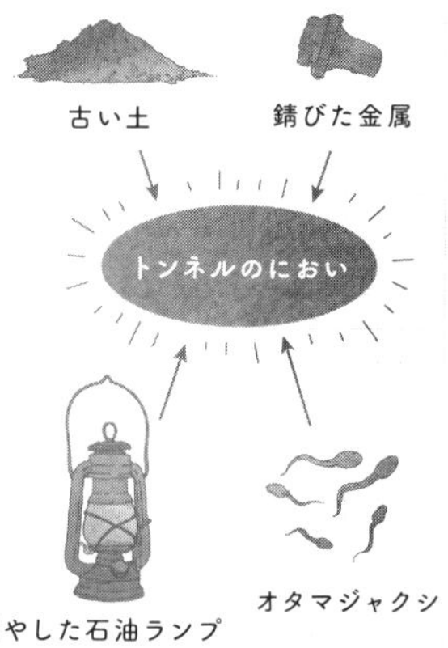

さまざまなにおいが思い起こされるが、
口でいうのはむずかしい
ノートG101から

そもそも、それ自体に固有のにおいというものがあるのだろうか、あらゆるにおいは次から次へととどまることなく、より小さな構成分子へ分解していくのではないのか、とぼくは疑っている。嗅覚のシステムは、あらゆる感覚の中でもいちばん微妙と思われる。というのは、それを表現するほんとうの言葉がないからだ。ぼくの家族はいつも、もともとは味とか記憶とか隠喩に用いる言葉で、においについて話していた。以前、ドクター・クレアのトースターが燃えだしたとき、父がキッチンに入ってきて、こういった。「ここは地獄の第四圏みたいなにおいがしてる。おまえ、居眠り運転でもしてたんじゃないのか？」

レイトンも二階から叫んだ。「ほんとだ、うんちが焼けるみたいなにおいだ！」

グレーシーもコンピューターから目を上げて、こういった。「あたしの子どものころみたいなにおい」それは間違いではなかった。

ぼくは一息入れた。

「これは何——」ぼくは問いかけた。

「トンネル網さ」ボリスはトンネルの中に頭を突っこんだ。「南北戦争当時にまでさかのぼるものだ。われわれはこの中で騎兵隊のブーツを発見した。これはホワイトハウスから国会議事堂、スミソニアンへと通じてる」ボリスは自分のてのひらに指で小さな三角を描いた。「万一、この町が包囲されたときに、要人たちの脱出を容易にするためにつくられたんだ。いったんスミソニアンに避難して、南軍に見つかる前に町から出るというプランでね。トンネルは戦争が終わったあと、すぐに封鎖されたが、メガテリウムが四〇年代に発見し、以来、われわれが使ってきたというわけさ。もちろん、これは秘密だよ。だから、きみが誰かにしゃべったら、ぼくはきみを殺さなくちゃならない」ボリスはにやりと笑った。

ぼくはもうおびえはしなかった。「でも、ぼく、ワシントンの下水網の図を描いたことがあって、古い地下の地図もじっくり調べたけど、こんなトンネル見たことなかったです」

「きみさ、残念ながら、地図には載ってないことっていうのもたくさんあるんだよ。その載ってないことが、まさに、われわれがいちばん興味を持つことでもあるわけさ」

「じゃ、ひょっとしたら、ワームホールのこと、何か知ってますか？」

ボリスは目を細くした。「どういう種類のワームホール？」

「ええと、ここへくる途中、ぼくの乗ってた列車がある種のワームホールみたいなものを通ったと思うんだけど——」

「それはどこで？」ボリスが聞いてきた。

「ネブラスカ辺のどこかで」ぼくはいった。ボリスは心得顔でうなずいた。ぼくは先を続けた。「つまり、確信はないんだけど、あれはそう思えたんです。ていうのは、世界がしばらくの間、消えてしまって、そのあと突然、シカゴに着いてたから。前に中西部のワームホールの研究について何か読んだおぼえがあるんだけど……」

ボリスはうなずいた。「トリアーノ氏の報告？」

「知ってるんですか？」

「うん、もちろん——彼はメガテリウムのサークルでは有名なんだ。まさに伝説の人さ。十五年ほど前に、アイオワで時空連続体の不安定性を実証しようとしていて、ふっつり消えてしまったんだ。こういういいかたがわかればだけど、はまってしまって二度と出てこなかったというわけさ。それはともかく、報告がほしかったらあげるよ。お安いご用だ。きみ、どこに泊まってるの？」

「キャリッジハウスです」

「へえ、キャリッジハウス……有名なゲストはみんな、あそこに泊まってきたんだ。きみはさ、同じベッドで眠ってるんだよ。オッペンハイマーやボーア、セーガン、アインシュタイン、アガシ、ヘイデン、それに、われわれの創設者のウィリアム・スティンプソンと。きみも歴代の名士の列に加わったというわけだ」

「アガシ？」ぼくはいった。では、エマ・オスターヴィルは、と尋ねてみたくなったが、聞いたことがないといわれるのがこわかった。誰も聞いたことがない、と。彼女は逃亡者だった。

「トリアーノ報告はあすの朝までに届けるよ。ファーカスって男が渡しにいくと思う。ファーカスは見ればそれとわかるはずだ」

トンネルやワームホールについて、あるいは、ファーカスというのは何者なのか、どうしたらぼくも〝M〟バッジをもらえるのか、聞きたいことは山ほどあったけれども、そのとき、頭の中で非常ベルが鳴りだした。

「ありがとう」ぼくはいった。「でも、ぼく、もういったほうがいいみたい。ここで何をしてたか、みんなに説明しなくちゃならなくなるから」

「あいつらをぶちのめしてやれ」ボリスはいった。「ただ、これはおぼえておいてくれ。マジでさ。あいつらのゲームには引きこまれるな。絶対に認めないだろうけど、あいつら、お尻をペンペンしてもらいたくて、きみをここに連れてきたんだ。あいつら、目をぱっちり開けていたいのさ」

「わかりました」ぼくはいった。「だけど、どうしたらそちらを見つけられます？」

「心配ないよ」ボリスはいった。「こちらがきみを見つけるからさ」

ボリスはまた敬礼をした。最後に清掃用具のクロゼットの天井を三本の指でさす敬礼を。ぼくはそれに対して精いっぱい答礼をしたけれども、きっとどこか間違えていると思った。

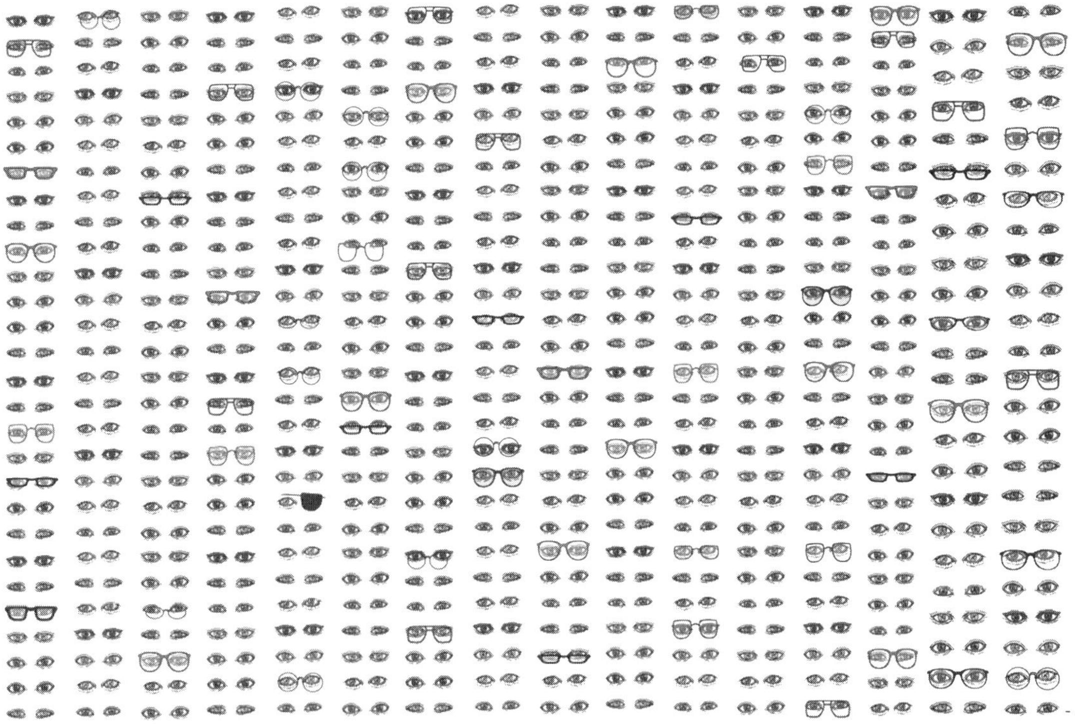

これが783の目がぼくを見つめている〝室感〟
ノートG101から

第12章

上に戻ってみると、もう照明が絞られて薄暗くなっていた。席を立っていた最後の何人かもまた腰を落ちつけようとしていた。ぼくは一瞬、混乱した——あちこちで光っている黒い袖や結婚指輪、それに口臭に圧倒されて、自分がどこに立っているのか、わからなくなってしまったのだ。

誰かがぼくの肘をつかんで、ぐいと後ろへ引っぱった。体全体に痛みが走った——胸の傷口の縫い目が、突然、裂けたような感じだった。

「どこにいってたんです？」ジブセンがぼくの耳もとで叱りつけるようにいった。ぼくは痛みにたじろいだ。

「どこにいってたんです？」ジブセンが繰り返した。目がまるで違っていた。ぼくは親切なジブセン氏を探し求めてその顔をうかがったが、そこには以前の彼の片鱗（へんりん）も見当たらなかった。

「トイレにいってたんです」ぼくは涙がこみあげてくるのを感じながら、そういった。相手を早々と失望させたくはなかった。

ジブセンはそれで軟化した。「それはどうも。わたしもそんなつもりは……これがうまくいってほしいと願っているだけですから」

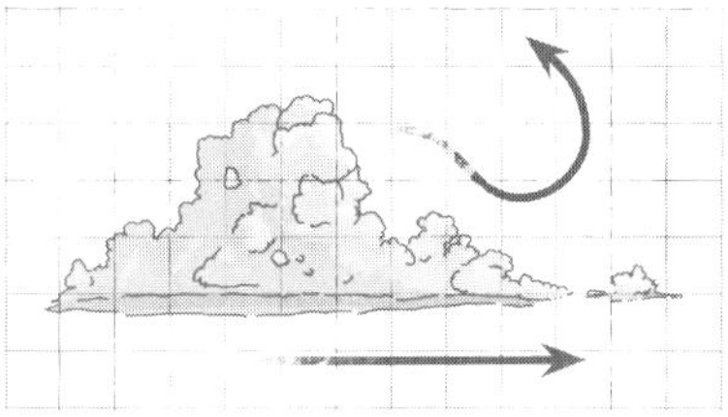

一過性の怒り、雷雨
ノートG101から

そんな調子の声は、それまで聞いたことがなかった。それはぼくの父には見ることのない集中的な怒りだった——父の怒りは、物質的世界の不備に対する寡黙な拡散した憤りといってよかった。一方、今回のような憤りは、発すると同時に、文句をいったり、はねつけたり、厳しく叱ったりというかたちであらわれた。春のはじめに通り過ぎていく雷雨に似ていた。

ジブセンは笑みを浮かべたが、目にはさっきの怒りの色がまだ残っていた。それが表面直下にわだかまっているのがわかった。彼の目を見ているうちに、大人はずいぶん長い間、一つの感情を持続させられるものだという思いが浮かんできた。そのできごとが終わったあとあとまでも、カードを送って、謝罪をして、ほかの誰もが水に流したあとあとまでも。大人というのは、古くて役にも立たない感情を蓄えるモリネズミ（巣の中に物を運んでためる習性がある）なのだ。

「気分はどうです？」ジブセンがいった。

「大丈夫です」ぼくは答えた。

「それじゃ、席につきましょうか」その声は妙に甘ったるく、懐柔の意図が見え透いていた。ジブセンはぼくの腕を握っていた手を少し緩め、自分たちのテーブルのほうへ誘導した。同席の人たちは、ぼくが腰を下ろすのを、あいまいに笑いながら見ていた。ぼくもあいまいな笑いを返した。

ぼくのお皿には小さなサラダがのっていた。それにはタンジェリン（ミカンに似たオレンジ）のスライスがいくつか添えられていた。まわりを見まわすと、みんな、小鳥のようにサラダをついばんでいた。一人の女の人のサラダからはタンジェリンのスライスがすべてなくなっていた。

そのとき、近くのテーブルから立ち上がった男がステージのほうへ歩きだした。みんなから拍手が起きた。さっき、あわただしく誰や彼やに紹介されたときに握手した人だと気づいたけれども、今になって、何者なのかがわかった。スミソニアン協会会長だったのだ。これが生身のその人だったのだ！　すぐそこにいる会長のとかしつけた髪や、笑ったり、黙ってうなずいたりするたびに揺れる丸い顔とたるんだ顎を見ると、合衆国の国土二四七六マイルを横切ってきたぼくの遠征が、ようやく確かな事実となったような気がした。ぼくはここにやってきたのだ。ぼくは泣きだしたりしないよう小指をぎゅっと握り、唇をなめた。

ところが、会長が口を開くと、ぼくの脳はきしりはじめた。そして、自分でも気づかないうちに、スミソニアンに対して抱いていた敬意や概念を、この不自然な笑みを浮かべた太っちょから切り離しにかかっ

ありきたりについての短いメモ

ドクター・クレアはありきたりが嫌いだった。しかも、ぼくが知る限りでは、ほとんどのものをありきたりと考えていた。

ある朝、ドクター・クレアは《モンタナスタンダード》紙をぴしっと折りたたんで、こういった。「ああ、ありきたり、ありきたり、ありきたり、ありきたり」

「ありきたり、ありきたり、ありきたり」レイトンが朝食のシリアルを見て、すぐに繰り返した。ぼくもそれに加わった。

「お黙りなさい」ドクター・クレアがいった。「これはまじめな話なんだから。ありきたりというのは、心のカビみたいなものなの。わたしたちはいつも、それに気をつけなければならないの——わたしたちがすること何にでも入りこもうとするから。でも、それを許してはならないの。そう、許してはならないのよ」

それでも、レイトンは小声で「ありきたり、ありきたり」と繰り返していたが、ぼくはもうそれには加わらなかった。なぜなら、母のいうことを信じたからだ。ぼくはひそかに、母の主張に忠誠を誓った。ハニーナッツチェリオスを注意深く、かつ断固として噛んでいる最中だったけれども。

会長のとても退屈なスピーチの記録

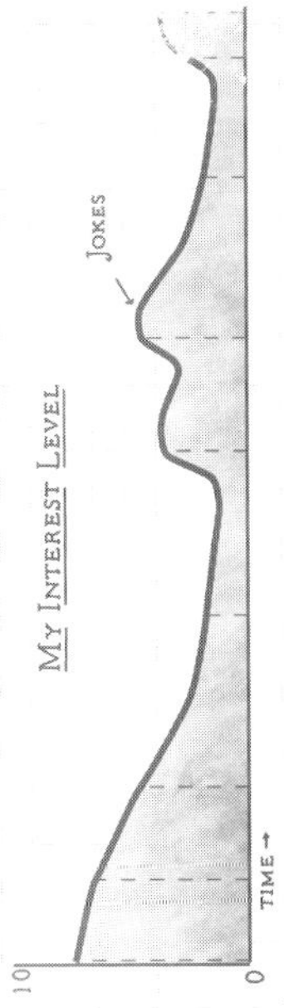

時間	会長の発言	ぼくの隣の老人の反応	ぼくの興味のレベル（1から10）
0:05	「わたしたちはたいへん欣快に……」	にっこりする。飲み物をすする	8
0:32	「科学の現況ははなはだ刺激的でありまして……」	サラダを一口食べる	7
1:13	「……スミソニアンにおきまして、わたしたちは自らの地平をひろげつつ……」	天井を見つめる。奥さんの脚をさする	5
2:16	〔多弁〕……	奥さんにほほえみかける（奥さんであればいいのだが）	2
3:12	「……これはわたしにある話を想起させ……」		4
3:45, 4:01	〔ジョーク〕……〔もう一つジョーク〕	笑う（二つ目のジョークでもっと笑う）	5
4:58	〔多弁〕……	ハンカチで鼻を拭く。飲み物をすする	2
5:48	〔わざとらしい間合い〕……		3
6:03	「……みなさん、未来とは実は現在なのです。ありがとうございました」	拍手する。奥さん／女性にほほえみかける	4

ていた。彼のスピーチは恐ろしくありきたりで、部屋をふわふわ漂って、そのまま外へ出ていった。みんなを気分よくはさせたかもしれないが、それだけのことだった。

その直後、ぼくはぐにゃりとしたニンジンのスティックをワイングラスの中にはじき飛ばせるかどうか試してみたくなった。本気でもないことをいっている大人の話に耳を傾けるのはつらかった。言葉が耳に流れこんでも、頭の後ろの小さな蛇口からそのまま流れだしていくような感じだった。しかし、人が心にもないことをいっているかどうかが、どうしてわかるのだろう？　ぼくの父の表情と同様、それはとても図に描けそうになかった。何しろ、多くのことが入り混じっているからだ。体から遊離したような手ぶり。うつろな笑み。長く、うねるような間。不自然な眉の吊り上げかた。計算し尽くされた声の調子の変化。それでいて、中身は何もなかった。

ぼくはひどく不安になってきた。スピーチの原稿は書きあげて、タキシードの内ポケットに押しこんであったけれども、ぼくはこれまで実際にスピーチをした経験はなかった。スピーチをする場面を想像してきただけだった。だから、まわりのへらへらした薄笑いや眉を吊り上げた不審顔をいくらかでもはぎとれるかは疑問だった。

体から遊離したような手ぶり
ノートG101から

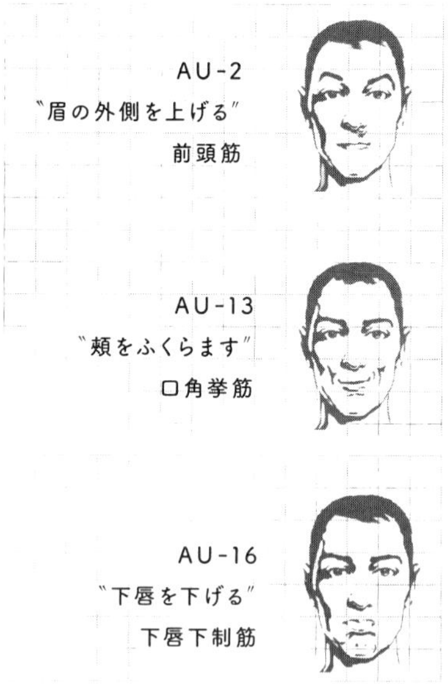

〝ありがた迷惑〟の笑顔／しかめ面の構成要素

そのあと、米国科学アカデミー総裁が席から飛びだすように出てきて、会長と握手した。ほどほどの熱意をあらわした表情には、核心にあるかすかな軽蔑が注意深くくるまれていた。その表情（厳密にいえば、ＡＵ－２、ＡＵ－１３、ＡＵ－１６）は、この春、ヘースティングおばさんが有名なリスの肉入りのスープを入れたタッパーウェアを持って、うちの家族を慰めにやってきたときに、ドクター・クレアが見せたものだった。

アカデミー総裁は演壇に迎えられると、両手で演台を押さえ、頭をぺこぺこ上下させて、拍手に感謝した。総裁は顎ひげを生やし、会長とはまったく違う目をしていた。総裁がお辞儀をすればするほど、その顔はドクター・クレアが独特の癖や痙攣を見せるときに似てくるようだった。総裁の目に、ドクター・クレアの目と同じ、何かを求めてやまない衝動が宿っているのに、ぼくは気づいた。それは、ドクター・クレアが何かを調べあげようと躍起になっている間に見せるもので、そんなときは、たとえば、繊毛とか外骨格のパターンといった分類学上の難問の追究から彼女を引き離そうとしても無理だった。いってみれば、全世界がある問題の解明のために凝縮し、自分の体内のあらゆるミトコンドリアがその解明にとりかかろうとしているからだとでもいうように。

総裁は鳴りやまない拍手にとまどって、またお辞儀をした。ぼくもみんなといっしょに拍手した。みんな、なぜ拍手を続けるのかはわかっていないようだったが、それが気持ちいいということ、つまり、ほかの人間に感謝の気持ちをあらわすのは気持ちいいということはわかっていた。その人をどうにか知っている、あるいは、その人が感謝に値するということ以外は知らないにしても。

場内がようやく静まると、総裁はいった。「ありがとうございます、みなさん、そして、主賓のかた」総裁はぼくのほうをまっすぐ見て、にっこり笑った。ぼくは思わず身もだえした。

「みなさん、わたしはちょっとした話を紹介したいと思います。この話は、わたしたちの友人にして同僚のメータブ・ザヘディ博士にかかわるものであります。博士はカブトガニの血液の医学的効用に関しては世界の最先端をいく研究者であります。これはつい昨日、《ポスト》紙の記事で読んだのですが、ザヘディ博士はヒューストン空港で警備当局に引き止められました。手荷物の中にカブトガニ五十体の標本を入れていたということでです。標本も器材も持ち運ぶのは何ら違法ではありません。ところが、パキスタン系アメリカ人であるザヘディ博士は、テロの疑いで拘束され、七時間もの尋問を受けた末に、ようやく釈放されたのであります。その標本は、六年にわたる研究と二百万ドル近い調査費の結実でありましたが、押収されたうえ、空港警察に〝誤って〟壊されてしまいました。翌日の地元紙の見出しは〝手荷物でカニ五十匹を持ったアラブ人、空港で足止め〟であります」総裁はいった。場内にくすくす笑いが起きた。

「そうなのです。そういうふうにいってしまえば、教会へ通う善良な人たちからも笑いを誘うこっけいな話ということになるでしょう。しかし、みなさん、どうかこの辱めを忘れないでください。ザヘディ博士は世界でも指折りの分子生物学者であります。博士の研究によって、これまでに何千もの命が救われました。わたしたちは今、ペニシリンに耐性を持ついくつもの病気に遭遇しています。ですから、博士の研究は、将来においては、何百万もの命を救うことになるかもしれません。しかしながら、ここでは、博士は〝カニ五十匹を持った男〟でしかありません。いやがらせを受け、ライフワークをぶち壊されたというのに。

この話によけいな意味づけをする危険を避けるために――いや、正直に申しあげると、わたしはこの記事を読んだあと、新聞を部屋の向こうへ放り投げ、危うく妻の頭にぶつけるところでしたが――これだけはいわせてください。ザヘディ博士の苦い体験は、今日、わたしたちが直面している複雑な障害の多くに触れるものであります。いや、〝障害〟というのは、もはや適当な言葉ではありません。外国嫌いのえせ科学がはびこる目下の風潮の中で、わたしたちは四方八方からの攻撃にさらされているのが現実です。それはカンザスの教室での話にとどまらないのであります――全国で、科学的方法に対して、右から、左から、中道から、微妙な、あるいは、かなり露骨な一撃が突きだされているのです。動物の権利保護グループ、石油会社経営陣、福音主義者、特殊利益集団、それに、あえて申しあげれば、大きな製

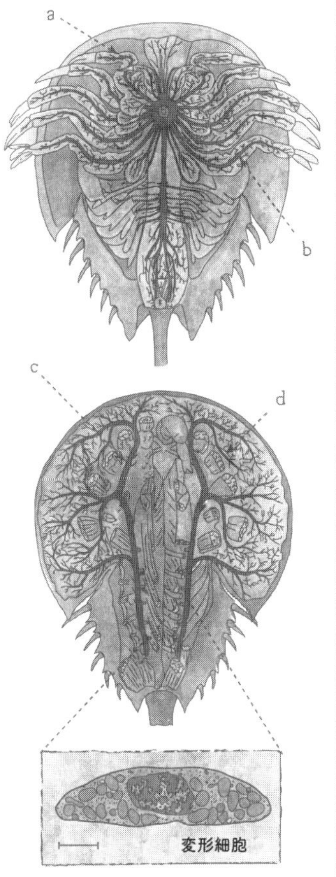

リムルス・ポリヘムスの
循環系

TSS

▶ メータブ・ザヘディ博士?! ぼくは去年、博士の論文のイラストを描いた！ ぼくたちは数ヵ月にわたって手紙のやりとりしたのだけれども、ぼくだけでなく、博士もそれが気に入ったようだった。ぼくが最終的な校正刷りを送ると、博士は返事をくれた。「作品はどれも美しい。わたしの夢に出てくるイメージのようです。今度、モンタナにいったら、一杯おごらせてください、T・S――M・Z」M・Zというのは、考えられる限り、いちばんクールなイニシャルの組み合わせだと思ったことをおぼえている。

薬会社からも」場内に、ぶつぶついう声やもぞもぞ身動きする音が起きた。

演台の総裁は心得顔の笑みを浮かべ、ざわめきが静まるのを待ってから、先を続けた。「わたしはスミソニアン、米国アカデミー、米国科学財団、そして科学界全体が一致協力して、この嘲りや愚かさがはびこる好ましからぬ状況と戦うことを望むものであります。わたしたちは研究室や調査の実地に逃げこみたいと思っても、もはや受け身で傍観しているわけにはいかないのです。なぜなら、わたしたちはほんとうに――このしばしば誤用される言葉をあえて使わせていただければ――〝戦争〟に巻きこまれているのです。それは間違いないところであります。それを大げさと考えるのは、自らをだますことにほかならないでしょう。今、この時点で、見て見ぬふりをするのは犯罪です。なぜなら、わたしたちが話している間にも、ことは進んでいるからであります。

最近、科学者はたいへん重要な発見、記念碑ともなるような発見をしました。わたしたちの進化論上の脳の発達と大型類人猿を結びつけるかもしれない遺伝子の発見です。しかし、その発見の翌日に、大統領は何をするでしょう？　アメリカ国民が〝進化論〟に懐疑的であるように仕向けるだけでありましょう。まるで〝進化論〟というのは汚い言葉であるとでもいうように。わたしが懸念するのは、わたしたちが相手と同じ戦法を学んで、宣伝やメディアの実戦の場に立たなければならなくなるという成り行きです。わたしたちは確信をもってメッセージを送りださなければ、より狡猾なメッセージの前に、信仰や恐怖にのみ基づいたいいかげんな説明の前に、ついにはしぼんで捨てられてしまうでありましょう。といっても、信仰はわたしたちの敵であるなどといっているわけではありません――ここにいるわたしたちの多くは信者であります。ところが、わたしたちの多くは、信仰に、より高い力としてので役割ではなく、二重盲検法（医療効果を調べるため、どのような投薬を受けているか、被験者にも実験者にも知らせないで行なう方法）の手段としての役割を与えているのです」聴衆の多くがくすくす笑いはじめた。やがて、みんなが声を上げて笑いだした。ぼくもいっしょに笑った。いっしょに笑って気分がよくなった。二重盲検法。それはおかしい！

「そうです、みなさん、信仰それ自体は美しいもの、実に美しいものであります。しかし、見境なく荒れ狂うのも信仰、判断を曇らせるのも信仰、厳密さを四散させ、凡庸さを助長するのも信仰なのです。信仰は濫用され、誤用された末に、わたしたちを危険な十字路へ連れこみました。今、わたしたちみんなが、信仰を科学的プロセスの必然性の中へ押しこんでいるのです。仮説、試験、報告を経て真理に達する偉大な行進の必然性の中へ。しかし、この状況は与えられたものではありません——つくりだされたものなのです。そして、人間のあらゆる創造物と同じく、わたしたちの方法にしても、信仰体系にしても、わたしたちの手から奪われる可能性があるものなのです。結果として起こる破壊を除けば、人間の文明の中に必然性というものはないのであります。したがって、もし、わたしたちが何かをなさなければ、アメリカの科学の分野は、次の世代には大きく変わって、おそらく、百年後には、今とは似ても似つかないものになっているでしょう。より正確にいうと、もし、わたしたちの文明が、差し迫った化石燃料危機によって、そのときまでに崩壊していなかったらの話ですが」

総裁は演台をぐいと押さえた。ぼくはこういう人になりたいと思った。

「これこそ、わたしが今夜の主賓を迎えるのを楽しみにしているゆえんであります。次世代のメンバーであり、わたしたちみんなが——好むと好まざるとにかかわらず——頼りとしなければならない人を。そして、みなさん、卓越したイラストの才能、それは言葉で伝えるのが困難なほどのものですが、その才能によっておわかりのとおり、この少年は科学を元気づける、大いに元気づけるという自らの役割以上のことをなしとげているように思われるのであります」

拍手が起きて、総裁はぼくのほうへ手を差しだした。聴衆は座ったまま体の向きを変えた。ぼくは場内の目という目が自分の背中に注がれているという晴れがましい感触をおぼえた。と同時に、早く、深く呼吸せずにはいられなくなった。照明がひろがって、また絞られた。ぼくは小指をぎゅっと握った。

ジブセンが身を乗りだし、ぼくの肩に触れた。「気分はどうですか？」

「大丈夫です」ぼくはいった。

「みんなをやっつけてやりなさい」ジブセンはぼくの肩にパンチをくれた。そこに痛みが走った。

七百八十三の目（ぼくがざっと数えたところでは）が集中的に注がれる中、ぼくは席からゆっくり立ち上がった。そして、例の何とかいうものが何十個も手つかずのまま置かれているいくつものテーブルの間を縫って進んだ。ステージへの階段は、一段ずつ踏みしめて上った。一段上るごとに、胸の傷が一センチずつ開いていくような気がした。ステージへ足を踏みだすと同時に、まばゆい照明にのみこまれて、場内のあらかたは消えてしまった。ぼくは思わずまばたきをした。照明の向こうで、みんながかたずをのんでいる大いなる静寂の音が聞こえた。

ぼくは目を細め、何とかほほえもうとしながら、アカデミー総裁と握手した。ちょうど、エマがジョゼフ・ヘンリーと握手したように。

「おめでとう」総裁はやさしげにいった。それは、彼がその晩はじめて発した偽りの言葉だった。彼はぼくにAU－17の表情を向けた。ぼくのアイディアが気に入ったにしても、面と向きあって立った今、ぼくが十二歳だということを思いだしたのは間違いなかった。

ぼくには演台の向こうがほとんど見えなかった。総裁がそれに気づいて、小さな足のせ台を用意してくれた。それはがさがさ音を立て、聴衆の笑いを誘った。ぼくはすなおに足のせ台にのり、ポケットからくしゃくしゃに丸めた紙切れを引っぱりだした。

「みなさん、こんばんは」ぼくはいった。「ぼくの名前はT・S・スピヴェットです。偉大なショーニー族の酋長、テカムセにちなんで名づけられました。テカムセはインディアンの国すべての部族を統合しようとしたのですが、テムズの戦いで合衆国軍に殺されました。フィンランド出身のぼくのひいひいおじいさん、テルホ・スピヴェットは、アメリカにやってきてから、この名前を名のりました。そして、それから代々、誰かがテカムセという名前をつけられたんです……それで、ぼくはT・Sという名前を口にするとき、その中に先祖の存在を感じることがよくあります。T・TとかT・R、T・P、それに、ぼくと

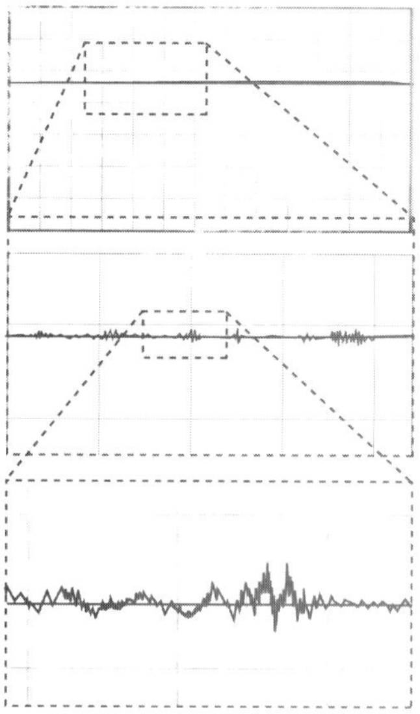

静寂の音

この世には、さまざまなタイプの静寂があるけれども、ほとんどどれもが、ほんとうの静寂ではない。部屋は静まりかえっているというときでさえ、誰も話していないということを意味しているだけで、実際には、当然のことながら小さな物音がしている。床板がそったり、時計がカチカチいったり、ラジエーターから水滴がポトポト垂れたり、外を車がシュッと通り過ぎていったりする音のように。だから、明るい照明のうねりをのぞきこむステージに立ったときも、はじめは静寂と思われたものが、いくつかの音に分化していった。頭上のスポットライトのヒューという音や、何とか静かにしようとしている392人が漏らす音のコラージュに。彼らの足はいらいらと床を打ち、腕はさまざまな神経症で震え、襟の下のほうで心臓はぎゅっと収縮し、すぼめた鼻孔から吐きだす息はゼーゼーと鳴っていた。遠くの調理場の物音や声も聞きとることができた。誰かが勢いよく通るときに調理場のドアがあおられて揺れ動く音、ときに大きくなり、やがてまた静まる声。それから、そういう音すべてに隠れるようではあったが、上からは換気扇の低いうなりが聞こえてきた。それは前には気づかない音だった。ぼくは一瞬、その静かだが、やむことのない〝フーウーウー〟という響きは、世界が自転する音ではないかといぶかった。けれども、いや、やはり、それは換気扇の音に過ぎなかった。

はぜんぜん違う人間ですが、父のT・Eを感じることができるんです――ぼくの名前の中に、そういう人たちみんなを感じることができるんです。たぶん、テカムセ本人も、なぜ、フィンランド系ドイツ人農民の一族が自分の名前を共有するのか、ひどくとまどいながら、そこらへんをうろうろしているでしょう。でも、当然のことですが、ぼくは自分の名前を口にするたびに先祖のことを考えるわけではありません。とくに急いで名前をいったりするときには。たとえば、電話のメッセージか何かで、『はい、T・Sです』といったりするときには。もし、いつもいつも先祖のことを考えているなんていったら――それはそれで変ですよね」そこでいったん間をおいた。「でも、みなさんはぼくのもう一つのイニシャルが何を意味しているのかと思っていられるんじゃないでしょうか」

ぼくは小さな足のせ台から降りて、背後のスクリーンのほうに歩いていった。そこには、巨大なスミソニアンの太陽マークが映しだされていた。ぼくは左右の親指を組みあわせて、トゥークラウズが見せてくれたスズメの影絵をできるだけ忠実に再現しようとした。

「これが何だかわかりますか？」ぼくはマイクを通さずにいった。人々がざわざわ動く音が聞こえた。目を細くしてのぞくと、ジブセンが自分の席で落ちつかない様子でもぞもぞしているのが見えた。その目はこう訴えているようだった。〝いったい何をしているんだ？　神よ、どうか、これを台なしにしないでください〟

影絵のほうを振り向いてみると、それは何にも似ていなかった。ポカテロでトゥークラウズが有蓋車に映しだした鳥が生きているように揺れ動く様子には程遠かった。

「鳥の一種なんですけど」不安がつのってきた。

誰かが大声でいった。「ワシ（イーグル）だ！」

ぼくは首を振った。「それは〝s〟で始まっていませんね。セレベスクマタカ（スラウェシホークイーグル）のことをいっているのでなければ。でも、違います。ぼくのもう一つのイニシャルはセレベスクマタカを意味しているのではありません」誰か女の人が笑う声がした。みんな、リラックスしたようだった。

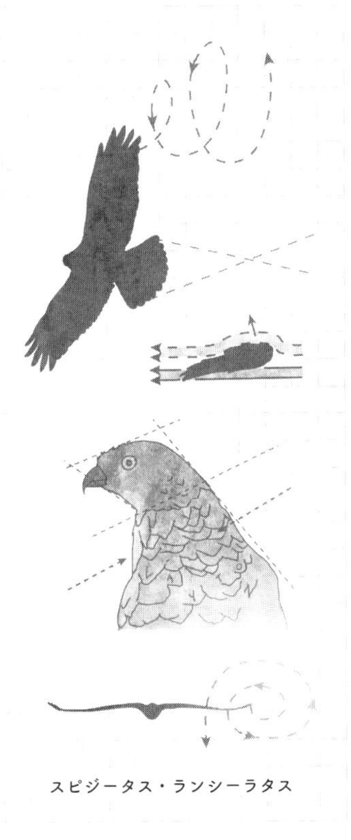

飛翔を楽しむセレベスクマタカ
ノートG77から

「スズメだ！」後ろのほうから誰かがいった。その声には聞きおぼえがあるような気がした。ぼくは照明のまぶしい光の向こうをうかがおうとしたけれども、暗闇の中に座っているタキシードとイブニングドレスの大群しか見えなかった。

「そうです」ぼくはどうしたら今の声の主がわかるかを懸命に考えながらいった。「ぼくはテカムセ・スパロー・スピヴェットです。ご明察です。ぼくはスズメが自分のお守りだと思っています。たぶん、みなさんの中には鳥類学者がいらっしゃるでしょう。スズメのことならいろいろ教えてやろうというかたが。ぼくもぜひ教えていただきたいです」

　そこで一つ深呼吸してから先を続けた。「みなさんはきっと博士号とかいろいろとられたとても頭のいいかたがただと思います。だから、ぼくはみなさんがご存じないことを教えようなんて思いません。何しろ、やっと七年生が終わったばかりで、みなさんほど多くのことは知っていませんから。でも、今夜は、自分の名前のほかに、三つだけ、みなさんに教えようと思います」

　ぼくは人さし指を立てた。それから、最前列をじっと見て、そこに座っている人たちに指を見せた。そこにジブセンの姿も見えた。ジブセンはにっこりして、自分の指を立てた。何かが通じたのか、それに続いて、最前列の全員が指を立てた。場内が大きくざわつく音が聞こえた。ぼくは三百九十二本の指がいっせいに宙に突き立てられる光景を思い浮かべた。「ぼくが最初にいいたいのは、こうして話す機会をいただいて感謝していますということです。それと、みなさんが思われていたよりもぼくが若かったのに、特別研究員のポストをキャンセルされなかったのにも感謝しています。ぼく自身、自分で思っていたよりも大人でないなということがよくありますが、それで自分の仕事をやめたりはしません。何にしても、こうしてスミソニアンにいるということは、夢が実現したということです。ぼくはずっと、その〝室感〟を感じてみたいと思っていたのですが、今、こうしてここに立っています。ぼくはみなさんがこの賞にぼくを選んだのは間違っていなかったということを示すために、一生懸命がんばるつもりです。一刻を惜しんで地図を描き、博物館のために新しい図表をつくろうと思っています。うまくいけば、そういう地図や図表でみなさんに喜んでい

ただけるでしょう」

ぼくは次に中指も立てた。それで、話を楽に進めることができた。ジブセンも聴衆も、すなおにそれにならってくれたからだ。場内に二本指があふれた。「みなさんにいいたい二番目のことは、なぜ、ぼくが図を描くかです。なぜ、ぼくが同じ年ごろの男の子と外で遊ぶかわりに、一日中、図を描いているのか、多くの人に聞かれます。ぼくの父はモンタナの牧場主ですが、ぼくのことをほんとうに理解しているわけではありません。ぼくは図がどれほど父の仕事に役立つかを示そうとしたんですが、父は耳を貸しませんでした。ぼくの母は、みなさんと同じ科学者です。今夜、ここに母もいられたら、と思います。スミソニアンなんてお年寄りのクラブだなんていうかもしれませんけど、母ならみなさんにおもしろい話ができるでしょうし、自分もどうしたら一段上の科学者になれるかを学ぶでしょうから。たとえば、タイガーモンクビートルを追いかけるのをやめればもっと楽になるとか、存在してもいない何かを探すよりも有益なことはたくさんあるとかを学ぶでしょう。でも、何が変って、これは変ですよね。母は科学者なのに、いまだにぼくのことを理解していないんです。ぼくが会う人たち、ぼくが見る場所、ぼくが目にしたり、本で読んだりしたものすべてを図に描く目的が、ほんとうはわかっていないんです。でも、ぼくは、あるもの全体がどんなふうに組みあわさっているのか、少しでも理解しないままで死にたくはないんです。たとえば、とても複雑な構造の車、四次元における複雑な構造の車とか……六次元だったか、十一次元だったか、何次元あることになっているのか忘れてしまいましたけれど」

ぼくは言葉を切った。聴衆の中には、何次元あるのかを知っている人が大勢いるだろう。その何次元を発見した人もいるかもしれない。ぼくは緊張して唾をのみこみ、メモに目をやった。そのとき、自分が第三点を書きとめていないことに気づいた。洋服屋がきて、ジブセンが表示のない鎮痛剤をくれたとき、書き忘れたのに違いなかった。みんなが二本の指を宙に突き立てて待っていた。

「ええと……」ぼくはいった。「これまでのところで何か質問はありませんか?」

「三番目は何？」誰かがいった。
「はい」ぼくはいった。「三番目は何でしょう？」
「Ｔ・Ｓ！」照明のまぶしい光の奥から、誰かが大声でいった。さっきと同じ聞きおぼえのある声だった。「これで死んだりするわけじゃないぞ！　きみはわたしたちより五十年も先が長い！　わたしたちは仕事が終わるかどうか心配しなければならない年だ。だが、きみは目の前に人生がひろがっているじゃないか」
　その言葉で場内にざわめきが起きた。みんながささやき交わしていた。
「そうですね」ぼくはいった。「ありがとうございます」
「そうですね」もう一度いった。みんな、まだささやきつづけていた。ジブセンのほうを見ると、落ちつかない様子で体をもぞもぞ動かしていた。と思うと、先を続けるよう、手ぶりで促してきた。ぼくはわけがわからなくなっていた。ぼくは落第ぼうずだった。自分が何をしているのかもわからなくなっていた。ぼくはお子さまだった。
「ことし、ぼくの弟が死にました」ぼくはいった。
　場内が静まった。ほんとうの静寂が訪れた。
「弟は納屋で自分を撃ちました……声に出してそういうと、何か変なんですけど。今まで、そんなふうにいわれたことはなかったからです。〝レイトンは納屋で自分を撃った〟なんて、誰もいいませんでした。でも、それはまったくそのとおりだったんです。そんなことになるとは思ってもいなかったんですけど。ぼくたち、いっしょに感震計でグラフを描いてたんです。ぼくはわくわくしてました。ええと、レイトンは銃を集めてたんですけど、ぼくたちがいっしょに遊ぼうと思ったら、それはけっこうたいへんなことでした……レイトンはぼくのことを、いつも何か描いたり、記録したりしてる変なやつと思ってたみたいです。よく、ぼくにパンチをくれて、〝いいかげんに書くのはやめなよ！〟っていってましたから。レイトンにはわかっていなかったんです。というか……レイトンは、レイトンは何にでも、まばたき一つしないで正面からぶつかっていくやつでしたから。レイトンは銃が好きでした。一日中、石の上に置いた空のビール缶を撃ち落としたり、峡谷でハタネズミを狩ったりしていることがよくありました。それで、ぼくは思いついたんです……レイトンの銃でいっしょに遊ぶことができるアイディアを。ぼくは銃の一挺一挺の音波をグラフに描いてました。そういう音波のグラフの中には、いろんな情報を重ねて書きこむことができました。たとえば、口径とか精度とか距離とか。それで、これなら、それぞれが好きなことをいっしょにやれるんじゃないかと思ったんです。二人とも楽しんで、兄弟らしくしていられるんじゃないかと。実際、それはすばらしいことでした。ぼくたち、三日間、いっしょにやったんですけど、レイトンはぼくのために銃を撃つのを喜んだし、ぼくはぼくでほんとにいいデータを集められましたから。銃の発射音がどれほど違うかなんて信じられないと思いますけど……そのうち、ウィンチェスターの一挺が、もう装塡してあったんですが、具合が悪くなったんです。レイトンは先のほうか何かを掃除して、銃口を調べてました。ぼくは銃床のほうを持とうとしました。ぐらぐらしないように。引き金にはさわりもしなかったんです。なのに、暴発が起きて。レイトンは部屋の向こうへ吹っ飛びました。それを見て、ぼくは……レイトンは血を流して、頭は向こうのほうを向いてたけれど、それはもう、ぼくの弟じゃなくなったということはわかりました。レイトンはもう、もう……ぼくは自分の息づかいでわかりました。それまではぼくたち二人がいたけど、今は一人だけだって。それで、ぼくは……」ぼくは密でいて希薄な息を吐きだした。「ぼくはそんなつもりはなかったんです。なかったんです、ほんとに」

場内は静まりかえったままだった。誰もがその先を待っていた。ぼくは一つ深呼吸した。「それを見て、自分の息を感じて、そして、レイトンの息が絶えたのを感じた瞬間からずっと、ぼくは自分の身に何かが起きているように感じてきました。それは当然といえば当然のことです。アイザック・ニュートン卿は、あらゆる力は、それと反対方向に働く等しい力を必要とする、といっています。だから、ぼくは待っているのです。ここにくる途中、ぼくは危うく死にかけました。たぶん、バランスをとるためです。というのは、レイトンは死ぬべきじゃなかったからです。たぶん、ぼくが死ぬべきだったんです。というのは、あの牧場はレイトンのものになろうとしていたからです。レイトンは美しい牧場をつくろうとしてました。レイトンがコパートップ

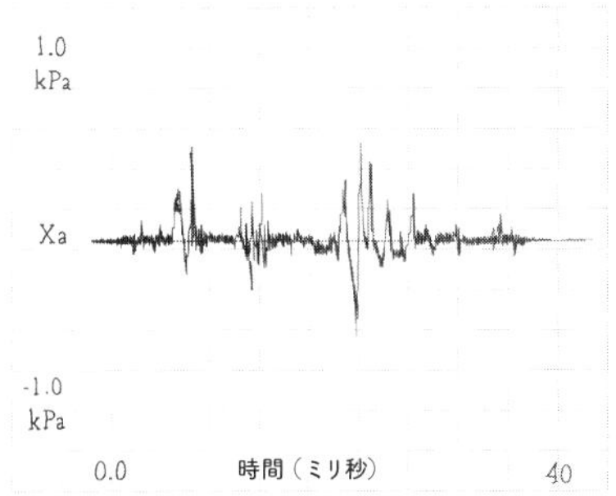

1815　フリントロック・マスケット　.72口径

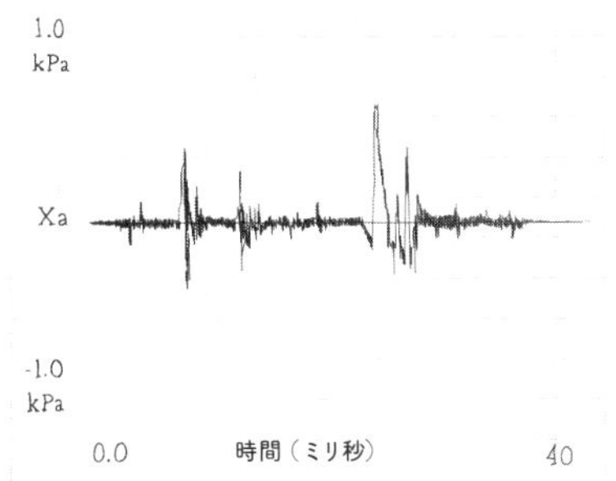

1860　ケンタッキースタイル・ダブルバレル　.40口径

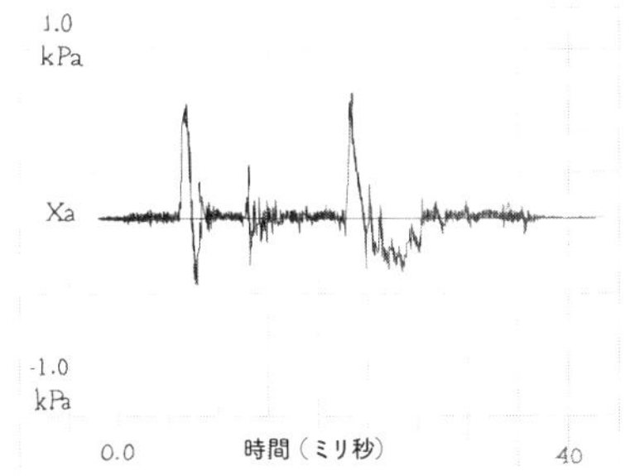

1886　ウィンチェスター・ショートライフル　.40−82口径

牧場を走りまわってる姿を想像できますか？」

ぼくは想像した。それから、また話しはじめた。

「シカゴで、ナイフで胸を切り裂かれたとき、こう思ったんです。〝T・S、これだ。おまえはついに最期を迎えたんだ。これが幕引きなんだ〟そして、みなさんに話す機会はもうないだろうと思ったんです。今、こうして話してはいますが。そのときでした、ぼくが反撃したのは。ぼくは説教師に、反対方向の等しい力を加えました。彼は水路に転落して、それでバランスが回復しました。でなければ……今はもっとアンバランスになっているんじゃないでしょうか？　ぼくにわかっているのは、自分がここにくる定めになっていたらしいということだけです。ぼくの先祖は西へいく定めになっていました。ぼくはここにくる定めになっていました。すると、レイトンは死ぬ定めだったということになるんでしょうか？　みなさん、ぼくのいってること、わかってもらえますか？」

ぼくは間をおいた。誰も口を開かなかった。「どなたか、細胞の因果関係がどれくらいの広がりを持っているのか教えてくれませんか？ほんの一瞬のことが全体の時間の経過をどれくらい規定するものなのかも？　ぼくは、すべてのことはあらかじめ決められているのだという感じをよく受けます。そして、自分は、落ちつくところへ落ちつく運命に沿った動きをしているに過ぎないという感じも」そこで再び間をおいた。「みなさんに一つ質問してもいいですか？」

三百九十二人にこんなことをいうのはバカげていると気づいたけれども、もう手遅れだった。それで、先を続けた。「自分の頭の中のどこかに宇宙があって、その宇宙の中身はすべてわかっているというような感じがしたことはないですか？　自分はこの世界の完全な地図を小脳のひだに刷りこまれて生まれてきた、そして、その地図へのアクセスのしかたを一生かけて見つけだしているのだというような？」

「そう、どうアクセスしたらいいんでしょうね？」誰か女の人がいった。ここで女の人の声を聞くとは思わなかった。突然、母がなつかしくなった。

「うーん」ぼくはいった。「ええと、ぼくにはよくわからないんですけど。たぶん、三日か四日、じっと座って、ほんとに集中すればいいんでしょうけど。ぼくはここへくる途中、そうしようとしたんですが、飽きてしまって。ぼくは若すぎて、そんなに長く注意しつづけるのは無理なんです。でも、こんな感じがいつもしてるんです――あらゆるものの陰で続いている低いうなりみたいに――つまり、ぼくたちはもう何でも知っているんだけど、その知識をつなぎとめておく方法をなぜか忘れてしまったという感じが。ぼくが図を描くとき、それは図になろうとしているものを正確にとらえる作業なんですけど、もうその図があるということはわかっているみたいな感じなんです。つまり、ぼくはそれをコピーしているだけというような。それで、こう考えさせられるわけです。もし、図がすでに存在しているなら、世界はすでに存在しているし、未来もすでに存在している、と。それはほんとうなんでしょうか？　未来科学で博士号を持っておいでのみなさんは、この会合を前もって決めておかれたのでしょうか？　ぼくが話そうとしていることは、すでに図の一部になっていたのでしょうか？　ぼくにはよくわかりません。自分が今、話しているのとは違うことをもっとたくさん話せたらという気はするのですけど」場内はしんとしていた。誰かが咳をした。みんな、ぼくを嫌っていた。

「ええと、いろいろいいましたけど、つまり、ぼくはみなさんの期待にこたえるためにベストを尽くすつもりということなんです。ぼくはほんの子どもですけど、ぼくには図があります。ぼくはベストを尽くします。死なないようにがんばって、みなさんがぼくに望むことをみんなやろうと思います。ぼくはとうとうここにきたということが、いまだに信じられません。これは新しい始まり、ぼくの一家の新しい章のようです。たぶん、ぼくはこれで方向を決めるでしょう。ぼくは今、エマの物語を続けようと思っているところです。ぼくはここにこられてとても幸せです。たぶん、みんなもここにいると思います――テカムセ全員をはじめ、エマも、エングルソープさんも、ヘイデン博士も、そして、石を拾って、なぜ、それがそこにあるのかを考えた科学者たちも。

　ぼくがいわなければならなかったことはこれだけです。どうもありがとうございました」ぼくは紙切れを折りたたんでポケットに突っこんだ。

今度は静寂が破られた。みんなが拍手していた。しかも、強く両手を打ちあわせているのを見ると、その称賛は本物だということがわかった。ぼくはにっこりした。ジブセンが立ち上がり、最前列のみんなが立ち上がった。すばらしい瞬間だった。スミソニアン協会会長がステージに上がってきて、ぼくの手をつかんだ。みんながさらに喝采すると、会長はぼくの手を荒っぽく宙へ突き上げた。ぼくは何かが裂けるような音を聞いて、大きくあえいだ。と同時に、胸が破裂した。みんなは喝采しつづけ、会長はボクサーの手をあげるように、ぼくの手をあげつづけていた。ぼくはほとんど呼吸ができなくなり、そのままくずおれそうになった。そのとき、すぐそばにきていたジブセンが、ぼくを支えてくれた。そして、ぼくの体に腕をまわし、導くようにしてステージから降ろしてくれた。ぼくはひどいめまいがしていた。

「騒ぎになる前に、あなたをここから連れださないと」

「何が起きたんですか？」ぼくは尋ねた。

「また出血してるんですよ、タキシードを通して。みんなをこわがらせたくはないですからね」

下を向いてみると、小さなベルトのようなもののすぐ上に血のしみが見えた。ジブセンはぼくの先に立って、人ごみの中を抜けていった。みんなが大声を上げながら、ぼくたちのまわりに群がってきた。

「電話ください」誰かがいった。

「すみません、すみません。これからいくところがありますので」ジブセンがいった。

みんながジブセンに名刺を差しだした。ジブセンは群がる人たちから片手でぼくを守りながら、もう一方の手で名刺を受け取って、ポケットの中に押しこんだ。ジブセンの腕の下から見上げてみると、恐ろしい笑顔がいくつとなく並び、カメラのフラッシュが光っていた。そのとき、ほんの一瞬だったけれども、人ごみの中にヨーン博士が見えたような気がした。けれども、ジブセンはぼくをぐいぐい押しつづけ、覆い隠そうとした。あれは幻に違いない、とぼくは思った。なぜなら、大きな眼鏡をかけて、大きな禿げがある科学者は大勢いるからだ。それに、ヨーン博士はタキシードなど着そうもなかった。

ぼくたちはようやくスイングドアを通り抜けて、がらんとした廊下へ出た。パーティーの余韻がぼくたちの後ろのほうへ漂っていった。近くに立っていた何人かのスタッフが、去っていくぼくたちを見送っていた。みんな、まだ白手袋をしていた。

ロビーでコートを受け取ったとき、ぼくがひどくふらつくのを見て、ジブセンはぼくを大きなヤシのプランターに寄りかからせた。ロビーの反対側にボリスがいるのが見えた。ボリスは独りで、壁にもたれていた。ぼくは弱々しくほほえみかけた。ボリスは敬礼してきたけれども、ぼくは消耗しきっていてお返しができなかった。

コートをはおると、ジブセンはぼくを小雨が降っている表へ連れだした。ホールの外で待っていた黒塗りの車に乗りこんだが、車のインテリアがキュッキュッときしむのが何となくうれしかった。主賓に迎えられ、自分のために車を差しまわされたりすれば悪い気はしないものだ。ぼくはワイパーのシュッシュッというなだめるような音を聞きながら、窓に貼りついた小さな水滴が、また丸まって元の形になるのをながめていた。水滴というのは称賛に値するものだ。いつも、もっとも抵抗の少ない通り道に沿って流れていくのだから。

アールの世界

政治屋どもがくだらんことをぶちあげるのにはもううんざりだ！
わたしら、ふつうの人間は正直なところを聞かせてもらいたい、それだけなんだ……
アール、頼んだとおり冷蔵庫の中をきれいにしてくれた？
してないんでしょ？
いや、そんなこと頼むのがおかしいじゃないか？　そもそも、わたしはだよ……ところが、お隣のネコがうちの木にじゃれつくんで……

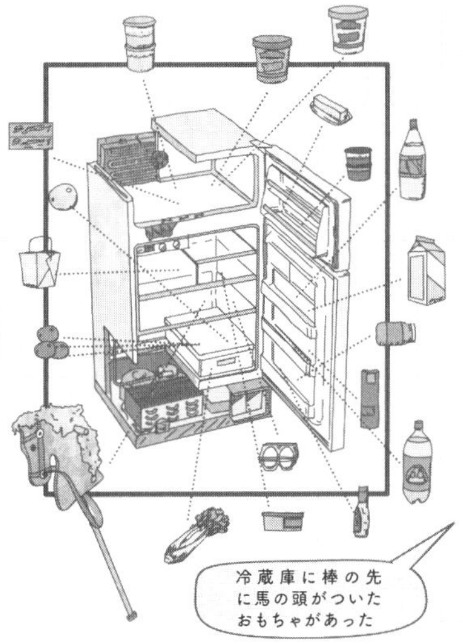
冷蔵庫に棒の先に馬の頭がついたおもちゃがあった

第13章

翌朝、目を覚ましてみると、キャリッジハウスにそっと入ってきた誰かが、デスクの上に朝食のトレーを置いてくれていた。その中身はというと。ハニーナッツチェリオスを盛ったボウル、ミルクを入れた小ぶりな磁器のピッチャー、スプーン、ナプキン、オレンジジュースを入れたグラス、きちんと半分に折った《ワシントンポスト》紙一部。

そのメニューを見て、ぼくは不思議に思った。誰が朝食を運んできたのか知らないが、ハニーナッツチェリオスに対するぼくの哲学的妄執ともいえるものをどうして知ったのだろう。けれども、いつまでもその謎を考えていたわけではない。ボウルいっぱいのシリアルは、人をひきつける力を持っている。ぼくはチェリオスにミルクをかけると、バリバリしたドーナツといった食感の美味の世界に、まっさかさまに飛びこんでいった。食べ終わったところで、いちばん好きな式次第に取りかかった。ハニーの甘みがかすかにしみたミルクの残りを飲み干すのだ。魔法の蜜牛がぼくのボウルに直接ミルクを出してくれたようだった。

五番目のコマ
ノートG101から

レイトンが死んだ直後から、ぼくは朝刊の四コマ漫画の五番目のコマを描きはじめた。そうすることで何となく気が休まったのだ。ぼくはそういった想像の世界に入っていって、落ちをつけるのが好きだった。たとえ、ぼくの努力が、オリジナルの漫画のユーモアを薄めることになったとしてもだ。漫画のコマの枠による制約にはなるほどと思うものがあった。何かがその中の狭い世界へ侵入しようとしても、それを許さないからだ。ただ、その制約のせいで、五番目のコマを完成させたあとでも、ちょっとむなしい気分にはさせられた。それでも、翌朝になると、また、その仕事に戻っているのだった。

それから、ベッドの上に起きなおって、朝刊の漫画を〝仕上げる〟仕事に取りかかった。それはいつも気持ちを引き立たせてくれた。

仕事の最中に、ゆうべのできごとを思いだした。何百人もの華やかな人々で埋まったボールルームで話している自分のイメージが、ふだんとあまりにかけ離れていたので、ぼくは疑いはじめた。すべてのできごとが鎮痛剤で誘発された幻覚だったのではないか、自分の潜在意識がボリスや片目の女や白手袋のスタッフをつくりだしたのではないか、と。

そのとき、床に置いてある自分のタキシードが目に入った。内側には、ひだ飾りのあるシャツが重なったままだった。ぼくはとまどいながらも、それを吊るし、上着の袖を胸でクロスさせ、さらに肩にかけて、シャツについた血のしみを隠そうとした。それから、一歩下がってみた。タキシードの中にいる透明人間が自分を抱き締めているように見えた。

透明人間が愛らしく自分で自分を抱擁している姿をほれぼれとながめていると、誰かがドアをノックした。

「どうぞ！」ぼくはいった。

妙に手入れの行き届いた口ひげを生やした青年がドアを押し開けた。大きな箱をいくつか持っていた。

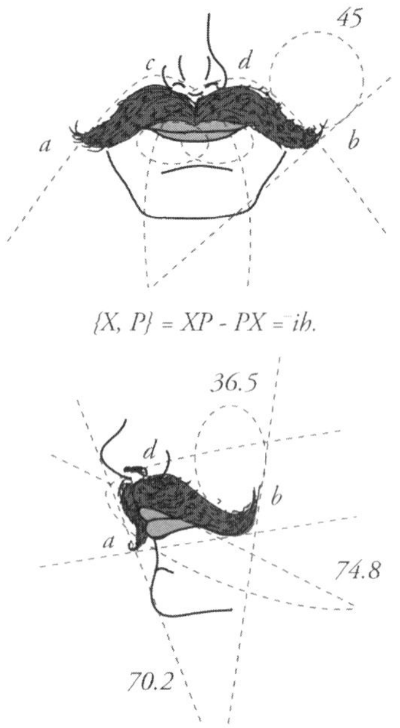

妙に手入れの行き届いた口ひげ
ノートG101から

「おはようございます、スピヴェットさん」青年はいった「こちらがあなたのお品物です」

「わあ」ぼくはいった。「どうしてわかったんですか……ぼくの必要なものが？　まだ書きだしたりはしてなかったんですけど」

きざに思われたくはなかったけれども、ぼくは製図用具にはうるさいほうだった。だから、骨折りはありがたく思ったが、ある種のペンや六分儀に対するぼくの特異な好みがわかるのだろうかと疑った。

「ああ、それでしたら、わたしども、かなりよくわかっておりまして。ギロットの三〇〇シリーズはいかがです？　バージャーの経緯儀は？　前にお仕事を拝見しましたから」

ぼくはぽかんと口を開けた。「ちょっと待ってください」ぼくはいった。「ハニーナッツを持ってきてくれたのはあなたですか？」

「はあ？」

「あ、いや……何でもないんです」ぼくは不意に、ズボンのポケットには二ドル七十八セントしか入っていないことを思いだした。「あの、今、これを全部お支払いするのは無理だと思うんですけど」
「ご冗談を。お勘定はスミシーが持ちます——少なくとも、それくらいのことはしますよ」
「ほんとですか?」ぼくはいった。「わあ！　ただなんだ」
「人生で最良のことですね」青年はいった。「ほかにご入り用のものがありましたら、この注文票にお書きください。すぐにお持ちしますから」
「じゃ、キャンディーなんかもいいんですか?」自分の力の限界を試そうと思って聞いてみた。
「キャンディー、かしこまりました」
　青年はデスクのそばに箱を積み上げると、今度は数冊の画帳を持ちこんだ。「こちらが西部から届いたあなたの作品です」
「西部から?」
「はい」青年はいった。「ヨーン先生が分水界の向こうから送ってくださいました」
「ヨーン博士をご存じなんですか?」ぼくは尋ねた。
　口ひげの青年はほほえんだ。
　ぼくは画帳の一冊に目を通した。中には、ぼくのごく最近の仕事がおさめられていた。自分以外の誰も見たことがないはずのものだった。それは、ぼくの大モンタナシリーズの始まりだった。州間高速道路網に重ねた昔のバイソンの群れの移動の跡。土地の高度と表土の起伏。ハイライン地方の小規模農場や家族経営牧場が徐々に巨大農業用地へ転換していく経過をあらわした実験的なフリップチャート。
　これがぼくの図だ。これがぼくの本領だ。ぼくはオーバーレイに触れ、簡潔なペンの線を指先でなぞり、間違った筆跡を消したおぼえのある個所を親指でこすった。製図テーブルと対の椅子が、身を乗りだすたびにヒー - ホーときしむ音を思いだした。ああ、もう一度、家に帰りたい！　階下で父が強いコーヒーをいれているときのにおいがしてきた。ドクター・クレアの書斎から漏れてくるホルムアルデヒドのにおいと混じった豊かな豆の香り。

「大丈夫ですか？」

顔を上げてみると、青年がこちらをじっと見つめていた。「ええ」ぼくはとまどって、あわてて頬を拭い、画帳を閉じた。「いいですね。これ、とてもいいですね」

「そうですね」青年はいった。「でも、あなたのノートがみんな運びこまれるのに、立ち会いたくはありませんね」

「ぼくのノート？」

「そうです」青年はいった。「ヨーン先生がこちらへ送りだす手配をしているところです。本棚や、ほかの道具類も全部ひっくるめて」

「え？」ぼくはいった。「ぼくの部屋ごと？」

「あなたのお部屋の写真を拝見したことがあります。ちょっとしたものですね。何かの司令部という感じで。でも、気をつけてください。スミシーはあなたに知られる前に、それを展示したいと思っているんです。わたしでしたら、よけいなことをするなといってやりたいところですが。あの人たちは刺激のあるものに飢えてるんです。でも、その途中で忘れてしまうんですよ。科学というのは、大衆に迎合しないで、限界に挑んだり、冒険したりするものだということを」

ぼくは黙りこんだ。ぼくの両親の知らないところで、ヨーン博士がどうやってぼくの部屋を丸裸にしたのか想像しようとした。いや、両親は知っていたに違いない。少なくとも、グレーシーがクッキーの瓶に入れた手紙のことを話したはずだ！

「こちらにあなたあてのお手紙が二つ三つ届いています」

青年は標準サイズの封筒二通と、やや大きめのマニラ封筒一通を渡してくれた。一通目の宛名はこうなっていた。

ワシントンDC　20013
スミソニアン協会
キャリッジハウス、MRC010
T・S・スピヴェットさま

ヨーン博士の筆跡だとわかった。そして、手紙には、ぼくがモンタナを出発した日、八月二十八日の消印が押してあるのに気づいた。封筒を裂いて開けようとしたとき、青年が銀のレターオープナーを渡してくれた。
「ありがとう」ぼくはそれまで、その手のものを使ったことがなかった――それを使うと、なぜか、開封するという行為が公式のものになるような気がした。

T・Sへ

　今回のことはきみにはとてもショックだったかもしれない。ベアード賞の選考にきみの名前を持ちだしたことはいずれ説明するつもりでいたのだが、きみをぬか喜びさせたくないと思ったので遅くなってしまった。この賞には多くの人たちが応募している。先方がきみのことを考慮するようになる何年も前からだ。ところが、きみが受賞という運びになって、先方は本人に連絡した直後に、わたしにも連絡してきた。それで、わたしがきみのうちに電話してみたら、きみはもう出発していたというわけだ！

　想像してもごらん！　きみがご両親をどんなに驚かせたかを。わたしはお母さんとはずいぶん長いこと話をした。お母さんはショックを受けたようだったし、わたしもそうだった。それは認めなければならない。今のところ、スミソニアンからきみが着いたという知らせもないし。教えてほしいのだが、きみが国を横断しようとして列車に乗ったというのはほんとうなのだろうか？　としたら、何と危険なことだ！　何で、わたしに相談しにこなかったのだ？　乗り物の手配くらいしてあげられただろうに。もちろん、わたしは責任を感じている。お母さんはもう口をきいてくれないだろう。お母さんには、きみといっしょにやった仕事のことをすべて話さなければならなかったが、お母さんは当然、裏切られたという感じ、ねたましいという感じ、あるいはかばってやろうという気持ちを持っただろう――わたしはときどき、クレアのことがわからなくなる。わたしとしては、これがきみにとって二度と得がたい機会だということをお母さんがわかってくれるのを願うだけだ……

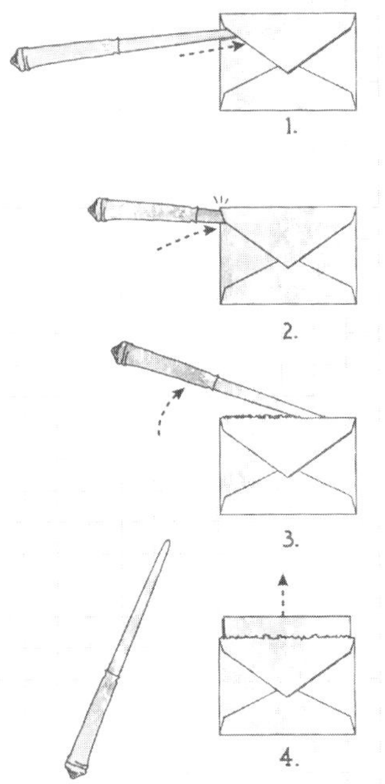

►レターオープナーでの開封のしかた
ノートG101から

ほんとうにうれしい感じがするのはステップ３でなく、ステップ２だ。つまり、ナイフの刃を封筒の折り目に差しこみ、その刃の進路を思い描くときだ。

いずれ、きみに電話するつもりだ。おめでとう、そして幸運をお祈りする。

ドクター・テレンス・ヨーン

そうすると、母はこれを知ったわけだ。

ぼくは顔を上げた。青年はまだ室内にいて、こちらにほほえみかけていた。出ていくつもりはないように見えた。ぼくは一切合財(いっさいがっさい)をぶち壊しかねないようなそぶり、母にその場で永久に外出禁止にされかねないようなそぶりは見せないように努めた。かわりに大型のマニラ封筒のほうに目を向けた。その表には、赤いMの字のスタンプが押されていた。ぼくはレターオープナーにも同じイニシャルが彫られているのに気がついた。

「あなたは……?」

「ファーカスです」青年はいった。「まだ聞かれていなかったですね。ファーカス・エスタバン・スミゴール。何なりとお申しつけください」軽くお辞儀をして、口ひげの端を引っぱった。

ぼくはレターオープナーで封筒を裂いて開けた。オープナーの扱いにもだんだん慣れてきた。中にはトリアーノ氏の報告書が入っていた。以前、ビュートの文書館で見つけたけれど、その後、トイレでなくしたのと同じものだった。『アメリカ中西部におけるローレンツのワームホールの優位、1830－1970年』それが何度となくコピーされてきたものであるのは明らかだった。

「ありがとう」ぼくはいった。

ファーカスは室内を見まわした。それから、もっとこちらに寄れというしぐさをした。「ここで話すのは安全じゃないんだ」声をひそめていった。「いつ、スミシーに盗聴されるかわからないから……でも、きみとはいつか、もっと突っこんだ話をしたいな。ボリスがいってたけど、きみはこちらへくる途中、ワームホールにはまったそうだね」

「そうなんです」ぼくも会話の秘密めいた感じを楽しみながら小声でいった。「というか、そうだと思います。確信はないんだけど。それ

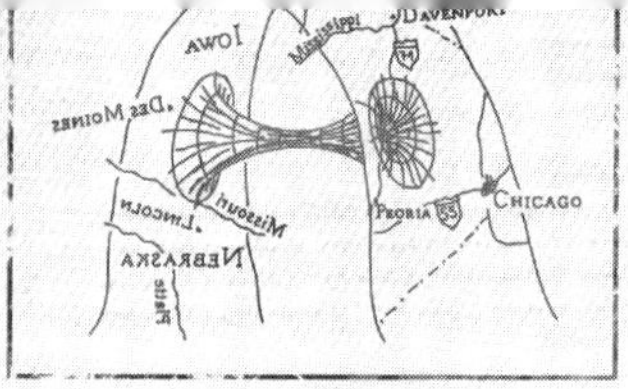

図1

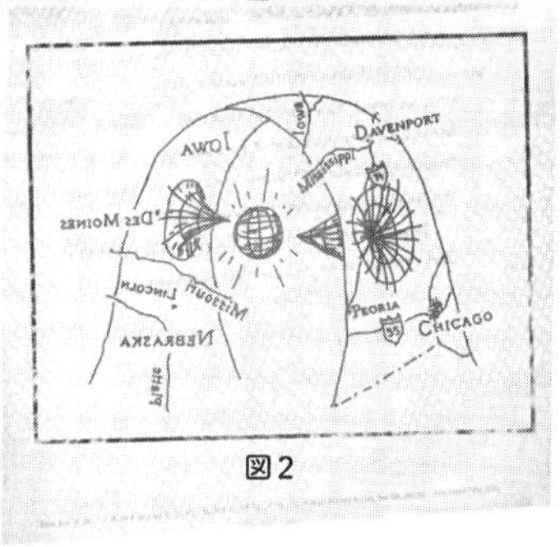

図2

アイオワにおけるワームホールの分断

P・トリアーノ『アメリカ中西部におけるローレンツのワームホールの優位、1830－1970年』（未公刊）p４から

ぼくが知る限り、この報告というのは、《サウスウェスタンインディアナステート》紙で、トリアーノ氏の学術論文を一般向きの記事に書きなおしたものだ。理由はわからないが、論文は認められずじまいだった。トリアーノ氏は報告の中で、百四十年以上にわたり、四十一番目と四十二番目のパラレルワールドの間のミシシッピ川渓谷で、六百人近くが姿を消したと主張している。その中には、ユニオンパシフィックの列車八本の分も含まれている。列車についてはユニオンパシフィック内部のメモから引用したものだ。そのメモでは、消滅を〝神のなせる業〟としてかたづけることによって、世間に悪夢をまきちらすのを避けるよう、会社側に促している。

ぼくがいちばん興味を持ったのは、当然のことながら、西部へ向かう一行が旅の足を速めたときの発生率だった。トリアーノ氏は文書に残された事例を比較的少数しか把握していない。それは意外なことだった。というのは、ワームホールにはまって、また出てきた人は、耳を傾けようという相手がいれば、その体験を声高にぶちまけるのではないか、とぼくは予想していたからだ。たしかに、十九世紀であれば、誰もそんな話は信用してくれないと思う。いや、二十一世紀でも、誰も信用してくれないだろう。ぼくはその好例だと思う――ぼくは自分の体験をずっと人にいわずにきた。ワームホールにはまるというのは、何となく厄介なところがあった。

でこの報告を読んでみたくなったんです。でも、なぜ、ワームホールは中西部に集中しているんですか？」

ファーカスはジョージ・ワシントンの絵を疑わしげにちらりと見やった。「われわれにわかっていることは何でも話すつもりだけど、今、ここでというわけにはいかないんだ」ファーカスはささやいた。「わたしはトリアーノがやめたところから、また始めてみた……彼は、なぜ中西部かという理由の究明には至らなかったんだ。彼の仮説というのはね、ミシシッピ川渓谷の下にある大陸プレートの独特の曲がりが、時空連続体の中でしゃっくりのようなものを起こしたというものだった。つまりは、その地域の岩盤の特異な組成が、数多くの複雑な原子未満の要因と結びついて、四十一番目と四十二番目のパラレルワールドの間で異常な密度に凝縮された量子の泡を生むという理論だね……当然、それは、より頻繁に分断や特異点を誘発するということになる。真の問題は、負の物質がどこに由来するのか、それがどうやってワームホールの口を開かせられるのかだ。何かがそこを通り抜けるだけの時間、開かせていられるのかだね。いいかい、ワームホールというのは、簡単につくりだせるものではないんだよ」

「トリアーノは死んだんですか？」ぼくは小声で聞いてみた。

「それは誰も知らない」ファーカスも小声で答えた。それから、ふつうの話し声よりも大きな声でいった。「いや、スピヴェットさん、あなたをこちらにお迎えしたのは光栄です」

「あ、T・Sと呼んでください」

「やあ、T・S」ファーカスはまた低い声でいった。「われわれはきみがここにくるのを長いこと待っていたんだ」

「そうなんですか？」ぼくはいった。

「スズメの裏に指示が見つかるはずだ」ファーカスは小声でいった。

「え？」

ファーカスはぼくに敬礼をすると、部屋からするりと出て、ドアを閉めた。

ぼくはまごついたまま、もう一度、マニラ封筒を開けてみた。その中に、もう一つ、紙の束があるのを見つけた。ゴードン・レッジル『イエスズメの群飛行動』。これも何度となくコピーされてきた記事

図1

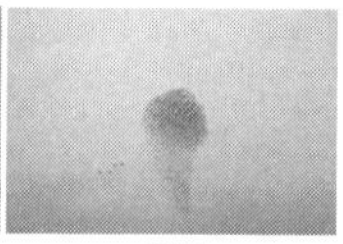
図2

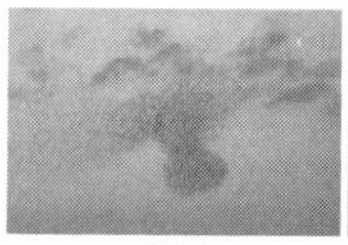
図3

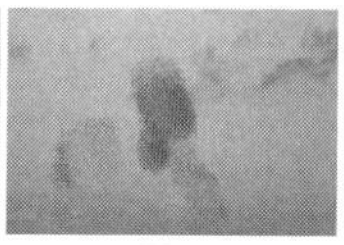
図4

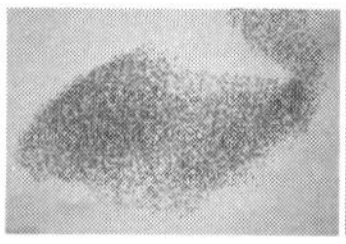
図5

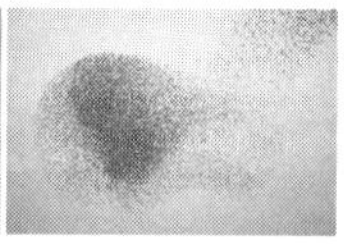
図6

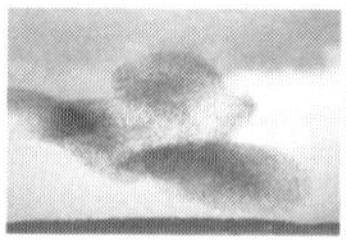
図7

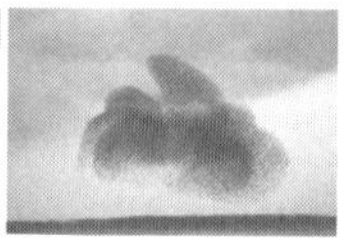
図8

パセル・ドメスティクスの群れ
アイオワ州ダヴェンポート近郊で

G・レッジル『イエススズメの群飛行動』
（未公刊）から

で、一部のページは印刷が薄れてほとんど消えかけていた。

「ファーカス！」ぼくは大声で呼んだ。

シカゴでぼくを救ってくれたスズメの群れのことを、彼らはどうして知ったのだろう？　ぼくはそのことを誰にも話していなかった。スズメのことを知っているなら、ジョサイア・メリーモアのことも知っているのだろうか？　ぼくが人殺しだということも？　ぼくを脅迫するつもりなのだろうか？

ぼくは報告書の裏を見てみた。誰かが書きこんでいた。

Monday, Midnight
BIRDS of D.C Hall.

月曜日、真夜中
DCの鳥のホール

「ファーカス！」ぼくはもう一度、大声で呼んだ。それから、ドアに走りよって開けた。ちょうど、ジブセンがドアの向こう側のノブに手を伸ばしたところだった。

「ああ、T・S、起きてたんですか！　それはよかった！　あなたのものももう届いたようですね」

「ファーカスはどこですか？」ぼくは聞いてみた。

「え、誰ですって？」

「ファーカスです」ぼくは繰り返していい、あたりを見まわした。

「使いの者ですか？　ああ、今、出ていくところを見ましたが。どうかしましたか？　何かほかに必要なものでもあるんですか？」

「いえ」ぼくはいった。「そうじゃないんです」

「痛みのほうはどうですか？」

画帳や報告書や手紙が届いたのに気を取られて、怪我のことはすっかり忘れていた。ジブセンにそういわれてみると、胸がずきずきしはじめた。

「まだ痛いです」ぼくは溜め息をついた。それにしても、DCの鳥のホールとは？　真夜中とは？

「ああ、そうじゃないかと思ってました」ジブセンはいった。「それでですね、また魔法の薬を持ってきましたよ」

　ぼくはすなおに錠剤を二錠のんで、ベッドに横になった。

「いや」ジブセンがいった。「ゆうべはほんとにすばらしいスピーチでしたね」その言葉は滑らかに出てきて、舌足らずな感じはほとんどしなかった。朝のうちは話しかたがいつもより静かになるようだった。おそらく、顎の筋肉が、潮の満ち干のように、月の引力に反応しているのだろう。

「実際、あれ以上のものは想像もできなかったでしょう」ジブセンはいった。「みんな、あなたに好感を持っています。ゆうべは科学者が相手でしたが、もし、あれが大衆の反応の指標になるものだとしたら、わたしたちは金鉱を掘り当てたということです。つまりですね、あなたが金鉱だということです。いや、あなたがたいへんな目にあわれたのはお気の毒ですよ。それは間違いなく……」

　ジブセンはベッドに腰を下ろした。ぼくは弱々しくほほえみかけた。ぼくたちはお互いにほほえんでいた。ジブセンはベッドをぽんぽんと叩くと、また立ち上がった。

「しかし、何といい話なんでしょう！　わたしの携帯は鳴りっぱなしでしたよ。みんな、好きなんです、ただただ好きなんです、こういうものが！　悲しみ、若さ、科学。ああ、これは三叉ですね！」

「三叉？」

「三叉です」ジブセンはいった。「それにしても、人というのはどうしようもなく想像力が乏しいですから。不意打ちを食わせて目を見張らせる方法を本に書くべきかもしれません」ジブセンはジョージ・ワシントンの絵のほうに歩み寄ると、その前にたたずんで思いにふけった。「ワシントンも三叉を持っていたんですね。それが彼にどんな結果をもたらしたか、考えてもごらんなさい」

「ワシントンの三叉って何ですか？」

「さあ、何でしょう」ジブセンはいらだったようにいった。「わたしは歴史家じゃありませんから」

「すいません」ぼくは謝った。

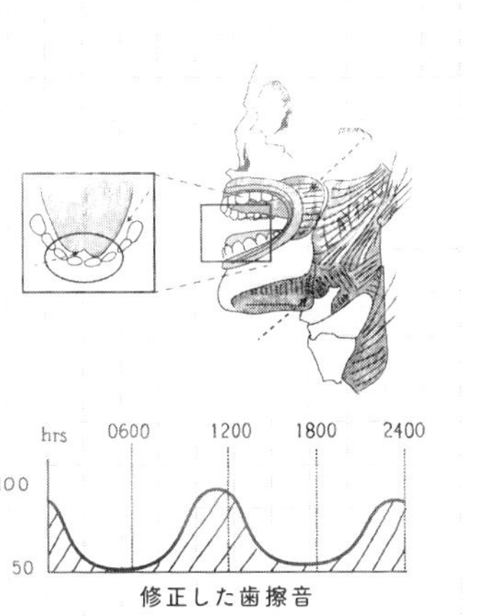

ジブセン氏の顎の筋肉には潮の満ち干のような周期性がある
ノートG101から

この世の中で、月の引力に左右されているというものはいくつぐらいあるのだろう？

三叉
ノートG101から

この世の中で、三叉というのはいくつぐらいあるのだろう？　なぜ、ぼくたちはいつも、ものごとを三つ一組にするのだろう？（たぶん、その答えは高度に認知神経科学的なもので、大きなアイディアを出し入れするためのスペースが三つある大脳の一部に直接つながっているのだろう）

ジブセンは少し軟化したようだった。「さて、あなたにあまり無理はさせたくないのですが……どうです、やっていけると思いますか？」

「大丈夫だと思います」ぼくはいった。

「それはいい」ジブセンはにやりとした。「実は、CNNが一番乗りで取りあげようとしているんですよ。こちらからプレスリリースを出して、さっきタミーが電話を受けたところです……これは過剰な期待をしてほしくはないのですが……ホワイトハウスも嗅ぎまわっているようですし」

「ホワイトハウスが？」

「来週、大統領が議会で演説するんですが、何か論点がほしいということなんです。われらの恐れを知らない指導者が科学に無関心だったというわけではないんですが、この機会を見過ごすのはあまりにもったいないということは、あなたにもわかっていただかないと。いや、大統領がこういうのが聞こえますよ。〝いいですか、アメリカの教育制度は実に有効なのです！　われわれの心臓部は、未来へ向けて小さな天才をつくりだしているのです！〟そうだ、大統領の科学への志向を明るみに出してやろうじゃないですか。ひょっとしたら、うちの予算を増額してくれるかもしれないし」

「うわあ」ぼくはいった。一瞬、誰が大統領だったのかを忘れてしまったけれども、彼と握手するのはどんなふうなのか想像しようとした。

「それとですね、ヨーン先生に電話されてみたらいかがですか。あなたの養い――あなたの……そう、ヨーン先生とお姉さんですか、お二人にすぐこちらに出てこられるよう電話されてみたら」

「グレーシーですか？」

「そうです、グレーシー。それにですね、あなたのご両親の写真が何枚か必要なんですが。それと……弟さんの。ご家族の写真はお持ちですか？」

ぼくは家族が写ったクリスマスカードをバックパックに入れておいたおかげで、シカゴでなくすのを免（まぬか）れていた。バックパックは今、そこにあった。部屋の隅に吊るしてあった。けれども、急に、ジブセンやスミソニアンの人間に写真を渡したくはなくなった。人々が新聞やテレビでぼくの家族を見て、みんな死んだなどと思うのはいやだった。もちろん、グレーシーはこちらに出てくるだろう。科学のレッドカーペット、あるいは、何であれ赤いカーペットの上で、喜んでポーズをとるだろう。そして、たぶん、〝スピヴェット一家は死んだ〟という筋書きに進んでのるだろう。けれども、ぼくにはこの欺瞞の泥沼を渡りきることはできなかった。

「いいえ」ぼくはいった。「写真を一枚持ってたんですけど、シカゴでなくしてしまいました」

「それは残念」ジブセンがいった。「では、電話であなたの……ヨーン先生と話すときに、写真を何枚かフェデックスで送るように頼んでおいてください。どんなものにでもお支払いはしますから。それから、とくに弟さんの写真を忘れないよう注意しておいてください」

「あの、ヨーン先生は写真を持ってないんです」ぼくはそういった。臼歯が痛んだ。

「一枚もですか？」

「ええ。ヨーン先生はそういう写真を持ってるのはあまりにつらいと思ったんです。それで、みんな燃やしちゃったんです」

「ほんとですか？　それは残念ですね。もし、弟さんの写真、できれば銃を持っていて、あなたが背景にいるというのがあれば、何だってできたのに。いやいや、それは惜しい、実に惜しい！　弟さん、お名前は何といいましたっけ？」

「レイトンです」

　ぼくたちはお互いを見つめあった。

　ジブセンの携帯電話がビーッと鳴った。

「有名な人たちが大勢、この部屋に泊まったんでしょうね？」ぼくは尋ねてみた。

「え？」ジブセンが携帯をいじりながらいった。「そうですね、たぶん。当然、ほかのベアード研究員も。なぜです？」

「いえ、べつに」ぼくはベッドに起き上がった。

「もしもし？　もしもし？」ジブセンが携帯にいっていた。「聞こえますか？　はい、そうです、スミソニアンのジブセンです」

　ジブセンは跳び上がって、そこらを歩きまわりはじめた。

平行する熱望が、ぼくたちをより近づけた

実は、そういう写真が一枚あったのだ。グレーシーが写真撮影の授業で写したもので、延々と撮りつづけた百二十五枚のセルフポートレートを離れて、新しい方向を目指したときの一枚だった。グレーシーがダイニングルームのテーブルで写真帳を整理していたときに、そのスナップがぼくの目にとまったのだ。それで、整理が終わったらその写真をくれないか、と頼んでみた。もちろん、これもグレーシーがすることの例外ではなく、約束はされても果たされることはなかった。結局、その写真はグレーシーのクロゼットの混沌の中に消えてしまった。今、こうしてジブセンと並んでいて、ふと気がついてみると、彼が想像上の映像を熱望しているのと同じように、ぼくもその現実の映像が戻ってくるのを熱望していた。ぼくたち二人とも、銃身を握り締めたレイトンのくっきりした像と、それとは対照的にぼんやりしたぼくの像を脳裏に浮かべていたのだ。平行する熱望のせいで、ぼくははじめてジブセンを近しく感じた。

「え……何ですか？　しかし、あなたがおっしゃった……それはバカげてます！」ジブセンは腕時計に目をやった。「タミーがいってましたが……はい、わかりました。しかし……はい、しかし……うちではそれは無理……」

　ぼくはこのおかしな小男が活発な身ぶり手ぶりを交え、イヤリングを引っぱりながら、いったりきたりするのを見まもっていた。

「ああ、はい、大丈夫です……はい、はい、いいえ、わかっています。今のところは大丈夫です。大丈夫です……わかりました……では、失礼します」

　ジブセンはぼくのほうに向きなおった。「服を着てください。先方が時間を変更してきたんです……二時間後に、あなたに生（なま）でインタビューしたいんだそうです」

「タキシードを着たほうがいいんですか？」

「いえ、タキシードを着るには及びません。何か見苦しくないものを着てもらえれば」

「でも、ほかには何も持ってないんですけど」

「何も？　それじゃ、けっこうです、タキシードを着てもらえれば。しかし――」ジブセンはタキシードを調べてみて、クロスさせてあった袖をもとに戻した。「いや、これは、みんな……まあ、これを着てください。向こうへいく途中で何かないか見てみましょう」

　ぼくは前とは違う黒塗りの車に乗っていた。たった今、フィルムノワールから抜けだしてきたというような男が運転していた。ぼくが乗るとき、男は後ろのドアを開けて押さえていてくれたが、彼がつけているオーデコロンの香りがつんと鼻をついてきた。それがあまりに強烈だったので、一瞬、ぼくをクロロホルムで気絶させようとしているのかと思った。ぼくは口で息をして、乗りこむと窓をこじ開けなければならなかった。

「どちらへ、チャンプ？　ヴェガスっすか？」運転手がバックミラーを通してウインクしながら聞いてきた。

「ペンシルヴェニアアヴェニューのCNNへ」ジブセンがいった。

「はい、どうも」運転手はいった。「お客さんたちの行き先は知ってますけどね。こちらさんの気分をほぐそうと思って聞いたんすよ」

ジブセンは座席の中で不愉快そうにもぞもぞ身動きした。「CNNへ」もう一度いった。「ああ、そうだ。途中で停まって、T・Sにスーツを買わないと」

「途中には何もないすよ。こちらさんのサイズを置いてるような店は。ホロウェイは二年前に閉めちまったし、サンピーニは北西へ移ったし」

「何もない？　Kマート（ディスカウントストア）か何かは？」

運転手は肩をすくめた。

ジブセンはぼくのほうを振り向いた。「よろしい、T・S、やっぱりタキシードを着ていてもらわなきゃならないみたいですね。でも、前をしっかり合わせておいてください、いいですね。しっかり合わせておくんです」

「わかりました」ぼくはいった。

「それじゃ、CNNへ直行して」ジブセンが声高にいった。

運転手は目をぎょろりとさせ、また、ぼくにウインクしてきた。髪にはてかてかのポマードをべったり塗っていた。見たところ、ビュートの裏町の床屋のヘッチにちょっと似ていた。前髪はうまく格好をつけていて、額をよぎって流れ落ちるウェーブがそのまま凍りついたというふうになっていた。そのウェーブを引き下ろそうとする風や重力、あるいは何らかの自然の力に、本人が敢然と立ち向かっているというふうでもあった。

走行中、運転手はラジオに合わせてハミングし、人さし指と中指でダッシュボードをトントン叩きはじめた。ぼくはこの人が好きになった。いかにもナビゲーターという感じがした。

ぼくはコンクリートのビルが次々と後ろへ流れていくのをながめていた。車はケーブルテレビ局へ向かっていた――テレビ信号がつくりだされ、飢えた衛星テレビ受信用アンテナや小型の黒いセットトップボックスへ向けて、国じゅうに流される場所へ。ああ、ケーブルテレビがあったら。それはグレーシーの終生の夢の一つだった（それはぼくの夢でもあったということを認めなければならない）。

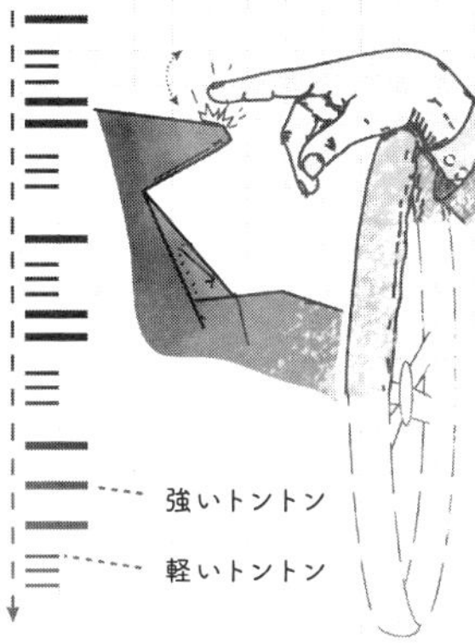

運転手はトントンとビートを刻んだ
いかにもナビゲーターという感じだ
ノートG101から

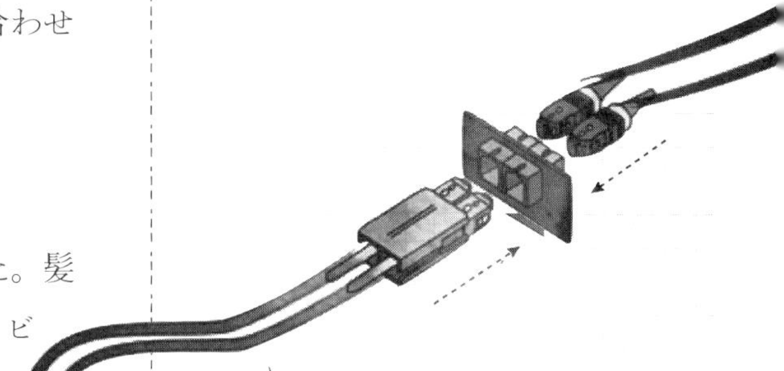

アメリカの光ファイバーネットワーク
ノートG78から

コパートップではメディアへの渇望を満たしてくれるものは西部劇しかなかったが、チャーリーはディレクTVを見られた（チャーリー！　ぼくのたった一人の友だち！　額の上の逆毛とヤギのような身軽さがなつかしかった！）。はじめてチャーリーのうちにいったとき、ぼくはリモコンのボタンを押しつづけ、千一あるチャンネル全部を三周し、選択肢のあまりの多さに呆然とした。

➤そして、考えてみると、今から一時間十五分後に、チャーリーと不精なお母さんが狭いトレーラーハウスでディレクTVを見ていれば、ジャーン！――友だちのT・Sが画面に登場するのだ。お母さんがCNNを見るはずはなかったけれども、ひょっとして、チャーリーが見ているかもしれないので、彼にあいさつしようと頭の中でメモしておいた。お母さんはいつも素人芸の番組を見ていた。ぼくはその手のものが嫌いだった。図に描くようなものが何もなかったからだ。

「じゃ、わかりましたね？」
「え、何が？」
「ちゃんと聞いてください。大切な話ですから。間違いなく理解しておいてほしいんです」舌足らずぶりが全開になっていた。ジブセンはぼくがインタビュアーに対してどう答えたらいいかをコーチしはじめた。小さな嘘をつくことになるけれども、それで話がずっとわかりやすくなるから、といった。
「この手のメディアはですね、とにかく、何ごとも必要以上にわかりやすくしてしまうんですよ」ジブセンはいった。「わたしたちはこちらが望むわかりやすいバージョンを提供したほうがいいんです」
　だから、ことの次第はこういうことになる、とジブセンはいった。スミソニアンは最初からぼくの年齢を知っていた。両親が死んだあと……
「ご両親はいつ亡くなったんです？」ジブセンが聞いてきた。
「二年前です」ぼくは答えた。
　二年前に両親が死んだあと、ヨーン博士がぼくを引き取った。そして、ぼくとスミソニアンとの長い関係が始まったが、その中で、ぼくはスミソニアンの指導のもとに才能を開花させていった。ぼくの変わらぬ夢は、スミソニアンで仕事をすることだった。レイトンが死んで、ぼくは途方に暮れたけれども、そのとき、ふと思いついてベアード賞に応募することにした。実のところ、自分がそんな名誉を授けられるとは思ってもいなかったが、モンタナから出られる可能性に賭けたのだ。
「それと、もう一つ、小さなことですが。うちの弁護士に相談するまではですね、あなたは弟さんの死に関して、どんな種類の非難も避けて通るようにしなければなりません。うちはどんなごたごたも望んでいませんから。あなたは銃の発射を目撃して、助けを求めに走った。いいですね？」
「わかりました」ぼくはいった。
　車は大きなコンクリート建築の地下の駐車場で停まった。
「はい、着きました」運転手がそういって、くっくと笑った。「嘘の製造工場っすね。あれ、ひょっとして、ペンシルヴェニアアヴェニューのもっと先だったかな」
「ご苦労さん」ジブセンはそういって、さっさと車を降りた。
「名前、何ていうんですか？」ぼくは去り際、運転手に聞いてみた。
「スティンプソンっす」運転手はいった。「うちら、前に会いましたよね」

テレビ局の人たちはぼくにぺろぺろキャンディーをくれた。それから、ぼくを床屋にあるような椅子に座らせて、ドーランとアイライナーを手早く顔に塗りはじめた。グレーシーが見たら、笑いすぎて死んでいただろう。次に、髪をとかして整えると、担当の女の人が一歩下がって、こういった。「かわいい、かわいい、かわいい」ひどく早口で、何回も繰り返した。彼女はこの国の生まれではないように見えたけれども、ぼくは鏡をのぞきこんでみて、その立派な仕事ぶりを認めざるを得なかった。ぼくはいかにもテレビの登場人物というように見えた。

彼女はぼくの血のついたシャツを目にすると、チッと舌を鳴らし、アシスタントを呼びつけて、代わりの衣装を見つけてくるようにいった。アシスタントたちは数分後に手ぶらで戻ってきた。
「時間がないわね」彼女は首を振った。そのあと、青い布を持ってくると、それをサッシュ（軍人などが肩から斜めにかける帯）のようにシャツに巻きつけ、その上からタキシードの上着を着せかけた。彼女はうんうんとうなずいた。「うちのおじいさんがよくやってたみたい」

人が次から次へと寄ってきては、ぼくの肘のすぐ上のあたりを握って、頭の後ろを撫でた。クリップボードを持ってヘッドホンをつけた女の人がやってきて、ぼくを抱擁すると、何やら大声で指示しはじめた。と思うと、手の甲で顔を拭いながら離れていった。

彼女がこういっているのが聞こえた。「この子、食べちゃいたいくらい」

はじめ、インタビューの間、ジブセンがぼくの隣に座るかどうかで議論が起きたけれども、番組のホストが鶴の一声でその提案を退けた。彼はぼく独りを望んだ。〝ありのままで〟と彼はいった。ジブセンはそれで不安をつのらせ、舌足らずを再燃させた。

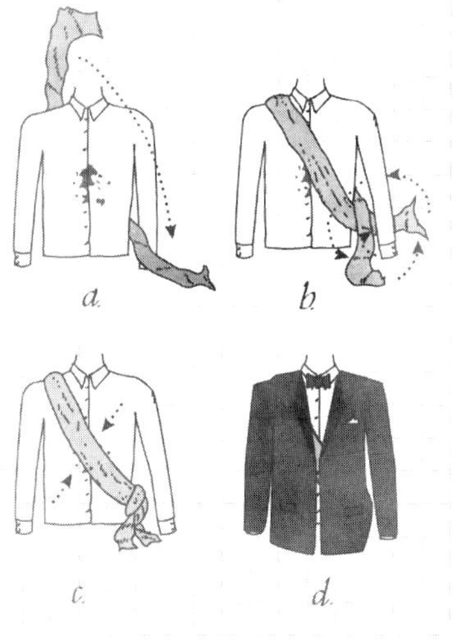

► 胸の中ほどについた血のしみを隠すようにサッシュを結ぶ方法
ノートG101から

鏡に映った自分を見ているうちに、この人のおじいさんに会ってみたくなった。おじいさんは軍人か、宗教家か、俳優だったのだろう。おじいさんは孫娘とそのメーキャップの技術を誇りに思っているだろうか、とぼくは考えた。ぼくならそう思うけれども。

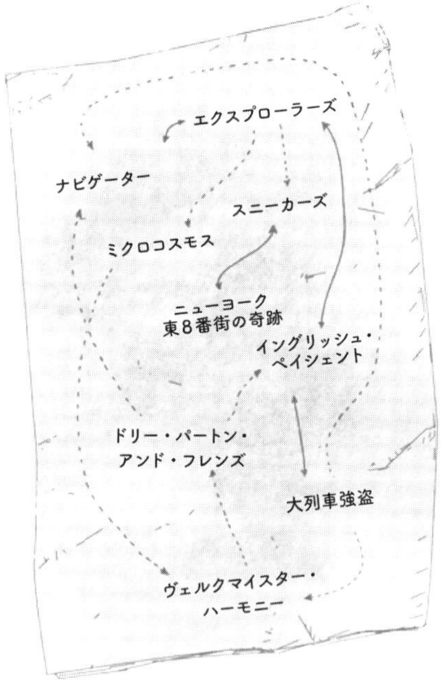

ぼくの好きな映画トップナインと、
その主題の関係を描いたナプキン
（アイスナー氏の所有物）

そのときは十番目の映画に触れる前に時間切れになってしまったけれども、あとで考えると、ヘルツォークの『アギーレ／神の怒り』をあげたのではないか。ぼくの中で、バークリー・マイニングピットの悲劇に魅せられたのと同じ部分が、クラウス・キンスキーの恐ろしくいびつな征服者にもひかれたのだと思う。

ドクター・クレアは、動物に向けられた暴力を理由に、ぼくがその映画をレンタルするのをやめさせようとした。たしかに、それにはうなずけるものがあった。とくに、ぼくの脳裏をどうしても離れないシーンなどはそうだった。狂気をつのらせていくキンスキーに率いられた征服者の一隊が、アマゾン川を下っていくうち、突然、おびえた馬が水中に転落する。馬は岸へ向かって泳いでいくが、その間も遠征隊は流れを下りつづける。馬はとてつもない密林に置き去りにされ、消えていくいかだを悲しげに見送る。その悲しげな様子は、けっしてヘルツォークのカメラがでっちあげたものではなかった。

「馬はどうなったの？」ドクター・クレアはテレビに向かって叫んだ。そのあと、やや八つ当たり気味にこういった。「このドイツ人たち、大嫌い！」

「誰かに食べちゃいたいっていわれたら——」ぼくがジブセンに話しかけたとき、何かどよめきが起き、伸びてきた手に肘をぎゅっとつかまれたかと思うと、ステージへ押し上げられた。

ぼくはアイスナー氏のデスクと向かいあう大きなソファーに座った。彼がホストだった。照明が極端に明るくなった。カメラがまわりはじめる前に、アイスナー氏が好きな映画は何かと聞いてきた。これは自分の番組に登場するどんな子どもにもするお決まりの手順なのだろうという気がした。ぼくは〝セットゥンルーム〟のことを話し、自分が好きな映画トップナインの図を描いてみせた。アイスナー氏はそれが気に入ったようだった。

てっぺんを尖らせた髪をして、クリップボードを持った男がいった。
「それじゃ、いきますよ……五、四、三、二、一」カメラの上の赤いライトがつくと同時に、アイスナー氏はテレビの上の生き物に変身した。その声はどこか人工的になり、本人は座席で背筋をぴんと伸ばした。ぼくもそれにならおうとした。

「けさの最初のゲストは、このたび、スミソニアンのベアード特別研究員に任命されたT・S・スピヴェットさんです。スピヴェットさんはたいへんすぐれた地図製作者、イラストレーターで、科学者でもあります。一年間、博物館のためにイラストを描きつづけたあと、今回のたいへんな名誉を与えられました。その絵は詳細をきわめ、信じられないほどすばらしいものがあります——一目見ただけで、これは本物だとわかるでしょう。しかし、この話のもっとも驚くべき点は、T・S・スピヴェットがわずか十二歳というそのことなのです」カメラはパンして、フレームの中にぼくの姿をおさめた。ぼくはにっこり笑おうとした。

「みなしごのT・Sは、痛ましいできごとで弟さんもなくしたばかりです。その彼が、きょうは、わたしたちがお送りする三回の天才児シリーズの皮切りにきてくださいました——彼らはどこからきたのでしょう？　そして、このあと、わたしたちの社会に何をしてくれるのでしょう？」

アイスナー氏はぼくのほうに向きなおった。

「さて、T・S、きみはモンタナの牧場で育った。そうだね？」

「はい」

「きみのお父さんが――いや、申し訳ない――お父さんが亡くなったとき、きみはいくつだったの？」

「ええと……九歳か十歳でした」ぼくはいった。

「お父さんはカウボーイだったとかと聞いてるけど？」

「そうです」ぼくはいった。

「お父さんは自宅を西部劇のセットみたいにしてしまったそうだね」

「ええと、それは――」ぼくはジブセンの目がこちらに注がれているのを感じた。「はい、そうです」ぼくはいった。「『駅馬車』とか『モンテ・ウォルシュ』の世界に住みたかったんだと思います」

「『モンテ・ウォルシュ』？」

「それは西部劇で、何て名前だったか……それはほんとに――」

「じゃ、お父さんが亡くなる前、きみに教えたいちばん大切なことというのは何だった？」アイスナー氏が途中でさえぎって尋ねてきた。

　ぼくは間違った答えをしそうな気がした。それは一発で正しい答えが出せるような種類の質問ではなかった。しかし、そこに座り、カメラの上の赤いライトを見つめながら、ただじっとしているだけでは、段取りと違うということはわかった。ぼくは心に浮かんできたことをそのまま口に出した。「ぼくは父から儀式の重要性を学んだと思います」

「あ、ちょっと待ってください。違う答えをしてもいいですか？」ぼくは聞いてみた。

「どうぞ、どうぞ。好きなようにいってください！　きみはベアード特別研究員なんだから」

「父はなぜ家族というものが大切なのかを教えてくれたと思います。つまり、それは先祖も含めてですけど。ぼくたちの名前も。テルホ・スピヴェットも」

　アイスナー氏はあいまいにほほえんだ。ぼくが何をいっているのかわからないという様子が見てとれた。それで、こういった。「ぼくのひいひいおじいさんはフィンランドからきたんです。彼がはるばるモンタナにたどり着いて、ひいひいおばあさんと結婚したのはほんとに奇跡でした。ひいひいおばあさんはワイオミング遠征に加わっていて

三つの儀式

　それは嘘ではなかった。もし、父と二度と会うことがないとしたら、ぼくは儀式を通じて父を思いだすだろう。父にはたくさんの儀式があった。父の一日は、手の込んだ儀式を次々に遂行することだけで費やされているようだった。その中でも、ぼくがいちばんに思いだすのは次の三つだと思う。

1. 父は家に入るたびに、玄関のドアのそばの十字架に二度触れ、親指を唇に当て、ちょっと間をおいてから、ブーツを脱ぎにかかった。毎回毎回だった。とくに変わった行動ではなかったけれども、そういう行動の蓄積、メトロノームのようなタイミング、帰宅を規定する完全な一貫性、それらが儀式に意味を与えていた。

2. 毎年のクリスマス、父は家族の一人一人にきわめて短い手紙を書いた。通常は、寒い気候に触れ、〝一年が過ぎ去っていくのが何と早いことか〟と述べただけのものだった――それは好みの西部劇の一本から選んだせりふだった。それでも、同じ屋根の下で暮らす人間に手紙を書くなんておかしい、といぶかったことはなかった。大きくなるにつれ、クリスマスツリーに封筒が置かれているのを見ると、条件反射のように、もうすぐプレゼントがもらえると思ったからだ。

3. 食事の前（本人がその場にいれば）、父はぼくたちにお祈りをさせた。自分から声をかけるわけではなかった。頭を垂れるだけだったけれども、ぼくたちはそれを見て、同じように頭を垂れ、目を閉じ、どことなく〝アーメン〟に似た低くしゃがれた発声に耳を澄ませた。それで、安心して食べ物をむさぼることができるというわけだった。父がディナーの席にいないときはレイトンがその儀式を取りしきったが、レイトンがいなくなってからは、グレーシーも、ドクター・クレアも、ぼくも、暗黙のうちにその行ないを取りやめた。

――」
「ワイオミング？　きみはモンタナの人かと思っていたけど」
「はい、それはそのとおりなんですけど。人はあちこち移り住むものだと思いますから」
　アイスナー氏は自分のメモに目をやった。「それで……その牧場で、牛だの羊だの何だのといっしょに育って、そのきみがいったいどうして、科学的なイラストに興味を持つようになったの？　納屋で牛の乳搾りをするのとは、もっともかけ離れたことのように思えるんだけど？」
「ああ、それは母のせいです」ぼくはそこで言葉を切った。
「ごめんね。どういうことか、わからないんだけど」アイスナー氏がいった。
「あ、どうも」顔が赤くなってきた。「母は甲虫を採集するのが趣味だったんです。それで、ぼくも甲虫を描きはじめたんです。それと、ひいひいおばあさんはこの国の女性地質学者の草分けで。たぶん、ぼくにもそういう血筋があるのかなと」
「血筋？」アイスナー氏はいった。「すると、きみはずっと地図小僧（マップボーイ）になりたかったというわけかな？」
　マップボーイ？　〝マップボーイ〟なんて言葉はなかったはずだ。
「さあ、わかりません」ぼくはいった。「あなたは自分がテレビのホストになるって、ずっと前からわかってました？」
　アイスナー氏は苦笑した。「わたしは大きくなったらカントリーミュージックのスターになるんだと思ってたけど……ヘイ・リル・ダーリン……」
　ぼくが反応しないでいると、アイスナー氏は口をつぐんで、またメモのカードを繰った。「では、これから当分の間、みんながきみにしそうな質問の一つだけど、天才はどんなふうに生まれるんだろう？
きみは頭の中に先天的な素質を持っていたんだろうか、それとも、すべて、誰かから教わったのかな？」
「ぼくたちは頭の中に世界の地図を持って生まれてくる、とぼくは思ってるんですけど」ぼくはいった。
「ほう、それは実に便利だ。ＧＰＳの会社にはいわないようにね」ア

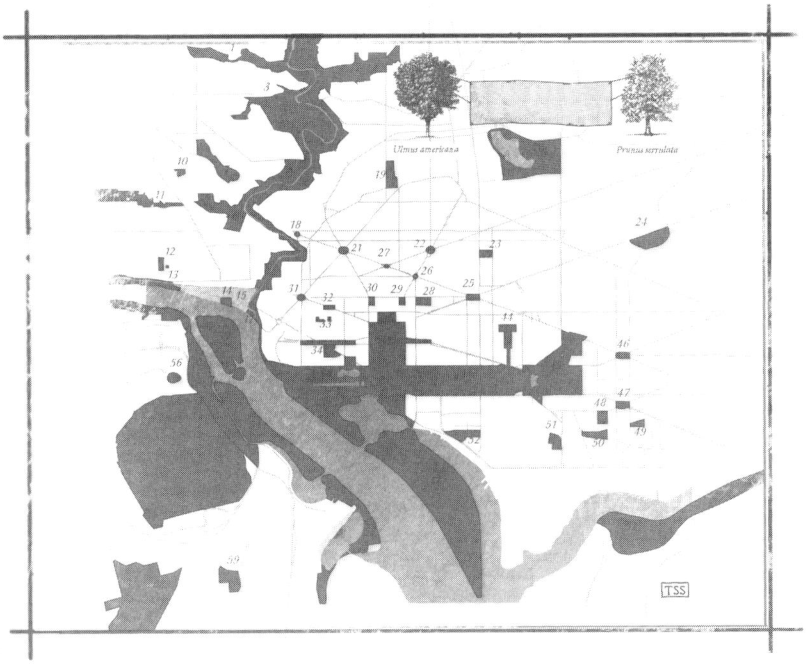

**ワシントンDCのグリーンスペース
ノートG45から**

これは自然史博物館のアースデー記念の展示の一つだった。ぼくがスミソニアンのために図を描きはじめたころの一枚だ。

イスナー氏はいった。「しかし、わたしはこういったほうがより正確じゃないかと思うんだけど。つまり、われわれみんなじゃなくて、われわれの一部は頭の中に世界の地図を持って生まれてくるとね。うちの奥さんはその一人じゃないけど。そういえば、きみの地図を二枚ほど持ってきたんだ」アイスナー氏はデスクの上に地図を掲げ、カメラのほうに向けた。「で、こちらのほうは……DCの公園？」

「そうです。DCとヴァージニア北部の」

「何といっても、これはすばらしい仕事だね。シンプルでエレガントだ」

「ありがとうございます」

「この地図を見ると、思わず独り言をいってしまうね。DCのダウンタウンには公園が五十もあったのかって。それで、この土地をちょっと違う目で見るようになるよ。きみはここでまさにそういうことをしようとしてるんじゃないのかと思うけど。しかし、わたしが聞きたいのは、こういったものをどんなふうに描くかを、どうやって考えつくのかということなんだ。つまり、わたしの頭はとてもそんなふうには働かないからね。朝、このスタジオにくるのにも迷うくらいだから」アイスナー氏は自分を笑ってみせた。ぼくも笑おうとした。

「自分でもよくわからないんです」ぼくはいった。「なぜか、自分がしていることだという感じがしないんですね。世界がそこにあって、自分はそれを見ようとしているだけで。世界がぼくのために仕事を全部してくれるんです。図案がもうそこにあるんです。ぼくは頭の中の図を見て、それを描くだけなんです」

「若い学者の実に賢い言葉だね。この世界の将来をきみの双肩にゆだねるというのは、幸せなことだ」

　ぼくは急に眠くなってきた。

「番組の後半では、フェラーロ先生が天才児のMRI（磁気共鳴映像法）画像の研究から発見したことについて、先生ご自身に話をうかがいます。先生はきみの頭の中をのぞいてみて、きみがいう図を見つけようとするんじゃないかな」

CNNのインタビューが終わって、ぼくが楽屋でドーナツを食べているうちに、ジブセンは女医のフェラーロ先生と、翌日、MRIを撮るスケジュールを調整していた。そのあと、ぼくはヘッドホンをつけた親切な男の人と、しばらくの間、テレプロンプター（出演者に台本を一行ずつ流して見せる装置）の扱いかたについて話をした。アイスナー氏がそばを通りかかり、ぼくの髪をくしゃくしゃにした。といっても、実際にはそんなに乱れなかったのは、ヘアージェルでしっかり固めてあったからだ。

「うちの子どもたちとつきあってやってもいいと思ったら電話してね」アイスナー氏はいった。

その日のその後は、何ともあわただしかった。テレビのインタビューをあと四つこなした。スティンプソンはぼくたちを乗せて、DCの全区画とヴァージニア北部のテレビ局をいったりきたりした。

そして、その日の終わり、市街へ戻るころには、ぼくたちみんな疲れ果てていた。スティンプソンでさえ、何時間も前にウインクをやめていた。

「特別区にようこそ」ポトマック川を渡ったところで、スティンプソンがいった。「ここは人をさんざん食い物にしても、まだ食い尽くしてないってところっすね」

「気分はどうですか？」ジブセンがスティンプソンを無視して聞いてきた。「きょうはあと一ヵ所寄るだけですから。雑誌の撮影があるんです。あなたが来月のカバーストーリーになるんですよ。うちではいくつかアイディアがあったんですが、あなたにも何かインプットする機会をあげたくて。写真を撮ってもらうのはどこがいいと思いますか？」

どこで写真を撮ってもらうか？　ある意味では、それは夢のような質問だったけれども、むずかしい質問でもあった。というのは、ジブセンが聞いているのは基本的にこういうことだったからだ。世界中のあらゆる場所の中で、視覚的に考えて、おまえが写真の中で自分を置いてみたい場所というのはどこか？　それは、夢や希望、あるいは、人生設計をもっともよくあらわす場所ということだった。ぼくの中には、家に飛んで帰って、柵の杭にまたがったところを撮ってもらいたいという気持ちがあった。あるいは、ドクター・クレアの書斎の入り口か、レイトンの屋根裏部屋に続く階段の吹き抜けにいるところを。どれも、いい写真になりそうだった。けれども、ぼくはモンタナにはいなかった。撮影する場所を求めてぐるぐるまわっているところだった。

「DCの鳥のホールはどうですか？」ぼくはいった。「イエススズメの前なんか？」

「ああ、それはすばらしい」ジブセンがいった。「なるほど。スズメですか。それは何とも微妙ですばらしい。わたしたちが考えつくようなどこよりもいいでしょう。だから、こうしてあなたにまわってもらっているわけですが」

ぼくは顔を上げ、スティンプソンがにっこりしているのを見た。

「いい選択っすね」スティンプソンはいった。「だけど、鳥はさっさと逃げちまいましたよ」

自然史博物館のロビーでカメラマンを待っているとき、あれっということが起きた。博物館が閉まったのだ。みんな、ぞろぞろと正面玄関のほうへ移動しはじめた。ぼくはジブセンのほうを見やったが、それに気づく様子もなかったので、いっしょにその場にとどまった。

おそろいのシラサギの縫いぐるみを抱えた黒人の少女二人が、赤いジャンプスーツの女のもとを離れて駆けだした。三人は大きな観音開きのドアから出ていったけれども、女の怒鳴る声がはるか頭上の天井にこだましているのが聞こえた。とうとう、みんなが出ていって、あたりは静かになった。広いロビーには警備員が居残っているだけだった。ジブセンがその警備員に近づいていって、何か話をしてから戻ってきた。ぼくたちはおかまいなしということだった。

メトロポリタン美術館（一階）

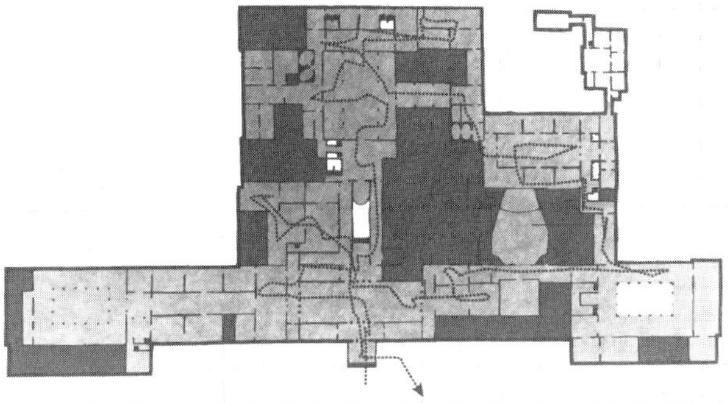

► FTMUFMBEF　地図＃4
クローディアとジェイミーの美術館初日
ノートB45から

人々が去っていくのをよそにずっと居残って、警備員が錠をかけるときもベンチの下に隠れているというのは、すべての子どもの夢だった。ぼくは、ある日、E・L・カニグズバーグの『クローディアの秘密　フロム・ザ・ミクスト－アップ・ファイルズ・オブ・ミセズ・ベイジル・E・フランクワイラー』を、ポプラの木の下で読んだことがあった。最後のページをめくって、裏表紙の堅い厚紙と布にぶつかったとき（それはビュート公立図書館の蔵書だった）、これはフィクションだったのだとはっと思い当たった。表と裏の表紙の間で記されているようなできごとは、実際に起きたわけではなかったのだ、と。

ぼくはクローディアとジェイミーの旅の資料として添えるような一連の地図を描いた。はじめは、つくりあげられた風景に伴う空虚な感覚にしばしばとらわれたけれども（『白鯨』の地図を描こうとしたときに経験したのと同じ感覚だった）、カニグズバーグ女史の小説は地図化が可能な世界の重荷からは完全に自由なのだということが、だんだんとわかってきた。つくりものの地図なら何千とおりに描いても、けっして間違うことはないのだ。残念ながら、しばらくしてから、ぼくはその選択の自由に麻痺してしまった。結局、実世界をそっくりそのまま地図にする生涯の仕事に舞い戻った。

閉館時間を過ぎた博物館にとどまっていることで、わくわくするようないたずらな気分が盛り上がってきたけれども、それもすぐにしぼんでいった。というのは、目を光らせている大人に付き添われていたからだ。ぼくはここにいなくてはならなかった。しかし、ボリスのおかげで、どこかに秘密のトンネルの入り口があるということを知っていた。その入り口を見つけられるチャンスはごくわずかということもわかってはいたけれど。

大きなショルダーバッグを提げたカメラマン二人がようやくあらわれた。ぼくたち四人は階段を下りてホールへ向かった。そう、DCの鳥のホールといっても、実際には、〝ホール〟と名乗るほどのスペースではなかった。ベアード講堂の後ろに押しこまれたような廊下（ホールウェイ）でしかなかった。

「スズメはどこだ？　スズメはどこだ？」ジブセンはぶつぶついいながら、鳥のガラスケースを見ていった。「なに？　ここにはいない」

「でも、イエススズメはDCで見られる鳥ですよ」ぼくはいった。

「いや、場所はここなんですが、鳥がいなくなっているということです」

なるほど、ジブセンのいうとおりだった。〝イエススズメ（パセル・ドメスティクス）〟と書いてある小さな札はあったが、その台には何も載っていなかった。「常時、剝製の修理をしてるんですかね。いや、これはほんとに――ついてなかった。それじゃ、何かほかのものの前で撮らなきゃなりませんね。元の案に戻りますか。あなたがメインロビーで驚きの目で象を見上げて、ノートにスケッチしているところを撮りましょう」

「でも、ぼく、ノートを持ってないんですけど」ぼくはいった。

「ジョージ」ジブセンはカメラマンの一人に声をかけた。「彼にノートをあげて」

「でも、これ、色が違います。ぼく、こういうノートには描かないんです」

「T・S！　そんなこと、誰も気にしませんよ」ジブセンはいった。舌足らずな音が、身じろぎもしない鳥たちの間に流れていった。「長い一日でしたからね。早いところ写真を撮って、みんな、うちに帰りましょう」

キャリッジハウスへの帰り道、また、ジブセンの携帯が鳴った。ジブセンはけだるそうに答えはじめたが、すぐにぱっと顔を輝かせた。ぼくはその会話を聞きとろうとしたが、あまりにも疲れていてついていけなかった。ぼくはもうここにはいたくないと思っていた。キャリッジハウスに自分の仕事場を設けて、図を描く仕事に戻ることができるなら、事態は変わるかもしれなかったけれども、今のところ、今度の賞は図を描くこととは何の関係もないように思われた。

ジブセンが電話を切った。

「話が決まりましたよ」ジブセンがいった。

「何の話がですか？」ぼくは尋ねた。

「今のはですね、ホワイトハウス秘書室のスワン氏からです。わたしたちは大統領演説の七番目と十六番目の区切りで登場するそうです。二度触れられるんですよ——教育と自国の安全保障のくだりで。全国放送のカメラが二度、わたしたちのほうへパンしてくるんですよ。いや、すばらしいですね、Ｔ・Ｓ。実にすばらしい。この町でなら、そんなことは珍しくもないだろうと思うかもしれませんが、そうじゃありません——あなたがいてこそ、そこらじゅうのドアが開きはじめるんです」

「大統領なんてこけおどしを」スティンプソンが前のほうからいった。

「誰もきみになんか聞いてない」ジブセンがピシャリといって、ぼくのほうに向きなおった。「これはやりすぎかもしれないということはわかっています。しかしですね、あなたはわたしたちにたいへんな貢献をしてくださっているんですよ。それに、この週が過ぎれば、事態はずっと落ちつくはずですから」

「それだといいけど」ぼくはいった。バックミラーを見ると、スティンプソンが舌を突きだし、口だけ動かして「こけおどしを（イッツ・ブルシット）」といった。もしかしたら、「くそったれが（ヒーズ・フル・オブ・シット）」といったのかもしれなかった。いずれにしろ、ぼくはにっこりしたけれども、その悪態で顔が赤くなった。あのリッキーのように、好き放題に悪態がつける本物の大人というのもいるところにはいるのだ。

ベッドに撤退する直前になって、けさ、ファーカスが届けてくれた手紙のうちの三通目のことを思いだした。封筒はデスクの上に置きっぱなしになっていた。封はしてあったが、封筒の外側には何もなかった――宛名も、手書きの筆跡も、切手も。

ぼくはレターオープナーをつかんで、折り目に刃を押しこんだ。封筒が開いた。

中には、短い手紙が入っていた。

T・Sへ
あなたが日誌を見つけてくれてよかったわ。
あなたを許します。

母

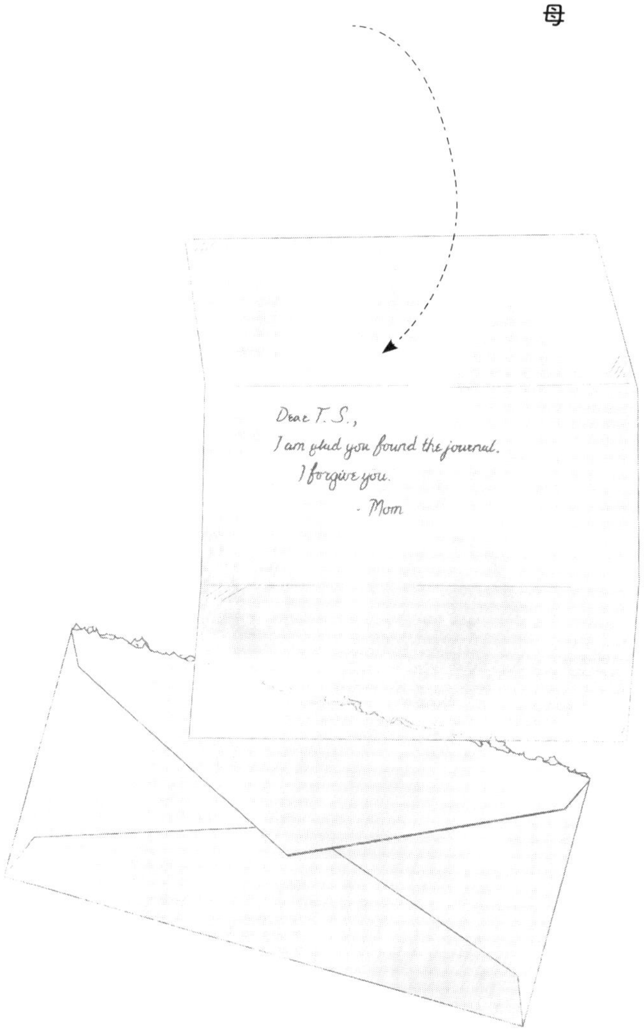

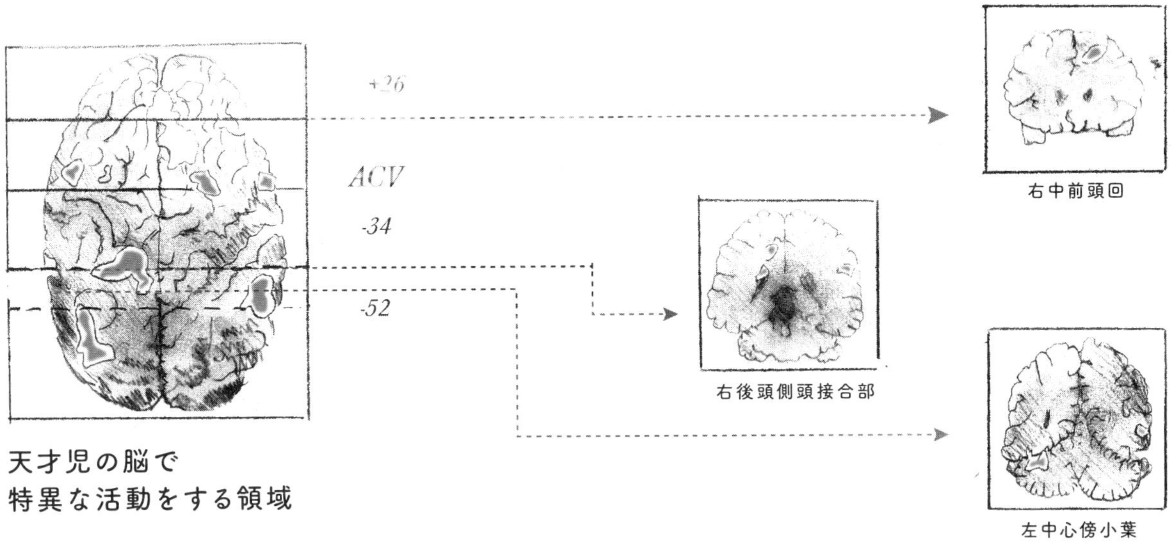

天才児の脳で
特異な活動をする領域

第14章

土曜日の午後、フェラーロ先生がぼくのMRIを撮るというので、スティンプソンにワシントンメディカルセンターへ送ってもらった。

ワシントンのダウンタウンはほとんど人気（ひとけ）がなかった。長い顎ひげの痩せた男が、歩道の真ん中に敷いた赤いインディアンラグの上に、両手を腰に当てて立っていた。手品でも始めようという様子だったが、それを見せる相手が一人もいなかった。車の往来が途絶えた通りを進んでいくと、吹き飛ばされたビニール袋がパーキングメーターや信号機に貼りついているのが見えた。町じゅうの人がやりかけていたことをやめ、二日間の冬眠に入ってしまったような感じだった。

「みんな、どうしちゃったんですか？」ジブセンに聞いてみた。

「心配いりません——嵐の前の静けさですよ」ジブセンはイヤリングをいじりながら、そういった。「みんな、戻ってきます。月曜日になれば、必ず戻ってきます」

ぼくたちはフェラーロ先生と診察室で会い、それから病院の地下にあるMRI室へ向かった。エレベーターの中で、ぼくは先生をちらち

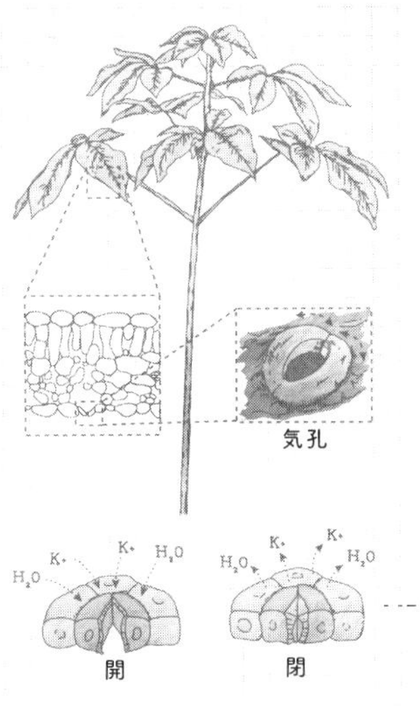

気孔の開閉
ノートG45から

都会が沈黙し、復活する毎週のサイクルは、植物の気孔の開閉を思いださせた。科学の授業で光合成を学んでいたとき、ぼくはその開閉の図を描いた。ステンポック先生は自分の指示に正しく従わなかったということで、ぼくの作品にCをつけたけれども、その後、それが《ディスカヴァー》にイラストとして掲載されたことで、それ見たことかという気分になった。

これが週末に訪れるアメリカの都会の沈黙

らと見た。そうせずにはいられなかった。その風貌に、どこかドクター・クレアを思いださせるものがあったからだ。フェラーロ先生は装身具をつけていなかったし、見かけはもうちょっと落ちついた感じがした——もうちょっと気むずかしそうでもあったのは、何にでも、たとえばエレベーターのボタンにも、自分のクリップボードにも、ぼくのタキシードにも、いちいち眉をひそめる癖のせいだったのだろう——けれども、尖った顎の先、目のちかちかする輝きは、ぼくの母が科学の研究中、もっとも真剣になる一瞬を思い起こさせた。フェラーロ先生が真剣なのは間違いなかった——何かの現実と取り組んでいるという印象だった——現実の世界と取り組んでいる科学者の間近にいると、今まで感じたことのなかった新たな興奮を呼び覚まされた。

大人の女とコーヒー

フェラーロ先生はぼくの母と仲よくできるだろうか、いい関係を続けられるだけの知的な敬意をお互いが持てるだろうか、とぼくは考えた。母に友だちがいればいいのに、とぼくは前から強く思っていたのだ。いっしょにコーヒーを飲み、ミトコンドリアの厄介な性質を笑いの種にし、同僚の政治的なゴマすり発言に愚痴をこぼすような同性の友だちがいればいいのに、と。ドクター・クレアは自分の夫がどんなに無口かをフェラーロ先生に打ち明けられるだろうし、大人の女がこっそりとやっているようなことを何でもやれるのではないか。しかし、母が今の人生から一歩も踏みだす気がないと知ったら、フェラーロ先生は額に皺を寄せるのではないか？　コーヒーマグを置いて、上の空でうなずきながら、科学者の成れの果てともいうような相手から逃げだす機会を待つだろう。母からの電話に答えるのもやめるだろう。そういう同僚の間での拒否反応がもう起きていたのではないかという思いが頭に浮かんできた。科学者たちはずっと前からマグを置いていたのではないだろうか。母を成れの果てと思っていたのではないだろうか。

X染色体

ＭＲＩ室に入ると、フェラーロ先生はぼくにメモ帳と鉛筆を渡した。その鉛筆は、ついていたはずの消しゴムと、かぶせてあったはずの金属の環がなくなっていた。それで、端のほうは木がむきだしのままになっていた。

最初のテストで、フェラーロ先生は、よく知っている場所を頭に浮かべ、そこの見取り図をメモ用紙に描いてほしいといった。ぼくはうちの納屋の図を描くことにした。そこは知りすぎるほど知ってはいても、今はずいぶん離れてしまった場所と感じていたからだ。それこそ、ぼくが図を描くそもそもの理由だった。なじみのなくなったものをなじみのものに戻すというのが。

それくらい、お安いご用だと思っていたら、フェラーロ先生にＭＲＩテーブルに横になるようにいわれ、ストラップでそこに縛りつけられた。(a)両腕をほとんど動かせず、(b)プラスチックの固定板二枚でこめかみを締めつけられた（だんだんと強く）状態で、何をどうやって描くというのだろう？

フェラーロ先生が技師に何かいうと、ぼくをのせたテーブルは装置の中に滑りこんでいった。その白いチューブの中にぼくが隠れてしまうと、先生は、いちばん肝心なのは頭を動かさないことだから、と念を押した。一ミリでも動かしたら、すべてぶち壊しになってしまうというのだ。

ぼくは上腕をストラップで留められているにもかかわらず、何とかメモ用紙を持ち上げ、チューブの天井に押しつけた。天井といっても、胸の上、六、七インチに過ぎなかったけれども。そんな具合で、しかも視野の下の隅でしか紙を見ることができなかった。とてもベストの図は描けそうもなかったが、ともかくも、いわれたとおりに描きはじめた。頭を一ミリも動かすまいと注意しながら。

そのとき、装置が作動しはじめ、ひどく騒々しく甲高い一連の音が流れだした。ややあってから、それがまた繰り返された。ちょうどカーアラーム（自動車の盗難警報装置）のサイクルのようだった。いや、うるさいこと、うるさいこと。果てしなく繰り返される騒音で、ぼくは納屋の図を描くという仕事を途中で放棄した——かわりに、カーアラームと受音範囲の相関図を描いて、甲高い騒音が大脳の敏感なシナプスをどんなふうに破壊するかを示したくなった。

ずいぶん長い時間がたってから、装置が作動を停止した。白いトンネルから出たときには、頭が完全におかしくなっているような気がした。一般的な社会的慣習にとらわれない、がらりと変身した少年として、現実の中に再浮上してきたような感じだった。ぼくの目の中の錯乱したような色に、フェラーロ先生は気がついていないようだった。先生はぼくのメモ用紙を受け取り、にっこりしてから、ぼくを装置に送り返した。

今度は、とてもむずかしい数学の問題を何題か、頭の中で解くように求められた。けれども、問題を解きにかかることさえできなかった。ぼくは七学年を修了したばかりだった。代数Ｉも取っていなかった。先生はがっかりしたようだった。

「一つも？」先生が装置の外からいった。

ぼくはいやになった。いいかげんにしてほしい。ぼくは風変わりな数学の天才などではないのだから。

そのあと、じっと横になって何も考えないで、といわれた。けれども、カーアラームのことを考えずにはいられなかった。これで先生のデータが台なしにならなければいいがと思った。実際は〝カーアラームの厄介な性質について考える少年〟のMRIであるものを、先生がそうとは知らず、何かの会議で同僚たちに〝何も考えていない少年〟のMRIとして紹介するかもしれなかった。

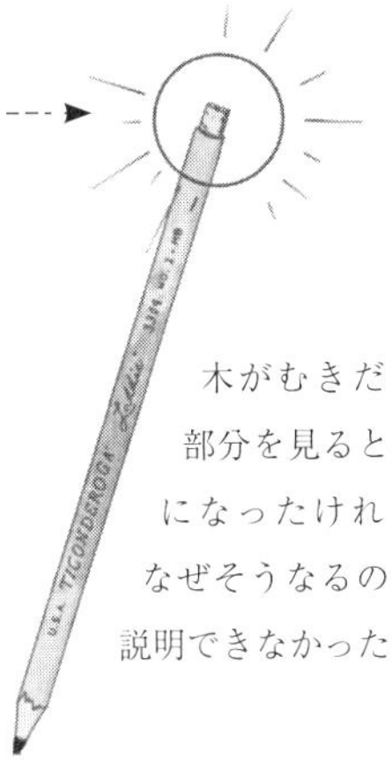

木がむきだしの部分を見ると不安になったけれども、なぜそうなるのかは説明できなかった。

ぼくは何も考えずにいるのには問題が多いということを警告しようとしたけれども、その前に、先生はまた鉛筆と紙をよこして、何でもいいから好きなものを描くようにといった。それで、ぼくは結局、カーアラームとそれが自己認識に及ぼす影響についての小さな図を描きはじめた。

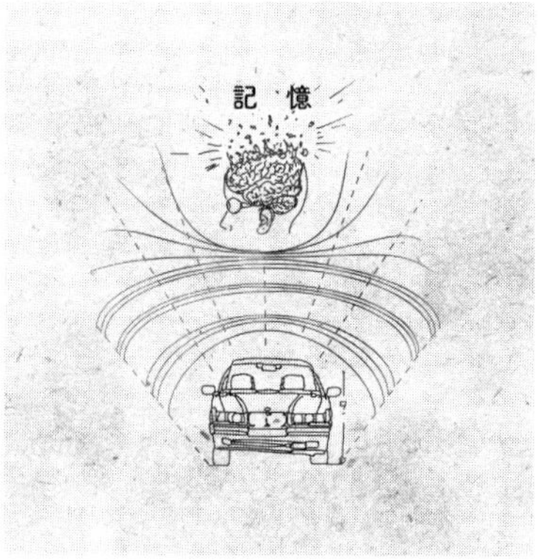

カーアラームとそれが脳に及ぼす影響
(非科学的な図)
フェラーロ先生のファイルから

それが終わったあと、フェラーロ先生はぼくの仕事ぶりに感謝し、笑顔まで見せてくれた。

思わず、ぼくの母に会ってもらえませんか、と聞こうとして、母は死んだことになっていたのだと気づいた。それで、こういった。「母がいたら先生を好きになっていたと思います」

「あなたのお母さんって、どういうかた？」フェラーロ先生が尋ねた。

「お母さんもお父さんも亡くなったんです」ジブセンが早口でいった。そして、ぼくが描いた図を指さした。「これ、コピーしてもよろしいでしょうか？」

「もちろんです」フェラーロ先生はいった。

二人が話している間に、ぼくはMRIの技師に歩み寄った。彼女のＩＤバッジにはジュディと記してあった。

「ぼくの脳をスキャンしてくれてありがとう、ジュディ」ぼくはいった。

ジュディはいぶかるような目でぼくを見た。

「一つ、聞きたいんですけど」ぼくはいった。「ええと……最近のテクノロジーからしたら、人の脳をスキャンするのに、あのカーアラームみたいな音はなしですますやりかたが見つかるんじゃないかと思うんですけど」

ジュディはぽかんとした顔でぼくを見つめた。それで、ぼくは装置のほうを指さした。「どうして、あの中で狂ったみたいな音をさせなきゃならないんですか？　ほら、アー、アー、アー、アー、アー、ウィ、ウー、ウィ、ウー、ウィ、ウー……」

ジュディはその質問でバカにされたと思ったようだった。

「あれはね、磁石なのよ」小さな子どもを相手に話すように、ゆっくりと大げさにいった。

日曜日は一日中、雨だった。ぼくはキャリッジハウスのデスクに向かい、仕事を再開しようとした。ジブセンから、鳥インフルエンザウイルスＨ５Ｎ１型の分子図を描くように頼まれていたのだ。ほかにすることもなく、ぼくはＨ５Ｎ１の分子を描きはじめた。それが引き起こすサイトカイン（細胞から分泌されるたんぱく質）の過剰生産がどのように体の組織を破壊するかも。それは、一定の人口密度があるところでは、世界的大流行の引き金になる恐れがあった。けれども、ぼく自身は分子図を描く仕事にあまり気乗りがしていないということに気がついた。ぼくは今のところ、大流行には関心がなかった。ほかの何にも関心がなかった。

ぼくはそのページを見つめ、それから電話をとって、ボーズマンのヨーン博士の番号にかけてみた。なぜそうしたのかはわからない——ぼくは電話で話すのが得意ではなかった——けれども、いつの間にか、手に受話器があって、それが発信音を流していたのだ。

ほっとしたことに、ヨーン博士は電話を取らなかった。発信音が何度も何度も流れた。そのあと、この一週間ちょっとのうちで二度目だったが、ぼくは国の反対側にいる大人へメッセージを残すことになった。ただし、今回は東部——理念の国——から、西部——神話、酒、沈黙の国——へ電話したのだけれど。

「こんにちは、ヨーン先生。Ｔ・Ｓです」

返事はなかった。電話線の向こうには誰もいなかった。ぼくはしゃべりつづけなければならなかった。「それで……ぼく、ワシントンにいるんですけど、先生はもう知っていますよね。とにかく、ぼくの作品をベアード賞に応募してくださってありがとう。こっちはなかなかおもしろそうです。先生もそのうちこられるんでしょう。ええと、先生のお手紙、受け取りました。ドクター・クレアのこと、先生と話したいと思ってたんですけど。ていうのは……ええと、ぼく、こっちじゃ、ほんとでないことをいくつかしゃべっちゃって……」

やはり返事はなかった。

「ええと、とくにですね、ぼくの両親はもう生きてはいなくて、ぼくは先生といっしょに暮らしているなんていっちゃったんです。あと、グレーシーもいっしょに。なぜ、そんなこといったのか、自分でもよ

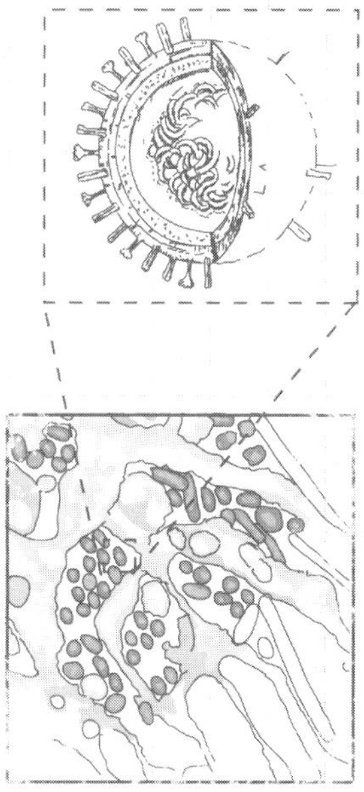

►鳥インフルH5N1型ウイルス

この図は完成しなかった。その後、『スター・ウォーズ』の第2デス・スターのように、なくなってしまったのだ。といっても、第2デス・スターと違って、なくなったのは偶然の事情だった。何をもってごみとするかという定義がとても緩やかな掃除のおばさんに捨てられてしまったのだ。

くわからないんですけど、そのほうがほんとの話よりおもしろそうだったから。それに、スミソニアンがドクター・クレアや父に電話して、二人をこっちのいろんなことに巻きこむのがいやだったからかもしれません。だって、ここは狂ってますから。ほんとにそうなんです。よくわからないけど、ぼく……」

そこで一つ深呼吸した。

「ええと。嘘ついて、ごめんなさい。そんなつもりじゃなかったんです。でも、これからどうしたらいいのか、先生にアドバイスしてもらえるんじゃないかと思って。ていうのは、ぼく、ほんとにわからない——」

電話がビーッと鳴って、時間切れになってしまった。

もう一度かけて、メッセージの続きを吹きこみ、その中できちんとさよならをいおうかと思った。けれども、こう考えなおした。ヨーン博士なら、自分で続きを考えつくだろう。

ぼくはインフルエンザウイルスＨ５Ｎ１型の図を描く仕事に戻った。しかし、ほんの二、三本、線を描き足したところで、何だか落ちつかなくなった。また電話のほうに目がいった。

ぼくはうちの番号にかけてみた。

発信音が十回、さらに二十回と流れた。キッチンで電話が鳴り、ベルが騒々しい音を発するたびに箸が震える光景が目に浮かんだ。キッチンに人はいなかった。家に人はいなかった。みんな、どこにいるのだろう？　この時間なら、もう教会から帰っているはずだ。父は長男が失踪した事件などなかったかのように、牧草地に出て、ヤギを蹴飛ばし、柵を修理しているのだろうか？　ドクター・クレアは絶望的な実地調査旅行に出ているのだろうか？　それとも、エマの物語の続きを書いているのだろうか？　ドクター・クレアは、なぜ、ぼくにノートを持たせたがったのだろう？　ぼくの何を許したのだろう？　ぼくが家出したことを？　自分よりもぼくのほうが広く認められたことを？　ぼくがレイトンを死なせたことを？

ぼくの最後の頼みの綱は、グレーシーがガールポップとモノローグとマニキュアの巣窟からあらわれ、階段を下り、電話に出てくれることだった。グレーシー！　下りてきてよ！　ぼくは今、グレーシーが必要なんだ。ぼくたちの間のスペースを埋めてもらいたいんだ。

電話は鳴りつづけた。うちの電話には留守番の機能はなかった。

ぼくは待った。MRIのときと同じように、大脳皮質の聴覚野のシナプスが、繰り返される電話の音のビートに合わせて変形しはじめるのが感じられた。

リン　リン　リン　リン

（ぼくは催眠術にかけられた）

リン　リン　リン　リン

ぼくは遠いキッチンにつながりを感じた。絶え間のない音の弾幕でその空間を占領し、小さな瓶に立てた箸を震わせているようだった。

ぼくはそのあと、ようやく電話を切った。誰も出てきそうもなかった。

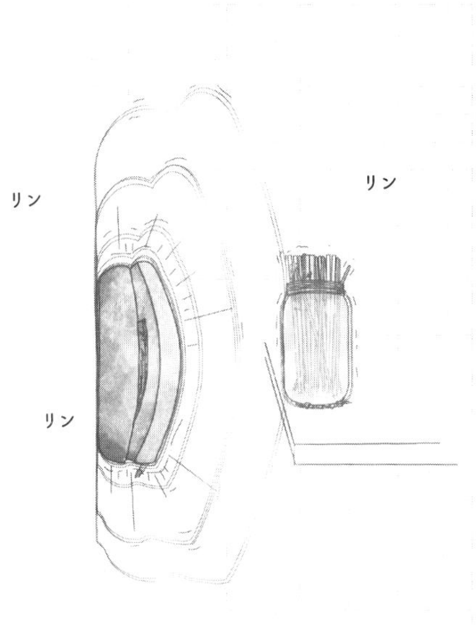

箸を立てた瓶が震え、
電話がキッチンを占領する
ノートG101から

月曜日、真夜中にメガテリウムと秘密の会合をすることになっている日、ジブセンがスーツを三着持ってきた。「きょうは三つ記者会見があって——」

「それぞれ違うスーツがいるんですか？」

「そうじゃありません。ちゃんと最後までいわせていただけるならですね、きょうは三つ記者会見があって、あしたは大統領の演説があるんです。そのあと、水曜日にはニューヨークに飛んで、木曜日は『レターマン』（トークバラエティー）と『トゥデー』（ニュースショー）と『６０ミニッツ』（同）に出ます。今のところ、どれも中身はもう一つなんですが、それはいってもしょうのないことでしょう。そんなことをいってる暇はないですからね。これをぼんやり見過ごすような連中は大損をしますよ。うちには依頼が引きも切らずというありさまですから、今、わたしが協力してあげている相手は運がいいとしかいえないんですが。あのうぬぼれ屋どもは」

ジブセンが話している間、ぼくは自分がほんとうはどれもしたくないということに気づいた。もう記者会見はしたくなかった。テレビには出たくなかった。照明のまぶしい部屋に座って、メーキャップをした知らない人たちと冗談をいうのはいやだった。もう大統領と会うのさえいやだった。このキャリッジハウスでスミソニアンのために図を描くのもいやだった。ぼくは家に帰りたかった。声を上げて泣きたかった。母に迎えにきてもらい、抱き締めてもらいたかった。母のイヤリングがぼくのまぶたに触れるのを感じたかった。うちの牧場への道をドライブしたかった。リンゴの木の下で、自分で見つけた小さな骨をかじっているヴェリーウェルと会いたかった。ああいう牧場で、ああいう想像力の城で育ったのは、何と幸せなことだったのだろう。犬たちが骨をかじり、山々が背負った天空の重みに溜め息をつく場所で育ったのは。

「ちょっといいですか」ジブセンがいった。それまで、ぼくの手持ちの衣装をじろじろ見ていた。「スーツのことは忘れましょう。タキシードでいきましょう。全部。そうですね、あなたにはそのほうがイメージがいい。いつもフォーマルなのが。タキシードをもう二着、用意しましょう」

そんな中でいいニュースがあるとしたら、胸の傷がゆっくりとなおりかけているように思われることだった。激痛が走る瞬間——ある角度に体を曲げると、気を失うのではないかという感じがした——はあっても、その頻度がぐんと少なくなってきた。どうやら壊疽(えそ)で死ぬことはなさそうだった。どんな場合でも、壊疽になる危機を乗り越えるのはうれしいものだと思う。

記者会見で、ぼくはほほえんだり、うなずいたりした。ジブセンはぼくを紹介するとき、ぼくを立たせてお辞儀をさせた。そして、これまでのいきさつを、ますます歪曲されたバージョンで話した。自分はモンタナで生まれた。ずっと、その地域と人々に関心を持ってきた。モンタナ工科大学で講演したときに、ぼくを見出した。国の反対側からぼくを指導してきた。ぼくの両親が自動車事故で死んだときには、すぐに駆けつけた。それから、ヨーン博士を見出した。自分がぼくの人生を一変させた。〝みなさん、ご清聴ありがとうございました〟という具合に。

ぼくはもう気にしなかった。ただ、うなずくばかりだった。新たにフラッシュがたかれるたびに、誰かから手ぶりで指示されるたびに、ますますその場を離れたくなった。

記者たちはぼくの写真を撮り、質問をしてきた。ぼくは答える前に必ずジブセンを見た。彼が目で何といったらいいのかを教えてくれるとでもいうように。ぼくはいつの間にか、彼の目を読むことをおぼえていた。自分の耳にあの舌足らずな声が聞こえてくるような気がした。ぼくは彼がいいたかったことを声に出して繰り返した。みんなはそれをそのまま信じたようだった。ということで、ぼくの両親は死んだままだった。そのうち、ぼくは両親が死んだ事故の光景を思い浮かべられるようになってきた。メルローズのすぐ南の州間高速１５号線で引っくり返ったジョージーンのテールライトが、未明の闇の中で柔らかにうねるネズの木立を照らしている光景を。

ここが両親の死んだ地点

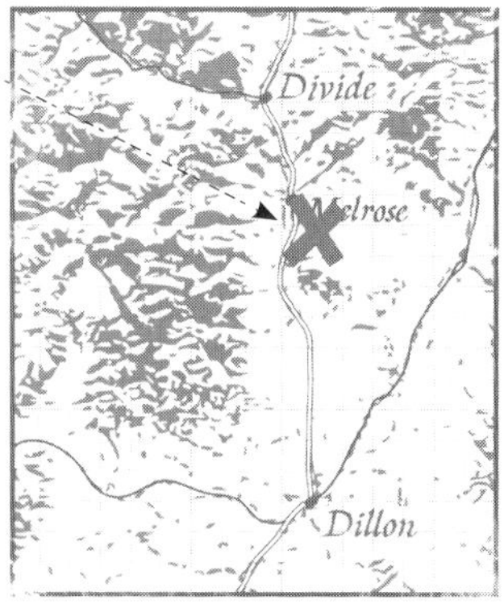

地図を描いても役に立たない場合

何かの地図を描けば、その何かは、少なくとも地図の世界では真実になった。しかし、地図の世界は、実世界とそっくり同じではないと思われた。つまり、地図の真実は、真実の真実ではなかったのだ。そういう意味で、ぼくは絶望的な仕事をしていた。けれども、その絶望感が仕事を魅力的にもしていた。自分は失敗する運命にあると認識することで、ぼくの心の奥底には、一種の慰めのようなものがもたらされていた。

ジブセンは大満足だった。

「あなたはほんとの天才ですね、Ｔ・Ｓ」あとでそういった。「わたしたち、成功しようとしているんですよ、わかりますか？　ほんとに成功目前なんです」

ようやく、夕方になった。ぼくは早く真夜中になるように、メガテリウムと会えるように時計をせきたてた。最後の最後にぼくの面倒をみてくれるのは彼らだと何かが告げていた。

しかし、まず、高級レストランで、騒々しい大人の一団と、長ったらしいディナーをともにする苦難に耐えなければならなかった。その中には、あいかわらず退屈な二重顎のスミソニアン協会会長もいた。会長はぼくを見かけると、ぼくの顎をつまんだけれども、その後は一言も声をかけてこなかった。

ぼくはロブスターを注文した。これにはわくわくさせられた。胴体の各部を（割る必要のない部分までも）パチンと割り、前からずっと使いつづけてきたような顔をして、あの何とかいうものを使い、身をすくいだした。特殊な用途を持った道具をうまく使えるというのは、とても気持ちがよかった。

ディナーのあと、キャリッジハウスに戻ると、時間つぶしのためにテレビをつけた。南北戦争を再現する番組をやっていた。登場している人たちはほんとうに南北戦争が好きと見えた。完全な衣装一式をつけて野原を突っ走り、地面に倒れて体を引きつらせ、死んだふりをしていた。ぼくの父はこういう人たちを嫌ったと思う。ぼくもどちらかというと嫌いだった。ぼくはテレビを消した。

１０：３０pm、１０：４５pm、１１：００pm、１１：０５pm。

１１：０９pm。

１１：１２pm。

１１：１３pm。

１１：１５pm。

１１：２３pm。出かける時間になった。

ぼくはもうホーボーーニンジャの衣装を持っていないことに気がついた。ほかの持ち物のほぼすべてと同じように、それもシカゴの操車場でなくしていた。ぼくには三着のスーツとタキシードしかなかった。ぼくはスーツのうち、いちばん黒っぽいものを着て、CNNの青いサッシュを頭に巻いた。

キャリッジハウスに付属するガレージで、バスケットがついた古くて埃まみれの自転車を見つけた。その自転車はシートをぎりぎりまで下げても、ぼくには大きすぎた。けれども、それに乗るしかなさそうだった。ぼくはメガテリウムと会いに出かけた。

ワシントンの往来の絶えた通りを自転車で進むうち、博物館への行きかたを調べるための市街地図を忘れてきたことに気づいた。DCのほとんどの通りにはアルファベットの文字と数字がつけられているので、簡単にわかるだろうと思っていたのだが、急に頭が働かなくなり、アルファベットの文字が東西南北、どちらに向かって進んでいたのか思いだせなくなってしまった。暗闇の中では、現実の世界はひずんでいた。

ぐるぐるまわったあげく、ある駐車場に行き着いた。ぼくは自転車を降り、係員のブースに近づいた。中は、電灯が一つついているだけだった。係員は眠っていた。さらに近づいてみると、ブースの窓に、先史時代のナマケモノの小さな像が置いてあるのに気づいた。ボリスがいたトイレで見たのと同じものだった。心臓がドキドキしてきた。ぼくは窓をノックした。係員ははっと目を覚まし、苦い顔をして、ぼくをにらんだ。

ぼくは悪魔か、思春期前のただの子どもなのか？

ぼくはロブスターをかたづけてしまうと、ぼくを無視して談笑している大人たちの声に耳を傾けた。そのうち、突然、それまで経験したことのなかった奇妙な感覚にとらわれた。何とかいうものを手に取って、それを会長のたるんだ顎の肉に突き刺したくなったのだ。そういう行動が必然的に引き起こすであろう虐殺と比べると、そのもとになる切迫した衝動はずいぶん無邪気な感じがするのに驚かされた。

その衝動は、ぼくが根っからの悪人になったということを示していたのだろうか、それとも、それはでたらめに浮かんだ一時の考え、思春期前の大脳の成長をあらわす無害なしるしに過ぎなかったのだろうか？（ああ、それにしても、あの垂れ肉）

この六分に十二分を要した。

時間の経過
ノートG101から

時間は相対的な一定の速度で過ぎていく（少なくとも、光速に迫るような速度で進んではいない場合）。しかし、時間がどのように過ぎていくか、ぼくたちの認識は、およそ一定したものではなかった。

ほかにどうしたらいいかわからなかったので、ぼくはメガテリウム式の敬礼を自己流でやってみた。せっかくの敬礼がばらばらになってしまったようだった。けれども、それで相手の顔ががらりと変わった。
「まいったな」彼はいった。「永らえて、また還らん。で、きみ、こんなところで何してるんだ？」
「ぼくはT・S——」
「きみが誰かは知ってる。きみ、会合に出てるはずだろ」
「どうして会合のこと、知ってるんですか？」
「知らせは地下を駆けめぐる」彼はいった。「きみ、ここで何してるんだ？　なぜ、頭にスカーフ巻いてるんだ？」
　ぼくは頭に手をやった。「迷ってしまったんです」情けない声でいった。
「へえ、マップボーイが迷ったのか」
「マップボーイなんて言葉はないんじゃないですか」
「今はある。悪くないじゃないか。きみがそういえば、言葉になるんだ」
　ぼくはよく考えてみたけれども、この相手と議論するのはやめておこうと決めた。ぼくはずっと言葉をつくりつづけてきた——ただし、ほんの子どものころはのぞいて。
　議論するかわりに、こういった。「いいブースですね」
「ああ、地上を見張るための手段だ。誰がきて、誰がいくかを見る。ここに車を停める有力者は少なくないから」彼は自分の後ろの駐車場のほうを、舌で指し示した。そんなときに舌を使うというのは変わっていた。
　ぼくは自分が乗ってきた大きすぎる自転車を見下ろした。バスケットつきで、シートをぎりぎりまで下げた自転車を。これも厄介になってきた。
「そうだ、きみは博物館に着いてなきゃならないんだ！」彼は出し抜けにそういった。そして、モールへ戻る道を教えてくれた。「遅れるな」そういうと、また舌を使う奇妙なジェスチャーをした。
　ぼくは去り際に聞いてみた。「この町にメガテリウムは何人ぐらいいるんですか？　至るところにいるみたいだけど」

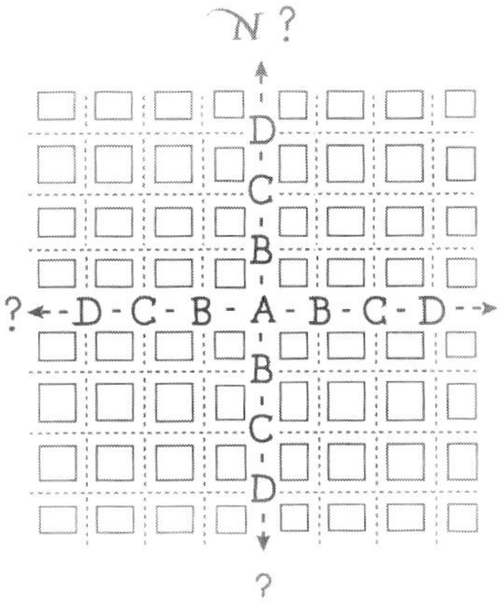

もし、自分がアルファベットだったら、どちらの方角に向かうか？

「多くはない。われわれはしかるべきときに、しかるべきところにいるんだ。われわれは目立たない階層に身を置くようにしている。人というのは秘密を守るのが下手だから」

午前零時を約十七分過ぎたころ、国立自然史博物館の正面に乗りつけた。円柱が並ぶ堂々たる玄関へ上がっていく石づくりの大階段の前で、ぼくは自転車を支えながら立った。はるか頭上には、垂れ幕が何枚か、暗闇の中にだらりと下がっていた。楽しそうなバイキング展やジェムストーン（宝石の原石）展を予告するものだった。車が一台、通り過ぎていった。

どうやって中に入ったものか？　階段を上がってベルを鳴らせばすむとは思えなかった。〝あ、こんばんは。わざわざ出ていただいてすいません。ぼくはＴ・Ｓといいます。真夜中の秘密の会合でここにきたんですけど……〟というわけには。

木に登って、そこから落っこちるという手も含め、骨の折れる侵入の試みに取りかかろうとしたとき、トリケラトプスの頭の像のそばで、小さな明かりが二度瞬くのが見えた。ぼくは自転車を木にもたせかけて、その明かりを追った。すると、駐車場に下りる階段に出た。階段を下りきったところで、また明かりが瞬いた。今度は石づくりの大階段の下の小さなトンネルの中からだった。誰かが石（あるいはジェムストーン？）をくさびのように挟んで、通用口を少し開けていた。

ぼくは博物館の中に入ると、忍び足で暗い廊下を進み、入り口に〝床が濡れています〟という標識が置いてあるトイレを過ぎた。と思うと、あっけなくDCの鳥のホールの後ろに出た。展示ケースの列がぼんやり照らされ、奇妙な形の鳥類の影が壁に投げかけられていた。あたりに進路は見当たらなかった。数多くの剥製の鳥が幽霊のようにたたずんでいるだけだった。

鳥の影が入り交じる薄暗がりの中で、部屋の向こう側に人がいるのが見えた。その人影がぼくを手招きした。ホールを半分ほど横切ったところで、それはボリスだということがわかった。ぼくは安堵の溜め息をついた。

ボリスのほかに四人の仲間が立っていた。そちらに近づくうちに、彼らがスズメの消えてしまったケースを囲んでいるのに気づいた。けれども、すぐそばに着いてみると、スズメが戻っているのが見えた。
「ハウ、ハウ、T・S！」ボリスがぼくに敬礼した。「永らえて、また還らん。きみがわれわれに加わるのはうれしいよ」
　ぼくもボリスに敬礼しようとした。
「三本指だ」ボリスがいった。
「え？」ぼくはいった。
「三本指だ。はじめに心、それから目、それから精神、それから天」
「なぜ、三本指なんですか？」
　ボリスはちょっと考えた。「実は、ぼくもよくわからない」そういうと、まわりの仲間に聞いた。「誰か？」
「ケニコットが答えを突きとめた。彼に聞くべきだね」誰かがそういって、明かりの中に進み出てきた。それはヨーン博士だった。「といっても、しばらく前に亡くなってしまったがね。自殺したんだ。気の毒に」
「ヨーン先生」
「やあ、T・S。いいターバンだね」
「あ、どうも」ぼくはいった。「ぼく、モンタナのお宅の留守番電話にメッセージを吹きこんでおいたんですけど」
「そう？　なんていったんだね？」
　ぼくは急に他人の目が気になって、集まっている人たちを見まわした。ボリス、ファーカス、スティンプソン、ぼくは知らない顎ひげの青年、それにヨーン博士。みんな、おそろいのマグの飲み物をすすりながら、ぼくにほほえみかけていた。あれはアルコール入りのエッグノッグに違いない！　エッグノッグというのはおいしいのだろうか。みんながおなかのあたりに両手でマグを抱えこんでいる様子からすると、おいしそうに見えた。
　ヨーン博士が咳払いした。「T・S、きみにはお詫びをいわないと。というのは、わたしはきみに対して真正直ではなかったからね……それがきみのためであったとはいえ」
「ぼくも嘘をついてました」ぼくはいった。
「嘘をついていたというのはきついいいかただね」ヨーン博士はいっ

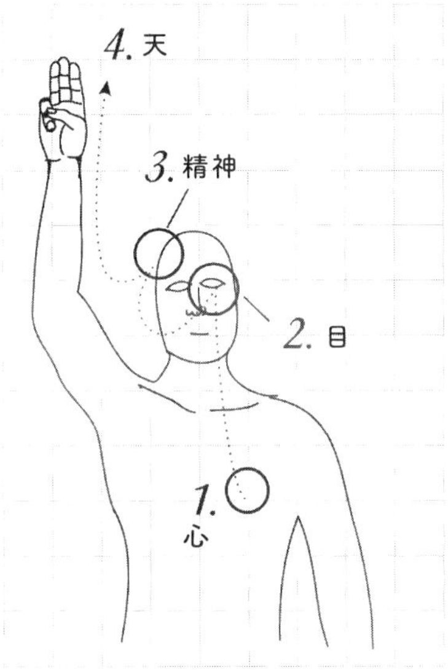

メガテリウムの敬礼
ノートG101から

でも、なぜ、三本指なのか？

マグの持ちかた
ノートG101から

人はとくべつにおいしい飲み物は両手で持つ。たぶん、マグが中身を封じこめるという務めを果たせないときに備えてのことなのだろう。この位置からなら、すぐに両手をカップのような形に丸めて、貴重な液体を何とかおさめている容器を守ることができる。

た。「嘘も方便ということもある。わたしたちがきみの作品を提出したときには嘘をついたわけだが、悪意はなかった。この世の中の多くのことは、真実を少しばかり曲げなければ成し遂げられないのだよ」

「でも、ぼく――」

「まあ、聞きなさい。きみのお母さんははじめからずっと知っていたんだよ」

「え？」

「お母さんはわたしたちが何をしていたか知っていたんだよ。雑誌に載ったきみの作品もみんな知っていた。そのコピーを書斎に置いているくらいだ。それも全部――《サイエンス》《ディスカヴァー》《サイアム》……きみはお母さんが知らないとでも思っていたのかい？お母さんはベアード賞を思いついた当人――」

「母は何でぼくにいわなかったんですか？」

ヨーン博士はぼくの肩に手を置いて、ぎゅっと押さえた。「クレアは複雑な人だからね。わたしは彼女が大好きだよ。しかし、彼女は頭の中の考えを行動に移すのが問題になるケースがしばしばあるんだ」

「でも、母は何で――」

「収拾がつかなくなってしまったんだよ。先方がいきなりきみに電話してくるとはわたしも思わなかった。いや、先方がどうしてお宅の牧場の番号を知ったのかもわからない。もし、きみがベアード賞をとったらだね、わたしたちが真相を告白するくらいの時間はあるだろう、そして、みんないっしょにワシントンへいけるだろうと思っていたんだがね」

目頭が熱くなってきた。ぼくはまばたきした。「母はどこにいるんです？」ぼくは尋ねた。

「彼女はこなかった」

「どこにいるんです？」

「ここにはきていない」ヨーン博士はいった。「わたしはいくべきだといったんだがね。そう、いくようにいったんだが……しかし、彼女は例の表情を浮かべて……かわりにわたしがいくほうがいいだろうといったんだよ。彼女は自分のことをいい母親だとは思っていないようだ」

母親としてのぼくの母

ぼくは、ドクター・クレアの新たな一面を受けいれる余地をつくろうと、自分の心が揺れ動くのを感じた。ドクター・クレアは科学者兼作家であるというのにとどまらず、自分の子どもの将来を設計する母親でもあったようだ。ドクター・クレアははじめからすべて知っていたのだろうか？　ぼくに成功してほしいと望んでいたのだろうか？自分のかわりに有名になってほしいと？しかし、ドクター・クレアの新たな一面を受けいれようとして心が動くのを感じたそのときも、ヨーン博士と二人でぼくの将来の綿密なプランを練ってくれているのがうれしいのかどうかはよくわからなかった。それがぼくのためになるとは思えなかったからだ。けれども、今、ドクター・クレアのひそかなはかりごとを耳にして、ぼくは自分が彼女を安心させてあげたいと強く望んでいるのに気づいた。息子に電話してきたのが誰かを聞きもしなかった甲虫狂いの母親を。とにかくも、それがぼくを今のような人間に育てた母親だったのだ。

「いい母親？」

　ヨーン博士はぼくをまじまじと見た。「彼女はきみをとても誇りに思っている。きみを愛しているし、とても誇りに思っている。ところが、本人はというと、自分はそんな人間ではないと思ってしまうことがときどきあるんだね。わたしがそうだと知っているような人間ではないと」

「ぼく、両親は死んだっていっちゃったんですけど」ぼくはいった。

　ヨーン博士は目をぱちくりさせた。「どういうことだね？」

「両親は死んだってスミソニアンにいっちゃったんです」

　ヨーン博士は首をかしげ、ボリスのほうを見たと思うと、また、ぼくを見て、それから、うなずいた。

　ぼくはヨーン博士の表情を読もうとした。「怒ってないんですか？」ぼくは聞いてみた。「そんなにまずいことじゃないんですか？　嘘をついてたっていわなくてもいいんですか？」

「そうだね」ヨーン博士はゆっくりいった。「これがどちらに転ぶか見てみよう。このほうがいいかもしれない」

「でも、ぼく、先生がぼくの養い親で、グレーシーもいっしょに暮らしてるっていっちゃったんです」

「わかった」ヨーン博士はにっこりして、軽く頭を下げた。「それは名誉なことだ。で、ほかには何をいった？　口裏を合わせておきたいんでね」

　ぼくはちょっと考えてみた。「先生がみんなの写真を持ってるのがつらくて全部燃やしたっていいました」

「たしかに、わたしは自分の写真は嫌いだがね、でも、何でもコピーして三通つくって保存しておく癖があるんだ。ただ、その放火癖があるという見かたも悪くないね。ほかにも何かいったかな？」

「いってません」ぼくはいった。

「そうか、では……息子よ、この会合の開始を宣言しようか」

「ちょっと待ってください。先生もメガテリウムなんですか？」

「西部支部長だよ」ヨーン博士はそういって、舌を鳴らした。「永らえて、また還らん」

「ようこそ、みなさん」ボリスがそういって、ガラスの展示ケースを

► ぼくがクラブに入るのはこれがはじめてではなかったけれども、自分自身の意思で入るのははじめてで、なぜか、そのほうがいっそうクラブらしい感じがした。

ぼくがメンバーになっているクラブ、グループ、会のリスト。

- モンタナ地質学会
- モンタナ歴史学会
- モンタナ児童書作家および挿絵画家協会
- アメリカ昆虫学会
- 北米地図製作情報協会
- 北西タブソーダ同好会
- 全米養蜂家協会
- 国際蒸気船協会
- 北米モノレール同好会
- USAライカ・ファン！
- 若き科学者クラブ
- ロナルド・マクドナルド・クラブ
- 西部劇映画協会
- ジュラシックテクノロジー博物館（未成年会員）
- ビュートミドルスクール科学コンペチーム
- ビュート女性野鳥観察の会
- モンタナ自然愛好会
- ユースローハイド4Hクラブ（モンタナ南西支部）
- 大陸分水界街道同盟
- 北米タイガービートルの会
- ナショナルジオグラフィック・キッズクラブ
- リニアモーターカー・ファンクラブ
- ドリー・パートン公式ファンクラブ
- 全米ライフル協会（未成年会員）
- スピヴェット家

コツコツと叩いた。「今回はわれわれの友人がこちらに出てきたのを受けて、この緊急の会合を招集しました。そして、会合を始めるにあたって、彼を公式にメガテリウムクラブに勧誘したいと思います。通常、入会の儀式は、もっと……厳格なんですが、最近のできごととの兼ね合いを考えれば、今回は例外を設け、ジャガイモ袋競走はなしですませるのが適当かと思います」

「ジャガイモ袋競走？」

「そう、それはまたあとで計画してもいいか」ボリスはいった。「ただ、これはいっておかなければならないな。きみは最年少の会員になるわけだけど、もうすでにメガテリウムって全身に書いてあるみたいだ」

「ぼくが？」ぼくは思わずにっこりして、鼻をこすった。母のことも、母がいないこともほとんど忘れていた。

► ぼくは胸を張った。「お誘いをお受けします」

「けっこう」ボリスはポケットから一冊の本を出した。ぼくはその本の背をちらりと見た。アレクサンダー・フォン・フンボルトの『コスモス　あるスケッチ、または宇宙の自然科学的記述』第三巻だった。

「左手をこの本にのせて、右手をあげて」

　ぼくはあがってしまって、はじめ、右手を本にのせた。ボリスはぼくが誤りに気づいてなおすのを辛抱強く待ってから先に進んだ。「なんじ、テカムセ・スパロー・スピヴェットは、メガテリウムクラブの精神と主義を支持することを誓うか？　疑われざることを疑い、未知なる地の図を記し、われらが先祖を敬い、われらが仲間の秘密を保持するため、いかなる国、組織、人に対しても屈しないことを誓うか？　マグを抱いたことを忘れず、永らえて、また還らんというモットーへの忠誠を誓うか？」

　ぼくは待ったけれども、それでおしまいのようだったので、こういった。「はい、誓います」

　みんながいっせいに拍手した。

「ハウ、ハウ、T・S、ようこそ」スティンプソンがいった。一人一人がぼくの背中を叩いた。ヨーン博士はぼくの肩をぎゅっと押さえた。

　ボリスが先を続けた。「ようこそ、ようこそ、きみはもうメガテリウムだ。ところで、きみがDCに着いたときから、世間のきみへの関心が急激に高まってきたみたいだね。きみはこの町で小さな——失礼——セレブになろうとしている。じきに全国でもみんなに知られた存在になるのは間違いない。きみがうちのクラブの新会員になった以上、われわれはきみの利益を守るのが自分たちの義務だと思ってる。いつでもいいから、どうしたらきみの助けになれるのか、遠慮なくいってくれよ」

「でも、連絡をとるにはどうしたらいいんですか？」

「ああ、われわれはどこか近くにいるから。でも、緊急に連絡をとる必要があるっていうときには、ホーボーホットラインを使えばいい」

「ホーボーホットライン？」ぼくは口をあんぐり開けた。

ボリスはぼくにカードをよこした。「そう、それはうちの本部に通じるんだ。本部といっても、実は、ここの北西の駐車場のブースだけどね。そこにはいつも誰かが詰めてるからさ。一日二十四時間、週七日。きみが電話で質問なり疑問なりをいえば、詰めてるのが誰にしても、何か指示をしてくれるはずだ」

「ただし、アルジャーノンじゃなければね。そうだったら、きみはファックされかねない」顎ひげの男がいった。

スティンプソンが男の後頭部をぴしゃりと叩いた。「おっと、子どもにそんなこというもんじゃないぜ、サンディー。おれたち、野蛮人じゃないんだから」

みんなが笑って、それからマグに口をつけた。それはしかるべき手順のように思えた。笑ってから、マグのかぐわしい中身をすするというのは。

「ぼくにも一口飲ませてもらえます？」ぼくはヨーン博士のマグを指さした。

「いいとも、お子さまにも魔法のジュースをあげようじゃないか」サンディーがいった。

「魔法のジュースって？」ぼくは尋ねた。

「あんた、頭、大丈夫？」スティンプソンがサンディーを見て、首を振った。「おれ、おたくの子どものためにお祈りするよ」

「魔法のジュースって、アルコール入りのエッグノックのことですか

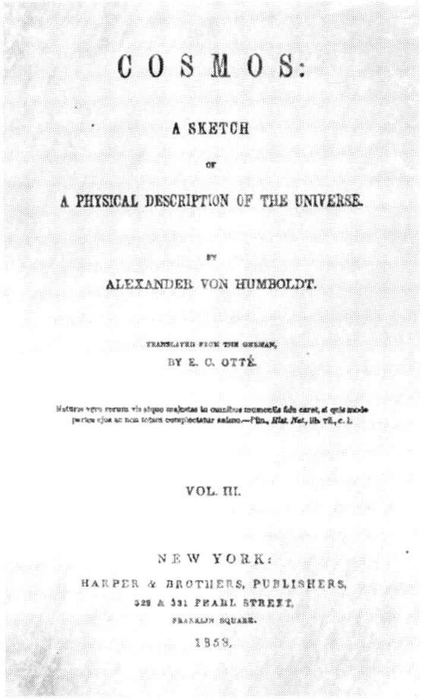

COSMOS:

A SKETCH

OF

A PHYSICAL DESCRIPTION OF THE UNIVERSE.

BY

ALEXANDER VON HUMBOLDT.

TRANSLATED FROM THE GERMAN,

BY E. C. OTTÉ.

Naturae vero rerum vis atque majestas in omnibus momentis fide caret, si quis modo partes ejus ac non totam complectatur animo.—Plin., Hist. Nat., lib. vii., c. 1.

VOL. III.

NEW YORK:

HARPER & BROTHERS, PUBLISHERS,

329 & 331 PEARL STREET,

FRANKLIN SQUARE.

1858.

►『コスモス　あるスケッチ、
または宇宙の自然科学的記述』
アレクサンダー・フォン・フンボルト著

ぼくはフンボルトの代表作の副題が好きだった——そこには、このたいへんな労作に対する謙虚な姿勢がうかがえた……それは、ほんのスケッチなのかもしれなかった……〝宇宙の記述〟なのかもしれなかった。しかし、『コスモス』のインパクトはけっして過小評価してはならない。それは、宇宙をそっくりそのまま記述しようとするはじめての経験主義的、科学的な試みだったからだ。多くの方面で不十分な点はあるにしても——当時、フンボルトは統一された学説のすべてに接していたわけではなかった——その影響力は長続きし、拡大していった。フンボルトはある意味で今の分類学者の仕事のすべてをもたらしたともいえた。甲虫の触覚の一つ一つを通じて世界を記述しようとするドクター・クレアの仕事のすべても。

？」ぼくはアルコール入りということを知っているのを得意に思いながら聞いてみた。
「きみに子どものことの何がわかるっていうんだ」サンディーがスティンプソンにいった。
ファーカスがすてきな口ひげを親指でなでつけながら、身を乗りだした。「そう、サンディーのエッグノッグにはラム酒がちょっぴり入ってるんですよ」ぼくに向かって、そういった。
「ちょっぴり？」スティンプソンを相手にしていたサンディーが、急にぼくたちのほうを振り向いて、そういった。スティンプソンはまたサンディーを叩こうとしていたようだった。「わたしは飲み物のアルコール含有量に関するスミゴールくんの説明に正式に抗議したいと思う。わたしが自分でミックスして、たまたま知るに至った事実——」
「ちょっと黙ってくれないか、サンダーランドくん」ボリスが静かにいった。そして、ぼくのほうを向いて、ほほえんだ。「たぶん、次回はもっと多くの種類の飲み物を用意できると思うけど、きみは何がいい？」
「ええと……タブソーダを」
「タブソーダね」ボリスがいった。
「その名前はコンピューターがつくったって知ってました？」ファーカスがいった。「IBM1401が。六三年にさかのぼってのことですが。コカコーラは今までと違うダイエットソーダを出したいと思ったんです。それで、コンピューターにおうかがいをたてたんですね。当時、新しいコンピューターは何にでも答えが出せると思われてたんです。それで、母音一つを含む四文字の可能な限りの組み合わせをコンピューターに聞いてみたというわけです。IBM1401は小さな車ほどの大きさがあったんですが、あり得る名前を二十五万も吐きだしました。その大半はまったく使い物にならなかったんですが」ファーカスは舌でコンピューターが作動するような音を立て、指を振りたてた。どうやら、それは、IBM1401から印字された紙が次々と出てくる様子をあらわしているようだった。「これをコンピューターにかける作業で、室温が三度上がったそうです。だから、作業班のメンバーはそのときには大汗をかいていたんでしょうが、出てきた名前に目を通していって、候補を二十まで絞りこみ、それをボスに提出したんです。そして、ボスがTabbを選んだんですね。bが二つの綴りを。あとで二番目のbが落ちて、今日見るような、すばらしく効率的で美しい三文字になったのです。大文字のT、小文字のa、大文字のBに」
「それは進化だな」サンディーがいった。
「進化ではないね」ヨーン博士がいった。「自然淘汰ではないからね。作業班の誰かが——」
「進化だったんです！　あれは——」
「おもしろい情報をありがとう、ファーカス」ボリスが途中でさえぎった。そして、ぼくのほうに向きなおった。「それで、T・S——われわれはきみのためにここに集まったわけだけど、きみもわれわれのためにあることをしてほしいんだ」
「わかりました」ぼくはいった。魔法のジュースを注いだマグを手に、昔のコンピューターの話をしてくれたこの人たちのために何でもするつもりだった。
「きみは今やメガテリウムだ。ということは、われわれの秘密の契りに同意したということだ。しかし、念を押しておきたいと思う。ここで話されたことは、ほかの誰にも繰り返してはならない。わかったね？」
　ぼくはうなずいた。
「われわれの目下の主要なプロジェクトは、〝どこにも目があり／どこにも目がない——〟」
「〝母国安全保障プロジェクト〟」サンディーが口を挟んだ。
「そう、または……〝母国安全保障プロジェクト〟だ。ネブラスカにいる会員がコーディネートするんだけど、要するに、九月十一日にライブでゲリラパフォーマンスをやるというわけさ。スティンプソンのバンから、リンカーン記念館の側面に画像を映しだそうっていうんだ」
「後輪に車輪止めを二つ噛ませておくわけ。ちょっとやそっとでは動かせないぜ」スティンプソンがいった。
「そう」ボリスがいった。「映写してる間、その画像は十六の素材で構成されるんだけど、どれもが全国でももっとも厳しい立ち入り制限

Swot
Swub
Swud
Swug
Swuk
Swul
Swum
Swun
Swup
Swur
Swut
Swuz
Sync
Syph
Tabb
Tabu
Tadd
Tada
Taff
Taft
Tahr
Tail
Taik
Tain
Taiq
Tait
Tags
Taka
Talc
Talf
Talk
Tame
Tamm
Tamp
Tank
Tang
Tann
Tarn
Tarp
Tart
Tase
Task

TaB

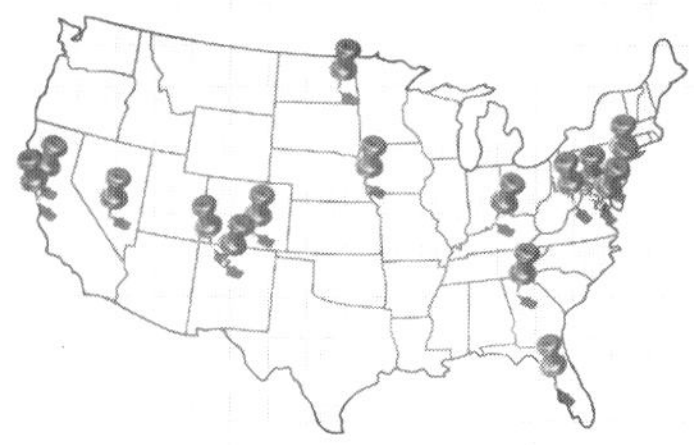

アメリカでもっとも厳しい
立ち入り制限がある
十六施設の所在地
ノートG101から

原図はあとでFBIに没収された。

がある施設のトイレの中から直接送られてくるって趣向さ。サンクエンティン（刑務所）、ロスアラモス（原子力研究所）、ラングリー（CIA本部）、フォートミード（国家安全保障局）、CDC（疾病管理センター）のレベル4実験室、フォートノックス（金塊貯蔵所）、シャイアン山（北アメリカ航空宇宙防衛司令部）、エリア51（空軍管理地区）、STRATCOM（戦略軍）、ダルシー基地（秘密地下基地）、グリーンブリアー（高級リゾート）、ホワイトハウスのアイクの地下壕……われわれはそのすべてのトイレに、こっそりウェブカメラを持ちこもうっていうんだ」

「それでどうしようっていうんですか？」ぼくは尋ねた。

ボリスはちょっと思案した。「まさかこんなところにって場所に、小型カメラを仕掛ける挑戦で、みんなを楽しませるとでもいっておこうか。誰も傷ついたりすることがなけりゃ、ふつうの人なら、そんなに目くじら立てたりはしないだろう。ビールでも飲んで、一晩楽しく過ごしたら、誰もがみんな元のとおりっていうわけさ」

「でも、何でそんなことするんですか？」

「そうね」ボリスはいった。「解釈はご自由にってところだな」

サンディーが笑った。「いや、そうじゃない。われわれにしたって、自由で開かれたデモクラシーと称してる全体主義国家を支えている共犯なんだが、これはそれに関する注釈なんじゃないか。つまり、政府の陰謀から一般大衆を隔てるべく、この国に引かれた境界線を目に見えるよう映しだすものだ。そして、われわれはその気になれば、そういう境界線を引き裂くことができるともいっているわけだ。しかし、不本意ながら、われわれはそうはしないことを選択する。その選択は何よりも残念なものではあるけどね。われわれは日光に顔をさらすよりも、洞窟の中で操り人形の影を見まもっているほうがいいんだ」

「そう、われわれの中には、これをどう解釈するかで、非常に強硬な意見を持っているものもいる。しかし、それは必ずしも彼らの説を受けいれなきゃならないってことじゃないんだ。そうだろ、サンディー？」ボリスがいった。

サンディーはボリスをにらみつけ、スティンプソンを見た。スティンプソンはサンディーの顔をぶん殴りたそうな様子だった。サンディーは肩をすくめた。「そうだな、恐れ知らずのリーダーどの、それがきみの望むものか。相対主義のすばやい抱擁、万歳だ！」

どういうことになっているのか、実のところ、ぼくには理解できなかったけれども、ぼくがどう理解するかなどは、方程式の重要な部分ではないように見えた。

「それで、きみにささやかなお願いがあるんだけど。あしたの大統領の演説で、彼が話している間、このペンをポケットにさしておくように仕向けてもらいたいんだ」ボリスがペンを取りだして、ぼくに渡した。「上のほうに無線リモコンの小型カメラがついてる。もし、いい場面が撮れたら、それが目玉になる。〝どこにも目があり――〟」

「〝母国――〟」サンディーが訂正しようとした。

「〝――どこにも目がない〟の目玉に」ボリスがいらだってさえぎった。

二人はお互いににらみあった。ボリスはふんと鼻を鳴らした。

「でも、どうやってこれを受け取ってもらうんですか？」ぼくは今にも始まりそうな喧嘩を避けようと、あわてていった。

「ああ、それだったら、何かでっちあげればいい……」サンディーはそういうと、顎を両手で支え、首をかしげて、ひどく甲高い女の子のような声でしゃべりはじめた。「〝ええと、これを持っていていただけませんか、大統領。これはぼくの死んだ父の形見で……とてもいい供養になります……父は大統領の大ファンでした……イラクの戦争も支持してました……うんぬんだ〟やつらはでたらめを鵜呑(うの)みにするだろう」

「きっとでたらめを鵜呑みにしますね」ファーカスがいった。

「ハウ！　ハウ！」サンディーがはやしたてた。

「ハウ！　ハウ！」ヨーン博士がいった。

「ハウ！　ハウ！」ファーカスがいった。

「ハウときてハウハウ！」サンディーが大声を上げて、それからとても変わったダンスを始めた。フラフープをまわす真似でもするように、スローモーションでヒップをぐるぐるまわすダンスを。すぐに、ほかの連中もそれに加わって、みんながスローモーションで、見えないフラフープをまわしはじめた。と思うと、ぼくのほうに近づいてきて、頭を前後に振りはじめた。何かぼくの知らないことを知っているとで

子どもはプラトンなど読むべきではない
（ノートG26から）

六年生のとき、地下の洞窟と探検についての学習があった。ぼくたちは世界の有名な洞窟についてレポートを書かなければならなかった。それで、ぼくはプラトンが考えだした洞窟を選んだ。今、振り返ってみると、それがいい選択だったかどうかはわからない。子どもはみんな、知的な思考とか理性といったものに向かって進む途中、洞窟で必要な時間をとる、とぼくは信じている。子どもが洞窟でぐずぐずしているからといって、責めたてるのはよくない。そう、今でさえ、ぼくは自分が日光の見えるところまできたのかどうかわからないのだから。日光が自分の顔に当たればどんな感じがするのかもわからないだろう。すべてが違ってくるものなのだろうか？　ワームホールから出るようなものなのだろうか？

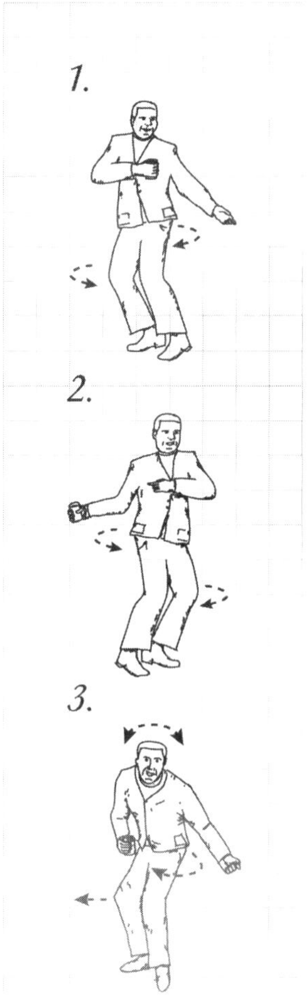

大人のダンス
ノートG101から

大人がこんなふうにダンスするのを見ると、気分が浮き浮きしてきた。けれども、ちょっとばかり心地悪さととまどいも感じた。トイレで並んでいる間、無邪気に鼻をほじっている二年生を見たときのように。

もいうように。

ボリス一人が踊っていなかった。「ほら」ボリスはぼくのてのひらに何かを落とした。小さな赤い〝M〟のバッジだった。

「わあ、ありがとう」ぼくはその〝M〟を襟に留めた。ぼくも彼らの一員だった。

ボリスがイエスズメを指さした。「われわれはその中にもカメラを仕込んだ。だから、彼は見たものすべてを記録してる」

ぼくたちは小枝にじっと止まっているスズメを見た。スズメはぼくたちを見返してきた。

「ファーカスからもらった報告書だけど」ぼくはいった。「どうして、シカゴのスズメの群れのことがわかったんですか？」

「どこにも目がある」ボリスがスズメを見つめたまま、そういった。

ぼくは鼻をこすりあげ、まばたきして、涙を払いのけた。「じゃ、あれも知ってるんですか？……」

「メリーモア？」ボリスがいった。「あいつは生きてるよ。あいつの息の根を止めようと思ったら、もっともっと水につけておかなくちゃならなかっただろう」

「そうか」ぼくはいった。

ボリスはぼくの目をのぞきこんだ。「あれはきみのせいじゃなかった。そうじゃなかったんだ」

「そうか」ぼくはもう一度いった。目がうるうるしてきた。そこで、一つ深呼吸をした。*少なくとも、リストの中の〝人殺し〟には線を引いて抹消することができたわけだ。*

ぼくは

泥　棒

万華鏡を買うためにグレーシーの牛の形の貯金箱から二十一ドル七十五セント盗んだ（あとで、おカネは返したけれども、取り返しのつかないことをしてしまった）。

嘘つき

この一週間半のうちに、自分の年齢について、どこからきたかについて、両親の生死について嘘をついた——ほかにも何か嘘をついただろうか？

人殺し

（ジョサイア・メリーモア？レイトン？）

悪　人

五歳のとき、父のブーツを地下室に隠した。父はぶつぶついったり、ときには家の中のものに八つ当たりして、ぶち壊したりしながら、一日中探しまわっていた。自分がなぜそんなことをしたのかはわからないが、その革製品が隠されている場所を知っているたった一人の人間だと思うと、どういうわけか、この上なく楽しかった

「ぼくの母はほんとにきてないんですか？」ぼくは聞いてみた。

「いればよかったんだけど」ボリスはいった。「彼女はこの十年、会員の集まりには出ていないんだ」

ぼくたち、つまり、ジブセンとぼくはキャリッジハウスで待っていた。ぼくは新しいタキシードを着て（襟に〝M〟のバッジをつけて）、ベッドに横になっていた。ジブセンは狂ったようにせかせかと部屋の中を歩きまわっていた。こんなに興奮したジブセンは見たことがなかった。舌足らずも全開という状態で、何か話そうとするときも、いつ

になく神経質になっているようだった。舌足らずでうまくいえない言葉は切り捨ててしまおうとするので、そこで必ず息が切れた。

　と思うと、テレビをつけ、ものすごい勢いでチャンネルを次々に切り替え、それから、またうんざりしたように消すという行動を繰り返した。

「何か確かめようとしてるんですか？」ぼくは我慢できなくなって聞いてみた。「演説がキャンセルされたんじゃないかとか？」

「ご存じのように、この町は何でもありなんですよ」ジブセンはそういうと、またテレビを消した。「ここじゃ、ものごとがあっという間に変わってしまうんです。それは学んでおかなくちゃなりませんね。何かの話が突発する、すると――ドカーン！　わたしたちの予定も吹っ飛ぶというわけです。子どもたちが死んだ、誰かが生命維持装置をつけられた、すると、突然、科学なんてもうどうでもよくなってしまうんです。靴があるなら、それをちゃんと履いておかなくちゃなりません」

　そのとき、ジブセンに電話がかかってきた。ジブセンは〝お呼び〟に舞い上がって、開こうとした携帯を取り落とすほどだった。実際、それが〝お呼び〟とわかると、早く起きて出かけましょう、と大声でぼくをせきたてた。それはないだろう、とぼくは思った。ぼくはもう起きて出かけようとしていたからだ――人間の筋肉繊維はそんなに早くは反応しない。ジブセンはバカ者だ。

　外では、スティンプソンが車の中でぼくたちを待っていた。ぼくが乗りこむと、スティンプソンは自分の胸ポケットを指し、唇に指を当てた。ぼくはうなずいた。ズボンのポケットの中では、カメラペンを握り締めていた。とにかく、メガテリウムを喜ばせたいと思っていた。彼らはぼくの最後の味方だった。たとえ、ぼくが彼らのプロジェクトをほんとうに理解してはいなかったにしても、それでもやはり、〝どこにも目があり／どこにも目がない〟を大成功させるつもりでいた。

　車は警察の検問所を二つ通過した。二回とも、スティンプソンが二言三言もぐもぐいって、パスを見せると、警官が手を振って通してくれた。警察は国会議事堂周辺の広いエリアを封鎖していた。巨大な議事堂のドームが印象的にライトアップされていた。映画の中で、宇宙

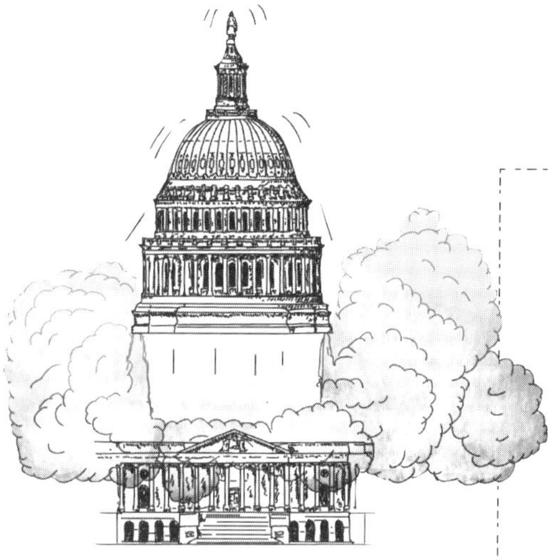

国会議事堂のドームを宇宙へ打ち上げる
ノートG101から

これはほんとうに至難の業だろう。

船が照らしだされているようだった。戦争のときに、ドームをそのまま打ち上げられるように設計するとしたら、どんなにむずかしいだろう。

ぼくたちはようやく、議事堂の南側の何やらいかめしいゲートに到着した。そこは、防弾チョッキを着こんで、大型の銃を抱えた二人の警備員に守られていた。その大きな黒い銃を見ると、自然にレイトンが思いだされた。レイトンなら、この警備員たちが気に入っただろう。実際、こういう経験のすべてが気に入っただろう。銃も、空に向かって発射されるかもしれない議事堂も、ぼくたちの到着を今か今かと待っている大統領も。ぼくの隣にレイトンが座っていたら、どんなによかっただろう。

スティンプソンが窓を開け、銃を持った警備員の一人に話しかけた。スティンプソンはとても冷静沈着に見えた。顔のすぐそばで銃をちらつかせられても、不安そうなそぶりはまったく見せなかった。大型の歯科用ミラーを手にしたもう一人の警備員が、車の下腹に爆発物が取りつけられていないかをチェックした。別の警備員がトランクをチェックした。まもなく、彼らは手を振って進むように合図し、ぼくたちは議事堂の側面の入り口に乗りつけた。

車から降りると、クリップボードを持った男に迎えられた。それがスワン氏だった。スワン氏はぼくの横で身を屈めて、南部訛りでこういった。「どうも、合衆国議事堂へようこそ。大統領は二百十七回目の大統領の議会演説の名誉ゲストとして、あなたが参加されることをたいへん喜んでおられます」スワン氏のほほえみはやさしそうだったが、いかにもつくりものという感じがした。

ジブセンが何か尋ねると、スワン氏はしきりにうなずいて、こういった。「そう、そう、そうなんです」その一方で、クリップボードをぼくの背中に当て、入り口のほうへそっと押しやった。ぼくはうんざりした。入り口がどこかくらい見ればわかることで、大きなお世話だった。

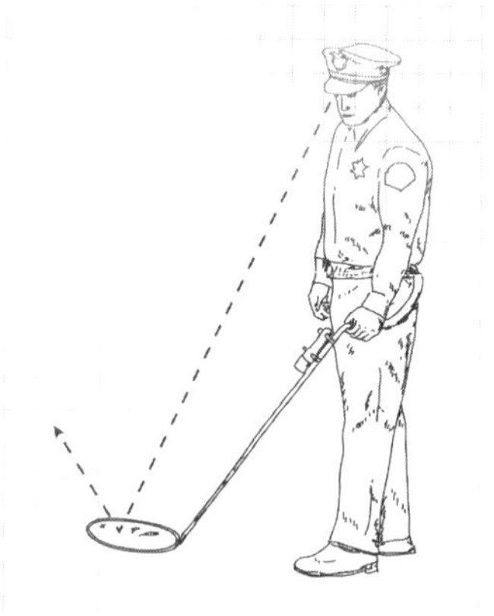

これが大型の歯科用ミラーの使いかた
ノートG101から

建物の中に入る前に、金属探知機を通らなければならなかった。ぼくはポケットからペンを取りだすと、小さなプラスチックのトレーに置いた。トレーはX線検査装置に送りこまれた。トレーが装置をくぐって出てくると、防弾チョッキを着た警備員がペンを手に取った。心臓が停まりそうになった。警備員はぼくをスパイの罪で訴えて、刑務所へ連れていくかもしれない。〝母国安全保障プロジェクト〟は失敗し、サンディーは人々が洞窟に住んでいることに気づいていないといって激しく怒るだろう。ぼくはボリスの期待にこたえられないだろう。〝あいつは約束したのに〟ボリスは後年、ぼくのことを不満そうにいうだろう。〝この手の仕事には向いてなかったんだ。あいつはわれわれが考えていたような人間じゃなかったんだ〟

　警備員は大きな指でペンをくるくるとまわした。

「いいペンだ」警備員はそういって、ペンをぼくに返してくれた。

「ペンはいいですね」ぼくは間の抜けた相槌（あいづち）を打って、先を急いだ。

　ジブセンはそれほどつきがなかった。検査装置の警報が鳴りやまなかったのだ。ジブセンはポケットを空にして、イヤリングまで外したが、本人が何度通り抜けても、機械は吠えつづけた。

「まったくもう、冗談じゃない！」ジブセンはボディーチェックを受けなければならなくなって怒り狂った。警備員はそれがお決まりの手順なのだと説明しなければならなかった。ぼくは警備員がジブセンを嫌うといいのにと思った。

　ボディーチェックが終わるのを待っているとき、訪問者から預かった品物を入れる箱が目についた。それはどれにしても危険があるようには見えなかった。ハンドローション、ソーダの缶、ピーナツバターとゼリーのサンドイッチ。しかし、テロリストならハンドローションから爆弾をつくりだす悪知恵も働かせかねないということだったのだろう。

　ジブセンが顔を真っ赤にして、小声でぶつぶついいながら、やっとのことで警備員とのやりとりから抜けだしてきた。ぼくたちはスワン氏のあとについて、何本かの長い廊下を通り抜けた。スワン氏はいくつかの部屋を通りしな、それがどういう部屋か教えてくれたが、足を止めることなく、歩いて歩いて歩きつづけた。ぼくたちとすれ違う誰もが、首ひもをかけ、クリップボードを持っていた。何と多くの首ひもとクリップボード。小走りで行き交う何と多くの人。誰もが不幸せそうに見えた。その度合いは、ひどく惨めというほどではないにして

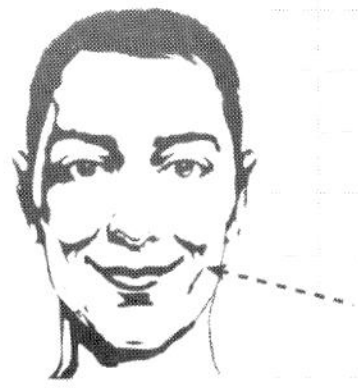

つくり笑い
（AU-12）

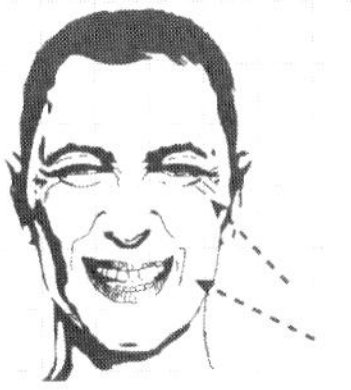

デュシェンヌ・スマイル
（AU-12、AU-6）

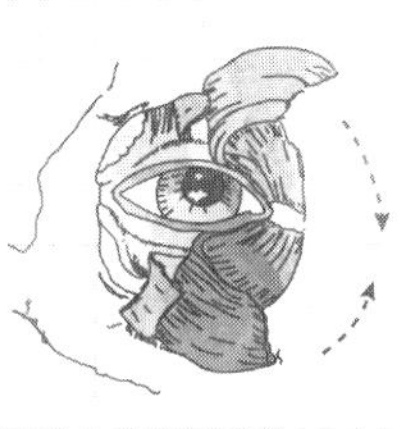

AU-6
眼輪筋　外眼筋

► 大人のつくり笑いを見破る方法
ノートB57から

　1862年、ギヨーム・デュシェンヌというフランス人が、つくり笑いと本物の笑いの違いを発見した。デュシェンヌは、大頬骨筋だけを収縮させようと、患者の頬の筋肉に電気を流してみた。そこから、本物の笑いでは、眼の筋肉も喜びを無意識に反射して収縮し、頬を吊り上げ、眉をわずかに引き下げ、目尻に小皺をつくらせるということに気づいた。のちに、ポール・エクマン博士はAU-12（大頬骨筋）とAU-6（眼輪筋、外眼筋）となってあらわれる本物の笑いを〝デュシェンヌ・スマイル〟と名づけた。

　スワン氏は目尻の輪筋をほとんど動かしていなかった。ぼくが旅行中に会った大人の大半と同じように、スワン氏が動かしたのも大頬骨筋だけだった。

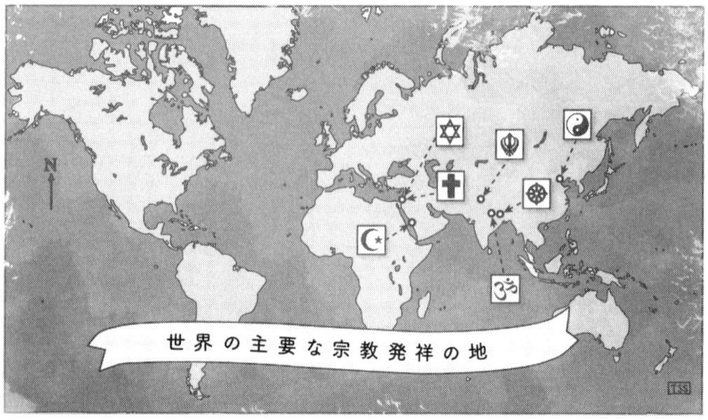

いったいどうした、アメリカ？

この地図は、前の春、世界の宗教について学習したときのぼくの研究の一部だった。ぼくはいろいろ調べてみたあと、地図から南北アメリカをそっくり省いてしまおうかと思った。アメリカは世界に主要な宗教を送りだしていなかったからだ。けれども、ぼくはこういう地図のほうが好きだった——南北アメリカは、遠く離れた宗教発祥の地からの勢力に征服された、まっさらな辺境をあらわしているのだ。ぼくの七学年のときの社会科の教師、ガレス先生は空白のアメリカを認めなかった。彼女はモルモン教徒だった。

も、長い間にしみついた軽蔑の念よりはもう少し強い感じだった。ドクター・クレアも教会の日曜礼拝に出たときにそんなふうに見えることがあった。

ぼくたちはある部屋へ案内された。スワン氏の話によると、ここで四十五分ほど待つと、大統領が立ち寄って会ってくれるということだった。部屋はチーズのにおいがした。

「やれやれ、もったいつけて」ジブセンがいった。

「ここがわたしたちの留置場ですか」

そのうち、人がだんだんと部屋に入ってきた。その中に黒人の女性が二人いたが、どちらも大きな白い字で５０４と書いたＴシャツを着ていた。それから、軍服の男が六、七人。そのうちの一人は両脚をなくしていた。続いて、キリスト教の聖職者、ラビ（ユダヤ教の指導者）、イスラム教の聖職者、仏教の僧侶。みんなで何か重大そうなことを活発に話しあっていた。

部屋は、戦争と宗教についてのとても長い劇の楽屋という雰囲気になってきた。静かだけれども、張りつめた空気に包まれた。ぼくは気分が悪くなってきた。また、胸がドキドキしはじめた。

「サンドイッチでも食べますか？」ジブセンが食べ物を置いてあるテーブルを指した。そこには、銀の大皿数枚に、サンドイッチの三角形の半切れがずらりと並べられていた。

「いえ、けっこうです」ぼくはいった。

「サンドイッチ、食べておいたほうがいいですよ。少し取ってきてあげましょう」

「サンドイッチなんかほしくないです」

たぶん、ぼくのいいかたがきつすぎたのだろう。ジブセンは身を守ろうとでもするかのように両手をあげてから、自分の分のサンドイッチを取りにテーブルのほうへ歩いていった。ぼくはほんとうにサンドイッチなど食べたくもなかった。ここにいたくもなかった。大統領にボリスのカメラペンを渡したくもなかった。どこか隅のほうでごろりと横になり、体を丸くして、いつまでも眠っていたかった。

ぼくはふらふらと隅のほうへ歩いていって、両脚のない軍人の隣の椅子に腰を下ろした。
「やあ」彼は手を差しだしてきた。「ヴィンスだ」
「どうも」ぼくはその手を握った。「T・Sです」
「どこからきたんだい、T・S？」ヴィンスが聞いてきた。
「モンタナです」ぼくはいった。それから、こうつけたした。「モンタナがなつかしいです」
「おれはオレゴンだ」ヴィンスはうなずいた。「おれもオレゴンがなつかしいよ。やっぱり故郷だな。故郷ほどいいものはない。そりゃ、ファルージャ（イラクの都市。激戦地）なんか引き合いに出すまでもない」
　それをきっかけに、ぼくたちは話を始めた。束の間、ぼくは自分がどこにいるかを忘れた。ヴィンスはオレゴンの家にいる犬のことを話した。ぼくはヴェリーウェルのことを話した。それから、話題はオーストラリアに飛び、そこではトイレの水が後ろのほうに流れるかどうかということになった。ヴィンスはどちらとも知らなかった。そのあと、ぼくは勇気を奮い起こして、幻肢症のことを聞いてみた。まだ、脚があるように感じるかどうか、と。
「それが、何だか変なんだ」ヴィンスはいった。「右脚がなくなったことはわかってる。つまり、右脚がなくなったってことは確実に感じられるんだ——体がわかってるし、自分もわかってる。ところが、左脚は戻ってくるんだ。自分は片脚だっていうような感じがするんだ。で、見下ろしてみると、このとおりだ。くそっ、こっちもなくなってたのかって」
　廊下のほうでどよめきが起きた。
「もし、ぼくがこれをすっぽかしたら、ひどいやつってことになりますか？」ぼくは聞いてみた。
「何をすっぽかすって？」ヴィンスがいった。
　ぼくは部屋を指し、軽食のテーブルを指した。「これです。大統領だの、スピーチだの、全部。ぼく、うちに帰りたいんです」
「ああ」ヴィンスは室内を見まわした。「そうだな、人生には自分のことだけを考えていられないときっていうのが何度もある。自分の国であれ、自分の家族であれ、何であれ。だが、おれが今回のひどい経

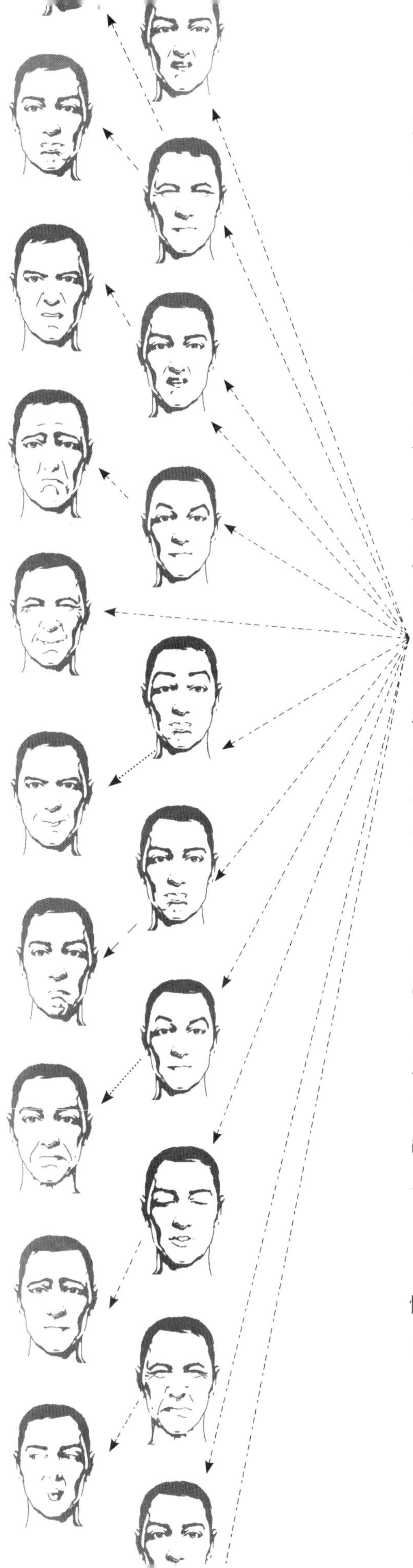

験から学んだことがあるとしたら、いざというときには、結局、何がニューメロ・ウノ（ナンバーワン）か、見つけなきゃならないってことだ。おれのいうこと、わかるかい？　自分がそうしなきゃ、誰がするっていうんだ？」ヴィンスは飲み物を一口すすって、また室内を見まわした。「誰もしないさ」

そのとき、部屋のドアがぱっと押し開けられて、目を怒りに燃えたたせたジブセンが踏みこんできた。いつの間にか、サンドイッチのテーブルからどこかへいっていたようだった。、そして、ジブセンの二、三歩後ろには、なんと、カウボーイハットを手にしたぼくの父がいた。

その父は、これまでに見たことがないほどすばらしかった。たった一瞬で、ぼくが父に抱いていた概念は一変した。国会議事堂の中の部屋に足を踏み入れ、椅子に座っているぼくを目にしたときの父の表情に、ぼくはすっかりまいってしまったのだ。エクマン博士の動作単位の無数の図をもってしても、父の顔の中に結びあわされた安堵、優しさ、深い深い愛情をとらえることはできなかっただろう。しかも、それだけではなかった。そういう感情はずっと前からあったということに、ぼくは今さらながら気がついた。それは、無言で挑むようなポーズの背後に隠されていただけだったのだ。今、ほんの一瞬で、ぼくはテーブルの上に投げだされた父の手札を読んだ。ぼくは理解したのだ。

ジブセンがぼくのほうにまっすぐ歩いてきた。

「T・S、この人はあなたのお父さんですか？　そうならそうだといってくださいよ、T・S、そうならそうだと。でなきゃ、わたしはこの人を逮捕してもらいますからね。不法侵入、身分詐称、その他もろもろの引っぱれる理由で」ジブセンは怒鳴っていた。みんながじろじろ見ていた。「こんなことをする人間もいるんだって承知しておくべきだったんですね。しかし、わたしはまさか、こんな、いん……いんけけんな……」ジブセンはもう言葉を満足に発することができなくなっていた。

ラビとイスラム教の聖職者がじっと見つめていた。

ぼくは父を見た。父はぼくを見た。今まで父の顔に浮かんでいた表情は、いつものぶすっとした沈黙の中に消えていた。父は居心地悪そうに、一方のブーツからもう一方のブーツへと体重を移し変えていた。

それは室内にいるときのいつものしぐさだった。けれども、ぼくがさっき目にしたものを、それで拭い去ってしまうわけにはいかなかった。ぼくはにっこりした。たぶん、泣いてもいたと思う。もう、そんなことはどうでもよかったけれども。

「……つまりですね、わたしたちが公表しなかったこっとを、彼は知ってるんですよ」ジブセンの舌はひどくもつれていた。「でも、あなたのお父さんは死んだ、そ、そうでっしょ？　だから、こっこれは、なっなにか、びょびょうてきなきつい冗談……だから、こっこのペペテン師がでたらめいってる、そ、そうでっしょ？」

「これはぼくの父です」ぼくはいった。

ジブセンは言葉を失って、体をぐらつかせた。

「お父さん」ぼくはいった。「いきましょう」

父はゆっくりうなずくと、帽子を持ち替えて、ぼくのほうに手を差しだした。痛めた小指が見えた。ぼくはその手を取った。

ジブセンは目をいっぱいに見開いた。「何だって？」ジブセンは叫んだ。「あなたのお父さんは……ですね……何だって？　ちょっと……どこへいくんです？　今の今になってどこへいくっていうんですか？」

ぼくたちはドアに向かって歩きだした。

ジブセンはぼくたちの前に走りこんできて、父の腕をつかんだ。「わたし、お詫びします。お詫びします。でも、今、帰っていただくわけには……ええと、スピヴェットさん。息子さんは大統領の――」

ぼくには見えないほどの早業だった。ジブセンにも見えなかったに違いない。父はジブセンをみごとにぶん投げた。レイトンに格闘のしかたを教えていたときによくいっていたとおり〝まっさかさま〟に。ジブセンはくるりとまわり、食べ物のテーブルに落っこちて、小さな三角形のサンドイッチを吹っ飛ばした。ジブセンはそのまま床に転げ落ちるだろうと思われたけれども、それを見届けることはできなかった。ぼくたちはもうドアのところにきていたからだ。

父は外に出る前に、キリスト教の聖職者にうなずきかけた。「どうも、神父さん」相手は弱々しくほほえみ返した。

ぼくたちは廊下に出ていた。

「こっからどうやって出ようっつーんですか？」ぼくは心地よい父の訛りを久しぶりに口にした。
「いや、まったく見当がつかんな」父はいった。なじんだ古いコートをするりと身にまとったような気がした。
そのとき、目の前に、タキシードと白手袋というめかしこんだ格好のボリスがあらわれた。それを見て、ぼくはよほどびっくりした顔をしたに違いない。というのは、ボリスが軽くお辞儀をして、こういったからだ。「国会議員さんだって、ときどき用を足すでしょう。用を足すところにサービス係ありというわけです。で、おふたかた、ご用はございませんか？」
「これはぼくの父です」ぼくはボリスにいった。「お父さん、こちらはボリス。殴らないでください。ボリスは味方だから」
「よろしく」ボリスは父と握手した。
「ええと、ボリス、ぼくたち、いかなきゃならないんだけど」ぼくはいった。「急いで」ぼくたちの後ろのドアが開いた。クリップボードを持ったスワン氏が見えた。ぼくたち三人は急ぎ足で廊下を進みはじめた。
「申し訳ないけど、するようにいわれてたこと、もうできません」ぼくは歩きながら、そういった。
「これは本気なんだね？」ボリスは声を荒らげることもなく聞いてきた。
「はい」ぼくはいった。「ぼくはうちに帰りたいんです」
ボリスはうなずいた。「じゃ、ついてきて」
ぼくたちは廊下を突き当りまで歩き、そこから、細い階段を三階分ほど下って地下室に出た。また廊下を進み、ボイラーやコントロールパネルを通り過ぎると、目立たないドアがあった。ボリスは鍵を取りだした。ぼくは後ろを振り向いてみたが、誰もあとを追ってきてはいないようだった。ボリスはドアを開けた。ぼくたちは、材木やペンキ缶、かけ布（ペンキ塗りのときに床や家具にかけておく布）などを入れておく物置のような部屋に足を踏み入れた。隅には、行き場のないデスクが二つ三つ積み重ねられていた。室内にはむっとするようなにおいが漂っていた。

ぼくたちは部屋の奥へ進んでいった。ボリスがねこ車を押しのけた。壁は煉瓦でできていた。ボリスが何かをつかんで（ぼくには何かわからなかった）、ぐいと引っぱると、壁全体が外側へ動きはじめ、ギーギーという音を立てて開いた。と思うと、ぼくたちはトンネルの入り口に向かいあっていた。

ボリスはぼくに懐中電灯をよこした。「二百メートルほどいくと、トンネルが左右に分かれてるからさ。それを左に進んで。そこから千五百メートルほどでキャッスルに着く。トンネルは地下の掃除用具のクロゼットで終わってる。きみたちは南口から外へ抜けだせるはずだ。トンネルを右には進まないように。そちらはホワイトハウスに出るから、安全は保証できないよ」

父は前屈みになって、疑わしげにトンネルの中をのぞいた。「この天井は大丈夫かな？」

「そうじゃないかもしれないですね」ボリスが認めた。

父はトンネルの壁をつついて、肩をすくめた。「いや、アナコンダの近くで、一日半、生き埋めになってたことがあるが——まあ、そんなにひどくはなかった」

「ボリス」ぼくはポケットからカメラペンを出した。「ごめんなさい——」

「心配ないよ」ボリスはそれを受け取った。「ほかにもわれわれを手伝ってくれている人間がいるから。ヴィンセントっていう、いい男が。ただ、彼、ビリヤードに目がないんだ。ペンは彼のおやじさんが預かってるかもしれないね。とにかく、いい話っていうのは、いつだってよそへ持っていけるから」

ぼくは襟からメガテリウムのバッジをはずしはじめた。しかし、ボリスは首を振った。「持っていていいんだよ。終身会員なんだから」

「ありがとう」ぼくはそういって、懐中電灯をつけた。ボリスはぼくたちに敬礼すると、ゆっくりと扉を閉めた。カチリと掛け金がかかった。ぼくたち二人だけになった。

ぼくは父とともに暗闇の中へ足を踏みだした。暗闇は深く、土くさかった。何かが頭にしたたり落ちてきた。一瞬、たちまちのうちにトンネルが崩れ落ちてくるのではないかという恐怖にとらわれた。けれども、いったん歩きだすと、頭はそれだけでいっぱいになった。

しばらくの間、ぼくたちは何もしゃべらなかった。聞こえる音といえば、ザクザクという足音だけだった。

それから、ぼくは聞いてみた。「ぼくが牧場を出た朝のことだけど、何でぼくを止めなかったんですか？」

ぼくは返事を待った。父が議事堂でぼくを見つけたときの深い気づかいがあらわれた表情を、ぼくは過大評価していたのかもしれない。たぶん、あれはまぐれのようなものだったのだろう。父はぼくをほんとうに愛してはいないし、愛したこともなかったのかもしれない。そうはいっても、父は牧場を離れて、はるばるワシントンまでやってきたのだ。ぼくのために。

そのとき、父が語りはじめた。「あのな、今度のこたあ、みんな、母さんの差し金だったんだ。バカげたことだとは思ったが、こういうこたあ、あいつのほうがよくわかってるからな。だから、あいつのいいようにさせた。おまえが早起きして、レイのワゴンを引っぱりながら道をのろくさ進んでるのを見たときにゃ、びっくりしたぞ。だが、これもおれの知らん何かの計画だと思ったんだ。とにかく、おまえがいい旅をすりゃ、それでいいと思った——息子が世間へ出ていくのを見りゃあな……おれは母さんのために、それをふいにしちまいたかなかった。あいつはひどく心配してたが。そりゃ、わかるだろ？　顔にゃ出さんにしてもだ……くそっ、おれらどっちもくどくどいったりはせんが、あいつはおまえに何か力になるものを与えてやりたいと思ってたんだ。ただ、今、見てみりゃ、今度のことはひどくバカげてる。母さんはおれをだましてたし、おまえもちゃんとやったとはいえん。だから、おれらは今、ワーーシンートンの地下三百マイルのこんなところを、どたどた歩いてるっつーわけだ。リンカーンを吹っ飛ばそうってたくらんでる南軍みたいにな。だが、おまえは無事だ。今のところは、それがおれのいちばんの優先事項だ。息子が無事だってことがな」

ぼくの短い十二年の人生の中で、父がこれほど長くしゃべったのは聞いたことがなかった。

そのあと、父は指をなめ、帽子を脱ぐと、それをぼくの頭にのせた。そして、ぼくの肩に、ちょっとばかりきついパンチをくれた。ぼくは額にかかる帽子の重さに驚いた。帽子のつばには、父の汗のひんやりした感触があった。

ぼくたちは残りの道のりを黙って歩いた。暗闇の先のほうで、懐中電灯の光線が揺れ動いていた。トンネルの床面を踏むザクザクという足音が大きく響いたけれども、かまったことではなかった。もう何があろうとかまったことではなかった。ぼくたちは視界から消えた存在だった。

トンネルが上り勾配になってきた。気がついてみると、ぼくはこの地下世界が終わらないよう強く望んでいた。いつまでも父と肩を並べて歩いていたかったのだ。

そのうち、両手が扉に触れた。ぼくはためらった。父が舌を鳴らし、促すように顎をしゃくった。ぼくは扉を押し開け、光の中へ出ていった。

孤独の図
イリノイ州シカゴ

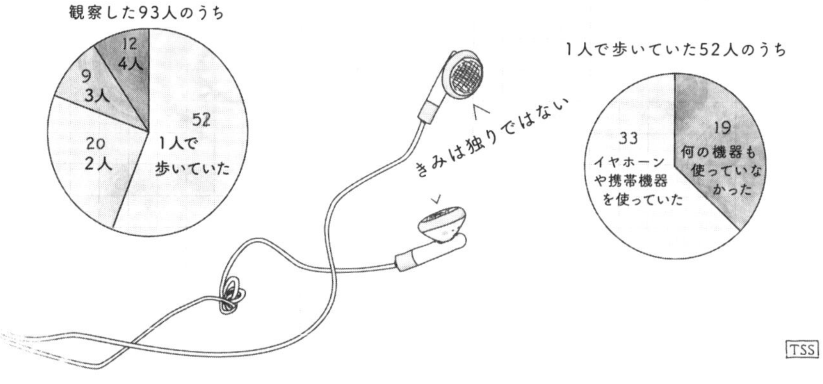

TSS

T・Sは以下のかたがたに感謝するだろう

アノフェレス・ガンビアの吻の調査によって手助けしてくださったジェイソン・ピッツとローレンス・ズイーベルに。エクマン博士の顔面動作コード化システムについて、T・Sに大人並みの理解ができるように協力してくださったポール・エクマン博士ご本人に。ビュートの航空地図と測量図を提供してくださったモンタナ鉱山地質学事務局のケン・サンドーに。ジョージーンの後ろにワンブルの〝カスターの戦い〟を複写することを許可してくださったミネアポリス美術学院とクリスティーナ・Nおよびスワン・J・ターンブラッド記念基金に（T・Sが絵を完成させられなかったにしても）。水への普遍的な愛にあふれ、地下水面図を提供してくださったミズーリ水資源センターに。ペンパルとして通信する中でT・Sのつづりの間違いによく耐え、〝ブラームスのハンガリー舞曲第10番のサウンドドローイング〟を使わせてくれたレーウィン・ターナーに。〝クロボシアメリカムシクイ〟（©ヴィクター・シュレージャー）を含む、鳥と、手と、手の中の鳥の美しい写真を撮ったヴィクター・シュレージャーに。前庭器官の図を描いたマックス・ブローデルに。その原画は、合衆国メリーランド州ボルティモアのジョンズホプキンズ大学医学部の医学関連美術講座のマックス・ブローデル文書室におさめられている。1870年のヘイデン率いる米国地質調査所遠征隊を撮ったウィリアム・ヘンリー・ジャクソンの写真についてはスコッツブラフ国定公園に。T・Sにジーン・オートリーのカウボーイの掟（©オートリー・クォリファイド・インタレスト・トラスト）の使用と転載を許可してくださったオートリー家に。エミリー・ポスト著、ペギー・ポスト監修の『エチケット』第17版から公式の食器の配置をスケッチした博識のイラストレーター、マップ製作者、マーティー・ホーマーに。コーンの皮むきと中西部のワームホールの図についてはエミリー・ハリソンに。トラックの運転台の図と、駆動装置の一般的知識についてはパッカー社に。デンマークでムクドリが群飛する神秘的な写真を撮ったブジャーン・ウィンクラーに。海洋生物学研究所、ウッズホール海洋研究所図書館と、リムルス・ポリへムスのすばらしい解剖図を描いたアルフォンス・ミルン - エドワールに。冷蔵庫の仕組みの図（©パブリケーションズ・インターナショナル社）についてはパブリケーションズ・インターナショナル社に。立ち木の伐採のしかたの手引きと図を提供してくださったインクワイアリーネットのリック・シーモアと、ダニエル・ビアードの『シェルターズ、シャックス、アンド・シャンティーズ』に。そして、もちろんのこと、T・Sの傑作集を編んでくださったテレンス・ヨーン博士に。

謝　辞

感覚のある生物すべてに感謝します。とくに、モンタナの思いやりがあって頼りになる人たち、すなわち、エド・ハーヴィー、アビゲイル・ブルナー、リッチ・チャールズワース、エリック・ベンディックとスザンヌ・ベンディック、そして、ビュート - シルヴァーボウ公立文書館の勤勉なみなさんに。

コーリス・ベネフィデオのキャラクターづくりではバリー・ロペスに感謝します。

コロンビア大学美術学修士課程の教官と院生のかたがたの果てしない英知と、倦むことを知らない研鑽ぶりに謝意を表します。とくに、ベン・マーカス、サム・リプサイト、ポール・ラファージ、キャサリン・ウェバーのたいへん貴重なご意見に。みなさんといっしょに研究できたのはとても幸運だったと思います。

すばらしい読者の仲間を持ったのも恵まれていると思います。エミリー・ハリソン、アレーナ・グレイドン、リヴカ・ガルチェン、エミリー・オースチン、エリオット・ホルト、マリジェッタ・ボゾヴィック。彼らは一大軍団です――こういった連中によけいな手出しは無用でしょう。

エージェントのデニーズ・シャノンには深く恩義を感じています。デニーズはおそらく世界一のエージェントで、どんな天候のときにもしっかり舵を取ってくれました。そして、アン・ゴドフにも。アンは今回の仕事の過程を通じて、実に多くのことを教えてくれました。また、ニコル・ワイゼンバーグ、スチュアート・ウィリアムズ、ハンス・ユールゲン・バームズ、クレア・ヴァッカロ、ヴェロニカ・ウィンドホルツ、リンジー・ワーレン、ダレン・ハガー、トレーシー・ロック、マーティー・ホーマーにも感謝します。みなさんの忍耐と親切をありがたく思っています。おそらく、ベン・ギブソンには最大の謝意をささげなければならないでしょう。ベンはこの仕事で疲れを知らずに働きとおし、ぼくのつまらないナンセンスにも耐えて、みごとに仕上げてくれました。

ロイス・ヘトランドに感謝します。ぼくの七学年のときの先生で、ぼくが知っていることの（ほとんど）全部を教えてくれました。

それから、ジャスパー、お母さん、お父さん、ケイティー――ありがとう。愛してます。みんなのおかげで今のぼくがあります。

合掌

MOBY-DICK
1.
2.
3.
4.
5.
6.
7.
THE
SPOUTER
INN
PETER COFFIN

CURSE
8.
9.

10.
Everything is fiction.

訳者略歴
立教大学文学部英米文学科卒，英米文学翻訳家
訳書『孤独の要塞』ジョナサン・レセム，『ミドル・セックス』ジェフリー・ユージェニデス（以上、早川書房），『冷血』トルーマン・カポーティ，『ホワイト・ジャズ』ジェイムズ・エルロイ，他多数

T・S・スピヴェット君（くん）　傑作集（けっさくしゅう）

2010年 2月20日　初版印刷
2010年 2月25日　初版発行

著　者　ライフ・ラーセン
訳　者　佐々田雅子
発行者　早 川　浩

印刷所　三松堂株式会社
製本所　大口製本印刷株式会社

発行所　株式会社　早川書房
東京都千代田区神田多町２－２
電話　03－3252－3111（大代表）
振替　00160－3－47799
http://www.hayakawa-online.co.jp
定価はカバーに表示してあります
ISBN978-4-15-209108-6　C0097
Printed and bound in Japan
乱丁・落丁本は小社制作部宛お送り下さい。
送料小社負担にてお取りかえいたします。